Ong Iok-tek

台灣語常用語彙

王育德 著

陳恆嘉 譯

黃國彥 監譯

總目次

概說目次

語彙目次

【王育德全集】總序

／黃昭堂（日本昭和大學名譽教授）

　　轉瞬間，王育德博士逝世已經十七年了。現在看到他的全集出版，不禁感到喜悅與興奮。

　　出身台南市的王博士，一生奉獻台灣獨立建國運動。台灣獨立建國聯盟的前身台灣青年社於一九六〇年誕生，他是該社的創始者，也是靈魂人物。當時在蔣政權的白色恐怖威脅下，整個台灣社會陰霾籠罩，學界噤若寒蟬，台灣人淪為二等國民，毫無尊嚴可言。王博士認為，台灣人唯有建立屬於自己的國家，才能出頭天，於是堅決踏入獨立建國的坎坷路。

　　台灣青年社為當時的台灣人社會敲響了希望之鐘。這個以定期發行政論文化雜誌《台灣青年》，希望啓蒙台灣人的靈魂、思想的運動，說起來容易，實踐起來卻是非常艱難的一樁事。

　　當時王博士雖任明治大學商學部的講師，但因為是兼職，薪水寥寥無幾。他的正式「職業」是東京大學大學院博士班學生。而他所帶領的「台灣青年社」，只有五、六位年輕的台灣留學生而已，所有重擔都落在他一人身上。舉凡募款、寫文章、修改投稿者的日文原稿、校正、印刷、郵寄等等雜務，他無不親身參與。

　　《台灣青年》在日本首都東京誕生，最初的支持者是東京一

帶的台僑，後來漸漸擴張到神戶、大阪等地。尤其很快地獲得
日益增加的在美台灣留學生的支持。後來台灣青年社經過改組
爲台灣青年會、台灣青年獨立聯盟，又於一九七〇年與世界各
地的獨立運動團體結合，成立台灣獨立聯盟，以至於台灣獨立
建國聯盟。王博士不愧爲一位先覺者與啓蒙者，在獨立運動的
里程碑上享有不朽的地位。

在教育方面，他後來擔任明治大學專任講師、副敎授、敎
授。在那個時代，當日本各大學猶尚躊躇採用外國人敎授之
際，他算是開了先鋒。他又在國立東京大學、埼玉大學、東京
外國語大學、東京敎育大學、東京都立大學開課，講授中國
語、中國研究等課程。尤其令他興奮不已的是台灣話課程。此
是經由他的穿梭努力，首在東京都立大學與東京外國語大學開
設的。前後達二十七年的敎育活動，使他在日本眞是桃李滿天
下。他晚年雖罹患心臟病，猶孜孜不倦，不願放棄這項志業。

他對台灣人的疼心，表現在前台籍日本軍人、軍屬的補償
問題上。這群人在日本治台期間，或自願或被迫從軍，在第二
次大戰結束後，台灣落到與日本作戰的蔣介石手中，他們既不
敢奢望得到日本政府的補償，連在台灣的生活也十分尷尬與困
苦。一九七五年，王育德博士號召日本人有志組織了「台灣人元
日本兵士補償問題思考會」，任事務局長，舉辦室內集會、街頭
活動，又向日本政府陳情，甚至將日本政府告到法院，從東京
地方法院、高等法院、到最高法院，歷經十年，最後不支倒
下，但是他奮不顧身的努力，打動了日本政界，於一九八六
年，日本國會超黨派全體一致決議支付每位戰死者及重戰傷者

各兩百萬日圓的弔慰金。這個金額比起日本籍軍人得到的軍人恩給年金顯然微小，但畢竟使日本政府編列了六千億日幣的特別預算。這個運動的過程，以後經由日本人有志編成一本很厚的資料集。這次【王育德全集】沒把它列入，因為這不是他個人的著作，但是厚達近千頁的這本資料集，很多部分都出自他的手筆，並且是經他付印的。

　　王育德博士的著作包含學術專著、政論、文學評論、劇本、書評等，涵蓋面很廣，而他的《閩音系研究》堪稱為此中研究界的巔峰。王博士逝世後，他的恩師、學友、親友想把他的這本博士論文付印，結果發現符號太多，人又去世了，沒有適當的人能夠校正，結果乾脆依照他的手稿原文複印。這次要出版他的全集，我們曾三心兩意是不是又要原封不動加以複印，最後終於發揮我們台灣人的「鐵牛精神」，兢兢業業完成漢譯，並以電腦排版成書。此書的出版，諒是全世界獨一無二的經典「鉅著」。

　　關於這本論文，有令我至今仍痛感心的事，即在一九八〇年左右，他要我讓他有充足的時間改寫他的《閩音系研究》，我回答說：「獨立運動更重要，修改論文的事，利用空閒時間就可以了！」我真的太無知了，這本論文那麼重要，怎能是利用「空閒」時間去修改即可？何況他哪有什麼「空閒」！

　　他是我在台南一中時的老師，以後在獨立運動上，我擔任台灣獨立聯盟日本本部委員長，他雖然身為我的老師，卻得屈身向他的弟子請示，這種場合，與其說我自不量力，倒不如說他具有很多人所欠缺的被領導的雅量與美德。我會對王育德博

士終生尊敬，這也是原因之一。

　　我深深感謝前衛出版社林文欽社長，長期來不忘敦促【王育德全集】的出版，由於他的熱心，使本全集終得以問世。我也要感謝黃國彥教授擔任編輯召集人，及《台灣─苦悶的歷史》、《台灣話講座》以及台灣語學專著的主譯，才能夠使王博士的作品展現在不懂日文的同胞之前，使他們有機會接觸王育德的思想。最後我由衷讚嘆王育德先生的夫人林雪梅女士，在王博士生前，她做他的得力助理、評論者，王博士逝世後，她變成他著作的整理者，【王育德全集】的促成，她也是功不可沒。

【王育德全集】序

／王雪梅（王育德博士夫人）

育德在一九四九年離開台灣，直到一九八五年去世為止，不曾再踏過台灣這片土地。

我們在一九四七年一月結婚，不久就爆發二二八事件，育德的哥哥育霖被捕，慘遭殺害。

一九四九年，和育德一起從事戲劇運動的黃昆彬先生被捕，我們兩人直覺，危險已經迫近身邊了。在不知如何是好，又一籌莫展的情況下，等到育德任教的台南一中放暑假之後，育德才表示要赴香港一遊，避人耳目地啟程，然後從香港潛往日本。

一九四九年當時，美國正試圖放棄對蔣介石政權的援助。育德本身也認為短期內就能再回到台灣。

但就在一九五〇年，韓戰爆發，美國決定繼續援助蔣介石政權，使得蔣介石政權得以在台灣苟延殘喘。

育德因此寫信給我，要我收拾行囊赴日。一九五〇年年底，我帶着才兩歲的大女兒前往日本。

我是合法入境，居留比較沒有問題，育德則因為是偷渡，無法設籍，一直使用假名，我們夫婦名不正，行不順，當時曾帶給我們極大的困擾。

　　一九五三年，由於二女兒即將於翌年出生，屆時必須報戶籍，育德乃下定決心向日本警方自首，幸好終於取得特別許可，能夠光明正大地在日本居留了，我們歡欣雀躍之餘，在目黑買了一棟小房子。當時年方三十的育德是東京大學研究所碩士班的學生。

　　他從大學部的畢業論文到後來的博士論文，始終埋首鑽研台灣話。

　　一九五七年，育德為了出版《台灣語常用語彙》一書，將位於目黑的房子出售，充當出版費用。

　　育德創立「台灣青年社」，正式展開台灣獨立運動，則是在三年後的一九六〇年，以一間租來的房子為據點。

　　在育德的身上，「台灣話研究」和「台灣獨立運動」是自然而然融為一體的。

　　育德去世時，從以前就一直支援台灣獨立運動的遠山景久先生在悼辭中表示：「即使在你生前，台灣未能獨立建國，但只要台灣人繼續說台灣話，將台灣話傳給你們的子子孫孫，總有一天，台灣必將獨立。民族的原點，既非人種亦非國籍，而是語言和文字。這種認同，最具體的證據就是『獨立』。你是第一個將民族的重要根本，也就是台灣話的辭典編纂出版的台灣人，在台灣史上將留下光輝燦爛的金字塔。」

　　記得當時遠山景久先生的這段話讓我深深感動。由此也可以瞭解，身為學者，並兼台灣獨立運動鬥士的育德的生存方式。

　　育德去世至今，已經過了十七個年頭，我現在之所以能夠

安享餘年，想是因爲我對育德之深愛台灣，以及他對台灣所做的志業引以爲榮的緣故。

如能有更多的人士閱讀育德的著作，當做他們研究和認知的基礎，並體認育德深愛台灣及台灣人的心情，將三生有幸。

一九九四年東京外國語大學亞非語言文化研究所在所內圖書館設立「王育德文庫」，他生前的藏書全部保管於此。

這次前衛出版社社長林文欽先生向我建議出版【王育德全集】，說實話，我覺得非常惶恐。《台灣―苦悶的歷史》一書自是另當別論，但要出版學術方面的專著，所費不貲，一般讀者大概也興趣缺缺，非常不合算，而且工程浩大。

我對林文欽先生的氣魄及出版信念非常敬佩。另一方面，現任教東吳大學的黃國彥教授，當年曾翻譯《台灣―苦悶的歷史》，此次出任編輯委員會召集人，勞苦功高。同時，就讀京都大學的李明峻先生數度來訪東京敝宅，蒐集、影印散佚的文稿資料，其認眞負責的態度，令人甚感安心。乃決定委託他們全權處理。

在編印過程中，給林文欽先生和實際負責編輯工作的邱振瑞先生以及編輯部多位工作人員造成不少負荷，偏勞之處，謹在此表示謝意。

二〇〇二年六月謹識於東京

倉石武四郎序

　　本人還在京都大學任敎時，就認爲要推動日本的漢語研究，必須提倡中國各地方言的研究。職是之故，本人首先學習廣東方言和蘇州方言，特別是在二次大戰結束後，聘請了一些少壯派學者到京都大學的研究室，除了北京話之外，還讓他們分頭進行蘇州話、廣東話、福建話以及客家話的研究；一方面對山西、湖北、安徽等官話系統的方言也着手研究。在方法上，是希望先調查各方言的音系；另一方面則在音響語音學家的協助下，力求建立聲調的起伏類型；然後進一步研究各地方言的語法和詞彙，製作各種方言辭彙，同時編輯學習各個方言時所需的敎材；最後則從各種角度加以綜合比對。但計畫未及一半，本人就轉往東京大學任敎，結果幾乎陷於停滯，不僅令吾人深感遺憾，對不惜長期給予支援的各個機關也至感歉疚。

　　所幸，後來東京大學的學生中，逐漸出現對中國各地方言感到興趣者，特別是新制研究所成立後，以各地方言爲研究主題並提出成果的學生不止於二三人，加上曩昔在京都大學參與研究的研究者也從旁襄助，甚至成立以東京大學副敎授藤堂明保爲中心的各地方言研究小組。這次王育德君公諸於世的《台灣語常用詞彙》就是此種環境下的產物，也是這一系列研究當中最早公開發

行的。

　　王君最先完成這項研究成果，自然有其道理。中國各地方言的研究，在中國本身也才剛起步，幾乎不可能有所仰賴。要在日本從事這方面的研究，必須找到適當的語料提供人。即使語言上合適，還必須對該項工作抱有興趣，而且能撥出足夠的時間才行。本人曾經在京都的研究室邀請許多留學生，在他們的熱心協助下，做了一些記錄。但中國幅員廣袤，方言分散各地，正如所謂星羅棋布，要分別找到適當的協助者，勢不可能。足見欲得其人，不知要費多少苦心，只有經歷其事者方能體會。而王君本身的母語就是台語，負笈東京大學後又學到研究語言的方法，身兼研究者與語料提供人，條件非常有利。而賢內助王夫人也出身台灣，而且同樣是台南人，據悉，他們二人是在夫唱婦隨、琴瑟和鳴中蒐集詞彙的。王君的著作之所以最早問世，完全是由於這個緣故。

　　雖然如此，即使是自己的母語，要將其整理成一個體系，並非易事。尤其是王君戰後僑居日本，有家室之累，必須和困苦的生活搏鬥，而能窮數年工夫投入此種不爲人知而且毫無回報的研究，本人素極關切，欣見其終於大功告成，甚願衷心賀其成就並慰其辛勞。

　　王君在自序中表示，他對以往的台語研究有五項不滿，將這本著作公諸學界，即是爲了消除這些不滿。本人認爲，吾人有責任仔細研究王君著作的內容是否足以消除這些不滿，而且必須利用這個機會學習台語，以此爲研究其他各種方言的一個基礎，務求妥加利用。因此，本人不得不期盼王君早日完成其包括音韻、

語法在內的三部著作，並提供適當的教材供入門學習所需。

　　最後，對於王君利用本人最近數年來根據拉丁化新文字陸續發表的北京話辭典，做為這本詞彙的藍本，本人深以為喜；而對於王君倣效本人所着手的工作，比本人的研究更早完成，則頗覺慚愧，同時衷心期盼，投身於研究中國各地方言的少壯學者能更加同心協力，日見茁壯成長。

　　1957 年 10 月

　　　　　　　　倉石武四郎

　　　　　　　　　　　　　　（黃國彥譯）

服部四郎序

　　王育德君這部精心之作，是他對台灣和台語純摯熱愛的結晶。有些人對本國語言熱愛成癡，高聲疾呼主張羅馬字化，這些人當中，企圖強迫別人接受自己的想法，比方說，爲了替自己習慣的拼寫法辯護，甚至不惜歪曲理論的情形，間或可見。但王君絲毫沒有這種色彩，集對台語的熱愛和科學精神於一身，實在值得驚嘆。

　　將「台語概說」從頭到尾讀過，即能發現理論和實用的觀點保持均衡貫串其間，以爲印證。正因如此，本書不僅能成爲培育台語書面語強而有力的基礎，與此同時，做爲有關台語的語言學精心著作，也可以說相當出色。

　　台語在本書出現之後才算擁有一部具語言學水準且合乎實用的辭典──這樣說並非言過其實。

　　王君爲了進行這項研究，非常熱心鑽研理論。不管是音韻論或文法論，他似乎都力求掌握中國語言學領域內現有最高水準的理論。而且他採取的做法是將其完全消化然後應用於實地的研究上，絲毫不會人云亦云只是在口頭上模倣艱深的理論。對於研究學問者而言，這雖是理所當然，但實踐起來頗爲困難。只因是權威人士提出的說法，就囫圇吞棗未能充分消化，再不然就只因意

氣用事而一味加以反對，這種情形時而可見，但王君並無此種傾
向。因此，王君要我寫序，一定不是要我寫一些空泛的讚美辭
句，而是希望我針對內容表示意見。上面所述當然也是我真正的
意見，不過，以下我想站在中國語言學圈外人的立場，從語言學
的觀點，就我所注意到的幾個地方，坦率陳述個人淺見供王君參
考，這樣做或許比較適當。

首先是概說第二章音系部分，除了幾個小地方以外，目前我無
法發現任何理論上的缺陷。我認為王君不但將音韻學的理論充分消
化，而且在決定拼寫法時，採取了相當明智而實用的處理方式。例
如，r 字母的採用；m n ng 的採用；–p –t –k 的採用；ua uai uan
uang ue 這種拼寫方式的採用等等。不過，我懷疑／əm／、／əŋ／
可能分別是 ／m／、／ŋ／；另一方面，採用 ə 這個字母，從實用
的角度來看，多少令人覺得不安。比如用 œ 這種印刷廠也找得到的
字母可能比較妥當。此外，屬於音韻分析方面的問題，像／j／、
／w／、／ji／、／wu／、／j̃ĩ／、／wũ／，或許可以分別設定為
／i̯／、／u̯／、／i／、／u／、／ĩ／、／ũ／。還有音節表，如能
區別音系上和詞彙上的空缺，則更佳。

調號雖然在辭典類中使用，但做為書面語的拼寫法中通常不
用──這似乎是王君的主張，從實用的觀點來看，我覺得應該算
是很恰當的。

其次是詞語分隔拼寫的問題。對於使用羅馬字的書面語而
言，這是非常重要的問題。我不知道本書在這一點是否做了最佳
而且合乎實用的處理。利用本書的分隔拼寫方式，將大量的文獻
正式印刷看看，我認為也很重要。因為在這方面也不例外──理

論上最佳的，未必就是實用上最佳。以下試就本書所敍述的理論，略抒淺見。

　　關於這方面也有很多問題可談，在此試就「合成詞」(王君所謂「複合詞」，英語的 compund word) 和「詞組」(王君所謂「節」) 的識別法略加探討。(在此附帶一提，我將王君所謂的「語」，也就是英語的 word 稱為「單語」，是因為日語中，後者在聽或用羅馬字書寫時，比較不容易和其他字眼混淆的緣故。)

　　為了區別二者，王君採用了中國語言學界最常用的「代換法」和「分離法」。但正如王君也注意到，代換法雖然能夠將形式分析成詞素，卻無法確認該詞素到底是不是一個詞。因此就採用分離法，像是白鶴可以說成白的鶴，而白墨則不能說成白的墨，所以將前者視為詞組，後者視為複合詞。但嚴格地說，白鶴的白以及鶴這兩個形式(這裡是詞素)和白的鶴的白以及鶴這兩個形式能否斷定二者相同，頗有問題。同樣地，王君認為電車「並非不能」加以分離說成用電走的車，但這兩個形式中所含的電和電，車和車是否分別屬於同一詞素，這一點頗有問題。照王君的結論，電車是「一般解釋成一個詞」，老人也是「在意識中認為是一個詞的情形占絕大多數」。說話者的這種「意識」確實不能忽視，缺點是目前尚難客觀加以研究。能不能想出什麼更好的方法？以下試加探討。

　　語法的研究經常都必須如此，同樣地，我認為這個問題也必須從形態、語義、功能三方面進行周密的探討。

　　在進入本論之前，先就本人所用術語略加說明。某人說話時的心理及生理上的活動或行為，以及當時產生的語音，稱為「言

談」，說話者本人則稱為「言談者」。「言談」是只此一次的事件，完全相同的言談可以說不會出現兩次。但我們卻能重複說「同樣的話」。所謂「同樣的話」，並非指言談或發音整體而言，而是指其中反復出現的社會習慣性特徵。存在於言談中的社會習慣性特徵稱為「語言作品」，某一言談則「相當」於某一「語言作品」。語言作品由一個或一個以上的「句子」構成。(關於「句子」的定義以及我在這裡所用的其他一般術語的詳細說明，請參閱日本語言學會發行的《言語研究》第三十二期所刊拙稿〈索緒爾的 langue 與語言過程說〉。)句子由「形式」和統合這些形式的「統合型」，以及附加其上的「音調型」(和「強調型」)構成。由一個形式構成的句子沒有統合型，但會有「句型」加諸其上。照我的想法，例如日語的「アル。」(有。)這個句子，是 アル という這個形式(這時是「詞」)加上《述語》句型，再加上確認判斷的音調型。

　　言談包括有關語音的現象和有關意義的現象在內，言談者想要表達的直接經驗稱為該言談的「語義」，句子的語義則稱為「意義」，詞語之類的語義則稱為「意義素」。形式或句子的語音層面則稱為「形態」。

　　同樣的言談不會出現兩次，但句子和形式則固定不變，在這樣的假定下來進行語言學上的分析。言談用『　』標示，句子和語言作品或用音韻符號標示或用「　」以片假名標示。形式則用音韻符號或片假名標示，不然就在普通的拼法下劃線標示。

　　前面說過，要區別某一形式是複合詞或詞組，必須從形態、語義、功能三方面進行周密的探究。以下先就本人有關形態與語義的

探討方式，以日語爲例試加敍述。例如，比較一下／{siroŋucu}／
《白靴》這個複合詞和／{siro⌐ʼi}{kucu⌐}／《白　靴》這個詞
組──{ }代表重音素，⌐號代表重音核──可以發現二者都能
分析成／siro／和／ŋucu／、／{siro⌐ʼi}／和{kucu⌐}這兩個
部分。但後者有形態和語義都跟各該部分相同的「自立詞」(能
單獨表述的詞)／{siro⌐ʼi}／及／{kucu⌐}／，前者則否。後者的
各該部分分別具有{○○⌐○}、{○○⌐}這樣的重音素，而前者
則整個具有{○○○○}這樣的一個無核重音素。語義方面亦
然，／siro／和／ŋucu／這兩個詞素分別表示的語義略爲模
糊，而／{siroŋucu}／整體的語義則很清楚。在這種情形下，
我的說法是：／{siro⌐ʼi}／、／{kucu⌐}／、／{siroŋ ucu}／這
三個自立詞都具有「明顯的意義素」；相反地，／siro／和
／ŋucu／這兩個詞素則具有「不明顯的意義素」。這裡要附帶說
明一下(其實這一點很重要)，／{siro⌐ʼi}{kucu⌐}／這個詞組所表示
的語義，超過／{siro⌐ʼi}／這個自立詞的意義素和／{kucu⌐}／
這個自立詞的意義素的總和。這是因爲又加上了將這兩個自立詞
加以統合的《修飾語＋被修飾語》這個統合型的意義素的緣故。

　　上面的說明雖然是以日語爲例，但我認爲能普遍適用於所有
語言。以下就讓我們驗證看看是否也適用於台語。

　　首先，白墨《粉筆》的形態是／{peʔbak⌐}／，自立詞白
《白》和墨《墨》的形態分別是／{peʔ⌐}／和／{bak⌐}。語義
則是白墨這個形式整體具有《粉筆》這個明顯的意義素，而被包
含在內的／peʔ／以及／bak／這兩個形式的意義素則不是十分
明顯。

其次，<u>電車</u>《電車》的形態是／{tiɐnc'iā˥}／，自立詞電
《電》和<u>車</u>《車》的形態分別是／{tiɐn˥}／和／{c'iɐ˥}／。語
義則是<u>電車</u>這個形式整體具有《電車》這個明顯的意義素，而被
包含在內的／tiɐn／以及／c'iā／這兩個形式的意義素則比自
立詞的<u>電</u>以及<u>車</u>略不明顯。最後，<u>白鶴</u>這個形式的形態是
／{pehə2̇˥}／，自立詞<u>白</u>《白》和<u>鶴</u>《鶴》的形態分別是／{pe2̇˥}／
和／{hə2̇˥}／。王君說他認爲<u>白鶴</u>的語義有《白鶴》以及《白
色的鶴》兩種。總之，也就是說，從形態和語義這兩方面來看，
<u>白墨</u>和<u>電車</u>可以說具備複合詞的資格，而<u>白鶴</u>則無法斷定。

接下來，就本人有關功能方面的分析方式加以說明。首先，
我說過／{siro˥'i}{kucu˥}／這個詞組是兩個自立詞由一個統合
型統合而成的。既然如此，這個統合型中《修飾語》的位置，只要
是和／{siro˥'i}／功能相同的自立詞就應該都能出現，而
《被修飾語》的位置，只要是和／kucu˥／功能相同的自立詞應
該都能出現。事實上也是如此。雖然說也有一些由於所指示的事
實並不存在而無法出現的結合，例如<u>赤鴉</u>《紅色的烏鴉》之
類。也就是說，我們可以隨意用／{kuro˥'i}／《黑》、／{'aka'i}／
《紅》、／{'omo'i}／《重》、／{'waru˥'i}／《壞》、／{'jasu˥'i}／
《便宜》、／{'jasuɋpo˥'i}／《不值錢》之類的「形容詞」來代換
／{siro˥'i}／，也可以隨意用／{kami˥}／《紙》、／{'isi˥}／《石
頭》、／{naŋaŋucu}／《長靴》之類的「名詞」來代換／{kucu˥}／。
（這也就是代換法。）

不僅如此，我們也可以用功能上跟這些詞具有共同點的其他
詞類的詞來代換。例如，我們可以用／{be˥ɴrina}／《方便的》、

／{suteru}／《丟棄》、／{moraqta}／《收受》、／{'ana⌐tano}／
《你的》等等來代換／{siro⌐'i}／。

　　更應該注意的是，有時還可以用／{siro⌐'i}／和別的詞統合後
的形式來代換／{siro⌐'i}／。例如用／{hizyooni}{siro⌐'i}／《非
常白》、／{ki⌐reede}{siro⌐'i}／《又漂亮又白》等詞組來代換
／{siro⌐'i}／；也可以用／{karu'i}{kucu⌐}／《輕便的鞋子》、
／{'o⌐okina}{kucu⌐}／《大鞋子》等詞組來代換／{kucu⌐}／。但
如果是後者，白い和輕い或白い和大きな也有可能是同格。結果就
出現白い靴有問題的兩個部分之間插入了大きな，變成白い大きな
靴的情況。如果只說是兩者之間插入其他的詞，我認爲不夠精密。

　　還有，雖然日語沒有這樣的現象，但有的語言，插入同一個
統合型的詞會發生語尾變化。比方像俄語，同樣是被《修飾語＋
被修飾語》這樣的統合型加以統合的詞就存在著可說是語尾變化
的現象。例如：

хоро́шая	кни́га	《好書(主格)》
хоро́шей	кни́ги	《好書的(所有格)》
хоро́шую	кни́гу	《好書(受格)》

　　　　　……………

　　而且有時也可以和包含跟該形式相同的詞素在內的派生詞代
換。比方像英語就有下面的例子：

| white | shoes | 《白鞋子》 |
| whiter | shoes | 《更白的鞋子》 |

這是不是也可以利用「分離法」來處理？不過，這樣的例子雖然
也可以稱爲語尾變化，但重要的不在於名稱，而在於 white 這個

詞和 <u>whiter</u> 這個詞之間的文法關係。這裡不擬深入討論。日語
則有如下的例子：

　　／{siro￢'i}{'okucu}／《白鞋子》

　　／{maqsiro￢'i}{kucu￢}／《純白的鞋子》

而且也有下面的例子：

　　／{si￢rokute}{karu'i}{kucu￢}／《又白又輕的鞋子》

這是 ／{siro￢'i}／ 的變化形 ／{si￢roku}／ 和結合形式 ／te／
接合而成的 ／{si￢rokute}／ 這個形式跟 ／{karu'i}／ 這個詞被
統合後的形式出現在《修飾語》位置的例子。

　　最後，我想提醒各位的是 ／{siro￢'i}{kucu￢}／ 這個形式跟
／{kucu￢}／ 一詞功能極為類似。表面上看起來，我們可以說<u>非
常に白い靴</u>《非常白的鞋子》，卻不能說<u>非常に靴</u>《非常鞋
子》，我認為這是由於漠視統合型而產生的誤解。並不是<u>非常に</u>
修飾<u>白い靴</u>，而是非常に<u>白い</u>修飾<u>靴</u>，<u>非常に</u>則修飾<u>白い</u>。像<u>こ
の靴</u>，<u>この白に靴</u>；<u>大きな靴</u>，<u>大きな白い靴</u>；<u>靴買つた</u>，<u>白い
靴買った</u>等等都能夠成立。因此要從整個形式的功能來區別<u>靴</u>和
<u>白い靴</u>似乎很難。

　　相反地，／{siroŋucu}／ 這個複合詞和 ／{siro￢'i}{kucu￢}／
這個詞組，在這一點也頗異其趣。這個複合詞確實如下面所示，
能適用於「代換法」。

　　／{siroŋucu}／《白鞋》　　／{kuroŋucu}／《黑鞋》

　　／{siromame}／《白豆》　　／{kuromame}／《黑豆》

　　／{sirokuma}／《白熊》　　／{kurokuma}／《黑熊》

但這樣分析而得的 ／siro, kuro, ŋucu, mame, kuma／ 等等的

形式(嚴格說來是「抽象形式」)和／{si⌐ro}、{ku⌐ro}、{kucu⌐}、{mame⌐}、{kuma⌐}／等等的詞，形態顯然不同，語義上前者也是多少比後者不明顯。後者是自立形式，前者則是非自立的「結合形式」。

／{siroŋucu}／的／siro／和／ŋucu／的關係，雖然同樣是前者修飾後者的關係，但不像／{siro⌐i}{kucu⌐}／這個詞組中兩個詞之間的關係那麼清楚。而且，跟前者的／siro／以及／ŋucu／分別具有同樣功能的形式爲數很少，但跟後者的／siro⌐i／以及／kucu⌐／分別屬於同一詞類的詞則非常多，只要是功能與此相同的形式，就可以將各種詞加以組合，數量幾無限制。我們會覺得／{siro⌐i}／和／{kucu⌐}／的結合很鬆，而／siro／和／ŋucu／的結合很緊，原因大概在於以上所述各點。我把結合前者的能力稱爲統合型，而結合後者的能力《修飾成分＋被修飾成分》不妨稱爲「複合型」。

前面已經提到，出現於統合型內部的詞可以再跟其他詞統合，出現於同樣的統合型內，至於複合型多少也有類似的現象。例如，／{sironaŋa⌐ŋucu}／《白長靴》的結構必須先分析成／siro／和／naŋaŋucu／，然後將後者進一步分析成／naŋa／和／ŋucu／。當然我們也必須注意到，／{siroŋucu}／和／{sironaŋa⌐ŋucu}／這樣的形式，整體上跟／{kucu⌐}／這樣的「單純詞」具有同樣的功能。

複合詞的兩個成分間隔出現的情形很少，這是值得注意的現象。正如 L. Bloomfield(Language，p.232)所說，德語有下面這樣的例子：

　　　　Sing- oder　Raubvögel　《鳴禽或猛禽》
如果將「分離法」機械地加以應用，Sing 這個形式就有可能被視
為詞。幸好德語沒有 Sing 這個自立詞，Sing 這個形式出現於
Singlehrer《音樂教師》、Singmeister《(同上)》、Singvogel 這
些大致同樣屬於複合型的複合詞當中，所以我們能夠確認上面的
Sing- 是複合詞的一部分。發音大概也跟重音、句調一樣，都和自
立詞有所不同。既然如此，它的形態也應該標寫成 /{ziŋ-　　}/。
像這樣，沒有 Sing 這個自立詞時還好，問題相當清楚，但如果有
外形酷似的自立形式時，就非提高警覺不可。這時，必須先確認
Raubvögel 是複合詞；究明 Sing-　oderRaubvögel 並非擁有《名
詞＋oder＋名詞》這樣的統合型；並且弄清楚 Sing- 和 Raub- 屬於
同格，Sing-　oder　Raub- 可以說整個和-vögel 一起出現於《修
飾成分＋被修飾成分》這樣的複合型當中；以證明 Sing- 不是自立
詞。
　　另外，俄語有複合數詞，採取如下的語尾交替。

	《50》	《500》
主　格	пятьдесят	пятьсо́т
屬　格	пяти́десяти	пятисо́т
與　格	пяти́десяти	пятисота́м
賓　格	пятьдеся́т	пятьсо́т
工具格	пятью́десятью	пятьюста́ми
前置格	о пяти́десяти	о пятиста́х

也就是說，比方像意思是《50》的數詞，主格是 pjat'de-
sját，工具格是 pjat'júdesjat'ju，根據「分離法」的話，似乎可

以分析成 pjat' 和 desjat 兩個詞。

但這些數詞的交替形在形態上都只有一個重音素，語義上也是整體具有明顯的意義素，功能上也是整體具備做為一個詞的資格，因此可視爲複合詞。

將以上所說考慮在內，下面就讓我們來探討台語的白墨、電車、白鶴。

首先，將／{pehə2ㄱ}／白鶴和單獨表述的／{pe2ㄱ}／白以及／{hə2ㄱ}／鶴加以比較，我們可以說鶴和白鶴的鶴具有可以說是同一形式的形態和意義素。然而，白和白鶴的白在形態上有相當大的不同，無法斷言它們是同一形式。接下來讓我們比較下列詞語：

／{peťoㄱ}／白兎　　／{ťoㄱ}／兎

／{pecuǎㄱ}／白蛇　　／{cuǎㄱ}／蛇

／{pe2ěㄱ}／白鞋　　／{2ěㄱ}／鞋

／{pesāㄱ}／白衫　　／{sāㄱ}／衫

比較之下可以發現，左邊的各個形式具有稱之爲複合詞亦無不可的形態，而且／{pe2ㄱ} 白這個自立詞出現於《修飾語＋被修飾語》這個統合型的《修飾語》位置時，有規則地和／pe／交替。實際上，這種形態上的交替符合王君所謂「聲調變化的規律」。（但「變化」這個術語，我只用來指歷時方面的現象，像這種共時方面的現象，我想稱爲「聲調交替的規律」。）

這種聲調交替的規律，在王君所謂的「聲調群」中可以發現。用我的術語來說的話，這個「聲調群」似乎可以說是「詞語結合體」（橋本進吉師所謂的「文節」），整體上有一個重音素（界限

以 { } 表示），重音核(以¬表示)落在不發生聲調交替的音節(通常是聲調群的最後一個音節)上面。而日語、英語、俄語、蒙古語跟台語截然不同的地方是：在台語中，動詞和形容詞跟它們所支配或修飾的名詞一起出現於一個詞語結合體內❶。

　　比方說，台語也有 { 教學生¬}《教學生 》、{ 歹果子¬}《不好的水果 》以及 { 講無¬}《說沒有 》之類的例子。相反地，名詞的獨立性相當強，如同 { 風¬}{ 吹¬}《刮風 》、{ 嘴¬}{ 美¬}《嘴巴漂亮 》所示，本身常維持一個重音素。(例如代名詞，即使當主語也沒有重音核，會發生聲調交替。)反之，{ 風吹¬}《風箏 》、{ 嘴美¬}《嘴巴甜 》則不然，這些形式在語義上也具有屬於複合詞的明顯特徵。由此可知，聲調群在研究台語(以及整個中國語)的結構上是非常值得重視的現象，切盼這方面能有詳盡的研究。不過，即使只根據目前所知，我們還是可以說：將白鶴——指《白色的鶴 》而不是《白鶴 》——的 ∕pe̤∕ 白，和單獨表述的 ∕{pe̤2¬}∕ 認定為同一形式並非不可能。

　　因此，讓我們更進一步來探討。

(1)∕{pe̤2¬}∕　　　　　　　(1́)∕{pehə2¬}∕
　　白　　《白 》　　　　　白鶴　　　《白鶴 》

(2)∕{pe̤2⌐2e}∕　　　　　　(2́)∕{pe̤2˘e}{hə2¬}∕
　　白的　　《白的 》　　　白的鶴　　《白的鶴 》

(3)∕{cinpe̤2¬}∕　　　　　　(3́) ×

註❶這可說是朝所謂「抱合語」的語言結構這個方向接近。被視為語言結構兩個極端的「孤立語」和「抱合語」具有此種類似性饒富趣味。)

　　眞白　　《 很白 》　　　　　　眞白鶴

(4)／{cinpe2⌐2e}／　　　　　　(4́)／{cinpe̅ě}{ha2⌐}／

　　眞白的　《 很白的 》　　　　　眞白的鶴　《 很白的鶴 》

(5)／{sùi⌐}{kəpe2⌐}／　　　　　(5́)×

　　美復白　《 漂亮又白 》　　　　美復白鶴

(6)／{sui⌐}{kə pe2⌐2ě}／　　　(6́)／{sùi⌐}{kəpe2⌐2e}

　　　　　　　　　　　　　　　　　　{ha2⌐}／

　　美復白的《 漂亮又白的 》　　　美復白的鶴《 漂亮又白的 》

上面當中有×號的是不會出現的形式。《　　》內的翻譯(譯註：原文係日文，這裡譯成中文)是極粗略的對應，僅供參考，如果根據翻譯來思考，勢必無法掌握台語的語義結構。要研究台語的結構，必須擺脫日語、英語及其他所有外國語言的觀點。

　　將上面(2)和(2′)中的白的，(4)和(4′)中的眞白的，(6)和(6′)中的美復白的，分別認定是同一形式，從形態、語義這兩方面來說，都沒有問題。根據「經濟的作業原則」，日語以“終止形”或“連體形”出現的シロイ《白》這個形式，可以認定爲「終止∥連體形」這樣的單一形式，同樣地，台語的這些形式也可以認定爲「終止∥連體形式」。至於(1)和(1′)的白，雖然形態略有不同，也有可能認定爲同一形式，前面已經說過。

　　那麼，既然有美復白這樣的形式，爲何不能有美復白鶴這樣的形式？要加以說明，可以設定兩個假設：(1)因爲白鶴是複合詞，所以美復無法被白鶴統合。(2)美復白具有{美⌐}{復白⌐}這兩個重音素，可是台語並沒有修飾名詞的形容詞帶着重音核出現

於名詞之前——例如﹛美﹁﹜﹛復白﹁﹜﹛鶴﹁﹜——的語言習慣，因此，如果只是要讓美復白鶴發音順口，就不得不發成﹛美﹁﹜﹛復白鶴﹁﹜。如此一來，復這個形式就把美和白鶴視爲同格加以結合，這在語義上說不通，所以不可能有美復白鶴這樣的形式。

　　我把上面的假設說給王君聽，結果獲得的答覆是：身爲台語使用者，從心情上來說，至少對(2)沒有異議。既然如此，我們可以說，對於將白鶴《白色的鶴》視爲詞組的假設而言，沒有美復白鶴這樣的形式顯然並不礙事。

　　接下來的問題是：有眞白這樣的形式，卻不可能有眞白鶴這個形式，理由何在？首先可以設想的是：由於白鶴是複合詞的關係，所以眞《非常》這個副詞無法被其統合。但是，我們當然也不能忽視白鶴是詞組的可能性。不過這次無法像前面的假設(2)那樣來說明。因爲即使由於沒有﹛眞白﹁﹜﹛鶴﹁﹜這樣的發音習慣而不得不發成﹛眞白鶴﹁﹜，在語義上並不會有任何不宜之處。因此，讓我們探討一下是否有其他原因。

　　白、白的、眞白、眞白的、美復白、美復白的這些形式，都可以採取表示確認判斷的音調型 ↘ 或反問的音調型 ∨ 來構成句子。但能夠隨意採取疑問的音調型 ↗ 的只有白，而白的、眞白的、美復白、美復白的則僅止於並非不能採取的程度，眞白則不能採取。這一點和日語的シロイ《白》、キレイデシロイ《又漂亮又白》這樣的形式能夠採取 ↘∨↗ 中的任何一種音調，而マッシロダ《雪白》、キレーダ《漂亮》這樣的形式雖然可以採取 ↘ 或 ∨ 的音調卻不能採取 ↗ 的音調頗爲類似。我的假定是：シロイ之類用來表示不定人稱者的判定作用，相反地，キレーダ之

類則用來表示第一人稱者的斷定。(參見上述「言語研究」第32期所載拙稿。)台語的<u>真白</u>大概也是用來表示第一人稱者的斷定。王君說：<u>真</u>的語義可以譯成日語《とても……だ》(譯註：是斷定詞)，這一點支持我上面的假設。而正如日語的キレ一ダ是終止形並非連體形一樣，台語的<u>真白</u>大概也是終止形。既然如此，對於認為<u>白鶴</u>《白色的鶴》是詞組的假設，<u>真白鶴</u>這個形式不能成立的這個事實，並不會造成任何妨礙。要言之，根據以上的探討，我們的結論是：<u>白鶴</u>有可能是複合詞也有可能是詞組。

其次，<u>白的</u>這個形式可以和<u>鶴</u>、<u>兔</u>、<u>紙</u>、<u>鞋</u>、<u>蛇</u>、<u>衫</u>、<u>帽仔</u>、<u>汽車</u>、<u>公共汽車</u>、<u>民營汽車</u>等等統合，用來修飾這些名詞。不過，<u>白</u>雖然有白鶴、<u>白兔</u>、<u>白紙</u>、<u>白鞋</u>、<u>白蛇</u>、<u>白衫</u>、<u>白帽仔</u>(以上的形式都是整個具有一個重音素)等形式，卻沒有<u>白汽車</u>、<u>白公共汽車</u>、<u>白民營汽車</u>這樣的形式。另一方面，雖然有美的鶴《漂亮的鶴》這樣的形式，卻沒有<u>美鶴</u>這樣的形式。<u>美的</u>這個形式也可以修飾<u>兔</u>、<u>紙</u>、<u>鞋</u>、<u>蛇</u>、<u>衫</u>、<u>帽仔</u>、<u>汽車</u>、<u>公共汽車</u>、<u>民營汽車</u>等等，但<u>美</u>頂多只出現於<u>美衫</u>以及<u>美鞋</u>、<u>美帽仔</u>中。換言之，<u>白的</u>和<u>美的</u>能夠自由修飾各種名詞，但<u>白</u>和<u>美</u>則具有只能出現於有限的形式的傾向。這一點足以說明，即使我們假定白鶴《白色的鶴》是詞組，它跟<u>白的鶴</u>在功能上還是有別，可以視為多多少少比較接近複合詞的形式。

再下來是<u>白墨</u>。這個形式整體上和<u>墨</u>、<u>鶴</u>之類的單純名詞具有同樣的功能，要將其中包含的<u>白</u>、<u>墨</u>這兩個形式看成和<u>白</u>、<u>墨</u>這兩個詞相同，從功能上來看也是不可能的。<u>白墨</u>應該視為複合詞而不是詞組。不是指《白色的鶴》而是指《白鶴》或《鶴》的

白鶴也應該視爲複合詞。

這裡要附帶說明一下，觀察／{tuาɕiàhə˧˩／}大隻鶴《大的鶴》的大隻和{／tuาɕià˧˩／}大隻《大》之間的關係，可以發現在語義上和形態上都和前者相同的形式，能自由修飾各種名詞，例如{大隻汽車˥}、{大隻公共汽車˥}、{大隻民營汽車˥}——不過隻本身有一些限制。因此，用於句尾的大隻和大隻鶴的大隻之間的關係，並不等於白和白鶴之間的關係。大隻在功能上和白的雖然有共同點，但在修飾名詞時必須和該名詞分擔一個重音素，就這一點而言，可以說自立性比白的爲弱。不過，因爲大隻鶴的大隻和用於句尾的大隻在形態上略有不同，所以或許前者可以認定爲連體形式，後者可以認定爲終止形式。

但二者的關係，跟日語的文言中，例如オクル(起)、ウクル(受)這樣的連體形和オク(起)、ウク(受)這樣的終止形之間的關係不同。日語的連體形，多加了／ru／這個音節，而台語則由於音韻上的限制，出現機械的形態交替。因此，理論上另當別論，從語法描寫的實用觀點來看，台語的大隻、一隻、彼隻等等，我認爲不必分設連體形和終止形。這一點，其實同樣適用於代名詞、動詞等的形態交替。

根據以上探討的結果，我們發現用來修飾名詞以及名詞相關形式的形式，有下面四種：

（I）白的、美的、好的、強的、……

（II）大隻、大粒、大个、細隻、細粒、細个、……

（III）白鶴《白色的鶴》的白、美衫的美……

（IV）白墨、白鶴《鶴》之類的白

(I) 的白的鶴、(II) 的大隻鶴可視爲詞組，(IV) 的白墨可視爲複合詞，(III) 的白鶴則可說是介於詞組和複合詞之間的形式，從理論的觀點來說，我認爲可視爲複合詞。不過，辭典中只要記錄第 (IV) 種的複合詞即已足夠，關於第 (III) 種，比方說在白的詞條下註明它能和何種名詞構成複合詞即可。

下面這一段相當重要，雖然有點偏離正題，還是想提一下。

上面的白《白》、白的《白的》、白鶴《白色的鶴》、白的鶴《白色的鶴》都附有日文翻譯(譯註：中文版已譯成中文)，但我們一看就知道並不正確。因爲後二者的翻譯都一樣。那麼白的意義素和白的的意義素到底有何不同？我認爲英語的 white 用來指屬性的『觀念』，而日語シロイ除了用來指屬性的『觀念』外，同時還用來指不定人稱者的一種判斷(參見「言語研究」第 32 期拙論)；而台語白和白的之間在意義素方面的區別，據我的推測，跟 white 和シロイ，也就是 be white 之間的區別多少有類似之處。因此，白鶴跟白的鶴之間的區別就跟 a white crane 和 a crane which is white 之間的區別多少有些類似。當然，由於英語有冠詞和關係代名詞，也有單數和複數的區別，所以並非完全一致。

其次，我認爲買 /{bèˆ}/《買》和買的 /{bèˆ2è}《買的》之間的意義素的差別，也必須和白跟白的之間的差別平行才行。所以，買這個形式的意義素就跟英

語、德語、法語、俄語的不定法一樣,只用來指動作的『觀念』,而買的則除了表動作的『觀念』外,據我的推測,同時還用來表示不定人稱者的一種判斷,後者正如日文譯成《買つた》(譯註:買了)所示,據稱是用來表示過去的事實。既然如此,買的應該是用來表示認定買這個動作實際發生所做的判斷。未來並非現實,因此我們能夠確認其實際發生的,僅限於到現在為止的事實。職是之故,我們就可以概略地說:買的用來表示『過去發生的動作』。相反地,白這樣的形容詞,用來表示恆久的屬性,所以白的大概是用來認定這樣的屬性實際存在所做的判斷。因此,它可以用來表示過去的事實,也可以用來表示『現在』的事實。例如,「昨昏去看彼間厝。是白的。」《昨晚去看那間房子。是白色的。》

如上所述,買這個形式大概只是表示買這個動作的『觀念』,但「買。」這個句子則用來表示「表現者」(參見上述拙稿)的某種判斷。我認為那是由於《述語》句型和音調型 ↘ 的關係。不過,「買。」這個句子根本沒有表現出主語或時態(tense),那不在問題之列。「逐日買。」《每天買。》、「昨昏買。」《昨晚買。》、「明仔再買。」《明天買。》,正如各個譯文所示,分別用來表示一般的動作、過去的動作、未來的動作,但那是由於逐日、昨昏、明仔再這些形式以及將它們和買加以統合的句型的關係,我們可以假定買本身的意義素

是一貫不變的。像「我買。」「你買。」之類，可以利

用代名詞將主語表示出來。不過，

　　　買的帽仔《買的帽子》　　　白的帽仔《白色的帽

　　　子》

雖然都具有《修飾語＋被修飾語》的統合型，但是，

　　　買帽仔《買帽子》　　　白帽仔《白色的帽子》

二者中，後者雖然具有同樣的統合型，前者也就是買帽

仔則具有《述語＋賓語》的句型。這大概是因為買是動

詞，白是形容詞，才會出現這種差異。

　　最後讓我們從功能上來探討看看，{ 電車 } 到底是複合詞或

是詞組。

　　首先，{ 電車 } 整體具有和 { 車 } 之類的單純名詞同樣的功

能，這一點跟 { 白鶴 }、{ 白墨 } 相同，但後者的白和形容詞的

{ 白 } 相關，而前者也就是 { 電車 } 的電則跟 { 電 }《電》這個

名詞相關，這一點是不同之處。後者即使視為複合詞，也是和

{ 牛車 }{ 馬車 }{ 汽車 }{ 火車 } 相同的複合型。

　　因此，我們必須調查看看是否有兩個單純名詞能同時出現的

《修飾語＋被修飾語》這樣的統合型？如果有，是否整體具有一個

重音素？而實際上好像找不到這種詞組的例子。

　　另一方面，我們甚至可以發現，像：

　　　{ 東南 }{ 亞細亞 }

　　　{ 北部 }{ 太平洋 }

　　這種具有兩個重音素，但從語義上來看，可以認定為整體構

成一個複合詞的形式。我們或許可以說，這一點說明台語並沒有

《名詞＋名詞》，而且是前一名詞修飾後一名詞的統合型。由此可見，形態和語義顯示出 {電車⌐} 是複合詞，我們不妨將其認定爲複合詞。

有人認爲 {電車⌐} 可以說成 {用電⌐}{走的車⌐}，所以是複合詞與否頗有疑問。但這是因爲 {電車⌐} 所包含的形式電以及車，能夠和名詞的 {電⌐}《電》以及 {車⌐}《車子》產生關聯的緣故，如果要這麼說，{火車⌐} 不也可以說成 {焚火⌐}{走的車⌐}，結果就等於說《名詞＋名詞》這種類型的複合詞不可能存在，所以我認爲這種推論方式並不恰當。

{玻璃窗⌐}《玻璃窗》也可以說成 {玻璃⌐的}{窗⌐}，據說有人因此根據分離法懷疑它不是複合詞。確實是有 {玻璃門⌐}《玻璃門》、{玻璃櫥⌐}《玻璃櫥》、{玻璃杯⌐}《玻璃杯》等等的字眼，其中玻璃和窗、門、櫥、杯的結合度，據說好像比 {電車⌐} 的電和車鬆，但根據上述的理由，{玻璃窗⌐} 應該整個視爲複合詞。

還剩下一個問題。那就是中意《中意》、注射《打針》、拍咳嚏《打噴嚏》之類的形式到底應視爲複合詞或詞組的問題。

{中意⌐} 這個形式和 {合意⌐}《中意》功能相同，例如，二者都可以有下面的說法：

{看了⌐}{足中伊的意⌐}《他看了之後非常中意。》

{看了⌐}{足合伊的意⌐}《他看了之後非常中意。》

但不同的是，台語有 {意⌐} 這個名詞和 {合⌐} 這個動詞，卻沒有 {中⌐} 這個自立動詞。不過，我認爲既然把合意視爲詞組，中意也必須如此處理。以日語爲例，合意、中意和日語的キニイル

《中意》這個詞組不同之處是，後者具有／{kini}{'iru}／這兩個重音素，而合意、中意則是整體具有一個重音素的詞語結合體。王君之所以「想把中意視為一個詞」，我認為這一點也是原因之一。「為了儘可能培育複合詞」，在正字法上將中意連成 dingji，我認為從實用的觀點來看是很恰當的，但從理論上來說，應該如上所述。

我認為注射、拍咳嚏同樣適用上面的說法。王君考慮到正字法而採取的處理方式很恰當，但為了提高辭典在語言學上的價值，最好一一注明這些形式和一般複合詞不同。（中意、注射這兩個詞條有註明，但拍咳嚏這個詞條則未註明。）

有關不能自立的「附屬詞」和詞的一部分的「接辭」的識別方法，也必須探討，但因篇幅關係，此處從略。

關於詞類的劃分，我想王君在「語法」這部著作中會詳加說明，願樂見其成。在文法的研究上也必須重視形態、語義、功能，特別是功能。王君說「情態詞」大部分是自立詞，小部分是附屬詞，但自立詞和附屬詞功能不同，是否能歸屬於同一詞類，尚待研究。

在詞彙部分，每一個詞的語義描寫，應該以意義素的描寫為目標而非只是提示日語翻譯，但目前此種辭典幾乎一本也沒有，提出此種要求是強人所難，因為工作極為艱鉅。如果做好意義素的描寫，比方像 bà(飽)和 ia(厭)之類的詞語在語義上的不同就能清楚識別。我認為像 kik(曲)和 guā(歌)這兩個詞條所加的注釋相當不錯。

以上毫無保留地提出個人淺見，不過，我的結論還是一樣：

王君這本精心著作從整體上來看相當紮實而且出色。詳細的討論只是爲了把握這個機會，將我對文法研究的方法論所抱持的部分看法公開出來而已。因爲我想強調，要適用「代換法」「分離法」，必須一方面對形態、語義、功能這三個層面進行周密的探討，另一方面也必須重視統合型和複合型；而且我也想求證一下我平日的看法——這種分析原則必須是普通語言學上的原則，而非僅僅適用於中國話一個語言——是否也適用於這種情況。

與此同時，我非常欽佩王君，甚至連這種很容易跟母國語言的熱愛互不相容的精密理論都鍥而不捨地熱心探求，在心情上很希望能提供給他做爲今後在提筆描寫台語語法時的一些參考。在此除了對王君的孜孜不倦、努力不懈表示讚佩外，並預祝他將來能百尺竿頭、更進一步。

1957 年 10 月

服部四郎

（黃國彥譯）

自序

收錄台語(廣泛而言是福建話)詞彙的所謂辭典類，雖然爲數不少，但都只收錄詞彙，未能對詞彙更進一步深入研究。清朝的閩籍學者從小學的觀點所做的研究姑且不論，形式如今日吾人所見的辭典，早在十九世紀中葉即已出現。這應該歸功於西方傳教士，但那些辭典幾乎都只是淺泛的英廈對譯辭典。日本人在五十年的統治期間內，也編纂了大大小小的幾部辭典，這個時期畢竟比以前邁進了一步，有一些蛛絲馬跡可以看出，他們在編纂態度上，至少曾試圖從語法和詞彙的相關性來掌握詞彙。

方言的研究通常以詞(words)的收錄爲出發點，但他們所謂的詞，毫無批判地將一些「詞組」(詞的結合體)或「字」(單純的音節)夾雜在內，令人懷疑他們甚至連詞的概念本身都未能完全掌握。在這種情況下，即使號稱收錄數萬詞語，也幾乎毫無意義。這是我覺得不能滿意的第一點。

這種辭典，在說明上必須煞費苦心。爲了讓利用者獲得有效的掌握，如能考慮到同義詞、相似詞、相反詞之間的相關性，凸顯出各個詞語在整個詞彙體系中所占的位置，最爲理想。但實際上，以往並無任何這方面的考量。這是我覺得不能滿意的第二點。

　　詞語只是語言的材料，要實際加以活用，就必須借助句法。句法的描述是語法書的工作，但負責收錄詞彙的辭典，也必須配合所需，簡潔加以說明。尤其是方言，由於語法的研究較爲落後，爲了補其不足，必須盡量蒐羅豐富的例句，隨時就構詞法加以提示，自不待言。至如詞類的劃分，也不可或缺。然而，以往的辭典似乎沒有在這方面做過有效的努力。這是我覺得不能滿意的第三點。

　　向來的辭典通常都以漢字爲基礎，再以敎會羅馬字或日本的假名注音。這是時代和環境所造成的結果，但編著者本身應該也很淸楚，漢字至上主義是行不通的。儘管如此，他們爲了圖一時方便而設計出來的假借字或怪字，如果反而讓一般讀者誤以爲是正字，則其罪過誠然不輕。再說，做爲標音工具的敎會羅馬字和日本假名是西方傳敎士和日本人爲了自己的方便而設計的，一開始就有許多不合理的地方。這是我覺得不能滿意的第四點。

　　標榜台語的辭典，卻只因台語的發音和廈門話有所類似，就以廈門音來取代，簡直是荒唐之至。試圖以廈門音做爲福建話的標準音，屬於語言政策的問題，和描述語言實際的發音——編纂辭典——應該是兩回事。這是我覺得不能滿意的第五點。

　　我試圖以自己的方法來解決這些不滿之處，但不知道自己究竟能做到什麼程度。

　　本書是做爲我「台語研究」的三部著作——包括詞彙、語音、語法——中的一部而動筆撰述的。偶然將原稿給數位友人過目，結果他們要求我編輯成書以嘉惠我們台灣青年。既然如此，我覺得只有詞彙部分(本文)顯然不夠，決定附上講解性的概說。

概說中引用以前發表過的幾篇論文，有些並更進一步詳加闡述。這一點必須在此事先聲明。而有關詞法和句法的部分，有些地方本來必須多加斟酌，但因倉促成篇，疏忽遺漏之處想必不少，希望他日有機會再行補充訂正。

本書問世的經過如上所述，不論體裁或內容，均非無懈可擊，但如因而能夠發揮拋磚引玉的作用，則幸甚。

本書的出版，承蒙恩師倉石武四郎教授與服部四郎教授惠賜序文以光篇幅，實在榮幸之至，愧不敢當。還有，指導教授藤堂明保副教授自始至終熱心賜予指導，在此深致謝忱。而索引的編製以及日文譯稿的審閱，則多蒙學友上田金次郎、松本一男、石川忠久諸位先生協助。語料提供人 T 氏父子以及拙荊的辛勞也令人難忘。又本書得以付梓刊行，有賴漢語研究家田中秀先生提供寶貴建議之處甚多。對這些人士，謹在此衷心表示感謝之意。

　　1957 年 10 月

　　　　　　　　　　　　　王育德

　　　　　　　　　　　　　　　（黃國彥譯）

例　言

1. 本書係就 5000 個台灣常用詞彙所做的相關解說的書，有關如何選定這 5000 個詞彙的經過，在概說第三章第二節詞彙的種類(請參照 p.86)中有詳細的說明。

2. 本書係由概說、詞彙(本文)、索引(含方言差一覽表)等三個部分構成。

3. 概說部分，除了說明台灣語的概要之外，也有一些大家較不熟習的部分，希望藉此能夠捕捉到台灣語的輪廓。

4. 詞彙的部分，係就常用的 5000 個台語詞加以日譯(編按：華文版為漢譯)，所以，本書也可以稱為一種「台日小辭典」(按：華文版是「台漢辭典」)。

5. 索引係就詞彙部分的日譯加以整理，依日語的五十音順排列，就此而言，它又可以當做「日台小辭典」使用(編按：華文版未收錄此「索引」部分)。

6. 索引後面的「方言差異一覽表」，乃為方便和筆者腔調不同的人所設計的，台灣話如一般所知，是一種「不漳不泉」(非漳州腔亦非泉州腔)的狀況，這方言差異一覽表，就成為一個有趣的資料。

7. 本書的發音，完全根據筆者故鄉台南市的音調，本人考慮

到：將來，如果要做福建話的方言調查，這一部分似可做爲一種資料。

8. 本書所用的羅馬字，採用筆者所設計的模式，其體系，在概說的第二章「台灣話的音韻體系」(p.41 以下)有詳細說明。

單一的詞拼寫在一起，詞和詞之間則分開拼寫。連字符除用來連接跨越兩行的單一詞之外，還用來連接臨時結合而且緊密度較高的詞語。以上是本書拼寫法採取的標準。

爲避免煩瑣，例句不用大寫字母開頭。

9. 羅馬字的排列順序和呼稱如下：

a〔a〕	b〔pa〕	bh〔ba〕	（第一句）
c〔tsʻe〕	d〔te〕	e〔e〕	
g〔ki〕	gh〔gi〕	i〔i〕	（第二句）
k〔kʻo〕	l〔lo〕	m〔mo〕 n〔no〕	
ng〔ŋo〕	o〔o〕	ə〔ə〕	（第三句）
p〔pʻu〕	r〔dzu〕	s〔su〕 t〔tʻu〕	
u〔u〕	x〔hu〕	z〔tsu〕	（第四句）

10. 漢字的使用，只提供參考；其中固然混雜了若干個人的見解，但多半遵照一般用字，雖然在語源方面有明顯的錯誤，也有許多的疑問，但以本書的旨趣來看，我們並不太過拘泥於這些。

Ong Iok-tek

概說

黃國彥譯

台灣話和福建話

第一節　何謂台灣話？

　　本書所謂的台灣話，是指居住在台灣本島以及澎湖群島的福建系台灣人目前所使用的語言。從學術上來說，「台灣話」或許並不存在。存在的只是通行於台灣地區的福建話(廈門話、閩南話)而已。

　　眾所周知，中國話可以大略分為北京話(官話)、蘇州話(吳語)、廣東話、客家話以及福建話。這裡所謂的福建話，包括閩北的福州話在內。但從語言的勢力範圍來說，閩南的福建話範圍較廣，所以一般人提到福建話，似乎都是指廈門話。就使用人口而言，福建省東南部和廣東省東北部約有五百萬人，台灣地區約有七百萬人，南洋福建系華僑約有三百萬人，估計共約有一千五百萬人。

　　我之所以寧可用「台灣話」這個新名詞，而不說是台灣的福建話，完全出於重視分析的科學精神，別無他意。因為，從類概念到種概念，再從種概念到次概念，一層一層地將我們的知識精密化、明確化，這是發展學術的唯一途徑，我認為有必要建立台灣話這個範疇做為福建話的一個方言，而且打算從純學術的觀點

　　試加若干探討。目前，台灣的政治立場非常微妙，我最擔心的是有人以某種成見或用有色眼鏡來看這個問題。但願明智的讀者不致於如此。

　　台灣現在約有一千萬左右的居民，他們被泛稱為中國人，自不待言。如進一步仔細分析，我認為可以這麼說：其中約有二百萬人是在一九四五年八月以後來自大陸各地，他們被稱為「外省人」，說的是家鄉的方言或北京話，不會說台灣話。

　　一九四五年八月十五日以前就住在台灣的居民當中，大約有十五萬人到二十萬人是高砂族(現在被叫做高山族)。他們分為幾個部族，住在中央山脈或東海岸的小島上，生活水準不高，人種上屬於馬來系，語言也屬於馬來‧波里尼西亞語系。

　　一千萬總人口減掉外省人和高山族，剩下的七百八十萬被稱為「台灣人」。在本書中，這個名稱指的是使用「台灣話」的人，希望(各位讀者)不要想得太多。這些台灣人當中，客家占10％，系統上好像屬於梅縣客家。他們原則上說客家話，成羣集居在山麓地帶以及下淡水溪流域，有不同的風俗習慣。

　　他們對福建系台灣人抱持根深蒂固的對抗意識，但為了生活上的方便，都會說一些台灣話。

　　福建系台灣人占總人口的絕大多數，在政治、經濟、文化各方面，掌握實權。從原籍上來說，泉州和漳州占壓倒性多數。下面列表以供參考。抱歉的是資料略舊，但因無法取得最新的資料，只好請讀者包涵。不過現在記得自己原籍的台灣人恐怕非常少，要編製這樣的表並非易事。

台灣漢民族人口原籍統計表（1926 年調查，單位 100 人）

原籍別＼州廳別	台北	新竹	台中	台南	高雄	花蓮港	台東	澎湖	全島
福建系	7,161	2,171	7,362	9,793	3,871	99	37	670	31,164
泉州	3,990	992	3,418	5,374	2,388	47	23	582	16,814
漳州	2,846	1,065	3,611	4,238	1,293	46	10	86	13,195
汀州	174	55	83	76	36	1	—	—	425
福州	67	15	121	35	27	3	2	2	272
永春	53	8	63	13	67	—	1	—	205
龍巖	26	19	61	25	27	2	—	—	160
興化	5	17	5	32	33	—	1	—	93
廣東系	43	3,533	1,077	205	920	72	12	1	5,863
梅縣	19	1,683	383	71	769	35	9	—	2,969
惠州	6	1,332	147	21	23	16	1	—	1,546
潮州	18	518	547	113	128	21	2	1	1,348
其他	56	117	99	106	106	—	—	5	489
合計	7,260	5,821	8,538	10,104	4,897	171	49	676	37,516

（錄自台灣總督府編《定居台灣漢民族原籍調查》，1928 年出版，台灣研究叢刊第九種，台灣的人口。）

　　所謂台灣話，就是指這些福建系台灣人所說的語言。但實際上台灣人說的是一種奇異的語言。請看下頁表。

　　這個表是我自己擬定的，程度上的區別是，「優」：相當流暢；「良」：有些結結巴巴；「可」：能做簡短的會話。要看懂這個表，多少必須具備台灣史方面的知識。那就是，這十年來由中國政府統治，在這之前五十年則由日本控制。

　　例如十歲以下的兒童，幾乎都不會日語，因為他們出生時，

台灣人學習語言的趨勢(1956 年時)

年齡＼語別程度	台灣話			日語			北京話		
	優	良	可	優	良	可	優	良	可
1～10		×						×	
11～20		×					×		
21～30		×			×			×	
31～40		×		×				×	
41～50	×				×				×
51～60	×					×			×
61～70	×					×			

日本人已經撤離。情況改變了，學校從早到晚所教的都是北京話。不過，很難達到優的程度。台灣話由於在家庭中使用，所以不會忘記，說得還不錯。

當然有很多例外。不妨把它當做一個比方。從這個表可以看出一個事實：台灣人未必會說台灣話。我本人就是一個最簡單的例子。我相當於表中 31～40 歲這一欄，所以台灣話的程度是「良」。因為父母親屬於「最後的」老一輩台灣人，所以家庭教育用的是完整的台灣話。可是，由於當時皇民化運動如火如荼，一踏出家門，就被徹底灌輸日語。所以日語的成績才會比台灣話好。北京話則是踏出社會後，為了糊口下功夫去學的結果，就多打幾分算「良」吧。

有關台灣話長期而有系統的學術研究，過去沒有人做過，現在也沒有人在做。豈止如此，如果能做為方言獲得默許在家庭或

私人聚會中使用，就該謝天謝地，搞不好會被視爲推行「國語」運動的敵人而被消滅也不一定。不，實際上已經快被消滅了。先聲明一下，我並不是在這裏抨擊國語政策。

方言是註定會被國語蠶食的。在台灣，國語的政治勢力又特別強大，而且由於兩種不同國語的入侵，結果，台灣人在主張自己有「權利」學台灣話之前，必須先爲學日語和北京話的「義務」廢寢忘食。

如果公開宣稱台灣人大多會說台灣話、日本話、北京話三種語言，那全世界的語言學者大概都會讚歎不已。但如果率直地說：其實台灣人沒有任何自己的語言，恐怕連澳州的土人都會嘲笑說：沒文化。

台灣人今天實際使用的語言，是台灣話和日本話、北京話的大雜燴。混合的程度因年齡、教養以及生活環境的特殊性而有所不同。這種大雜燴的語言，正是台灣人眞正使用的語言。這種奇異的語言，只有台灣人才有，無法通用於福建人、日本人、北京人。這是被坎坷的歷史壓扁，悲慘的台灣人所呈現的面貌之一。

我原先的意圖在於將台灣話和其母語福建話加以比較。如果像上面這樣將台灣話擴大解釋，就會陷入進退維谷的地步，因此必須在此轉換方向。

幸好日語和北京話都是最近才入侵不久的外來成分，所以將其加以篩檢，用台灣話來填補空隙，使其成爲純粹的語言並非難事。也正因如此，研究台灣話對台灣人來說，已是燃眉之急。以下試就純粹的台灣話進行探討。

台灣雖然只不過是位於西南太平洋的一個小島，但面積亦廣

達三萬五千平方公里。南北從基隆到鵝鑾鼻全長四百公里,東西最寬的部分也有一百六十公里。因此,台灣話本身有一些方言差異,也是理所當然。最明顯的例子就是,以台北爲中心的北部腔、以台中爲中心的中部腔及以台南爲中心的南部腔。

例如,台北人把「火雞」說成 xèguē(此羅馬字是本書所使用的,以下同),台南人則說成 xuègē。台中人把「兩」(二)說成 no,台北人和台南人則說成 nɡng。還有,雖然不能說是方言差異,但也有同一個地方發音卻不一樣的情形。

例如基督徒認爲聖經或讚美詩歌的表達方式和發音才算正統,常愛加以模倣。因此,他們的表達方式和發音在整個島上都相同,但卻和當地的非基督徒產生差異。

儘管如此,像台灣這樣交通發達的地方,更重要的是由於歷史上的原因——開拓初期,原籍不同的人被迫混合居住及共同生活——或許可以說幾無方言差異。而大陸本土的福建,由於地勢多山的關係,不得不分散成許多小村落,過着比較排外而保守的生活,相形之下,我們很容易瞭解上面這一點。

但語言本來就具有保守性,而使用語言的人也是出乎意外地有些地方很保守。今天的台灣也是如此,在一部分知識分子當中,有人會說:『你把「飛」說成 bē 而不說 buē,所以是泉州腔。』或說:『我把「香」說成 xiōh,不說 xīuh,所以是漳州腔。』大致加以區分,煞有介事。這種學究色彩固然甚佳,但這樣說又有何用?總不會因爲對方說泉州腔,就下結論說他是泉州人。如果想用來調查原籍,只分泉州腔和漳州腔兩類是不夠的,還必須進一步調查大陸本土的同安、漳浦、龍巖、長泰等地的腔

調。更何況同一個人的發音中常常泉州腔和漳州腔雜然並存，這是台灣人發音上不折不扣的實際情況，既然如此，又何必追根究底？雖然有些不好意思，就拿我當例子來說，我自己大致上是漳州腔占七成，泉州腔占三成，然而我的原籍卻是同安。如果是同安，應該屬於泉州腔的系統。那麼，我是不是在既是祖先移居之地，也是我出生之地的台南市學到漳州腔？但根據台灣話的權威小川尚義所做的調查(如果調查無誤的話)，台南市和台北一樣是泉州腔色彩比較濃的地方。這讓我一頭霧水，不知所以然。我認為不知所以然也無妨。總而言之，在台灣話裏頭賣弄學問，大談什麼泉州腔和漳州腔，並沒有什麼實質利益。

我認為要研究方言差異儘管研究，但希望能從符合現實的嶄新觀點進行研究，而且也必須如此。

這裏應該順便一提的是，既非泉州腔亦非漳州腔，所謂「不漳不泉」的台灣話並非就等於廈門話(狹義的廈門話，亦即廈門市及其附近所說的語言)。這麼明白的事何以非說不可？那是因為截至目前為止，幾乎所有研究台灣話的日本學者都有同樣的傾向——認為「不漳不泉」的台灣話近似「同時具有」(他們這樣說)漳州話和泉州話二者特徵的廈門話。這個看法很難舉雙手贊成。

眾所周知，廈門是鴉片戰爭後被迫開放的港埠，從市街和語言古老的程度來說，絕對無法和唐代以來就廣為人知的泉州以及漳州相提並論。時至今日，認為福建話的標準是廈門話，提到福建話就說是廈門話，大家對這種說法都能不加排斥，這完全是因為廈門擁有天然良港，在閩南的政治、經濟和文化上居於重要地位的緣故。就語言來說，廈門話並沒有一個傳統的型式，主要是

由泉州話和漳州話混合而成，然後加以簡化的一種特殊的型式。例如「君」(舉云切，文韻合口)和「斤」(舉欣切，欣韻開口)在泉州分別發成 gūn 和 gǔn，在漳州分別發成 gūn 和 gīn，但在廈門則都發成 gūn。

台灣話確實有將廈門話視爲標準語加以倣效的傾向。這是因爲這方面的研究書籍和辭典類幾乎都以廈門話(the Amoy Dialect)爲標榜，尤其發音辭典中可以說最權威的定本——甘爲霖(W. Campbell)的《廈門音新字典》(A Dictionary of the Amoy Vernacular)就是以廈門話爲對象，在沒有選擇的情況下，結果就成爲大勢所趨。無論如何，整個福建話有以廈門話爲標準語而標準化、單一化的傾向，不論就實際上而言或就學問上而言，都非常值得歡迎。

然而，我還是想吹毛求疵，強調台灣話和廈門話不同。

首先，就發音(如有語病，就用腔字)來說，雖然二者都是「不漳不泉」，但混雜的方式並不一樣。各位只要比較一下《廈門音新字典》的發音和自己的發音就立即能明瞭。發音上的差異還算少，語彙方面大概有10％不一樣。例如台灣話把「鄉下」說成 càude(草地)，廈門話則說成 xīuh'e(鄉下)。台灣話把「彈珠汽水」說成 xǝlǎnsēzùi(荷蘭西水)，廈門話則說成 kizùi(汽水)。至於廈門話所無，但卻被台灣話完全吸收消化的日本詞彙更是不勝枚舉。例如：xuęsia(會社)〔公司〕，zudongciā(自動車)〔汽車〕，zųbhún(注文)〔訂貨〕，tatbhi(足袋)〔日式短布襪〕，zùidǝ(水道)〔自來水〕等等。這些詞彙是伴隨着日本帶進台灣的現代化生活而一一被直譯使用的，都是一些由於日本政府限制台灣和

中國大陸本土之間的來往，沒有時間向本家廈門請益的詞彙。但用起來並沒有什麼不便，結果不知不覺之間就變成台灣話的新血肉。不知是福是禍，被「同文同種」的日本統治的結果，台灣話的詞彙「豐富」了許多。

理所當然地，有人會提出主張：台灣話有很多日本詞彙簡直豈有此理，應該發起民族純血運動。今天，日本已經戰敗，中國成爲世界五大強國之一，上面的主張不無道理。不過，如果是廈門話也有的詞彙，原則上可以改用廈門話來取代，但如果是廈門話沒有的詞彙，或是即使有卻是日本詞彙比較簡潔合理的話，照樣使用有何不可？何不展現一下恢宏的氣度呢？因爲北京話也有許多從日語直接輸入的詞彙。

最後談一下「語調」(intonation)的不同。語調是指說話時的抑揚高低。通常，不管是哪一國的語言，表示疑問時，句尾語調會上揚；肯定或直述時，句尾語調會下降，情形大致一定。台灣話和廈門話也不例外。但聽廈門人說廈門話，從他說話的調子，馬上能夠感覺出「啊！這個人並不是台灣人。」

並非詞彙中夾雜有不懂意思的字眼，也不是每個詞的聲調不夠正確，當然語法也沒有錯。然而整體上就是令人覺得怪怪的。我把它稱爲語調的不同。不過由於接觸廈門人的機會很少，還無法做深入的研究。但這種抑揚頓挫的差異沒有什麼意義，更何況語調並不會把在這個方言中地位非常重要的輕聲破壞掉。或許是自己孤陋寡聞，我沒有見過這方面的研究發表，我本身所知也不多。

以上針對台灣話的定義，以及台灣話和廈門話之間的不

同──特別着重於方言差異──做了說明。台灣話是福建話的一支，這是不容否認的事實，二者之間的差異，從宏觀的角度來看，雖然微不足道，但找出不同之處加以研究，才是學問之道。旣然如此，台灣話還是應該做爲台灣話，徹徹底底加以研究。因爲三百年來台灣特異的歷史並不是白過的。下一節將把重點放在台灣人的由來，探討一下台灣話究竟背負着什麼特異的歷史。

第二節　台灣殖民史

　　閩南人在開發台灣和澎湖島時，自始至終都沒有受到政府的保護或獎勵。不僅如此，政府還將他們視爲潛在暴徒、危險人物，一有機會就不斷施加壓迫管制。例如對倭寇的猖獗束手無策的明朝政府，在洪武五年(1372年)將好不容易移民到澎湖島的居民遷回本土的措施，還有鄭氏滅亡後，在淸朝的廷議即將決定的前一刻，被降將施琅推翻的放棄台灣論之類的極端例子，姑且不談。但即使如此，台灣在正式納入中國的版圖，隸屬於福建省之後，禁止或限制移民渡台的法令，一直到乾隆二十五年(1760年)被廢除爲止，事實上持續了一世紀之久，雖然其間有寬嚴之別。

　　職是之故，他們鑽過嚴密的法網，向狂風暴雨的海峽挑戰，面對着在瘴癘之地被生番獵取人頭的威脅，勇往直前拓荒移民。也難怪他們會自己形成一個類型。《台灣縣志》有一段饒富趣味的觀察。根據其中的記載，富有守法精神的、個性溫厚的、有親戚家累的、士農工商基礎穩固的，都不來台灣；相反地，來的都是一些無親無戚的、被官府通緝的、走投無路的。正因如此，這

些無賴之徒、不逞之輩，初期都當上海盜，和倭寇勾結。這個狀態從元末明初一直持續到十七世紀初期，荷蘭掌握這方面的制海權爲止。當時有名的海盜有林道乾(潮州人)、顏思齊(海澄人)、鄭芝龍(南安人)。

　　台灣初期的開發有賴於他們之處甚多。

　　當然，如果要探討台灣和中國之間的往來，可以追溯到更早以前。最早的是隋大業六年(610 年)，陳稜遠征台灣討伐生番的事件。福建的開發原本始於秦漢，至吳時才上軌道。一衣帶水的澎湖島、台灣，由於某些機會而出現於人們的意識中，是極爲自然的事。市村瓚次郎博士認爲《漢書地理志》中出現的「東鯷」以及《吳志孫權傳》所見的「夷州」有可能是指台灣。《後漢書東夷傳》說明「夷州」時，引用的沈瑩《臨海水土志》則稱：「夷州在臨海(今浙江省臨海)東南，去郡二千里」、「土地無霜雪，草木不枯，四面山谿」、「人皆剃髮穿耳」、「以鹿角造矛，用於戰鬥」，顯然是指台灣和生番，幾無疑問。我們也才瞭解，就是因爲有這些預備知識，陳稜的遠征才會付諸實行。

　　《舊唐書》和《新唐書》並無關於台灣的記載。對大小附庸國陸續到長安朝拜，已忙得不可開交的大唐來說，生番之島的存在根本不足掛齒。

　　不過，連雅堂氏的《台灣通史》記載，唐朝中葉時有詩人施肩吾(江西省南昌縣人)曾經到澎湖墾殖，很難說是否可信。

　　隔了很久以後，台灣才在《文獻通考》(元延祐 6 年，1329 年)出現。根據《通考》的記載，宋淳熙年間(12 世紀末葉)，流球國(即台灣)酋長曾率手下數百人，乘木筏之類的輕舟抵達泉州的水

澳、圍頭等村莊，恣意殺戮掠奪。可見生番也不是好欺侮的。

《元史瑠求傳》則記載：大陸後來又兩度派兵遠征台灣。也就是至元 29 年(1292 年)，楊祥曾出兵到台灣，因爲內訌，鎩羽而歸。接着在大德元年(1297 年)，高興派部將前往討伐，帶回俘虜 130 餘人。據稱當時居住在澎湖島的漢人有一千數百人，前來的貿易船每年達數十艘。因此，元末至正 20 年(1360 年)，在澎湖設置巡檢司，隸屬於福建同安縣。

東洋各國從事海外貿易的風潮自此時起日漸盛行，鹿皮和砂糖等豐富的產物以及控制東中國海、南中國海的重要位置，使台灣一躍而爲世界各國角逐之地，揭開其悲慘歷史的序幕，直到三百年後的今日，情勢仍未改觀。

16 世紀末，葡萄牙的船隻發現這個島嶼，命名爲「FOR-MOSA」(美麗島)，是歷史上有名的事實。在此之前，日本的八幡船曾利用本島爲根據地。豐臣秀吉曾於文祿 2 年(1593 年)致書「高山國」，促其入貢，但生番感到莫名其妙。

其後長崎的代官(幕府直轄地的地方官)村山等安，在 1616 年派兵船 13 艘前來，顯示其勃勃野心，但遭遇颱風，終成泡影。西班牙也曾在 1626 年占據基隆，建聖薩爾瓦多城，但不久即遭荷蘭人驅逐。台灣歸荷蘭控制後，日人濱田彌兵衛仍不死心，乘船進入安平港，大鬧一番(1628 年)。

荷蘭被驅離澎湖島後，於天啓四年(1624 年)在台南建熱蘭遮城，以後一直到永曆 15 年(清順治 18 年，1661 年)被迫和鄭成功結城下之盟爲止，約有 30 餘年，爲時並不算短。因此，荷蘭有充裕的時間安定下來從事開發。

　　據說當時在現在的台南地方，荷蘭官民約有六百人，防軍二千人，漢人則約有 2.5～3 萬戶，人口達十萬人。如此龐大的移民群，一則是因爲明末對岸連年乾旱成災，難民蜂擁而至，二則是因爲鄭芝龍和荷蘭鼓勵移民的結果。荷蘭在占領台灣之初，就對進出口貨物課徵關稅，從漢人手中剝奪貿易之利，等到移民不斷增加，生活日漸富裕後，還開徵人頭稅，並對狩獵也課徵稅金。漢人對此加以抗拒，終於在永曆 11 年(1657 年)引起郭懷一之亂。儘管如此，荷蘭跟生番的交易，卻必須利用有力的漢人來進行。那就是「贌社」的制度。對生番的自然經濟來說，貨幣不具意義。因此占出口貨大宗的鹿皮等獵獲物，就委由漢人有力人士承包徵收，以授予實物給付權爲條件，讓他們競標承包額，荷蘭則坐收漁利。關於農業政策，則有「王田制」，也就是以十畝爲一甲(gaq，是台灣特有的面積單位)，埤圳(灌溉用水池與水渠)所需費用自不待言，連耕牛、農具都由荷蘭供應，但必須繳納糧穀做佃租。土地的所有權屬於荷蘭，所以稱爲王田制。在荷蘭這一連串增產措施行將奏效的時候，鄭成功來了。

　　鄭成功將荷蘭留下來的經濟組織重新整編加強，但爲了和清廷對抗，必須大力加快腳步。他一方面利用優越的海上兵力，加強和日本、南洋之間的貿易，一方面則積極從中國大陸本土招募士兵和農民。台灣的開發，就這樣以台南近郊二十四里爲起點，逐步向南北延伸，但從清朝來看，還只不過是十分之二、三而已。

　　康熙 22 年(1682 年)，清朝達成宿願消滅鄭氏，那是因爲面子上不得不如此，並非因爲瞭解台灣的重要性。朝廷以台灣孤懸

海外，易生盜賊為理由，將其置於版圖之外，認為只要將原就定居台灣的漢人徙回本土，軍事上只要控制住澎湖即已足夠。經施琅諫阻才讓清朝漸漸瞭解自己的愚昧，但疑心生暗鬼的清朝卻頒布了「台灣編查流寓六部處分則例」，將居民置於嚴峻的監視之下。這項禁令的內容規定：流寓台灣而無家屬或無固定職業者，強制遣送回原籍地管理。即使有家庭或固定職業，也必須重新審查資格。如果犯罪在徒罪以上者，遣返原籍所在地服刑，不許再渡海到台灣。對於新渡航者，則規定如下「三禁」：

一、有意渡台者必須經嚴格審查。

二、獲准渡台者，不准攜家帶眷，已渡台者也不准招致家眷。

三、粵地屢屬海盜淵藪，積習未脫，一概不准渡台。

據說最後一項是出於施琅私怨，但廣東也就是客家極為蠻橫似為事實。現在客家在台灣人當中所占比率偏低，大概就是因為過去這種人為限制的結果。總之，由此可知清朝在初期曾試圖讓台灣移民自然消滅。

在清朝的統治下，當時台灣的人口到底有多少？據連雅堂氏的說法，有二十萬人無疑。但後來發展非常快速。下面試從《台灣府志》所載田園開墾面積觀其趨勢。

這是本人根據不統一的記述，為了方便，整理而成的不完整的表，可以看出以下的事實，也就是舊三縣當中，當然以府治所在的台灣縣開發最快，而南部的鳳山縣則略勝北部的諸羅縣。但後來開發的速度反而依序為諸羅、鳳山、台灣，到乾隆 20 年(1755 年)間，「水災圮焰」(由於水災而荒廢)超過新墾，台灣縣反

	康熙 23 年	其 後 新 墾	新墾或實際甲數
台　　灣　　縣	8,561 甲 田　3,885 園　4,676	4,311 （康熙 24～乾隆 5）	新舊合計　12,221 （乾隆 20）
鳳　　山　　縣	5,048 田　2,678 園　2,370	6,740 （康熙 24～雍正 12）	新　墾　103 （乾隆 14～24）
諸　　羅　　縣	4,843 田　970 園　3,873	12,271 （康熙 24～雍正 9）	新　墾　404 （乾隆 15～24）
彰　　化　　縣 （雍正元年新置）	370 自諸羅縣改轄 140 新墾　230	13,177 （雍正 1～12）	新　墾　4,026 （乾隆 15～24）
淡　　水　　廳 （雍正元年新置）	不　　詳	900 （雍正 9）	新舊合計　4,814 （乾隆 27）

趨減少。另一方面，新設的彰化縣、淡水廳在舊三縣達到頂點開始走下坡時，開發速度並未減緩。以上的數字是向政府申報的公開數目，至於在暗中私墾的田園，則非吾人所能想像。

　　現在從實證的觀點，來觀察一下先民前進的足跡。以下是從台灣的地誌類採擷的若干記錄：

康熙 25 年　客家在下淡水溪流域耕種（現在還有許多他們的後
　　26　　　　代居住在此）。

　　32 年　淡水人陳文、林侃等漂流至台東地方進行貿
　　　　　　易。

　　34 年　賴科從北部翻山越嶺進入東海岸。

　　36 年　楊志申、吳洛、施世榜等人到濁水溪附近拓

地，奠定日後彰化縣的基礎。

47 年　泉州人陳賴章進入現在的台北盆地開墾(這可能
　　　是泉州腔在台北占優勢的原因之一)。

55 年　熟番阿穆開拓台中地方。

嘉慶　1 年　漳州人吳沙開拓噶瑪蘭(宜蘭)(這可能是漳州腔在
　　　宜蘭占優勢的原因之一)。

　　由此可見，台灣的大部分地區在康熙年間已經有移民入墾。移民當前的敵人是生番自不待言。他們或是積極地以組織方式向生番進行武力挑戰，或是消極地討好生番以簽訂有利的契約。

　　他們雖然在跟生番的搏鬥中沈醉於勝利的歡欣，但面對無能卻又貪婪無饜的清廷官吏，卻不得不在暴斂誅求下痛苦呻吟。

　　他們經常起來造反。在清朝二百多年統治期間，一大半花在鎮壓「匪徒倡亂」。從渡台的動機來看，台灣的移民原本就多具反抗精神。加上鄭氏二十多年間奉明正朔，銳意謀求反清復明，流風遺績長期深入一部分人的心中，因此對清朝心懷不滿，大概也是事實。但移民「三年一小反，五年一大反」的悲慘的殖民地暴動，應該有其理由，非三言兩語的抽象論所能解釋。道光末年，地位相當於台灣方面總司令官的徐宗幹曾在其文牘中表示：「各省政治之腐敗，至閩而極，閩中政治之腐敗，至台灣更極。然猶是民，是官。豈其無可治之民，無可用之官，徒束手無策乎。不然，因民窮之故也。飢寒交迫，眼前別無定業，流至海外，更無身家可戀，不能坐以待斃，唯率皆鋌而走險。」堪稱一語道破真實。荷蘭時代的郭懷一之亂可謂首開先河，至於康熙60 年(1721 年)的朱一貴之亂，則僭稱鄭成功後裔，建年號「永

和」，勢不可當，僅十日即攻陷全島。究其根源，無非出於對兼攝鳳山縣的台灣知府王珍的苛政所做的反抗。這裏按照年代先後，將清代的暴動列舉如下，以供參考。

康熙 35 年　吳球之亂(諸羅縣)

　　　40 年　劉卻之亂(諸羅縣)

　　　60 年　朱一貴之亂(鳳山縣)

雍正 10 年　吳福生之亂(鳳山縣)

乾隆 35 年　黃敎之亂(台灣縣)

　　　51 年　林爽文之亂(彰化縣)

　　　60 年　陳周全之亂(鳳山縣)

嘉慶　5 年　海賊蔡牽入侵鹿耳門

　　　16 年　高夔謀反(淡水廳)

道光　3 年　林永春之亂(噶瑪蘭廳)

　　　4 年　許尙之亂(鳳山縣)

　　　6 年　黃斗奶之亂(彰化縣)

　　　12 年　張丙之亂(嘉義縣)

　　　23 年　郭光侯之亂(台灣縣)

咸豐　3 年　李石之亂(台灣縣)

同治　9 年　戴潮春之亂(彰化縣)

光緒 14 年　施九緞之亂(彰化縣)

這當中，小規模的暴動固然不少，但像朱一貴之亂以及持續三年多的林爽文之亂，雖然一度獲勝，卻因內部瓦解而歸於失敗。其實敵人並非生番，亦非官軍，而是潛伏於移民本身的內部。

　　在上一節，我們已經知道台灣人當中，有福建人和客家之分，福建人當中又有泉州和漳州之分。如今他們雖然已經合為一體，都是台灣人，但在這之前其實歷經長期的敵對和鬥爭的階段。現在探討其原因所在：初期的移民不准攜家帶眷，都是一個人脫離故鄉的大家庭制度，前往台灣，要冒險犯難開發廣大的土地，無論如何必須組織強而有力的團體。所以風俗習慣和語言相同的同鄉會之類才會很發達。如果土地廣潤，就能相互合作，一旦土地達到飽和狀態，移民彼此之間就會開始自相殘殺。例如朱一貴之亂，住在舉事之地鳳山附近的客家就拒絕合作，反而替政府工作，據說這些「義民」多達 13000 人。還有林爽文是漳州人，所以部下也是漳州人居多，而泉州人則協助政府，削弱他們的力量。發生暴動時如此，平時也是三者爭鬥不休。異姓或異族之間發生流血慘劇的「分類械鬥」，在大陸固然常見，但在台灣似乎尤其嚴重而複雜。咸豐初年，台灣府學導訓劉家謀曾有如下的觀察：「台郡械鬥，七八年一小鬥，十餘年一大鬥。北部先分漳泉，次分閩粵，彰淡(彰化和淡水)又分閩蕃。南部專分閩粵，不分漳泉。」這種分類械鬥，譬如流氓結伙尋仇毆鬥，乃因在上的政府軟弱無能才會發生。也因為教育水準低才會起意胡作非為，所以到日據時代旋即絕跡。與其說是日本政府斷然加以取締的結果，不如說情勢有了新的發展，讓他們已經瞭解到不能再如此下去，身為「台灣人」，必須團結一致對付日本人的勢力。這姑且不談，他們在反覆不斷的分類械鬥過程中，總有一天會發現自己的愚昧，相互之間萌生理解和信賴。從語言來說，將會從多方言時代──腔調的些許差異甚至有可能造成鮮血淋漓的結

果——慢慢步入以台灣話成爲共通語言的時代。

　　光緒 21 年(明治 28 年，1895 年)，日本以戰勝國的姿態接受清朝割讓台灣和澎湖島。西歐列強的帝國主義，從 19 世紀中葉就開始對老大國清朝窺伺，台灣是他們垂涎的對象。鴉片戰爭以來，英國軍艦屢屢攻擊台灣沿岸。光緒 10 年(1884 年)清法戰爭時，庫培提督占領基隆及澎湖島。日本也在明治 7 年(1874 年)舉兵討伐牡丹社生番。最後，台灣落入日本手中，但正因有台灣這艘「不沈的航空母艦」，日本才會策畫這一場太平洋戰爭。

　　當台灣人獲悉台灣是在無視於台灣人的意志下被割讓給日本時，他們到底有多麼悲憤激昂？他們和留在台灣的清朝官吏一起建立的「台灣民主國」，雖然內部充滿矛盾，卻將當時台灣人被迫走上絕路的心情表露無遺，是值得紀念的。

　　後來對日本的抵抗，如果僅就呈現於表面的來看，大概可以分爲兩個時期：第一期是，日本割據後到大正 4 年(1915 年)的「西來庵事件」爲止，無數的農民武裝起義。這畢竟是被日本基於國策所設立的製糖公司和拓殖公司奪走土地和利權的農民自暴自棄發動的反抗。第二期是，大正中期到昭和初年，知識分子發動的「台灣議會設置運動」。台灣人瞭解到武力鬥爭沒有勝算，就改採一點一滴，步步爲營合法爭取自由平等的戰術。這個戰術恰好迎合日本內地的時代風潮，獲得相當大的效果，但不久日本舉國進入非常體制，所有政治運動都被禁止，取而代之的是如火如荼的皇民化運動。

　　日本帝國主義下的台灣人，飽嘗到怎樣的精神上和肉體上的痛苦，現在用不着再提了吧。台灣人多少帶有日本式的看法和思

考方式，這是因爲他們和中國大陸本土的來往完全被斷絕，一開始就被灌輸日本教育的結果，並非台灣人自己願意如此。豈止這樣，他們厭惡得無可奈何。正因如此，1945 年 8 月 15 日，日本戰敗，台灣重回祖國懷抱時，台灣人簡直樂昏了頭。

不過，日本的統治是否只給台灣留下毒害，也不盡然。事實上，或許是爲了 40 萬日本人的福利，以及母國的經濟繁榮，日本對建設台灣所投注的熱情，以及各方面的成果，使台灣今天成爲三民主義建設的模範省仍然綽綽有餘。在語言方面，日本統治的 50 年間，形成了共通語的台灣話，吸收消化了許多日語的成分。另一方面，跟廈門話之間的方言差異則越來越大。再就台灣人來說，這 50 年間從 300 萬增加到 650 萬，人口增加了一倍以上，展現出蓬勃的發展力，內則蘊藏着身爲開拓者子孫的自尊心，和祖先遺傳的自立自強精神，外則攝取日本人的優點，一步一步地成長爲氣度恢宏的羣體。

第三節　福建省和福建話

本節將就福建省的地理和歷史做一概觀，並探討福建話在福建省所占的地位，以供對此陌生的一般台灣人參考。

福建省面積 158,702 平方公里(比半個日本本州還大)，位於中國大陸東南沿岸，人口 1,200 萬人。東邊隔着 150 公里寬的台灣海峽跟澎湖島、台灣遙遙相望。西、北、南三邊則有海拔 1,000 公尺高的五嶺山脈環繞，分別和浙江省、江西省、廣東省相隔。省內又有其支脈蜿蜒起伏，其間閩江匯聚中部以北諸水，從福州

入海。晉江、九龍江(漳江)則分南部之水，注入泉州灣和廈門灣。汀江則繞西南境內，從永定南方折入廣東省內，下游成爲韓江。東面的灣式海岸富於曲折，形成良港。丘陵逼臨附近，腹地貧瘠，無法有現代化發展。因此交通專靠內陸河運和沿岸水路。陸運衰微不振，直到最近仍無鐵路。都市在這些丘陵山脈間的許多小盆地，以及海岸的狹小平原上發展，各自形成孤立的生活圈，人口在 10 萬以上的，只有省會福州和商港廈門兩地而已。

這個地理環境對福建人文的發展所帶來的影響，實在超乎吾人想像之外。

也就是說，三方環繞的崇山峻嶺，長久以來將福建與中原文化隔絕；另一方面，從海岸隔開的諸多小盆地，不容易有機會接觸海外的新知識，加上物產缺乏，註定必須過封建孤立的生活。既然有十分之八的人口住在十分之一的可耕地上，生活的困苦對於全省居民來說，問題非同小可。他們爲解決這個問題，就移居海外當所謂的華僑，但並非機會均等，只有沿岸地方的人得天獨厚，便於渡航海外。比隣的廣東省人，條件剛好和他們一樣。他們和好相處，形成華僑社會兩大勢力，可列表如下：(摘自井出季和太：《南洋與華僑》，1942 年出版。)

	廣 東 籍		福 建 籍		其 他		總 數
	人數	百分比	人數	百分比	人數	百分比	
泰　　　　國	2,200,000 人	88%	250,000 人	10%	50,000 人	2%	2,500,000 人
馬 來 西 亞 新　加　坡	1,025,636 人	60%	581,193 人	34%	102,563 人	6%	1,709,392 人

印 尼	554,692 人	45%	677,958 人	55%			1,232,650 人
中 南 半 島	305,177 人	80%	76,294 人	20%			381,471 人
菲 律 賓	22,100 人	20%	88,400 人	80%			110,500 人
前英屬北婆羅洲	52,500 人	70%	22,500 人	30%			75,000 人
總 計	4,160,105 人	69.3%	1,696,345 人	28.2%	152,563 人	2.5%	6,009,013 人

　　井出的數字，據稱是根據 1934 年中國政府僑務委員會的統計。另外根據 1931 年的調查，緬甸有 193,000 餘人。由於地理上的關係，雲南籍有 67,000 餘人，約占 34.7%，福建籍 50,000 餘人，廣東籍 33,000 餘人，其他 41,000 人。

　　按照這個表，可以發現南洋的華僑，廣東人遠較福建人為多。但雖說是廣東人，其中約有一半是汕頭人和潮州人。他們在行政上雖然劃歸廣東省，所說的話則是福建話的一支——汕頭話。因此，從語言的勢力來看，福建話反而超過廣東話。另外，不可忘記的是台灣人的祖先大部分是來自福建省的移民。

　　據悉，華南的開發在秦漢時代(西元前二世紀左右)始告就緒，晉室南渡(四世紀)後急速進展，接下來在宋元明時加快腳步，終於在文化、戶口、物力等所有方面凌駕於華北之上。

　　今日在探討福建省歷史之際，自古以來慣用的「閩」這個名稱能提供給我們許多暗示。閩字出現於中國的古籍，始於《周禮職方氏》，試觀「四夷、八蠻、七閩、九貉、五戎、六狄」這樣的記載，可知閩是異族之一。然則閩究竟位於何處？《山海經》記載說：「甌在海中，閩在海中，其西北有山。」《山海經》這本書有許多記載都屬荒誕不經，但此句可不能完全說是荒唐無稽。

市村博士博引旁徵，斷定甌亦即東甌，相當於現在的溫州一帶，閩則是現在的閩江流域。果眞如此，我們可以認爲《山海經》中的這一句，透露出如下的訊息：秦漢以前，並未開闢陸上通道前來此地，只能依靠海路，因此對於從東方乘船前來的人來說，這個地方恰似海中大島，其西北方可以看到大陸的丘陵山脈。

從秦代到漢代，這個地區似乎多少受到開發。根據《史記東越傳》的記載，秦曾在此地設閩中郡，不久廢郡。而漢武帝則曾徙東甌之民至揚子江與淮河之間，討閩之後，置回浦、冶二縣，屬會稽郡。

冶相當於現在的福建省北部。到了東漢，將回浦分爲章安、永寧二縣，冶之故地則設東部侯官。三國吳時，在章安、永寧置臨海郡，侯官置建安郡，臨海郡在唐代分成處州、溫州、台州，建安郡則分成福州、建州、泉州、漳州。以上相當繁雜，腦中整理起來頗費周章。要言之，在古時候，閩這個蠻族盤據於現在的浙江省南部和福建省北部，勢力不小。但隨着漢民族的南下，逐漸衰頹。與此同時，漢民族開始從浙江向福建，並從福建北部向福建南部不斷進行開發──只要瞭解這個大要即可。

在五代(西元十世紀前半)的亂世時期，王審知在福建建立了閩王國。其疆域大致和現在的福建省相當。換言之，福建省的輪廓可以說在唐末已經具備。那麼「福建」這個名稱究竟始於何時？據何喬遠《閩書》的記載，是先有建安這個名稱，後來設福州，因而連稱福建。在此附帶提一下，福建成爲行政區域上的名稱是開元 21 年(733 年)的事。

　　照一般的說法，福建省的開發是在唐代以後才急速進展的。唐代畢竟有二百五十年之久，唐高宗儀鳳元年(676年)曾在漳江北部置屯田兵以備諸蕃入寇，以及《通典》仍然將福建視為化外之地，記載說「閩越阻僻在一隅，馮山負海，難以德撫」。由此看來，到唐中葉為止，開發仍極有限。

　　然而安史之亂(起於755年)以來，華北、中原之地戰亂頻仍，無安寧之日，難民越過揚子江，陸續移居華南，福建成為避難之地，而有劃時代的發展。這一點明顯地表現於人口增加的數字上。試舉隋、唐、宋三代的戶口如下：

　　　隋　　大業二年(606年)　　　　12420人(隋書地理志)

　　　唐　　天寶元年(742年)　　　　90706人(舊唐書地理志)

　　　宋　　元豐元年(1078年)　1044226人(元豐九域志)

天寶元年到元豐元年三世紀之間，人口暴增為十一倍多。假定一戶人口為5人，就等於從45萬人膨脹為500萬人。

　　《宋史地理志》對於福建如此顯著的發展有如下的記載：「福建路蓋古閩越之地。其地東南際海，西北多峻嶺抵江。王氏(即王審知)竊據垂五十年，三分其地。宋初盡復之。有銀、銅、葛、越(蒲蓆)之產，茶、鹽、海物之饒。民安居樂業，川源浸灌，田疇膏沃，無凶年之憂。而土地迫隘，生藉繁夥，雖磽确之地，耕耨殆盡。畝直浸貴，故多田訟。其俗信鬼尚祀，重浮屠之敎。與江南浙江略同。然多嚮學，喜講誦，好為文辭。登科第者尤多。」

　　宋代福建省出現許多著名的政治家和學者。特別是北宋末，楊時(楊龜山)從學於程顥、程頤歸來後，福建成為宋學一大中

心，代表性的人物是朱熹(1130～1200)。朱熹原籍安徽，但生於福建，在福建講學，死於福建。也難怪黃仲昭(明代蒲田人)會得意洋洋地表示：「閩在東南僻地，唐以來文運漸盛，至宋，大儒君子接踵而現。仁義道德之風於此有不愧於鄒魯者。」再者，建安(建寧)成爲當時印刷業的中心，據稱價格低廉(雖然印刷技術和紙質不算很好)的福建版本遍及天下，泉州的南海貿易則凌駕廣東之上。

到了唐宋，福建常成中原人士避難之地，之所以能接納他們，是土地利用進展的結果。福建省本來土壤就不肥沃，經過開發後，到宋初能養活 500 萬人口，純粹拜灌溉設備有效利用和普及之賜。他們煞費苦心，在潮汐落差甚大的閩江、晉江、九龍江的出口興建所謂「陂」和「塘」的堤防，並在這些河流的中上游興建稱爲「埭」的水庫；在少數的耕地進行精耕，提高收穫量。但在算術級數的糧食增產跟不上幾何級數的人口增加時，他們當中，說好聽是進取分子，說不好聽是被排斥者，就利用其地理環境和深諳水性，乾脆到海外謀求生路。從唐代就已經聚集泉州的阿拉伯人，告訴他們南洋群島的存在，而澎湖島和台灣則向他們招手。這就是我所瞭解的閩人開發台灣直到元末明初才開始的歷史背景。

然則福建話在福建省究竟居於何種地位？首先最重要的是不可誤以爲福建話就等於福建省的語言。福建省內方言分布非常複雜，葉國慶將其整理，做了以下的分類(根據葉國慶：「閩南方音與十五音」，國立中山大學語言歷史學研究所週刊第八集所載——參見「福建省方言分支圖」)：

A系　長汀－武平－上杭－永定────────

────溪口❶

B系　龍巖－寧洋❷

────漳平❸

C系　廈門－漳州－海澄－長泰－漳浦－雲霄－詔安－東山－南靖－平和－泉州－南安－金門－同安－惠安－安溪－永春－德化

D系　莆田－仙遊－大田

E系　福州－閩清－長樂－福清－永泰－連江－羅原－古田－寧德－霞浦－福安－屏南－福鼎－壽寧

F系　建甌－建陽－政和－浦城－宗安－松溪

G系　永安－沙縣

H系　順昌－將樂－邵武－光澤

I系　南平－尤溪❹

附注❶：溪口是龍巖的一個地方，但語言既非永定話，亦非龍巖話，而是二者的混合。可說是A系和B系的混合點。

附注❷：寧洋的大部分地區說龍巖話，一部分說永安話。

附注❸：漳平說流利的漳州話，有的則說龍巖話。可說是從B系轉移到C系的過渡點。

附注❹：尤溪有的說福州話，有的說南平話。

　　葉國慶劃分系統的標準在於：甲地所說的話，乙地聽得懂時，甲乙兩地即屬於同系。就福建話而言，比上述更綿密的科學觀察似乎尚付之闕如，因此我們只好暫時根據他的說法。根據他的說明，A系接近B系，而B系又接近C系。D系在C系和E系中間，其間的變化有痕跡可尋。南平話類似官話。長汀話據說類

似贛州客家話。但根據葉國慶的調查，A系和廣東省的大埔、梅縣、韶州的語言相近，可算是具有代表性的客家話。這一點或許可成爲汀州客家和梅縣客家關係非常密切的佐證。潮州、汕頭話是從漳州一帶分出來的。寧化、連城、建寧各縣位置偏西，他們到底是自成一系或屬於別系，尚未調查。以建甌爲基點的F系所說的是以下江官話爲基礎的江西話。然而同樣處於西北隅的順昌以下的H系受到山脈阻隔，所用的方言與F系不同，但從大體上來看，仍屬江西話。

綜上所述，福建省的方言分布雖然複雜多岐，大體上可分爲四個區域：亦即東北爲福州話，東南爲我們所謂的福建話，西北爲江西話，西南爲客家話。這當中，即使將海外地區除外，福建話在省內仍爲通行區域最廣的語言，使用人口也多。勢力次大的是福州話，江西話和客家話是性質完全不同的語言，而且勢力微弱。

在此特別就福州話說明一下。福州話俗稱閩北話，和福建話一樣包含於廣義的福建話，亦即閩音系內。通行區域是，距離福州一天行程的範圍內，據稱有 500 萬人說這個語言。福州話和福建話最顯著的不同是，詞尾的 –m、–n、–ng 統一爲 –ng，因此入聲也沒有 –p、–t，一律變成 –k。聲調和福建話一樣有七種。

最後試就福建話何時形成，以及如何形成的問題簡單加以探討。林語堂認爲方言的形成原因有二，即民族的遷徙及異族雜處。誠如林氏所言，但實際上並非如此單純。民族遷徙也不能一概而論，因爲並非從同一個地方包一列特別的直達火車遷徙而至。出發地點業已不同，時代也各自有別。而且在中途經過長期

定居，前前後後分批抵達。在所謂民族遷徙結束後，還會因新天地對舊天地或外界，究竟是開放或封閉而帶來極大的影響。如上所述，漢族大規模遷徙到福建省，發生於晉室南渡、安史之亂、宋朝南遷等時期。但這種情況對蘇州話、廣東話、客家話的成立來說，並無兩樣。因爲雖然可藉此主張福建話的保守性有別於北京話的進取性，卻無法主張(福建話)在同樣保守的三個方言當中具有特異性。要解開其(三者之)間微妙差異的謎團，即使是在同一時期的民族遷徙，也要找出發生過作用的不同要素，最重要的是查明他們是和什麼民族雜處到什麼程度？受到多少的影響？雖然知道這個道理，實際上卻是幾乎沒法碰觸的棘手問題。

可能對福建話的形成有所影響的異民族，大概可以舉前面提過的「閩越人」爲代表。但他們究竟說哪一種語言，還有他們的語言是以什麼樣的形態保留於福建話當中，則一無所知。今天福建省內仍然有所謂畬族、蛋族、鄉下嫂的幾個少數民族定居，但有關他們的精密的調查研究尚無進展，因此對於現在的我們來說沒有什麼幫助。學者似乎認爲福建話成立於唐宋之間，除非能提出具有決定性的反證，否則我們只好相信這個假設。

實際接觸福建話，我們會驚訝於它的複雜性。音韻體系非常難，這裏只能簡單提及。首先，它有來自長安方言系統的廣大的文言音層。日本漢音也是承襲長安方言的系統，因此二者極爲類似。例如「有」iu：イウ；「良」Liǒng：リヨウ；「雨」ù：ウ；「月」ghuat：グワツ。其次它還有被認爲是傳承中國古音的一些白話音。「蟻、騎、寄、崎」等字發音爲-ia，即其一例。「飯、分、飛」發成 b- 音，也是相當古老的時代所留下的

痕跡。相反地，也有一些新變化。文言音的 -m, -n, -ng 韻尾在白話音中有鼻元音化的傾向，即其著例。例如「監」gām→gāh；「半」buạn→buạh；「正」zịng→ziạh。文言音當中也有一些脫離長安方言的系統。

　　福建話成立的由來，從詞彙也可以見其一端。大家大概都已經注意到，福建話當中有許多詞彙沒有與之相當的漢字。而且據說數量達 30% 之多。不得已，大家只好隨便套用假借字或新造字。本書中只要有一點疑問就加上「？」號。因此這裏不另舉例。這些詞彙有的大概是古代所使用，而現在仍然存活於福建話中；有的或許是異族的詞彙不知何時進入福建話，其由來已被淡忘。就前者而言，找古老的記錄或許有可能出現。這也是截至目前爲止許多學者費盡心血的領域，而且成果相當豐碩。就後者而言，唯一的途徑就是一方面蒐集有關異族的資料，一方面對現在的異族進行民族學方面的調查。必須注意的是，以往學者所採取的態度並沒有發現後者的重要性，一味試圖利用針對前者的方法將後者的問題一併加以解決。更簡單地說，他們相信這些詞彙一定擁有兼具形音義的出色的漢字，而採取無論如何非得找個有板有眼的漢字套上去不可的做法。這一點牽涉到福建話的書寫法，在此不擬深入討論。

第四節　關於羅馬字

§1.爲何要提倡羅馬字？

　　不滿足於僅將台灣話用做口語，還希望將其發展成書面

語——基於這個動機，台灣話的書寫法就成為必須探討的問題。

今天，到底有多少地方文化和方言文學盛行於台灣？具體而言，也就是每個月有幾本書和雜誌問世？上自大學畢業的知識分子，下至左隣右舍的阿貓阿狗，是否有讀書的習慣或樂趣？以兒童為對象的童謠繪本或漫畫書是否有銷路？

到底有幾家所謂的出版社？是否有所謂的文壇？有沒有電影公司和電影演員？什麼也沒有。

認為沒有也無妨的人另當別論，對於認為還是有比較好，希望設法去擁有的人，我要提出問題所在。問題在哪裏很明顯。那就是要給做為書面語的台灣話，賦與某種適當而且有效率的書寫法——文字。

談到書寫法，我們不是有祖先傳下來的漢字嗎？說的也是。但漢字是否適當而且有效率？

就適當性來說，漢字的傳統是如此的古老，對漢字的仰慕之情又是如此強烈，因此漢字大概最合乎人心。

事實上，可說是方言文學一朵小花的多數「歌仔冊」(Guāáceq)以及兩三種民間文學集都是用漢字書寫。但究竟有多少人親自去閱讀？從那當中又引起什麼新文化運動？——對這個問題，不得不下結論說：情形非常悲觀。癥結在漢字本身。這麼說或許有人會火冒三丈，但請保持冷靜，聽我仔細道來。

中國有 80% 以上的人屬於文盲，這應該歸咎於漢字，現在已經成為常識。記漢字非常耗費心神。那麼龐大的數目，花一輩子也消化不了。我們似乎屬於知識分子這一類，但所記的漢字到底是所有漢字的幾分之一或幾百分之一？儘管如此，現在多少記

住一些漢字，一看就知道它的意思，發音雖然不同，意思卻能相通，而且字形美得如繪畫，魅力十足，心想沒看過如此漂亮的字而愛不釋手，那麼剩下的那百分之八十不懂漢字的人該怎麼辦？或許有人會說：他們也記漢字不就得了？話是沒錯，那麼記漢字的時間和環境要怎麼提供給他們？欲如此，大概必須進行一次大規模的社會改革。但更重要的是，問題的本質存在於漢字本身──也就是漢字不合效率，太過於不合效率了。這是任何人都經驗過的，無庸贅言。

　　台灣話的情況更加不利。第一是有許多詞彙沒有公認的漢字。而且據說數目多達30％。本書對於只要有絲毫疑問的，都加上「？」號。現在推究其原因，可分為下面兩類：其一是古語沿用至今，在經年累月之後，其漢字已被忘記。其二是雜居異族的詞彙，在不知不覺之間忘記它們原屬異族詞彙的事實。就前者而言，只要找中國的古籍，例如《說文》、《方言》、《爾雅》或許就能得到答案，但大概不會得到所有的答案，就像海底撈針一樣。雖然如此，還是有許多學者為此傾注心血，實在辛苦之至。對於他們所付出的努力，對於他們展現的學術良心，我們無限欽佩，但現在這樣做已經跟不上時代了。民眾已經無法等待。即使好不容易找到漢字的正鵠，卻常常是現在難得一用的怪字、死字。即使向大家說：這個字是正字，應該用這個字，大家會用嗎？即使是怪字、死字，如果其來歷正確，還可以接受。但基於不願心血白費的理由，難保沒人不牽強附會，煞有介事地主張某一奇怪無比的字是正字。

　　就後者而言，要找出形、音、義兼備的漢字本來就是緣木求

魚，但沒有人想比照前者找漢字套上去，結果怪字、死字就越發跋扈橫行了。

幸好當我們看「歌仔册」的用字法時，會發現他們根本無視於師傅們的那些怪字、死字，而用假借字或新字代替。這個做法反而具有一般性，而且富於幽默感。而且有一個非常值得注意的現象，那就是整體上逐漸朝表音字化的方向發展。例如：gòng（講）一詞，不寫「講」而寫成「廣」，seri(客氣；小心)一詞，不寫「細膩」而寫成「細字」，ĩnggāi(應該)一詞，不寫成「應該」而寫成「英皆」。這是因為「歌仔册」是說書的底本，不是直接以讀者為對象，而是賣給說書者，所必然造成的結果。但漢字的這個用法，又不合師傅們的意。

那麼，剩下70%有公認漢字的詞彙情況又是如何呢？那些還是有問題存在。第二個不利之處是，文言音和白話音讀法的分歧。台灣話的韻母數量多而且相當複雜，這是因為文言音和白話音兩個不同的體系混雜在一起的緣故。但因在某一條件下，只有某個讀法才正確，如果不能記住各種情況的習慣讀法，將不知所云。例如「東京」，兩個字都必須唸成白話音 Dānggiāh，如果唸成文言音 Dōnggīng，或文白交雜的 Dōnggiāh，乃至於 Dānggīng，意思都不通。「接」字如果唸成文言音是 ziàp，意思就是「連接」或「接待」。如唸成白話音是 ziq，就變成「出去迎接」的意思。「接接」唸成 ziàpziàp，是動詞重疊形，意思是「(隨便)接一下」，如唸成文白交雜的 ziqziàp，就變成複音詞，意思是「接待」。好在並非每個字都有兩種唸法，但不幸的是有兩種唸法的，偏偏都是常用字，因此漢字的使用就難上加難了。

　　基於以上的理由，我提倡廢除漢字改用羅馬字。當然，我並不是要剝奪漢族的漢字。我不是在討論這種大問題，只是說就台灣話而言，羅馬字比漢字來得合適而且有效率。那麼，我所謂的羅馬字，是否指教會羅馬字？並非如此，而是不同系統的羅馬字。然則為何不用教會羅馬字，而要標新立異？其中自有道理。

§2.教會羅馬字和新羅馬字

　　教會羅馬字歷史很久，約有一百二、三十年。但並沒有因為歷史久就非得原封不動一直使用下去不可的道理。教會羅馬字目前普及層面相當廣，但並非所有台灣人都在使用。

　　對於做為書面語的台灣話來說，教會羅馬字比漢字合適而且有效率，我也承認。但教會羅馬字有許多缺點。正因有許多缺點，所以才出乎我們意料之外沒有什麼發展。試圖揚棄這些缺點，使其成為適切而有效率的書寫法的，就是新羅馬字運動。

　　教會羅馬字有什麼缺點？首先必須指出的是，它是漢字的標音符號(字母)。注意到這一點的人出奇的少。

　　請各位調查一下，用教會羅馬字書寫或翻譯的書到底有哪些？理所當然，聖經、讚美歌集之類和教會有關的書最多，其次則是《三字經》、《大學》、《論語》等漢字、漢文的入門書，原因究竟何在？為何未能往小說、隨筆、評論、童話、歌謠等文學的各個領域發展？還是一開始就無意如此？或是有此意思卻被什麼抓住後腿？或許有人會說：那是因為中國式的社會不好，是時代有以致之。這個說法確實有其道理。一直到最近為止，記漢字就代表有學問，記的漢字越多，就越有機會出人頭地，會四書

五經的人被視爲士大夫階級受到尊敬，爬在文盲群眾的頭上，由於是這樣的一個時代，雖然基督教給人們增添了新的教養，解救了一些靈魂，但卻無法忽視中國社會的現實。豈止無法忽視，甚至必須迎合。教會羅馬字背負着做爲漢字標音符號的性質，被利用於中國古典的譯註上，理由即在於此。讓我們提示一些具體的例子。只要是用教會羅馬字所寫的書，拿任何一本來看都一樣，會發現用了很多連字符－。有名的摩西十誡第一條：

Góa í-gōa lí m̄-thang ū pa̍t ê Siōng-tè
我　以外　你唔　通　有別个　上　帝
（以下特別使用教會羅馬字。漢字係筆者爲方便所加。）

其中 í-gōa, m̄-thang, Siōng-tè 都用連字符連接。這個符號用來表示這是一個詞。這些確實是一個詞，即所謂複音詞。但複音詞逐一用連字符連接，在我看來，就是顯示教會羅馬字具有標注漢字讀音的性質。將它們連在一起拼成 ígōa, m̄thang, Siōngtè，一點也不奇怪，反而入目清爽，之所以不這麼做，乃因拘泥於漢字，要表示這些雖然是一個詞，卻寫成兩個漢字呀。大概有人會反駁說，那麼 kokong 到底是「高光」或「國翁」（均視爲人名）不就分不清了？像這種容易混淆的情形，「高光」可寫成 kokong，「國翁」可寫成 kok'ong 加以區別，也就是另外設定「界音法」即可，不會造成任何困擾。

教會羅馬字在每個音節上面標注調號，我們也可以懷疑，這也是它具有漢字標音符號的性質的顯現。這是否出於對入門者的親切？或是出於沒有任何漢字不具有聲調，所以產生了不可能有不標示調號的拼寫方式這樣的心理？如果答案是後者，就值得三

思了。必須切記的是：我們是在討論效率的問題，而不是在比較哪一方對漢字的忠誠度較高。教會羅馬字以漢字為中心來設想，相形之下，新羅馬字則以詞為中心來設想。有意將連接字與字以構成詞的連字符廢除，也是其嘗試之一，可能的話，甚至連調號都要加以廢除，使效率更加提昇。必須聲明的是：辭典類──本書也不例外，為期正確，最好標注調號。除此之外，最好廢除才合乎效率，而且即使廢除，我想也不會造成意思不通的結果。因為台灣話有一半詞彙是複音詞，既然是複音詞，就很少同音異義詞，即使不標注調號，幾乎也不會造成混淆。例如 m̄thang 一詞，除了「唔通」以外，沒有一個詞與此拼音相同，所以即使光拼成 mthang，意思也通。而 Siongte 一詞，以大寫字母開頭，可知是指「上帝」而言，是誰都很清楚的。至於 igoa 則不然，「以外」ígōa、「意外」ìgōa、「伊我」ígóa 等三個詞的拼寫法都一樣，因此，非得加上調號來區別不可。不過因為詞在句中所占的位置大體上都有一定，所以有時未必需要依賴調號。但如勉強加以省略，將有如猜謎一樣，反而會大傷腦筋。如果是單音詞，調號就越需要。例如「交、九、到、猴、厚」都拼成為 gau（以下均為新羅馬字），必須寫成為 gāu、gàu、gau、gǎu、gau 才能區分其唸法。即使如此，「交、鈎、溝、郊、膠」；「九、狗」；「到、夠、教」等字，不但拼法相同，聲調也一樣，根本無從分辨，這是羅馬字最大的缺點，畢竟比不上漢字能一目瞭然，但也不是毫無補救之道。那就是將詞彙大致上區分其詞類，然後將各個詞類在句中所占的位置，大概記在腦中。這樣的話，大致上就有辦法推測這個情況下必須是名詞或應該是動詞，而同

音異義詞的數目也會大爲減少。我這麼說，或許有人會覺得未免很棘手。其實這靠大家現有的語法知識就足以應付了。話雖如此，同音異義詞的問題是教會羅馬字和新羅馬字共同的煩惱，也是標音文字免不了的命運。

　　以上，筆者根據個人的觀點，就教會羅馬字本質上的缺陷加以批判。目的在於揚棄自甘爲漢字奴僕的教會羅馬字，主張應該建立能自力更生、獨當一面的表音文字——新羅馬字。我絕不是說，因爲教會羅馬字是西方人所創的，所以不可用，但也不能否認他們是爲了自己的方便而創羅馬字。他們讓我們茅塞頓開，我們衷心感謝，但我也覺得不妨在這個時候，由本地人站在自己的立場，考慮到本地人的方便，創一套新羅馬字，不知道這個想法是否正確。本書所用的新羅馬字，是筆者將教會羅馬字以及向來的幾種羅馬字比較之後，在更合適更有效率的期盼下設計出來的，想必缺點還不少。這就是所謂心有餘而力不足。如果有幸獲得志同道合者的協助，或是將本人的試行方案加以改良，或是更進一步設計出較爲完美的羅馬字，因而發現一套眞正合適而有效率的拼寫法，將是最大的喜悅。

　　針對教會羅馬字每個寫法的批判及改良方案，將在第二章加以探討。

福建省方言分支圖（依據葉國慶所作分支表）

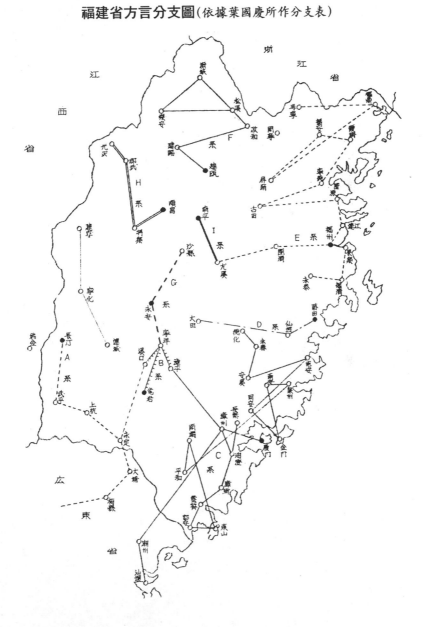

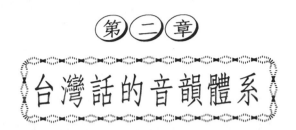

第一節 聲母

聲母是詞頭輔音的中國式名稱。為了和下一節的「韻母」對應，決定使用這個術語。台灣話的聲母有二十四種，如下表所示：

部位 方法			唇音	舌　　尖　　音		舌面音	舌根音	喉音
塞	無聲	不送氣	b〔b〕褒		d〔t〕多		g〔k〕哥	，〔ʔ〕英
		送氣	p〔p'〕波		t〔t'〕討		k〔k'〕科	
音	有聲	不送氣	bh〔b〕帽		l〔l〕羅		gh〔g〕鵝	
塞	無聲	不送氣		z〔ts〕查		z〔tɕ〕之		
擦		送氣		c〔ts'〕差		c〔tɕ'〕痴		
音	有聲	不送氣		r〔dz〕如		r〔dʑ〕字		
鼻音	有聲		m〔m〕馬		n〔n〕那		ng〔ŋ〕雅	
摩擦音	無聲			s〔s〕沙		s〔ɕ〕詩		x〔h〕哈
半母音	有聲		w〔w〕于			j〔j〕衣		

左邊是新羅馬字，右邊〔　〕內是國際音標。

　　各個發音的要領，希望利用上表自行體會。這裏僅就重點加以說明。

1　塞音、塞擦音中所見的〔p〕:〔p'〕、〔t〕、〔t'〕、〔k〕、〔k'〕、〔ts〕、〔ts'〕(〔tɕ〕:〔tɕ'〕)的對立是不送氣和送氣的對立。教會羅馬字拼成 □:□h，確實有其道理，但爲了避免每次要標注送氣符的煩瑣，同時起用字母中「閒置不用」的字(教會羅馬字沒有用到 d、z)，所以改拼成 b:p、d:t、g:k、z:c。

2　塞音、塞擦音中所見的〔p〕:〔b〕、〔t〕:〔l〕、〔k〕:〔g〕、〔ts〕:〔dz〕(〔tɕ〕:〔dʑ〕)的對立是無聲和有聲的對立。但因已經用掉 b 和 g，所以決定用 bh 標〔b〕，用 gh 標〔g〕。l〔l〕通常稱爲邊音或側音，台灣話的 l，發音時舌尖保持緊張，具有塞音的色彩，反倒近似〔d〕。周辨明認爲是〔l〕。將其解釋成有聲的塞音，置於此處，體系上比較整齊爲佳。教會羅馬字用 j 標〔dz〕，但本人的拼寫法將 j 用於別處，所以用 r 取代。這個音只有漳州人和部分廈門人才有，本人也發成 l 音。〔dz〕相當於中古漢語的日母字，用羅馬字拼寫時，做爲「歷史性音標法」予以保留比較方便。

　　還有，這個音以 r 拼寫，有兩項理由。第一是這個聲母字在北京話中常唸成 ər(例如「二、兒、而」)，爲了讓它和北京話保持關聯，所以如此處理。第二是 l 和 r 的發音相近，所以泉州人和大部分的廈門人看到 r 發成 l 並非錯誤，顧慮到這一點而如此處理。

3　塞擦音、擦音中所見的〔ts〕:〔tɕ〕、〔ts'〕:〔tɕ'〕、〔dz〕:〔dʑ〕、〔s〕:〔ɕ〕的對立是舌尖音和舌面音的對立，可以發現如下

有趣的現象。

	〔a〕	〔e〕	〔o〕	〔ə〕	〔u〕	〔an〕	〔oŋ〕	〔i〕	〔ia〕	〔iam〕	〔io〕	〔ioŋ〕	〔iu〕
〔ts〕	查	劑	組	糟	珠	贊	宗	／	／	／	／	／	／
〔ts'〕	差	妻	初	操	樞	屏	倉	／	／	／	／	／	／
〔dz〕	／	／	／	／	如	／	／	／	／	／	／	／	／
〔S〕	沙	西	蘇	唆	輸	山	霜	／	／	／	／	／	／
〔tɕ〕	／	／	／	／	／	／	／	之	嗟	針	招	章	周
〔tɕ'〕	／	／	／	／	／	／	／	痴	奢	簽	鵃	衝	鬏
〔dʑ〕	／	／	／	／	／	／	／	兒	遮	染	尿	絨	柔
〔ɕ〕	／	／	／	／	／	／	／	詩	賒	內	燒	傷	收

換言之，〔ts〕組出現於沒有〔i-〕的韻母之前，〔tɕ〕組則出現於〔i-〕型的韻母之前。

音韻學上將這種情形稱為「呈現互補分布」。這時可以其中一方為主，將另一方視為由此轉變的音。台灣話中，〔tɕ〕組可視為〔ts〕組加上舌面成分(受到後面〔i-〕韻母的影響)，所以音位也只有一組。羅馬字也設定一組即可。

教會羅馬字在這一點相當齊整。不送氣音分成 ts 和 ch，送氣音則統一為 chh。(不過最近的出版物，不送氣音已經不用 ts，統一成 ch。)

〔ɕ〕的舌面化(＝顎化，palatalization)沒有〔tɕ〕和〔tɕ'〕那麼強。

〔dz〕只出現於〔u-〕型韻母之前。羅常培只提到〔dʑ〕，沒有提到〔dz〕，可說失之偏頗。

4　〔b〕：〔m〕、〔l〕：〔n〕、〔g〕：〔ŋ〕也呈現互補分布。亦即前者

出現於鼻化韻母(əŋ 也視同鼻化韻母處理)以外的韻母之前，後者則只出現於鼻母音之前。換言之，〔b〕、〔l〕、〔g〕的後面如果出現鼻化韻母，就會受其影響變成〔m〕、〔n〕、〔ŋ〕。所謂鼻化韻母，就是像 ah〔ã〕、eh〔ẽ〕、oh〔õ〕、ih〔ĩ〕(教羅拼成 –ⁿ)之類帶有鼻音的韻母(參見下節)，對整個音節會給予某些影響。在這種情形之下，有聲的聲母受其影響變成鼻音化。因此這裏也只要設定 bh〔b〕、l〔l〕、gh〔g〕一組即已足夠。例如「馬」可以拼成 bhàh，「乳」可以拼成 līh，「吳」可以拼成 ghǒh。(從共時音韻論的觀點來看，這樣處理就夠了。)一百五十年前的《十五音》，已經採取這樣的解釋。儘管如此，我還是保留 m、n、ng(也有主張用 ŋ 的説法)，這是因爲既然字母中有這些字，不用可惜，而且拼成 bhàh 不如拼成 mà，拼成 līh 不如拼成 nī，拼成 ghǒh 不如拼成 ngǒ 來得簡單，看起來也比較容易懂。

5　，〔ʔ〕出現於所謂「以母音開頭的音節」。各位讀者自己一試即知，母音在發音時，喉頭會先出現緊張，那就是所謂喉塞音〔ʔ〕這個不折不扣的聲母。母音之前一定會出現這個喉塞音，所以「野」ià 和「椅仔」(椅子)i'à 在發音上才有辦法區別。(請想像一下去掉調號後的情況。)

　　從拼寫法的觀點來看，基於盡量減少記號或符號的大原則，這個聲母如果出現於第一個音節，或自成獨立的單音節時，可以將，記號省略。如果是出現於第二個音節以下，就必須加上這個記號。例如「西湖」Sē'ǒ、「大學」dua̍'əq。

6　〔j〕和〔w〕是很弱的有聲擦音，調音方式和〔i〕、〔u〕相近。通常稱爲半母音。台灣話也好，廈門話也好，到底有沒有這個半母音，

觀察的結果並不一致。例如「衣」到底是〔ji〕還是〔i〕?「于」到底是〔wu〕還是〔u〕?二者之間的差異非常微細。但因我們並沒有利用〔i〕:〔ji〕、〔u〕:〔wu〕的不同來辨別詞義,所以實際上怎麼發音都沒關係。只不過認定〔j〕和〔w〕的存在,在進行音韻學上的分析時比較方便,而且將其利用於「界音法」(讓音節和音節之間界限分明的方法)時,能提供理論上的根據。相關細節以下隨時加以說明。

7 〔h〕最好用 h 標示,但用 x 來標示亦非毫無根據。x 會讓人連想到〔x〕(對英語嫻熟的人常愛唸成〔ks〕)。不過〔x〕和〔h〕發音相似。本書將 h 用於 bh〔b〕、gh〔g〕中,並當做鼻母音的記號(相當於教會羅馬字的 -ⁿ),為了避免混淆,就乾脆採用 x。

○ 和北京話的主要差異

1. 有濁音〔b〕〔g〕〔dz〕〔dʑ〕。

2. 有次濁音〔ŋ〕。

3. 沒有捲舌音〔tʂ〕〔tʂ'〕〔ʂ〕〔ʐ〕。

4. 沒有輕唇音〔f〕。

有關聲母的各種標音法整理成下表:

「新式」是本書的標音法。

「羅常培式」是羅常培在《廈門音系》中所創的標音法。

「台羅」是台灣省國語推行委員會出版的《台語方音符號》
　　中所用的「台語羅馬字」。

「周辨明式」是《廈門音系》中所引用,由前廈門大學教授
　　周辨明所創的標音法。

各式標音法異同表(聲母)

音值	音位	新式	羅常培式	台羅	周辨明式	教羅	注音符號	日本假名	十五音
〔P〕	/p/	b	b	b	p	p	ㄅ	パ行	邊
〔P‘〕	/p‘/	p	p	p	ph	ph	ㄆ	パ行	頗
〔b〕	/b/	bh	bb	bx	b	b	ㆠ	バ行	門
〔m〕		m	m	m	m	m	ㄇ	マ行	
〔t〕	/t/	d	d	d	t	t	ㄉ	タチ ツテト	地
〔t‘〕	/t‘/	t	t	t	th	th	ㄊ	タチ ツテト	他
〔l〕	/l/	l	l	l	l	l	ㄌ	ラ行	柳
〔n〕		n	n	n	n	n	ㄋ	ナ行	
〔k〕	/k/	g	g	g	k	k	ㄍ	カ行	求
〔k‘〕	/k‘/	k	k	k	kh	kh	ㄎ	カ行	去
〔g〕	/g/	gh	gg	gx	g	g	ㆣ	ガ行	語
〔ŋ〕		ng	ng	ng	ng	ng	ㄫ	ガp行	
〔ts〕	/c/	z	tz	tz	c	ts	ㄗ	̄サツセ ̄ソ	曾
〔tɕ〕				j		ch	ㄐ	チ	
〔ts‘〕	/c‘/	c	ts	ts	ch	chh	ㄘ	̄サツセ ̄ソ	出
〔tɕ‘〕				ch			ㄑ	チ	
〔dz〕	/z/	r	dz	dz	j	j	ㆢ	ズ	入
〔dʑ〕				jx		j	ㆡ	ジ	
〔S〕	/s/	s	s	s	s	s	ㄙ	サ行	時
〔ɕ〕									
〔ʔ〕	/·/	'							英
〔h〕	/h/	x	h	x	h	h	ㄏ	ハ行	喜
〔j〕	/j/	j							英
〔w〕	/w/	w							英

「教羅」是教會羅馬字，根據甘為霖所編《厦門音新字
　　典》。
「注音符號」是上述《台語方音符號》中所用，未做任何修
　　改。
「日本假名」是台灣總督府編《台日大辭典》所用的標音
　　法。
「十五音」是通俗韻書《十五音》。

第二節　韻母

　　韻母是和聲母相對的術語，比所謂母音含義廣，包括介母、
主要母音、韻尾等所有成分。介母的意思是介於聲母和主要母音
之間的音，例如 diōng(忠)的 i，或 xuē(花)的 u 即是。有的音節
沒有介母，例如 bā(巴)、zō(租)。北京話的介母 i 和 u，可以聽
到明顯的的過渡音〔j〕、〔w〕。台灣話和厦門話的情形也大致相
同。主要母音當然是指成為整個音節核心部分的母音，台灣話共
有 a、e、o、ə、i、u 六個母音，也稱為韻腹。韻尾則指出現於
尾部的子音，包括 -m、-n、-ng 以及對應的入聲 -p、-t、-k，
加上口頭語特有的 -q 和半母音 j、w，共有九種。有的音節沒有
韻尾，稱為無尾韻，音韻學上將其解釋成具有「零韻尾」。

　　台灣話的韻母比聲母複雜很多。複雜的原因在於：白話音的
體系和文言音的體系混在一起。大家都認為白話音的體系和文言
音的體系如果有辦法區分的話，不知道有多好，實際上非常困
難。但有二、三點很明顯。韻母是 -io、-iang、-uang 和 -əm、
-əng 的，以及韻尾是 -q 的，屬於白話音的體系，毫無疑問。鼻

化韻母的大多數亦是如此。但極為重要的幾個文言音，例如
「火」xòh、「打」dàh、「寡」guàh、「載」zàih，都是鼻化
韻母。細節容後說明，讓我們先做整體概觀。

主要母音有 a、e、o、ə、i、u 六個，形成下面的體系：

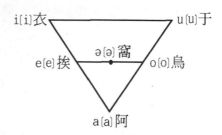

這裏必須說明的是〔ə〕和〔o〕。「窩、多、羅、褒、操」的母
音，根據我的觀察是〔ə〕(更正確地說，是〔ɤ〕)。但羅常培以及其他
許多學者認為是〔o〕。至於「烏、都、魯、蒲、粗」的母音，根
據我的觀察是〔o〕，有許多學者則認為是〔ɔ〕。很明顯的，不論哪
一種看法，都認為「窩」以下的母音和「烏」以下的母音有所區
別，而且必須區別。也就是說，我的區別方式和羅常培的區別方
式，只不過是方言的差異。而要用羅馬字將二者的對立表現出
來，都必須費一番工夫。教會羅馬字標成 o：o˙，羅常培則與此
相反，標成 o˙：o，以點的有無來區別。點很容易看漏掉，所以
我寧可標成 ə：o。字母中並沒有 ə，但只要把 e 顛倒即可，而
且一般常用，不算是什麼突兀的記號。

其次在標寫上，如果只具主母音的音節出現於第一個音節，
或屬於單音詞時，不加任何符號。如果出現於第二個音節以下
時，則標成'a、'e、'o、'ə、ji、wu。例如「椅仔」(椅子)i'à、

「桌下」dəq'e、「西湖」Sē'ǒ、「蘇澳」Sō'ə̯、「細姨」(小老婆)sejĭ、「所有」(全部)sòwu̱。正如上一節所述，'、'、j、w這些符號並非貪圖一時方便臨時想出來的手段。

所謂複母音，有下面十種：

　　　ai〔ai〕哀　au〔au〕歐

　　　ia〔ɪa〕野　iau〔ɪau〕夭　io〔ɪo〕腰　iu〔ɪu〕憂

　　　ua〔ua〕娃　uai〔uai〕歪　ue〔ue〕花　ui〔ui〕威

上面這些發音，大體上根據羅常培的觀察。筆者所做的觀察中，和羅常培不同之處是：〔ɪo〕的圓唇性略低，有發成〔ɪɤ〕的傾向，〔ue〕則開口度沒有那麼狹窄，發成〔oe〕。雖然如此，〔ɪo〕：〔ɪɤ〕、〔ue〕：〔oe〕之間並未形成辨別詞義的對立，實際上採取哪一種發音都無關緊要。又 io 只出現於白話音。

然則，複母音是否由具有同樣強度和長度的複數母音所構成？似乎又不盡然。像〔ai〕、〔au〕、〔ui〕、〔iu〕是前面的母音強而長，後面的母音弱而短。關於〔ai〕和〔au〕，羅常培的觀察也是如此。〔ia〕、〔io〕、〔ua〕、〔ue〕的情形正好相反，前面的母音弱而短，後面的母音強而長，羅常培則認為二者長度相同。〔iau〕和〔uai〕則是中間的〔a〕較強，前後的〔i〕和〔u〕較弱。那麼短而弱的〔i〕和〔u〕到底是不是完全變成半母音的〔j〕和〔w〕？觀察的結果因人而異。我覺得似乎已經完全變成半母音。(筆者尚未對台灣話做過語音學上的精密觀察，所以不敢斷言。)由此可見，說是複母音，其實是「介母＋主母音」或「主母音＋韻尾」或「介母＋主母音＋韻尾」，這三種可能性中的一種。

先前列舉的六個主要母音，和這十種複母音，原則上可以和以

-q〔ʔ〕結尾的入聲結合(只有 uai 不行)，這是很奇怪的。因為一般而言，所謂入聲，照例是和韻尾帶有-m、-n、-ng 的音節相對應的。然而，沒有-m、-n、-ng 的韻母居然也有入聲，第一，是因為部分狀聲詞和擬態詞有這個形態。第二，是因為其中有的是從 -p、-t、-k 演變而成。狀聲詞和擬態詞往往比較容易用力發音，而且比較容易突然終止。例如 aiq「嗳」(唉)、siq「閃」(閃爍)。這一類詞語原本就無法套上漢字。可是一旦套上蠻像一回事的漢字，最後就會令人相信就是那個漢字的白話音，這一點很可怕。其次，那些由 -p、-t、-k 演變而成的，我們有辦法找到他們的來源。例如「鴨」aˋp→aˋq、「辣」luat→luaˋq、「錫」sikˋ→siaqˋ。

以喉塞音〔ʔ〕結尾的入聲，教會羅馬字用-h 標示。本書改為 -q。q 的字體比較特別，好處是一目瞭然。而且在字母中閒置不用，所以就把它派上用場，如此而已。

韻尾帶有-m、-n、-ng 以及與其對應的-p、-t、-k 的韻母，有下面三十四種。

開　　口		齊　　齒		合　　口	
	入聲		入聲		入聲
am〔am〕奄	ap〔ap〕壓	iam〔iam〕閹	iap〔iap〕葉		
an〔an〕安	at〔at〕遏	ian〔ian〕煙	iat〔iɛt〕謁	uan〔uan〕冤	uat〔uat〕越
ang〔aŋ〕江	ak〔ak〕沃	iang〔iaŋ〕香	iak〔iak〕築	uang〔uaŋ〕嘔	uak〔uak〕○
om〔om〕丼	op〔op〕○				
ong〔oŋ〕翁	ok〔ok〕惡	iong〔ioŋ〕夾	iok〔iok〕約		
əm〔ˀm〕姆	əmq〔ˀmʔ〕撼				

əng〔ˀŋ〕黃	əngq〔ˀŋʔ〕○				
		im〔im〕音	ip〔ip〕邑		
		in〔in〕恩	it〔it〕一		
		ing〔iˀŋ〕英	ik〔iˀk〕億		
				un〔un〕溫	ut〔ut〕鬱

其中 uang(uak)、om(op)很罕見，沒有這個韻母的人也不少。

iang、uang、əm、əng 只見於白話音。

「煙」(謁)字，我發成〔en〕(〔et〕)，但根據羅常培的觀察則是〔ian〕(〔iɛt〕))。這裏姑且根據羅說，音韻學上解析為／jan／(／iat／)比較妥當。

「英」(億)的〔ə〕聽得相當清楚。所以教會羅馬字拼成 eng(ek)，羅常培拼成 ieng(iek)。但這只是一種派生音，主要母音畢竟是〔i〕，音韻學上解釋成／jiŋ／，因此拼成 ing(ik)。

əm〔ˀm〕和 əng〔ˀŋ〕是羅常培所說的「聲化韻」，意思大概是聲母 m、ŋ 化為韻母。〔m〕和〔ŋ〕確實和母音一樣，聽不到噪音部分，呼氣可以自由通過鼻腔，具有能單獨構成一個音節的特性。但正如羅常培自己也承認，如果前面有其他聲母出現，就聽得到輕微的過渡音〔ə〕。但這個〔ə〕其實不是過渡音，而是主要母音，只是由於-m、-ng 的關係稍微弱化而已——這是我的分析。換言之，我認為台灣話的韻母一定有主要母音，不承認聲化韻的存在。所以羅馬字也拼成 əm、əng。

əm 的入聲 əmq(不變成 əp)和 əng 的入聲 əngq(不變成 ək)極為罕見，有很多人不承認它們的存在，其實像意思是用槌子敲打

的 xə̍mq(用「撼」做假借字)，或打幫腔表示肯定時所用的 xə̍ngq 不是都很常用嗎？

韻尾的〔-p〕、〔-t〕、〔-k〕是內破音，和聲母的〔p-〕、〔t-〕、〔k-〕略有不同，音韻學上不妨解析成同樣的音。(韻尾的〔-m〕、〔-n〕、〔-ŋ〕和聲母的〔m-〕、〔n-〕、〔ŋ-〕亦然。)羅馬字沒有比照聲母拼成 -b、-d、-g，是因爲它們和聲母不同，只有一組，即使拼成 -p、-t、-k 也不會造成混淆，而且大家都習慣這麼拼。

在韻母的拼寫上，如果不具聲母的韻母出現於第一個音節，或屬於獨立的單音詞時，不加其他記號，如果出現於第二個音節以下時，就在 a-、e-、o-、ə- 等等的前面加上，號。例如「茶甌」(茶杯)dě'āu、「國王」gȯk'ǒng、「樹影」(樹蔭)ci̱u'ə̀ng。介母 i 和 u 則改拼爲 j 和 w。例如「姻緣」īnjǎn、「污穢」ụwẹ。iu、im、in、ing(入聲準此)則視爲前面有介母〔j〕，拼成 jiu、jim、jin、jing。例如「理由」lìjǐu、「答應」da̍qjịng。ui、un(入聲準此)則視爲前面有介母〔w〕，拼成「因爲」īnwu̱i、「緩緩仔」(慢慢地)ǔnwǔn'à 等等。

教會羅馬字對介母〔w〕認識有所不足。例如 oa、oai、oan、oang、oe 的拼法，當然應該改爲 ua、uai、uan、uang、ue。

鼻化母音有 ah〔ã〕、eh〔ẽ〕、oh〔õ〕、ih〔ĩ〕等四種。鼻化母音是台灣話明顯的特徵之一，也是外國人在學習上最感困難之處。

鼻化母音對整個音節產生鼻化的影響。「監」〔kã〕的〔k〕，「餅」〔pĩã〕的〔p〕，「山」〔sũã〕的〔s〕等聲母，多少也會發生鼻

化，但若不是非常注意，可能聽不出來。有聲的〔b〕、〔l〕、〔g〕則充分受到影響，變成〔m〕、〔n〕、〔ŋ〕，上一節已經提到。半母音的〔j〕、〔w〕也受到影響發生鼻化。上面所舉的四個鼻化母音加上鼻化複母音，及其相對的入聲(只有 uah、ioh、ueh 沒有入聲)，通常總稱為鼻化韻母，總共有二十一種。

開	口	齊	齒	合	口
	入聲		入聲		入聲
ah〔ã〕 監	ahq〔ã2〕 喑	iah〔ĩã〕 驚	iahq〔ĩã2〕 嚇	uah〔ũã〕 鞍	
aih〔ãĩ〕 歹	aihq〔ãĩ2〕 (擬聲)				uaihq〔ũãĩã2〕 喵
auh〔ãũ〕 蝥	auhq〔ãũ2〕 (擬聲)	iauh〔ĩãũ〕 貓	iauhq〔ĩãũ2〕 蝶	uaih〔ũãĩ〕 關	
oh〔õ〕 火	ohq〔õ2〕 膜	ioh〔ĩõ〕 羊			
eh〔ē〕 嬰	ehq〔ē2〕 喀				
		ih〔ĩ〕 圓	ihq〔ĩ2〕 物	ueh〔ũē〕 每	

其中，ioh 和 ueh 屬於台南腔，台北腔分別發成 uih〔ũĩ〕。

這些鼻化韻母來源不一，數目最多的大概是由鼻音韻尾 -m、-n、-ng 演變而來的。例如「監」gām→gãh、「驚」gǐng→giãh、「鞍」ān→uãh、「嬰」ing→ēh、「圓」uǎn→ĩh 等等。鼻化韻母全都屬於白話音的體系，必須特別注意的是「火」xòh、「打」dàh、「載」zàih、「且」ciàh 之類屬於文言音的字擁有鼻化韻母的事實。根據筆者的猜測，這些音本來都是白話音，後來被誤認為文言音。因為這個音系的白話音體系，整體上具有強烈的鼻化傾向。

鼻化韻母如何拼寫是個棘手的問題。像教會羅馬字那樣在音

節尾部加上小的 n 最簡單明瞭。但這個方式在用打字機打字時，必須特別設計 -ⁿ 這個字鍵。羅常培式的 -ñ，則又非得設計波狀記號不可。我的方案是應用羅馬字化以 h 標示「變音」的方針拼成 -h。入聲則以 -hq 的方式來拼寫。鼻聲母 m-、n-、ng- 不加上 -h，為的是避免重複。

○ 和北京話之間的主要差異

1. 有主要母音〔e〕。
2. 沒有主要母音〔ɿ〕（「資、此、私」的韻母），和〔ʃ〕（捲舌音的韻母）。
3. 沒有撮口呼（〔y-〕）。
4. 有韻尾 -m。
5. 有入聲韻尾 -p、-t、-k、-q。
6. 有鼻化韻母。

下面將有關韻母的各種拼寫法整理成表。

各式拼寫法異同表（韻母）

音值	音位	新式	羅常培式	台羅	周辨明式	教羅	注音符號	日本假名	十五音
〔a〕	/a/	a	a	a	a	a	ㄚ	ア ア	嘉、膠
〔ã〕	/ã/	ah	añ	av	aⁿ	aⁿ	ㆩ	ア アp	監
〔ai〕	/aj/	ai	ai	ai	ai	ai	ㄞ	ア イ	皆
〔ãĩ〕	/ãj/	aih	aiñ	aiv	aiⁿ	aiⁿ	ㆮ	ア イp	閒
〔au〕	/aw/	au	au	au	au	au	ㄠ	ア ウ	交

(aũ)	/ãw/	auh	auñ	auv	auⁿ	auⁿ	ㄠ	アウp	爻
(am)	/am/	am	am	am	am	am	甘	アム	甘
(an)	/an/	an	an	an	an	an	ㄢ	アヌ	干
(aŋ)	/aŋ/	ang	ang	ang	ang	ang	ㄤ	アン	江
(e)	/e/	e	e	e	e	e	ㄝ	エエ	稽、伽
(ẽ)	/ẽ/	eh	eñ	ev	eⁿ	eⁿ	ㄝ	エエp	更
(ɔ̀)	/o/	o	o	ou	o·	o·	乙	オオ	沽
(ɔ̃)	/õ/	oh	oñ	ouv	o·ⁿ	o·ⁿ	乙	オオp	姑、扛
(om)	/om/	om		om	om	om	両	オム	篋
(oŋ)	/oŋ/	ong	ong	ong	ong	ong	ㄥ	オン	公
(ə̀)	/ə/	ə	o·	o	o	o	ㄛ	ヲヲ	高
(ʔm)	/əm/	əme	m	m	m	m	巾	ム	姆
(ʔŋ)	/əŋ/	anŋ	ng	ng	ng	ng	兀	ント	秧、鋼
(i)	/ji/	i	i	i	i	i	ㄧ	イイ	居
(ĩ)	/jĩ/	ih	iñ	iv	iⁿ	iⁿ	ㄚ	イイp	栀
(ia)	/ja/	ia	ia	ia	ia	ia	ㄧㄚ	イア	迦
(ĩã)	/jã/	iah	iañ	iav	iaⁿ	iaⁿ	ㄧㄚ	イアp	驚
(iau)	/jaw/	iau	iau	iau	iau	iau	ㄧㄠ	イアウ	嬌
(ĩãũ)	/jãw/	iauh	iauñ	iauv	iauⁿ	iauⁿ	ㄧㄠ	イアウp	嗅
(iam)	/jam/	iam	iam	iam	iam	iam	ㄧㄇ	イアム	兼
(ian)	/jan/	ian	ian	ian	ian	ian	ㄧㄢ	イエヌ	堅
(iaŋ)	/jaŋ/	iang	iang	iang	iang	iang	ㄧㄤ	イアン	姜

[io]	/jo/	io	io	io	io	io	ㄧㆦ	イヲ	茄
[ĩõ]	/jõ/	ioh						イオp	薑
[ioŋ]	/joŋ/	iong	iong	iong	iong	iong	ㄧㆲ	イオン	恭
[iu]	/jiw/	iu	iou	iu	iu	iu	ㄧㄨ	イウ	ㄐ
[ĩũ]	/jĩw/	iuh	iouñ	iuv	iu^n	iu^n	ㄧㄨ	イウp	牛
[im]	/jim/	im	im	im	im	im	ㄧㆬ	イム	金
[in]	/jin/	in	in	in	in	in	ㄧㄣ	イヌ	巾
[iˀŋ]	/jiŋ/	ing	ieng	ieng	eng	eng	ㄧㄥ	イエン	經
[u]	/wu/	u	u	u	u	u	ㄨ	ウウ	艍
[ua]	/wa/	ua	ua	ua	oa	oa	ㄨㄚ	ヲア	瓜
[ũã]	/wã/	uah	uañ	uav	oa^n	oa^n	ㄨㄚ	ヲアp	官
[uai]	/waj/	uai	uai	uai	oai	oai	ㄨㄞ	ヲアイ	乖
[ũãĩ]	/wãj/	uaih	uaiñ	uaiv	oai^n	oai^n	ㄨㄞ	ヲアイp	閂
[uan]	/wan/	uan	uan	uan	oan	oan	ㄨㄢ	ヲアヌ	觀
[uaŋ]	/waŋ/	uang	uang	uang	oang	oang	ㄨㄤ	ヲアン	光
[ue]	/we/	ue	ue	ue	oe	oe	ㄨㆤ	ヲエ	檜
[ũẽ]	/wẽ/	ueh						(モエp)	
[ui]	/wuj/	ui	ui	ui	ui	ui	ㄨㄧ	ウイ	規
[ũĩ]	/wũj/	uih	uiñ	uiv	ui^n	ui^n	ㄨㄧ	ウイp	糜
[un]	/wun/	un	un	un	un	un	ㄨㄣ	ウヌ	君

入聲韻母從略。請參見音節表。

第三節 聲調

台灣話有七種聲調。

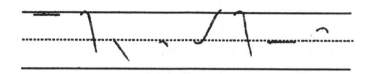

陰平	陰上	陰去	陰入	陽平	陽上	陽去	陽入
1聲	2聲	3聲	4聲	5聲	6聲	7聲	8聲
□̄	□̀	□̣	□q	□̆		□	□q

物理實驗的結果顯示，並非四個陰調對四個陽調，而是總共只有七種聲調。亦即陰上和陽上調型完全相同，上聲只有一種。

陰平(1聲)　　高而平，稍微拉長。和北京話的陰平(1聲)大致相同。例：「伊」ī、「東」dōng。

上聲(2聲)　　起頭的音高大致和陰平相同，然後急促下降一個音階。和北京話的去聲(4聲)大致相同。例：「椅」 î、「黨」dòng。

陰去(3聲)　　以中高起頭，然後急促下降，但下降的程度不如上聲。例：「意」i̠、「棟」do̠ng。在七種聲調中最低。

陰入(4聲)　　以中高起頭，然後急促收尾。入聲利用韻尾子音-p、-t、-k、-q 來和其他聲調及音節型式區別。例：「滴」diq、「篤」do̍k。

陽平(5聲)　　以中高起頭，逐漸弛緩上升到陰平的高度。是唯

一的上升調，頗具特徵。但其上升的方式不像北京話的陽平(2 聲)那麼急促。弛緩的程度也不如北京話的上聲(3 聲)。例：「夷」ǐ、「同」dǒng。

陽去(7 聲)　　中高而平，稍微拉長。例：「爲」i̱、「洞」do̱ng。

陽入(8 聲)　　起頭部分比中高略高，然後急促收尾。例：「舌」ziq̖、「毒」do̱k。

除了七種聲調之外，還有所謂輕聲。音長和音高介於陰去和陰入的中間，不加任何符號。輕聲的音節中，第一類是本來就發輕聲者，大部分的語氣詞均屬此類。

ghuà la　（我啦）＝我啦

lì ze̱ le！（你坐咧）＝你坐！

第二類是由於語調的關係而失去本來的聲調者。大部分的助動詞屬於此類。（本文中原則上標注本來的聲調）

zio̱h lai　　（上來）＝上來

tiau̱ ləqki　（跳落去）＝跳下去

第三類是故意改變本來的聲調以便和其他情況區別者。數目不很多。

au̱rit	（後日）	＝後天
au̱rit̖	（後日）	＝日後
guāhlang	（官人）	＝官吏
guāhlǎng	（官人）	＝老爺
ziāhghueq	（正月）	＝一月
ziāhghueq̖	（正月）	＝正月

輕聲極爲重要，能弄清楚重音核(保持本來聲調的音節)，即暗示語義的核心所在。

聲調種類多，在調號的標注上就得煞費苦心。教會羅馬字的處理方式是加在音節的上方，但看起來的感覺和實際的發音有相當差距。我的新式羅馬字大致的原則是採用直覺式符號，但因加在音節的上方或下方，不大美觀。二者各有千秋。

台灣話的聲調，小自複音詞，大至長句的音節串中皆會發生顯著的變化。當然此種現象並非這個音系所特有，例如北京話，兩個以上的上聲(3聲)相連時，前面的上聲會變成陽平(2聲)。還有去聲(4聲)相連時，在某種條件下，前面的去聲會變成陽平(2聲)。雖然如此，中國的任何方言大概都不像這個音系那樣具有顯著的變調。

首先，有一般的「變調規則」。(以下根據周辨明的用語。當然都只是暫用。)也就是最後的音節(如係輕聲，則爲輕聲的前一音節)保持本來的聲調，它前面的音節以下列方式變調。

1聲	2	3	4	5	7	8
∨	∨	∨	∨	∨	∨	∨
7	1	2	8	7	3	4

例如雙音節詞(左上角的數字表亦變調)：

[7]xōngcuē(風吹)＝風箏

[1]zàkì(早起)＝早上

[2]ziuzua(咒詛)＝詛咒

[8]gòkgā(國家)＝國家

[7]lŏzăi(奴才)＝奴才

^{3}bebhə̀(父母)＝父母

^{4}giokdiòh(局長)＝局長

三音節詞：

^{8}but^{8}dikjì(不得已)＝不得已

^{7}tiāh^{2}gihgòng(聽見講)＝聽說

^{3}u^{7}zĭhlăng(有錢人)＝有錢人

四音節詞：

^{7}kăm^{7}kăm^{4}kiatkiat(嵁嵁砳砳)＝凹凸不平

^{3}dua^{1}bhù^{2}siguę(大滿四界)＝到處多的是

「變調規則」有一些例外。不過例外的出現都很有規則，因此例外本身又有其規則。第二個規則的「喉塞音變調規則」即是。亦即 –q 入聲時，變調如下：

4 聲　　　　8

∨　　　　　∨

2　　　　　3

這時 –q〔2〕會消失。例如：

^{2}kėqguàn(客館)＝旅館

^{2}dəqdìng(桌頂)＝桌上

^{3}əqdĕng(學堂)＝學校

^{3}ziaq^{3}bənggīng(食飯間)＝飯廳

台灣話的形容詞有很多重疊的用法。二重疊時，是「更加」的意思。根據上述兩個規則變調，所以沒什麼可以補充的。三重疊時，是「非常；極為」的意思，表示最高級，而且發生特別的變調。

第三個規則的「強調的變調」即是。例如：

^{1}xə̀^{1}xəxə̀(好好好)＝非常好

^{2}ziạh^{2}ziạhziạh(正正正)＝非常正確

^{8}pòk^{8}pòkpòk(博博博)＝非常博學多識

^{5}pāng^{7}pāngpāng(芳芳芳)＝非常香

^{5}dịng^{3}dịngdịng(定定定)＝非常硬

^{5}rioq^{3}rioqrioq(弱弱弱)＝非常衰弱

　　各個音節群的最後一個音節保持本來的聲調，而且長度最長。正中間的音節以有規則的方式變調，長度最短。開頭的音節長度居中，有兩種變調方式。前面三個「好」「正」「博」按照規則變調，後面三個「芳」「定」「弱」則一律變成5聲。理由大概是5聲為唯一的上升調，能令人印象深刻。

　　以上所說的現象，可以用聲調的連音，乃至同化加以說明。這個現象是以最後一個音節為基準，不同音階的各個音節，試圖盡可能努力做出圓滑的抑揚頓挫。正因如此，音節群內部的音節給人的感覺是沒有中斷的完整體。反過來說，如果各個音節保持本來的聲調，原本應該是圓滑順暢的話語將變成生硬刻板，時斷時續，說起來非常拗口。總而言之，這種變調的規則饒富趣味。（不過細節之處的觀察因人而異）

　　在詞組或句中，變調究竟以何種形態出現？而且其作用又是什麼？一連串的話語自然形成所謂「聲調群」。

　　例1　^{7}sīnsēh╱^{2}gạ　^{4}xaksīng╱.(先生教學生)＝老師教學生。

　　例2　^{1}lì'à╱^{1}pàih　^{1}guèzi╱^{3}, əm^{7}tāng　^{3}ziạq zẹ╱！(李仔歹果子，唔通食多！)＝李子不是好水果，不要吃太多！

例3　ghuà sị／Diōnggŏklăng／.(我是中國人)＝我是中國人。

例4　¹lì ụ／¹gòng bhə̌／.(你有，講無)＝你有，卻說沒有。

例5　¹lì ³ụ gòng bhə̌／？(你，有講無)＝你，說了嗎？

在上面的例句中，前面所說的三個規則適用得非常正確。而以斜線隔開的就是聲調群。

各個聲調群中，只有最後一個音節保持本調。它前面的音節都照規則變調而連貫起來。輕聲的音節則附隨其後。

這個聲調群到底是什麼？首先，它並不是因為呼氣接不上，所以才在那裏暫時停頓一下。停頓的是有逗點和句點之處。其次，它也不是所謂的強度段落，因為最後一個音節的發音並沒有加強，而其他音節也沒有減弱。

因此我們必須尋求其他的解釋。下面先說出我的結論：我覺得這是一般民眾對語法最低限度卻最根本的掌握方式的具體表現。我認為針對上面的例句，當前可以提出下面的看法。

首先，主語(詞組)和述語(詞組)的意識是所有一切的出發點。例1～3 最前面的聲調群相當於主語毫無疑問。下面是最好的例子：

$$\begin{cases} \text{xōng／cuē} & \text{(風吹)＝刮風} \\ \text{⁷xōngcuē} & \text{(風吹)＝風箏} \end{cases}$$

$$\begin{cases} \text{cụi／sùi} & \text{(嘴美)＝嘴巴漂亮} \\ \text{²cụisùi} & \text{(嘴美)＝嘴巴甜} \end{cases}$$

各組的前者都有兩個聲調群，被意識為主語和述語的句子。後者則是一個雙音節詞，第一個音節發生變調。不論二者的發音有多快，也絕對不會混淆。

　　不過如果是所謂代名詞(本書中稱爲指代詞)當主語，則又另當別論。例4、例5中，lì(你)發生變調。(像例3那樣必須特別強調時，則情形不同。)理由大概是因爲代名詞原是已經出現過的人物的再度出現，在語言情境中是不言而喻的，因而地位並不重要的緣故。

　　其次，在對主語(詞組)和述語(詞組)個別掌握的方式上，是以詞組(嚴格地說是「結構」，相當於英語的 phrase)爲單位。聲調群大致相當於一個詞組。至於它是哪一類的詞組，大家並不關心。

　　第三，輕聲在語法上扮演極重要的腳色。例3的 si(是)一般的說明是：「是……」，表斷定的動詞。其實它的語義意外地輕，頂多只是強調主語而已。至少可以說有這個傾向。

　　例5是爲了和例4對照而舉的，bhə(無)發成輕聲與否，整句的結構和意思將完全不同。

　　例4的 bhə(無)和 u(有)對應，分別具有「實」的語義，例5的 u(有)帶有「虛」的語義，bhə(無)也變成表疑問的語氣詞，發成輕聲。用北京話來說，大概等於「你說了嗎？」。

　　以上就聲調群和語法之間饒富趣味的相關性提出若干例示，但因深入探討語法將超出本節的旨趣，所以點到爲止。

○ 和北京話之間的主要差異

　1. 有七種聲調。

　2. 有入聲。

第四節　音節

我們常聽到「中國話是單音節語言」這句話。它的意思是一個音節相當於一個詞。換言之，中國話的各個語詞都是由一個音節所構成。認爲中國話(台灣話亦然)如此，是否恰當，另當別論。在這裏只要瞭解到所謂音節是構成詞的發音單位，讓人感覺到它是一個完整的發音這樣的大體上的概念就行了。

根據音節結構的中國式看法，所謂音節是「聲母＋韻母」的二元論的結合。這個看法大體上正確。例如「糊」gǒ 由聲母 g 和韻母 o 構成。「涼」liǎng 由聲母 l 和韻母 iang 構成。所謂只由母音構成的音節，例如「亞」ā，其實也是由聲母，〔ʔ〕和韻母 a 構成。但這個看法，聲母尚無問題，韻母的概念則過於籠統。所以就出現另一個看法，認爲應該把韻母更進一步細分爲「介母＋主母音(韻腹)＋韻尾」。這一點在第二節已經提到。

台灣話各個單音的發音部位的開合度，也就是音的響度，可以用象徵的方式表示如下。

0 度　〔p〕、〔p‘〕、〔t〕、〔t‘〕、〔k〕、〔k‘〕、〔ʔ〕

1 度　〔ts〕(〔tɕ〕)、〔ts‘〕(〔tɕ‘〕)、〔dz〕(〔dʑ〕)、〔b〕、〔l〕、〔g〕

2 度　〔s〕、〔ɕ〕、〔h〕

3 度　〔m〕、〔n〕、〔ŋ〕

4 度　〔j〕、〔w〕

5 度　〔i〕、(〔ĩ〕)、〔u〕

6 度　〔e〕(〔ẽ〕)、〔o〕(〔õ〕)、〔ə〕

7 度　〔a〕(〔ã〕)

因此，音節原則上呈菱型結構如下：

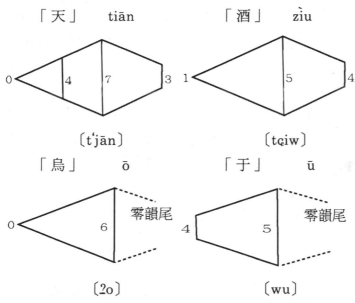

如果承認出現於主母音前面的〔ʔ〕，這時也很方便。而半母音〔j〕、〔w〕也扮演重要的角色；如果是介母，確確實實是介於聲母和主母音之間，成為一種過渡音；如果前面沒有聲母，則利用其子音性，扮演聲母的角色；如果是韻尾，則有助於音節尾的收斂。

設定「零韻尾」的必要性，來自於將音節視為菱型的論調。若不如此設定，像「烏」ō 或「于」ū 這種沒有韻尾的的音節，就會變成開尾式的 < 型，使菱型論產生缺點。如設定零韻尾，就能彌補這個缺陷。而且這樣設定並非突發奇想。目前尚缺乏有關台灣話的精密觀察，不過北京話中，不論有韻尾的音節或無韻尾的音節，根據觀察，它們的長度大致相等。這表示無尾韻的音節正因為沒有韻尾，所以主母音拉長。我認為台灣話同樣有這個事實。然則這個

事實應如何解釋？雖然有兩三種解釋，我還是希望採取有零韻尾的解釋。換言之，零韻尾可說是一個空隙。既然空着，主母音就要侵入其領域，所以才會增加部分的長度。如果有其他韻尾出現，就會讓位給該韻尾，而主母音也就恢復原來的長度。這是我的解釋。

如果中國話的音節菱型論是一個可以接受的假設，我們就可以打個比方說：台灣話在結構上恰似竹製玩具蛇那樣的環節相連。如此一來，各個詞聲調的抑揚頓挫，也就像蛇身一般曲曲折折的游移。

那麼，台灣話的音節到底有幾種？理論上應該有聲母和韻母相乘的總數，不過，其中也有語音學上不可能出現的。例如bam 這樣的音節，由於嘴唇必須合兩次而被嫌棄。還有，即使是容易發音的音節，如果沒有任何語義上的支持，就單只是語音而已，也不符合音節的概念。扣除這些不可能的形式，實際的音節到底有幾種？很遺憾的，尚無定論。羅常培的《廈門音系》不知何故沒有使用音節這個術語。但如根據其中的「單字表」來計算，舒聲(平、上、去聲)有 507 種，促聲(入聲)有 306 種，總共813 種。倉石武四郎教授認為福建話的音節有 784 種，香坂順一教授則認為大概在 850～900 種之間。根據我的計算，台灣話的音節是舒聲 495 種，促聲 301 種，總共 796 種。

分為舒聲和促聲的理由是：從音節上來看，二者完全不同，自應分別處理。北京話沒有入聲，所以省了分舒聲和促聲的麻煩。這樣的北京話，據說有 411 種音節。不過並非沒有不同的說法。研究相當徹底的北京話尚且如此，可見音節實際數目的掌握有多麼困難。這些姑且不論，北京話裏，將音節數和四聲組合，

就是 411×4(聲調)＝1644 種，這已包括所有的發音了。台灣話則是 495×5(聲調)＋301×2(聲調)＝3077 種。這個數字也包括所有的發音。換言之，台灣話的發音比北京話複雜一倍。

　　音節的數目因人而異，原因在於：對若干音節的把握方式有別。甚至於在認定與否上看法不同。最有問題的大概是狀聲詞、擬態詞。其次是非常罕見的字的發音。這些因人而有認定與否的差異，而且也因時代而有認定上的差異。一般說來，音節的數目隨着時代的演變，以及語言使用範圍的擴大，會趨於簡化和減少。

　　下面將我所觀察到的音節整理配列成表。

　　因為篇幅關係，例字的漢字沒有標注聲調。下面沒有劃線的是文言音，有劃線的是所謂白話音。白話音當中，有的已獲得公認，有的尚有疑問。各位只要瞭解其意思即可。○ 代表狀聲詞、擬態詞。又，筆者所根據的是台南音。

呼韻＼聲	開 口 舒 聲(200)																	
---	a	ah	ai	aih	au	auh	am	an	ang	e	eh	o	oh	om	ong	ə	əm	əng
b	巴		排		包			班	邦	<u>父</u>	<u>病</u>	蒲			房	褒		<u>方</u>
p	葩	怕	派	<u>背</u>	跑			攀	芳	<u>帕</u>	<u>平</u>	普			碰	波		
bh	痲		埋		卯			萬	夢	<u>馬</u>		模				<u>無</u>		
m		馬		買		蝥					罵		冒					門
d	礁	擔	大	<u>刜</u>	斗		談	單	<u>東</u>	<u>短</u>	<u>鄭</u>	都		丼	東	多		當
t	他	<u>他</u>	胎		<u>偷</u>		貪	灘	<u>窗</u>	體	<u>撐</u>	土		○	通	討		<u>湯</u>
l	拉		來		<u>留</u>		南	蘭	弄	禮		樓			農	羅		
n		<u>藍</u>		乃		鬧				<u>奶</u>		<u>懦</u>						兩
g	家	監	該	○	交		甘	干	江	<u>家</u>	<u>更</u>	姑			公	哥		<u>光</u>
k	巧	<u>坩</u>	開	鏗	<u>口</u>		坎	牽	<u>孔</u>	<u>溪</u>	<u>坑</u>	箍			空	科		<u>糠</u>

gh	牙		呆		高		嚴	顏	戀	詣		誤			昂	鵝		
ng		雅		礙		看		鑑				硬		五				
z	查	整	災	載	糟		斬	曾	粽	齊	爭	租			宗	早		粧
c	差	○	採	襯	草		參	餐	蔥	妻	星	粗			聰	草		倉
r																		
s	沙	衫	西		梢	好	杉	山	鬆	西	生	蘇			霜	鎖		桑
'	亞	餡	哀	背	歐	○	庵	安	翁	裔	嬰	烏			翁	窩	唔	黃
x	哈	哄	害	歆	孝		蚶	漢	行	下	懸	呼	火		風	河	媒	園

齊齒舒聲(198)

呼／韻／聲	i	ih	ia	iah	iau	iauh	iam	ian	iang	io	ioh	iong	iu	im	in	ing
b	悲	扁		餅	表			鞭	兵	表			彪		彬	兵
p	皮	篇		坯	標			片	棒	票					品	崩
bh	米			廟			免		廟				謬		敏	明
m		棉		命												
d	知	甜	爹	鼎	朝		店	顛		趙	張	中	晝	沈	珍	丁
t	恥	天		痛	跳		添	天		糶		衷	抽	朕	佞	聽
l	里			了			拈	連	涼	瞭		兩	流	臨	隣	令
n		染		領		貓										
g	基	見	寄	驚	嬌		兼	堅		叫	薑	宮	求	金	斤	驚
k	欺	擒	騎	輕	曲		儉	犬	鏗	扣	腔	恐	邱	欽	輕	輕
gh	宜		迎		堯		驗	言	鏇	橇			牛	吟	銀	凝
ng						抓										
z	支	精	者	正	招		占	戰	漳	招	蔣	終	周	斟	眞	爭
c	癡	鮮	車	請	笑		簽	千	唱	笑	槍	冲	秋	深	親	清
r	二	耳	遮		繞		染	然	冗	尿		絨	柔	忍	仁	仍
s	詩	豉	賒	聲	消		閃	仙	雙	燒	賞	傷	收	心	新	生
'	伊	圓	也	影	夭		閹	煙	央	○	養	央	憂	音	恩	英
x	希	譀	蟻	兄	曉		險	掀	香	○	香	鄉	休	欣	恨	兄

呼韻／聲	合口舒聲(97)									
	u	ua	uah	uai	uaih	uan	uang	ue	ueh	ui
b	富	簸	搬			半		杯		肥
p	浮	破	潘			藩		配		屁
bh	無	磨				滿		未		微
m			滿		妹				麼	
d	株	大	彈			短		兌		堆
t	貯	拖	炭			團				腿
l	旅	賴				亂		內		雷
n			爛							
g	句	歌	官	乖	關	關		會		規
k	區	誇	看	快		寬		恢		開
gh	生	外				願		外		危
ng										
z	資	蛇	煎	掰		全		罪		水
c	次	蔡	椾			喘		吹		吹
r	愈	若				軟		銳		綏
s	輸	砂	山			送		哀		水
’	于	娃	鞍	歪		冤	—	鍋		爲
x	夫	灰	歡	懷	橫	番		花		費

呼韻／聲	開口促聲(114)																	
	aq	ahq	aiq	aihq	auq	auhq	ap	at	ak	eq	ehq	oq	ohq	op	ok	əq	əmp(uihq)	əngp
b	百				發			八	北	伯					北	薄		
p	拍				雹			叭	覆						博	粕		
bh	肉				貿			密	木	麥					木	莫		

聲														
m		麼		嘜					脈	膜				
d	踏			篤	答	達	逐	啄			毒	桌		
t	塔				塔	踢	讀	宅			託	魠		
l	曆			落	納	力	六	裂			鹿	落		
n		場		躐										
g	甲			餃	鴿	割	角	格	○		國	閣		
k	較			愕	○	瞌	渴	確	客	○	酷			
gh	及				硈	岳		挾			愕			
ng														
z	束				雜	節	齪	仄			族	擲		
c	插				插	察	鑿	冊			錯	罵		
r														
s	煠	嗨			屑	殺	揀	雪			束	索		
'	鴨		○	○	鴨	遏	握	阨		惡		○	惡	學
x	合				合	喝	學		○		福	鶴	撼	○

齊 齒 促 聲(127)

聲＼呼＼韻	iq	ihq	iaq	iahq	iauq	iauhq	iap	iat	iak	ioq	iok	ip	it	ik
b	鼈		壁					別	逼				筆	迫
p	覆		癖					撆	爆				疋	璧
bh	匿							襪					蜜	墨
m		物												
d	滴	值	摘				蝶	哲	着		竹		姪	德
t	鐵		折				帖	撤			畜		迠	宅
l	裂		掠				捏	列	略	六	立			力
n		躡												
g	築		屐				夾	結	○	腳	局	急	結	激

k	缺		隙		○		挾	詰		拾	曲	扱	乞	客
gh	癯		攎		撤		業	聱			玉			玉
ng					蜺									
z	舌		食		○		接	節		石	祝	集	織	籍
c	熾		赤				妾	切		尺	雀	緝	七	側
r	廿		跡				廿	熱		弱	肉	入	日	粒
s	囟		錫				涉	設	鑠	惜	宿	十	失	色
'	胰		蝶				葉	謁		藥	約	揖	一	億
x			額	嚇	剝		狹	血		歇	旭	翕	彼	或

聲＼韻	合 口 促 聲(60)						
呼	uq	uaq	uaihq	uat	uak	ueq	ut
b	窟	鉢		鉢		八	不
p	薄	潑		蹩		沫	剝
bh		抹		末		襪	物
m							
d	突			奪			突
t	托	拖		脫			黜
l	蜱	辣		劣			律
n							
g		割		決		缺	骨
k		濶		缺		缺	屈
gh				月		月	
ng							
z	注	泏		拙			卒
c	焠	斜		撮			出
r		熱					

s	速	煞	卌	雪		說	術
'		活	○	越	○	挖	鬱
x		喝		罰		血	忽

第一節　詞

§1.什麼是詞？

　　所謂詞彙，意思是詞的總體，也就是詞的集合，所以在說明的順序上，必須先談「什麼是詞」。

　　要對詞(北京話稱爲「詞」，日語稱爲「單語」，英語稱爲 word)下適當的定義並不容易，不過，詞大致上的概念任誰都能掌握得住。有人說，詞是語言中的單位。

　　但這個單位究竟是什麼意思呢？本來所謂單位是指我們說三尺或五升時的尺或升而言，意思是爲了分割所給與的量而設定的基本量。但我們無法用詞這個單位，將語言像布或米一樣機械地計量。然則，在語言分析時，它是否爲最後已經無法再分割下去的最小單位，譬如像原子之類的單位，似乎又不然。如果想將詞更進一步往下分析，還是辦得到，仍然是有語音、有意義。它的語音還可以再分〔p〕、〔t〕、〔k〕之類的子音，以及〔a〕、〔e〕、〔o〕之類的母音；而意義也一樣可以再細分。儘管如此，我們在適當的地方就停止分析，是因爲我們一開頭就對詞有一種認識。換言之，那是認爲詞必須是語音(聽覺心像)和意義(概念)結合的一個統一體的意識。沒有意

義的音只不過是語音而已，並不是詞。

這是詞的概念的下限。但構成語言的單位並非只有詞而已。詞之上的單位是詞組，所謂詞組，是指詞的結合體而言，而詞必須比詞組來得短。這是詞的概念的上限。

要在詞和單純的語音之間劃清界線比較容易，但要在詞和詞組之間劃清界線則意外地難。大部分的情形涇渭分明，但總有模稜兩可，介於中間的情形出現。遇到這種情形，看法難免會因人而異，但從學術的觀點進行某種操作，將二者加以區別並非不可能，所謂分離法和代替法即是。為了說明上的方便，留到最後才來討論。

§2. 單音詞和複音詞

詞可以從各種觀點做不同分類。首先，可以根據構成詞的音節的單、複數，分成單音詞和複音詞。

常聽人家說，中國話是單音節語言(monosyllabic language)。意思是，跟其他語言相比，中國話有比較多的單音詞，而不是說所有的詞彙都是單音詞。如果所有的詞彙都是單音詞，則詞和詞組涇渭分明，就一點也不必傷腦筋了，奈何中國話自古至今，從來都不曾有過詞彙完全是單音詞的時代。

不過，中國話有一個傾向，那就是時代越古老，單音詞越多。隨着時代的更新，複音詞逐漸居於優勢，這一點不容否認。雖然如此，卻不能因而就對單音詞在現代中國話中仍然具有的重要地位給予過低的評價。

例證之一是，本書收錄的台灣話常用五千詞中，單音詞占

2,525 個，比一半多一點。(其中包含若干單音節的接辭＝詞綴。)這些單音詞幾乎都是從古代沿用至今，構詞能力很多，不斷造出複音詞。做為詞彙，可以說有效又經濟，尤其是用漢字書寫時，更令人深有此感。

但是，做為口頭語則有若干缺陷。因為是單音詞，所以訴諸耳朵的力量比較弱。時間短的不到一秒，常常會被漏聽。而且單音節時，聲調扮演極重要的角色。一旦聽錯，會造成很大的誤會。要對方拿 xūn(燻)＝香煙來，結果拿來的卻是 xùn(粉)＝白粉，這樣的笑話即由來於此。所以在口頭語中，有盡可能將單詞換成複音詞來使用的傾向，這個傾向在台灣話特別顯著。

複音詞正如字面所示，是由複數的音節構成的詞，並非由複數的單音詞構成的詞串。這種詞串不可能存在。例如 bəlě(玻璃)是由 bə 和 lě 這兩個音節構成，意思是「玻璃」的一個詞。giǎmsəngdīh(鹹酸甜)是由 giǎm 和 səng 和 dīh 這三個音節構成，意思是「蜜餞」的一個詞，並非由「鹹」和「酸」和「甜」這三個詞所構成的詞或詞組。

bəlě 和 giǎmsəngdīh 雖然都是複音詞，但二者之間似乎有某些不同，留待下一節加以說明。複音詞中以二音節詞為最多，在 2,475 個詞當中占 2,235 個；三音節詞有 209 個；四音節詞有 31 個，以大約 1／10 的比率遞減。並未發現五音節以上的詞，四音節似乎是詞的長度的最大限度。

二音節詞之所以最多，因為是最安定的詞形。中國人本來喜歡偶數，特別是二這個數，這樣的國民性大概也反映於此。即使是三音節詞，追溯其根源，不是由三個單音詞構成，就是單音詞和二音

節詞結合而成。至於四音節詞，大部分是由兩個二音節詞結合而成，只有極少數是由一個二音節詞和兩個單音詞結合而成。

　　蒐集台灣話的詞彙，就會發現如下有趣的事實。在意思幾乎相同的兩種詞裏，一個是單音詞，另一個則是二音節詞。

頭	tău	（頭）	:	tăukȧk	（頭殼）
手	cìu	（手）	:	cìugut	（手骨）
後面	au	（後）	:	aubiaq	（後壁）
文章	bhŭn	（文）	:	bhŭnziōh	（文章）

瓶子	gān	（矸）	:	gān'à	（矸仔）
石頭	zioq	（石）	:	zioqtău	（石頭）
那麼	xiaq	（彼）	:	xiaqlin	（彼裏）
德(人名)	Dik	（德）	:	āDik	（阿德）

　　詞以二音節詞較爲安定，而且實際上也多使用二音節詞。但在創造新詞時，例如說某人「頭特別大」時，說 duatău(大頭)而不說 duatăukȧk(大頭殼)。說「酒瓶」時，說 zìugān(酒矸)而不說 zìugān'à(酒矸仔)。也就是說，如果是成熟的二音節詞，就會做爲二音節詞來保存下去。另一方面，創造新詞時，則起用單音詞，努力讓新詞也成爲二音節詞。雖然如此，上段的例詞和下段的例詞，情形似乎略有不同。在下段，單音詞可說居於主要地位，二音節詞只不過是爲了讓詞有安定感而加上某種附加成分而已。當新詞要成爲二音節詞時，這些附加成分隨時會被棄如敝屣的。

§3. 單詞、複合詞和派生詞

現在從詞由何種意義要素構成的觀點來加以分類。

單詞(北京話的「單詞」，英語的 simple word)是由一個意義素構成的詞，所有的單音節詞都屬於單詞自不待言。不過複音節詞中有些也屬於單詞。例如：

bəlě	（玻璃）	＝玻璃
pə̌də̌	（葡萄）	＝葡萄
bǐbě	（琵琶）	＝琵琶
sīngsīng	（猩猩）	＝猩猩

---

cēhmě	（青冥）	＝瞎眼
cìucịng	（手銃）	＝頑皮
lạusàibhè	（落屎馬）	＝笨拙
xōngcuē	（風吹）	＝風箏

上欄的詞只是音節有兩個而已(漢字只不過是表音的假借字)，意義素只有一個。即使將 bəlě(玻璃)的 bə 抽出來，也只是 bə 這個語音而已，不具有任何意義。

又如 sīngsīng(猩猩)並不表示有兩隻猩猩，而是 sīng sīng 這兩個音節結合在一起才有猩猩的意思。因此，將這些特別單純的單詞稱爲「單純的單詞」。

下欄的詞，有的學者把它們歸入複合詞，尚無定論，我認爲還是單詞。例如 cēhmě(青冥)雖然可分爲 cēh「青」和 mě「暗」這兩個意義素(假定這裏所用的「青」和「冥」這兩個漢字是正確的)，但和「瞎眼」這個意義素完全不同。還有，當我們說 cìucịng(手銃)一

詞時，它的意思是「頑皮」，和「手」以及「鎗」根本相差十萬八千里。(雖然也有「手鎗」的意思，此時是不折不扣的複合詞。)總而言之，這些詞雖可分爲幾個意義素，整個詞的意思卻非各個語義素的量的總和，而是在質的方面已經截然不同。因此，將之稱爲「複雜的單詞」，以便和「單純的單詞」區別。它們是介於「單純的單詞」和下面要討論的複合詞之間的中間物。

所謂複合詞(英語的 compound word)，是可以分析爲幾個語義素，而且分析出來的各個語義素能獨立運用。整個詞的語義也接近各個構成要素的語義總和。這時，各個語義成分稱爲「詞幹」(北京話的根詞，英語的 stem)。複合詞的數量比單詞多，這是由單音節語言發展而成的中國話的詞彙理所當然的狀態。它們成爲複合詞的來龍去脈，可以從幾個「基本結構」(尚屬假設)加以說明。

dedang	(地動)＝地震	主述結構
cuidā	(嘴乾)＝口渴	
pàubhè	(跑馬)＝賽馬	對向結構
incui	(應嘴)＝回嘴	
sitghueq	(蝕月)＝月蝕	生起結構
uxau	(有孝)＝孝順	
paqpàih	(拍歹)＝弄壞	補足結構
cutpua	(出破)＝敗露	
gueki	(過去)＝過去	補助結構
itdioq	(憶着)＝想要	
sizing	(時鐘)＝時鐘	修飾結構
sinniǒ	(新娘)＝新娘	

sìguę	（四界）＝到處
liòngbǐng	（兩旁）＝雙方

} 計數結構

ziohbǐng	（此旁）＝這邊
xiàqgù	（彼久）＝上次

} 指示結構

beebhə̀	（父母）＝父母
zoozan	（助贊）＝幫助

} 並列結構

kə̀sioq	（可惜）＝可惜
xə̀ziaq	（好食）＝好吃

} 認定結構

所謂派生詞（英語的 complex word），就是一個基礎的語義素「詞幹」和附加成分「接辭」（英語的 affix）結合而成的詞。例如：

bhìn'à	（刡仔）＝刷子	–à
zǐmtǎu	（枕頭）＝枕頭	–tǎu
culin	（厝裏）＝家裏	–lin
è'e	（矮的）＝矮子	–e

āxiāh	（阿兄）＝哥哥	ā–
sòwu	（所有）＝一切	sò–
paqcèh	（拍醒）＝叫醒	paq–
deri	（第二）＝第二	de–

上欄是由「詞幹＋接尾辭」，下欄是由「接頭辭＋詞幹」所構成。

派生詞在詞彙中所占的比率多得不亞於複合詞，而且今後有越來越多的傾向。

雖然說派生詞由於有接辭而得以和複合詞在形態上有所區別，但本質上和複合詞相通。接辭中，也有不少是原本具有獨立用法，或現在也具有獨立用法，二者無法嚴密加以區別。關於接辭，詳細請參見 §5。

派生詞的特徵之一是能夠根據接辭大致上劃分詞類。例如可以說：帶有接尾辭–à(仔)或–tău(頭)或–e(的)的是名詞，帶有–riăn(然)的是形容詞或副詞；帶有接頭辭 páq–(拍)的是「他動詞」性的動詞。

§4. 自立詞和附屬詞

根據詞能否單獨運用，換言之，以詞的獨立能力爲基準，將詞加以分類相當重要。例如：

gōngxə̀ng lăng ziăh ze ŏ(公園人成多哦)＝公園很多人呢

這個句子中，gōngxə̀ng(公園)、lăng(人)、ze(多)能夠單獨拿出來運用，也可以在前後停頓分開說，因此這些詞稱爲自立詞。相反地，ziăh(成)、ŏ(哦)則無法單獨取出運用，說的時候必須接在其他詞語的前後，或在句尾說出來，因此把它們稱爲附屬詞。自立詞有：

名詞	ko	(褲)＝褲子
動詞	cittə̀	(迌迌)＝遊玩
形容詞	duakōbeq	(大箍白)＝塊頭大的胖子
指代詞(大部分)	siàhmì	(甚麼)＝什麼
數詞(大部分)	nə̄ng	(兩)＝二
情意詞(大部分)	tāng	(通)＝可以～

感嘆詞	uè	（喂）＝喂

附屬詞有：

範詞	diōh	（張）＝張
副詞	tại	（太）＝太
介詞	gạu	（到）＝到～
接續詞	sūiriǎn	（雖然）＝雖然
助動詞	～lǎi	（～來）＝～來
語氣詞	a	（啊）＝～呀
指代詞(小部分)	xit	（彼）＝那
數詞(小部分)	ghua	（外）＝～多
情意詞(小部分)	tịng	（聽）＝能～

區別自立詞或附屬詞非常重要，蓋詞所屬的詞類會因而不同。例如表示「抵達」之意的 gạu(到)是自立詞，所以屬於動詞；表示「到～為止」的 gạu(到)則是附屬詞，因此可以說屬於介詞。

§5. 詞素

詞素(北京話的詞素，英語的 morpheme)通常指具有語義的最小語言單位。一般認為一個詞含有一個以上的詞素。根據接辭類的說明，中國話一向是詞──派生詞──能夠再進一步分析成最小的意義素。

例如 dejit(第一)、āzè(阿姊)＝姐姐、ciǒh'à(牆仔)＝圍牆、guttǎu(骨頭)等等都是一個詞，從這些詞當中還可以更進一步抽出詞的次位成分：

dejit(第一)　　　deri(第二)　　　　de-

āzè(阿姊)	āgə̄(阿哥)哥哥	ā-
ciŏh'à(牆仔)	dik'à(竹仔)	-à
guttău(骨頭)	rittău(日頭)＝太陽	-tău

de- 表示序數，ā- 表示對人的親暱，-à 表示小的事物，-tău 表示具備某種特徵的事物，所以具有語義。但必須分別跟成為詞幹的詞語結合，才能變成一個詞。接辭視其接於詞幹之前，或詞幹之後，或插入中間而分為接頭辭(北京話的詞頭，英語的 prefix)、接尾辭(北京話的詞尾，英語的 suffix)、接中辭(北京話的詞嵌，英語的 infix，台灣話幾乎沒有)。

台灣話的詞素中，也有像北京話的「猴兒」、「孔兒」的「兒」(-r)這種不成一個音節的(人稱代名詞的複數形-n)。另外也有聲調的交替等於詞素的情形：

niŏ(量)＝量容積、長短：nio(量)＝用桿秤量

nə̄ng(軁)＝慢慢鑽進洞內：nəng(軁)＝快速穿過孔洞

gīu(縮)＝有伸縮性的東西縮小：giu(縮)＝無伸縮性的東西縮小

但這種詞素的抽出，完全依賴漢字，唯漢字並不明確的台灣話(一般將其意識為不同的詞的環境下)，如採取此種作業方式，頗具危險性。

關於詞素，我更想說的是，中國話所謂的像接辭仍處於詞幹階段，還沒完全成為像接辭那樣語義非常輕微的，意外地多。例如 xūibhǐnzù(非民主)的 xūi(非)，如果引用有關北京話的一些說法，大概會稱為詞頭。但其語義比 ā-(阿)、de-(第)重很多，構詞能力也非常弱。雖然如此，兩個要素的結合又不像複合詞那麼特殊。結果，就如同單純的單詞和複合詞的中間有複雜的單詞

存在一樣，這種詞可說是介乎複合詞和派生詞之間的中間物。我們不妨認爲像 xūi(非)之類，說它是詞頭，語義又太重；說它是詞幹，語義又太輕。

§6.代替法和分離法

到目前爲止，恰似自明之理一般，我們從語言形式中抽出詞這個單位，根據各種觀點加以分類，並在詞更下面的單位抽出詞素，進行各種討論。這個好像是詞，這個好像是詞素，通常能靠經驗去猜測，但有時難以判斷。這時，代替法和分離法可以派上用場。

所謂代替法，是測試某個語詞是否能在任何情況下都不失其本義而與其他各種單位結合的一種方法。例如 ziaq bəng(食飯)＝吃飯的 ziaq(食)，由下面可知，即使代換各種結合的對象，仍然不會失去「吃」這個原義，可以自由和其他單位「連接」，所以似乎可以視爲一個單位。

> ziaq bəng(食飯)＝吃飯
>
> ziaq biàh(食餅)＝吃餅
>
> ziaq sīguē(食西瓜)＝吃西瓜
>
> ⋯⋯⋯⋯⋯⋯⋯⋯⋯⋯⋯⋯⋯⋯

同樣地，bəng(飯)也可以設想下面的系列，認定它具有「飯」這個語義的一個單位：

> ziaq bəng(食飯)＝吃飯
>
> zù bəng(煮飯)＝煮飯
>
> dè bəng(貯飯)＝盛飯
>
> ⋯⋯⋯⋯⋯⋯⋯⋯⋯⋯⋯⋯⋯⋯

如此一來，我們就知道 ziaq bəng（食飯）是兩個單位臨時連結的一個詞組，所以也知道應該分開拼寫。

但是如果貫徹這個方法下去，勢必連詞以下的要素——詞幹和接辭——都得戴上詞的面紗出現。例如 dianciā（電車）這個複合詞，如下所示，可以抽出 dian（電）和 ciā（車）這兩個獨立的單位，因此並非不能稱爲詞組。

$$
\left.\begin{array}{l}
\text{dianciā（電車）} \\
\text{diansih（電扇）}
\end{array}\right\} \text{dian（電）}
$$

$$
\left.\begin{array}{l}
\text{dianciā（電車）} \\
\text{zudongciā（自動車）}
\end{array}\right\} \text{ciā（車）}
$$

還有 də'à（刀仔）＝小刀這個派生詞，也如下所示，可以抽出 də（刀）自不待言，甚至於連 à（仔）＝小東西，都可以視爲獨立的單位。

$$
\left.\begin{array}{l}
\text{də'à（刀仔）} \\
\text{dəmě（刀鋩）＝刀刃} \\
\text{dəsok（刀束）＝刀鞘}
\end{array}\right\} \text{də（刀）}
$$

$$
\left.\begin{array}{l}
\text{də'à（刀仔）} \\
\text{ziàu'à（鳥仔）＝小鳥} \\
\text{zǔn'à（船仔）＝小船}
\end{array}\right\} \text{à（仔）}
$$

但是 dian（電）、ciā（車）、də（刀）另當別論，-à（仔）和 ziaq

（食）並非一個獨立的單位，這是誰都會感覺到的。又 dianciā（電車）在本質上和 ziaq beng（食飯）採取不同的結合方式，這也是我們在經驗上很清楚的。這是因為我們一方面用代替法，一方面已經適用分離法的緣故。

　　所謂分離法，是根據兩個詞之間是否能插入其他詞語這個觀點，來分辨該語詞到底是詞組還是詞；如果是詞的話，到底是複合詞或派生詞的方法。透過代替法的適用，已經知道單詞在整體上是一個單位，所以它可以說是分離法以前的存在。派生詞，例如 dǝ'à（刀仔）的 dǝ（刀），在分離之後也可以當獨立的單位使用，-à（仔）則一旦分離就不能獨立使用。因此，我們斷定-à（仔）是接辭。這時候的 dǝ（刀）稱為詞幹。要發現接辭比較容易，說實話，不太需要依賴分離法。分離法最能發揮威力的是在辨別複合詞和詞組時。

　　《台日大辭典》收錄的詞彙達九萬多個，是一本大型的辭典。其中將「白鶴」beq xǝq（白鶴）和「白墨」beqbhak（粉筆）一起列舉。我們不得不說這是很草率的做法。現在如果適用分離法，「白鶴」也可以說成 beq ě xǝq（白的鶴），而且意思都是「白鶴」，這是詞組，不能說是詞。另一方面，「白墨」則不能說成 beq ě bhak（白的墨），而且也不可能有「白的墨」這種東西，所以我們知道它是一個詞。

　　那麼，前面的 dianciā（電車）又如何呢？它通常也被認為是一個詞，但可以分離為兩個獨立的單位，而且將其拆開說成 ing dian zàu ě ciā（用電走的車）也不是不可能。這種情形結合的程度確實比 dǝ'à（刀仔）鬆散，可視為「詞幹＋詞幹」。不過，卻

不是類似 ziaq bəng(食飯)這種臨時聯結的詞組。laulăng(老人)的情形亦然。雖然偶而也有 lau ĕ lăng(老的人)＝上了年紀的人的說法，但被意識爲一個詞的情形則占絕大多數。要注意不可機械地應用分離法。

分離法還有一個和前面所說的不同的另一個限度。例如dingji(中意)＝中意、zusia(注射)＝打針、paqgāciu(拍咳嚏)＝打噴嚏等等，通常當一個詞使用。但正如下面所示，分離使用的情形也很多。

kuah liàu ziok ding ĭ ĕ i(看了足中伊的意)

＝她看了之後非常中意

zu nəng gī sia(注兩枝射)＝打兩針

paq gùi'a ĕ gāciu(拍幾若个咳嚏)＝打好幾個噴嚏

因爲分離使用，所以這些不是一個詞，應該也可稱爲詞組，不過我還是希望視爲詞。這種詞多屬於「對向結構」，也就是由「動詞＋賓語」所構成。也有人想引進德語中的分離動詞的概念來加以說明，但如果說這就是這種動詞的特徵，那也就用不着了。

中國話整體上正逐漸朝複音詞的方向發展，而且考慮到用羅馬字拼寫時的方便(複音節詞較少同音異義詞，有很多情形省略調號也無妨)，很希望盡量培育複音詞。

第二節　詞彙的種類

將台灣話的詞彙和中國各地方言的詞彙加以比較，可以發現大多數的詞彙使用同樣的漢字，而且表示同樣的概念，只不過發音不同而已。這是我們同爲漢族，在共同的社會條件下生育發

展，承繼祖先共同的漢字文化，理所當然的結果。

　　職是之故，要採錄「台～通用詞彙」比較容易。首先，大部分的單音詞大概都屬於此類。像「頭」一詞，大概每個方言都說成「頭」。「近」一詞都說成「近」，剩下來就是註明發音的差異即可。其次，文言系統的複音詞大概也包含在這一類中。「革命」「胡蘆」等等即是。這些通用的詞彙對於方言研究學者或民俗學家來說，並非興趣所在。但這些通用詞彙，實際上已經成為基本詞彙乃至於常用詞彙，在本書中也占了大部分。

　　但是，畢竟在那麼大的國土上住了好幾億人，所以個別地方史展開的同時，形成幾個方言區也是不得已的。

　　邊陲之地福建展開了極富特色的地方史，並形成具有特異性的福建話，在第一章第三節業已提及。和古代以閩越人為首的異族之間的接觸，必然將若干新詞帶入漢語，是可以想像的。沒有對應漢字的詞彙，也許有很多是沿用古語，但也有可能摻雜那些異族的詞彙，我們有必要存疑。例如福建話稱男子為 zābō(查哺)，稱女子為 zābhò(查某)。根據董作賓的調查，這和異族之一的鄉下嫂稱男子為「唐哺人」，稱女子為「諸娘」似乎有關。又周辨明在區別福建話的發音時，認為有「文言」(literary words)、「白話」(everyday words)和「土語」(aboriginal words)三種，並舉例說「土語」稱「肉」為 bhaq，稱內容空洞為 paq。bhaq 和 paq 是否果真為土語，論旨不明。不過福建話摻雜著異族的詞彙，是不容置疑的，學者之間也已經注意到，可以算是佐證之一。

　　固然是承襲著漢語的系統，但也有使用和漢語各地方言不同的詞彙。

它們大多是同義詞,例如:

	福建話		北京話	蘇州話
眼睛	目睭		眼睛	眼睛
臉	面		臉	面孔
吃	食		吃	吃
熱鬧	鬧熱		熱鬧	鬧猛
外面	外口		外頭	外處

上面所說的福建話的二大成分,原封不動進入台灣話裏邊。

　　三百年來,台灣和福建各有不同的歷史,風俗習慣各自有其獨特性。由於大多是單身渡海到台灣,所以在家業的繼承上造成一大問題,做爲因應的對策,乃發展出廣泛的「螟蛉子制度」(以金錢購買養子的制度)即其一例。而爲了爭奪土地的權益,進行複雜的「分類械鬥」,亦其事例之一。《一肚皮集》記載:「總之,閩粵各有土俗,寓台後又別成異俗」,說明了個中情況。所謂「台俗」,多少也表現於音韻和詞彙中。關於音韻,前面已有說明,這裏試就詞彙調查一下。

　　談到台灣話的詞彙,不可忘記的是原住民高山族的語言成分。它們多保存於地名中。達達魯番社的所在地被發成訛音Dàhgàu(打狗),日本人更發成訛音タカオ(高雄),現在則根據日本人所用的漢字,以文言音唸成 Gōxiǒng。有名的赤嵌樓並不是什麼「紅屋瓦」,而是「察卡姆」番社發成訛音 Ciàqgam,然後套用漢字的結果。

　　普通名詞將「妻子」說成 kānciu(牽手),據說是來自平埔族(熟番)的婚姻習慣。

　　荷蘭曾占領台灣三十多年，在經濟方面貢獻頗多，詞彙上也多少有過影響。例如台灣在測量土地面積時，特別用 gȧp(甲)這個單位，據說這是來自荷蘭話的 kop。還有「彈珠汽水」稱爲 xǒlǎnsēzùi(荷蘭西水)，「豌豆」稱爲 xǒlǎndau(荷蘭豆)，「馬鈴薯」稱爲 xǒlǎnzǔ(荷蘭薯)，可見這些東西似乎和荷蘭有某些關係。

　　台灣所孕育的大文學家，也是鄉土史家連雅堂，在他的著書《雅言》中提到，台灣在喚豬時用 ə'à，喚狗時用 gāliǒ 這樣的叫喚聲，是「胡仔」ǒ'à 以及「覺羅」gȧklǒ 的訛音，稱「獸類」爲 zīngsēh 是「淸生」的意思，表現出鄭氏爲了提高反淸復明的革命精神的遺風。但《台日大辭典》則分別套上「呵仔」、「狗來」、「畜生」等漢字，顯示出它們在詞源上並無定論。但另一方面在福建話中，ə'à 和 gāliǒ 雖然尙未調查，zīngsēh 則似乎有在使用。關於這一點，我們也可以認爲 zīngsēh 這個詞先在台灣話出現，然後才反過來輸入福建。不過，有的學者甚至套上「精生」的字，只不過是一個非常普通的詞語，連雅堂的說法或許是牽強附會。遺憾的是連雅堂並沒有提示他所根據的資料。

　　包括高山族在內，荷蘭人、西班牙人以及日本人，在台灣一律被稱爲 xuān(番)。於是和他們接觸而獲得的物品，都冠上 xuān～的名稱。

玉米	xuānbheq	(番麥)
辣椒	xuān'àgiōh	(番仔薑)
石油	xuān'àjĭu	(番仔油)
火柴	xuān'àxuè	(番仔火)

這些東西在福建話中也如此稱呼。因此，這到底是承繼了福建話？或是由台灣傳入福建？或是兩地的翻譯不謀而合？無法遽下斷言。

日本統治台灣之後，台灣和福建之間斷絕往來。與此同時，許許多多近代文明的器物、制度被引進台灣。日語確實是外來語，但因大部分的名詞都使用漢字，所以將日語直接按照音譯使用，並不會造成太大的困擾。例如「自動車」(汽車)zudongciā、「乘合」(巴士)singxap、「貸切」(出租汽車)daiciat、「水道」(自來水)zùidə、「手形」(支票)ciuxing、「組合」(合作社)zōxap、「月給」(月薪)ghueqgip 等等，不勝枚舉。其中也有譯錯的，例如將「貸座敷」(妓院)訛成 daidioxū，而且當做「藝妓」的意思來使用。

將日語所用的漢字原封不動加以音譯，反而擔心會破壞語感的話，就直接取日語的發音，並配合台灣話的音韻體系，以訛音來使用。例如「タビ」(足袋＝日式短布襪)tatbhi、「スシ」(壽司＝壽司)susi'à、「キヤハン」(腳絆＝綁腿)kiāxàng、「ジョウトウ」(上等＝很好)riòdə、「サン」(樣＝～先生、～太太、～小姐、～桑)-sang 等等。

來自音譯英語的日語詞彙，也跟上面的情形一樣，以訛音來使用。例如「ラジオ」(radio＝收音機)lāri'ò、「ハーモニカ」(harmonica＝口琴)xāmònika、「ポンプ」(pump＝幫浦)pongpu'à 等等。其中也有弄錯意思的，像「ハイカラ」本來是「時髦」的意思，卻用做 lǎu xàigat'à(留ハイカラ＝留頭髮)的意思。

中國政府收回台灣時，人們似乎才發現台灣話中含有很多日語的成分，驚訝不已。但是隨着北京話被當做「國語」來推行，

而且受到北京話同化的福建話不斷入侵，日語的成分遭遇到逐漸被排除的命運。

　　ciàtciu（切手）→ĭupiọ（郵票）

　　dàhxạp（打合）→siōngliǒng（商量）

　　zudọngciā（自動車）→kịciā（汽車）

如上所示，前者漸漸被後者取而代之，不過大多數還是同時並用，形成同義詞泛濫。

　　日語的成分中還有一些仍處於優勢。本書所收注有「日語直譯」的詞彙即屬此類。當然這是根據我個人的判斷，應該有人會有不同的意見吧。日語的成分中，有些是日本文化特有而中國文化所沒有的，乃至於無法用北京話翻譯的，例如「スシ」、「タビ」、「テンプラ」等等即是。這些詞語如果寫成「用紫菜捲的米飯或用魚片和米飯捏成的小飯團」或「日本襪子」，簡直就不成話，所以現在還是使用日語式的台灣話。

----------------------------------- ◯ -----------------------------------

　　如果問台灣話的詞彙總共有多少，恐怕沒有人能回答，而且也不大有意義。《台日大辭典》收錄的詞彙（有一些不是詞）達九萬多詞，數量相當龐大，而且都只是一些「最普通的」。如果將不普通的詞也包含在內，或許有幾十萬以上。所謂詞彙的總數，歸根結底就是以基本詞彙、使用詞彙為基礎，舊的包括死語、廢詞、文語；新的包括外來詞、新詞之類，廣泛地包括行業詞、學術用語、隱語、俗語，要完全蒐集網羅，幾近不可能。

　　如果是「理解詞彙」，就是相當現實的問題。所謂「理解詞彙」，就是一個人在聽了或看了文字時，能夠理解的詞彙。相對

地，自己會使用的詞彙則稱爲「使用詞彙」。理解詞彙和使用詞彙因人而異，有所偏向。通常理解詞彙比使用詞彙爲多。理解詞彙在本質上，透過查字典或向故老求教，多少都可以增加。使用詞彙則否。也就是說，在說或寫時，必須考慮到對話者或讀者理解詞彙的數量。不管自己一個人如何拼命地想增加使用詞彙的數量，有時周圍的人也不會允許。最好的例子就是跟小孩子說話時的情況。但不管是理解詞彙也好，使用詞彙也好，如就集團內多數的個人進行比較，應該是共通的部分占大部分。因此，要判定某一集團共通的理解詞彙和使用詞彙的大概量及其差異，並非不可能，而且在教育上也有其必要。凡是先進國家，通常都會在這方面付出努力。以日本爲例，某一所小學新入學的學童，理解詞彙約 4,800～5,100 詞，相形之下，使用詞彙約爲其一半。高中生之間的理解詞彙平均爲三萬詞，大致上是這樣的數字。台灣話的情形又是如何呢？據我所知，以往似乎沒有做過此種調查。但全盤來看，理解詞彙和使用詞彙都極爲貧弱。即使理解詞彙很豐富，也不難想像和使用詞彙的差異很大。這不外乎台灣話數十年來被打入冷宮，台灣人本身也對台灣話失去信心的緣故。

所謂「常用詞彙」，就是使用詞彙中經常使用的詞彙。但似乎沒有被用做學術用語。原則上我是以比「基本詞彙」多，比使用詞彙的總數少爲大致的標準，收錄了五千詞。在詞彙的選定上，我的主觀發揮了相當大的作用也是不得已的。這一點大概會有各種不同的意見，我也有心理準備。不過我並非只是漫然湊足五千個詞，而僭稱爲常用詞彙。本書首要以網羅台灣話的「基本詞彙」爲出發點。

　　所謂「基本詞彙」，是做爲語言集團的一個成員，要過正常的生活所需的基本詞彙，數量並不很多，一般被認爲是 1,500～3,000 詞，而且似乎有很多是世界各國共通的。要調查選定基本詞彙，有下面兩種方法：

　　(1)將教科書、報章雜誌、文學書籍、教養書籍、廣告、布告、公文、信函、致詞、日常會話、講演、廣播新聞等等所用的詞語總數，以及這些詞語總數中各個詞語的使用頻率，各個詞語在各個領域的分布狀態，加以統計調查，決定其價值順位的客觀方法。

　　(2)根據主觀判斷，挑選出各個領域中一般認爲必要的詞語的主觀方法。

不過一般認爲綜合二者的方法比較接近理想。台灣話要採取客觀的方法，從各種因素來考量，似乎極爲困難。因此，我不得不採取主觀的方法，不過也費苦心盡量求取客觀性。

　　我先從翻譯倉石武四郎教授所著《根據拉丁化新文字的北京話初級讀本》附錄的「常用一千詞」着手。但一千詞似乎太少，我本來就知道倉石教授所錄的一千詞，是他將碰巧和該書有關的詞彙以索引的形式編列成表而已。

　　因此，必須在這之上加上若干詞語。當我不知道該加上什麼詞語才好時，陸志韋的《北京話單音詞詞彙》恰被介紹到日本來。這本書讓我重新認識到單音詞在中國話中所占的重要性。我決定從《台日大辭典》中挑出單音詞，結果單音詞在五千詞中占半數以上。如此一來，我想基本詞彙不用說，連被認爲是常用詞彙的詞語，也幾乎全都網羅在內。其中或許含有頂多只是使用詞

彙的詞語，但我捨不得刪除。複音詞的收錄在預期之外，放在最後。不過就基本詞彙而言，我想應該都已收錄，沒有遺漏。偶然拿到東京大學語言學研究室所編的《基礎語彙調查表》，但因該表係以日語為直接對象，所以做了各種選擇取捨，俾能適用於台灣話，以期萬無一失。主要做為口頭語而發展的台灣話，複音詞果然遠比單音詞為多，要從去掉基本詞彙後的使用詞彙中選定常用詞彙並非易事。關於這個部分，夾雜了不少我的主觀。

最後我想向利用本書的台灣人特別聲明一下：本書收錄的常用詞彙五千詞，對於現在三十歲以下的人而言，或許有點兒超出了理解詞彙；對於三十歲到四十歲的人而言，或許相當於使用詞彙的的全部；對於五十歲以上的人而言，才配稱為常用詞彙。換言之，本書是以使用標準台灣話的台灣人為基準所選定的常用詞彙。但願五十歲以下的台灣人，能相互努力擁有這個數目的常用詞彙。

第三節　詞類

我們為了便於說明語法，將所有詞語分為幾個詞類(北京話稱詞品，英語的 parts of speech)。詞類論的問題是介於詞彙論和語法論之間的問題。

如所周知，中國話是孤立語，和屬於屈折語的印歐語不同，詞本身沒有什麼表示詞類的特殊形態，所以詞類的劃分非常困難。不過，並非所有詞語對其他詞語都具有同樣的結合關係，所以我們並非不可能將其視為廣義的詞的形態，以此為基準劃分詞類。當然在這中間也必須充分重視詞義，不可以讓分類的結果和

詞義產生嚴重的脫節。

　　就台灣話試行有體系的詞類劃分，大概以昭和九年(1934 年)出版的陳輝龍所著《台灣語法》為其濫觴。其後 1950 年出版的李獻璋的《福建語法序說》，對福建話也做了詞類劃分。對照二人的分類法，如下表所示：

陳氏(11)	例　　　　詞	李氏(10)	備　　　注
名詞	紙 zuà	名詞	
代名詞	我 ghuà	代名詞	
數詞	三 sāh	(數詞)	屬於名詞
助數詞	枝 gī	(象形詞)	屬於形容詞
形容詞	白 beq	形容詞	
動詞	看 kuah	動詞	
助動詞	會 e	助動詞	
副詞	太 tai	副詞	
前置詞	被 xo	介詞	
接續詞	雖然 sùiriǎn	連接詞	
語尾詞	呢 ni	助詞	
感嘆詞	啊 ǎ	間投詞	

由此可知兩人都建立相當詳細的體系。

　　但是至於各個詞類在句中的功能，兩人都根據所師承的黎錦熙的「詞類通假說」，提出「轉成」的說法。首先，陳輝龍表示：「詞語原本屬於某一詞類，但單音節語言的台灣話多因位置不同而扮演不同的角色——使命功能。像這種由本來所屬的詞類而轉變為其他詞類的情形，稱為詞類的轉成。」並舉例如下(以

下用字、發音均照原文）：

1. 轉成名詞　　高到耳仔邊　guǎn gau xi'abih（高到耳邊）

　　　　　　　我愛清氣　ghuà ai cingki（我愛乾淨）

2. 轉成代名詞　先生要何去？　siansih bheq də ki？

　　　　　　　（先生要上哪兒去？）

3. 轉成形容詞　玻璃的碗　bəlě ě uàh（玻璃的碗）

　　　　　　　來的人有幾個？　lǎi ě lǎng u gùi ě？

　　　　　　　（來的人有幾個？）

4. 轉成動詞　　有鎖可鎖無？　u sə tāng sə bhə？

　　　　　　　（有鎖可以鎖嗎？）

　　　　　　　紅柿紅未？　ǎngki ǎng bhe？

　　　　　　　（柿子紅了沒有？）

5. 轉成副詞　　哭一聲眞大聲　kau zit siāh zin dua siāh

　　　　　　　（哭一聲很大聲）

　　　　　　　大食　dua ziaq（食量大）

6. 轉成接續詞　杉仔咯磚仔咯眞多　sām'à lo zēng'à lo zin

　　　　　　　zue（木材啦磚塊啦很多）

　　　　　　　有去是有去　u ki si u ki（去是去了）

7. 轉成助動詞　死去　si ki（死掉）

　　　　　　　打着　paq dioq（打到）

　　另一方面，李獻璋又如何呢？他說：「……同一個詞因詞序的先後，可以以原來的形態成爲名詞、動詞或其他詞類。因此有人誇大其詞說，中國話不需要劃分詞類。這可以說是被表面現象所蠱惑而迷失了重要的本質上的眞相。」然後在說明古語「席

卷、瓜分、人其人、長我長」時，他說：「……也就是說，名詞
只有在後面出現動詞時，才能副詞化。而只有出現在代名詞前面
時，才能在互動影響之下產生及物動詞性。這個事實，清楚顯示
出中國話的詞類雖然富有彈性，並非本質上兼具兩種以上的詞
性。」但李獻璋認為：「必須利用這些少數特別的慣用例來論證
現代語的特徵，原本就令人難以理解。」他針對現代語所做的嘗
試，依然屬於「轉成說」。

　　李獻璋的轉成理論，令人覺得似乎有前後矛盾之處。但同樣
是主張「轉成說」，卻可知李獻璋比陳輝龍煞費苦心，而且有進
步的跡象。但在「轉成說」的開山祖師黎錦熙都不得不全面撤回
其說法的今天，而且在中國和日本都發展出新的品詞分類的今
天，我認為台灣話的詞類論也有從根本上重新建立的必要。

　　下面只是試行方案，我將台灣話分為十三種詞類：名詞、指
代詞、數詞、範詞、動詞、形容詞、助動詞、副詞、情意詞、介
詞、接續詞、語氣詞、感嘆詞。

　　以下只做簡單的說明，詳細則留待其他機會再行討論。

| 名　詞 |

　　　　①lăng（人）　zịngdị（政治）
　　　　②Diōnggọk（中國）　Màzò（媽祖）
　　表事物的自立詞。

　　通常分為①普通名詞②專有名詞。普通名詞中，像gīn'àrịt
（今仔日）＝今天之類表示時間的，有人叫它「時間詞」；而像
ekā（下腳）＝下面這種表示處所的，有人叫它「方位詞」或「場

所詞」。

部分名詞沒有-à(仔)、ā-(阿)之類的接辭，有助於辨認。

名詞原則上不重疊。重疊時語義會變成「每個～～都」，我想將其視為別的詞。

名詞主要用來當主語。

幾乎不單獨當述語。要當修飾語時，原則上需要後接接續詞ě(的)。直接和被修飾語結合時，可視為處於變化成複合詞的過程中。例如：

xǐm ě bhȧq(熊的肉)＝熊的肉

bәlě-tāng(玻璃窗)＝玻璃窗

要和數詞以及指代詞直接結合，除了部分表示集團的名詞，例如 gȯk(國)、zәng(庄)＝村莊之外，必須以範詞為媒介。

指代詞

①指人

	單　　數	複　　數
自稱	ghuà （我）	ghuàn （阮）
對稱	lì （你）	lìn （您）
他稱	ī （伊）	īn （怹）

②指事物

	名詞的用法		形容詞的用法		副詞的用法
	事　物	場所	單　數	複　　數	
近稱	zē(茲)	ziā(這)	zit(此)	ziȧq'ě(此的)	ziȧq(此)
遠稱	xē(夫)	xiā(彼)	xit(彼)	xiȧq'ě(彼的)	xiȧq(彼)

台灣話沒有遠稱和中稱的區別。

③表疑問

人	siǎng(甚-人)
場所	də̀(何)
時間	di̲sĭ(底時)
理由、方法	ànzuàh(按怎)

①又稱「代名詞」，②又稱「指示詞」，③又稱「疑問詞」。同一個人、事、物，配合跟特定的說話者的相對關係，分別以不同的字眼來指示，是這些詞所具有的特色。

①和②當中的「名詞用法」的詞，以及③的大部分屬於自立詞，和名詞具有幾乎相同的結合關係。其他則是附屬詞，具有各種不同的結合關係。①可以抽出表複數形的詞尾「-n」，這和北京話的「們」相對應，饒富趣味。

```
數 詞
```

①zi̲t(一)　nə̲ng(兩)　ba̍q(百)
②gùi(幾)　ghua̲(外)＝餘

是表示數目的詞。①是自立詞，②是附屬詞。①可以從語義上分為基數和序數。一般是在基數前加上接頭辭 de̲-(第)，就變成序數。如係日期、排行、號碼，則可以不加 de̲-。

「一」和「二」唸法很複雜，基數時唸成 zi̲t(一的白話音)、nə̲ng(兩的白話音)；序數時原則上唸成 i̍t(一的文言音)、ri̲(二)，但常常混用。

數詞常和範詞結合使用。例如 gùi bùn ce̍q？(幾本冊)＝幾

本書？ri̯ zap xue̯(二十歲)。

　①可以和相隣的數詞並列表示概數。例如 sāh-si̯ bàih(三四擺)＝三四次。

　┌─────┐
　│ 範　詞 │
　└─────┘

　①以事物性狀的框架爲單位。

　　　ě(个)　zia̍q(隻)　de̯(塊)

　②加上度量衡或年月的單位。

　　　cio̍q(尺)　gīn(斤)　ga̍q(甲)　lì(里)　ri̯t(日)

　③以容器或集團爲單位。

　　　uàh(碗)　gŭn(群)　io̯h(樣)

　④表行爲的次數。

　　　e̯(下)　bàih(擺)　gue̯(過)

　表事物的數量或行爲次數的附屬詞，又稱助名詞、輔名詞、量詞。

　①是漢語(漢藏語系)所特有，也特別稱爲範詞、類別詞(classfiers)。

　範詞是由名詞發展而成，因此和名詞關係最近。職是之故，有些詞究竟是名詞或範詞，難以區別。不過，我原則上將範詞定義爲能夠具有「指代詞或數詞＋範詞＋名詞」的結合關係的詞類。例如：

　　　xi̯t zia̍q xò(彼隻虎)＝那隻老虎

　　　ne̯ng gān bhe̯q'a̍ziu(兩矸麥仔酒)＝兩瓶啤酒

　「指代詞或數詞＋範詞」的形式，如果－a(仔)出現，所指

示的數量或範圍就變得籠統。例如：

xit da̍q'à(彼搭仔)＝那一帶

gho̱ diǎu'à xānzǔ(五條仔蕃藷)＝五條左右的地瓜

動　詞

lǎi(來)　xio̍qku̱n(歇眠)＝休息

gēgòngwe̱(加講話)＝說三道四

表動作或現象的自立詞。動詞的次位分類(例如及物動詞和非及物動詞或行爲動詞和現象動詞之類)雖然很重要，但研究尙未臻於此一階段。

動詞主要用來當述語，也可以當主語。以上的用法就形容詞而言亦同。後者的用法有一些限制。

動詞也能當修飾語，但和名詞的情形一樣，必須以 e̱(的)爲媒介。例如：

giǎh ě lo̱(行的路)＝走的路

動詞常和情意詞結合。例如：

e̱ sǐu(會泅)＝會游泳

īnggāi zo̱za̱n(應該助贊)＝應該援助

單音詞的動詞有 sa̱usa̱u(掃掃)、tia̱utia̱u(跳跳)之類的重疊形式，帶有「～一下」或「快一點～」的語義。

形容詞

dua̱(大)　ō(烏)＝黑 giāhlǎng(驚人)＝髒　kua̱hwa̱q(快活)＝快活；舒適

表事物性狀的自立詞。

形容詞主要用來當修飾語。例如：

sùi bhḭn(美面)＝漂亮的臉蛋

se̱ gḭng cṳ(細間厝)＝小房子　bhan kḭ(慢去)＝晚去

被修飾語包括名詞、範詞以至於動詞。但並非所有形容詞都具有能夠直接修飾其後詞語的結合能力。這些形容詞專門用來當述語，要當修飾語用時，必須以 ě(的)爲媒介。例如：ṟinzin ě xaksing(認真的學生)＝用功的學生。一般說來，複音詞的形容詞多屬此類。

形容詞和～la(～啦)、～kilǎi(～起來)等助動詞(①類)結合時，就具有變成此種性狀的語義。例如：

sua̱ih'à ə̄ng la(樣仔黃啦)＝芒果黃了

sòngkua̱i kilǎi(爽快起來)＝舒服起來

形容詞的特色之一是重疊用法的一般化。兩次重疊時，加上「比較」「更」的語義。複音詞重疊時，有兩種類型，一是「ABAB型」，例如：sòngkgua̱i-sòngkua̱i(爽快爽快)＝舒舒服服、gòjiḡòjḭ(古意古意)＝老老實實。二是「AABB型」，例如 gigi-gua̱igua̱i(奇奇怪怪)＝奇奇怪怪、ghǐngbhǐngbi̱kbik(明明白白)＝明明白白。前者用法較廣，但難免有比較生硬的感覺；後者用法較窄，但慣用的色彩較濃。單音詞的形容詞可以重疊三次，用來表示最高級。例如：di̱hdi̱hdi̱h(甜甜甜)＝非常甜。語氣之強，不是加上ziǎh(成)、zin(眞)、ziȯk(足)等強調副詞所能比擬。

| 助動詞 |

①～la（～啦）　　　　　～kìlăi（～起來）

　～dioq（～着）　　　　～gue（～過）

②～lai（～來）　　　　　～dàngki（～轉去）

③～diău（～住）　　　　～li（～離）

　　接在動詞後面，①表動作的「態、情貌」（英語的 as-pects），②、③表方向趨勢的附屬詞。其中①和②多發輕聲。

　　動詞和助動詞的結合並不很堅固，中間可以插入 e（會）、bhe（膾）、u（有）、bhǒ（無）等等，表示能否，例如：

　　　buē bhe lăi（飛膾來）＝飛不來

　　　siàm u li（閃有離）＝閃開了

這時候助動詞（複音詞時為第一個音節）反而有重音核，語義的重心也相對偏落在這裏。有的學者將助動詞視為動詞的接尾詞，但是我寧願強調它們仍然具有濃厚的動詞（或形容詞）色彩。

| 副　詞 |

①ziăh（成）　　　　　tai（太）　zue（最）

②ìgīng（已經）　　　　sŭi（隨）

③gāndā（干乾）　　　dā（都）　iàu（猶）

④gǒq（復）　　　　　iu（又）

⑤deq（在）

⑥nà（若）　　　　　kaq（盍）

⑦ziaq（即）　　　　　ziu（就）　rù（愈）

　　修飾動詞、形容詞，表①程度、②時間、③分量、④重複、⑤繼續、⑥反詰等意的附屬詞。

　　副詞含有不少說話者的主觀，和情意詞有一脈相通之處。

　　①除了部分表示心理狀態的動詞，例如 ai(愛)、xin(恨)之外，幾乎都不能修飾動詞，所以可利用來區別動詞和形容詞。而具有「非常；十分」之意的 ziăh(成)、zin(眞)、ziòk(足)，能夠使單音詞的形容詞變成二節音詞，賦與安定性，所以使用頻率甚高。

　　⑦因兼具接續詞的用法，所以也有人稱之爲「接續副詞」。

　情意詞

　　　　①e(會)　ghău(高)　ting(聽)
　　　　②gāi(該)　ingdōng(應當)　dioq(着)
　　　　③giàmcài(敢彩)　daikai(大概)　xikzià(或者)
　　　　④bhèq(覓)　king(肯)　ai(愛)
　　　　⑤tāng(通)　tai(勿)
　　　　⑥əm(唔)
　　　　⑦xə(好)　pàih(歹)

　　表主觀判斷，例如①可能性、②當然性、③蓋然性、④意願、⑤許可、⑥否定、⑦難易等等的自立詞(一小部分是附屬詞)，多位於動詞之前，所以有不少人認爲是副詞。我則對它屬於自立詞這一點給予高度評價，設定一個詞類叫情意詞(暫稱)。因爲，例如有人問：

　　　　ghuà tāng ziaq əm？(我通食唔)＝我可以吃嗎？
我們可以只回答 tāng(通)。

　介　詞

ziong(將)　ing(用)　xo(付)　ga(給)　dui(對)

gau(到)　gap(及)　bi(比)

位於名詞或指代詞之前，將其「介紹」給動詞或形容詞的附屬詞。換言之，介詞是和名詞或指代詞結合，當動詞或形容詞的修飾成分。例如：

ing kā tat(用腳躂)＝用腳踢

dui ī tə(對伊討)＝向他要

介詞係由動詞發展而成，實際上大部分的介詞都有相同詞形的動詞。

「介詞＋名詞或指代詞」的結合比較堅固。極端的例子有如下所示的發音簡縮現象：

xo lǎng(付人)＝被人～　→　xǒng(付-人)

ga lǎng(給人)＝對人～　→　gǎng(對-人)

還有僅限於 xo ī(付伊)、ga ī(給伊)的形式中，ī(伊)＝他有時會因為調整語調而被省略，這是因為對象已經很清楚的緣故。例如：

dəqdǐng kuàn xo xə！(桌頂款付好)＝把桌上整理好！

ki ga ānwui(去給安慰)＝去安慰他

| 接續詞 |

①ě(的)　gap(及)　gəq(復)

②na(若)　sūiriǎn(雖然)　əmgù(唔拘)＝不過

③zitbhin(一面)　itlai(一來)

④à(抑)　bhə(無)＝那麼

用來連接兩個以上的詞、詞組或子句的附屬詞。

①可以使主語、述語或修飾語變長。例如：

　　ghuà guạ ě ō kīng ě bhạkgiạh

　　（我掛的烏匡的目鏡）＝我戴的黑框的眼鏡

　　gui gə̀q pàihziạq（貴復歹食）＝貴又難吃

②用來構成所謂「主從複句」。

③用來構成所謂「並立複句」。②和③保留有相當濃厚的文言色彩，有很多時候不用。

④用於某一既定事實的觀點上，使產生關係而詢問另一件事。例如：

　　bhə̌, ghuàě xo̱ lì（無，我的付你）＝那麼，我的給你

> 語氣詞

　　①ā（啊）　la（啦）　mi（乜）
　　②ma（麼）　le（咧）　gə̀q（噘）
　　③ə̱m（唔）　siə̱m（是唔）

位於句尾或重要詞或句之後，表示感嘆、強調、確認、反詰、疑問等語氣的附屬詞。

語氣詞如更詳細加以觀察，可以發現像②之類只能出現於句尾，像 mi（乜）之類專門用來提示重要的詞句，在功能上有一定的分擔。

③是表示疑問的語氣詞，相當於北京話的「嗎」，但用法很窄。一般說來，台灣話的疑問句除了使用疑問詞以外，多採取肯定與否定並列的選擇式。其實③也是從 si̱ à ə̱msi̱（是抑唔是）＝是

或不是的形態逐漸朝語氣詞發展出來的。

|感嘆詞|

　　①ā(啊)　o(噢)　èh(唉)

　　②uè(喂)　sitlè(失禮)　sunxōng(順風)

　　　lìciàh(你請)

　　表示說話者①喜怒哀樂的感情或②呼喚、回應的自立詞。

　　感嘆詞和其他十二種詞類性質明顯不同。將它本身視爲一個具體的完整表達形式——「未展開句」——並非不可能。即使是①的情形，也並非只是單純的語音，背後仍然潛在着某種客觀表現的內容，只是詞的概念化程度尙淺而已。②比①概念明確，有人稱爲「寒暄語」。

．．．

　　大多數的詞固定屬於某一詞類，有時一個詞屬於兩種以上的詞類，例如：xo ī zit bùn ceq(付伊一本冊)＝給他一本書，這個句子中的 xo 是具有「給」的意思的動詞。而 xo sinsēh me(付先生罵)＝被老師罵，這個句子中的 xo 則是表被動之意，「被～」的介詞。這並非表示 xo 在前者的情形下用做動詞，在後者的情形下用做介詞。嚴格地說，這兩個 xo 是不同的詞，只不過詞源相同而已。

〔附錄〕
台灣話(福建話)主要相關文獻

目錄

○ 近五十年來台語研究之總成績　吳守禮　1955 年　台北
○ 福建語研究資料目錄(原稿)　牛島德次　1947 年　東京

一般

○ 福建語研究導論　吳守禮　1947 年　台北
○ 台灣省通志稿卷二人民志語言篇　吳守禮　1954 年　台北

詞彙

○Dictionary of the Hok-kien Dialect(福建方言字典)　Medhurst W. H. 1837 Malacca(未見)

○Chinese-English Dictionary of the Vernacular or Spoken Language of Amoy(廈門白話字典)　Carstairs Douglas 1899 London

○English and Chinese Dictionary of the Amoy Dialect(英廈辭典)　J. Macgowan 1905 (second edition)　Amoy

○A Dictionary of the Amoy Vernacular(廈門音新字典)　W. Campbell 1913　台南

○ 日台大辭典　台灣總督府　1907 年　東京
○ 台日大辭典　台灣總督府　1932 年　台北
○ 台日新辭書　東方孝義　1931 年　台北

○ 新撰日台言語集　岩崎敬太郎　1913 年　台北
○ 台語大成　劉克明　1916 年　台北
○ 閩南方言考(中山大學語言歷史學研究所週刊第八集)　邱立　1929 年　廣州
○ 國台通用語彙　台灣省國語推行委員會　1952 年　台北

音韻

○ 廈門音系　羅常培　1930 年　北京
○The Phonetic Structure And Tone Behaviour In Hagu (commonly known as the Amoy Dialect)And Their Relation To Certain Questions In Chinese Linguistics(廈語音韻聲調之構造與性質及其於中國音韻學上某項問題之關係)　Chiu Bien-Ming(周辨明) 1931 年　T'oung Pao(通報)第 28 卷所載
○ 閩南方音與十五音（中山大學週刊第八集）　葉國慶　廣東
○ 十五音與漳泉讀書音（同上）　薛澄清　廣東
○ 台語方音符號　台灣省國語推行委員會　1951 年　台北
○ 十五音　謝秀嵐？　嘉慶 5 年？　福建

語法

○ 台灣語法　陳輝龍　1934 年　台北
○ 福建語法序說　李獻璋　1950 年　東京

語料

　　台灣話(福建話)的語料，首先必須提起的是 Guā'àceq(歌仔

冊)。所謂 Guā'àceq，是流行於閩南、台灣的講古底本，由於豐富使用新鮮的口頭語，價值極高。但因每句都控制在七言(七個音節)以內，所以往往也用一些不合語法的表達方式，做爲語法資料來使用時，必須注意。

其次是教會的出版物，例如 Sèng-keng(聖經)、Sèng-si(聖詩)、教會公報之類。這些語料的缺點是：由於力求使用高雅的詞彙和高雅的表達方式，有些地方反而和實際的生活語言脫節。

另外，以教會羅馬字刊行的宗教書籍或《三字經》、《大學》等中國古典的注解本，也出版了不少。

第三是，採集俚諺、歌謠、故事的書籍。具代表性的有：台灣總督府學務部編的《台灣俚諺集覽》(1914 年)、李獻璋編的《台灣民間文學集》、金關丈夫編的《民俗台灣》(1941～1945 年)等等。

最後，比較古老的語料有：明代出版的《荔鏡記戲文》，以及乾隆 47 年(1782 年)刊行的《梁三伯全部同窗琴書記》、咸豐同治年間刊行的《荔支記》等等。但最後兩本書只能從《台灣省通志稿人民志語言篇》中知其梗概，我還沒見過。

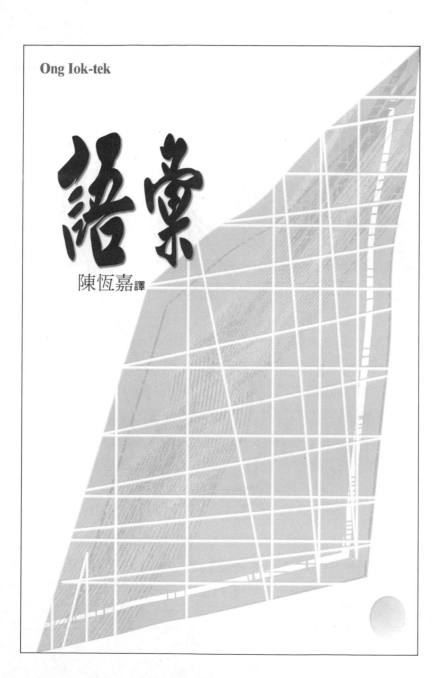

Ong Iok-tek

語彙

陳恆嘉譯

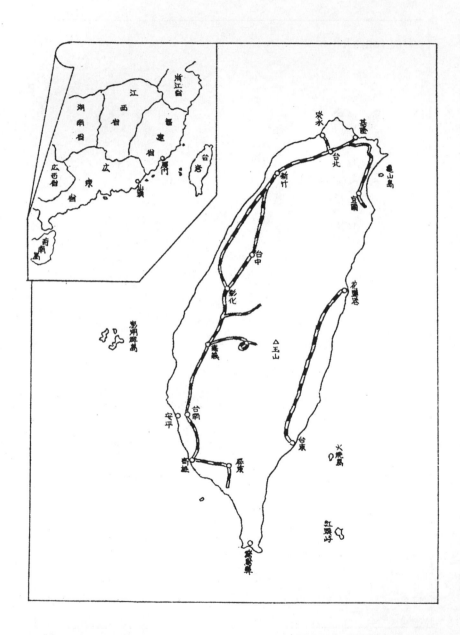

凡　例

排列順序

1. 音標順

a〔a〕	b〔p〕	bh〔b〕	c〔$\frac{ts^‘}{t\varrho^‘}$=chh〕
d〔t〕	e〔e〕	g〔k〕	gh〔g〕
(–h)〔口ⁿ〕	i〔i〕	(j–)〔j=i〕	k〔k‘=kh〕
l〔l〕	m〔m〕	n〔n〕	ng〔ŋ=ng〕
o〔o˙〕	ə〔ə=o〕	p〔p‘=ph〕	(–q)〔ʔ=–h〕
r〔$\frac{dz}{dʑ}$=j〕	s〔$\frac{s}{\varrho}$=s〕	t〔t‘=th〕	u〔u〕
(w–)〔w=u〕	x〔h=h〕	z〔$\frac{ts}{t\varrho}$=ch〕	

2. 聲調順

　　相同音節的舒聲(平、上、去)語彙，按 1 聲(口̄)、2 聲(口́)、3 聲(口)、5 聲(口̌)、7 聲(口̱)的順序排列。促聲(入聲)則按 4 聲(口́q)、8 聲(口q)的順序。

3. 複音節詞則標在和其第一音節相當的單音節的最後位置。

略語

名 …名詞	指 …指示代名詞	數 …數詞
量 …量詞(單位詞)	動 …動詞	形 …形容詞
助 …助動詞	副 …副詞	情 …情意詞
介 …介詞	接 …接續詞	氣 …語氣詞

感 …感嘆詞　　　　**接頭** …接頭詞　　　　**接尾** …接尾詞
語幹 …語幹

記號

量　用於一邊指著該名詞一邊數著的時候，特別使用的量
　　詞。限於揭示該特定的東西時使用。

→　此符號如出現在詞條後面，表示對該詞條有所說明。
　　如出現於詞條解說的最後面，則表示希望讀者參照使用
　　該詞條的說解。

↔　表示此符號後面的詞語是該詞條的對照語。（即相反詞）

〔〕　表其他的發音。台北腔、台中腔發音不同的情況固然很
　　多，因同化(assimilation)的強弱也有所不同。

？　表示該字的使用其正確性有所存疑，有時同時有兩個
　　字，但都有疑問，最後，只選用其中的一個字，另出之
　　字，原則上不再標出。

例文

　　爲了說明該詞語在文中的位置與機能，主要會舉出完整的
「文」爲例，但也會因場合不同而代以「句子」和「複合語」，
很明確且大家都了解的語詞，則不舉例文。例文都用意譯。

ā 阿 接頭 表親切之意。①阿～，冠
於人名之前，避免稱呼其全名。
ālǐm！(阿霖)＝阿霖！
āgīm！(阿金)＝阿金！
②用於二音節語的稱謂。
ābhə̀！(阿母)＝娘！
gio lìn ābèq lǎi！
(叫您阿伯來)＝叫你伯父來！

ā 啊 感 用於受困或吃驚時。
ā, bhə̌ e lǎi！
(啊，無攜來)＝啊，沒有帶來！
ā, ghǔixiàm！
(啊，危險)＝啊，危險！

à 仔？ 接尾 ①為單音節語增加音
節，以加強語氣。
ciǒh'à(牆仔)＝牆壁。
ziàu'à(鳥仔)＝小鳥。
②用於加強語調時。
zàmriǎn'à sùi
(嶄然仔美)＝非常美麗。
Ǒng'àZùi(王仔水)＝王水，用於插
在姓與名之間的場合。

③表示「小」之意。
də̄'à(刀仔)＝小刀。
gàu'à(仔)＝小狗。
④表親密之意。
ri zik'à(二叔仔)＝二叔。
xaksīng'à(學生仔)＝學生。
⑤表微憎之感。
gìngcàt'à(警察仔)＝警察。
niàucù'à(鳥鼠仔)＝老鼠。
⑥把動詞、形容詞名詞化，用於表
現有特殊用途或特徵的物品。
bhìn'à(剧仔)＝刷仔。
è'à(矮仔)＝矮子。
dòkpih'à(啄鼻仔)
＝高鼻子，通指美國人。
⑦表不精確的數量、面積。
nəng rit'à(兩日仔)＝兩天左右。
zit dàq'à(此搭仔)＝這一帶。
⑧用於不表示任何意義時。
ghìn'à(囝仔)＝孩子。
āng'à(尪仔)＝玩偶。

à 抑 接 ①又、或者、還是。用來連

接兩個相反的命題，多牛用在疑問句。

lì bhèq à əm?

(你覓抑唔)＝你要不要？

kì kuah iăh à sū!

(去看贏抑輸)＝去看看贏或輸。

②而。

lì u bhè, à, ī le?

(你有買，抑，伊咧)

＝你有買，而他呢？

à, aulăi ànzuàh?

(抑，後來按怎)＝而，後來怎樣？

又音ià。

à 猶→iàu(猶)。

a̠ 啊 <u>感</u> 驚訝時，自言自語的樣子。

a̠, uah la!

(啊！晏啦！)＝啊！太晚了！

a 啊 <u>氣</u> ①的…啊、啦！表輕快的斷定的語氣。

gìn lăi a!

(緊來啊！)＝快來啊！

dis̍i bhèq kì a?

(底時覓去啊)＝何時要去啊？

②提示重要的語句。

na̠ gòng ī a, si̠ zīn li̠xai!

(若講伊啊，是眞屬害)

＝若說他啊，可眞屬害！

a̠ba̠ 拗？霸 <u>形</u> 橫暴的、不講理的。

ba̠(霸)的二音節語。

gìngcat a̠ba̠

(警察拗霸)＝警察不講理。

a̠ba̠ ghìn'à

(拗霸囝仔)＝不講理的小孩。

ājăn 亞鉛 <u>名</u> 鋅、白鐵皮、鍍鋅鐵皮。

ājănpiàh(亞鉛片)＝鍍鋅鐵皮。

ājănsuah(亞鉛線)＝鐵絲。

āpia̠n 阿片 <u>名</u> 鴉片。

zia̠q āpia̠n(食阿片)＝吸鴉片。

àsi̠ 抑是 <u>接</u> 或、或者、或是、還是。

à(抑)的二音節語。

lì bhèq kì àsi̠ ī bhèq lăi?

(你覓去抑是伊覓來)

＝你要去還是他要來？

āzā 腌臢？ <u>形</u> 骯髒、不整潔的。

āzā, əmtāng bhōng!

(腌臢，唔通摸)＝骯髒，不要摸！

cula̠i zīn āzā

(厝內眞腌臢)＝家裏很髒。

同義詞：giāhlăng(驚人)。

a̠h 向？ <u>動</u> 彎、垂頭。

a̠h iō(向腰)＝彎腰。

a̠h de̠q kuah ce̠q

(向在看册)＝低著頭看書。

a̠h 餡 <u>名</u> 豆餡兒。

bāu a̠h(包餡)＝包餡兒。

āi 哀 <u>動</u> 哭叫、悲鳴。

dua siah āi(大聲哀)＝大聲哭叫。

āi tiah(哀痛)＝叫痛。

āi 噯？ <u>感</u> 哎呀、哎唷、嘿。帶有

指責的口氣。

āi, lì gàh?!

（噯，你敢）＝嘿，你敢?!

āi, da̱isi̱ dèng ki̱?

（噯，底時轉去）＝嘿，何時回去？

aͅi 要？ 動 需要。

xē aͅi zi̍h（夫要錢）＝那個要錢。

aͅi si̱n'e（要新的）＝需要新的。

情 不…不行。

ghuà aͅi ki̱ ə̱m？

（我要去唔）＝我不去不行嗎？

lì zi̍h aͅi teͅq cu̍tlǎi。

（你錢要提出來）

＝你非拿出錢來不可。

aͅi 愛 動 愛、喜歡。

ghuà ài lì（我愛你）＝我愛你。

aͅi ziaͅq zìu（愛食酒）＝喜歡喝酒。

情 常、會。

ziaͅqgù'à aͅi lə̱q xo̱

（此久仔愛落雨）＝這陣子常下雨。

ziaͅq liàu aͅi ba̍kdò tiaͅh

（食了愛腹肚痛）＝吃了會肚子痛。

→ghǎu（高），bheͅq（覓）

aͅibheͅq 愛覓 情 …想要、要。

ī aͅibheͅq lǎi

（伊愛覓來）＝他想要來。

aͅibheͅq kaͅq ze̱

（愛覓較多）＝要多一點兒。

〔aͅibhueͅq〕

→aͅi（愛），bheͅq（覓）

āijaͅ 噯啊 感 噯噯、嗯嗯；比較輕度的驚嘆。

āijaͅ, da̱izi̱ ə̱m xə̀ lo！

（噯啊！事志唔好嘍）

＝噯、噯！事情不好了！

āijoqwě 噯唷喂 感 啊、哎唷。用在聽到別人說話而有所感嘆時。

āijoqwě, lì e̱ si̱ ǒ！

（噯唷喂，你會死哦）

＝啊！你糟了！

aͅiri̱n 愛人 名 戀人、愛人。

ī si̱ ghuà ě aͅiri̱n

（伊是我的愛人）＝他是我的戀人。

āiwaͅn 哀怨 動 哀怨、怨嘆。

aͅiwaͅn pàihmia̱

（哀怨歹命）＝怨嘆不幸。

同義詞：uaͅntaͅn（怨嘆）。

aͅih 背 動 背小孩。

aͅih diaͅm kāziáq

（背站腳背）＝背在背上。

aͅihgi̱n（背巾）＝背巾。

→paih（背）

a̍k 沃 動 ①爲植物澆水。

caͅi a̍k zùi bhue̱？

（荣沃水未）＝荣澆水了沒？

②被雨水等淋到。

a̍k dioͅq xo̱（沃著雨）＝淋到雨。

a̍k gaͅq tǎmlo̱klok

（沃及澹漉漉）＝淋得濕漉漉的。

a̍kza̍k 偓促？ 動 心情不舒暢。

lǎng déq *akzak*, ạmtāng lǎi cà！
（人在偓促，唔通來吵）
＝心情不好，不要來吵！
形 擠得難受。
zit gīng cụ zīn *akzak*
（此間厝眞偓促）＝這房子擠得難受。

ām 掩 動 ①掩蓋。

iṇg cịu *ām*（用手掩）＝用手掩蓋。
ām xọ ī bhǒ kuạhgịh
（掩付伊無看見）＝掩蓋得看不見。
②保護。
siòdi dioq *ām* le！
（小弟著掩咧）＝弟弟得保護好啲！
xè *ām* bhài
（好掩僫）＝好的掩蓋壞的。

àm 泔 動 米湯。

ziōh *àm*（漿泔）＝用米湯漿淹。
形 比較稀的稀飯。
àm muǎi（泔糜）＝稀飯。

aṃ 暗 形 暗。

aṃ lọ（暗路）＝黑暗的路，夜路。
tīh iàubhuẹ aṃ
（天猶未暗）＝天還沒黑。
名 夜、晚。
ziaq aṃ（食暗）＝吃晚飯。
zaxēng'aṃ
（昨昏暗）＝昨夜。
量 晚。
duạ lạk aṃ（滯六暗）＝住六夜。
→mě（嗯）。

am 茂？ 形 茂盛。

ciubhak *am*
（樹木茂）＝樹木長得茂盛。

āmbǒzě 庵埔蟬？ 名 蟬。

āmbǒzě déq xàu
（庵埔蟬在哮）＝蟬在叫。
同義詞：siaň'à（蟬仔）。

amgùn 頷管 名 頸。

amgùn duạ kō
（頷管大箍）＝頸子粗。

amsě 頷垂 名 圍兜。

guạ *amsě*
（掛頷垂）＝掛圍兜兜。

aṃsǐ 暗時 名 夜、晚上。

aṃ（暗）的二音節語。
aṃsǐ ạmtāng cùt kị！
（暗時唔通出去）＝晚上不要出去！

aṃtǎu'à 暗頭仔 名 黃昏、傍晚。

aṃtǎu'à ě ghuẹq
（暗頭仔的月）＝黃昏之月。

ān 安 動 安裝、安置。

ān dualīnggọng
（安大龍煩）＝安置大砲。
ān sīnbhǐng（安神明）＝安神像。

aṇ 按 動 估計、預定。

zǐhghiạq lì aṇ ruạ ze？
（錢額你按若多）＝你預定多少錢？
bhẹ aṇ dit（𣍐按得）＝不能預計。
介 ①從…。指示場所時使用。
aṇ ziā kị（按這去）＝從這兒去。

②向…、打…。

ạn ghěmǒng rip bìn

（按衙門入稟）＝向官署投訴。

ǎn 緊？ 形 嚴格、牢固。

bạk siōh ǎn（縛尙緊）＝綁太緊。

ciutǎu ǎn（手頭緊）＝手頭緊。

⟷ lịng（量）

an 限 名 期限。

guẹ ạn（過限）＝超過期限。

動 ①限制。

ạn gǐ（限期）＝限期。

②延期。ạn gạu bhǐn'àzại

（限到明仔再）＝延到明天。

ạn siạu（限賬）＝延期結帳。

又讀xạn（限）。

ànnē 按哖 指 這樣、那樣。

ī gòng ànnē

（伊講按哖）＝他這樣說。

ànnē sià aq xə̀

（按哖寫亦好）＝這樣寫也好。

〔ànnī〕

ānsim 安心 形 安心的。

gòng xọ ī ānsim

（講付伊安心）＝說給她安心。

ạnsə̣ng 按算 動 打算、預計。an

（按）的二音節語。

u ạnsə̣ng bhẹq kị

（有按算覓去）＝打算要去。

ānwụi 安慰 動 安慰。

gạ ī ānwụi（給伊安慰）＝安慰她。

ānwùn 安穩

→ùndạng（穩當）

ànzuàh 按怎？ 指 ①爲何、怎麼

啦？用在詢問理由時。

ànzuàh lì bhǒ kị？

（按怎你無去）＝你爲什麼沒去？

ànzuàh ghuà diọq xọ lì？

（按怎我著付你）

＝爲什麼我必須給你？

②怎麼做？做成什麼樣子？用在詢

問方法時。

zē bhẹq ànzuàh sià？

（茲覓按怎寫）＝這要怎麼寫？

也說成ànzuàhjọh（按怎樣）。

同義詞：zuàhjọh（怎樣）。

〔ànzàih〕

ānzuǎn 安全 形 安全的。

ànnē kạq ānzuǎn

（按哖較安全）＝這樣比較安全。

āng 翁？ 名 丈夫、老公。

āng tiạh bhò

（翁痛婆）＝丈夫疼老婆。

gẹ āng（嫁翁）＝出嫁。

⟷ bhò（婆）

ạng 甕 名 甕；小口的陶罐、陶壺。

ạng'à（甕仔）＝小陶罐。

dè diạm ạng

（貯站甕）＝裝在甕仔裏。

量 罐、壺。

sịh zịt ạng suaih'à

（豉一甕樣仔）＝醃一罐芒果。

ăng 紅 形 ①紅。

ăng sik（紅色）＝紅色。

②聲勢好、名聲揚。

ginlăi ī bútzì ăng

（近來伊不止紅）＝近來他蠻紅的。

kuaḥ ī ruạ ăng, ghuà mạ bhǎ giāh ī

（看伊若紅，我也無驚伊）＝管他多紅，我也不怕他。

āng'à 尪仔 名 ①玩偶。

cittě āng'à（迌迌尪仔）＝玩玩偶。

pạ zit sīn āng'à

（抱一身尪仔）＝抱一個玩偶。

②用在人物、繪畫的場合。

ue āng'à（畫尪仔）＝畫人像畫。

āng'à dǒ（尪仔圖）＝人物畫。

麗sīn（身）

ăngbāu 紅包 名 賀禮、小費。習慣上用紅色封套裝著。

sióh ī ăngbāu

（賞伊紅包）＝給他小費。

bāu ăngbāu

（包紅包）＝包紅包，祝賀之意。

麗bāu（包）

āngbhò 翁婆 名 夫妻。

zẹ āngbhò（做翁婆）＝結爲夫妻。

zit dụi āngbhò

（一對翁婆）＝一對夫妻。

也說成āng'àbhò（翁仔婆）。

ăngcai 紅荣 名 茄子的文雅說法。

→giǒ（茄）

ăngcaitǎu 紅荣頭 名 胡蘿蔔。

ăngdau'à 紅豆仔 名 小紅豆。

ăngdau'à tēng

（紅豆仔湯）＝紅豆湯。

ăngdě 紅茶 名 紅茶。

angdo 暗?肚 形 有心機、陰險。

ī zīn angdo, bhǎ diōhdǐ ī bhẹsàidit

（伊眞暗肚，無張持伊膾使得）＝那像伙很陰險，不提防他不行。

ăngki 紅柿 名 紅色的軟柿子。

→zïmki（浸柿）

ăngmǒngtǒ 紅毛土 名 水泥。

同義詞：iǒhxuē（洋灰）、zùinǐ（水泥）等。

aṗ 壓 動 用勢力等壓制。

ghuà xọ lì aṗ bhẹ dǒ

（我付你壓膾倒）＝我不會被你壓倒。

nge aṗ lạqkị

（硬壓落去）＝硬壓下去。

aṗ'à 盒仔 名 有蓋子的小盒子。

xūn'aṗ'à（燻盒仔）＝香烟盒子。

aq 押 動 盯著監督。

aq ī zẹ（押伊做）＝押著他做。

aq xuạnlăng（押犯人）＝押解犯人。

aq 鴨 名 鴨子。

aq 亦 副 也。

ī aq dẹq xàu

（伊亦在哮）＝他也在哭。

ànnē *aq* xə
（按呣亦好）＝這樣也好。

亦作iaq。

〔a̱, ia̱〕

→ma̱(也)

aq 惡 情 這樣也…。表否定的質疑口氣。

zē *aq* xəziaq?!
（茲惡好食）＝這也能吃?!

ī *aq* kə e̱ dio̱q?!
（伊惡考會著）＝他也考得上?!

aq 啊 感 啊、唉。用於非常驚訝時。

aq, pa̱q'əmgi̱h zi̱h !
（啊，拍唔見錢）＝啊，掉了錢！

aqsài 惡使 情 哪要…。用於反問事情的必要性時。

xē *aqsài*?!（夫惡使）＝哪要那樣？

aqsài lì ki̱, gio̱ ī lăi dio̱q xə
（惡使你去，叫伊來著好）
＝哪要你去，叫他來就好。

同義詞：nàsài(那使)，miqsài(麼使)。

〔a̱sài, ia̱sài〕

aqsi̱ 亦是 副 也。aq(亦)的二音節語。

ī *aqsi̱* u̱ əmdio̱q。
（伊亦是有唔著）＝他也有不對之處。

又作iaqsi̱。

〔a̱si̱, ia̱si̱〕

aqwu̱zě 惡有一个 情 有這種事？

用於反問不可能的事情時。aq u̱ zi̱t ě(惡有一个)的約省，更進一步還可省成aqzě。

u̱ la, *aqwu̱zě* bhə?!
（有啦！惡有一一个無）
＝有啦！怎麼沒有？

aqwu̱zě lăng ànnē？
（惡有一一个人按呣）
＝哪有這樣的人？

at 遏？ 動 「啪」地一聲折斷。

a̱t ciugī(遏樹枝)＝折樹枝。

a̱t bhe də̱ng(遏𣍐斷)＝折不斷。

→àu(拗)

āu 漚 動 ①雜亂放置。

sāh əmtāng *āu*, dio̱q gu̱i xo̱ xə
（衫唔通漚，著掛付好）
＝衣服別亂塞，要掛好。

②為了分解或染色，把纖維堆疊、浸泡在水裏面。

dik'à *āu* kə̱ng dia̱m xuēzùi
（竹仔漚控站灰水）
＝把竹子浸泡在石灰水裏。

③賭本全押。

iăh ě zi̱h lòng *āu* lə̱qki̱
（贏的錢攏漚落去）
＝贏的錢全押進去！

āu 甌 名 底部較深的茶杯。一般說成*āu*'à(甌仔)。

dě'*āu*(茶甌)＝茶杯。

量 杯。

zit āu dě(一碼茶)＝一杯茶。

ziu lim nəng āu.

(酒飲兩碼)＝酒喝兩杯。

àu 嘔 [動] 呃、呃地吐著。

kāng àu(空嘔)＝空吐。

àu zit buaqtàng

(嘔一跋桶)＝吐了一水桶。

→tọ(吐)

àu 拗 [動] 折彎曲。

àu zìngtǎu'a sǝng

(拗腫頭仔算)＝扳手指算。

àu tiqgī.(拗鐵枝)＝折鐵條。

→àt(遏)

au 腐？ [動] ①腐爛。

xǐ au ki(魚腐去)＝魚腐壞了。

kǝng gù, e au

(控久，會腐)＝放久了，會爛掉。

②臭臉色。

gòng diọq zit ě bhin sǔi au kìlǎi

(講著一个面隨腐起來)

＝一講，臉就臭起來。

[形] ①臭。腐爛物發出的味道。

au gàq bhe pih dit

(腐及燴鼻得)＝臭不可聞。

au bhi(腐味)＝臭味。

②不鮮艷、不顯眼。

au sik(腐色)＝顏色不鮮艷。

au giọq(腐腳)＝差勁角色。

→cau(臭)

ǎu 喉 [名] 喉嚨。

sioh diọq ǎu ziu dih

(想著喉就滇)＝一想，喉頭就哽住。

au 後 [名] 後。

duę zǐng duę au

(隨前隨後)＝跟前跟後。

[語幹] ①後面、裏頭。

dǔ'au(廚後)＝廚房後面。

auxuēxǝng(後花園)＝後花園。

②之後、以後。

nəng nǐ'au(兩年後)＝兩年後。

au'āng(後翁)＝後夫。

[指] 後面的。原則上後面跟着量詞。

ze au diōh ciā

(坐後張車)＝坐下班車。

au diàmzīng(後點鐘)＝下個小時。

←→zìng(前)

aubiạq 後壁 [名] 後面、裏面。

aubiạq u lǎng

(後壁有人)＝後面有人。

aubiạqmǎng(後壁門)＝後門。

←→tǎuzǐng(頭前)

àubhǎn 拗蠻 [形] 不講理、任性。

gòng àubhǎn uę

(講拗蠻話)＝說不講理的話。

ghuà bhǎ àubhǎn lì

(我無拗蠻你)＝我沒有硬拗你。

aubhin 後面 [名] 後方、背後。

aubhin u suāh

(後面有山)＝後方有山。

同義詞：aubǐng(後旁)。

a̠ubhə̌ 後母 名 後娘、繼母。
　　a̠ubhə̌ kòdo̠k zi̅nglănggiàh
　　（後母苦毒前人子）
　　＝後母虐待前娘的兒子。
　　〔a̠ubhù〕

a̠ubhuè 後尾 副 在後、之後。指
　　時間較慢之意。
　　li̋’ě a̠ubhuè zə̠
　　（你的後尾做）＝你的之後再做。
　　i̅ sia̠ng a̠ubhuè lăi
　　（伊上後尾來）＝他最晚來。

a̠uciu 後手 名 ①後、殘餘。
　　a̠uciu iàu u̠ rua̠ ze̠?
　　（後手猶有若多）＝之後還有多少？
　　②絕招、暗中。
　　siàp a̠uciu(塞後手)＝暗中交付。

a̠ughueqri̠t 後月日 名 下個月。
　　lə̌’ a̠ughueqri̠t
　　（落後月日）＝下下個月。
　　〔a̠ugheqri̠t〕

a̠ulăi 後來 名 之後。
　　xit ě lăng a̠ulăi ànzuàh?
　　（彼个人後來按怎）
　　＝那個人後來怎麼了？

a̠unàu 懊惱 動 懊惱、生悶氣。
　　li̋ dė̠q a̠unàu siàhmi̋?
　　（你在懊惱甚麼）＝你在懊惱什麼？

a̠unǐ 後年 名 ①後年。
　　a̠unǐ ziȧq e̠ bi̠tghia̠p
　　（後年即會畢業）＝後年才會畢業。

　　lə̌’a̠unǐ(落後年)＝大後年。
　　②後年、他年。

a̠uri̠t 後日 名 後日、他日、以後。
　　a̠uri̠t ziȧq bə̠dȧp li̋ ě i̅nzi̋ng
　　（後日即報答你的恩情）
　　＝以後再報答你的恩情。

a̠uri̠t 後日 名 後天。
　　a̠uri̠t bhė̠q ga̠u
　　（後日覓到）＝後天會到。
　　lə̌’a̠uri̠t(落後日)＝大後天。

a̠usi̠ 後世 名 下輩子。
　　a̠usi̠ bhə̌ ai cùtsi̠ zə̠ lăng
　　（後世無愛出世做人）
　　＝下輩子不想出生爲人。
　　⟷ zi̅ngsi̠(前世)

a̠usiu 後巢 ？ 名 後妻、繼室。
　　cua̠ a̠usiu(娶後巢)＝娶繼室。

a̠utău 後頭 名 ①後面、背後。
　　a̠utău iàu u̠ lăng
　　（後頭猶有人）＝後面還有人。
　　②妻、太太。表別人說的場合。
　　pàih a̠utău(歹後頭)＝惡妻。
　　③娘家。
　　dèng ki̠ i̅n a̠utău
　　（轉去怹後頭）＝回去她娘家。
　　xə̌ a̠utău(好後頭)＝好娘家。

B

bā 爸 名 父親、爸爸。小孩叫的話
語。多半說成ābā(阿爸)。

bā 攽? 動 用手掌打臉等。
　bā tăukák
　(攽頭殼)＝(用手掌)打頭。

bā 羓 名 ～干。
　bih *bā*(變羓)＝變成干。
　lăng*bā*(人羓)＝木乃伊。

bà 飽 動 ①飽。
　bákdò *bà* la
　(腹肚飽啦)＝肚子飽了。
　bà bhì(飽米)＝(香蕉等)飽實。
　②足、夠。
　xi kuah gáq *bà*
　(戲看及飽)＝戲看個夠。
　cittǒ bhe *bà*
　(迌迌繪飽)＝玩不會夠。
　→ia(厭)

ba 豹 名 豹。

ba 霸 動 拼命、力取、強奪、霸佔。
　ba ging
　(霸耕)＝佃戶拼命耕作。

形 不講理、霸道。
　i zin *ba*(伊眞霸)＝他眞霸道。

ba 罷 接頭 停止、拒絕。
　*ba*ci(罷市)＝罷市。
　ba'əq(罷學)＝罷課。
　*ba*gāng(罷工)＝罷工。

bà'ak 把握 名 把握。
　bhèq dě zit báq bhan, lì u siàhmì
　bà'ak?
　(覓題一百分，你有甚麼把握)
　＝要拿一百分你有什麼把握？

bāgiat 巴結 動 巴結。(拿著東西)
　問候、討好。
　zē e ki ga *bāgiat*!
　(茲攜去給巴結)
　＝這個拿去討好他！
　bāgiat siongsī
　(巴結上司)＝巴結上司。

bàxi 把戲 名 花樣、哄小孩。
　lìn dèq bih siàhmì *bàxi*, ghuà
　lòng zāijàh
　(您在變甚麼把戲，我攏知影)

=你在玩什麼花樣，我都知道。

baziam 霸占 [動] 力取、強奪。ba
(霸)的二音節語。

baziam lǎng ě bhò
(霸占人的婆)＝霸佔人家老婆。

bàzùi 飽水 [動] ①水果等成熟、飽
滿。

gīnziō *bàzùi* la
(芹蕉飽水啦)＝香蕉成熟了。

②充足、飽滿。

lákde̱'à *bàzùi*
(橐袋仔飽水)＝口袋飽滿。

bài 擺 [動] ①(走路時)身體幌動、
瘸。

giǎh dioq lo̱ ziǎh ghǎu *bài*
(行著路成高擺)
＝走起路來很會幌動。

②跛、瘸。

bài zit kā niǎ
(擺一腳耳)＝瘸一腳而已。

bai 拜 [動] ①拜拜。

bai but(拜佛)＝拜佛。

②(厚禮)拜請。

bai ī ze̱ gūnsū
(拜伊做軍師)＝拜請他當軍師。

[語幹] 拜～。禮拜、星期。

*bai*jit(拜一)＝禮拜一。

bai ri(拜二)＝禮拜二。

gīn'àrit *bai*gùi？
(今仔日拜幾)＝今天禮拜幾？

bǎi 排 [動] 排列、並列。

bǎi liat(排列)＝排隊。

bǎi ì(排椅)＝排椅子。

[量] 排、列。

xit *bǎi* cu
(彼排厝)＝那排房子。

bǎi ne̱ng *bǎi*
(排兩排)＝排兩排。

同義詞：liat(列)。

bǎi 排 [名] 筏。多半說成 *bǎi*'à(排
仔)。

gà *bǎi*(絞排)＝做竹筏。

dik*bǎi*(竹排)＝竹筏。

[量] 隻。計數竹筏的單位。

ne̱ng *bǎi* sām*bǎi*
(兩排杉排)＝兩隻杉木筏。

bǎi 牌 [名] ①牌、牌照、招牌。

mǎng*bǎi*(門牌)＝門牌。

it *bǎi*(乞牌)＝請牌照。

ziāu*bǎi*(招牌)＝招牌。

②盾牌。

xòtǎu *bǎi*
(虎頭牌)＝(畫)虎頭的盾牌。

cìu te̱q zit ě *bǎi*
(手提一個牌)＝手拿一個盾牌。

bai 敗 [動] 變差、衰敗、失敗。文言
用語。

ziáqgù cige̱ ka̱q *bai*
(此久市價較敗)＝這陣子市價較差。

gia̱n co̱ng gia̱n *bai*

（見創見敗）＝每做每敗。

bǎi'à 牌仔 名 紙牌、牌。

buaq *bǎi'à*（跋牌仔）＝賭紙牌。

bhǎciòk*bǎi'à*
（麻雀牌仔）＝麻將牌。

量gī（枝）

bǎibiàn 牌匾 名 扁額、招牌。掛
於門口的店招。

bǎigùt 排骨 名 豬等的肋骨及其週
邊的肉。

bǎigùt dioq zih xo sō！
（排骨著煎付酥）＝排骨要炸酥！

bàikā 擺腳 形 瘸腿、跛腳。

cua *bàikā* bhò
（娶擺腳婆）＝娶了跛腳老婆。

*bàikā'*e（擺腳的）＝跛腳的。

baitòk 拜託 動 拜託、請求。

baitòk lǎng bhè lǎi
（拜託人買來）＝求人買來。

baitòk lutsū
（拜託律師）＝請求律師。

baixai 敗害 名 敗壞、壞處。

zē ziaq liàu bhǒ *baixai*
（茲食了無敗害）＝這個吃了沒壞處。

baixau 拜候 動 拜候、請安。恭
敬語。

ěxəng siohbhèq *baixau* lì
（下昏想覓拜候你）
＝今晚想要拜訪你。

baiziāh 拜正 動 賀年。

ki ga gīnsēh *baiziāh*
（去給先生拜正）＝去向老師拜年。

bàih 擺？ 量 次、度、回。

gòng nəng *bàih*
（講兩擺）＝講兩次。

xit *bàih*（彼擺）＝那回。

〔bài〕

bàk 北 名 北。

zioh *bàk*（上北）＝北上。

bàk 剝 動 ①剝。

bàk puě（剝皮）＝剝皮。

②脫、取下。

bàk ciuzì（剝手指）＝脫下戒指。

gīki xo lǎng *bàk* ki
（機器付人剝去）＝機器被人卸走。

③剝奪、搶奪、壓搾。

bàk bèqsēh
（剝百姓）＝壓搾老百姓。

giǒngdə cùt lǎi dèq *bàk* lǎng
（強盜出來在剝人）＝強盜出來搶人。

bàk 幅 量 幅、軸。圖畫或掛軸的
計數單位。

zit *bàk* càt
（一幅擦）＝一幅掛軸。

xit *bàk* kàq sùi
（彼幅較美）＝那幅比較漂亮。

bàk 腹 名 ①腹、肚子。

bhǒ siang *bàk* ě xiāhgə
（無像腹的兄哥）
＝異母（不同腹的）哥哥。

kāng bȧk(空腹)＝空肚子。
②中間部位。
suāhbȧk(山腹)＝山腹。
cịubȧk(樹腹)＝樹幹。
③內容、容納的東西。
nī dua̠ bȧk
(乳大腹)＝奶子大、奶水多。
zat bȧk(塞腹)＝實心的。

bạk 縛 〔動〕①綁、束縛。
bạk xua̠nlǎng
(縛犯人)＝綁犯人。
xo̠ bhògiàh bạk diǎu
(付婆子縛住)＝被老婆束縛住了。
②綁、做。製作東西。
bạk za̠ng(縛粽)＝綁粽子。
bạk zāngsūi(縛粽簑)＝做簑衣。
〔量〕落、捆。
zịt bạk uàh(一縛碗)＝一落碗。
ne̠ng bạk cǎ(兩縛柴)＝兩捆柴。

bạk 瞨 〔動〕租、借。
zǔn bạk ī(船瞨伊)＝船租他。
bạk xị lǎi zo̠
(瞨戲來做)＝請戲班來演。
zịt dāng bạk ī zịt cīng gīn
(一多瞨伊一千斤)
＝一年租他一千斤。

bȧkdò 腹肚 〔名〕腹、肚子。bȧk
(腹)①的二音節語。
bȧkdò tịah(腹肚痛)＝肚子痛。

bạkkā 縛腳 〔動〕纏足。

bhẹq ge̠ ziạq bạkkā
(覓嫁即縛腳)－俚語
＝都要嫁了才要纏足；喻臨時抱佛
腳。

bȧklai 腹內 〔名〕(豬或鷄等的)內
臟。
Rịtbùn bȧklai kạq xè bhè
(日本腹內較好買)
＝在日本內臟比較容易買到。

bān 班 〔名〕班、組。
uah bān go̠
(換班顧)＝換組看顧。
xibān(戲班)＝戲班。
〔量〕組、班。
zịt bān xaksīng
(一班學生)＝一班學生。
zịt xaknǐ xūn zo̠ sị bān
(一學年分做四班)
＝一個學年分成四班。

bān 斑 〔名〕斑紋、斑點。
zịoh bān(上斑)＝長了斑點。
xuēbān(花斑)＝花斑、花紋。

bàn 板 〔名〕①板、拍。打拍用的板
子。
pạq bàn(拍板)＝打拍子。
②拍子。
gīn bàn(緊板)＝快拍子。
dạq bàn(踏板)＝用腳打拍子。
bhǒ bàn(無板)＝不合拍子。
③棺材。

多牛說成*bàn*'a(板仔)。

gāng *bàn*(扛板)＝抬棺材。

接尾 像板子一樣的薄的東西。

tih*bàn*(鐵板)＝鐵板。

zạu*bàn*(奏板)＝笏。

pō*bàn*(舖板)＝床板。

量 片；板。計數薄板的單位。

zit *bàn* dǎng*bàn*

(一板銅板)＝一片銅板。

nạng *bàn* giǒ

(兩板橋)＝兩條橋。

bàn 版 名 版、版本。

Sọngdiǎu ě *bàn*

(宋朝的版)＝宋版書。

zioq*bàn*(石版)＝石版印。

bǎn 瓶 名 瓶子。

xuē*bǎn*(花瓶)＝花瓶。

zìu*bǎn*(酒瓶)＝酒瓶。

dě*bǎn*(茶瓶)＝(有提把陶製)茶壺。

量 瓶。

zit *bǎn* zìu

(一瓶酒)＝一瓶酒。

nạng *bǎn* xuē

(兩瓶花)＝兩(花)瓶的花。

ban 弁 動 ①辦理、處理。

ban dạizi(弁事志)＝辦事。

liaq kị xọ guāhlang *ban*

(掠去付官人弁)＝抓去讓官府處理。

②購入、取得。

dụi Xiōnggàng *ban* lǎi

(對香港弁來)＝從香港購入。

ban xàibhi(弁海味)＝購入海產。

名 樣本、標準、型。

bǐ *ban*(比弁)＝取(模)型。

bọ*ban*(布弁)＝布樣。

量 種類。

ụ gùi'a *ban*

(有幾若弁)＝有好幾種。

xit *ban* lǎng(彼弁人)＝那種人。

bāngạq 斑鴿 名 班鳩。

bangōxuè'à 弁姑伙仔? 動 玩家家酒。

ghin'à diạm diǎhlin dėq *bangō xuè'à*

(囝仔站庭裏在弁姑伙仔)

＝小孩在院子裏玩家家酒。

也 說 成 bangēxuè'à(弁家伙仔)、bangēgōxuè'à(弁家姑伙仔)。

〔bangōxè'à〕

banghi 便宜 形 便宜。

sạng kạq *banghǐ* le！

(算較便宜咧)＝算便宜一點。

zē bhǎ *banghǐ*

(茲無便宜)＝這不便宜。

動 平白、免費、撿便宜。

pạq *banghǐ*'e si'ǝm？

(拍便宜的是唔)

＝平白讓你打的是不是？

xọ ī *banghǐ* kị

(付伊便宜去)＝被他撿了便宜去。

bạnsẹ 弁勢 名 情勢、樣子。

　sīng kuạh *bạnsẹ*

　(先看弁勢)＝先看看情勢。

　ziạu zit xə *bạnsẹ*, bhə̌dikkȧk ẹ sū

　(照此號弁勢，無的確會輸)

　＝照這樣子，說不定會輸。

bāng 枋 名 薄板。

　cū *bāng*(敷枋)＝舖板子。

　bāng ạu kị

　(枋腐去)＝板子朽了。

bāng 班? 名 班次。

　zǔn*bāng*(船班)＝船班。

　xuèciā uạh *bāng*

　(火車換班)＝火車換班。

　量 班、趟、回。

　zịt lèbại giȧh nəng *bāng* Dǎibȧk

　(一禮拜行兩班台北)

　＝一個禮拜跑兩次台北。

　bhuè *bāng* ciā

　(尾班車)＝最後一班車。

　giạ sāh *bāng* puē

　(寄三班批)＝寄了三回信。

bāng 崩 動 崩、塌。

　xuạh kị xọ *bāng* ləqkị

　(岸去付崩落去)＝堤防塌了。

　zùi *bāng* suāh

　(水崩山)＝大水把山沖崩了。

bạng 放 動 ①釋放、放開。

　bạng xuạnlǎng

　(放犯人)＝釋放犯人。

　cịu gịn *bạng*！

　(手緊放)＝手快放開！

　②排泄。

　bạng riọ(放尿)＝小便。

　zịt rịt *bạng* gùi'ạ bàih sài

　(一日放幾若擺屎)

　＝一天解好幾次大便。

　bạng nəng(放卵)＝魚等下蛋。

　③放款。爲利息借錢給人。

　bạng dạng lại

　(放重利)＝放高利貸。

　bạng nəng‑sāh bȧq bhạn

　(放兩三百萬)＝貸出兩三百萬。

　④丟著、放任。

　sạu zịtbuạh *bạng* le, ziọng'ànnē kị

　(掃一半放咧，將按哖去)

　＝掃了一半丟著，就這樣走了。

　bạng bhə̌ kuạhgịh

　(放無看見)＝當沒看見。

　⑤舉、放。

　bạng xōngcuē

　(放風吹)＝放風箏。

　iānxuè *bạng* ziǎh guǎn

　(烟火放成昂)＝烟火放得很高。

　⑥放下。

　bạng měnglǐ

　(放門簾)＝放下門簾。

　gǔn gịn *bạng* ləqkị！

　(裙緊放落去)＝裙子趕快放下！

⑦放（流）。

bạng zùidīng（放水燈）＝放水燈。

bạng dikbǎi

（放竹排）＝放竹筏下水。

⑧留下。

īn lạube *bạng* ruạ zẹ ?

（恁老父放若多）

＝他爸爸留下多少（遺產）？

bạng nạng gīng cụ xọ ī

（放兩間厝付伊）＝留兩間房子給他。

⑨散布、發。

bạng cīnziȧh

（放親情）＝放出求親的消息。

tiȧp *bạng* ruạ zẹ ?

（帖放若多）＝帖子發多少？

⑩擴大。

bạng tāng'à（放窗仔）＝擴大窗子。

siọng bhẹq *bạng* nạng buẹ duạ

（像覓放兩倍大）＝相片要放大兩倍。

⑪發射。

bạng cịng（放銃）＝放槍、射擊。

bǎng 房 名 ①房間。

nạng gīng *bǎng*

（兩間房）＝兩個房間。

sīnniòbǎng（新娘房）＝洞房。

②支族、分家。

duạ *bǎng*（大房）＝大房。

giǒng *bǎng*

（強房）＝勢力強的支族。

接尾 建物，〜屋。

zạnbǎng（棧房）＝倉庫。

sūbǎng（書房）＝書房。

ioqbǎng（藥房）＝藥房。

bǎng 縫 動 縫。

bǎng sāh'àgū

（縫衫仔裙）＝縫衣裙。

bāngbhǎng 幫忙 動 幫忙。

lì tại bhǎjǐing, ghuà lǎi gạ lị *bā-ngbhǎng* xǝ̀ ǝm ?

（你太無閑，我來給你幫忙好唔）

＝你太忙，我來幫你好不好？

bạngdiāu 放刁？ 動 放風聲要對某人不利；威脅。

bạngdiāu bhẹq tǎi ī

（放刁覓刣伊）＝放風聲說要殺他。

ghuà ǝm giāh ī dẹq *bạngdiāu*

（我唔驚伊在放刁）＝我不怕他威脅。

bạnggẹ 放假 動 放假。

xakxạu disī bhẹq *bạnggẹ* ?

（學校底時覓放假）

＝學校什麼時候放假？

bǎnggīng 房間 名 房間。bǎng

（房）①的二音節語。

ụ ghọ gīng *bǎnggīng*

（有五間房間）＝有五間房間。

bạngsȧk 放捒 動 放棄、捨棄、遺棄。

bạngsȧk bhògiȧh

（放捒婆子）＝遺棄妻子兒女。

guǎnlị gādị *bạngsȧk*

（權利家己放捒）＝自己放棄權利。

bạngsēh 放生 動 放生。

zit ziạq niāu liạq kị *bạngsēh*！

（此隻貓掠去放生）

＝把這隻貓抓去放生。

〔bạngsīh〕

bāngzan 幫贊 動 幫忙、贊助。

文言用語。

bāngzan ī ě xạkzū

（幫贊伊的學資）＝幫助他的學費。

也說成bāngzo（幫助）。

bạq 百 數 百。

bạqjing 百永 名 白洋布、印花

布。

bạqritsạu 百日嗽 名 百日咳。

bạt 別 指 別的、其他的。原則上後

面跟著量詞。

bạt bùn cèq（別本冊）＝別本書。

bạt ě sòzại

（別个所在）＝別的地方。

bạtbǝ 八寶 接頭 八寶～。豚肉、

筍、蔥等等加在一起的一種料理。

bạtbǝ'ạq（八寶鴨）＝八寶鴨。

bạtbǝ cại（八寶茶）＝八寶茶。

bạtbǝ mị（八寶麵）＝八寶麵。

bạtguạ 八卦 名 八卦。

ịng *bạtguạ* bȯk

（用八卦卜）＝用八卦卜算。

bạtlǎng 別人 名 別人、他人。

bạtlǎng ě dạizị bhạng cạp！

（別人的事志莫-應插）

＝別人的事不要管！

bạtrịt 別日 名 改天、他日、後

日。

bạtrit bò lị

（別日補你）＝改天補償你。

bạtwuị 別位 名 別處、別的地方。

kị *bạtwuị* bhè

（去別位買）＝到別處買。

bạtwuị ě lǎng

（別位的人）＝別地方的人。

bāu 包 動 ①包、圍。

ịng zuà *bāu*

（用紙包）＝用紙包。

xọ dịkgūn *bāu* diǎu

（付敵軍包住）＝被敵軍圍住。

②包攬、承包。

bāu gāng（包工）＝包工程。

同義詞：bhauq（貿）。

③管保、保證。

bāu lǎh（包贏）＝包贏的。

④獨佔、獨攬、租借。

uē *bāu* dẹq gāḍị gòng

（話包在家己講）＝自己佔著講話。

bāu zit diōh ciā

（包一張車）＝租一部車。

名 饅頭、包子。多半說成 *bāu*'a

（包仔）。

bhạq*bāu*（肉包）＝肉包子。

接尾 包，容器。

càu*bāu*（草包）＝草包。

pueu*bāu*（皮包）＝皮包。

量 包。

zit *bāu* xūn

（一包燻）＝一包香烟。

sāh *bāu* biàh

（三包餅）＝三包餅。

bāubạn 包弁 動 包辦。bāu（包）

動 ②的二音節語。

xō ī *bāubạn*

（付伊包弁）＝讓他包辦。

bāunià 包領 動 管保、保證。bāu

（包）動 ③的二音節語。

bāunià ẹ sǐnggōng

（包領會成功）＝保證會成功。

同義詞：bènià（保領）。

bǎuxǐ 鮑魚 名 鮑魚。

bǎuxǐ iàu rụn

（鮑魚猶嬰）＝鮑魚還嫩。

量liạp（粒）

bāuxọk 包袱 名 包袱。

guạh zit ě *bāuxọk*

（掊一个包袱）＝提一個包袱。

bāuxọk gīn（包袱巾）＝包巾。

bàuq 發? 動 突、暴、長（出）。

bàuq dīgēghě

（發豬哥牙）＝長虎牙。

bàuq ih（發蘗）＝長芽。

bē 叭 動 扒（飯）。

bē bẹng（叭飯）＝扒飯。

gin *bē*！（緊叭）＝快扒！

bè 把 動 守、掌握。文言用語。

bè guān'ại

（把關隘）＝防守關隘。

sịduạlǎng *bè* zǐhgẹngtǎu

（序大人把錢貫頭）

＝長上掌握經濟大權。

量 束、把。

zit *bè* càu（一把草）＝一束草。

nẹng *bè* cǎ

（兩把柴）＝兩束木柴。

bě 爬? 動 ①抓、耙。用爪子或耙子

抓。

bě ziọh（爬癢）＝抓癢。

bě tǎukák（爬頭殼）＝抓頭。

bě cik'à（爬粟仔）＝耙谷子。

②爬。

zẹ gàu *bě*（做狗爬）＝當狗爬。

ghin'à dẹq *bě* tǒkā

（囝仔在爬土腳）＝小孩在地上爬。

bě 耙 名 耙子或像耙子的東西。

ghiạq *bě bě*

（攑耙爬）＝拿耙子耙。

xịh*bě*（耳耙）＝耳耙子。

be 父 名 父。

be lau giàh ịu

（父老子幼）＝父老子幼。

ziạq *be* cịng bhè

（食父穿母）

＝吃父親的穿母親的，依賴成性之

意。

be̤bhə̀ 父母 名 父母、兩親。

　i̤uxa̤u be̤bhə̀

　（有孝父母）＝孝順父母。

　〔be̤bhù〕

bĕli̊ŏngzŭn 扒龍船 動 划龍船。

　〔bĕli̊ngzŭn〕

be̤h 柄 名 柄。

　da̤u be̤h（門柄）＝裝柄。

　di̊tăube̤h（鋤頭柄）＝鋤頭柄。

　量gī（枝）

　〔bi̤h〕

bĕh 平 形 ①平正、平坦。

　bĕh ĕ sòza̤i

　（平的所在）＝平坦的地方。

　gòng ṳe zīn bĕh

　（講話眞平）＝講話很平正。

　②公平、平均。

　sīmguāh bhŏ bĕh

　（心肝無平）＝偏心、不公正。

　bĕh da̤ng（平重）＝一樣重。

　〔bi̤h〕

bĕh 棚 名 棚、台。

　dáq zi̤t ĕ bĕh

　（搭一個棚）＝搭個棚子。

　xi̤bĕh（戲棚）＝戲台。

　量 棚。棚或戲的計數單位。

　na̤ng bĕh ca̤iguè

　（兩棚菜瓜）＝兩棚絲瓜。

　sāh bĕh xi̤（三棚戲）＝三棚戲。

　〔bi̤h〕

be̤h 病 名 病。

　di̤oq be̤h（著病）＝生病。

　si̊ōhsībe̤h（相思病）＝相思病。

　動 生病。

　be̤h na̤ng dāng

　（病兩多）＝病了兩年。

　be̤h zīn si̊ōngdi̤ong

　（病眞傷重）＝病得很重。

　形 笨、飯桶。卑俗語。

　lì gáq xi̊àq be̤h a！

　（你及彼病啊）

　＝你怎麼那麼笨啊！

　be̤hgău（病猴）＝飯桶、笨蛋。

　〔bi̤h〕

bĕhbō 平埔 名 平地。

　〔bi̤hbō〕

be̤hgi̊àh 病子 動 害喜。

　zi̊tmà dèq be̤hgi̊àh

　（此滿在病子）＝這會兒在害喜。

　〔bi̤hgi̊àh〕

be̤hji̤h 病院 名 醫院。日語直譯。

　同義詞：īji̤h（醫院）。

　〔bi̤hji̤h〕

be̤hlăng 病人 名 病人。

　cṳ u na̤ng ĕ be̤hlăng

　（厝有兩个病人）＝家裏有兩個病人。

　〔bi̤hlăng〕

be̊q 八 數 八。

　〔bue̊q〕

bẹq 仒? 〔動〕①(一步一步)爬。

　bẹq suāh(仒山)＝爬山。

　tại guǎn, bẹq bhẹ kìkị

　(太昂，仒獪起去)

　＝太高，爬不上去。

　②起來、起床。

　ạm kụn, bẹq lòng bhẹ kìlǎi

　(暗眠，仒攏獪起來)

　＝晚睡，都爬不起來。

　lạk diàm bẹq kìlǎi

　(六點仒起來)＝六點起床。

bẹq 伯 〔名〕伯父。多半說成 ābẹq(阿伯)。

bẹq 擘 〔動〕剝、張。

　bẹq gām'àpuě

　(擘柑仔皮)＝剝橘子。

　bhạkziū bẹq gīm, diọq tè ziạq

　(目睭擘金，著討食)

　＝眼睛張開就要東西吃。

bẹq 白 〔形〕①白的。

　bẹq tǎumǎng(白頭毛)＝白髮。

　②油、脂肪。

　zit dẹ bhạq siōh bẹq

　(此塊肉尙白)＝這塊肉太肥。

　⟷ ziāh(腈)

　③淺、平易。

　zit bùn cẹq kàq bẹq

　(此本冊較白)＝這本書較淺。

　bẹqwẹ(白話)＝淺白的話。

　④淡。

ziàqgù cụi kàq bẹq, ại ziạq xè

(此久嘴較白，愛食好)

＝這陣子嘴較淡，愛吃好的食物。

〔副〕①白費。

　bẹq liàu sǐgān

　(白了時間)＝白費了時間。

　bẹq giǎh(白行)＝白走一趟。

　②陽春地、單一的。

　bẹq saq

　(白煠)＝(不加料的)白煮。

　bẹq tūn

　(白吞)＝(不配別的)吞下去。

bẹq'a 咱?仔 〔名〕小孩的破傷風。

　diọq bẹq'à

　(著咱仔)＝小孩得了破傷風。

bẹqbhạkxùn 白墨粉 〔名〕粉筆。

　ǎng ě bẹqbhạkxùn

　(紅的白墨粉)＝紅粉筆。

bẹqcai 白菜 〔名〕白菜。

bẹqcạt 白賊? 〔名〕謊話。

　ī ziǎh ghǎu gòng bẹqcạt

　(伊成高講白賊)＝他很會說謊話。

　bẹqcạtcit'à(白賊七仔)

　＝白賊七。指專說謊話的人。

bẹqdại 白帶 〔名〕白帶。

　gau bẹqdại(厚白帶)＝白帶多。

bẹqduạ 白帶 〔名〕白帶魚。也說成
　bẹqduạxi(白帶魚)。

bẹqgim 白金 〔名〕白金。

bẹqlǐngsī 白鴒鷥 〔名〕白鷺鷥。

beqlingsǐkā（白鴿鷥腳）
＝鷺鷥腳。指像鷺鷥一樣瘦的腳。

beqseh 百姓 名 人民。

suęgīm dạng, *beqseh* gānkò
（稅金重，百姓艱苦）
＝稅賦重，百姓苦。
〔beqsih〕

beqsisat 白死殺 形 （像生病一樣）
面無人色。

bhịn *beqsisat*
（面白死殺）＝臉色蒼白。

beqxia 白蟻 名 白蟻。

bi 陂 名 池、貯水池。

kə *bī*（洘陂）＝池子乾了。

xòtǎu*bī*（虎頭陂）
＝虎頭陂。台灣的大儲水池。

bi 碑 名 碑。

kia *bī*（豎碑）＝立碑。

zioq*bī*（石碑）＝石碑。

bi 比 動 ①比。

ę lǎi *bi* kuạhmại！
（攜來比看覓）＝帶來比比看！

cā zę lc, bhę *bi* dit
（差多咧，𣍐比得）
＝差多了，不能比。
②計、量。

ę cióq lǎi *bi*！
（攜尺來比）＝拿尺來量量看！

bi kuạh ruạ dǒng
（比看若長）＝量看看有多長。

③比、指。

bi dị xiā（比著彼）＝指著那兒。

ègàu'e ịng cỉu *bi*
（啞口的用手比）＝啞巴用手比。

介 比～較～。

lì *bi* ī kạq lə
（你比伊較脹）＝你比他高。

gīnnǐ *bi* gunǐ dǐngbuę ruạq
（今年比舊年重倍熱）
＝今年比去年加倍的熱。

同義詞：pịng（並）。

bi 痺 動 麻。

kā *bị* gáq bhę giǎh
（腳痺及𣍐行）＝腳麻得不能走。

→bhǎ（麻）

bi 枇? 量 串、付、副。

zịt *bi* gīnziō ụ gùi diǎu？
（一枇芹蕉有幾條）
＝一串香蕉有幾條？

nạng *bi* ōxǐzǐ
（兩枇烏魚子）＝兩副烏魚子。

bi 脾 名 脾臟。

bi'à 啡?仔 名 哨子。

bǔn *bī'à*（噴啡仔）＝吹哨子。

sę ě *bī'à*
（細个啡仔）＝小的哨子。

biban 備弁 動 準備。

biban sòxui
（備弁所費）＝準備盤纏、費用。

biban xəsę la

（備弁好勢啦）＝準備好啦。

bǐbě 琵琶 名 琵琶。

duǎh *bǐbě*（彈琵琶）＝彈琵琶。

量gī（枝）

biciuziban 比手指弁 動 戴訂婚戒指。

lìn xạusēh disǐ bhẹq *biciuziban*？
（你後生底時覓比手指弁）
＝你兒子什麼時候戴訂婚戒指？

bipịng 比並 動 ①比較。bì（比）動①的二音節語。

gạp xē *bipịng*
（及夫比並）＝跟那個比較。
②譬喻。

bhẹxiàu *bipịng*
（艙曉比並）＝不會譬喻。

bipịng cīnciọh zạ xōngtāi
（比並親像做風颱）＝好比颱風吹襲。

biāh 拚? 動 丟、甩。

cẹbbāu biạh le diọq cút kị cittǎ
（册包拚咧著出去迌迌）
＝書包一丟就跑出去玩。

sigue *biāh*（四界拚）＝四處亂丟。

bià h 丙 名 丙等。

tẹq sāh ě *bià h* diọq lọkdẹ
（提三个丙著落第）
＝拿了三個丙等就留級。

bià h 餅 名 餅乾。

ziạq *bià h*（食餅）＝吃餅乾。
ghǔnībià h（牛乳餅）＝牛奶餅乾。

biạh 拚? 動 ①倒（水等）、清理。

biạh bhịntàngzùi
（拚面桶水）＝倒臉盆水。

cụ diọq biạh xọ lǎng
（厝著拚付人）
＝房子得清出來交人家。
②整理、掃除。

biạh bhong'àbō
（拚墓仔埔）＝掃墓。

tuạq'à *biạh* bhǒ cīngkị
（拖仔拚無清氣）＝抽屜沒清乾淨。
③拼命、努力、冒。

kạq *biạh* le！
（較拚咧）＝努力一點！

biạh lọ（拚路）＝拼命趕路。

tạu xọ *biạh* lǎi
（透雨拚來）＝冒著風雨趕來。
④競爭、比賽、趕。

xọ ạu diōh ciā *biạh* gue
（付後張車拚過）＝被下班車趕過。

Bhī'à gạp Sōliǎn dẹq *biạh*
（美仔及蘇聯在拚）
＝美國和蘇聯在競爭。
⑤拚。試試看、賭賭看之意。

biạh e gue, ziạq bạq rị xue
（拚會過食百二歲）
＝拚得過就可以活到一百二十歲。

biạh bhuè tiạp iọq
（拚尾帖藥）
＝用最後的一帖藥賭賭看。

⑥拋售。

biạh sioḳ xuẹ

（拚俗貨）＝便宜拋售。

biạh lǎi xǐng lǎng

（拚來還人）＝便宜拋售來還人家。

biạhsẹ 拚勢 形 拼、努力。

lị zīn *biạhsẹ* a

（你眞拚勢啊）＝你眞拚啊。

biạhsẹ ziạq（拚勢食）＝拼命吃。

biạk 煏 動 用烈火烹、炸。

bhạq lẹq kị *biạk*, kạq pāng

（肉落去煏，較芳）

＝肉先烹過，比較香。

biạk 爆? 動 ①爆、裂開、綻開。

latzị *biạk* kūi

（栗子爆開）＝栗子綻開了。

lǒ *biạk* puạ（爐爆破）＝爐子爆裂。

②暴露、敗露、破裂。卑俗語。

sǔisǔi *biạk*（隨隨爆）＝隨時敗露。

daizị *biạk*（事志爆）＝事情敗露。

biạk 爆 動 甩、打。指臉等部位被擊打。

xọ dairīn *biạk* nạng-sāh ẹ

（付大人爆兩三下）

＝被警察甩了兩三個耳光。

biān 鞭 名 鞭。晒乾的獸類的陰莖。

ziạq *biān* bò zīng

（食鞭補精）＝吃鞭補精氣。

biān 攀? 動 攀、把。

biān bhẹ kūi

（攀獪開）＝（用力）把不開。

zịt cịu *biān* tāng'à, zịt cịu cit

（一手攀窗仔，一手拭）

＝一手攀住窗子，一手擦。

biàn 匾 名 匾、額。

guạ *biàn*（掛匾）＝掛匾額。

biàn 諞 動 騙、拐騙、耍弄。

sị guẹ kị *biàn* lǎng ě zǐn

（四界去諞人的錢）

＝到處去騙人家的錢。

biàn ī cútlǎi

（諞伊出來）＝騙他出來。

biạn 變 動 ①變。

tīhsik *biạn*

（天色變）＝天色變了。

②戲法、魔術、騙術、把戲、花樣。

biạn bàxị（變把戲）＝變把戲。

zịt bàih bhẹq *biạn* siàhmì？

（此擺覓變甚麼）

＝這回要變什麼把戲？

③變成、化成。

biạn zọ zịt ziạq pāng

（變做一隻蜂）＝變成一隻蜜蜂。

laulǎng sị Gǎuzětiān *biạn*'e

（老人是猴齊天變的）

＝老人是孫悟空變的。

biạn 遍 量 遍、次、回。

zọ nạng *biạn* bāndiòh

（做兩遍班長）＝當了兩回班長。

xit *biạn* xōngtāi zīn duạ
（彼遍風颱眞大）＝那回颱風很大。

biạn 弁 〔動〕 辯、辯論。

biạn sū ī（弁輸伊）＝辯輸他。

ciạh lụtsū lǎi *biạn*
（請律師來弁）＝請律師來辯論。

biạn 便 〔形〕 ①現成、方便。

biạn cại（便菜）＝現成的菜。

zǐh lị ụ *biạn* bhǒ？
（錢你有便無）＝你有現錢嗎？

②厚顏、無恥。指那種隨便拿取人
家東西的人。

lị zit ě lǎng zīn *biạn*
（你此个人眞便）＝你這人臉皮眞厚。

biạnbo 變步 〔名〕 辦法。

siọh kuạh ụ siàhmi xə̀ *biạnbo* bhǒ
（想看有甚麼好變步無）
＝想看看有沒有什麼好辦法。

biạndōng 弁當 〔名〕 便當。日語直
譯。

guạh *biạndōng*（揹弁當）＝提便當。

biạndōng kẹq’à
（弁當医仔）＝便當盒。

biạngīng 變更 〔動〕 變更。日語直
譯。

ụding *biạngīng*
（予定變更）＝預定要變更。

biànsian 謅先 〔名〕 騙徒。

biànsịt 扁食 〔名〕 扁食、餛飩。

biànsịt-puě（扁食皮）＝餛飩皮。

　　　　　🜚liạp（粒）

biansò 便所 〔名〕 便所、廁所。

biansui 半遂 〔名〕 中風、半身不遂。

biạngpuạ 唪?破 〔動〕 「呼」一聲
破裂、爆裂。

siōh riạt, ẹ *biạngpuạ*
（尙熱，會唪破）＝太熱，會爆裂。

biạq 壁 〔名〕 壁。

bhuạq *biạq*（抹壁）＝塗牆壁。

cūn cịu dụq diọq *biạq*
（伸手突著壁）—俚語
＝伸手就碰到牆壁。喩窮途末路。

biàu 表 〔形〕 表親。父、母的兄弟姊
妹之子女之間的關係。

ĭ*biàu*（姨表）＝姨表。

gō*biàu*（姑表）＝姑表。

īn nạng ě sị *biàu*’e
（恁兩个是表的）＝他們兩個是表親。

→zikbẹq（叔伯）

〔動〕 表示。

biàu gingjị（表敬意）＝表示敬意。

bih 邊 〔接尾〕 邊、旁。

i’à*bīh*（椅仔邊）＝椅子旁。

sīngkū*bīh*（身軀邊）＝身邊。

bih 扁 〔形〕 扁。

dẹq xo *bīh*
（壓付扁）＝把它壓扁。

bih 變 〔動〕 ①變化。

bhin súi *bịh*
（面隨變）＝臉色立刻變了。

ziu *bi̤h* co̤
(酒變醋)＝酒變成醋。
②玩花樣、耍小技倆。
di̤am xiā de̤q *bi̤h* siàhmì？
(站彼在變甚麼)
＝在那兒玩什麼小花樣？
bi̤h kuah u tǎulo̤ bhǎ
(變看有頭路無)
＝玩玩看有什麼搞頭。

bi̤h 辮 [動] 編、紮。
bi̤h mǎngbhuè'à
(辮毛尾仔)＝紮辮子。
[名] 辮子。
sāhgò*bi̤h*(三股辮)＝三根辮子。

bi̤h'à 邊仔 [名] 邊邊、邊上、旁邊。
kia di ī ě *bi̤h'à*
(豎著伊的邊仔)＝站在他邊邊。
giǎh *bi̤h'à*(行邊仔)＝走邊邊。

bi̤hla̤ng 變弄 [動] ①玩弄、耍弄、亂搞。
xèxè sīzīng *bi̤hla̤ng* gàq pàih ki̤
(好好時鐘變弄及歹去)
＝好好的鐘搞到壞掉。
②作弄。
gṳzai lǎng *bi̤hla̤ng*
(據在人變弄)＝任人作弄。

bi̤hsia̤ng 變相 [動] 變態、變樣。
指死前突然變個樣、罵人的話。
ziàqgù nà e̤ gàq lòng bhe̤ giǎh, si̤
de̤q *bi̤hsia̤ng* e̤m？！

(此久那會敎攏獪行，是在變相唔)
＝這會兒怎麼都敎不動，是在變樣嗎?!

bi̤hxi 扁魚 [名] ①扁魚干。
②比目魚。

bik 迫 [動] ①緊迫。
sīgān tai̤ *bik*
(時間太迫)＝時間太緊迫。
②強迫、催逼。
bik ī ge̤(迫伊嫁)＝逼她嫁。
bik zi̤h(迫錢)＝被錢所逼。

bǐn 針? [名] 別(針)。英語直譯。
*bǐn*ziām(針針)＝別針。
xīngzǐng*bǐn*(胸前針)＝胸花別針。
[動] 髮飾別針。
bǐn tǎuzāng
(針頭鬃)＝用別針別頭髮。

bǐn 稟 [名] 狀文。致送公家的書類、訴狀。
rip *bǐn*(入稟)＝呈遞書狀。
[動] 稟告、投訴。對官署或長上的訴願。
bǐn guāhxù
(稟官府)＝向官府投訴。

bǐn 箆 [動] 爬梳。
bǐn sàtbhǎ(箆虱母)＝爬梳頭虱。
[名] 梳子。

bǐn 編? [動] 編。
bǐn lībā(編籬笆)＝編籬笆。

bǐn 屏 [名] ①隔屏、隔間。

tiàq bǐn（拆屏）＝拆隔屏。
②屏風。
kia bǐn（豎屏）＝立屏風。

bǐn 憑 名 執照、證書。

nià bǐn（領憑）＝領照。

介 憑、依據、根據。

bǐn ghuà sòwu̱ ě kui̱la̱t zə
（憑我所有的氣力做）
＝據我所有的力量去做。

bǐn liǒngsim gòng ue̱
（憑良心講話）＝憑良心說話。

bi̱nbi̱h 鬢邊 名 鬢腳。

bi̱nbi̱hmə̌ng（鬢邊毛）＝鬢毛。

dáq bi̱nbi̱h（貼鬢邊）＝貼在鬢腳。

bǐngu̱ 憑據 名 憑據、根據。

bǐntǎu 憑頭 副 從頭、照順序。

bǐntǎu gòng xo̱ tīah
（憑頭講付聽）＝從頭說給他聽。

bǐntǎu bǎi（憑頭排）＝照順序排。

bǐng 冰 名 冰。

giān bǐng（堅冰）＝結冰。

gi̱’àbǐng（枝仔冰）＝冰棒。

語幹 像冰一樣的白色的結晶體。

bǐngtǎng（冰糖）＝冰糖。

bo̱kxə̌bǐng（薄荷冰）＝薄荷腦。

動 冷凍。

bǐng bhe̱q’àziu
（冰麥仔酒）＝冰凍啤酒。

bǐng sāh diàmzǐng
（冰三點鐘）＝冰凍三個小時。

bǐng 兵 名 兵、軍人。

dāng bǐng（當兵）＝當兵。

bhèbǐng（馬兵）＝騎兵。

bǐng 反 動 ①翻（轉）。

bǐng zǔn（反船）＝翻船。

bǐng cèq kìlǎi kuah
（反冊起來看）＝翻書來看。

②翻（取）。

bǐng lákde̱’à ě zǐh
（反橐袋仔的錢）＝翻出口袋裏的錢。

bǐng 平 形 平靜。

xàijǐng káq bǐng la
（海湧較平啦）＝海浪較平靜了。

gòk bhǎ bǐng
（國無平）＝國家不平靜。

動 平定。文言用語。

bǐng tòxùi（平土匪）＝平定土匪。

bǐng 旁 量 邊、方、側、半。

uà xit bǐng
（倚彼旁）＝靠那邊。

zit bǐng lo̱（此旁路）＝路的這邊。

pua̱ zə̱ nə̱ng bǐng
（破做兩旁）＝破成兩半。

接尾 ①方、側、邊。

dāngbǐng（東旁）＝東側。

də̱ciubǐng
（倒手旁）＝左手邊、左方。

②漢字的部首、偏旁。

pə̱simbǐng（抱心旁）＝立心旁。

rǐnrìbǐng（人字旁）＝人字邊。

bi̠ng 並 〔介〕 比。

　sià bi̠ng ī kảq ze̠

　（寫並伊較多）＝寫比他多。

　同義詞：bì（比）。

　〔副〕、一點也～。和ə̠m（唔）、bhǎ（無）等否定詞結合，以修飾否定語。

　ghuà bi̠ng ə̠m zāi

　（我並唔知）＝我並不知情。

　bi̠ng bhǎ xit xə̠ da̠izi̠

　（並無彼號事志）＝並沒有那種事。

bi̠ng'àzùi 平野水 〔名〕 蘇打水。日語直譯。

bǐng'ān 平安 〔形〕 平安。

　bǐng'ān gue̠rit

　（平安過日）＝平安過日子。

bi̠ngbi̠h 反變 〔動〕 想辦法、籌措。

　bhǎ bi̠ngbi̠h, nà u̠tāng zia̠q?!

　（無反變，那有通食）

　＝不想辦法，哪有得吃?!

bǐngbǐng 平平 〔形〕 一樣、差不多、普通。

　bǐngbǐng bhǎ xə̠ bhǎ pàih

　（平平無好無歹）＝一樣不好不壞。

bi̠ngciàh 並且

　→rǐciàh（而且）

bi̠nggàu'à 反狗仔 〔動〕 翻跟斗。

bi̠nggin 平均 〔動〕 平均。

　bǐnggīn kǐlǎi u̠ rua̠ ze̠?

　（平均起來有若多）

　＝平均起來有多少？

bǐngjìu 朋友 〔名〕 朋友。

　cue̠ bǐngjiu cittǎ

　（尋朋友迌迌）＝找朋友玩。

　ki̠ bǐngjiu-dāu

　（去朋友兜）＝去朋友家。

bǐngsiǒng 平常 〔名〕 ①平常、平時。

　bǐngsiǒng dio̠q'a̠i bi̠ba̠n

　（平常著要備弁）＝平時就要準備。

　②普通。

　bǐngsiǒng lǎng

　（平常人）＝普通人。

bi̠ngtǒng 冰糖 〔名〕 冰糖。

　同義詞：tə̄ngsə̄ng（糖霜）。

bǐngzi̠ng 平靜 〔形〕 平靜。

　dexə̄ng bǐngzi̠ng

　（地方平靜）＝地方平靜。

biō 標 〔名〕 ①標槍。

　pa̠q biō（拍標）＝擲標槍。

　②標。龍舟賽時立於終點的標幟，先奪標者得勝。

　ciòh biō（搶標）＝搶標。

　〔動〕 ①投擲、投射。

　biō suāhdī（標山豬）＝射山豬。

　②標會。新語。

　xo̠ sia̠hmi̠ lǎng biō dio̠q?

　（付甚麼人標著）＝被什麼人標到？

biò 表 〔名〕 表。

　li̠k zit ě biò

　（錄一个表）＝做一個表。

sĭgānbiò(時間表)=時間表。

bio 鰾 名 鰾。

biò'à 錶仔 名 手錶。

biò'àdu<u>a</u>(錶仔帶)=錶帶。

biò'à li<u>a</u>n(錶仔鏈)=錶鏈。

biq 擎 動 捲。

biq k<u>o</u>kā(擎褲腳)=捲褲管。

量 捲。

biq n<u>o</u>ng biq

(擎兩擎)=捲兩捲。

biq 鼈 名 鼈。

li<u>a</u>q gū zàu biq

(掠龜走鼈)─俚諺

=捉了龜跑了鼈；顧此失彼之意。

bit 坡 動 ①裂開。

bi<u>a</u>q bit k<u>i</u>(壁坡去)=牆壁裂開。

gān'à bit pu<u>a</u>

(矸仔坡破)=瓶子裂開。

②皮膚乾裂。

c<u>u</u>idǔn dėq bit

(嘴唇在坡)=嘴唇乾裂。

bit 筆 名 筆。

ghi<u>a</u>q bit(攑筆)=拿筆。

量 筆。金錢或土地的計數單位。

du<u>a</u> bit zĭh(大筆錢)=大筆錢。

zit k<u>u</u> cǎn xūn z<u>ə</u> sāh bit

(此坵田分做三筆)

=這片田分成三筆。

bitghi<u>a</u>p 畢業 動 畢業。北京語
直譯。

bitghi<u>a</u>p–diànlè

(畢業典禮)=畢業典禮。

biu 彪 動 溜走、開小差。卑俗語。

biu gu<u>e</u> Dǒngsuāh

(彪過唐山)=溜到中國去。

d<u>a</u>k ě bīu

(逐个彪)=大家溜光光。

bō 埔 名 ～原、～場、平地。

càubō(草埔)=草原。

bh<u>o</u>ng'àbō(墓仔埔)=墓場、墳地。

běhbō(平埔)=平原。

bō 晡 量 半日。

z<u>ə</u> zit bō kāngku<u>e</u>

(做一晡工課)=做半天工作。

k<u>u</u>n bu<u>a</u>h bō

(睏半晡)=睡兩、三個小時。

bò 脯 形 乾癟。

li<u>a</u>n bò(嗹脯)=乾癟。

nī bò k<u>i</u>(乳脯去)=奶子乾癟了。

名 干。

xĭbò(魚脯)=魚干。

c<u>a</u>ibò(菜脯)=菜干。

bò 補 動 ①補償。

bhǒ g<u>a</u>u, <u>a</u>i bò

(無夠，要補)=不夠，要補。

<u>a</u>u bàih zi<u>a</u>q bò lì！

(後擺即補你)=下次再補你！

②修補。

bò c<u>u</u>ik<u>i</u>(補嘴齒)=補牙。

bò n<u>ə</u>ng kāng

（補兩孔）＝補兩個洞。

③攝取營養。

sīnmia boͭ bhe kǐlǎi

（身命補𫧃起來）＝身體補不回來。

ziaq boͭ（食補）＝吃補。

boͭ 布 〔名〕 布。

dəqboͭ（桌布）＝桌巾。

ziàn boͭ（剪布）＝買布。

〔動〕 佈置。

bhe boͭ siàhmì gìng？

（覓布甚麼景）＝要佈置成什麼景？

boͭ din（布陣）＝布陣（勢）。

boͭ 播 〔動〕 播、種。

boͭ cǎn（播田）＝插秧。

boͭ zailǎizing

（播在來種）＝播本地種。

bǒ 苞 〔名〕 豉、酒糟。

kia bǒ（豎苞）＝做豆豉。

zìu bǒ（酒苞）＝酒糟。

bǒ 袍？ 〔名〕 衣服的折邊。

àu dua bǒ

（拗大袍）＝折大的邊。

bo 步 〔名〕 方法、手段。

sioh bhǒ bo

（想無步）＝想不出辦法。

dok bo（毒步）＝兇狠手段。

〔量〕 ①步。

giǎh gho zap bo

（行五十步）＝走五十步。

dua bo giǎn

（大步行）＝大步走。

②招。

u zit bo xə bo

（有一步好步）＝有一招好辦法。

bo 哺 〔動〕 嚼。

bo iu ziaq tūn ləqki

（哺幼即吞落去）＝嚼細再吞下去。

bhǎ cuikì, bhe bo

（無嘴齒，𫧃哺）

＝沒牙齒，沒法嚼。

bobǐn 暴憑？ 〔副〕 一直、從來、迄

此為止、從未～。

bobǐn si xəghiaq dè

（暴憑是好額底）

＝從來是有錢人底子。

bobǐn əm bhát giǎh xəng lo

（暴憑唔捌行遠路）

＝從來不曾走遠路。

bode 布袋 〔名〕 布袋。

⊛kā（奇）

bodexi 布袋戲 〔名〕 布袋戲。

bodexi'āng'à

（布袋戲尪仔）＝布袋戲偶。

bodi 布置 〔動〕 布置。

bodi sioh zok

（布置尙濁）＝布置得太過。

boging 布景 〔名〕 布景。

bojoq 補藥 〔名〕 補藥。

boͭlǐ 布簾 〔名〕 布簾、布幕、簾幕。

ǔi boͭlǐ（圍布簾）＝圍布幕。

bopǎng 布帆 名 帆布、帳篷。

dau bopǎng(鬥布帆)＝搭帳篷。

量nià(領)

bōtǎu 埠頭 名 ①田庄小街。

②碼頭。

bòtǎu 斧頭 名 斧。

ghiaq bòtǎu puą cǎ

（攑斧頭破柴）＝拿斧頭砍柴。

bowui 部位 名 要害。

páq dioq bowui

（打著部位）＝打中要害。

bók 卜 動 卜算。

bók undǒ(卜運途)＝卜算運勢。

→siong(相)

bók 㑝 動 「啵啵」地吸(吐)。

bók xūn(㑝燻)＝啵啵地抽烟。

bók 駁 動 ①反駁、反問。

xo ī bók gáq bhǒ ue tāng in

（付伊駁及無話通應）

＝被他駁得無話可回。

②書類等被退回。

sià bhǒ xèse, suáq xo bók cútlǎi

（寫無好勢，煞付駁出來）

＝沒寫好，遂被退回來。

bókxǒ 薄荷 名 薄荷。

bhuáq bókxǒ

（抹薄荷）＝塗薄荷。

〔bəgxǒ〕

bókzing 薄情 形 無情、寡情。

lì zīn bókzing

（你眞薄情）＝你眞無情。

bókzǔn 駁船 名 中國式帆船。

bong 諻 動 誇大。

siòkuà daizi aq bong gáq e giāh lǎng

（少許事志亦諻及會驚人）

＝小小事情也誇大到嚇人。

bong 嘭？ 動 爆破。

bong suāh-zioq

（嘭山石）＝爆破山石。

bong 磅 動 磅、稱、秤。

bong kuah u rua dang

（磅看有若重）＝秤看看有多重。

名 磅秤。

ing bong bong

（用磅磅）＝用磅稱磅。

bongzì(磅子)＝磅稱。

量 ①磅；千瓦。主要在計算電量。

diàm bong, əmsi diàm pā

（點磅，唔是點葩）

＝算磅表的，不是算燈數的。

zit cīng bong(一千磅)＝一千瓦。

②磅。英語直譯。

bhè nəng bong gəbī

（買兩磅咖啡）＝買兩磅咖啡。

bongbiàq 嘭？壁 動 撞牆。形容困窮；卑俗語。

bhǒ tǎulo dèq bongbiàq

（無頭路在嘭壁）

＝沒工作，四處碰壁。

bongbiò 磅表 名 電、瓦斯、自來水等的計量表。

sǔn *bongbiò*（巡磅表）＝查表。

bǒnggōng 膀胱 名 膀胱。

bongkāng 唪孔 名 隧道。

xuèciā nəng *bongkāng*
（火車軁唪孔）＝火車過山洞。

bongzi 唪子 名 黃色炸藥。
量 liap（粒）

bə̄ 褒 動 ①誇獎。

na ga *bə̄*, zǐh dioq sə̌ cútlǎi
（若給褒，錢著趆出來）
＝如果誇他，錢就掏出來。

ai xo lǎng *bə̄*
（愛付人褒）＝喜歡人家誇他。
②唱情歌。

sāh*bə̄*（相褒）＝情歌唱和。

nà bhàn dě nà *bə̄*
（那挽茶那褒）
＝邊採茶邊唱情歌相和。

bə̀ 寶 名 寶。

*bə̀*zioq（寶石）＝寶石。

bə̀ 保 動 ①保證。

bə̀ ī zit lèbai dioq xə̀
（保伊一禮拜著好）
＝保證他一個禮拜就好。

bə̀ cútlǎi（保出來）＝保釋出來。
②保持。文言用語。

gēxuè *bə̀* bhę diǎu
（家伙保艙住）＝家產保不住。

量 保。戶數的計數單位。

zap gaq zə̄ zit *bə̀*
（十甲做一保）＝十甲爲一保。

bə̄ 報 動 ①報（仇）。

bə̄ laubę ě uānsiu
（報老父的冤讐）＝報父仇。
②告知、教。

bə̄ ghuà əmdioq lo
（報我唔著路）＝教我走錯路。

bə̄ gingcat（報警察）＝報告警察。

bə̌ 婆 名 老婆；年紀大的女人。多半說成ābə̄（阿婆）。

zùziaq*bə̌*（煮食婆）＝煮飯婆。

xǎmlǎng*bə̌*（媒人婆）＝媒人婆。
接尾 婆。卑稱某種女人的詞語。

kitziaq*bə̌*（乞食婆）＝乞丐婆。

cat*bə̌*（賊婆）＝賊婆娘。

Ritbùn*bə̌*（日本婆）＝日本婆子。

bə̌'à 婆仔 名 照顧新娘的婆婆。

sinniǒ əm ziaq, kānkioq *bə̌'à* xə̀'e
（新娘唔食，牽拾婆仔好下）一俚諺
＝新娘不吃，讓照顧她的婆子撿到好處；可惜了好東西之意。

bə̀bi 保庇 動 保佑。

Tīhgōngzò dęq *bə̀bi* làn
（天公祖在保庇咱）
＝老天爺在保佑我們。

bə̀buę 寶貝 名 寶貝。bə̀（寶）的二音節語。

dit dioq ziăh ze̠ *bə̄ bue̠*
（得著成多寶貝）＝得到好多寶貝。

bə̄dap 報答 【動】 報答。

bə̄dap li ĕ īnzing
（報答你的恩情）＝報答你的恩情。

bə̄gə̠ 報告 【動】 報告。

bə̄gə̠ su̠zing
（報告事情）＝報告事情。

bə̄guàn 保管 【動】 保管。

xo̠ ī ki̠ *bə̄guàn*
（付伊去保管）＝讓他保管。

bə̄lĕ 玻璃 【名】 玻璃。

*bə̄lĕ*tāng（玻璃窗）＝玻璃窗。
㊣pih（片），de̠（塊）

bə̄nià 保領→bāunià（包領）

bə̄sioq 保惜 【動】 愛惜、珍惜。

sintè dioq *bə̄sioq*
（身體著保惜）＝身體要愛惜。

bə̄xiàm 保險 【名】 保險。日語直
譯。

cu̠ u̠ due̠ *bə̄xiàm*
（厝有隨保險）＝房子有投保。

bə̄zing 保正 【名】 村長。

bə̄zuà 報紙 【名】 ①新聞。

kuah *bə̄zuà*（看報紙）＝看新聞。
②報紙。

bhe̠ gu̠ *bə̄zuà*
（賣舊報紙）＝賣舊報紙。

bə̄ng 幫? 【動】 ①擴張、擴大。

bə̄ng singli

（幫生理）＝擴張生意。

cu̠ *bə̄ng* ka̠q kua̠q
（厝幫較闊）＝把房子擴大。
②分租一間房間。兩人間租賃關係
之總稱。

ga lăng *bə̄ng* diạmbhin
（給人幫店面）＝跟人分租了一店面。

bə̄ng lăng zi̠t gīng băng
（幫人一間房）＝分租了一個房間。

bə̄ng 榜 【名】 榜、告示文、揭示。古
語用法。

cut *bə̄ng*（出榜）＝貼出告示。

bə̠ng 傍? 【動】 依仗、靠、托。

bə̠ng lăng ĕ xokki̠
（傍人的福氣）＝托人家的福。

bə̠ng 飯 【名】 飯。

ziạq *bə̠ng*（食飯）＝吃飯。
*bə̠ng*wăn（飯丸）＝飯糰。
*bə̠ng*pi（飯疕）＝鍋巴。
*bə̠ng*də̠ng（飯頓）＝餐時。
*bə̠ng*dàu（飯斗）＝飯桶子。
*bə̠ng*kāh（飯柑）＝飯鍋。

bə̠ngsi 飯匙 【名】 飯杓。

㊣gī（枝）

bə̠ngsicing 飯匙銃 【名】 眼鏡蛇。

bə̠ngsigut 飯匙骨 【名】 肩胛骨。

bə̄q 卜 【動】 賭。

bhòng gap ī *bə̄q* kuahmai
（罔及伊卜看覓）＝跟他賭賭看。

【情】 也許、或許、可能。

bə̍q e̱ sì
(卜會死)＝或許會死也說不定。

bə̍q 箔 【名】箔。

　buę̍ *bə̍q*(桷箔)＝塗上箔。

　siàq*bə̍q*(錫箔)＝錫箔。

bə̍q 薄 【形】①薄。

　bə̍q bāng'à
　(薄枋仔)＝薄的板子。

　②稀薄。

　bə̍q zìu(薄酒)＝薄酒。

　③少。

　lị zīn *bə̍q*
　(利眞薄)＝利潤很少。

　←→gau(厚)

bə̍qgàh 卜敢 【情】也許、說不定。

　bə̍q(卜)的二音節語。

bū 噹? 【動】「卜」地響。

　zùilę̌ dė̍q *bū*
　(水螺在噹)＝警笛「卜」地響。

bu̱ 富 【動】富裕、有錢。文言用語。

　ī ziàqgù *bu̱* zịt e̱ də̄ bhę̍q sì la
　(伊此搦久富一下都覓死啦)
　＝他這陣子富有得不得了。

bǔ 炰 【動】烤。

　bǔ rǐuxị
　(炰鰇魚)＝烤魷魚。

bǔ 堆? 【量】堆。

　zịt *bǔ* tǒ(一堆土)＝一堆土。

　nǎng *bǔ* sài(兩堆屎)＝兩堆大便。

　【接尾】接於名詞之後，表成堆的狀

況。

　xuē*bǔ*(灰堆)＝灰堆。

　càu*bǔ*(草堆)＝草堆。

bǔ 匏 【名】匏瓜。

　bhàn *bǔ*(挽匏)＝採匏瓜。

bu̱ 毈 【動】孵。

　bu̱ nạng(毈卵)＝孵蛋。

　【量】巢、窩。計數同時孵化的小鷄
　等的單位。

　nạng *bu̱* gē'à
　(兩毈鷄仔)＝兩窩小鷄。

bu̱ 膴? 【動】①泡漲。

　zịm zùi e̱ *bu̱*
　(浸水會膴)＝泡水會漲。

　bu̱ gạq dua̱ kō
　(膴及大箍)＝漲到很肥大。

　②長膿。

　bu̱ lǎng(膴膿)＝化膿。

bua̱ 簸 【動】篩、抖動、揮動。

　bua̱ xě̌bhị(簸蝦米)＝篩蝦米。

　→tāi(篩)

buāh 搬 【動】①搬運。

　buāh xuę(搬貨)＝搬貨。

　②搬家。

　buāh kị càudę̱
　(搬去草地)＝搬到鄉下。

　③演戲等。

　zịtmà dė̍q *buāh* siàhmì ？
　(此滿在搬甚麼)＝現在在演什麼？

　cit diàm *buāh* kị

（七點搬去）＝七點開演。

buạh　半　數　①一半。

buạh gān zìu

（半矸酒）＝半瓶酒。

gho diàm buạh

（五點半）＝五點半。

②半～。常出現在 ạm（唔）、bhš

（無）等否定詞之後，表不滿足之意。

ạm bhát buạh rị

（唔捌半字）＝不認得半個字。

bhš ziạq buạh xạng

（無食半項）＝半樣也沒吃。

　副　半～；中間、中途、半途。

buạh kụn buạh cèh

（半眠半醒）＝半睡半醒。

buạh cittš

（半迌迌）＝一半在玩。

buǎh　盤　名　①盤，盆。

pǎng duạ de buǎh lǎi！

（捧大塊盤來）＝拿大盤子來！

gǐbuǎh（棋盤）＝棋盤、碁盤。

②計算、價錢。用算盤計算的意味。

sạng bhe xš buǎh

（算𣍐和盤）

＝（用算盤）算不來；不划算。

kūi buǎh

（開盤）＝開盤；價錢開出來之意。

　語幹　買賣之內容或種類。

ghuabuǎh ě sìnglì

（外盤的生理）＝店面生意。

zẹ dìngbuǎh

（做頂盤）＝做製造商或大盤商。

　動　①反覆（移動）。

buǎh gùnzùi xo lìng

（盤滾水付冷）

＝倒來倒去使開水冷卻。

buǎh siạupo

（盤賬簿）＝反覆謄寫帳簿。

②縫。

buǎh ěgǐh（盤鞋埁）＝縫鞋邊。

③翻越。

buǎh ciǒh'à

（盤牆仔）＝翻過圍牆。

④凌駕、高。

buǎh ī zịt gip

（盤伊一級）＝高他一級。

⑤各說各話。

ue buǎh bhe dịt

（話盤𣍐直）＝話不對盤。

　量　①盤。象棋或圍棋回數的計數

單位。

sū sāh buǎh

（輸三盤）＝輸三盤。

②盤。菜肴等的計數單位。

zịt buǎh cại

（一盤菜）＝一盤菜。

buah　拌　動　拂、拍、趕。

buạh bhàng（拌蚊）＝趕蚊子。

buạh sīngkū

（拌身軀）＝拍身子。

buàh'à 飯仔 名 紅鯛魚、赤鬃。
也說成ǎngbuàh(紅飯)。

buạhcēhsịk 半生熟 形 半生不
熟。
buạhcēhsịk ě gēnạng
(半生熟的雞卵)=半生不熟的雞蛋。
〔buạhcīhsịk〕

buạhlọ 半路 名 半路上、途中。
buạhlọ ghụ diọq ī
(半路遇著伊)=半路遇到他。

buạhmě 半暝 名 半夜。
buạhmě diọq-cạttāu
(半暝著賊偷)=半夜裏遭小偷。
〔buạhmī〕

buạhtàngsài 半桶屎 名 半調
子。

buạn 叛 動 背叛。
xọ ī buạn kị
(付伊叛去)=被他背叛了。

buàq 鉢 名 鉢。多半說成*buàq*'à
(鉢仔)。
lǔibuàq(擂鉢)=研鉢。
ghìng buàq(研鉢)=乳鉢。
量 服。用烟管抽烟時的計數單位。
zịt buàq āpiạn
(一鉢阿片)=一服鴉片。
ziạq duạ buàq
(食大鉢)=吃大份的。

buàq 撥 動 ①分。大量中分一小部
分。

ga lǎng buàq
(給人撥)=跟別人要。
buàq guà kỉlǎi
(撥許起來)=分一些起來。
②撥開、分開。
dẹq uāngē, kị ga buàq!
(在冤家,去給撥)
=在吵架,去給分開!
③特地、融通、撥借。
buàq gāng lǎi(撥工來)=特地來。
zịt cīng kō lǎi buàq ghuà!
(一千箍來撥我)
=撥借我一千元吧!

buạq 跋 動 ①跌倒。
buạq lẹqkị kēlin
(跋落去溪裏)=跌到溪裏去。
buạq gạq duạkāngsẹ lịq
(跋及大孔細裂)=跌得遍體鱗傷。
②賭博。
měrịt buạq
(暝日跋)=日日夜夜賭博。
buạq duạ giàu
(跋大賭)=賭大的。
③丟到地上看其徵兆或情況。
buạq buē(跋筶)=卜吉凶。
buạq ghǐnsiāh(跋銀聲)
=把銀圓丟到地上聽聲音以判定其
優劣。

buạqtàng 跋桶 名 提桶。
dè diạm buạqtàng

（貯站跋桶）＝盛在提桶裏。

圖kā(奇)

buạqzùn 跋準

→uạhzùn(換準)

buē 杯 量 杯。

sāh *buē* zìu(三杯酒)＝三杯酒。

nạng *buē* dě(兩杯茶)＝兩杯茶。

名 杯子。

bālěbuē(玻璃杯)＝玻璃杯。

zìubuē(酒杯)＝酒杯。

děbuē(茶杯)＝茶杯。

buē 筶 名 杯筶。用竹或木做的彎

月形卜具，拜拜後擲於地上視其正
反，以卜吉凶。

sịohbuē(聖筶)

＝兩個筶杯一正一反之謂，表示神
明同意求者所求，吉。

cịobuē(笑筶)

＝兩個筶杯平(正、陽)面向上，表
吉凶參半。

īmbuē(陰筶)

＝兩個筶杯凸(反、陰)面向上，表
凶象。

buē 飛 動 飛、飛翔。

zìàu *buē* lǎi(鳥飛來)＝鳥飛來。

buē zịohkị tīhlin

（飛上去天裏）＝飛上天去。

〔bē〕

buē 箆? 名 箆或箆形的東西。是用

竹、木或象牙、金屬製造的前端像
手掌狀的東西。多半說成*buē*'à(箆
仔)。

sịàq *buē*(削箆)＝削製箆子。

dikbuē(竹箆)＝竹箆。

xuèbuē(火箆)＝火箆。

gìubuē(球箆)＝球拍。

buè 挈? 動 撥、拂。

buè tǒdạu

（挈土豆）＝撥開土撿花生。

ịng cìu ga ī *buè* zàu

（用手給伊挈走）＝用手把他拂開。

〔bè〕

buẹ 背 名 ①背。椅子等後面靠背

的地方。

buẹ pàih kị(背歹去)＝靠背壞了。

②長在背上的癰瘡。

sēh *buẹ*(生背)＝長背癰。

〔bẹ〕

buẹ 輩 量 代、輩。算親等、世代

的單位。

ī bì ghuà kạq zìò xuẹ, mà guǎn
ghuà zịt *buẹ*

（伊比我較少歲，嗎昂我一輩）

＝他年紀比我小，但是長我一輩。

běh *buẹ*(平輩)＝同輩。

buẹ 褙 動 裱褙、貼。

buẹ biạq(褙壁)＝貼壁紙。

ịng xè zuà *buẹ*

（用好紙褙）＝用好紙裱。

〔bẹ〕

buě 陪 動 陪、伴。

buě lǎngkėq(陪人客)＝陪客人。

diah dėq xo lì ciàh, lì ma buě
ghuà xit–buah bàih！
（定在付你請，你也陪我一半擺）
＝常讓你請客，偶而也陪我一兩
回！

buě 賠 動 賠、賠償。

buě ī zịt bhan kō
（賠伊一萬箍）＝賠他一萬元。
〔bě〕

bue 佩 動 佩、佩帶。文言用語。

bue giam(佩劍)＝佩劍。
〔be〕

bue 背 動 ①背棄、違背。

bue lǎng ě īn
（背人的恩）＝背棄人家的恩情。

xo ī bue kị
（付伊背去）＝被他背離了。
②岔音、走調。

īm bue kị(音背去)＝走調了

bue 倍 量 倍。

nạng bue duạ(兩倍大)＝兩倍大。

kì sāh bue buah
（起三倍半）＝漲三倍半。
〔be〕

bue 培 動 培(土)。

bue xānzǔlǐng
（培番藷陵）＝給番藷田培土。
〔be〕

bue 焙 動 焙。用文火慢慢料理。

bue bạng(焙飯)＝炒飯。

bue dā(焙乾)＝焙乾。
→cà(炒)
〔be〕

buebhong 培墓 動 掃墓。

kị buebhong(去培墓)＝去掃墓。
〔bebhong〕

buèciubhin 挈手面 動 和對手
爭。

gáp lanziàu dėq buèciubhin
（及乜鳥在挈手面）
＝和屌在爭；和爛人爭之意。
〔bèciubhin〕

buēlǐngcai 菠薐菜 名 菠菜。
〔bēlǐngcai〕

buē'ō 飛烏 名 飛魚。
〔bē'ō〕

bueq 拔 動 拔、抽。

bueq giam(拔劍)＝拔劍。

lǎngkėq kị xo bueq liàuliàu
（人客去付拔了了）
＝客人被他搶光了。
〔buiq〕

bǔi 肥 形 ①肥、胖。

bǔi ě lǎng(肥的人)＝胖的人。

ziáqgù itdịt bǔi kìlǎi
（此久一直肥起來）
＝這陣子一直胖起來。
②(土地等)肥沃

b̆ui căn(肥田)＝肥沃的田。

b̆ui bhåq(肥肉)＝肥肉。

  ←→sàn(瘦)

  名 肥料、肥。

xe̯ *b̆ui*(下肥)＝施肥。

dāh *b̆ui*(擔肥)＝挑肥。

b̯ui 吠 動 吠、叫。

gàu de̊q *b̯ui* sēhxun lăng

(狗在吠生分人)＝狗在吠陌生人。

b̯ui'à 痱仔 名 痱子。

sēh *b̯ui'à*(生痱仔)＝長痱子。

b̯ui'àxùn(痱仔粉)＝痱子粉。

būn 分 動 ①分、配。

būn gēxuè(分家伙)＝分家產。

būn sīnbhŭn(分新聞)＝送報紙。

②抱、要、給。

ga̯ lăng *būn* lăi ci̯

(給人分來飼)＝跟人家抱小孩來養。

zē e̯ ki̯ *būn* kitziaq！

(兹攑去分乞食)

＝這個拿去給乞丐吃！

bùn 本 名 本錢、資本。

ga̯u *bùn*(厚本)＝要大資本。

la̯u*bùn*(老本)＝老本；養老資金。

語幹 ①本～表主要的意思。

bùnti̯(本土)＝本土。

bùngo̊k(本國)＝本國。

②本、這。表沒有別的，就是「這

個」之意。

*bùn*lăng(本人)＝本人。

*bùn*ni̯(本年)＝本年度、這一年。

*bùn*de̯(本地)＝本地。

量 本。

zit *bùn* zi̯diàn

(此本字典)＝這本字典。

dua̯ *bùn* ce̊q

(大本册)＝大本書。

bŭn 噴 動 ①吹。

bŭn xōng(噴風)＝吹氣。

bŭn go̊cuē(噴鼓吹)＝吹喇叭。

②吹牛、散布、傳揚。

ī ziăh ghău *bŭn*

(伊正高噴)＝他很會吹牛。

bŭn ga̯q ziăh pàihtiāh

(噴及成歹聽)＝傳得很難聽。

bu̯n 体 形 笨重、遲鈍。身體太肥

重，動作遲鈍。

ghŭ kåq *bu̯n*, bhè kåq zàutiau̯

(牛較体，馬較走跳)

＝牛較遲鈍，馬較俐落。

bu̯nciăng 体戕? 形 ①笨重、遲

鈍。bu̯n体的二音節語。

sīngkū *bu̯nciăng*

(身軀体戕)＝身體笨重。

②東西太大，不易搬動。

da̯ng si̯ bhŏ da̯ng, bùtri̊ge̯ ta̯i *bu̯n-

ciăng*

(重是無重，不而過太体戕)

＝重是不重，但太大了，不好搬運。

bu̯ndàu 糞斗 名 畚斗。

e *bu̱ndàu* lǎi bu̍t！

（攜糞斗來扒）＝拿畚斗來裝！

🔯kā(奇)

bùndè 本底 名 原來、本來。多半
當副詞用。

xi̍t gīng cu̱ *bùndè* siàh lǎng'ě？

（彼間厝本底甚人的）

＝那房子本來是誰的？

zu̱ *bùndè* zi̱u bha̍t ī

（自本底就捌伊）＝原來就認識他。

〔bùnduè〕

būndiōh 分張 形 氣度、氣派、大
方。多半指小孩不小氣，捨得把東
西分享別人。

è, ziǎh *būndiōh*, guāi giàh！

（唉，成分張，諧子）

＝嗯，很大方，好孩子！

〔būndīuh〕

bǔnduah 憑惰？ 形 懶惰。

bǔnduah, bhə̌ ai co̱ng

（憑惰，無愛創）＝懶惰，不想做。

〔bǐnduah〕

bungī 糞箕 名 畚箕。

būnnǎng 檳榔 名 檳榔。

🔯kàu(口)

〔bīnnǎng〕

bùnsin 本身 名 本身、本人。文
言用語。

ghuà *bùnsin* si̱ ə̱m gām bhè

（我本身是唔甘買）

＝我本人是捨不得買。

→gādi̱(家己)

bu̱nsə̱ 糞掃 名 垃圾。

biah *bu̱nsə̱*（拼糞掃）＝倒垃圾。

*bu̱nsə̱*tàng（糞掃桶）＝垃圾桶。

bùnsu 本事 名 本領。

diàn *bùnsu*

（展本事）＝施展本領。

同義詞：bùnlǐng(本領)。

形 有本領。

ī zi̱n *bùnsu*, xiǎq guǎn a̱q tia̱u
gu̱e

（伊真本事，彼昂亦跳過）

＝他真有本領，那麼高也跳得過去。

bùnziǎh 本成 副 本來。

bùnziǎh sio̱hbhéq ki̱

（本成想覓去）＝本來想去。

ī *bùnziǎh* u̱ zǐh

（伊本成有錢）＝他本來有錢。

bu̱q 窋？ 動 「啵」地長出來。

bu̱q liap'à（窋粒仔）＝長膿瘡。

bu̱q ih（窋蘗）＝發芽。

bu̍t 扒 動 收集、清理。

bu̍t bu̱nsə̱（扒糞掃）＝清垃圾。

bu̍t 佛 名 佛。

xoksai *bu̍t*（服事佛）＝祀奉神佛。

🔯sīn(身)

bu̍tbì 不比 動 不比、不像。文言
用語。

zitsǐ *bu̍tbì* xitsǐ

（此時不比彼時）＝這時不比那時。

ghuà *bùtbǐ* lì

（我不比你）＝我不像你。

bùtbǐng 不平 動 不平。

te̱ lǎng *bùtbǐng*

（替人不平）＝替人抱不平。

bùtda̱n 不但 接 不但。原則上和

rǐciàh（而且）對應使用。

bùtda̱n liàu zǐh, rǐciàh u̱ zue̱

（不但了錢，而且有罪）

＝不但花錢，而且有罪。

同義詞：ə̱mnia̱（唔但）。

bùtda̱pbùtcit 不答不七？ 形

不得要領。

ue̱ gòng gaq *bùtda̱pbùtcit*

（話講及不答不七）

＝話說顛三倒四不得要領。

bùtdikji 不得已 形 不得已。

na̱ ə̱msi *bùtdikji*, lì dikkak dio̱q

lǎi

（若唔是不得已，你的確著來）

＝如非不得已，你一定要來。

同義詞：gōbùtziōng（姑不將）。

bùtdòng 不懂？ 形 不識大體、

愚笨、像真的一樣。

lì nà e̱ xiaq *bùtdòng*？！

（你那會彼不懂）

＝你怎麼那麼不識大體？！

bùtgə̱ 不過 副 無論如何、總之、

姑且。

lì *bùtgə̱* diamdiam dua̱ ziā kia̱！

（你不過恬恬滯這豎）

＝無論如何請你靜靜地站在這兒！

也說成bùtrǐgə̱（不而過）。

bùtguàn 不管 介 不管、無論。

文言用語。

bùtguàn siàhmì lǎng lòng xə̱

（不管甚麼人攏好）

＝不管什麼人都行。

同義詞：bùtlu̱n（不論）、bhǒlu̱n

（無論）。

bùtguànsǐ 不管時 副 不論何時。

bùtguànsǐ də̱ u̱ di̱ le

（不管時都有著咧）＝不論何時都在。

bùtjīnggāi 不應該 情 不該。īn-

ggāi（應該）的否定形。

sīnsēhlǎng *bùtjīnggāi* zə̱ xit xə̱

daizi̱

（先生人不應該做彼號事志）

＝當老師的不應該做那種事。

bùtlu̱n 不論

→bùtguàn（不管）

bùtrǐgə̱ 不而過

→bùtgə̱（不過）

bùtrǔ 不如 副 不如、寧可、莫若、

乾脆。

na̱ zia̱q gānko, *bùtrǔ* lǎi sì

（若如此艱苦，不如來死）

＝假如這麼辛苦，不如死了算了。

bùtrǔ gādi̱ giǎh kaq di̱t

（不如家己行較直）

　＝不如自己走比較乾脆。

bu̍tsi 不時 副 不時、常常。

　bu̍tsi sū（不時輸）＝常常輸。

bu̍txạu 不孝 形 不孝。

　bu̍txạu giàh（不孝子）＝不孝子。

　←→uxạu（有孝）

bu̍tzi 不止 副 很、非常、相當。

　文言用語。

　lăng *bu̍tzi* zẹ

　（人不止多）＝人相當多。

　bu̍tzi ghău zàu

　（不止高走）＝很會跑。

Bu̍tzò 佛祖 名 佛祖。

BH

bhǎ 痳 [動] 麻木、麻痺。
cìu *bhǎ*(手痳)＝手麻。
*bhǎ*joq(痳藥)＝麻藥。

bhạ 密 [形] 密合。
měng guāih bhǒ *bhạ*
(門關無密)＝門沒關緊。
nạng ě dạu zīn *bhạ*
(二个鬥眞密)＝二個人意氣相投。
→bhạt(密)

bhạ 碼 [量] 碼。
sāh *bhạ* ziạq ụ gạu
(三碼即有夠)＝三碼才夠。

bhạ 覗? [動] 像鷹爪一樣抓住。
bhạ tǎu-zāng
(覗頭鬃)＝把頭髮綁在頭頂上。
ghìn'à dẹq *bhạ* dəqdìng
(囝仔在覗桌頂)
＝小孩子在桌上胡攪。

bhạ 覗? [動] 盲目地探索。
bhạ kuạh ụ siàhmì xəziạq mịq
bhǒ?
(覗看有甚麼好食物無)

＝找看看有什麼可吃的？
bhạ tǎulo(覗頭路)＝找工作。

bhǎ'à 貓仔 [名] 貍。

bhǎciòk 麻雀 [名] 麻將。
pạq *bhǎciòk*(拍麻雀)＝打麻將。
bhǎciòk bǎi(麻雀牌)＝麻將牌。

bhài 偲? [形] ①醜。
bhin *bhài*(面偲)＝臉醜。
②笨拙的、不好的。
rị *bhài*(字偲)＝字醜。
③壞。
sīmguāh *bhài*
(心肝偲)＝心地不好。
→pàih(歹)

bhạk 目 [名] ①眼睛。
dua *bhạk*(大目)＝大眼睛。
②樹結、節。
t ạu'à ze *bhạk*
(柱仔多目)＝柱子很多樹結。
kāu *bhạk*(鉋目)＝把樹結刨掉。
[量] ①節。
dụi xit *bhạk* gạ gụ kilǎi

（對彼目給鋸起來）

＝把那一節鋸下來。

②毛織品等的編目。

ciáq béq zap *bhak*

（刺八十目）＝編八十個網眼。

bhak 墨 名 墨。

bhuǎ *bhak*（磨墨）＝磨墨。

bhakbhǎi 目眉 名 眉。

bhakbhǎi dua zua

（目眉大遭）＝眉粗。

bhakbhǎi mǎng（目眉毛）＝眉毛。

bhakgàuziām 目角?尖 名 針眼。

kuah lǎng bang sài, e sēh *bha*

kgàuziām

（看人放屎，會生目角尖）

＝看人大便，會長針眼。

也說成bhaksàiziām（目屎尖）。

bhakgiah 目鏡 名 眼鏡。

gua *bhakgiah*（掛目鏡）＝戴眼鏡。

bhakgiah kīng（目鏡匡）＝眼鏡框。

bhakgiah rīn（目鏡仁）＝鏡片。

bhakgiaq 木屐 名 木屐。

也說成cǎgiaq（柴屐）。

亀siāng（雙）

bhakjiu 目油 名 受刺激而流的眼淚。

xiām gáq lǎu *bhakjiu*

（辛及流目油）＝辣到流眼淚。

bhaksài 目屎 名 眼淚。

bhaksàigē 目屎膏 名 眼屎。

bhaksàt 木虱 名 虱子。

bhakziu 目睭 名 眼睛。bhak（目）
名①的二音節語。

bhakziu dua lùi

（目睭大蕊）＝眼睛大。

*bhakziu*mǎng（目睭毛）＝睫毛。

*bhakziu*rǐn（目睭仁）＝眼球。

亀lùi（蕊）

bhakzùi 墨水 名 墨水。

ǎng *bhakzùi*（紅墨水）＝紅墨水。

bhàn 挽 動 ①摘、採、扭、揪。

bhàn dě（挽茶）＝採茶。

②勉強留人。

bhàn bhe diǎu, suaq xo dèng ki

（挽獪住，煞付轉去）

＝挽留不住，遂讓他回去。

bhàn dèq em ziaq ioq

（挽在唔食藥）＝抓著也不吃藥。

bhǎn 蠻? 形 ①頑固、固執。

zit ě ghìn'à zīn *bhǎn*

（此个囝仔眞蠻）

＝這個孩子很固執。

②反應、效果慢。

diàh *bhǎn*（鼎蠻）＝鍋子慢。

ioq'à ziaq liàu zīn *bhǎn*

（藥仔食了眞蠻）＝藥效很慢。

bhan 万 数 萬。

bhan 慢 形 速度遲緩。

sài káq *bhan*（駛較慢）＝開慢一點。

bhan zap xūn

（慢十分）＝慢十分鐘。

　←→gin̊（緊）

bhan 瓣 名 瓣；果肉的一股。

　gām'à *bhan*（柑仔瓣）＝橘子瓣。

　量 袋。

　cābútdə̄ u zap *bhan*

　（差不多有十瓣）＝大約有十瓣。

bhanjit 万一 名 萬一；意外發生
的事。

　ai diōhdi̊ *bhanjit*

　（愛張持萬一）

　＝要小心萬一發生的事。

　接 萬一、如果。

　bhanjit ī si̊, li̊ bhèq ànzuàh？

　（萬一伊死，你覓按怎）

　＝萬一他死了，你要怎麼辦？

bhanziảq 慢即? 情 慢點、稍待。

　bhanziảq ki̊！

　（慢即去）＝慢點兒去！

　也說成bhan ciảh（慢且）。

bhāng 網 動 悄悄地捉、網。

　bhāng xi̊（網魚）＝用網捕魚。

　→bhang（網）

bhang 莫-應 情 不要…。

　bhang gòng！

　（莫-應講）＝不要說！

　也說成bhong bhəqjin̊。

bhàng 蚊 名 蚊子。

bhǎng 矇 動 朦朧、茫、昏了。

　ziaq zi̊u dèq *bhǎng*

（食酒在矇）＝喝醉酒昏頭了。

bhang 望 名 希望。

　iàu u *bhang*

　（猶有望）＝還有希望。

　動 寄望。

　bhang giàh ě ziōnglǎi

　（望子的將來）＝寄望兒子的未來。

　同義詞：əng（向）。

bhang 夢 名 夢。

　pàih *bhang*（歹夢）＝惡夢。

bhang 網 名 網子。

　pảq *bhang*（拍網）＝織網。

　動 ①用網子捉。

　bhang ziàu

　（網鳥）＝用網子捕鳥。

　②胡亂補綴。

　bhang puạ sāh

　（網破衫）＝把破衣服胡亂補補。

bhàngdạ 蚊罩 名 蚊帳。

　diạu *bhàngdạ*（吊蚊罩）＝掛蚊帳。

bhanggih 夢見 動 夢見。

　dạk mě də̄ *bhanggih* ī

　（逐暝都夢見伊）＝每晚都夢見她。

bhàngxūn 蚊燻 名 蚊香。

　diàm *bhàngxūn*

　（點蚊燻）＝點蚊香。

bhảq 肉? 名 ①肉；主要指豬肉。

　ghǔ *bhảq*（牛肉）＝牛肉。

　②指中間部位。

　də̄ *bhảq*（刀肉）＝刀刃。

giah bhaq（鏡肉）
＝鏡仁，鏡片中厚部位。

gau bhaq（厚肉）＝肉多。

bhat 捌？ 動 知道、認識。指由經
驗累積而來的知識。

li gàh bhat ī？
（你敢捌伊）＝你認識他嗎？

bhat ziǎh ze ri
（捌成多字）＝認得許多字。

情 曾經。

xiā iàu əm bhat ki
（彼猶唔捌去）＝那兒還不曾去過。

bhat ziaq dioq
（捌食著）＝曾經吃過。

bhat 密 形 沒有間隙、密合。

càu'à xuat zīn bhat
（草仔發眞密）＝草長得很密。

kāng bhat ki
（孔密去）＝洞塞住了。

→bha（密）

bhatzat 墨賊 名 烏賊。

〔bhakzat〕

bhau 泡？ 動 沖泡。

mi bhau iàubhue xə̀ əm？
（麵泡猶未好唔）＝麵還沒泡好嗎？

bhauq 貿？ 動 ①承包。

bhauq gāngsu（貿工事）＝包工程。

xo ī ki bhauq
（付伊去貿）＝讓他去包。

同義詞：bāu（包）。

②全買。

bhauq xuedè
（貿貨底）＝把貨底全買下來。

bhauq siok miq
（貿俗物）＝把便宜貨全買下來。

bhè 馬 名 馬。

kiǎ bhè（騎馬）＝騎馬。

bhè 買 動 買。

ga xit gīng diam bhè
（給彼間店買）＝跟那家店買。

bhè nəng baq kō
（買二百籛）＝買兩百元。

〔bhuè〕

←→bhe（賣）

bhě 迷 動 ①迷醉、迷惑。

sīmguāh xo zābhò bhě ki
（心肝付查某迷去）
＝心被女人迷醉了。

②打麻醉劑而昏睡。

daising bhě, ziaq ciusut
（在先迷，即手術）
＝先麻醉再手術。

bhe 獪？ 情 ①不會、不可能。

tiah gáq bhe giǎh
（痛及獪行）＝痛到不能走路。

beh bhe xə̀（病獪好）＝病好不了。

②比較不行、不太好。

ī káq e, ghuà káq bhe
（伊較會，我較獪）
＝他比較行，我比較差。

〔bhue〕

←→e(會)

bhe 賣 〔動〕 賣。

bhe ī kaq siok

(賣伊較俗)＝賣他比較便宜。

bhe sāh cīng

(賣三千)＝賣三千元。

〔bhue〕

←→bhè(買)

bhedang 𣍐得通

→edang(會得通)

〔bhuedang〕

bhedit 𣍐得

→edit(會得)

〔bhuedit〕

bhedittāng 𣍐得通

→edang(會得通)

〔bhuedittāng〕

bhe～dit 𣍐～得

→e～dit(會～得)

〔bhue～dit〕

bhegidit 𣍐記得 〔動〕 忘記。

bhegidit lì ě daizi

(𣍐記得你的事志)

＝忘了你的事情。

zaxēng *bhegidit* lăi

(昨昏𣍐記得來)＝昨天忘了來。

〔bhuegidit〕

→gi(記)

bhegiansiau 𣍐見笑 〔形〕 不要臉。

ī ziok *bhegiansiau*

(伊足𣍐見笑)＝他真不要臉。

〔bhuegiansiau〕

bheguedit 𣍐怪得 〔形〕 怪不得、

當然。

bheguedit ī siuki

(𣍐怪得伊受氣)＝難怪他生氣。

ī əm king aq *bheguedit*

(伊唔肯亦𣍐怪得)

＝他不肯也是理所當然。

同義詞：bhokguai(莫怪)。

〔bhueguedit〕

bhejingdit 𣍐用得

→ejingdit(會用得)

〔bhuejingdit〕

bhekāmdit 𣍐堪得

→ekāmdit(會堪得)

〔bhuekāmdit〕

bhesàidit 𣍐使得

→esàidit(會使得)

〔bhuesàidit〕

bhèxi 馬戲 〔名〕 馬戲。

bhexiàudit 𣍐曉得

→exiàudit(會曉得)

〔bhuexiàudit〕

bheq 覓? 〔慣〕 要、想。表意願。

bheq à əm, sŭizai lì！

(覓抑唔，隨在你)

＝要不要隨便你。

ghuà aq *bheq* ki

（我亦覓去）＝我也要去。

副 快要。

tīh *bheq* gēng la

（天覓光啦）＝天快亮了。

bheq gau（覓到）＝快到了。

接 如果，～的話，～的場合。用
在表現希望的假定時。

bheq zāi, ziu bhǒ ki

（覓知，就無去）

＝早知道的話，就不去了。

bheq guni, bhǒ ziaq guǎh

（覓舊年，無此寒）

＝若是去年，就沒這麼冷。

〔bhueq〕

→ai（愛）

bheq 麥 名 麥子。

dua *bheq*（大麥）＝大麥。

bheq'àziu 麥仔酒 名 啤酒。

bhi 米 名 ①米。

diaq *bhi*（糴米）＝買米。

tio *bhi*（糶米）＝賣米。

②橘子等的肉。

gām'à *bhi*（柑仔米）＝橘子肉。

bhi 寐 動 小睡。

bhi zit'e ma sòngkuai

（寐一下也爽快）

＝稍稍睡一下也不錯。

bhi 味 名 ①味道。

sit *bhi*（失味）＝失去味道。

ià *bhi*（野味）＝野味。

②料理、藥材等材料。

ziaq sīn *bhi*（食新味）＝嚐鮮。

量 用於數藥的種類時。

zit *bhi* ioq'à kaq xə

（此味藥仔較好）＝這一帖藥較好。

bhi 謎 名 謎。

ioq *bhi*（憶謎）＝猜謎。

動 猜謎。

zə xo lǎng *bhi*

（做付人謎）＝做謎語讓人猜。

bhigà 米絞 名 ①碾米機。

bhigà gà bhi

（米絞絞米）＝碾米機碾米。

②碾米廠。

kūi zit gīng *bhigà*

（開一間米絞）＝開一家碾米廠。

bhikēng 米糠 名 米糠。

bhixùn 米粉 名 米粉。

bhiàn 免 動 ①免除、不用。

bhiàn i ě xakxui

（免伊的學費）＝免他的學費。

bhiàn i ě zit

（免伊的職）＝免他職。

②不必。

bhiàn ki（免去）＝不必去。

bhiàn xiaq ze

（免彼多）＝不必那麼多。

bhiàngiòng 勉強 副 勉強。

bhiàngiòng ziaq

（勉強食）＝勉強吃。

bhiàngiòng ki

(勉強去)＝勉強去。

動 用功。日語直譯。

bhǒ *bhiàngiòng, e lokde*

(無勉強，會落第)

＝不用功會留級。

bhìn 刷 動 用刷子刷東西。

bhìn ě(刷鞋)＝刷鞋子。

名 刷子。

多半說成*bhìn*'à(刷仔)。

kì *bhìn*(齒刷)＝牙刷。

bhǐn 眠 名 睡眠。

bhǒ *bhǐn*(無眠)＝睡眠不足。

pàqcèh *bhǐn*

(拍醒眠)＝吵醒睡眠。

bhin 面 名 ①臉。

sè *bhin*(洗面)＝洗臉。

②假面、面具。

gua zit ě *bhin*

(掛一个面)＝戴一個假面具。

③面、表面。

zùi *bhin*(水面)＝水面。

bhin kàq sùi

(面較美)＝表面比較漂亮。

量 ①圓的、但表面平的物品的計

數單位。

nəng *bhin* gò(兩面鼓)＝兩面鼓。

②方面。

si *bhin*(四面)＝四方面。

bhin'à 明仔 接頭 明～、明日的。

bhǐn'àzàkì(明仔早起)＝明天早上。

bhǐn'àedau

(明仔下罩)＝明天下午。

bhǐn'àebō(明仔下晡)＝明天午後。

bhǐn'à'am(明仔暗)＝明天晚上。

bhin'àzai 明仔再 名 明日。

bhinding 面頂 名 上、表面。

tə *bhinding*

(套面頂)＝套在上面。

bhinding sāh(面頂衫)＝上衣。

→dingbhin(頂面)

bhingin 面巾 名 毛巾。

ing *bhingin* cit

(用面巾拭)＝用毛巾擦。

也說成bhinbo(面布)。

〔bhingūn〕

bhinjiu 面油 名 乳液。

bhinjiugə 面油膏 名 面霜。

bhinpuě 面皮 名 臉皮、面子。

děh *bhinpuě*(盯面皮)＝裝糊塗。

bhinpuě gau(面皮厚)＝厚臉皮。

〔bhinpě〕

bhinsik 面熟 形 面熟。

lì gàp ī u *bhinsik* bhǒ？

(你及伊有面熟無)

＝你跟他面熟嗎？

bhintàng 面桶 名 臉盆。

bhintǎng 蛔蟲 名 蛔蟲。一般亦

通稱肚子裏的蟲子。

tau *bhintǎng*(毒蛔蟲)＝毒蛔蟲。

〔bhuntǎng〕

bhinzǐng 面前 名 面前、眼前。
　kɐng di *bhinzǐng*
　（控在面前）＝放在面前。

bhinzok 民族 名 民族。

bhing 猛 形 猛、強。
　*bhing*siu（猛獸）＝猛獸。
　bhing ziong（猛將）＝勇將。

bhing 明 形 明確的、清楚。
　ue dioq gòng xo *bhing*
　（話著講付明）＝話要講明白。
　kuah bhǒ *bhing*
　（看無明）＝沒看清楚。

bhingbik 明白 形 ①明理。
　in laubhǒ zin *bhingbik*
　（您老母眞明白）＝她媽媽很明理。
　②清楚。
　bhingbik ě daizi
　（明白的事志）＝很清楚的事。

bhingbhing 明明 副 分明、明確
　的。
　bhingbhing zāijàh ī e kì
　（明明知影伊會去）＝明知他會去。
　bhingbhing u gòng
　（明明有講）＝明明講過。

bhiq 匿? 動 躲、藏。
　cat *bhiq* di xiā
　（賊匿著彼）＝賊躲在那兒。

bhit 蜜 名 蜜。
　bhit pāng（蜜蜂）＝蜜蜂。

bhitbǒ 蜜婆 名 蝙蝠。

bhitziàn 蜜餞 名 蜜餞。文雅用語。
　同義詞：giǎmsāngdǐh（鹹酸甜）。

bhò 某 指 有個～，某。用於不甚
　明白人物或場所的名稱、或故意隱
　去其名時。
　bhò nǐ *bhò* ghueq
　（某年某月）＝某年某月。
　bhò sòzai（某所在）＝某個地方。
　bhò lǎng（某人）＝某個人。

bhò 婆? 名 妻。
　cua *bhò*（娶婆）＝娶老婆。
　←→ āng（翁）

bhǒ 模 名 模、型。
　ing *bhǒ* in（用模印）＝用模子印。

bhǒjoh 模樣 名 ①樣品。
　e *bhǒjoh* lǎi！
　（攜模樣來）＝帶樣品來！
　②模範。
　zə xè *bhǒjoh* xo lǎng kuah
　（做好模樣付人看）
　＝做好模範讓人看。
　〔bhǒjiuh〕

bhòmi 某麼 指 有個～，某。bhò
　（某）的二音節語。
　uè, zit ě *bhòmi* zè'à！
　（喂，此个某麼姊仔）
　＝喂，這位什麼姊啊！
　〔bhòmiq〕

bhok 沐? 動 ①咕嚕咕嚕地沈下。

bhȯk ləqkị zùidè
（沐落去水底）
＝咕嚕咕嚕沈進水裏。

zùi *bhȯk* cútlăi
（水沐出來）＝呼出水來。
②狠狠地揍、捶。粗俗話。

ga ī *bhȯk* ləqkị
（給伊沐落去）＝狠狠捶他一頓。
量 蓬蓬的東西的計數單位。

xuē dua *bhȯk*
（花大沐）＝花好大一朵。

bhọkdịk 目的 名 目的。

dạt *bhọkdịk*（達目的）＝達到目的。

bhọkguại 莫怪 形 難怪。比較文
雅的說法。

bhọkguại ī əm
（莫怪伊唔）＝難怪他不要。
同義詞：bheguẹdịt（獪怪得）。

bhọkguē 木瓜 名 木瓜。

bhōng 摸 動 用手接觸或輕摩物體。
①撫摸、碰觸。

bhōng nī（摸乳）＝撫摸乳房。
②忙。主要做指家事。

bhōng gūi rịt
（摸舉日）＝忙了一整天。

bhòng 罔? 副 姑且、還算。

bhòng kị kuạhmai
（罔去看覰）＝姑且去看看。

bhòng guzai ī
（罔拋在伊）＝姑且隨他。

bhọng 莫-應
　→bhạng（莫應）

bhọng 惘 形 散慢、不負責。

zə sụ zīn *bhọng*
（做事眞惘）＝做事眞不負責任。

bhọng 墓 名 墓。

bhọng băi（墓牌）＝墓碑。

bhọng kọngkāng
（墓壙孔）＝墓穴。
璽mǎng（門）
　→xōngsùi（風水）

bhɔ̌ 母 名 ①母親。多半都說成
ā *bhɔ̌*（阿母）。
be *bhɔ̌*（父母）＝父母。
②本金。

bhɔ̌ gáp lai
（母及利）＝本金和利息。

bhɔ̌ ạq xọ ga kị
（母亦付咬去）＝連本金也蝕掉了。
形 母的。

bhɔ̌ ě ciọh（母的象）＝母象。

gē *bhɔ̌*（鷄母）＝母鷄。
形容詞置後，是一種特殊的句形。
〔bhù〕

bhɔ̌ 無 動 ①無、不在。不存在之
意。

xiā *bhɔ̌* diạm
（彼無店）＝那兒沒店。

kēlin *bhɔ̌* xǐ
（溪裡無魚）＝溪裏沒魚。

②沒有。不持有之意。

ghuà *bhə̆* sigān。

（我無時間）＝我沒時間。

接頭 冠於部分動詞之前，做「無
～」之形，表長時間未做。

bhə̆ ziaq（無食）＝沒吃。

bhə̆ sè（無洗）＝沒洗。

情 不～。表否定。

zē *bhə̆* simsik

（茲無心適）＝這個不好玩。

接 那麼、不然。表迄此所講的話
不算數之意。

bhə̆ ànnē la

（無，按唪啦）＝那麼，就這樣吧。

←→u（有）

bhə 帽 名 帽子。

多半說成*bhə̆*'à（帽仔）。

di *bhə*（戴帽）＝戴帽子。

zīh *bhə*（氈帽）＝毛帽。

⚫dǐng（頂）

bhə 磨 動 推磨。

bhə dauxùn（磨豆粉）＝磨豆粉。

名 石臼。

e *bhə*（挨磨）＝推磨。

bhə̆cài 無彩 形 可惜。

bhə̆ cài zǐh

（無彩錢）＝可惜了那些錢。

bhə̆dāwǎ 無奈何? 形 無可奈何，
沒辦法。

xē aqsi *bhə̆dāwǎ* ě daizi

（夫亦是無奈何的事志）

＝那也是無可奈何的事情。

bhə̆dāwǎ dèq gang bhǐluǎ

（無奈何在弄米籮）一俚諺

＝沒辦法，只好玩玩裝米的空籮
筐；有窮途末路之意。

bhə̆dạng 無得－通

→u dạng（有得通）

bhə̆diạhdioq 無定着 情 也許、
說不定。

ī *bhə̆diạhdioq* bheq ki

（伊無定著覓去）＝他也許要去。

kàci *bhə̆diạhdioq* bhə̆

（考試無定著無）＝也許沒有考試。

bhə̆dikkǎk 無的確 情 ①不一定。

bhə̆dikkǎk dioq lipri

（無的確著立字）

＝不一定得寫下合約。

ghuà *bhə̆dikkǎk* gòng gǎq lì dioq
ki

（我無的確講教你著去）

＝我沒確定說你一定得去。

②也許。

bhə̆dikkǎk ạm lǎi

（無的確唔來）＝也許不來。

na lì ki, ī *bhə̆dikkǎk* e xo lì

（若你去，伊無的確會付你）

＝如果你去，也許他會給你。

bhə̆diōhdǐ 無張持? 副 無意中、
突然。

bhǝ diōhdǐ lǎi
（無張持來）＝無意中來了。
〔bhǝdīuhdǐ〕

bhǝgaudioq 無夠着
　→ugaudioq（有夠著）

bhǝjàh 無影 形 假的、不實的。
　gòng bhéq lǎi, aq *bhǝjàh*
　（講覓來，亦無影）
　＝說要來，也沒來。
　←→ujàh（有影）

bhǝjaugin 無要緊 形 不要緊，
沒關係。
　lì ki̥ *bhǝjaugin*
　（你去無要緊）＝你去不要緊。
　bhǝjaugin iǎu u̥ le
　（不要緊，猶有咧）
　＝不要緊，還有咧。

bhǝjǐng 無閑 形 忙。
　gin'àri̥t zīn *bhǝjǐng*
　（今仔日眞無閑）＝今天眞是忙。
　→ǐng（閑）

bhǝlǎngjǎn 無人緣
　→ulǎngjǎn（有人緣）

bhǝlojing 無路用 形 沒用。
　u̥ zǐh aq *bhǝlojing*
　（有錢亦無路用）＝有錢也沒用。

bhǝlolǎi 無路來
　→ulolǎi（有路來）

bhǝlun 無論 介 無論〜也、不管。
　經常用在下接dǝ（都）、lòng（攏）等

詞時。
　bhǝlun lì ghuà lòng xǝ
　（無論你我攏好）＝不論你我都行。
　bhǝlun siàhmi̥ lǎng dǝ e̥sài ki̥
　（無論甚麼人都會使去）
　＝無論誰都可以去。
　同義詞：bu̇tguàn（不管）。

bhǝtāng 無通
　→utāng（有通）

bhǝ〜tāng〜 無〜通〜
　→u〜tāng〜（有〜通〜）

bhǝxuȧtdit 無法得
　→uxuȧtdit（有法得）

bhǝxuȧtdo 無法度 形 沒辦法。
　bhǝxuȧtdo ziȧq dioq lǎi
　（無法度即著來）＝沒辦法只得來。
　gȧq ànnē la, *bhǝxuȧtdo*
　（及按哖啦，無法度）
　＝事到如今，沒辦法了。

bhù 舞 動 ①揮動。
　bhù dua gī guāndǝ
　（舞大枝關刀）＝舞大關刀。做超乎
能力以上的事情—俚諺。
　②工作，忙得不可開交。
　bhù gūi ri̥t（舞舉日）＝忙一整天。

bhu 霧 名 霧。
　dḁ *bhu*（罩霧）＝起霧。
　動 ①噴霧、從上灑下。
　bhu zùi（霧水）＝噴水。
　bhu giguāncing

（霧機關銃）＝用機槍掃射。

②模糊、朦朧。

bhạkzi̯u *bhu*（目睭霧）＝眼睛模糊。

bhạkgiạh *bhu* ki̯

（目鏡霧去）＝眼鏡模糊了。

bhuǎ 磨 〔動〕①做、磨。

bhuǎ bhạk（磨墨）＝磨墨。

bhuǎ də（磨刀）＝磨刀。

②磨練、勞動。

bhuǎ liàu gua̯nsi̯ la

（磨了慣勢啦）＝已經被磨慣了。

bhuàn 滿 〔動〕滿。

i̯ktàngzùi *bhuàn* cu̇tlǎi

（浴桶水滿出來）＝浴缸水滿出來。

bhuȧq 抹 〔動〕抹、塗、擦、刷。

ciu *bhuȧq* nua̯

（手抹涎）＝手抹口水。

bhuȧq biȧq（抹壁）＝刷牆壁。

bhuạq 末 〔名〕粉末。

ghi̇ng *bhuạq*（研末）＝磨粉。

gāmcə̀ *bhuạq*（甘草末）＝甘草粉。

bhuè 尾 〔名〕①尾巴。

zi̯t gī *bhuè* zīn dǎng

（一枝尾眞長）＝一條尾巴眞長。

②末尾、終了。

ni̯ *bhuè*（年尾）＝年尾、年終。

u̯ tǎu bhə̌ *bhuè*

（有頭無尾）＝有始無終。

〔指〕 最後的、倒數。一般跟著範詞。

sia̯ng *bhuè* ia̯q

（上尾葉）＝最後一頁。

bhuè ri̯（尾二）＝倒數第二。

〔量〕 尾、條。一般爲魚或細長的東西的計數單位。

zi̯t *bhuè* xǐ（一尾魚）＝一條魚。

nə̯ng *bhuè* zuǎ（兩尾蛇）＝兩條蛇。

〔bhè〕

⟵⟶ tǎu（頭）

bhue̯ 未 〔情〕尙未。

bhue̯ ge̯（未嫁）＝未嫁。

ī ki̯ *bhue̯*？（伊去未）＝他去了沒？

〔bhe〕

bhuè'à 尾仔 〔名〕後來。

zi̯tmà de̯q ta̯k *bhuè'à*

（此滿在讀尾仔）

＝現在在讀後面的地方。

〔bhè'à〕

⟵⟶ tǎu'à（頭仔）

bhuèciu 尾手 〔名〕後來、最後。一般用爲副詞。

ī *bhuèciu* zia̯q lǎi

（伊尾手即來）＝他後來才來。

bhuèciu ànzuàh？

（尾手按怎）＝後來怎麼了？

〔bhèciu〕。

bhuèja̯q 尾蝶 〔名〕蝴蝶。

〔bhèja̯q〕

bhue̯zǐng 未曾 〔接〕都～還未。有反詰之意。

bhue̯zǐng ə̯q giǎh, sīng ə̯q buē？！

（未曾學行，先學飛）—俚諺
＝還沒學會走路，就要學飛；凡事
要按部就班之意。

bhuezĭng gòng, ziu bhèq giăh
la?!
（未曾講，就覓行啦）
＝都還沒講到話，就要走了?!
〔bhezĭng〕

bhuezĭngbhue 未曾未 副 都還
未。對方要先離去時使用的話語，
帶有責難之意。後面常接ziu（就）
啦、dioq（着）啦等詞。
bhuezĭngbhue ziu bhèq dèng ki?!
（未曾未就覓轉去）
＝都還沒聊到，就要回去了?!
əm zāi ī u ixiong à bhǒ, *bhuez-
ĭngbhue* dioq ga ī gòng?!
（唔知伊有意向抑無，未曾未着給伊
講）＝也不知道他有沒有這意向，怎
麼就跟他說？！
〔bhezĭngbhe〕

bhueq 襪 名 襪子。
cing *bhueq*（穿襪）＝穿襪子。
bhueq sòk（襪束）＝襪束。
量siāng（雙）
〔bheq〕

bhun 濆? 動 ①鑽土。
bhuncù dèq *bhun* tǒ
（濆鼠在濆土）＝土撥鼠在鑽土。
②噴地，水湧出來。

zuăhzùi itdit *bhun*
（泉水一直濆）＝泉水一直湧出來。

bhŭn 文 名 文、文章。
zə *bhŭn*（做文）＝作文章。
量 鞋子等之「文」。日語直譯。
bèq *bhŭn* ĕ ĕ
（八文的鞋）＝八文的鞋子。

bhuncù 濆鼠 名 鼴鼠。

bhundĕ 問題 名 問題。
bhundĕ cīm à ciàn？
（問題深抑淺）＝問題深還是淺？
zē aq u *bhundĕ*?!
（茲惡有問題）＝這還有問題?!
〔bhunduĕ〕

bhŭnngà 文雅 形 上品的、高尚
的。
gòng ue *bhŭnngà*
（講話文雅）＝講話文雅。

bhŭnxak 文學 名 文學。

bhŭnziōh 文章 名 文、文章。
bhŭn（文）名的二音節語。
〔bhŭnziuh〕

bhut 扬 動 用棍子打。
ghiaq cuĕ'à ga ī *bhut* ləqki
（攑箠仔給伊扬落去）
＝用棍子打他。

cā 差 動 差別、不同。

zē gȧp xē bhǝ̀ siàh *cā*
（玆及夫無甚差）
＝這個和那個沒什麼差別。

cà 吵 形 吵、鬧。

dia̲nciā zı̄n *cà*
（電車眞吵）＝電車很吵。

動 吵、擾。

i dȩ̇qbhȩq kȩ̀ci̲ la, ǝmtāng ki̲ *cà*
ı̄！
（伊在覓考試啦，唔通去吵伊）
＝他要考試了，不要去吵他。

→na̲u（鬧）

cà 炒 動 炒。

cà bȩng（炒飯）＝炒飯。
cà to̊da̲u（炒土豆）＝炒花生。

→bue̲（焙）

cǎ 查 動 查、調查。

cǎ sia̲upo̲（查賬簿）＝查帳。

cǎ 柴 名 ①薪。

kio̊q *cǎ*（拾柴）＝撿薪柴。
②木、木材。

di̲ng *cǎ*（定柴）＝硬木頭。

liǎu *cǎ*
（條柴）＝（用電鋸）鋸木材。

形 呆板。

bha̲kzı̄u *cǎ*（目瞜柴）＝眼神呆滯。

lǎng sēhsı̄ng kȧq *cǎ*
（人生成較柴）
＝他生性比較呆板。

cābu̇tdə 差不多 副 差不多。

cābu̇tdə ki̲ ri̲ zȧp dāng la
（差不多去二十多啦）
＝差不多去二十年了。

形 ①差不多、伯仲之間。

nǝng ě ě gāngxū *cābu̇tdə*
（兩个的功夫差不多）
＝兩人的技術差不多。

②差不多、馬馬虎虎、混。

li̲ dio̲q kȧq *cābu̇tdə* le！
（你著較差不多咧）＝你也不要太
混！

i̲ktàngzùi xiǎh liàu, ghuà kua̲h
cābu̇tdə la

（浴桶水焚了，我看差不多啦）
＝浴桶的水，我看燒得差不多了。

cǎsē 柴梳 名 木梳子。

量 gī（枝）

〔cǎsuē〕

cah 錚？ 動 幹。卑俗語。

bhǒ zit'e'à cah nəng-sāh uàh

（無一下仔錚兩三碗）

＝沒三兩下就幹掉兩三碗。

gáp ī cah ləqki！

（及伊錚落去）＝跟他幹下去！

cāi 猜 動 猜。

cāi bhi（猜謎）＝猜謎。

名 謎語。

zə cāi（做猜）＝做謎語。

dīng cāi（燈猜）＝燈謎。

cài 綵 名 綵。

diàm dīng gát cài

（點燈結綵）＝張燈結彩。

cai 菜 名 ①青菜。

cai aq dioq ziaq, əmtāng gāndā
puе bháq！

（菜亦著食，唔通干乾配肉）

＝青菜也要吃，不要光吃肉！

②菜餚、料理。

ki ci'à bhè cai

（去市仔買菜）＝去菜市場買菜。

cai cút gùi uàh？

（菜出幾碗）＝出幾道菜？

caidiam

（菜店）＝料理店、酒家。

caiduāh（菜單）＝菜單。

形 素的。

cai mi（菜麵）＝素麵。

zit uàh si cai'e

（此碗是菜的）＝這碗是素的。

←→cə（臊）

cǎi 才 量 材；木材的體積單位。

cit cióq dǎng, zit cun suxōng zə
zit cǎi

（七尺長，一寸四方做一才）

＝七尺長，一寸正方當一材。

cǎi 裁 動 ①裁、切。

cǎi zuà（裁紙）＝裁紙。

②裁員。

guāhtiāh bhéq cǎi lǎng

（官廳覓裁人）＝機關要裁員。

cǎi kàq ziò（裁較少）＝裁少一些。

cai 在 動 ①立柱子。

cai tiau（在柱）＝立柱子。

②僵立。

cai le əm dìndang

（在咧唔振動）＝僵在那兒不動。

caici 菜市 名 市場。

同義詞：ci'à（市仔）。

caiguē 菜瓜 名 絲瓜。

caijan 菜燕 名 洋菜。

caisē 菜蔬 名 ①菜類。

zing guà caisē

（種許菜蔬）＝種些蔬菜。

②茱錢。

caisē gùijǐh？

（茱蔬幾円）＝茱多少錢？

〔caisuē〕

caitău 茱頭 名 蘿蔔。

cǎixǒng 裁縫 名 裁縫。

　əq *cǎixǒng*（學裁縫）＝學洋裁。

　cǎixǒng diạm（裁縫店）＝裁縫店。

　cǎixǒng ciā（裁縫車）＝縫紉機。

cạk 鑿 動 ①刺、扎。

　ghiạq ziām *cạk* ī ě bhạkzīu

　（撠針鑿伊的目睭）

　＝拿針刺他的眼睛。

　cạk diọq cị（鑿著刺）＝扎到刺。

　②用鑿子等工具雕花。

　cạk xuē（鑿花）＝雕花。

　③戳。

　cạk ī ě gēgūi

　（鑿伊的鷄管）＝戳破他的牛皮。

　lì nà əm gạ *cạk*？

　（你那唔給鑿）＝你怎麼不戳破他？

cạk’à 鑿仔 名 鑿子。

cām 參 動 參加、加入。

　bhẹq xọ ī *cām* lạqkị əm？

　（筧付伊參落去唔）

　＝要讓他加入嗎？

　cām cāng’à kạq pāng

　（參蔥仔較芳）＝加蔥較香。

　介 和。

　lì *cām* īn kị！

（你參怹去）＝你和他們去！

接 ～和～。

xọsuạh *cām* guàih’à ghiạq lǎi！

（雨傘參枴仔攑來）

＝雨傘和枴杖拿來！

→xǎm（含），gạp（及）

càm 慘 形 慘。

　bhǐ lǎng bì ī kạq *càm*

　（無人比伊較慘）＝沒人比他慘。

　dāh *càm* la！

　（但慘啦）＝現在慘了！

cạm 讖 動 預言。

　ụ lǎng *cạm* gòng měnǐ ẹ duạ de-

　dạng

　（有人讖講明年會大地動）

　＝有人預言明年會大地震。

　名 言，讖。

cǎm’à 蠶仔 名 蠶。

　→niǒ’à（娘仔）

cāmgā 參加 動 參加。

　gīnni əm *cāmgā*

　（今年唔參加）＝今年不參加。

cāmsiǎng 參詳？ 動 商量。

　cāmsiǎng bhẹ xəsẹ

　（參詳獪好勢）＝商量不出共識。

　cāmsiǎng bhẹq bhè cụ

　（參詳筧買厝）＝商量要買房子。

　〔cāmsiǒng〕

cān 屛 動 嗯嗯地呻吟。

　gānkò dẹq *cān*

(艱苦在厝)＝苦得嗯嗯叫。

căn 田 名 田，水田。

　　ba̍k neng gȧq *căn*

　　(贌兩甲田)＝租兩甲田。

　　→xə̌ng(園)

căn 殘 形 狠、果決。

　　lì nà xiȧq *căn*, zi̍t kun bhè xiȧq

　　ze？

　　(你若彼殘，一睏買彼多)

　　＝你怎麼那麼狠，一次就買那麼多。

　　si̅mguāh zi̅n *căn*

　　(心肝眞殘)＝心眞狠。

căndian 田佃 名 佃農。

　　dian(佃)的二音節語。

　　同義詞：dianrin(佃人)。

căn'ēh 田嬰？ 名 蜻蜓。

　　〔cănjīh〕

cănlě 田螺 名 田螺。

cănxə̌ng 田園 名 旱田、耕地。

cāng 蔥 名 蔥。

cang 藏？ 動 躲。

　　cang xo lǎng cue

　　(藏付人尋)＝躲起來讓人找。

　　lì *cang* di̍ dəwu̍i？

　　(你藏著何位)＝你躲在哪兒？

cang 鬔 形 倒豎。

　　bhuȧq ǐu, tǎumǎng dioq bhe *cang*

　　(抹油，頭毛著𣍐鬔)

　　＝抹上油，頭髮就不會豎起來。

　　cang pi̍h(鬔鼻)＝朝天鼻。

cāngtǎu 蔥頭 名

　　①晒乾的慈蔥。入藥用。

　　②蔥。

cȧp 挿 動 ①出手、干涉。

　　bhǒ lì ě daizi, əmbhiàn lì *cȧp*！

　　(無你的事志，唔免你插)

　　＝沒你的事，不用你管。

　　i̅ ai ōbeq *cȧp*

　　(伊愛烏白插)＝他喜歡管閒事。

　　②洗牌。

　　bǎi'à *cȧp* bhǒ ziǎu

　　(牌仔插無全)＝牌子沒洗勻。

cȧpzàu 挿走？ 形 豈有此理、意

　　外、不合理、無聊。

　　cȧpzàu si gin'àri̍t?!

　　(插走是今仔日)

　　＝今天眞是豈有此理?!

　　cȧpzàu, ghuà ki gang i̅?!

　　(插走，我去弄伊)

　　＝我無聊啊，欺負他?!

cȧq 挿 動 ①插、立。

　　cȧq gǐ'à(插旗仔)＝插旗子。

　　cȧq diam mǎngkàu

　　(插站門口)＝插在門口。

　　②從腋下扶起。

　　buȧq dȧ, ga *cȧq* kǐlǎi！

　　(跋倒，給插起來)

　　＝跌倒了，把他扶起來！

　　③(打)賭。

　　cȧq kuah i̅ e lǎi à bhe

（插看伊會來抑燴）
＝賭看看他會不會來。

càq zi̲t dàh bheq'àzi̲u
（插一打麥仔酒）＝賭一打啤酒。

càqziām 揷針 動 訂婚；典出訂
婚時女方會插上男方所贈的花簪。

ī di̲sǐ bhe̲q càqziām a？
（伊底時覓插針啊）
＝她何時簪花啊？

càt 漆 名 漆。

cai siō, càt e̲ xiáuq kǐlǎi
（在燒，漆會剝起來）
＝放熱的，漆會翻起來。

動 刷。

càt ějo̲q'à（漆鞋藥仔）＝刷鞋油。

càt 擦 動 擦去文字等物。

ōbāng ě ri̲ ga càt kǐlǎi！
（烏枋的字給擦起來）
＝黑板上的字給擦掉！

ing ciunī càt
（用樹乳擦）＝用橡皮擦。

名 掛軸。

zi̲t bȧk càt（一幅擦）＝一幅掛軸。

càt 賊 名 賊。

càt káq ȯk lǎng
（賊較惡人）一俚諺
＝賊比主人還兇。

zo̲ càt（做賊）＝做賊。

cāu 抄 動 抄。

po̲'à zio̲q ghuà cāu zi̲t'e！

（簿仔借我抄一下）
＝簿子借我抄一下！

cāu sāh po̲（抄三部）＝抄三部書。

cāu 操 動 ①練。

cāu ki̲k（操曲）＝練歌。

cāu bīng（操兵）＝練兵。

②撩起、捲起。

bhàngda̲ cāu kǐlǎi！
（蚊罩操起來）＝把蚊帳捲起來！

cāu sāh'àgū
（操衫仔裙）＝撩起衣服下襬。

càu 草 名 草。

xuȧt càu（發草）＝長草。

ca̲u 臭 動 發臭。

xip le, e̲ ca̲u ki̲
（翕咧，會臭去）＝悶住，會臭掉。

形 臭的。

ba̲ng ca̲u pu̲i（放臭屁）＝放臭屁。

zi̲t sīngkū ca̲u ga̲q！
（一身軀臭及）＝全身臭不可聞！

→a̲u（腐）

càubō 草埔 名 草原，野原。

ca̲uceh 臭生 形 青澀、未熟。

liànbhu̲ iàu ca̲ucēh, bhe̲ zia̲q di̲t
（蓮霧猶臭生，燴食得）
＝蓮霧還青澀，不能吃。

〔ca̲ucīh〕

ca̲ucō 臭臊 形 腥臊。

xǐ ca̲ucō（魚臭臊）＝魚腥。

càud̲e 草地 名 鄉下。

ki̱ *càude̱* si̱u zō
(去草地收租)＝去鄉下收田租。

càude̱-sǒng xùsiǎh-gho̱ng
(草地儂府城戇)—俚諺
＝鄉下土，城裏笨。
〔càudue̱〕

càugǎu 草猴 名 螳螂。

cạugàu 臭狗 名 臭狗；對日本人
的蔑稱。

cạuguạhsō̱ng 臭汗酸 形 汗臭。

si̱ngkū *cạuguạhsō̱ng*
(身軀臭汗酸)＝全身汗臭味。

cạulǎng 臭人 名 聲名狼籍的人。

bha̱ng cām xi̱t kuàn *cạulǎng*
gāu！
(莫-應參彼款臭人交)
＝不要和那種聲名狼籍的人來往！

cạulạu 臭老 形 蒼老。

ī nà e̱ xiạq *cạulạu*?!
(伊那會彼臭老)＝他怎麼那麼蒼
老?!

càumẹq'à 草蚱?仔 名 蝗蟲、蚱
蜢。
〔càumi̱q'à〕

cạupù 臭腐? 形 霉味。

cạupù xūn
(臭腐燻)＝有霉味的香烟。

ke̱ng le, sǔi *cạupù* ki̱
(控咧，隨臭腐去)
＝放著，馬上就發霉。

cạuriopuạ 臭尿破 形 尿騷味。

xìt diǎu xa̱ng'à ziǎh *cạuriopuạ*
(彼條巷仔成臭尿破)
＝那條巷子尿騷味很重。

cạusō̱ng 臭酸 形 酸臭。

be̱ng *cạusō̱ng*
(飯臭酸)＝飯酸臭了。

páq *cạusō̱ng* e̱q
(拍臭酸噎)＝打酸嗝。

cạutǎu 臭頭 名 癩痢頭。

cạuxian 臭嘛 形 (動物的)體臭。

gàuliǎu'à zi̱n *cạuxiạn*
(狗寮仔眞臭嘛)＝狗窩狗臭味很重。

sāh *cạuxiạn*
(衫臭嘛)＝衣服有體臭。

cạuxi̱hlǎng 臭耳嚨 形 耳聾。

ī *cạuxi̱hlǎng*, gio̱ lòng bhǒ tiāhgi̱h
(伊臭耳嚨，叫攏無聽見)
＝他耳聾，叫他都聽不到。

cạuxi̱hlǎng ghǎu uǎn ue̱
(臭耳嚨高彎話)
＝耳聾的人善於附會。

cāuxuǎn 焦煩 動 操心、煩躁。

lì si̱ de̱q *cāuxuǎn* siàhmi̱？
(你是在焦煩甚麼)＝你在煩什麼？

xo̱ si̱dua̱lǎng *cāuxuǎn*
(付序大人焦煩)＝讓長上操心。

cạuxuèdā 臭火乾 動 燒焦。

be̱ng *cạuxuèdā*
(飯臭火乾)＝飯燒焦了。

〔ca̤uxèdā〕

ca̤uxuèxūn 臭火燻 形 焦臭。

sị siàhmì ca̤uxuèdā kị, káq ẹ xiả
q ca̤uxuèxūn？
（甚麼臭火乾去，盍會彼臭火燻）
＝是什麼燒焦了，怎麼焦味這麼
重？

〔ca̤uxèxūn〕

ca̤uzọk 臭濁 形 ①裝飾、款式太
濃膩、俗氣。zọk（濁）的二音節語。

zēng liàu siōh ca̤uzọk
（粧了尚臭濁）＝打扮得太俗膩。
②老生常談。

ca̤uzọk ẹ uẹ
（臭濁的話）＝老生常談。

cē 叉 名 叉。

kūi cē（開叉）＝開叉。

dikgē̤ cē
（竹篙叉）＝尾端開叉的竹竿。
動 捎。

ịng cìu cē ạmgùn
（用手叉頷管）＝用手捎頸子。
量 叉。

lọ xūn sāh cē
（路分三叉）＝路分三叉。

cē 初 語幹 初旬。

ghue̤q cē（月初）＝月初。
cē jit（初一）＝初一。
cē rị（初二）＝初二。
cē gùi？（初幾）＝初幾？

〔cuē〕

cē 差 動 派、遣。

cē ī kị Bhịgók
（差伊去美國）＝派他去美國。
同義詞：paị（派）。

cè 扯？ 動 ①疊。

cè kọ
（扯褲）＝褲頭前面相疊的一種褲子。

xịlǎn sāh cè
（魚鱗相扯）
＝魚鱗一片一片相疊在一起。
②平均。

cè kìlǎi diǒng bhǎ gùijǐh
（扯起來長無幾円）
＝平均起來賺沒幾塊錢。
cè lǎi cè ki（扯來扯去）＝截長補短。

cè 紕？ 動 結繩圈。

bhiàn páq gạt, ịng cè'e！
（免拍結，用紕的）
＝不用打結，做個套子就行！

cẹ 刷？ 動 刷、擦。

cẹ diàh（刷鼎）＝刷鍋子。
cẹ zit kāng
（刷一孔）＝擦破了一個洞。
cẹ dio̤q pịh
（刷著鼻）＝擦到鼻子。
名 刷子。

ca̤iguē cẹ（苳瓜刷）＝絲瓜布。

〔cuẹ〕

cẹ 脆 形 脆。

run ki̩, bhe ce̩(潤去，𣍐脆)＝潤掉了，不脆。

ce̩ mia(脆命)＝生命脆弱。

ce̩ 粽 名 米磨成的粉團。

nuà ce̩(搙粽)＝搏米糰。

〔cue̩〕

cě 𧿳? 動 磨蹭。

dua̩ tǒkā de̍q cě

(滯土腳在𧿳)＝在地上磨蹭。

bhe cě mà ing bě！

(𣍐𧿳嗎用爬)＝不會磨蹭也會爬！

〔cuě〕

ce 坐？ 動 ①賠償、認帳。

na pa̍q'əmgih, zia̍q ce lì

(若拍唔見，即坐你)

＝若不見了，就找你算帳。

zit diǎu siàu siǎng bhe̍q ce？

(此條賬甚-人覓坐)

＝這條帳誰認？

②陷入、下沈、落、降。

degī ce ləqki̩

(地基坐落去)＝地基陷下去。

bhìge̩ ka̍q ce

(米價較坐)＝米價較降。

③落魄。

ginlǎi ī ka̍q ce

(近來伊較坐)＝近來他比較落魄。

cēh 生？ 形 ①生的。

cēh ghǔnī

(生牛乳)＝生牛奶、鮮奶。

əmtāng zia̍q cēh'e！

(唔通食生的)＝不可吃生的！

②不熟的、生疏。

lo cēh(路生)＝路不熟。

cēh ě ce̍q(生的册)＝不熟的書。

接頭 ①未開化的、不順服的。

cēhxuān(生番)＝番人。

cēhghǔ(生牛)＝野牛。

②粗製的～。

cēhjǎm(生鹽)＝粗鹽。

cēhlə̀(生腦)＝粗製樟腦。

接尾 前金、定金、預借金、預支。

te̍q cikcēh

(提粟生)＝穀子定金。

gāngcēh(工生)＝工資預借金。

〔cīh〕

cēh 青 形 青、藍、綠。

cēh sik(青色)＝青色。

〔cīh〕

cēh 星 名 星星。

cēh siq zi̍t'e siq zi̍t'e

(星閃一下閃一下)＝星星一閃一閃。

〔cīh〕

cèh 醒 動 醒來。

zàkì lak diàm dio̍q cèh

(早起六點著醒)＝早上六點就醒來。

xun ki̩ gəq cèh

(暈去復醒)＝暈倒又醒來。

〔cìh〕

→zīngsǐn(精神)

cēh'àzǎng 青仔欉 〔形〕 傻大個兒、
冒失、過份。
  xit kō ziȯk *cēh'àzǎng*
  (彼箍足青仔欉)＝那個冒失鬼。
  同義詞：cēhgē(青哥)。
  〔cih'àzǎng〕

cēhbongbeqbong 青嗙白嗙？
  〔副〕突然、冷不防、魯莽、莽撞。
  cēhbongbeqbong lǎi bhèq xǒng ciàh
  (青嗙白嗙來覓付-人請)
  ＝魯魯莽莽跑來要人請客。
  cēhbongbeqbong ki, ziȯq aq u zih?!
  (青嗙白嗙去，借惡有錢)
  ＝突然跑去，怎借得到錢?!
  〔cihbongbeqbong〕

cēhgiāh 生驚 〔動〕吃驚、害怕。
  əmbhiàn *cēhgiāh*, əmsi bhèq liaq lǐ
  (唔免生驚，唔是覓掠你)
  ＝不必害怕，不是要抓你。
  〔cihgiāh〕

cēhling 生冷 〔形〕①生冷、寒冷。
  giāhdō guǎhlang kȧq *cēhling*
  (京都寒人較生冷)
  ＝京都的冬天較寒冷。
  ②陰氣、陰冷。
  zit gīng cu *cēhling*
  (此間厝生冷)＝這間屋子有陰氣。
  tiāh diȯq itdit *cēhling* kilǎi
  (聽著一直生冷起來)
  ＝聽了心裏一直寒起來。

〔cihling〕

cēhmě 青冥？ 〔形〕盲的、瞎的。
  cēhmě niāu dȧk diȯq si niàucù
  (青冥貓觸著死老鼠)一俚諺
  ＝瞎貓碰到死老鼠；歪打正著之意。
  cēhmě əm giāh cing
  (青冥唔驚銃)一俚諺
  ＝瞎子不怕槍；不知天高地厚之意。
  〔cihmǐ〕

cēhměghǔ 青冥牛 〔名〕文盲。
  cēhměghǔ bhǎlojing
  (青冥牛無路用)＝文盲不能任事。
  〔cihmǐghǔ〕

cēh'əm 親？姆 〔名〕親家母。
  〔cih'əm〕
  ⟷ cīngē(親家)

cēhsō 生疏 〔形〕生疏。
  cēh(生)〔形〕②的二音節語。
  lotǎu *cēhsō*
  (路頭生疏)＝路頭不熟。
  〔cihsō〕

cēhti 青苔 〔名〕青苔。
  cioh *cēhti*(上青苔)＝長青苔。
  〔cihti〕

cēhxuān 生番 〔名〕生番。〔形〕
  像番人一樣不可理喻。
  lǐ ziȧh *cēhxuān*
  (你成生番)＝你真不可理喻。
  〔cihxuān〕

cêq 冊 〔名〕書。

zit bùn cȯq bhǒ sīmsik

（此本册無心適）＝這本書沒趣味。

cȯqgə’à（册架仔）＝書架。

cȯqdǔ（册橱）＝書橱。

cȯq 感 動 恨、討厭。

ghuà cȯq ī（我感伊）＝我恨他。

tiāh diọq ziȯk cȯq

（聽著足感）＝聽到就很討厭。

〔cuȯq〕

cȯqkui 感？氣 動 抽噎。

dȯq cȯqkui, dȯqbhȯq mǎ cùtlǎi

la！

（在感氣，在覓嗎出來啦）

＝正在抽噎，就要號哭出來了！

〔cuȯqkui〕

ci 刺 名 ①刺。

cak diọq ci（鑿著刺）＝扎到刺了。

②魚刺。

gèh diọq ci（骾著刺）＝骾到魚刺。

形（說話）帶刺。

lǎng əmtāng xiàq ci！

（人唔通彼刺）

＝人說話不要那麼尖銳！

ci 試 動 試。

ci ī ě sīmguāh

（試伊的心肝）＝試他的心。

cǐ 持 動 看看。

bhanziàq bhè, ciàh cǐ le！

（慢即買，且持咧）

＝慢點買，再看看！

cǐ 沏？ 形 潮溼。

zit laibhin cǐ gàq

（一內面沏及）＝整個房子好潮溼。

ci 市 名 ①市場。

kūi ci（開市）＝開市。

xici（魚市）＝魚市。

②市鎮。

Dǎilǎm Ci（台南市）＝台南市。

cilai（市內）＝市內。

ci 飼 動 ①養。

ci gàq duaxan

（飼及大漢）＝養到大。

ci nəng ziàq gàu

（飼兩隻狗）＝養兩隻狗。

ci sej ī（飼細姨）＝養小老婆。

②餵。

ghuà bhȯq xọ āmà ci

（我覓付阿媽飼）＝我要奶奶餵。

cibhin 市面 名 景氣，商況。

zit gùi ni cibhin zīn bhài

（此幾年市面眞偲）

＝這幾年景氣眞差。

cibhùcizu 嗤武嗤嗽？ 動 悄悄

細語、咬耳朵。

diạm bīh’à dȯq cibhùcizu

（站邊仔在嗤武嗤嗽）

＝在旁邊悄悄細語。

〔zibhùcizu〕

cicàm 凄慘 形 悽慘。

bhǒ lǎng bì ghuà kàq cicàm

（無人比我較凄慘）

＝沒人比我還悽慘。

zịt gē tǎi liàuliàu, ziȯk cīcàm

（一家刣了了，足凄慘）

＝全家殺光光，眞悽慘。

cigīmxi 飼金魚 **動** 養小白臉。

ī dėq cigīmxi

（伊在飼金魚）＝她在養小白臉。

cigə̄ 痴哥？ **形** 好色、色迷。

xit kō ziǎh cīgə̄

（彼箍成痴哥）＝那傢伙很好色。

　→xiǎu（嬈）

cǐghi 洳疑？ **形** 粘膩膩的。

zịt sīngkū cǐghi gȧp

（一身軀洳疑及）＝全身粘膩膩的。

ciā 車 **名** 車。

pàng ciā（紡車）＝紡車。

量diōh（張），ziȧq（隻）

動 ①用車子運送。

ciā lǎi gạu mǎngkàu

（車來到門口）＝運到門口。

②用器械來回運轉。

ciā sāh（車衫）＝縫衣服。

ciā ghě（車牙）＝轆（抛光）象牙。

③翻來覆去、打翻。

ciā bhe kụn dit

（車𣍐睏得）＝翻來覆去睡不著。

ciā də̀ bhakzùi

（車倒墨水）＝打翻墨水瓶。

④攪鬧。

tăng diạm bȧkdòlại dėq ciā

（虫站腹肚內在車）＝蟲在肚子裏翻

攪。

diạm cụlai ạmtāng ciā！

（站厝內唔通車）＝在屋裏不要攪

鬧！

量 台、車。車載單位。

bhè sāh ciā cǎ

（買三車柴）＝買三車子木柴。

zịt ciā cik'à

（一車粟仔）＝一車穀子。

ciābuǎh 車盤 **動** ①爭辯。

gȧp ī ciābuǎh ạq bhǎlojing

（及伊車盤亦無路用）

＝和他爭辯也沒用。

②贈答、酬酢、交換。

gẹcụa ciābuǎh zīn xụikị

（嫁娶車盤眞費氣）

＝嫁娶酬酢眞麻煩。

ciābuạqbìng 車跋反 **動** 跳鬧、

翻滾。

gūi dịn ghìn'à dị xiā dėq ciābuạ-

qbìng

（舉陣囝仔著彼在車跋反）

＝一堆孩子在那兒跳鬧。

bȧkdò tiạh, diạm mǎngcǒng ciā-

buạqbìng

（腹肚痛，站眠床車跋反）

＝肚子痛，在床上亂滾。

ciābundàu 車濆?斗 **動** 翻跟斗。

lì *ciābu̱ndàu* xo̱ ghuà kuạh mại
le！
（你車漬斗付我看覓咧）
＝你翻個跟斗讓我瞧瞧。
sȧk zit e̱, xại ī *ciābu̱ndàu*
（揀一下，害伊車漬斗）
＝推了一下，害他翻跟斗。

ciābhə̄ 車母 名 火車頭。

ciābhə̄ ziạq zùi
（車母食水）＝火車頭加水。
〔ciābhù〕

ciātău 車頭 名 ①車站。

kị *ciātău* ziq lăngkȯq
（去車頭接人客）＝去車站接客人。
②機關車、火車頭。
uạh *ciātău*（換車頭）＝換機關車。

ciàh 且 副 暫且、稍。

zē *ciàh* ziọq lì！
（茲且借你）＝這且借你！
ciàh lăi le！（且來咧）＝來一下！

ciàh 請 動 ①請、叫。

ciàh lăngkȯq（請人客）＝請客。
ciàh sīnsēh（請先生）＝叫醫生。
②搬動、搬請。
dua̱ sīn bu̱t pàih *ciàh*
（大身佛歹請）＝大神難請。
zə̱ āng'à ga *ciàh* lăi *ciàh* kị
（做尪仔給請來請去）
＝當玩偶給搬來搬去。
③請、招待。

diạh xo̱ ī *ciàh*
（定付伊請）＝常讓他請客。
情 請～；表命令的客氣語氣。
ciàh lì ri̍p lǎi！
（請你入來）＝請你進來。
ciàh, lì sīng！
（請，你先）＝你先請！

ciạh 倩 動 ①雇。

ciạh zit ě zùziaq'e
（倩一個煮食的）＝請一個做飯的。
②請、拜託。
lì xo̱ ghuà *ciạh* zit'e！
（你付我倩一下）＝讓我拜託一下！
ciạh lăng sià（倩人寫）＝請人寫。

ciǎh 成 動 養、育、助長。

ciǎh gạu cīnciọhlăng
（成到親像人）＝養育到像個人樣。
ciǎh ī zə̱ pàih
（成伊做歹）＝助長他做壞事。

ciàhzi̍tbīh 請一邊 形 姑且不提、還算其次。

tẹq bhə̄ li̱sik iàu *ciàhzi̍tbīh*, liǎn
bhə̄zi̍h aq suȧq tə̀ bhə̌
（提無利息猶請一邊，連母錢亦煞討
無）＝拿不到利息姑且不說，連母金
也要不到。
kə̀ u̱ diọq bhə̌ diọq *ciàhzi̍tbīh*, pȧ-
qpàih sīntè dejit ə̱mdȧt
（考有著無著請一邊，拍歹身體第一
唔值）＝有沒考上還是其次，弄壞身

子最不值得了。

ciạk 撼？ 動 ①嘩啦嘩啦的聲響。

ciāmdăng ciạk zit'e

(籤筒撼一下)＝籤筒嘩啦搖一下。

②嚇一跳。

sīmguāh liạq dẹq ciạk

(心肝掠在撼)＝一顆心被嚇得猛跳。

ciām 籤 名 切條晒乾。

pạk ciām(曝籤)＝晒籤條。

xānzŭ ciām(番藷籤)＝甘藷籤。

動 ①籤名。

bhẹq ciām dẹwui？

(覓籤何位)＝要籤(名)在哪裏？

②圈選。

bhẹq ciām siàhmì lăng？

(覓籤甚麼人)＝要圈誰？

③投標。

ciām xuẹ lăi bhẹ

(籤貨來賣)＝標貨來賣。

④刺進、扎。

lĩbā ciām xọ kạq bhạt le！

(籬笆籤付較密咧)

＝籬笆扎密一點！

ciām 籤 名 籤。

tĩu ciām(抽籤)＝抽籤。

guānjĩmmà-ciām

(觀音媽籤)＝觀世音菩薩的籤。

量 gĩ(枝)

ciàm 鐕 動 刺入、串。

ciàm zĩn cĩm(鐕眞深)＝刺很深。

ciàm xuē(鐕花)＝串花；頭飾用。

名 刺鑹。

bhìciàm(米鐕)＝米鑹。

量 串。

nạng ciàm xuē(兩鐕花)＝兩串花。

ciām'à 籤仔 名 細長的紙片、附籤。

dạq zit diōh ciām'à

(貼一張籤仔)＝貼一張籤條。

ciàm'à 鐕仔 名 叉子、串。

ghiạq ciàm'à ciam

(攑鐕仔鐕)＝拿叉子叉。

ciān 遷 動 遷移、挪開、讓開。

sū ě lăng diọq ciān kìlăi

(輸的人著遷起來)

＝輸的人要讓開來。

kūgōngsò ciān kị dẹwui？

(區公所遷去何位)

＝區公所遷到哪裏？

ciàn 淺 形 ①淺。

ciàn xài(淺海)＝淺海。

cụ ciàn(厝淺)＝房子淺進。

②(題目等)容易。

bhụndĕ cút liàu ziăh ciàn

(問題出了成淺)＝題目出得很淺。

③(顏色等)淡、薄。

sikdị siōh ciàn

(色緻尚淺)＝顏色太淺。

ciàn ě bhạkgiạh

(淺的目鏡)＝度數少的眼鏡。

ciàn 盞？ 名 裝在盆子裏的供物。

　kióq *ciàn*（拾盞）

　＝堆在盆子裏的滿滿的供品。

　gə'à–*ciàn*（糕仔盞）＝糕餅供品。

　量 用盆子裝盛供品的計數單位。

　xit *ciàn* sį ghuàn cút'e

　（彼盞是阮出的）＝那盆是我們供的。

ciǎn 遷？ 動 耽誤、推讓、推辭。

　ciǎn zit e, suȧq bhe xụ

　（遷一下，煞㑮赴）

　＝耽誤了一下，遂來不及。

　ciǎn ui（遷位）＝請上坐。

　gin sīu kị la, əmtāng gȧp ghuà

　ciǎn！

　（緊收去啦，唔通及我遷）

　＝快收去啦，不要跟我推辭！

ciāncīu 轆鞦 名 鞦轆。

　xạih *ciāncīu*（振轆鞦）＝盪鞦轆。

ciāngim 千金 名 千金小姐。文言
　用語。

　←→gōngzù（公子）

ciàntuā 淺拖 名 拖鞋。

ciạng 唱 動 約定、言明、說定。

　ciạng bhə̌ kị dǎu sīnsēh e, ziȧq
　lǎi！

　（唱無去投先生的，即來）

　＝說好不向老師告狀的，才來！

　同義詞：pìn（品）。

ciǎng 沖 動 沖水。

　gàu–sài ga *ciǎng* xọ lǎu kị！

　（狗屎給沖付流去）

　＝用水把狗屎沖走！

　ciǎng lìng zùi（沖冷水）＝沖冷水。

ciǎng 戕？ 動 ①攔。

　ciǎng tǒ

　（戕土）＝攔土。

　dụi bȧkdòbīh ga *ciǎng* lə̌qkị

　（對腹肚邊給戕落去）

　＝攔腰給他一傢伙。

　②拚。卑俗語。

　lì əmgȧh gȧq ī *ciǎng* a?!

　（你唔敢及伊戕啊）

　＝你不敢跟他拚啊?!

　kā na gạu, dioq *ciǎng* lə̌qkị！

　（腳若夠，著戕落去）

　＝人手夠了，就拚下去！

ciạng 衝 動 不期而遇、碰到。

　diạm lolin *ciạng* dioq ī

　（站路裏衝著伊）＝在路上遇到他。

　同義詞：dəng（撞）

ciǎngzai 常在 副 經常。

　ī *ciǎngzai* ànnē

　（伊常在按哖）＝他經常這樣。

　ciǎngzai kị Lǎmjǒh

　（常在去南洋）＝常去南洋。

ciȧq 赤 形 ①褐色的、紅。

　ziān xọ *ciȧq*

　（煎付赤）＝煎老一點兒。

　ciȧq bhȧq（赤肉）＝瘦肉。

　②女人潑辣。

ciȧq zābhò(赤查某)＝潑辣女人。
③貧窮。

lìn kȧq xèghiaq, ghuàn kȧq ciȧq
(您較好額，阮較赤)
＝你們比較有錢，我們比較窮。

ciȧqgǎu(赤猴)＝窮鬼。

ciȧq 刺 [動] ①用針棒刺縫、編織。

ciȧq puě'ě(刺皮鞋)＝縫皮鞋。

ciȧq pongsē(刺凸紗)＝鈎編毛衣。

②抄取、鏟。

ciȧq xuèxū(刺火灰)＝鏟炭灰。

③刺。

dui nǎ'ǎu ga ciȧq ləqki
(對嚨喉給刺落去)
＝從喉嚨給刺下去。

ciȧqjaq 刺瘧？ [動] 騷癢、煩。

bhǎ sèjik, ziȧq e ciȧqjaq
(無洗浴，即會刺瘧)
＝沒洗澡，才會騷癢難耐。

si deq ciȧqjaq siàhmì？
(是在刺瘧甚麼)＝在煩什麼啊？

ciȧqrį 刺字 [動] 刺青。

gūi sīngkū ciȧqrį
(舉身軀刺字)＝全身都刺青。

ciȧt 切 [動] ①切、切斷。

ciȧt kȧq iu le！
(切較幼咧)＝切細一點！

dianwe ga ciȧt dəng！
(電話給切斷)＝把電話切斷！

②反切。早期中國聲韻學用上字和
下字相切取音之法。

ciȧt īm(切音)＝用反切取音。

ciāu 搜？ [動] ①攪拌、攪合。

ciāu mixùn
(搜麵粉)＝和麵粉。

②搜查、搜索。

ciāu cu(搜厝)＝搜索房子。

xo xàiguān ciāu dioq Bhigīm
(付海關搜著美金)
＝給海關搜到美金。

ciǎu 移？ [動] 接、挪、商討。

ciǎu gut(移骨)＝接骨。

i'à ciǎu kȧq lǎi le！
(椅仔移較來咧)
＝椅子挪過來一點！

ciǎu geso(移價數)＝討價還價。

ciǎu 綃 [名] 薄絹。

cǐh 鮮？ [形] 新鮮。

xi cīh(魚鮮)＝魚新鮮。

cing cǐh sāh
(穿鮮衫)＝穿整潔新挺的衣服。

cǐh 淺 [形] 淡色的。

cǐh bo(淺布)＝淡色的布。

cǐh 趄？ [動] ①欺近、掠過。

gàu cǐh uà lǎi
(狗趄倚來)＝狗欺近來。

naixioq cǐh zùibhin
(鵰鴞趄水面)＝老鷹掠過水面。

②逆水(等)。

cǐh lǎu(趄流)＝逆水。

cĭh xōng（趨風）＝逆風。

cǐk 扯？ 動 ①繩子（等）鬆鬆地打結。

cǐk uaq gȧt（扯活結）＝打活結。

②撩起、捲起。

cǐk kȧq dè le！

（扯較短咧）＝捲短一點！

cǐk 促 動 一點一點擠過來。

kācēng itdįt cǐk uà lǎi
（腳倉一直促倚來）
＝屁股一直擠過來。

zə̄ pàih, e cǐk xuẹsiu
（做歹，會促歲壽）
＝做壞事，會減壽。

cǐk 粟 名 稻

cǐk'a（粟仔）＝稻子。

diaq cǐk（糴粟）＝買穀子。

cǐk cēng（粟倉）＝穀倉。

cǐk 搣 動 上下抖動。

zuà cǐk xọ zě
（紙搣付齊）＝把紙抖齊。

xo cia cǐk gȧq lạu tē
（付車搣及落胎）＝被車顛到流產。

cǐk'ọ 觸惡 形 過分、可惡、污穢。

gòng xit xə̄ cǐk'ọ ue
（講彼號觸惡話）＝說那種可惡的話。

xē cǐk'ọ, ə̄mtāng kị bhōng ī！
（夫觸惡，唔通去摸伊）
＝那很髒，不要去摸它。

cīm 侵 動 ①侵佔。

cīm lǎng ě degại
（侵人的地界）＝侵佔人家的地盤。

②侵吞、盜用。

cīm tǎugē ě zǐh
（侵頭家的錢）＝侵吞老闆的錢。

cīm 深 形 ①深。

xiā cīm（彼深）＝那麼深。

cīm suāh（深山）＝深山。

②問題（等）很難。

cīm ě cėq（深的冊）＝難懂的書。

③濃、深。

cīm ǎng sik（深紅色）＝深紅色。

bhȧkgiạh kȧq cīm zitsut'à
（目鏡較深一屑仔）＝眼鏡度數深了一點。

cīn 親 形 ①親近。

gȧp ī bhǒ siàh cīn
（及伊無甚親）＝跟他不怎麼親近。

②親。

dāh suȧq bịh ghuà xǎm ī siạng cīn
（但煞變我含伊上親）
＝現在逐變成我跟他最親。

接頭 親自、親～。

cīn bhak kuạhgih
（親目看見）＝親眼目擊。

cīn cìu sià（親手寫）＝親手寫。

ī cīn cụi gòng ě ue
（伊親嘴講的話）＝他親口講的話。

cīn sīn kị（親身去）＝親自去。

cìn 清 形 變冷、變涼、冷淡。

cịn bə̣ng（清飯）＝冷飯。

cịn bhịn（清面）＝冷淡的臉。

→līng（冷）

cịn 稱 動 稱。

bhėq cịn gùi gīn？

（覓稱幾斤）＝要稱幾斤？

名 秤子。

cịn'à（稱仔）＝秤子。

cịn bhə̀ kì（稱無起）＝斤兩不足。

cịncài 清彩？ 形 隨意、隨便。

cịncài xə̀

（清彩好）＝隨便怎麼都好。

bhə̀jịng, cịncài sià

（無閑，清彩寫）＝沒空，隨便寫。

cīncioh 親像 動 好像。cioh（像）

的二音節語。

cīncioh kitziạq

（親像乞食）＝好像乞丐。

līng gȧq cīncioh bīng

（冷及親像冰）＝冷得像冰。

〔cīnciuh〕

cīnciohlǎng 親像人 動 像個人

樣、和人一樣。lǎng（人）在此發輕

聲。

ə̣ng kuạh ī e cīnciohlǎng bhė

（向看伊會親像人𣍐）

＝指望他看能不能和別人一樣。

〔cīnciuhlǎng〕

cīndǒng 親堂 名 同門兄弟、同祖

的子孫。

běhběh sẹh Dǎn'e, làn sə̣ngsị cī-ndǒng

（平平姓陳的，咱算是親堂）

＝一樣姓陳的，咱們算是同門兄弟。

cīngē 親家 名 親家翁。

←→cēh'ə̀m（親姆）

cīnlǎng 親人 名 親人。

gịn giọ ī ě cīnlǎng lǎi！

（緊叫伊的親人來）

＝快叫他的親人來！

cịntǎu 稱頭 名 斤兩。

xò lǎng ě cịntǎu

（虎人的稱頭）＝偷人斤兩。

cīnziǎh 親情 名 ①親戚。

bhə̀ buạh ě cīnziǎh

（無半个親情）＝沒半個親戚。

②姻緣。

zịt ě cīnziǎh ziǎh xə̀

（一個親情成好）＝有個很好的姻緣。

zə̣ cīnziǎh（做親情）＝談親事。

cīng 千 數 千。

cīng 清 形 ①乾淨、透明。

zùi cīng（水清）＝水清。

②清爽、素淡。

cīng tēng（清湯）＝清湯。

sīmguāh bhė cīng

（心肝𣍐清）＝心情不清爽。

動 ①清理污物。

cīng gāu'à（清溝仔）＝清水溝。

ziạq siạjọq cīng bȧklại

（食瀉藥清腹內）
＝吃瀉藥把肚子清乾淨。
②算帳。
cīng siạu(清賬)＝結帳。
tại kị le, bhǒ gáp ī *cīng* zit'e,
bhejịngdit
（太氣咧，無及伊清一下，獪用得）
＝太氣人了，非跟他算個帳不可。

cìng 笩 動 ①撢、拍。
cìng dǝqdǐng
（笩桌頂）＝撢桌上灰塵。
②噗通噗通地跳。
sīmguāhtǎu dẹq *cìng*
（心肝頭在笩）＝心裏頭噗通地跳。
③翻扒、頂東西。
gēbhǝ dẹq *cìng* tǒ
（鷄母在笩土）＝母鷄在扒土。
ghǔ ịng ghǔgȧk *cìng* lǎng
（牛用牛角笩人）＝牛用角頂人。
名 ①撢子。
cìng'à(笩仔)＝撢子。
gēmǝng *cìng*(鷄毛笩)＝鷄毛撢子。
②刷帚、炊帚。
bǎuxi *cìng*
（鮑魚笩）＝鮑魚樣子的刷帚。

cìng 請 動 請求、申請。
dụi guāhtiāh *cìng*
（對官廳請）＝向官署申請。

cịng 銃 名 槍。
pȧq *cịng*(拍銃)＝開槍。

cịng zị(銃子)＝槍彈、子彈。

cịng 蒸？ 動 ①揚、昇、冒。
cịng iān(蒸烟)＝冒烟。
miqgẹ dẹq *cịng*
（物價在蒸）＝物價上揚。
②蒸。
cịng xānzǔ(蒸番藷)＝蒸甘藷。
③用烟燻。
bhǝ'à *cịng* xǒng, diọq ẹ bẹq
（帽仔蒸磺，著會白）
＝帽子用硫磺燻燻就會變白。
→xūn(燻)
④被熱氣燙到。
xọ gùnjān *cịng* diọq
（付滾烟蒸著）＝被滾燙的蒸氣燙到。
⑤(血等)不斷湧出。
pịhkāngxuėq itdịt *cịng*
（鼻孔血一直蒸）＝鼻血一直湧出來。
⑥蒸沾花(等)的香氣。
cịng dě(蒸茶)＝用茶氣燻。
cịng xùn(蒸粉)＝蒸粉氣。
⑦擤鼻涕。
pịh ǝm gịn *cịng*?!
（鼻唔緊蒸）＝鼻涕還不趕快擤掉?!
⑧自大、傲慢。
ǝmtāng siōh *cịng*！
（唔通尙蒸）＝不要太自大！

cịng 松 名 ①榕樹。②松。
cịng 穿 動 穿。
cịng sāh(穿衫)＝穿衣服。

_cing ě(穿鞋)＝穿鞋子。

Cīngbhīng 清明 名 清明節。

cīngcài 清彩 形 ①晴朗。

　tīhkị cīngcài
　（天氣清彩）＝天晴氣朗。
　②舒暢、清爽。
　sīmguāh bhẹ cīngcài
　（心肝獪清彩）＝心情不舒暢。
　bẹhlǎng gīn'àrịt ụ kàq cīngcài
　bhǒ？
　（病人今仔日有較清彩無）
　＝病人今天有沒有比較清爽？

cīngcɘ̀ 清楚 形 清楚。

　tiāh lòng bhẹ cīngcɘ̀
　（聽攏獪清楚）＝都聽不清楚。
　dạizi iàu bhuẹ cīngcɘ̀
　（事志猶未清楚）＝事情還不清楚。
　動 搞光、幹光。卑俗語。
　iǎh'e lòng cīngcɘ̀ kị la
　（贏的攏清楚去啦）＝贏的都幹光了。

cīngjīu 清幽 形 清幽。

　cīngjīu ě sòzai
　（清幽的所在）＝清幽的地方。

cìnggạu 請教 動 請教。

　cìngạu lụtsū
　（請教律師）＝向律師請教。

cīngkị 清氣 形 乾淨。

　sạu kàq cīngkị！
　（掃較清氣）＝掃乾淨點！
　cīngkị siọh(清氣相)＝愛乾淨。

ciō 峭 形 ①（向後、向外）彎曲、挺
　起；堅挺神氣貌。
　ciọhghě zīn ciō
　（象牙眞峭）＝象牙堅挺銳利。
　ciō zit(峭脊)＝兩端上翹的屋脊。
　②體面、氣派。
　cịng gàq ciō gàq
　（穿及峭及）＝穿得非常氣派。

ciō 鵤 動 發情、（性）衝動。
　ciō gē(鵤鷄)＝發情的公鷄。
　tiạubhù làm zābhò, suáq itdịt ciō
　kịlǎi
　（跳舞攬查某，煞一直鵤起來）
　＝抱著女人跳舞，遂一直衝動起來。

ciọ 笑 動 笑。
　xāxā ciọ(哈哈笑)＝哈哈大笑。
　ciọ lǎng sạnxiōng
　（笑人散窮）＝笑人貧窮。
　形 仰面朝天。
　bìng ciọ(反笑)＝翻成正面朝天。
　ciọ bhịn(笑面)＝正面。
　→kàp(蓋)

ciọ 唱 動 唱。
　ciọ guā(唱歌)＝唱歌。
　〔ciọh, ciuh〕

ciōcin 秋清 形 涼爽。
　ụ xōng, ziụ ciōcin
　（有風就秋清）＝有風就涼爽。
　動 乘涼。
　ziọh kị liǎngběh'à ciōcin

（上去涼棚仔秋凊）＝上去涼棚乘涼。

〔cīuciṇ〕→liǎng（涼）

ciọkuē 笑稽 形 滑稽。

ciọkuē cút（笑稽齣）＝滑稽劇。

gòng ciọkuē uē
（講笑稽話）＝講笑話。

〔ciọkē〕

ciōh 鎗 名 槍

〔cīuh〕

ciòh 搶 動 搶。

ciòh le dioq zàu
（搶咧著走）＝搶了就跑。

də̄ ga ciòh kǐlǎi！
（刀給搶起來）＝把刀子搶起來！

〔cịuh〕

ciǒh 牆 名 牆。

ciǒh'à（牆仔）＝牆壁。

ǔi ciǒh（圍牆）＝圍牆。

〔cịuh〕

ciǒh 颺？ 動 吹、煽。

bęhlǎng ciǒh xōng ə̣m xə̀
（病人颺風唔好）＝病人吹到風不好。

xuè ciǒh zīn gǔan
（火颺眞昂）＝火被風煽得很高。

〔cịuh〕

ciọh 上 動 上、長、發生。

ciọh iǎmsǐh（上鹽豉）
＝（長久下雨，地面）長鹽漬。

ciọh cēhtǐh（上青苔）＝長青苔。

〔cịuh〕

ciọh 匠 接尾 職人。

bhạkciọh（木匠）＝木匠。

tàngciọh（桶匠）＝箍桶匠。

〔cịuh〕

ciọh 汲？ 動 （用吊桶等）汲水。

kị zèh ciọh zùi
（去井汲水）＝到井裏去汲水。

〔cịuh〕

ciọh 象 名 象。

〔cịuh〕

ciọh 像 動 像～。

ciọh siàu'e（像肖的）＝像瘋子。

ciọh ī i xiɑq lə̣
（像伊彼䴕）＝像他那麼高。

〔cịuh〕

ciọk 搦？ 動 揉。

zuà ciok tə̀gak kị
（紙搦討攔去）＝把紙揉掉。

ciok tǒ（搦土）＝揉土。

同義詞：riok（搦）。

形 泥濘。

lọ ciok（路搦）＝路泥濘。

ciōng 充 動 被官方沒入、充公。

gēxuè xọ ciōng kị
（家伙付充去）＝家產被充公。

ciōng 沖 動 （用開水）沖。

děguaṇ sīng ciōng le！
（茶罐先沖咧）＝茶壺先沖一下！

ciōng ioq（沖藥）＝沖藥。

ciōng 衝 動 衝、撞。

ciōng dioq gùi
(衝著鬼)＝撞到鬼。

beqri̦ siō*ciōng*
(八字相衝)＝八字對衝。

ciōngduṭ 衝突 [動] 衝突。

igia̦n *ciōngduṭ*
(意見衝突)＝意見衝突。

cioq 尺 [名] 尺。

ing *cioq* niǒ(用尺量)＝用尺量。
[量] 尺。

na̦ng *cioq* bo̦(兩尺布)＝兩尺布。

cioq 蓆 [名] 蓆子。

cū *cioq*(敷蓆)＝舖蓆子。
[量]nià(領)

ciq 頤？ [動] 垂頭、低頭。

ciq tǎu(頤頭)＝低頭。
←→kia̦n(遣)

ciq 扼？ [動] ①(用手等)壓。

ciq xo̦ bih(扼付扁)＝把它壓扁。
②彈(鋼)琴。

ciq ga̦ngkim(扼鋼琴)＝彈鋼琴。
同義詞：riq(扼)。

ciqcuaq 扼擦？ [形] 糟糕、不中用。

li ziǎh *ciqcuaq*, tēng aq ciāciā de̦
(你成扼擦，湯亦車車倒)
＝你真糟糕，湯都打翻了。

ciṭ 七 [數] 七。

ciṭ 拭 [動] 擦、拭。

ciṭ bhi̦n(拭面)＝擦臉。
ciṭ bhe̦ kilǎi(拭燴起來)＝擦不掉。

ciṭ〜beq〜 七〜八〜 [副] 七〜八〜。

ciṭ zà *beq* zà
(七早八早)＝七早八早。

ciṭ ciǎn *beq* ciǎn
(七遷八遷)＝耽擱來耽擱去。

ciṭ co̦ng *beq* e̦mdioq
(七創八唔著)＝怎麼做怎麼錯。

ciṭ'à〜beq'à〜 七仔〜八仔〜

[名] 張三李四的。

ciṭ'à cio̦ *beq'à*
(七仔笑八仔)一俚諺
＝烏鴉笑豬黑；半斤八兩之意。

ciṭ'à da̦u *beq'à*
(七仔鬥八仔)一俚諺
＝張三湊合李四；蛇鼠一窩之意。

cittǎ 迌迌？ [動] 遊、玩。

Ritbùn xè̦ *cittǎ*
(日本好迌迌)＝日本好遊玩。

cittǎ āng'à(迌迌尪仔)＝玩偶。
cittǎ miq(迌迌物)＝玩物、玩具。
〔tittǎ〕

cīu 鬚 [名] ①鬍子。

lǎu *cīu*(留鬚)＝留鬍子。
②鬚鬚、穗。多半說成*cīu*'à(鬚仔)。

gǐ ě *cīu* lǎk liàuliàu
(旗ê鬚落了了)
＝旗子的鬚穗掉光光。
③像鬚鬚的東西。

cǐng ě *cīu*(松的鬚)＝榕樹的氣根。

rìt *cīu*(日鬚)＝太陽的光芒。

cìu 手 名 ①手，腕。

cìu kạu(手梏)＝手銬。

cìu sēng(手痠)＝手酸。

②人、人手。

zit ě nạ bhẹ ing dit dioq uạh *cìu*

(此个若燴用得，著換手)

＝這個人如果不行，就要換人。

cēh *cìu*(生手)＝生手。

量 疊；紙札等的計數單位。

zit *cìu* aq e ị dit?!

(此手惡會為得)＝這疊哪能用?!

cìu 首 量 首；詩歌的計數單位。

zit *cìu* sī(一首詩)＝一首詩。

cìu 啾？ 動 對手、搭理。

bhǒ lǎng bhèq *cịu* ī

(無人覓啾伊)＝沒人理他。

ī lòng əm *cịu* ghuà

(伊攏唔啾我)＝他理都不理我。

cǐu 揪 動 拉、扯。

cǐu xōngcuē(揪風吹)＝拉風箏。

sə̀q'à gạ *cǐu* lǎi！

(索仔給揪來)＝繩子給拉過來！

cịu 樹 名 樹木。

zāi zịt zǎng *cịu*

(栽一欉樹)＝種一棵樹。

cìubiò 手錶 名 手錶。

guạ *cìubiò*(掛手錶)＝戴手錶。

ciubhạk 樹木 名 樹木。

ciubhaịk ạm(樹木茂)＝林木茂盛。

ciucịng 手銃 名 ①手槍。

zȧq zịt gī *cìucịng*

(束一枝手銃)＝帶一把手槍。

②手淫。

pȧq *cìucịng*(拍手銃)＝手淫。

形 調皮、搗蛋。

cìucịng gin'à

(手銃囝仔)＝調皮鬼。

əmtāng diạm xiā *cìucịng*！

(唔通站彼手銃)

＝不要在那裏搗蛋！

ciugīn 手巾 名 手帕。

量diǎu(條)

〔ciugūn〕

ciukiāu 手曲 名 手彎、胳臂。

kụn *ciukiāu*

(睏手曲)＝枕著手臂睡。

ciulọ 手路 名 技術、拿手。

diàn *cìulọ*(展手路)＝耍技術。

ciulọcại(手路荣)＝拿手菜。

ciulȯk 手囊 名 手套。

guạ *ciulȯk*(掛手囊)＝戴手套。

又稱ciulǒng(手囊)。

量xụ(副)

ciunī 樹乳 名 橡膠。

ciunī'ě(樹乳鞋)＝膠鞋。

ciunīgȯng(樹乳管)＝橡膠管。

ciunīkō'à(樹乳箍仔)＝橡皮圈。

ciunīpȯk'à(樹乳凸仔)＝氣球。

cịunītău(樹乳頭)＝奶嘴。

〔cịulīng〕

cìu'əng 手袂 名 袖子。

biq cìu'əng(撤手袂)＝捲袖子。

cìu'əngkàu(手袂口)＝袖口。

ciutǎu 手頭 名 ①手。

guǎn dị ī ě ciutǎu
(權著伊的手頭)＝權在他的手上。

xit ě īsīng zụ diọq sia, ciutǎu dang
(彼個醫生注著射，手頭重)
＝那個醫生打起針來，手頭很重。
②手頭、手上。

ciutǎu lịng(手頭量)＝手頭寬裕。

cịutịh 秋天 名 秋天。

ciuzi 手指 名 戒指。

guạ ciuzi(掛手指)＝戴戒指。

（重）kā(奇)

cìuziq'a 手摺仔 名 記事本。

gị dị cìuziq'à
(記著手摺仔)＝記在記事本。

cō 初 副 初、第一次。

cō gịh bhịn
(初見面)＝第一次見面。

cō cịng(初穿)＝第一次穿。

cō 粗 形 ①粗。

gīgụt cō(枝骨粗)＝骨架粗。
②粗魯。

uẹ cō(話粗)＝講話粗魯。

⟷ịu(幼)

cọ 醋 名 醋。

cām cọ(參醋)＝加醋。

cōcǎn 粗殘 形 殘忍。

ịng cōcǎn bọ
(用粗殘步)＝用殘忍的方法。

sīmguāh cōcǎn
(心肝粗殘)＝心地殘忍。

cōcịng 粗穿 形 平時穿的。

cịng cōcịng ě sāh
(穿粗穿的衫)＝穿平時穿的衣服。

zit siāng sị cōcịng'e
(此雙是粗穿的)＝這雙是平時穿的。

cōdang 粗重 形 粗重。

cōdang ě gēsī
(粗重的家私)＝粗重的器具。

cōjòng 粗勇 形 粗壯、耐用。

lǎng sēhzạ ziǎh cōjòng
(人生做成粗勇)＝人長得很壯。

ziàn cōjòng'e diọq xə̀
(剪粗勇的著好)＝買耐穿的就好。

cōkə̄ng 粗糠 名 粗糠。

cōpuě 粗皮 名 皮膚粗糙。

〔cōpě〕

cōsiọk 粗俗 形 粗俗。

zē sị cōsiọk mịq, ciàh lị ga ghuà sīu kilǎi！
(兹是粗俗物，請你給我收起來)
＝這是粗俗的東西，請笑納！

ghuà ě lǎng bhə̌ gạq xiạq cōsiọk ǒ
(我的人無及彼粗俗哦)

＝我這個人沒那麼粗俗喲。

còk 撮 量 計數少量集聚的東西的單位。

tăumə̌ng beq zit còk
（頭毛白一撮）＝頭髮白了一小撮。

cụ gùi'a còk
（厝幾若撮）＝好幾撮房子。

cọk 戳？ 動 丟、押、戳；「啪」地蓋上印章。

cok dạuguāhjin
（戳豆乾印）＝蓋豆腐干一般的方印。

iǎh ě zǐh lòng cok lə̣qki
（贏的錢攏戳落去）
＝贏的錢全給押下去。

cọng 創 動 做。

cọng xuēxə̌ng
（創花園）＝整理花園。

lì deq cọng siàhmì？
（你在創甚麼）＝你在做什麼？

cōngbọng 倉皇？ 形 莽撞。

zə̣ sụ zīn cōngbọng
（做事眞倉皇）＝做事眞莽撞。

cọngdi 創治？ 動 作弄、欺負。

duạxạn'e cọngdi sẹxạn'e, ə̣m giāh lǎng ciọ？！
（大漢的創治細漢的，唔驚人笑）
＝大的欺負小的，不怕人笑話?!

cọngdi xọ xàu
（創治付哮）＝欺負他，讓他哭。

cọngging 創景 動 設局。

ghuà xọ lì bhẹ cọngging dit
（我付你𣍐創景得）
＝我不會讓你設局的。

zuān deq cọngging lǎng
（專在創景人）＝專門設局騙人。

cə̄ 臊 形 腥。

xuěsioh ziạq cại, bhə̌ ziạq cə̄
（和尙食菜，無食臊）
＝和尙吃素，不吃葷。

cə̄ cại（臊菜）＝葷菜。
 ←→ cại（菜）

cə̀ 草 動 草擬。

cə̀ zit ě gə̀
（草一个稿）＝草擬一篇稿。

 形 潦草。

rị siōh cə̀, kuạh bhə̌
（字尙草，看無）＝字太草，看不懂。

cə̀ 剉 動 砍。

cə̀ ciu（剉樹）＝砍樹。

cə̀ 錯 動 錯。

cə̀ sụ（錯事）＝幹錯事。

tiāh cə̀（聽錯）＝聽錯。

cə̀bhi 糙米 名 糙米。

cə̀tat 草塞 名 軟木塞。

cə̄ng 穿 動 穿。

cə̄ng suah（穿線）＝穿線。

 名 小孔；指蟲咬的小孔。

kì cə̄ng（起穿）＝破了一些小洞。

 量 孔；計數小孔的單位。

bọ ziu gụi'a cə̄ng

（布蛀幾若穿）＝布被蟲咬了好幾孔。

bò gho̱ cōng

（補五穿）＝補了五個小孔。

cōng 瘡 名 瘡。

sēh cōng（生瘡）＝長瘡。

còng 嗜？ 動 ①吸、吮、啃。

ī ghăubō cò̱ng xītău

（伊高嗜魚頭）＝她很會啃魚頭。

②鑽營、算計。

cò̱ng ziaq（嗜食）＝鑽營謀生。

cò̱ng lăng ě zĭh

（嗜人的錢）＝算計人家的錢。

cǫng 串 量 串。

zit cǫ̱ng lian'à

（一串鏈仔）＝一串鏈條。

bak gūi cǫ̱ng（縛舉串）＝綁一整

串。

cǎng 床 名 床。

dè di̱ cǎ̱ng（倒著床）＝倒在床上。

pongcǎ̱ng（凸床）＝彈簧床。

㊞diōh（張）

cǎng'à 串仔 名 鮐魚。

cə̄q 噎？ 動 男人用有關「性」的

語言罵人。

takcèqlǎng a̱q gàh cə̄q lǎng?!

（讀冊人惡敢噎人）

＝讀書人也敢罵人髒話?!

cū 趄 動 滑。

kā da̱q liàu cū ki̱

（腳踏了趄去）＝腳踩滑了。

du̱i dìngbhi̱n cū lə̱qlăi

（對頂面趄落來）＝從上面滑下來。

形 傾斜、斜坡。

lo̱ cū（路趄）＝斜路。

bhě cū, bhə̱ sia̱ zùi

（無趄，𣍐卸水）

＝沒有傾斜，不能排水。

cū 敷 動 舖。

cū pue（敷被）＝舖被子。

→zu̱（敷）

cù 取 動 選取、可取、找。

cù u̱ gùi ě cio̱h ī ànnē?!

（取有幾个像伊按呢）

＝能找幾個像他那樣的?!

cù giàhsa̱i（取子婿）＝選女婿。

cù zit bo̱ sīntè iòng

（取一步身體勇）

＝就只身體健壯這點足取。

cu̱ 次 量 次、回。

dejit cu̱ ě xueghi̱

（第一次的會議）＝第一次會議。

ziaq gùi'a̱ cu̱ bə̱ng

（食幾若次飯）＝吃好幾次飯。

cu̱ 厝 名 房子。

ki̱cu̱（起厝）＝蓋房子。

cu̱zù（厝主）＝房東。

cu̱kā（厝腳）＝房客。

cu̱sue̱（厝稅）＝房租。

cu̱ 泚？ 動 噴。

ciunīgòng pua̱ kāng, zùi dè̱q cu̱

（樹乳管破孔，水在泚）

＝橡皮管破了，水在噴。

xuêq cu̱ zīn xǝng

（血泚眞遠）＝血噴得很遠。

cu̱ 滑？ 動 滑。

zēng'à cu̱ lǝqlǎi

（磚仔滑落來）＝磚頭滑下來。

lo̱ gu̱t, cu̱ zi̱t dǝ̀

（路滑，滑一倒）＝路滑，滑了一跤。

cu̱ 嗽？ 動

①講悄悄話、咬耳朶。

īn nǝng ě dê̱q cu̱ siàhmì？

（恁兩个在嗽甚麼）

＝他們兩個在講什麼悄悄話？

②敎唆、挑動、逗。

cu̱ gàu（嗽狗）＝逗狗。

cu̱bih 厝邊 名 ①隔壁。

ī buāh lǎi ghuàn cu̱bīh

（伊搬來阮厝邊）＝他搬到我家隔壁。

②鄰居。

xê̱ cu̱bīh（好厝邊）＝好鄰居。

cu̱bhi̱ 趣味 形 有趣。

zi̱t bùn cê̱q lia̱m liàu zīn cu̱bhi̱

（此本册念了眞趣味）

＝這本書讀來眞有趣。

名 ①喜歡。

zi̱ngdi̱ ghuà bhǝ̀ cu̱bhi̱

（政治我無趣味）＝我不喜歡政治。

②興趣。

ī ě cu̱bhi̱ si̱ giǎh gĭ

（伊的趣味是行棋）

＝他的興趣是下棋。

cu̱ding 厝頂 名 屋頂。

bê̱q zio̱hki̱ cu̱dìng

（爬上去厝頂）＝爬上屋頂。

cu̱ga̱kziàu'à 厝角鳥仔 名 麻雀。

cu̱xia̱ 厝瓦 名 屋瓦。

ka̱m cu̱xia̱（蓋厝瓦）＝蓋屋瓦。

cua̱ 娶 動 娶。

cua̱ sùi bhò

（娶美婆）＝娶漂亮老婆。

←→ gę̱（嫁）

cua̱ 炁？ 動 帶；牽引。

cua̱ xaksīng

（炁學生）＝帶學生。

cua̱rio̱ 炁尿 動 尿床。

do̱ng bhę̱ diǎu, sua̱q cua̱rio̱

（當𣍐住，煞炁尿）

＝忍不住，遂尿出來。

ghin'à a̱i cua̱rio̱

（囝仔愛炁尿）＝小孩子常尿床。

cuāh 欉？ 名 刺。

ca̱k dio̱q cuāh

（鑿著欉）＝被刺到、扎到。

cua̱h 閂？ 動 用門閂把門鎖上。

cua̱h mǎng（閂門）＝把門閂上。

名 閂。

→lo̱ng（閂）

cuàn 喘 動 喘。

zāu ga̱q cuàn ga̱q

（走及喘及）＝跑得氣喘吁吁。

cuạn 串 動 從旁邊竄出來。

cuạn dīgəghě
（串豬哥牙）＝暴出虎牙。

副 經常、一直、都～。

cuạn giǎh xiàm lọ
（串行險路）＝一直走險路。

cuạn bhè, bhè diọq gui'e
（串買, 買著貴的）
＝每一次買東西, 都買到貴的。

cuạn 篡 動 霸佔、強奪。文言用語。

cuạn xǒngdẹwụi
（篡皇帝位）＝霸佔帝位。

cuǎn 拴 動 張羅、準備。

cuǎn uàhdị（拴碗箸）＝準備碗筷。

cuǎn xè la（拴好啦）＝準備好了。

cuànkụi 喘氣 動 呼吸、喘息。

dẹq gáq bhẹ *cuànkụi*
（壓及燴喘氣）＝壓得喘不過氣來。

cuàq 泄？ 動 漏、洩。

cuàq sài（泄尿）＝屎滲漏出來。

cuáq 掇？ 動 扯、拔。

cuáq gēmǎng（掇鷄毛）＝拔鷄毛。

dianxuèsuạh xọ cat *cuáq* dạng
（電火線付賊掇斷）＝電線被賊扯斷。

cuàq 擦？ 動 顫抖。

giāh gáq *cuàq* gáq
（驚及擦及）＝怕得發抖。

cuạq 斜？ 形 歪、斜。

bọ ga liàu *cuạq* kị
（布鉸了斜去）＝布剪歪了。

動 斜向～。

cuạq dụi xit diǎu lọ lǎi
（斜對彼條路來）＝從那條路斜過來。

cuē 吹 動 吹。

xōng dẹq *cuē*（風在吹）＝風在吹。
〔cē〕

cuē 炊 動 蒸。

gē bhẹq ịng *cuē*'e àsi bhẹq ịng zịh'e？
（鷄覓用炊的抑是覓用煎的）
＝鷄要用蒸的還是用炸的？
〔cē〕

cuě 箠 名 棍子、竹棒。多半說成 *cuě*'à（箠仔）。

ghiạq *cuě* gọng
（攑箠摃）＝拿棍子打。
〔cě〕

cuẹ 尋？ 動 ①尋、找、奔走、張羅。

cuẹ zịh（尋錢）＝張羅錢。

②拜訪。

cuẹ ī bhǒ dị le
（尋伊無著咧）＝訪他沒遇著。
〔cẹ〕

cūi 催 動 催。

cūi zịh（催錢）＝催討錢。

cūi gùi'ạ bàih
（催幾若擺）＝催了好幾回。

cūi 締？ 動 （用繩子等）綁緊、勒。

 cūi a_mgùn(締頷管)＝勒頸子。

cu̱i 碎 形 零碎、粉碎。

 cu̱i bhi̱(碎米)＝碎米。

 siȧk ləqki̱, suȧq cu̱i ki̱

 （揀落去，煞碎去）

 ＝摔下去，遂破掉。

 接尾 屑；碎屑。

 bo̱ cu̱i(布碎)＝碎布屑。

 zua cu̱i(紙碎)＝碎紙片。

cu̱i 嘴 名 口、嘴。

 cu̱i siōh kuȧq

 （嘴尙闊）＝嘴太大。

 liaq'à cu̱i(粒仔嘴)＝膿瘡口。

 量 口。

 ziaq nəng-sāh cu̱i niȧ

 （食兩三嘴耳）＝吃兩三口而已。

cu̱ibhuè 嘴尾 名 ①嘴巴。

 cu̱ibhuè gām(嘴尾甘)＝嘴巴甜。

 ②學舌。

 kióq lǎng ě cu̱ibhuè

 （拾人的嘴尾）＝拾人牙慧。

 〔cuibhè〕

cu̱iciu 嘴鬚 名 鬍鬚。cīu(鬚)①

 的二音節語。

cu̱idā 嘴乾 動 口渴。

 ghǎu cu̱idā(高嘴乾)＝容易口渴。

cu̱idǔn 嘴唇 名 嘴唇。dǔn(唇)

 ①的二音節語。

 cu̱idǔn dȩq bit

 （嘴唇在皾）＝嘴唇乾裂。

cu̱idǔnpuě 嘴唇皮 名 嘴皮、口
舌。

 gòng xit xə cu̱idǔnpuě ě ue̱

 （講彼號嘴唇皮的話）

 ＝講那種嘴皮上的話。

 ləq lǎng ě cu̱idǔnpuě

 （落人的嘴唇皮）＝落人口舌。

 〔cuidǔnpě〕

cu̱iki 嘴齒 名 牙齒。ki(齒)的二

 音節語。

 bò cu̱iki(補嘴齒)＝補牙。

 cu̱iki bhǎ zě

 （嘴齒無齊）＝牙齒不整齊。

cu̱ipuè 嘴䫌 名 臉頰。

 〔cuipè〕

cu̱isùi 嘴美 名 嘴甜、親切、善於
招呼人。

 xuē ziaq lo̱zùi, lǎng ziaq cu̱isùi

 （花食露水，人食嘴美）一俚諺

 ＝花靠露水滋潤而漂亮，人靠嘴甜

 而受歡迎、提攜。

 ī kȧq u̱ cu̱isùi

 （伊較有嘴美）＝他較會招呼人。

cūizu̱n 催陣 動 開始陣痛。

cūn 伸 動 伸、展。

 cūn cīu(伸手)＝伸手。

 cūn zi̱t'e gīu zi̱t'e

 （伸一下縮一下）＝伸一下縮一下。

cūn 剩 動 剩下。

cūn ghuà zịt ě
（剩我一个）＝剩下我一個人。

cūn'e xọ ghuà！
（剩的給我）＝剩下的給我！

cụn 寸 量 寸。

cụn it（寸一）＝一寸一分。

cụncioq 寸尺 名 尺寸。

niǒ cụncioq（量寸尺）＝量尺寸。

cụncioq bhǒ gạu
（寸尺無夠）＝尺寸不足。

cūnlǔn 伸匀？ 動 伸懶腰。

ciāh kiạ kilǎi cūnlǔn！
（且豎起來伸匀）＝站起來伸懶腰！

cūntih 春天 名 春天。

cụq 烵？ 動 用火瞬間接觸。

xūn cụq xọ xuā1
（燻烵付灰）＝把烟捺熄！

ịng xiōh gạ ī cụq
（用香給伊烵）＝用線香燒他。

cụqbhàng 烵眄？ 形 眼細視茫。

ginsị giām cụqbhàng
（近視兼烵眄）
＝近視又細眼，看不清東西。

cụqbhàng gạq ciọ diọq ghiọng
bhẹq kẹq kị
（烵眄及笑著將覓瞎去）
＝眼睛小到一笑就眯得見不著。

cụt 出 動 ①出。

cụt kị ghuakàu
（出去外口）＝出去外面。

cùt zǐh（出錢）＝出錢。

②講價。

gạq ga cùt！
（復給出）＝再跟他殺價！

cùt ī sāh báq kō, gạq ạm bhẹ
（出伊三百箍，復唔賣）
＝跟他出價三百元，還不賣。

③超過。

cùt dạng（出重）＝超重。

cùt ghiaq（出額）＝超額。

cùt 齣 名 戲。

xẹ cùt（好齣）＝好戲。

ciọkuē cùt（笑稽齣）＝爆笑劇。

量 部、齣；算戲劇的單位。

zịt báq kō ẹdang kuạh nẹng cùt
（一百箍會得-通看兩齣）
＝一百塊錢可以看兩齣戲。

zịt cùt iàhxị ghuà bhát kuạh
（此齣影戲我捌看）
＝這部電影我看過。

cùtghua 出外 動 外出旅行、到
外地。

cùtghua lǎng（出外人）＝外地人。

cùtghua tạnziạq
（出外趁食）＝到外地謀生。

～cùtkị ～出去 動 ～出去。

buē cùtkị（飛出去）＝飛出去。

zàu cùtkị kuạh
（走出去看）＝跑出去看。

cùtkụi 出氣 動 出口氣。

dụi lǎng gòng *cútkuị*
（對人講出氣）
＝向別人訴訴苦，出出氣。
gáp īn āng uāngē, páq giàh *cú-
tkuị*
（及恁翁冤家，拍子出氣）
＝和她丈夫吵架，打孩子出氣。

～cútlǎi ～出來 助 ～出來。
nạ u zǐh, guāiguāi'à teq *cútlǎi* !
（若有錢，諧諧仔提出來）
＝若有錢，乖乖拿出來！
zì puị *cútlǎi* !
（子唾出來）＝把籽吐出來！

cútmiǎ 出名 形 出名、有名的。
Sīndik *cútmiǎ* xùn
（新竹出名粉）＝新竹白粉最出名。
cútmiǎ ě xakzià
（出名的學者）＝有名的學者。

cútmǒng 出門 動 出門。
ạmsǐ bhẹsài *cútmǒng*
（暗時繪使出門）＝晚上不可以出門。
cútmǒng sāh'ạnggịh
（出門相向見）
＝出門在外，要互相照應。

cútpuạ 出破 動 敗露、發覺。
dạizị *cútpuạ*
（事志出破）＝事情敗露了。

cútsāi 出師 動 功夫學成。
cútsāi zạ sāixụ
（出師做師父）

＝功夫學成做師父了。

cútsị 出世 動 出生。
lì sị Bhīngók gùi nǐ *cútsị*'e ?
（你是民國幾年出世的）
＝你是民國幾年出生的？
cútsị zạ lǎng
（出世做人）＝出生爲人。
cútsị ghìn'à
（出世囝仔）＝剛出生的嬰兒。

cútsik 出色 形 出色。
xit gīng ě tāng'àdǔ zōng liàu dejit
cútsik
（彼間的窗仔廚粧了第一出色）
＝那家店的櫥窗佈置得最出色。
動 出頭。
káq gaṇ, zābhò dǝ bhẹ *cútsik*
（較姦，查某都繪出色）
＝再屬害，女人還是無法出頭。

cútsuāh 出山 動 出殯。
dịsị bhẹq *cútsuāh* ?
（底時覓出山）＝何時出殯？

cúttǎu 出頭 動 ①出面。
diọq lì *cúttǎu*, dạizi ziàq e dịt
（著你出頭，事志即會直）
＝必須你出面，事情才能擺平。
bhǒ lǎng gàh *cúttǎu*
（無人敢出頭）＝無人敢出面。
②出頭天。
bhǒ *cúttǎu* ě rịtzì
（無出頭的日子）

＝沒有出頭天的日子。

ī iàubhue̱ *cúttău*

（伊猶未出頭）＝他尙未出頭天。

同義詞：cúttua̱t（出脫），cúttău-
tīh（出頭天）之②。

cúttăutīh 出頭天 [動] ①天下太平。

bhīn'àza̱i kèci̱ na̱ liàu, ghuà dio̱q
cúttăutīh

（明仔再考試若了，我著出頭天）

＝明天考完試，我就天下太平了。

②出頭。

zi̱t ri̱t gīn *cúttăutīh*, zi̱t ri̱t gīn
kua̱hwa̱q

（一日緊出頭天，一日緊快活）

＝早一日出頭天，早一日快活。

同義詞：cúttău（出頭）之②。

cútxōngtău 出風頭 [動] 出風頭。

ī zio̱k a̱i *cútxōngtău*

（伊足愛出風頭）＝他很喜歡出風頭。

D

dā 乾? 形 乾。

sāh iàubhuę *dā*

（衫猶未乾）＝衣服未乾。

⟵⟶ dǎm(滄)

dā 礁 名 礁石、暗礁。

zǔn kuą *dā*（船靠礁）＝船觸礁。

dà 食? 動 吃；兒童用語。

gįn *dà*！（緊食）＝快吃！

dą 嗒? 感 那麼、那。

dą, e̱ ki̱ o！

（嗒，攜去噢）＝那麼，拿去吧！

〔dȧq〕

dą 罩 動 ①覆蓋、罩。

dą bhu̱（罩霧）＝起霧。

dą gē（罩鷄）＝（用籠子）把鷄蓋住。

②（身子）賴在…之上、壓在（心）頭上。

ghìn'à *dą* bhė̱q xo̱ lǎng pǫ

（囝仔罩覓付人抱）

＝小孩賴著要人抱。

名 蓋東西的罩子。

gēdą（鷄罩）＝鷄罩子；蓋鷄的籠子。

dianxuè*dą*（電火罩）＝燈罩。

dāgē 乾?家 名 婆婆。

dāgē kȯdo̱k sīmbu̱

（乾家苦毒新婦）＝婆婆虐待媳婦。

⟶ dāguāh（乾官）

dāguāh 乾?官 名 公公。

ghuàn *dāguāh* zīn tia̱h ghuà

（阮乾官眞痛我）＝我公公很疼我。

⟵⟶ dāgē（乾家）

dāsāng 乾鬆 形 乾鬆、乾爽。

sè sīngkū, lǎng kȧq *dāsāng*

（洗身軀，人較乾鬆）

＝洗完澡，人比較乾爽。

dāsāng ě tǒ

（乾鬆的土）＝乾鬆的土。

dāsə 乾燥 形 乾燥。

dāsə ě sòza̱i

（乾燥的所在）＝乾燥的地方。

dāh 但 名 現在。

zi̱ng zaxēng ga̱u *dāh*

（從昨昏到今）＝從昨天到現在。

副 已經、那麼。

dāh uạh la

(但晏啦)＝已經很晚了。

dāh ki̠ o！

(但去噢)＝那麼，請去吧！

dāh 擔 動 挑、擔。

dāh xuẹ(擔貨)＝挑貨。

dāh zikrịm(擔責任)＝擔當責任。

→gōng(扛)

dàh 打 動 ①打。文言用語。

ga̠ ī *dàh* lẹqki̠！

(給伊打落去)＝打他！

②折合、委託。

bhě ĭng tāng ki̠ bhè, sòji tẹq zit

bhan kō *dàh* ī

(無閑通去買，所以提一萬箍打伊)

＝沒空去買，所以拿一萬塊錢委託

他。

量 打。

bhè buạh *dàh* bhuẹq

(買半打襪)＝買半打襪子。

dàh 膽 名 ①膽。

dàh ziạq diọq ẹ kò

(膽食著會苦)＝膽吃了會苦苦的。

②膽量。

u̠ *dàh*(有膽)＝膽子大。

dàh zai(膽在)＝膽量夠。

dạh 擔 名 擔子。

dāh *dạh*(擔擔)＝挑擔子。

dạh xiọq le！

(擔歇咧)＝把擔子放下來歇歇吧！

量 ①挑的東西的計數單位。

xit *dạh dạh*

(彼擔擔)＝那個擔子。

giọ nẹng *dạh* bhẹ bhạqzạng'e

(叫兩擔賣肉粽的)

＝叫兩擔賣粽子的。

②千元。以前的用法，認爲這已是

一份財產。

zit *dạh* zĭh(一擔錢)＝一千元。

zĭh kāi gùi'ạ *dạh* ki̠

(錢開幾若擔去)＝花了好幾千元。

dǎh 攪? 動 攪和、插嘴打諢。

cit *dǎh* bẹq *dǎh*

(七攪八攪)＝七攪八和的。

xo̠ ī *dǎh* liàu suạq dạh ki̠

(付伊攪了煞錯去)

＝被他一攪和，遂錯掉了。

dạh 錯? 動 錯、錯誤。

bhè *dạh*(買錯)＝買錯了。

sạng liàu *dạh* ki̠

(算了錯去)＝算錯了。

也發爲dǎh。

dạh'à 擔仔 名 攤子。

guè-zi-*dạh'à*

(果子擔仔)＝水果攤。

同義詞：xuàn'à(販仔)。

也dạh(擔)

dàhban 打扮 動 ①打扮。

dàhbạn bhẹq cut ki̠

（打扮覓出去）＝打扮要出門。

②扮演。

dàhbạn zẹ Ziȯk Īngdǎi

（打扮做祝英台）＝扮演祝英台。

③看待。

ziọng ghuà zùn lǒzǎi dàhbạn

（將我準奴才打扮）

＝把我當奴才看待。

dàhdiạp 打疊 動 ①處理。

puạbẹh diọq gìn dàhdiạp

（破病着緊打疊）

＝生病要趕快處理。

②修理、處罰。

gàuguại, ẹ xọ lǎng dàhdiạp

（狡獪，會付人打疊）

＝愛作怪，會被修理。

dàhmàgā 打馬膠 名 柏油。

lọ bhėq gọng dàhmàgā

（路覓損打馬膠）

＝路上要舖柏油。

dàhmàjiu 打馬油 名 柏油。

dàhsẹng 打算 動 打算。

→*pȧqsẹng*（拍算）

dāhziȧq 但即 名 剛剛。

xē sị dāhziȧq ě dạizị

（夫是但即的事志）

＝那是剛剛的事。

dāhziȧq lǎi niǎ

（但即來耳）＝剛剛才來。

同義詞：dù'à（抵仔）。

dāi 獃 形 笨。

duạkōdāi（大箍獃）＝大笨蛋。

lì zīn dāi（你眞獃）＝你眞笨。

→*ghong*（戇），*kàm*（憨）

dài 滓 名 渣。

gạu dài（厚滓）＝多渣。

ĭudài（油滓）＝油渣。

dại 帶 動 帶。

dại iujǒng

（帶憂容）＝面帶愁容。

dại zịt ě bẹh

（帶一个病）＝帶了一種病症。

dǎi 台 名 台子。

dǎi'a（台仔）＝台子。

zioh kị dǎidìng

（上去台頂）＝上去台上。

xuēdài（花台）＝花台。

量 輛。

nẹng dǎi zụdọngciā

（兩台自動車）＝兩輛汽車。

dǎi 埋 動 埋葬。

dǎi silǎng（埋死人）＝埋葬死人。

dǎi zīn cīm（埋眞深）＝埋得很深。

daī 代 量 代、世代。

kiạ sāh daī lǎng

（豎三代人）＝三代人都住這兒。

也說成 dẹ。

daī 事？ 名 事情。

pàih daī（歹事）＝壞事。

bhě lì ě daī

（無你的事）＝沒你的事。

同義詞：su(事)。

da͟i'à 鰆仔 名 鯉魚。

　da͟i'à xǐ(鰆仔魚)＝鯉魚。

da͟ibiàu 代表 動 代表。

　da͟ibiàu zuǎnci̯ ě sīnglilǎng

　（代表全市的生理人）

　＝代表全市的生意人。

　名 代理人。

　suàn da͟ibiàu

　（選代表）＝選代表。

da͟igē 大家 指 大家。

　da͟igē lǎi ze̯ o！

　（大家來坐噢）＝大家來坐啊！

　da͟igē ge̯q zīmzio̯k kua̯hmai le！

　（大家復斟酌的看覬咧）

　＝大家再留意看看！

da͟igo̯ 事故 名 事情。

　ànnē u̯ siàhmi̯ da͟igo̯？

　（按哖有甚麼事故）

　＝這樣有什麼事嗎？

　ǎ, siòkuà da͟igo̯！

　（啊，小許事故）＝啊！小事情！

da͟ika̯i 大概 名 大概、大略。

　da͟ika̯i ě lǎng u̯ ki̯

　（大概的人有去）＝大概的人去了。

　gòng zi̯t ě da͟ika̯i dio̯q xè̯

　（講一个大概著好）

　＝說個大概就行了。

　情 大約、可能。

da͟ika̯i e̯ si̯

（大概會死）＝可能會死。

ī xiā da͟ika̯i u̯

（伊彼大概有）＝他那兒可能有。

da͟isīng 在?先 名 先。

　li̯ da͟isīng lǎi

　（你在先來）＝你先來。

　da͟isīng bhe̯q gòng ī ě da͟izi̯

　（在先覓講伊的事志）

　＝首先要講他的事情。

da͟izi̯ 事志 名 事情。

　si̯ siàhmi̯ da͟izi̯？

　（是甚麼事志）＝是什麼事情？

　co̯ng da͟izi̯(創事志)＝做事情。

dàih 刑? 動 ①剁。

　dàih ciu̯gī(刑樹枝)＝砍樹枝。

　dīkā ga dàih do̯ng

　（豬腳給刑斷）＝豬腳給剁斷。

　②騙取、勒索、撈獲。卑俗語。

　gīn'àri̯t dàih rua̯ ze̯？

　（今仔日刑若多）＝今天撈了多少？

　xo̯ ī dàih gho̯ ba̯q ki̯

　（付伊刑五百去）

　＝被他騙了五百元。

dȧk 觸 動 ①被角等頂到。

　xo̯ ghǔ dȧk dio̯q

　（付牛觸著）＝被牛頂到。

　②吵架。

　diah bhe̯q gȧp lǎng dȧk

　（定覓及人觸）＝常要跟人吵架。

③用指甲捏死虱子等。

dàk bhạksát(觸木虱)＝捏死虱子。

④記事。

lì ciàh *dàk* kì lăi !

(你且觸起來)＝你且記下來！

dàk diạm cḭuziq'à

(觸站手摺仔)＝記在手冊上。

⑤絆到、踢到。

dàk dioq zioqtău

(觸著石頭)＝踢到石頭。

dạk 逐 指 每。

dạk ĕ lăng dǝ ại ī

(逐个人都愛伊)＝每個人都愛他。

dạk rịt lăi(逐日來)＝每天來。

dām 嘗? 動 試試味道。

dām kuạh giăm à ziàh

(嘗看鹹抑饔)＝嘗看看鹹或淡。

→zḭh(舐)

dàm 膽 形 怕。

rù sioh rù *dàm* kì lăi

(愈想愈膽起來)＝愈想愈害怕。

dạm 頓? 動 低垂。

dạm tău(頓頭)＝低頭。

cḭugī *dạm* lǝqlăi

(樹枝頓落來)＝樹枝垂下來。

dăm 澹 形 濕。

dăm sāh ǝmtāng cịng !

(澹衫唔通穿)＝濕衣服不要穿！

tŏkā iàu *dăm*

(土腳猶澹)＝地面還濕濕的。

←→dā(乾)

dāmbǝ̀ 擔保 動 保證。

ghuà gạ lì *dāmbǝ̀*

(我給你擔保)＝我跟你保證。

名 擔保。日語直譯。

bhǒ *dāmbǝ̀* bhẹjịngdit

(無擔保獪用得)

＝沒有擔保品不行。

dạmbǝq 淡薄 名 一點點、稍微。

káq guăn *dạmbǝq*

(較昂淡薄)＝稍高一點。

dạmbǝq xǝ̀(淡薄好)＝稍好。

dāmdǝng 擔當 動 擔任、承當、負責。

nạ ụ daịzi, ghuà *dāmdǝng*

(若有事志，我擔當)

＝若有事，我負責。

bhẹq *dāmdǝng* zịt zioq bhì, ǝm *dāmdǝng* zịt ĕ ghin'àpì

(覓擔當一石米，唔擔當一个团仔疙)一俚諺

＝願承當一石米的重量，不願承當照顧一個小孩的工作。形容照顧小孩的辛苦。

dāmngo 耽誤 動 耽誤。

dāmngo bhògiàh

(耽誤婆子)＝誤了妻、子。

lì ǝmtāng *dāmngo* ghuà !

(你唔通耽誤我)＝你不要耽誤我！

dāmsūjăh 擔輸贏 形 看得開、

乾脆、承當得起。

ī ziảh *dāmsūjảh,* sū ạq cioghighị
（伊成擔輸贏，輸亦笑諆諆）
＝他很看得開，輸了也是笑嘻嘻。

dān 癉 〔形〕動植物生病或受蟲害而
發育不良。

gāmziạ *dān* kị
（甘蔗癉去）＝甘蔗枯了。

ảq'à *dān*
（鴨仔癉）＝鴨子發育不良。

dàn 等 〔動〕等待。

dàn lǎngkẹq lǎi
（等人客來）＝等客人來。

dạn 擲? 〔動〕丟、擲。

dạn gǐu（擲球）＝丟球。

dǎn 陳? 〔動〕響。

lǔigōng dẹq *dǎn*
（雷公在陳）＝雷響。

gòng uẹ bhẹ *dǎn*
（講話膾陳）＝講話被當耳邊風。

dạn 但 〔副〕只、但、願。文言用語。

dạn ghuạn ànnē
（但願按呢）＝但願如此。

dạndạn 但但 〔副〕只有、只。

dạndạn sị-ghọ ě lǎng
（但但四五个人）＝只有四五個人。

dạnsị 但是 〔接〕但是、可是。文言
用語。

sūiriǎn xẹ̀, *dạnsị* tại guị
（雖然好，但是太貴）

＝雖然好，但是太貴。

dànxạu 等候 〔動〕等候。dàn（等）
的二音節語。

dànxạu bhẹ lǎi
（等候膾來）＝等候不來。
也可說成tingxạu。

dāng 多 〔量〕年。

dak *dāng* lǎi
（逐多來）＝每年都來。

zap *dāng*（十多）＝十年。
同義詞：nǐ（年）。

〔名〕收成。

sīu *dāng*（收多）＝收穫期。

duạ *dāng*（大多）＝大收穫期。

xẹ̀ *dāng*（好多）＝豐收之年。

dāng 東 〔名〕東。

dạng 凍 〔動〕①凍、刺、痛。

ziạq xẹ̀lǎnsēzùi ẹ *dạng* ziq
（食荷蘭西水會凍舌）
＝吃彈珠汽水舌頭會刺刺的。

cuikị *dạng* gáq
（嘴齒凍及）＝牙齒凍得…。
②讓露水等溁沾。

xuēkāh pǎng cùtkị *dạng* lọ
（花坩捧出去凍露）
＝花盆端出去沾沾露水。

〔形〕小氣、吝嗇。

ī siạng *dạng*（伊上凍）＝他最小氣。

〔名〕結凍。

zẹ *dạng*（做凍）＝做（果）凍。

ghŭbhảq dạng(牛肉凍)＝牛肉凍。

dạng 㨃？ 動 ①責備的眼神、皺眉、瞪。

xọ īn bhò dạng zit e, suảq diạm kị

(付恁婆㨃一下，煞恬去)

＝被他老婆瞪一下，就安靜下來。

②用指甲擠、掐。

dạng tiạu'à(㨃痀仔)＝擠痘子。

dạng zit xǔn

(㨃一痕)＝掐一個指甲痕。

dăng 筒 名 筒。多半說成dăng'à

(筒仔)。

dikdăng(竹筒)＝竹筒。

量 瓶。

zit dăng iọqzùi

(一筒藥水)＝一瓶藥水。

dăng 銅 名 銅。

dăngsī(銅系)＝銅絲。

dăng 僮 名 乩童。

gè dăng xại zịnglăng

(假僮害眾人)＝假乩童害了眾人。

ziọh dăng(上僮)＝起乩。

dạng 重 形 ①重。

siōh dạng, ghiă bhǒxuảtdit

(尚重，夯無法得)＝太重，拿不動。

②強、高、重。

bhị dạng(味重)＝味道太重。

dạng ě lịsik(重的利息)＝高的利息。

←→kīn(輕)

dạng 動 動 ①動。

xuảq bhẹ dạng(喝艙動)＝叫不動。

dạng cỉu(動手)＝動手。

②開始。

dạng gāng(動工)＝開工。

dạng dị(動箸)＝動筷子、開始吃。

dāngcại 東菜 名 山東漬。做調味料用。

dạngdioq 動著 動 動到。

dạngdioq e lạu tē

(動著會落胎)＝動到了會流產。

dănggī 僮● 名 乩僮。dăng(僮)的二音節語。

guăn dănggī

(關僮乩)＝請乩童求神明指示。

dāngguē 冬瓜 名 冬瓜。

dāng'ə 苳萵 名 茼蒿。

〔dāng'e〕

～dāng～sāi ～東～西 助 ～東～西。列舉各種事情或東西時用。

gòng dāng gòng sāi

(講東講西)＝講東講西。

siọh dāng siọh sāi

(想東想西)＝想東想西。

giăh dāng giăh sāi

(行東行西)＝東逛西逛。

dăngsai'à 同姒仔 名 妯娌。

dăngsai'à ziăh ghău dảk

(同姒仔成高觸)＝妯娌之間很會吵。

dạngsōng 凍霜 形 小氣、吝嗇。

dang(凍)形的二音節語。

əm bhát kuạhgih xiạq *dạngsōng*

(唔捌看見彼凍霜)

＝不曾見過那麼小氣的。

dāngxùn 東粉 名 冬粉。

也說成suāh*dāngxùn*(山東粉)。

Dāngzeq 冬節 名 冬至。

〔Dāngzueq〕

dạq 貼 動 貼。

dạq iupio(貼郵票)＝貼郵票。

dạq diạm biạq

(貼站壁)＝貼在牆上。

dạq 搭 動 ①輕拍。

ghin'à ga *dạq* xo kun

(囝仔給搭付睏)

＝把小孩輕輕拍，讓他入睡。

dạq sīmguāh(搭心肝)＝拍胸脯。

②搭建。

dạq xibeh(搭戲棚)＝搭戲台。

dạq pugiò(搭浮橋)＝搭浮橋。

③加注、添上。

bo ga *dạq* zit de

(布給搭一塊)＝再加一塊布。

dạq ditau(搭鋤頭)＝把鋤頭加柄。

④買(酒等東西)。

dạq gùi xạp？

(搭幾合)＝買幾盒？

dạq daujiu(搭豆油)＝買醬油。

⑤預定搭乘。

bheq *dạq* dəzit bāng ciā？

(覓搭何一班車)＝要搭哪一班車？

dạq zun(搭船)＝坐船。

⑥緊貼。

mǎngcǎng əmtāng pạq siōh *dạq*

biạq！

(眠床唔通拍尙搭壁)

＝床不要擺得太靠牆！

zun tē xo kạq *dạq* xuah！

(船撐付較搭岸)＝船撐靠岸一點！

形 到底、透徹。

su gạq *dạq*

(輸及搭)＝輸到底。

càu dioq guạq xo ī *dạq*

(草著割付伊搭)＝草得把它割到底。

dạq 搭？ 量 場所。

ki dəzit *dạq*？

(去何一搭)＝去哪裏？

zit *dạq*(此搭)＝這兒。

dạq 踏 動 ①踩。

dạq dioq i e kā

(踏著伊的腳)＝踩到他的腳。

②戡查。

dạq gai(踏界)＝戡界。

③踩水車、灌溉。

dạq zùi(踏水)＝踩水車。

dạq nəng ku cǎn

(踏兩坵田)＝灌溉了兩塊田。

④留本。

dạq laubùn kilai

（踏老本起來）＝預留老本。

daq zi̠t xu̠n bhėq xo̠ ī

（踏一份覓付伊）＝留一份要給他。

⑤定價、估。

daq liàu sīōh sio̠k

（踏了尙俗）＝定得太低。

i'à *daq* sāh bȧq kō

（椅仔踏三百箍）＝椅子估三百元。

⑥言明在先。

diǎugia̠h *daq* ki̠ zīn ǎn

（條件踏去眞緊）＝條件訂得很苛酷。

dȧqdè 搭底 形 徹底的、到底。

dȧq（搭）形 的二音節語。

līm gȧq *dȧqdè*

（飲及搭底）＝喝到見底。

bhėq pȧq dio̠q pȧq xo̠ *dȧqdè*！

（覓拍著拍付搭底）

＝要打就打到底！

dȧqjiṇg 答應 動 答應、承諾。

ī *dȧqjiṇg* bhėq ki̠

（伊答應覓去）＝他答應要去。

dȧqkiāu 踏橇 動 踩高橇。

da̠t 值 動 值。

da̠t si̠ cīng kō

（值四千箍）＝值四千元。

da̠t bhȟ gùi siàn

（值無幾錢）＝值不了幾個錢。

形 值得。

zȩ lǎng ī sia̠ng *da̠t*, da̠k xa̠ng dȟ

xiòngxȯk dio̠q

（做人伊上值，逐項都享福著）

＝做人他最值得了，什麼都享受到。

da̠t 達 動 達、通達。

da̠t bho̠kdik（達目的）＝達到目的。

da̠t dȯli̠（達道理）＝通情達理。

dāu 兜 名 家。

lǎi ghuàn *dāu* cittȟ la！

（來阮兜迌迌啦）＝來我家玩啦！

ki̠ sīnsēh-*dāu*

（去先生兜）＝去老師家。

dāu 揿 動 ①扣住。

zi̠h *dāu* dėq ə̠m xo̠ ī

（錢揿在唔付伊）＝把錢扣住不給他。

②沾粉。

bhėq zi̠h dio̠q sīng *dāu* xùn

（覓煎著先揿粉）＝要炸得先沾粉。

dàu 斗 名 ①斗。

e̠ *dàu* lǎi nio̠

（攜斗來量）＝拿來量。

②圓筒形的容器。大都說成 *dàu*'à

（斗仔）。

bə̠ng*dàu*（飯斗）＝飯斗。

ciā *dàu*（車斗）＝（人力車的）車台。

量 斗。

zi̠t *dàu* bhȉ（一斗米）＝一斗米。

接尾 斗。

kācēng*dàu*（腳倉斗）＝屁股。

cui'e̠*dàu*（嘴下斗）＝下巴。

dàu 倒 量 回、次、把。比賽或賭

博次數的計數單位。

i̯ sāh *dàu*（爲三倒）＝玩三次。

sū i̯ nə̠ng *dàu*

（輸伊兩倒）＝輸他兩次。

接尾加在單音節語後，使成雙音節。

di̠ng*dàu*（定倒）＝硬。

nge*dàu*（硬倒）＝難。

da̠ng*dàu*（重倒）＝重。

da̠u 鬥 動 ①合、密合。

da̠u sùn（鬥榫）＝把榫孔合上。

da̠u bhe̠ diǎu（鬥膾住）＝合不住。

②投機、算計。

ue̯ *da̠u* ki̠ zīn bha̠

（話鬥去眞密）＝話很投機。

nə̠ng ě *da̠u* bhė̯q làu lǎng ě zi̯h

（兩人鬥覓斜人的錢）

＝兩人算計要騙人家的錢。

③競爭、比賽。

siāng běh *da̠u*

（雙棚鬥）＝兩團戲在拚鬥。

da̠u sùi（鬥美）＝比美。

④幫忙。

li̯ gȧp ī *da̠u* sià！

（你及伊鬥寫）＝你幫忙他寫。

gin lǎi *da̠u*！

（緊來鬥）＝快來幫忙！

da̠u 罩? 名 白天、中午。

bhė̯q *da̠u* la（覓罩啦）＝快中午了。

ziaq *da̠u*（食罩）＝吃午餐。

dǎu 投 動 告狀。

dǎu sīnsēh（投先生）＝向老師告狀。

sigue̠ ki̠ *dǎu* xo̠ lǎng tiāh

（四界去投付人聽）＝四處去告狀。

da̠u 豆 名 豆。多半說成*daúà*（豆

仔）。

dǎu'à 骰仔 名 骰子。

gə *dǎu'à*（翶骰仔）＝搖骰子。

daubià̠h 豆餅

→da̠ukō（豆箍）

daucai 豆菜 名 豆芽菜。

da̠udè 到底 副 到底、究竟。

da̠udè si̠ ànzuàh？

（到底是按怎）＝到底怎麼了？

da̠udè siàhmi̠ lǎng iǎh？

（到底甚麼人贏）＝到底誰贏？

dǎugī 投機 形 投機、合得來。

nə̠ng ě gòng ue̯ bùtzi̠ *dǎugī*

（兩个講話不止投機）

＝兩個人說話相當投機。

da̠uguāh 豆乾 名 豆腐乾。

da̠ujiu 豆油 名 醬油。

də *da̠ujǐu*（倒豆油）＝倒醬油。

un *da̠ujǐu*（搵豆油）＝沾醬油。

da̠ukāciu 鬥腳手 動 湊人手、幫

忙。da̠u（鬥）④的三音節語。

bhě lǎng tāng *da̠ukāciu*

（無人通鬥腳手）＝無人可幫忙。

da̠ukō 豆箍 名 豆渣壓成餅狀。做

飼料用。亦叫daubià̠h（豆餅）。

da̠urù 豆乳 名 豆腐乳。

zàkisi̠ lòng pue̠ *da̠urù*

（早起時攏配豆乳）
＝早餐都佐以豆腐乳。

dǎuxǎng 投降 動 投降。
　dǎuxǎng Bhigȯk
　（投降美國）＝向美國投降。

da̤uxu 豆腐 名 豆腐。

da̤uxuē 豆花 名 豆花。

da̤uziȯh 豆醬 名 味噌。
　da̤uziȯh tēng（豆醬湯）＝味噌湯。
　〔da̤uziuh〕

da̤uq 啄? 動「啪」一聲誘捕到。
　da̤uq niàucù
　（啄老鼠）＝誘捕到老鼠。
　名 鋏子。
　niàucù da̤uq（老鼠啄）＝捕鼠鋏。
　cịng da̤uq（銃啄）＝扳機。

da̤uq'à 啄仔 名
　da̤uq da̤uq'à（啄啄仔）＝裝上鈎鋏
　（等）扳機。
　量 liạp（粒）

da̤uqda̤uq 沓沓 副 常常。
　da̤uqda̤uq lǎi（沓沓來）＝常常來。

da̤uqda̤uq'à 沓沓仔 副 慢慢的。
　da̤uqda̤uq'à cọng
　（沓沓仔創）＝慢慢做。
　da̤uqda̤uq'à gòng
　（沓沓仔講）＝慢慢說。

dè 底 名 ①底部。
　bhǎ kua̤hgịh dè
　（無看見底）＝見不到底。

ě dè（鞋底）＝鞋底。
②基礎、本質。
pạq dè（拍底）＝打底、打基礎。
pàih dè（歹底）＝本質差、底子差。
接尾 ①中、裏、內。
lạkde'à dè
（橐袋仔底）＝口袋裏。
ciā dè（車底）＝車內。
②裏子。
zuà dè（紙底）＝紙裏子。
bọ dè（布底）＝布底子。
③剩下的東西。
xuẹ dè（貨底）＝貨底。
cại dè（茱底）＝剩茱。
〔duè〕

dè 短 形 ①短。
　rit kạq dè（日較短）＝白天較短。
　②情理或資本較薄弱。
　lì ě zịnglì kạq dè
　（你的情理較短）＝你的情理較虧。
　dè bùn（短本）＝本錢小。
　③銷路少、出口小。
　siāulo dè（銷路短）＝銷路不好。
　rio dè（尿短）＝尿少。
　⟵⟶ dǎng（長）

dè 貯? 動 以容器裝。
　u siàhmì tāng dè bhǎ?
　（有甚麼通貯無）
　＝有什麼可以裝的嗎？
　dè dih（貯滇）＝裝滿。

〔duè〕

dẹ 笮? 動 把水瀝乾。

dẹ zùi（笮水）＝瀝水。

dẹ xo dā（笮付乾）＝壓乾。

dẹ 塊? 量 塊、首。

zịt dẹ zioqtǎu
（一塊石頭）＝一塊石頭。

nẹng dẹ bhảq（兩塊肉）＝兩塊肉。

sāh dẹ kik（三塊曲）＝三首歌。

dě 茶 名 茶。

pạu dě（泡茶）＝泡茶。

bhẹq'à dě（麥仔茶）＝麥茶。

dě 蹄 名 ①蹄。

bhèdě（馬蹄）＝馬蹄。

②手掌、腳掌。

ảqbhədě（鴨母蹄）＝母鴨掌。

cìudě（手蹄）＝手掌。

③底座、基礎。

ịng zēng'à pảq dě
（用磚仔拍蹄）＝用磚頭打底座。

〔duě〕

dě 題 名 題目。

cút dě（出題）＝出題目。

動 ①題、寫。

dě zịt cìu sī
（題一首詩）＝題一首詩。

dě zạn（題讚）＝題字稱讚人家。

②認捐。募款時讓人自由題寫數額。

ga lǎng dě（給人題）＝跟人認捐。

ghuà dě zịt bhạn

（我題一萬）＝我認捐一萬。

〔duě〕

dẹ 代
→dai（代）

dẹ 地 名 ①土地。

ga lǎng zioq zịt dẹ dẹ
（給人借一塊地）＝跟人家借一塊地。

②還債的能力。

ī dā iàu u dẹ le, mìsài giāh xo ī
dè kị?!
（伊都猶有地咧，麼使驚付伊倒去）
＝他都還有土地，幹嘛怕被倒?!

〔duẹ〕

dẹ 袋 動 以袋子裝。

bhǎ sòzại tāng dẹ
（無所在通袋）＝沒地方裝。

名 布製袋子。多半說成dẹ'à（袋
仔）。

bodẹ（布袋）＝布袋子。

dẹ 第 接頭 第～。

dẹjit（第一）＝第一。

dẹri（第二）＝第二。

dẹgùi?（第幾）＝第幾?

〔duẹ〕

dẹ'à 苧仔 名 苧麻。
→muǎ（麻）

dě'āu 茶甌 名 茶杯。

ịng dě'āu līm
（用茶甌飲）＝用茶杯喝。

děbǎn 茶瓶 名 茶壺。

同義詞：dĕguạn（茶罐）。

🔢gī（枝）

debàn 地板 名 地板。

pō debàn（舖地板）＝舖地板。

〔duebàn〕

dĕbăng 茶房 名 茶房、喫茶間。

debo 地步 名 ①地位。

xə debo（好地步）＝好地位。

daq gau xit xə debo

（踏到彼號地步）＝得到那個地位。

②境遇、處境。

cīcàm ĕ debo

（淒慘的地步）＝悲悽的境地。

〔duebo〕

dĕbhạk 題目 名 題目。

〔duĕbhạk〕

dedạng 地動 名 地震。

dedạng xo cụ dèq sì

（地動付厝壓死）＝地震被房子壓死。

〔duedạng〕

degī 地基 名 地基。

degī pág bhě zai

（地基拍無在）＝地基沒打穩。

〔duegī〕

dĕgiu 地球 名 地球。

dĕgiu dèq dəng

（地球在轉）＝地球在轉動。

〔duegiu〕

dĕgò 茶砧 名 茶壺。

diạm dĕgò zuāh

（站茶砧煎）＝在茶壺煎（藥）。

dĕguan 茶罐 →dĕbăn（茶瓶）

deghịk 地獄 名 地獄。

buạq ləqki deghịk

（跋落去地獄）＝掉到地獄去。

〔dueghịk〕

dĕjăn 題捐 動 認捐。dĕ（題）動

②的二音節語。

siguẹ kị găng dĕjăn

（四界去給一人題捐）

＝到處去請人認捐。

bhǎ lăng bhèq ga dĕjăn

（無人覓給題捐）＝沒人認捐。

〔duĕjăn〕

dejit 第一 副 第一、最。

Diōnggók lăng dejit zẹ

（中國人第一多）＝中國人口最多。

〔duejit〕

dĕjiu 茶油 名 茶油。

dàq dĕjiu lăi bhuàq

（搭茶油來抹）＝買茶油來擦。

dĕ'àjiu（茶仔油）

dĕsim 茶心 名 茶心。

pạu xə dĕsim

（泡好茶心）＝泡好的茶心茶。

detău 地頭 名 地頭、地段。

xit detău kàq suēbhĭ

（彼地頭較衰微）＝那地段較沒落。

detău cēhsō

（地頭生疏）＝地頭生疏、人生地疏。

〔duɛtău〕

děwē 茶鍋 名 茶鍋。

[dě'ē]

dewui 地位 名 地位。

dit dioq xә̀ *dewui*

(得著好地位)＝獲得好地位。

〔duɛwui〕

deziān 地氈 名 地毯。

cū *deziān*(敷地氈)＝舖地毯。

〔duɛziān〕

deh 盯 動 ①使勁、用力。

deh sài(盯屎)＝用力拉屎。

bhakzīu *deh* dua lùi

(目睭盯大蕊)＝眼睛睜得大大的。

②裝蒜。

deh әm zāi(盯唔知)＝假裝不知道。

〔dih〕

děh 桯? 動 綳緊。

děh pongjì(桯凸椅)＝綳沙發椅。

kācēng dioq *děh* kaq ǎn le !

(腳倉著桯較緊咧)

＝屁股得綳緊一點！小心挨打之意。

deh 掟 動 用力捏。

deh lanpā(掟生葩)

＝捏陰囊。生氣無處發洩之意。

deh pua gēnәng

(掟破鷄卵)＝捏破鷄蛋。

〔dih〕

deq 在? 副 在。

ī *deq* kun(伊在眠)＝他在睡覺。

sīnsēh *deq* cong siàhmì ?

(先生在創甚麼)＝老師在幹嘛？

kia *deq* kuah(豎在看)＝站著看。

deq 壓? 動 ①壓。

ghiă zioqtău lăi *deq*

(夯石頭來壓)＝扛石頭來壓。

②把咳嗽等壓下。

deq sau ě ioq(壓嗽的藥)＝鎮咳藥。

deq xuè(壓火)＝降火。

③還禮(在對方的禮籃中放禮物)。

bheq ga *deq* siàhmì ?

(覓給壓甚麼)＝要還什麼禮呢？

deq děbuăh(壓茶盤)

＝(在新娘請喝甜茶的茶盤上)放紅

包還禮。

④押。

ghuà *deq* lak(我壓六)＝我押六。

deq sì baq kō

(壓四百箍)＝押了四百元。

⑤種植(甘藷)。

deq xānzǔ(壓番藷)＝種甘藷。

接尾 壓。

zuà*deq*(紙壓)＝文鎮。

giămcai*deq*

(鹹菜壓)＝壓鹹菜的石頭。

deq 啄 動 啄。

deq ngògok(啄五穀)＝啄食五穀。

deqbheq 在覓 副 就要。bheq

(覓)副 的二音節語。

deqbheq lɛq xo la

（在覓落雨啦）＝就要下雨了。

bẹh gȧq *dẹqbhèq* sì

（病及在覓死）＝病得快死了。

〔*dẹqbhuèq*〕

dī 豬 名 豬。

　tǎi *dī*（刣豬）＝殺豬。

　dīzạu（豬灶）＝屠宰場。

dì 致 動 罹患。

　dì xil̀ɔ（致肺癆）＝罹患肺病。

dị 蒂 名 蒂。

　xuē*dị*（花蒂）＝花蒂。

　zịmkị *dị* diɔq sīng tẹq kilǎi

　（浸柿蒂著先提起來）

　＝浸柿子時蒂要先摘掉。

dị 戴 動 戴。

　dị bhə（戴帽）＝戴帽子。

dǐ 池 名 池子。

　gut zịt ě *dǐ*（堀一个池）＝挖個池

　子。

dị 治 動 ①征服、消滅、打敗。文言

　用語。

　dị iāuguại（治妖怪）＝消滅妖怪。

　②治療、止。

　dị bẹh（治病）＝治病。

　dị iāu（治飢）＝充飢。

　③欺負、整。

　xɔ lǒmuǎ *dị* zīn tiàm

　（付鱸鰻治眞殄）

　＝被流氓欺壓得很慘。

　ghìn'à ghǎu *dị* sịdualǎng

（囝仔高治序大人）

＝小孩很會整大人。

dị 痔 名 痔瘡。

　bịh *dị*（變痔）＝長成痔瘡。

dị 著 動 在。

　zỉh *dị* xiā（錢著彼）＝錢在那兒。

　ghuà *dị* Gɛ̀ngdāng ě sì

　（我著廣東的時）＝我在廣東的時候。

　介 於。表示動作的歸著點。

　guàn siɔk *dị* ī

　（權屬著伊）＝權屬於他。

　dị bǎnglin dẹq xàu

　（著房裏在哮）＝在房裏哭。

　→diạm（站）

dị 箸 名 筷子。

　ghiạq *dị*（撋箸）＝拿筷子。

　xuè*dị*（火箸）＝火箸。

　量siāng（雙）

dǐbě 枇杷 名 枇杷。

　〔bǐbě〕

dịdẹq 著在 副 在。dẹq（在）的二音

　節語。

　daịzi *dịdẹq* xə̀sẹ

　（事志著在好勢）＝事情在變好。

　ī *dịdẹq* takcèq

　（伊著在讀册）＝他在唸書。

dìdịk 抵敵 動 敵對、對抗。

　bhǎ lǎng gàh *dìdịk* ī

　（無人敢抵敵伊）＝沒人敢與他對敵。

　dìdịk ī bhẹ diǎu

（抵敵伊𣍐住）＝拿他沒辦法。

dīdū 蜘蛛 名 蜘蛛。

gēh *dīdū* sī(經蜘蛛絲)＝結蛛網。

digau 致到 動 造成、變成、導致、
　惹出。

digau ànnē

（致到按呢）＝變成這樣。

e *digau* rià kì dua su

（會致到惹起大事）
＝會惹出大事來。

dijim 致蔭 動 庇蔭。im(蔭)的二
　音節語。

dijim bhògiàh

（致蔭婆子）＝庇蔭妻、子。

disi 底時 指 何時、什麼時候。

xē si *disi* ě daizi？

（夫是底時的事志）
＝那是什麼時候的事？

disi bhèq ki？

（底時覓去）＝何時要去？

也可說成didāngsi(底當時)。

dǐtău 鋤頭 名 鋤頭。

ghiaq *dǐtău* gul

（攑鋤頭掘）＝拿鋤頭挖。

dǐxǒng 持防 動 提防、警戒。

xǒng(防)的二音節語。

diā 爹 名 上流家庭用語,父親。

多半說成ādiā(阿爹)。

lìn *diā* dèng lǎi la

（您爹轉來啦）＝你爹回來了。

diàh 鼎 名 鍋子。

ing *diàh* ziān

（用鼎煎）＝用鍋子煎。

量 鍋。

zù sāh *diàh* bhixùn

（煮三鼎米粉）＝煮三鍋米粉。

diah 碇 名 錨。

pā *diah*(拋碇)＝下錨、拋錨。

文mǒng(門)

diǎh 庭 名 庭院。

xit ě *diǎh* eq

（彼个庭狹）＝那個庭院窄。

diǎh 埕 接尾 晒穀物的場所。

diu*diǎh*(稻埕)＝晒穀場。

iǎm*diǎh*(鹽埕)＝晒鹽場。

diah 定 名 定。

sang *diah*(送定)＝定婚。

siāu *diah*(消定)＝退婚。

動 ①預訂。

diah xue(定貨)＝訂貨。

②安定。

sīmtǎu bhǒ *diah*

（心頭無定）＝心頭不安定。

ing káq *diah*

（湧較定）＝浪比較平了。

副 常常。

diah lǎi cittǒ

（定來迢迢）＝常來玩。

diah 錠 量 錠。金塊銀塊的計數單
　位。

nəng *diah* gīm

（兩錠金）＝兩錠金子。

diahdiah 定定 形 安定、不動。

diahdiah bhe dīndang

（定定𣍐振動）＝定定地不動。

副 經常。diah（定）副 的二音節語。

diahdiah bhe xu

（定定𣍐赴）＝常常來不及。

diahdioq 定著 形 ①確定、一定。

diahdioq ě ghiaq

（定著的額）＝一定的數量。

disī bheq ki iàubhue *diahdioq*

（底時覓去猶未定著）

＝何時要去還沒決定。

②安靜、定性。

ziàqgù kàq *diahdioq*, bhe ànnē

pupucīng

（此久較定著，𣍐按哖泡泡蒸）

＝現在比較定性，不會那麼輕浮。

情 一定。

lì *diahdioq* e lǎi xoh？

（你定著會來唔）＝你一定會來吧？

diahdioq no（定著呢）＝一定呀！

diak 觸 動 （用指端）彈。

diak sīguē

（觸西瓜）＝用指尖彈西瓜。

diak səngbuǎh（觸算盤）＝打算盤。

diām 砧? 名 砧板。

diam *diām* zam

（站砧鏨）＝站砧板爲生。

---

tiq*diām*（鐵砧）＝鐵砧板。

動 ①修鞋。

diām zit kā（砧一奇）＝修這一隻。

diām ciunīdè（砧樹乳底）＝墊膠

底。

②連續刺痛。

bhakzīu *diām*

（目睭砧）＝眼睛扎扎的。

kā xo zioqtǎu'à *diām* dioq

（腳付石頭仔砧著）＝腳被石頭扎到。

③揍、修理。卑俗語。

xo lǎng *diām*

（付人砧）＝被人修理。

diàm 點 動 ①點書。

diàm gu（點句）＝點句子。

②清點。

diàm lǎngghiaq（點人額）＝清點人

數。

③塗、點。

diàm iānzī（點臙脂）＝塗口紅。

diàm bhakjoq

（點目藥）＝點眼藥水。

名 點。

ō *diàm*（烏點）＝黑點。

量 ①時間。

zitmà gùi *diàm*？

（此滿幾點）＝現在幾點？

nəng *diàm* buah

（兩點半）＝兩點半。

②分數。

teq gàu zạp *diàm*
(提九十點)＝得九十分。

diạm 店 名 店。

kūi sị gīng *diạm*
(開四間店)＝開四家店。

cẹq*diạm*(冊店)＝書店。

diạm 站 動 ①在、住。

lị ciàh *diạm* xiā！
(你且站彼)＝你暫且在那兒！

ghuà *diạm* dị Dăidiōng
(我站著台中)＝我住在台中。

②住、宿。

ěxōng *diạm* le la！
(下昏站咧啦)＝晚上住下來吧！

③避、躲。

diạm xọ(站雨)＝躲雨。

diạm xōng(站風)＝避風。

xit gīng cụ ụ *diạm* cạt dị le
(彼間厝有站賊著咧)
＝那間房子躲著賊。

介 在。

diạm dianciālai páq'ọmgịh
(站電車內拍唔見)
＝在電車中丟掉的。

→dị(著)

diăm 沈

→dĭm(沈)

diạm 恬 形 安靜、無聲。

ī ziăh *diạm*(伊成恬)＝他很靜。

daigē káq *diạm* le！

(大家較恬咧)＝大家安靜點！

diạm 墊 名 坐墊。

cū zịt dẹ *diạm*
(敷一塊墊)＝舖一塊坐墊。

ì *diạm*(椅墊)＝椅墊。

動 播種、把苗木埋進土裏。

diạm zịng(墊種)＝插(苗木)種。

diạm ghĭngghĭngzĭ
(墊龍眼子)＝播龍眼籽。

diạmbhi 站泳? 動 潛水。

diạmbhi dẹq sĭu
(站泳在泅)＝潛在水中游泳。

diàmsim 點心 名 點心。

ziạq *diàmsīm*(食點心)＝吃點心。

diān 顛 動 東倒西歪。

giăh gáq kọkkọk*diān*
(行甲硞硞顛)＝走得東倒西歪。

diàn 展 動 ①大、擴展、蔓延。

dụ zùi, ẹ *diàn* dua
(住水，會展大)
＝放入水裏，會變大。

nă'à-cụi siōh *diàn*
(籠仔嘴尚展)＝籠子口太大。

②誇耀、自大。

diàn ī ě zăizĭng
(展伊的才情)＝誇耀他的才能。

dian 佃 名 佃農。

dian 電 名 ①電。

ìn *dian*(引電)＝接電。

②電報。

páq *diạn*(拍電)＝拍電報。

動 ①觸電。

xē e̱ *diạn* lǎng

（夫會電人）＝那會電人。

②燙。

diạn tǎumǒng(電頭毛)＝燙頭髮。

xē si̱ *diạn*'e

（夫是電的）＝那是電燙的。

diạnbǝ̱ 電報 名 電報。dia̱n（電）

名②的二音節語。

go̱ng na̱ng tōng *diạnbǝ̱* lǎi

（損兩通電報來）＝打兩通電報來。

diạnciā 電車 名 電車。

ze̱ *diạnciā* lǎi

（坐電車來）＝坐電車來。

diāndǝ̱ 顛倒 副 顛倒、反而。

diāndǝ̱ gòng(顛倒講)＝講顛倒。

diāndǝ̱ xo̱ ī me̱

（顛倒付伊罵）＝反而被他罵。

diạnjàh 電影 名 電影。新詞。

diạnrin 佃人 名 佃農。dia̱n（佃）

的二音節語。

diạnrin ga̱p tǎugē de̱q uāngē

（佃人及頭家在冤家）

＝佃農和地主在吵架。

同義詞：cǎndia̱n(田佃)。

diạnwe̱ 電話 名 電話。

go̱ng *diạnwe̱*(損電話)＝打電話。

diànwūi 展威 動 展示威風。

xò de̱q *diànwūi*

（虎在展威）＝老虎在展示威風。

ī ka̱q *diànwūi, lǎng* ma̱ ə̱m giāh

ī

（伊較展威，人也唔驚伊）

＝他再怎麼展示威風，也沒人怕他。

diạnxōng 電風 名 電扇。

diạnxōng de̱q se̱q

（電風在旋）＝電扇在轉。

也可說成diạnsi̱h(電扇)。

diạnxuè 電火 名 電燈。

diàm *diạnxuè*

（點電火）＝打開電燈。

〔diạnxè〕

diạ̱p 霎 量 度、回。

zit *diạ̱p* bu̱tbì xit *diạ̱p*

（此霎不比彼霎）＝這回不比那回。

páq si̱-gho̱ *diạ̱p*

（拍四五霎）＝打了四、五回。

diạ̱p 疊? 動 揍、打。

ka̱q *diạ̱p* dǝ̱ ə̱m giāh

（較疊都唔驚）＝怎麼打都不怕。

xo̱ īn laubhǝ̱ *diạ̱p* zīn tiàm

（付恁老母疊眞殄）

＝被他母親打得很慘。

diạ̱q 摘 動 摘。

diạ̱q ca̱i(摘菜)＝摘菜。

li̱ bhe̱q *diạ̱q* siàhmi̱ lǎng？

（你覓摘甚麼人）＝你要選誰？

diạ̱q 糴 動 買穀物。

ki̱ càude̱ *diạ̱q* cik

（去草地糶粟）＝到鄉下買稻米。

⟵⟶ tiǒ（糶）

diāu 特? 動 刁難。

i̠nggāi xo̠ lǎng dio̠q xo̠ lǎng,
ə̠mtāng ànnē diāu!
（應該付人著付人，唔通按咱特）
＝該給就給，不要這樣刁難人家！

diāu 彫 動 ①刻。

diāu bu̠t（彫佛）＝雕刻佛像。
②拉彎。
diāu gīng（彫弓）＝拉弓。
ciu̠lē ga̠ ī diāu lə̠qlǎi
（樹絡給伊彫落來）＝把樹枝扳下來。

dia̠u 召 動 叫、召集。

dia̠u zi̠ngri̠n（召證人）＝叫證人。
dia̠u bīng（召兵）＝召集軍隊。

dia̠u 吊 動 ①懸掛。

dia̠u bhàngda̠（吊蚊罩）＝掛蚊帳。
dia̠u ěh'à si̠
（吊楹仔死）＝懸樑自盡。
②取消。
guǎn xo̠ lǎng dia̠u ki̠ki̠
（權付人吊起去）＝權力被取消了。
dia̠u bǎi（吊牌）＝吊消執照。
③用藥把毒吸出。
dia̠u lǎng（吊膿）＝把瘡膿吸出。
dia̠u jo̠q（吊藥）＝吸膿瘡的藥。

diǎu 住? 動 ①卡住、沾上。

e̠ diǎu ciu（會住手）＝會沾手。
xōngcuē diǎu di̠ dia̠nxuèsua̠h

（風吹住著電火線）
＝風箏卡在電線上。
②上癮。
diǎu xūn（住燻）＝有烟癮。
zi̠u na̠ diǎu le, dio̠q pàih gè
（酒若住咧，著歹解）
＝酒如果喝上癮，就很難戒掉。
助 住。
rùn bhe̠ diǎu（忍𣍝住）＝忍不住。
ze̠ e̠ diǎu（坐會住）＝坐得住。

diǎu 條 量 條、筆。細長物的計數

單位。
de̠ri diǎu（第二條）＝第二條。
zit diǎu sə̠q'à
（一條索仔）＝一條繩子。
xit diǎu sia̠u（彼條賬）＝那筆帳。
接尾 條。
gīmdiǎu（金條）＝金條。
dǐndiǎu（籐條）＝籐條。

diǎu 朝 名 朝廷。文言用語。

ri̠p diǎu gi̠h xǒngde̠
（入朝見皇帝）＝入朝廷見皇帝。
動 （家或墓的）面向。
cu̠ diǎu lǎm（厝朝南）＝房子朝南。

diǎu 寮 接尾 畜類的小屋舍。

dīdiǎu（豬寮）＝豬舍。
ghǔ diǎu（牛寮）＝牛舍。
量 間。
sāh diǎu gēdiǎu
（三寮鷄寮）＝三間鷄舍。

diāu 兆 〔數〕兆。

diāu 調 〔名〕①曲子。

cio̍ xē siàhmì *diāu*？

（唱夫甚麼調）＝唱那什麼曲子？

②音調。

guǎn *diāu*（昂調）＝高調。

diǎudè 住底 〔動〕成癖、習慣。

ziapziap zĭh xo̍ ī, suáq *diǎudè*

（捷捷錢付伊，煞住底）

＝常常給他錢，逐變成習慣。

diāudi 特持？〔形〕故意。

diāudi ga guai də̀

（特持給乖倒）＝故意把他絆倒。

diāudi baŋg xuè

（特持放火）＝故意放火。

同義詞：diāuji（特意）、diāugoji

（特故意）。

〔tiāudi〕

←→ əmzāitău（唔知頭）

diāudiàh 吊鼎 〔動〕沒飯吃。

xo̍ na gə̀q ləq gùi ri̍t'à, dio̍q

diāudiàh

（雨若復落幾日仔，著吊鼎）

＝雨若再多下幾天，就沒飯吃了。

diǎudit 條直 〔形〕正直、老實。dit

（直）〔形〕③的二音節語。

diǎudit lǎng（條直人）＝老實人。

〔動〕清楚、單純。dit（直）〔動〕的二

音節語。

daizi iàubhue *diǎudit*

（事志猶未條直）＝事情還沒弄清楚。

xo̍ ī ki̍, káq *diǎudit*

（付伊去，較條直）

＝讓他走，比較單純。

diāugāng 特工 〔副〕特地、特意。

diāugāng lǎi（特工來）＝特地來。

diāugāng bhėq dui̍ ī gòng

（特工覓對伊講）＝特意要對他說。

〔tiaugang〕

diāugǎu 吊猴 〔動〕留難、處罰。

kāi gȧq bhə̀ zĭh xǒng *diāugǎu*

（開及無錢付一人吊猴）

＝錢花光光，被人留難。

diāugiah 召鏡 〔名〕望遠鏡。

zio *diāugiah*

（照召鏡）＝用望遠鏡看。

diǎugiah 條件 〔名〕條件。

diāugiǒ 吊橋 〔名〕吊橋。

diǎugòdòng 特古董？〔動〕刁難。

diāu（特）的三音節語。

diāujòng 彫養 〔動〕調養、休養。

ki̍ càude̍ *diāujòng*

（去草地彫養）＝去鄉下調養。

dĭh 甜 〔形〕甜。

bhə̌ *dĭh*, gȧq cām tǎng！

（無甜，復參糖）＝不甜，再加糖！

→gām（甘）

dĭh 纏 〔動〕纏、團、縛。

dĭh poŋgsē（纏凸紗）＝團毛線。

dĭh kā *dĭh* cìu

(纏腳纏手)＝縛手縛腳。

dih 塡? 動 滿。

zùi *dih* la(水塡啦)＝水滿了。

xixəng *dih* kilǎi

(戲園塡起來)＝戲院(客)滿了。

dǐhdue 纏隨 動 照顧。

dǐhdue behlǎng

(纏隨病人)＝照顧病人。

〔dǐhde〕

dih̯q 值 動 要。

na əm *dih̯q*, bhéq xo lǎng ǒ

(若唔值，覓付人哦)

＝你如果不要，要給別人喔！

〔diq〕

dik 竹 名 竹。多半說成*dik'à*(竹

仔)。

dik̯ 軸 名 掛軸。

量 gī(枝)

dikgə̄ 竹篙 名 竹竿。

ně diạm *dikgə̄*

(拎站竹篙)＝晾在竹竿上。

dikgə̄ cē(竹篙叉)＝竹竿叉頭。

dikkak 的確 情 一定。

dikkak e lǎi

(的確會來)＝一定會來。

dikkak bhéq ki

(的確覓去)＝一定要去。

dik̯rin 敵人 名 敵人。文言用法。

dik̯rin bì làn kaq giǒng

(敵人比咱較強)＝敵人比咱們強。

diksit 得失 動 得罪。

gòng ue ki *diksit* lǎng

(講話去得失人)＝講話得罪了人。

dim 頓? 動 丟、擲(石頭等)。

dim ziŋqtǎu(頓石頭)＝丟石頭。

dim dioŋ tǎukakding

(頓著頭殼頂)＝丟到頭上。

dǐm 沈 動 沈。

dǐm ləqki xàidè

(沈落去海底)＝沈到海底。

bhe pǔ, e *dǐm*

(𣍐浮，會沈)＝不會浮，會沈。

又作diǎm(沈)。

dim̯ 㷯 動 燉。

dim̯ nəng(㷯卵)＝燉蛋。

din 鎭 動 ①鎭壓。

din suaq(鎭煞)＝鎭壓惡煞。

②鎭守。

din gàngkàu(鎭港口)＝鎭守港口。

③擋、妨礙。

diạm xiā *din* lo

(站彼鎭路)＝在那兒擋路。

lì əmtăng ga lǎng *din* le !

(你唔通給人鎭咧)

＝你不要擋到人家！

④佔。

bùnzih ī *din* zitbuah kaq gē

(本錢伊鎭一半較加)

＝他佔了一半以上的資本。

din gho ě lăngghiạq

（鎮五個人額）＝佔五個名額。

dĭn 藤 名 ①藤。

　dĭnjì（藤椅）＝藤椅。

　dĭnpòng（藤奔）＝藤床。

　②爬蔓。

　suān dĭn（旋藤）＝蔓盤旋而上。

　xānzŭdĭn（番藷藤）＝甘藷藤。

dĭn 陣 名 ①陣勢、隊伍。

　băi zit ě dĭn

　（排一个陣）＝排個陣勢。

　②一起。

　zə dĭn ki（做陣去）＝一起去。

　gáp i dạu dĭn

　（及伊鬥陣）＝和他一起。

　量 群、隊。

　zit dĭn xaksīng

　（一陣學生）＝一群學生。

　băi zə nəng din

　（排做兩陣）＝排成兩隊。

dĭnbăi 藤牌 名 藤牌。

dindạng 振動 動 動、搖。

　zit rit ziạq bà, əm dindạng

　（一日食飽，唔振動）

　＝吃飽，一整天不肯動一下。

　ciuxiọq dèq dindạng

　（樹葉在振動）＝樹葉在搖動。

dĭndẹ 鎮塊 動 妨礙、礙事。

　zē kạng diạm xiā, ziăh dĭndẹ

　（茲控站彼，成鎮塊）

　＝這個放在那兒，很礙事。

dīng 丁 名 丁等。

　na u zit ě dīng, diọq lọkdẹ

　（若有一个丁，著落第）

　＝若得一個丁等，就留級了。

dīng 叮 動 叮嚀。

　bhǒ gəq ga i dīng, giāh ẹ bhegidit

　（無復給伊叮，驚會燴記得）

　＝沒再叮嚀他一聲，怕會忘記。

dīng 燈 名 燈。

　diàm dīng（點燈）＝點燈。

　量 pā（葩）

dīng 釘 名 釘子。

　ding dīng（釘釘）＝釘釘子。

　tiqdīng（鐵釘）＝鐵釘。

　量 gi（枝）

dìng 頂 語幹 上。

　dìngdŭn（頂唇）＝上唇。

　dìngbìng（頂旁）＝上面。

　cèqdìng（册頂）＝書上頭。

　suāhdìng（山頂）＝山上。

　指 上。

　dìng rit（頂日）＝上一日、以前。

　dìng xuě（頂回）＝上次、上回。

　副 最。

　dìng xə̀ ě xuẹ

　（頂好的貨）＝最好的貨。

　dìng sùi（頂美）＝最美。

　量 頂、台、輛。

　zit dìng bhə̣（一頂帽）＝一頂帽子。

　nəng dìng gio

（兩頂轎）＝兩頂轎子。

sāh *dìng* ciā（三頂車）＝三輛車。

　　←→ e̱(下)

dìng 等 動 頂。

　dìng dua̱ bǎng
　（等大房）＝頂老大那房。

　dìng ī ě ku̱e̱q
　（等伊的缺）＝頂他的缺。

　量 等、等級。

　tia̱q ṟi *dìng* ciā
　（拆二等車）＝買二等車的票。

dìng 戥 名 秤。多半說成*dìng*'à（戥仔）。

　io̱q*dìng*（藥戥）＝藥秤。

　動 秤。

　dìng kua̱h rua̱ da̱ng
　（戥看若重）＝秤看看多重。

　dìng gīm'à（戥金仔）＝秤金子。

dìng 釘 動 ①釘。

　ịng tiqdīng'àtǔi *dìng*
　（用鐵釘仔槌釘）＝用鐵槌釘。

　②（用釘子釘）做。

　dìng ke̱q'à（釘医仔）＝做箱子。

　③被（蜂或蚊子）叮到。

　xo̱ pāng *dìng* dio̱q
　（付蜂釘著）＝被蜂叮到。

　④點、塗。

　dìng cịnxuē
　（釘稱花）＝點上稱花（刻度）。

dǐng 重 動 ①再。

ge̱q *dǐng* zịt bàih！
（復重一擺）＝再來一次！

②重來。

bhe̱q ge̱q *dǐng* ě lǎng dio̱q xua̱q
o！

（覓復重的人著喝噢）
＝要重來的人要喊一聲噢！

副 重～。

dǐng sià（重寫）＝重寫。

量 層。

zịt *dǐng* mo̱q'à
（一重膜仔）＝一層薄膜。

dị̄ng 定 動 決定。

　dị̄ng sĭgān
　（定時間）＝決定時間。

　dị̄ng zue̱（定罪）＝定罪。

　形 ①（鐵、石頭等的）堅硬。

　bì tịq ka̱q *dị̄ng*
　（比鐵較定）＝比鐵還硬。

　②用錢很會算計。

　ī zǐh zīn *dị̄ng*
　（伊錢眞定）＝他花錢很計較。

　←→ pa̱h(冇)

dị̄ng'à 疔仔 名 疔瘡。

　dị̄ng'à a̱mtāng ki̱ bhōng ī！
　（疔仔唔通去摸伊）
　＝疔瘡不要去碰它！

dǐng'à 亭仔 名 亭子。

dǐng'àkā 停仔腳 名 走廊下、屋簷下。

giăh *dǐng'ǎkā* kåq bhe̯ ruaq
(行停仔腳較𣍐熱)
＝走屋簷下較不熱。

dīng'àtŭi 釘仔槌 名 鐵槌。

dìngbue̯ 重倍 名 加倍。

rị dìng ại *dǐngbue̯*
(二等要重倍)＝二等的要加倍。

dǐngbue̯ dua̯(重倍大)＝加倍大。

〔dìngbe̯〕

dìngbhin 頂面 名 上面。

dᴇ̯q ě *dìngbhin*
(桌的頂面)＝桌子上面。

dìngbhin'ě pàih kị
(頂面的歹去)＝上面的壞掉。

→bhindìng(面頂)

dǐngdǎh 重錯 動 差錯。dah(錯)
的二音節語。

tiāh liàu *dǐngdǎh* kị
(聽了重錯去)＝聽錯了。

dạizị *dǐngdǎh*
(事志重錯)＝事情錯了。

dìngdáuq 定篤 形 ①堅固。

dᴇ̯q'à zᴇ̯ liàu zīn *dìngdáuq*
(桌仔做了真定篤)
＝桌子做得很堅固。

②可靠。

xit ě lăng *dìngdáuq*
(彼個人定篤)＝那個人可靠。

dìngdọng 定當 形 穩、可靠。

sīng på̯q diạh kåq *dìngdọng*

(先拍定較定當)
＝先打約(拿定金)較可靠。

dǐnggụ 重句 動 口吃、結巴。

gòng ue̯ *dǐnggụ*
(講話重句)＝講話結巴。

dìngji 中意 動 中意、合意。

kuan liău bhᴇ̌ *dìngji*
(看了無中意)＝看了不中意。

ziók dìng īn dāgē ě i̯
(足中恁乾家的意)
＝很合他婆婆的意。

dìngsi 頂司 名 上司。

←→esī(下司)

dīngxuè 燈火 名 燈光。dīng(燈)
的二音節語。

dīngxuè iạpjạpsiq
(燈火葉葉閃)＝燈光一閃一閃的。

〔dīngxè〕

dìngxūn 定婚 動 定婚。

sīng *dìngxūn*, lăi ziáq cå̯qziām
(先定婚，來即插針)
＝先定婚，之後再插頭簪。

同義詞：dìngbhǐng(訂盟)。

dǐngzại 重再 副 再。dǐng(重)副
的二音節語。

dǐngzại kị(重再去)＝再去。

dǐngzại sià(重再寫)＝重寫。

dìngzīn 頂真 形 ①認真、仔細。

zᴇ̯ dạizị zīn *dìngzīn*
(做事志真頂真)＝做事情很仔細。

②精明、執著。

lăng siōh *dingzin* ə̠m xə̀

（人尚頂眞唔好）＝人太精明不好。

dio̠ 釣 動 ①釣、誘騙。

dio̠ xǐ（釣魚）＝釣魚。

xo̠ gingca̠t *dio̠* cu̠tlăi

（付警察釣出來）＝被警察騙出來。

②粗縫。

sīng *dio̠*, zia̠q ciā

（先釣，即車）

＝先用針粗縫，再用縫紉機細縫。

diŏ 投? 動 跳腳。

si̠uki̠ de̠q *diŏ*

（受氣在投）＝生氣在跳腳。

sīmguāh gūi ě *diŏ* kǐlăi

（心肝舉个投起來）＝整顆心跳起來。

dio̠ 震? 動 震動、抖動。

ciā zīn *dio̠*

（車眞震）＝車子震動得很厲害。

guăh ga̠q itdi̠t *dio̠*

（寒及一直震）＝冷得一直發抖。

diōh 張 動 ①裝設、裝置。

diōh gīguān（張機關）＝裝設機關。

②乖張、要脾氣。

diōh ə̠m ziaq

（張唔食）＝要脾氣不肯吃。

量 張、輛、封。

zi̠t *diōh* zuà（一張紙）＝一張紙。

nə̠ng *diōh* ciā（兩張車）＝兩輛車。

sāh *diōh* puē（三張批）＝三封信。

〔dīuh〕

diòh 長 名 長、頭。

du̠i*diòh*（隊長）＝隊長。

xo̠ ī zə̠ *diòh*

（付伊做長）＝讓他做頭。

〔dìuh〕

dio̠h 帳 名 帳子、幔帳。

*dio̠h*gāu（帳鈎）＝蚊帳的吊鈎或掛

繩。

〔dìuh〕

dio̠h 脹 動 ①肚子不消化。

ba̠kdò *dio̠h* xōng

（腹肚脹風）＝肚子脹氣。

xānzŭ ziaq liàu e̠ *dio̠h*

（番藷食了會脹）＝甘藷吃了會脹氣。

②吃撐了。卑俗語。

da̠, e̠ ki̠ *dio̠h*！

（嗒，攜去脹）

＝嗒，拿去吃個撐吧！

dio̠h xo̠ sì！（脹付死）＝撐死吧！

〔dìuh〕

diŏh 場 接尾 ～場。

giàu*diŏh*（賭場）＝賭場。

sīnglì*diŏh*（生理場）＝商場、賣場。

gǐu*diŏh*（球場）＝球場。

量 場。

kūi gùi'a̠ *diŏh*

（開幾若場）＝開好幾場。

〔dìuh〕

dio̠h 丈 名 婚姻關係中的丈夫。多

牛講成ā*diọh*(阿丈)。

gō *diọh*(姑丈)＝姑丈。

ĭ*diọh*(姨丈)＝姨丈。

〔diuh〕

diōhdǐ 張持 動 小心、謹慎。

dịsǐ bhẹq lǎi ǝm zāi, ại *diōhdǐ*
(底時覓來唔知，要張持)
＝幾時要來不知道，要小心。

〔dǐuhdǐ〕

diọhlǎng 丈人 名 岳丈。

*diọhlǎng*gōng
(丈人公)＝妻子的祖父。

*diọhlǎng*mà
(丈人媽)＝妻子的祖母。

〔diuhlǎng〕

←→dioh'ǝm(丈姆)

dioh'ǝm 丈姆 名 丈母娘。

dioh'ǝm tiạh giàhsại
(丈姆痛子婿)＝丈母娘疼女婿。

〔dịuh'ǝm〕

←→diọhlǎng(丈人)

diōng 中 形 中等。

diōng ě xuẹ diọq xǝ̀
(中的貨著好)＝中等貨就行了。

接尾 ①〜之中、〜裏頭。

xaksīng*diōng* ī siạng rịnzīn
(學生中伊上認眞)
＝學生裏頭他最認眞。

②〜中，正在做〜之意。

lùxīng*diōng* puạbẹh

(旅行中破病)＝在旅途中生病。

gàngghị*diōng* bhẹjịngdịt ziạq xūn
(講義中獪用得食燻)
＝上課中不可以抽烟。

diọng 中 動 考取。文言用語。

diọng gịrǐn(中舉人)＝考中舉人。

diọng dọk(中毒)＝中毒。

diọng 長 動 多。

diọng siạu(長賬)＝帳多出來。

gēxuè u *diọng*
(家伙有長)＝財產多出來。

diọng 漲 動 漲、滿。

diọng duạzùi(漲大水)＝漲洪水。

xàizùi *diọng* kǐlǎi
(海水漲起來)＝海水漲起來了。

diǒng 長 動 賺到。

bhe ànnē, *diǒng* ruạ zẹ?
(賣按呼，長若多)
＝這麼賣，賺多少？

bhǝ̌ siàh *diǒng*
(無甚長)＝沒什麼賺頭。

diọng 重 動 看重。文言用法。

ī ziǎh *diọng* bhǐn
(伊成重眠)＝他很重睡眠。

diọng ghị(重義)＝重義氣。

diōngdạu 中罩 名 正午、中午。

dạu(罩)的二音節語。

xiọq *diōngdạu*
(歇中罩)＝午歇、午休。

diōngdịt 忠直 形 正直。

lǎng *diōngdịt,* bhẹxiàu pǒ lǎng
（人忠直，燴曉扶人）
＝人很正直，不會巴結人。

diōnggān 中間 名 中間。
ziā gạu xiā ě *diōnggān* ụ nọng ě
iaq
（這到彼的中間有兩个驛）
＝這兒到那兒中間有兩站。

diōng'ə̄ng 中央 名 中間、中央。
zẹ diạm *diōng'ə̄ng*
（坐站中央）＝坐在中間。
diōng'ə̄ng kảq guǎn
（中央較昂）＝中央較高。

diōngsim 中心 名 ①中心。
ī zọ *diōngsīm*
（伊做中心）＝以他為中心。
②正中央。
pảq dioq *diōngsīm*
（拍著中心）＝打到正中央。

diōngxo 忠厚 形 忠厚、老實。
diōngxo lǎng（忠厚人）＝老實人。

diọngxū 丈夫 名 丈夫。

dioq 挓? 動 輕拉。
dioq sȯq'à（挓索仔）＝輕拉繩子。
dioq kảq kị le！
（挓較去咧）＝拉過去些！

dioq 著 動 ①中。
dioq diōng'ə̄ng
（著中央）＝（打）中正中央。
sia bhǎ *dioq*（射無著）＝沒射中。

②罹患、感染、得到。
dioq guǎhriạt'à
（著寒熱仔）＝患了瘧疾。
diụ'à *dioq* tǎng
（稻仔著蟲）＝稻子得了蟲害。
③輪到。
dioq gạu ghuà
（著到我）＝輪到我。
zitmà *dioq* lì
（此滿著你）＝現在輪到你。
④需要。
zē *dioq* zǐh（兹著錢）＝這需要錢。
bhẹq kị xiā *dioq* zịt mě zịt rịt
（覓去彼著一暝一日）
＝要去那兒，得一天一夜。
情 得、必須、要。
lì *dioq* gòng（你著講）＝你必須說。
lòng *dioq* sè（攏著洗）＝都得洗。
形 正確。
lì gòng ànnē *dioq*
（你講按哖著）＝你這樣講是對的。
dioq, bhǎ cọ
（著，無錯）＝對，沒錯。
助 ①到。
kiȯq *dioq* zǐh（拾著錢）＝撿到錢。
xē ghuà bhè bhǎ *dioq*
（夫我買無著）＝那個我沒買到。
②了、的。
gòng *dioq* lòng sīx āusiǎu
（講著攏是詨精）＝講的都是騙人的。

ziaq *dioq* zīn kò

(食著眞苦)＝吃了好苦。

副 ①即、就是。

ghuà *dioq* sị ǒng sẹciōng la

(我著是黃世昌啦)

＝我就是黃世昌啦。

②旣、就。

zaxēng *dioq* gạudẹ

(昨昏著到塊)＝昨天就到了。

③一～就、即刻。

xọ ī, *dioq* gọng pàih

(付伊，著損歹)＝一給他，就打壞。

tīh bhuẹ gēng, *dioq* bẹq kilǎi

(天未光，著ㄆ起來)

＝天未亮，就起床。

④再～就。

gǝq sià zit diōh, *dioq* xǝ̀

(復寫一張，著好)

＝再寫一張，就行了。

→ziu(就)

dioq'ai 著要 **動** 得要。ai(要)的

二音節語。

suah *dioq'ai* rua děng？

(線著要若長)＝線得要多長？

情 非～不可。

lǐ bhǐn'àzai *dioq'ai* lǎi

(你明仔再著要來)

＝你明天非來不可。

dioqcạttāu 著賊偷 **動** 遭小偷。

zaxēng gẹqbiǎq *dioqcạttāu*

(昨昏隔壁著賊偷)

＝昨天隔壁遭小偷。

dioqdǎk 著觸 **動** 絆、摔、跌。

lǎng kǎq ghǎu u sǐ aq e *dioqdǎk*

(人較高有時亦會著觸)

＝人再行也會跌跤。

dioqdiạu 著吊 **動** 中圈套。

zit bàih dioq *dioqdiạu*

(一擺著著吊)＝一次就中了圈套。

dioqgāzàu 著咳嗽？ **動** 嗆到、

噎到。

ghìn'à *dioqgāzàu* ik nī

(囝仔著咳嗽溢乳)

＝小嬰兒噎到吐奶。

〔dioqgāzak〕

dioqgǎu 著猴 **動** ①小孩發育不良。

②罵人腦筋或行爲不正常。

lǐ dẹq *dioqgǎu*！

(你在著猴)＝你發瘋啦？

dioqgiāh 著驚 **動** 吃驚、嚇一跳。

xuǎq zit e, xại ī *dioqgiāh*

(喝一下，害伊著驚)

＝大喊一聲，害他嚇一跳。

dioqgip 著急 **動** 著急。

cuẹ bhǒ ghǐndẹ'à dẹq *dioqgip*

(尋無銀袋仔在著急)

＝找不到錢包在著急。

dioqtǎu 著頭 **形** 方向。

kẹng xọ *dioqtǎu*！

(控付著頭)＝放對方向。

diq 揢? 〔動〕 戲謔地輕打一下。

　ga *diq* zit'e dioq xàu

　（給揢一下著哮）＝輕碰他一下就哭。

diq 滴 〔動〕 滴。

　zùi cauqcauq*diq*

　（水嗥嗥滴）＝水滴答滴答地滴。

　daujiu ᴇmtāng ga ghuà *diq* dioq!

　（豆油唔通給我滴著）

　＝醬油不要滴到我。

　〔量〕 滴。

　zit *diq* zùi（一滴水）＝一滴水。

diq'à 碟仔 〔名〕 小碟子。

　daujiu*diq'à*

　（豆油碟仔）＝醬油碟子。

dit 得 〔動〕 得到。

　dit gēxuè（得家伙）＝得到家產。

　dit bhe dioq（得繪著）＝得不到。

dit 直 〔形〕 ①直的。

　dit lo（直路）＝直的路。

　②縱的。

　ue *dit* xǔn（畫直痕）＝畫直線。

　③正直、老實。

　ī ě lǎng zīn *dit*

　（伊的人眞直）＝他爲人很老實。

　〔動〕 平息、鎭靜、淸楚。

　xuē bhe *dit*

　（花繪直）＝攪擾不淸。

　deqbheq *dit* la

　（在覓直啦）＝快沒事了。

　〔名〕 一種簡單的棋戲。

bang *dit*

（放直）＝玩「放直」的棋戲。

　〔副〕 一直。

xo *dit* ləq（雨直落）＝雨一直下。

dit zàu（直走）＝一直跑。

dit 姪 〔名〕 姪（侄）子。

　dit'à（姪仔）＝姪子。

　dit lù（姪女）＝姪女。

ditdit 直直 〔副〕 ①直接。

　lì *ditdit* ga gòng dioq xə̀, nàsài

　gio ghuà?!

　（你直直給講著好，那使叫我）

　＝你直接跟他說就好，哪用叫我?!

　②一直。

　ditdit sioh īn airin

　（直直想愍愛人）＝一直想念他愛人。

　zə ī *ditdit* giǎh, bhə̌ bheq dàn ī

　（做伊直直行，無覓等伊）

　＝只管一直走，都不等他。

dittau 直透 〔動〕 直通。

　dittau gau Dàhgàu

　（直透到打狗）＝直通到高雄。

　〔副〕 只顧、一味。

　dittau āigiu

　（直透哀求）＝一味的哀求。

　dittau ki, ᴇmtāng uat ki batwui!

　（直透去，唔通越去別位）

　＝直直的去，不要彎到別處。

dǐu 綢 〔名〕 綢、絹。

　同義詞：gin（絹）。

diu 稻 名 稻。多牛說成 *diu*'à（稻
仔）。
　　guàq *diu*（割稻）＝割稻。
　　*diu*diǎh（稻埕）＝晒穀場。

diuq 扡? 動 抽痛。
　　tǎukàkgīn dèq *diuq*
　　（頭殼筋在扡）＝頭在抽痛。

dò 肚 名 肚子。
　　xǐ ě dò（魚的肚）＝魚肚。
　　接尾 肚（像肚子一樣的東西）。
　　kādò（腳肚）＝小腿。
　　zǔndò（船肚）＝船腹。

do 黗? 動 渲、漫。
　　bhak na siōh zùi, ziu e *do*
　　（墨若尙水，就會黗）
　　＝墨若太稀，就會漫開。
　　do guè puè（黗過被）＝透過被子。

dǒ 途 名 工作、行業。
　　uah *dǒ*（換途）＝換行、換工作。
　　量 項、種。
　　zit *dǒ* sīnglì pàih zә
　　（此途生理歹做）＝這種生意難做。

dǒ 圖 名 ①圖、畫。
　　cu ě *dǒ*（厝的圖）＝房子的畫。
　　dedǒ（地圖）＝地圖。
　　②繪畫。
　　ue *dǒ*（畫圖）＝繪畫。
　　āng'àdǒ（尪仔圖）＝人像畫。

do 肚 名 肚子。①肚子。
　　dua *do*（大肚）＝大肚子。

pua *do*（破肚）＝剖腹。
②胃。
dīdo（豬肚）＝豬（肚）胃。

do 度 名 程度、分寸。
　　guè *do*（過度）＝超過。
　　量 度。
　　riat sāh zap gàu *do*
　　（熱三十九度）＝熱三十九度。
　　動 過日。
　　zit rit *do* guè zit rit
　　（一日度過一日）＝一天過一天。

do 渡 名 過。
　　guè *do*（過渡）＝渡過。
　　*do*zǔn（渡船）＝渡船。
　　do tàu（渡頭）＝渡頭。

do 黗? 動 映照。
　　xuè *do* guè gīng
　　（火黗過間）＝火光映到隔室。
　　xuètuah bhe *do*
　　（火炭燴黗）＝木炭難點著。

dobeq'à 土扒仔? 名 蟋蟀。
　　guan *dobeq'à*
　　（灌土扒仔）＝灌蟋蟀。

dǒde 徒弟 名 徒弟。
　　xo siānlang sīu ki zә *dǒde*
　　（付仙人收去做徒弟）
　　＝被仙人收去當徒弟了。

doding 杜定? 名 四腳蛇。

dòguah 肚揩 名 肚兜。
　　ghin'à xǎ *dòguah*

（囝仔繕肚揹）＝小孩繫肚兜。

dogùn 土蚓 名 蚯蚓。

〔 dowùn 〕

doliong 度量 名 度量。

　doliong eq（度量狹）＝度量小。

　同義詞：dodǎng（肚腸）。

dǒsūguàn 圖書館 名 圖書館。

dozǎi 肚臍 名 肚臍。

　dozǎidua（肚臍帶）＝臍帶。

doze 度歲 名 週歲。

　ze doze（做度歲）＝慶祝週歲。

　動 滿一歲。

　zit ě ghìn'à doze bhue？

　（此个囝仔度歲未）

　＝這小孩滿週歲了沒？

dǒzi 廚子 名 廚師。

dòk 啄 動 ①啄。

　gē'à deq dòk dogùn

　（鷄仔在啄土蚓）＝鷄在啄蚯蚓。

　②撞。

　tǎukak ki dòk dioq zit lǔi

　（頭殼去啄著一樑）＝頭撞了一包。

　形 尖突。

　pih dòk（鼻啄）＝鼻子尖。

dòk 捔 動 剁。

　dòk bhaq（捔肉）＝剁肉

　dòk zioq

　（捔石）＝叩、叩、叩地鑿著石頭。

dòk 琢 動 琢磨、雕鑿。

　dòk zùizīh-in

（琢水晶印）＝雕水晶印。

dòk 酷? 動 騙取、勒索、強取。

　dòk lǎng ě giàu

　（酷人的賭）＝詐賭。

　ga īn laube dòk

　（給恁老父酷）＝向他父親強要錢。

dok 毒 名 毒。

　diong dok（中毒）＝中毒。

　dok zuǎ（毒蛇）＝毒蛇。

　形 惡毒的手段。

　ing dok bo

　（用毒步）＝用狠毒的手段。

　sīmguāh dok

　（心肝毒）＝心狠毒。

dokdok 獨獨 副 單單、只有。

　dokdok ī u

　（獨獨伊有）＝只有他有。

　dokdok kiam zit xang

　（獨獨欠此項）＝單單欠這一項。

dōng 東 動 抽頭。

　zit bàih dōng zap kō

　（一擺東十箍）＝一次抽十元。

　dōngguāh（東官）＝做莊的人。

dòng 黨 名 黨。

　giat dòng（結黨）＝結黨派。

　量 伙。

　emtāng cām xit dòng lǒmuǎ gāu！

　（唔通參彼黨鱸鰻交）

　＝不要和那伙流氓交往。

dọng 當 [動] ①擋。

　dọng əm xọ lăng cútrip
　（當唔付人出入）
　＝擋著不讓人家出入。

　ghuà əmgàh ga dọng
　（我唔敢給當）＝我不敢擋他。

　②忍、撐。

　gānkò gáq dọng bhẹ diău
　（艱苦及當燴住）＝苦得忍受不了。

　dọng ruạ gù？
　（當若久）＝撐多久？

　[名] 刹車。

　dọng pàih kị
　（當歹去）＝刹車壞了。

　kādọng（腳當）＝腳刹車。

dọng 棟 [量] 幢。文言用語。

　cụ kị nẹng dọng
　（厝起兩棟）＝蓋兩棟房子。

　同義詞：ləq（落）。

dọng 洞 [名] 洞。

　suāhdọng（山洞）＝山洞。

　zioqdọng（石洞）＝石洞。

dọng 撞 [動] ①撞。

　sài ciā kị dọng dioq lăng
　（駛車去撞著人）＝開車去撞到人。

　②耗、費。

　zit xə kāngkuẹ bútzị, dọng sīgān
　（此號工課不止撞時間）
　＝這種工作相當耗時間。

　bhẹ̌ lọ tāng kị, ŭnwŭn'à dọng

　（無路通去，緩緩仔撞）
　＝沒處去，慢慢耗。

dŏngbāu 同胞 [名] 同胞。

　běhběh sị làn ě dŏngbāu
　（平平是咱的同胞）
　＝一樣是咱們的同胞。

dongdụt 撞突 [動] 失誤、差錯、
出乎意外。

　daizị dongdụt kị
　（事志撞突去）＝事情出了差錯。

dŏng'e 堂的 [名] ①堂兄弟姊妹。

　ī sị ghuàn dŏng'e
　（伊是阮堂的）
　＝他是我堂兄（弟、姊、妹）。

　②弟兄或親密的同姓者的稱呼。

　dŏng'e, lăi kị o！
　（堂的，來去噢）＝兄弟，走吧！

dọngliànciā 動輦車 [名] 腳踏車。

　kiă dọngliànciā
　（騎動輦車）＝騎腳踏車。

　同義詞：zuzuànciā（自轉車）、ti-
qbhè（鐵馬）。

dōngriăn 當然 [形] 當然。

　dōngriăn ě sụ
　（當然的事）＝當然的事情。

dōngsi 當時 [名] 當時、那時候。

　dōngsi dùxə rị zap xuẹ
　（當時抵好二十歲）
　＝那時候剛好二十歲。

dọngsiāu 洞簫 [名] 洞簫。

dọngtǎu 當頭 名 耐力。

zē bhə̄ *dọngtǎu*

（茲無當頭）＝這個沒耐力。

də̄ 刀 名 刀子。

ghiaq *də̄* bhẹq tǎi lǎng

（攑刀覓刣人）＝拿刀子要殺人。

də̄'à（刀仔）＝刀子。

量 gī（枝）

量 刀；計量紙（等）的計數單位。

zit *də̄* zuà（一刀紙）＝一刀（疊）紙。

də̄ 都 副 加強語意用。

①都是、全部。

làn *də̄* sị sạnxiōng-lǎng

（咱都是散窮人）＝我們都是窮人。

ghuà *də̄* ə̣m zāijàh

（我都唔知影）＝我都不知道。

②liǎn（連）～*də̄*。

liǎn ghìn'à *də̄* exiàudit, bhiàn

gòng dualǎng

（連囡仔都會曉得，免講大人）

＝連小孩都懂，就甭說大人了。

zit kōghǐn *də̄* bhə̌

（一箍銀都無）＝連一塊錢都沒有。

③已經。

kị zit e *də̄* bhẹq sì la

（氣一下都覓死啦）＝都已經氣死了。

lǎngkẹq *də̄* dèng kị la, lì zitmà

ziạq lǎi

（人客都轉去啦，你此滿即來）

＝客人都已回去了，你現在才來。

④都～怎麼；反詰的語氣。

lì *də̄* gòng bhẹq kị, zuàhjọh bịh

ə̣m kị?!

（你都講覓去，怎樣變唔去）

＝你都說要去了，怎麼變成不去?!

ghuà *də̄* ụ xuānxụ lì zə̣ ma?!

（我都有吩咐你做麼）

＝我都吩咐你做了嘛?!

⑤也算。雖非最好，但也沒辦法的

讓步的口氣。

lì bhè zē *də̄* bhẹ bhài le!

（你買茲都𣍐僫咧）

＝你買這個都還不錯咧!

kị *də̄* bhə̌jạugǐn

（去都無要緊）＝去也沒關係嘛。

動 都、是；對既成事實只好接受

的口氣；重複使用同一動詞形容詞。

bhè *də̄* bhè la, dāh bhòng ịng o

（買都買啦，但罔用噢）

＝買都買了，辜且用用。

bhat lǎi *də̄* bhat lǎi, zòngsị ə̣m

bhat bẹq kịkị lǎudǐng

（捌來都捌來，總是唔捌𫧃起去樓

頂）

＝來是來過，但是不曾爬到樓上。

də̀ 何? 指 哪兒。

lì dụi *də̀* lǎi?

（你對何來）＝你打哪兒來?

kə̣ng dị *də̀*?

（控著何）＝放在哪兒?

də̀ 島　名　島。

siò də̀（小島）＝小島。

də̀ 倒　動　①倒下。

ciu də̀ ləqki
（樹倒落去）＝樹倒下去。

ciā xo də̀！（車付倒）＝把它推倒！

②倒帳。

də̀ lăng ě zǐh
（倒人的錢）＝倒人家的帳。

xo lăng də̀ ki
（付人倒去）＝被人倒了。

③躺。

də̀ di măngcăng
（倒著眠床）＝躺在床上。

④輸。

də̀ gǐ（倒棋）＝輸棋。

də̀ ī bhə̌ zingli
（倒伊無情理）＝輸他沒道理。

⑤背、盡、絕。

də̀ un（倒運）＝運氣背。

xit băng də̀ la
（彼房倒啦）＝那一房（族）絕了。

形　斜。

ghiaq káq də̀ le！
（攑較倒咧）＝抬斜一點！

量　跤。

buaq zit də̀（跋一倒）＝跌一跤。

də̀ 倒　動　①倒。

də̀ bunsə（倒糞掃）＝倒垃圾。

də̀ diam gāu'à

（倒站溝仔）＝倒在溝裏。

②回。

də̀ ki ghuagē
（倒去外家）＝回娘家。

gin də̀ lǎi！（緊倒來）＝快回來！

副　倒、反。

də̀ diau（倒吊）＝倒吊。

də̀ liàu（倒了）＝（反而）賠本。

dǎ 逃　動　①逃；文言用語。

bhə̌dang dǎ
（無得-通逃）＝無處逃。

ki xo dǎ ki
（去付逃去）＝被他逃走。

②飄泊、流浪。

zit ui dǎ gue zit ui
（一位逃過一位）＝一處飄過一處。

dǎ 淘　動　疏浚。

dǎ zèh（淘井）＝浚井。

dəbing 倒反　形　倒反。

bhə̌'à di dəbing
（帽仔戴倒反）＝帽子戴反了。

←→ duibing（對反）

dəbhin 倒面　名　反面。

dəbhin bi ziahbhin káq sùi
（倒面比正面較美）
＝反面比正面漂亮。

dəciu 倒手　名　左手。

dəciubing（倒手旁）＝左邊。

←→ ziahciu（正手）

dədik 道德　名　道德。

dǝdǝng 倒轉 動 回去。

　sio̧h dǝdǝng
　（想到轉）＝回（頭）想。

　dǝdǝng ki̧ xakxau
　（倒轉去學校）＝回去學校。

dǝkā 倒腳 名 左腳。

　←→ziạhkā（正腳）

dǝli 道理 名 道理。

　gòng dǝli̧（講道理）＝講理。

　nà u̧ xit xǝ dǝli̇?!
　（那有彼號道理）＝哪有那種道理?!

dōsia 多謝 感 謝謝。文言用語。

　→lòlat（努力）

dǝsu 道士 名 道士。

dǝtău 倒頭 形 倒著。

　dǝtău sēh（倒頭生）＝倒著生。

　kǝng dǝtău（控倒頭）＝倒著放。

dǝtẹ 倒退 動 ①倒退。

　dǝtẹ nǝng-sāh bo̧
　（倒退兩三步）＝倒退兩三步。

　②退步。

　bhǝ̌ liạn, ẹ dǝtẹ
　（無練，會倒退）＝沒練習，會退步。

dǝwu̧i 何位 指 哪裏。dǝ̀（何）的
　二音節語。

　ī ki̧ dǝ̀wu̧i?
　（伊去何位）＝他去哪裏?

　xiā dǝ̀wu̧i?
　（彼何位）＝那兒是哪裏?

　同義詞：dǝ̀lǝq（何落）。

dōzio̧q 刀石 名 磨刀石。

dǝ̀zi̧t 何一 指 哪一。

　dǝ̀zi̧t gīng cu̧?
　（何一間厝）＝哪一間房子?

　bhẹq tẹq dǝ̀zi̧t bùn?
　（覓提何一本）＝要拿哪一本?

dōng 當 動 ①輪到、擔任。

　dōng dio̧q ī（當著伊）＝輪到他。

　dōng bīng（當兵）＝當兵。

　②伺伏、守候。

　tạmzīng dẹq dōng cat
　（探偵在當賊）＝偵探等著抓賊。

　dōng niàucù
　（當老鼠）＝安置捕鼠器等抓老鼠。

　副 正在。

　zi̧tmà pǝ̌dǝ̌ dōng dẹq cut
　（此滿葡萄當在出）
　＝現在正是出產葡萄的時候。

dǝ̀ng 轉 動 ①轉動。

　ciāliàn dẹq dǝ̀ng
　（車輦在轉）＝車輪在轉。

　②改變。

　bhi̧nsik dǝ̀ng ǎng
　（面色轉紅）＝臉色變紅。

　dǝ̀ng xōngbhi̧n
　（轉風面）＝風向變了。

　③回去。

　dǝ̄ng ki̧ cu̧lin
　（轉去厝裏）＝回去家裏。

　④好轉。

cibhin u kàq də̀ng
（市面有較轉）＝景氣轉好轉。
⑤週轉。
ī ghǎu də̀ng
（伊高轉）＝他善於週轉。

dəng 當 動 質當。
teq sāh ki dəng
（提衫去當）＝拿衣服去當。
dəng gùijǐh？
（當幾円）＝當多少錢？

dəng 頓 名 餐。
xə̀ dəng, dioq ziaq kàq ze
（好頓，著食較多）
＝好餐，多吃點。
edạu-dəng（下罩頓）＝午餐。
量 頓。
zit dəng muǎi nəng dəng bəng
（一頓糜兩頓飯）＝一頓粥兩頓飯。

dəng 擲? 動 ①捶。
ki gàq dəng ì dəng dəq
（氣及擲椅擲桌）＝氣得捶桌捶椅。
②重重放下。
ǔnwǔn'à kəng ləqki, əmtāng ing
dəng'e！
（緩緩仔控落去，唔通用擲的）
＝慢慢地放下去！
③丟。
tại sian le, cincài dəng ləqki
（太倦咧，清彩擲落去）
＝太累了，隨便丟下去。

④蓋。
in'à bhėq dəng dəwui？
（印仔覓擲何位）
＝章子要蓋在哪裏？
⑤放著。
muǎi siōh ga, dəng le, ziu e kə̀
（糜尚浹，擲咧，就會洘）
＝粥太濃，放著會變乾。
cai dəng xe le, e lịng ki
（菜擲下咧，會冷去）
＝菜放著，會冷掉。

dǒng 長 形 長。
tǎumǒng dǒng
（頭毛長）＝頭髮長。
dǒng ě sə̀q'à
（長的索仔）＝長的繩子。
⟷dè（短）

dǒng 堂 名 廳、堂。
ze dǒng（坐堂）＝升堂。
cùt dǒng（出堂）＝出堂。
量 法庭審理的計數單位。
di dexəng məng sāh dǒng
（著地方問三堂）
＝在地方法院審了三堂。
接尾 堂。
lèbaidǒng（禮拜堂）＝教堂。
gàngdǒng（講堂）＝講堂、教室。

dǒng 腸 名 腸。
dǒng'à（腸仔）＝腸子。
duadǒng gə siòdǒng

（大腸告小腸）
＝大腸告小腸；肚子極餓之意。

dǝng 丈 量 丈。

zit *dǝng* dǎng
（一丈長）＝一丈長。

sāh *dǝng* ri̤
（三丈二）＝三丈二。

dǝng 斷 動 ①斷、離。

gṳ bhe̤ *dǝng*
（鋸𣍐斷）＝鋸不斷。

dǝng nī（斷乳）＝離乳。

②死、絕。

si̤ gǎq *dǝng* zit ě
（死及斷一个）＝死到一個也不剩。

③斷、絕。

dǝng ciṳgút（斷手骨）＝手斷了。

dǝng 撞 動 遇。

dǝng dio̤q bǐngjiṳ
（撞著朋友）＝遇到朋友。

同義詞：ciang（衝）。

dǝng 盪 動 （用水）過一下。

sè liàu dio̤q gǎq *dǝng* zit bàih！
（洗了著復盪一擺）
＝洗完得再過一下水！

dēngbhin 當面 副 當面。

dǝngbhin gòng
（當面講）＝當面說。

dǎngdū 長株 形 長形。

dǎngdū dǝq（長株桌）＝長形桌。

bhin *dǎngdū*（面長株）＝長形臉。

～dǝngki̤ 轉去 助 ～回去。

buē *dǝngki̤* siṳ
（飛轉去巢）＝飛回窩裏。

～dǝnglǎi 轉來 助 ～回來。

zàu *dǝnglǎi* bǝ
（走轉來報）＝跑回來報告。

dǎngsāh 長衫 名 長衫、長袍。

dēngsi 當時 副 當時、的時候。

dēng（當）副 的二音節語。

rip ki̤, *dēngsi* ī de̤q gòng ue̤
（入去，當時伊在講話）
＝進去的時候，他在講話。

Dǎngsuāh 唐山 名 唐山、中國、
中國大陸。

dui̤ *Dǎngsuāh* gue̤ lǎi
（對唐山過來）＝從中國來。

dǝq 桌 名 ①桌子。多半說成*dǝq*'à
（桌子）。

kuàn *dǝq*dǐng
（欼桌頂）＝收拾桌子。

②宴席。

ban *dǝq* ciàh lǎngke̤q
（弁桌請人客）＝辦宴席請客。

量 桌；宴席或料理的計數單位。

gio̤ nǝng *dǝq* cai̤
（叫兩桌菜）＝叫兩桌菜。

dǝq 𤏸 動 燒、燃。

xuè dua *dǝq*
（火大𤏸）＝火燒得很旺。

dianxuè *dǝq* la

（電火燵啦）＝電燈開了。

dū 抵? 動 硬給、推搡。

ǎngbāu *dū* lǎi *dū* ki̇̀
（紅包抵來抵去）＝紅包推來推去的。

ghuà də̄ ə̣m, ī giòng *dū* xo̤ ghuà
（我都唔，伊強抵付我）＝我不要，
他就硬塞給我。

dū 株 名 股、股份。日語直譯。

dūgə̣ng（株券）＝股票。

*dū*sik-xuə̣sia
（株式會社）＝股份有限公司。

量 股。

bhè gho̤ bà̤q *dū* Ri̇tzio̤q
（買五百株日石）
＝買五百股日石公司的股票。

dū 誅 動 誅、滅；文言用語。

dū sāmzo̤k（誅三族）＝誅三族。

dù 抵 動 ①支撐、到達。

i̇ng tiạu'à ga ī *dù*
（用柱仔給伊抵）＝用柱子給撐住。

guǎn *dù* tīh
（昂抵天）＝高到天上去了。

②對、對抗。

ǎng'e *dù* bẹq'e
（紅的抵白的）＝紅的對白的。

lǎngkè̤q *dù* lǎngkè̤q dè̤q du̠q̣giu
（人客抵人客在突球）
＝客人和客人在撞球。

③抵帳。

lì u̠ kiạm ghuà, ghuà zi̇tmà bhè̤q

ga lì *dù* kilǎi
（你有欠我，我此滿覓給你抵起來）
＝你有欠我，我現在要和你抵帳。

ziạq miq *dù* siạu
（食物抵賬）＝吃東西抵帳。

副 剛好。

lì gòng ànnē, *dù* xạq ghuà ě i̠
（你講按呼，抵合我的意）
＝你這樣說，正合我意。

dù lì lǎi, bhǒ, dio̤q càm
（抵你來，無，著慘）
＝剛好你來，不然就慘了。

du̠ 注 量 整筆錢的計數單位。

buạq duạ *du̠* giàu
（跋大注賭）＝賭大錢。

xit *du̠* zi̇h（彼注錢）＝那筆錢。

du̠ 著 動 著作。

du̠ ce̠q（著册）＝寫書。

du̠ 滯? 動 堵住。

zùi *du̠* le, bhẹ lǎu
（水滯咧，獪流）＝水堵住了，不流。

ziạq liàu ki̠ *du̠* le
（食了去滯咧）＝吃得堵住了。

dǔ 除 動 ①剷除、扣除。

pàihlǎng dio̤q ga *dǔ* kilǎi
（歹人著給除起來）
＝壞人得把他剷除掉。

dǔ si̠ cīng kō
（除四千箍）＝扣除四千元。

②除以。

i̠ng la̠k *dǔ*

(用六除)＝除以六。

dǔ 廚 名 櫥子、檻、牢房。多半說

成*dǔ*'à(廚仔)。

sāh'à*dǔ*(衫仔廚)＝衣櫥。

xò*dǔ*(虎廚)＝虎檻。

動 關。

i̠ng duạ *dǔ dǔ* sāi

(用大廚廚獅)＝用大檻關獅子。

du̠ 住? 動 ①(呼吸)塞住、噎住。

du̠ zùi

(住水)＝壓在水裏(使不能呼吸)。

tăm *du̠* kì̠lăi

(痰住起來)＝被痰噎住。

②醃漬、浸泡、淹。

du̠ giăm(住鹹)＝醃鹽。

xo̠ zùi *du̠* sì̠

(付水住死)＝被水淹死。

dù'à 抵仔 名 剛剛。

ghuà *dù'à* lăi

(我抵仔來)＝我剛來。

dù'à lì̠ gòng ànzuàh？

(抵仔你講按怎)＝剛剛你怎麼說？

同義詞：dāhziạq(但即)。

副 *dù*(抵)的二音節語。

dù'à xə̀(抵仔好)＝剛好。

dù'à ī de̠q bhə̌jing

(抵仔伊在無閑)＝剛剛他在忙。

也說成*dùxə̀*(抵好)。

dùde̠h 抵捏 動 蠻扭、反彈、頂嘴。

na̠ ga̠ gòng zit'e, dio̠q sǔi *dùde̠h*

(若給講一下，著隨抵捏)

＝跟他說一下，立刻反彈。

〔*dùdi̠h*〕

dǔki 除起 介 除～以外。

dǔki lì̠ bhə̌ zāi u̠i ě lăng

(除起你無知位的人)

＝除你之外沒有知道那地方的人。

dǔkì zit xa̠ng a̠q bhə̌ káq xə̀ ě io̠q

(除起此項亦無較好的藥)

＝除此之外也沒有較好的藥。

同義詞：*dǔxūi*(除非)。

dùxə̀ 抵好 形 剛好、湊巧。

lì̠ lăi ziăh *dùxə̀*

(你來成抵好)＝你來得很巧。

zùi dio̠q ri̠p xo̠ *dùxə̀*

(水著入付抵好)＝水要裝得剛剛好。

副 剛好。

dùxə̀ ī də̀ng lăi

(抵好伊轉來)＝剛好他回來。

dùxə̀ lì̠ bhə̌ di̠ le

(抵好你無著咧)＝剛好你不在。

duạ 帶 動 ①攜帶。

duạ xo̠suạh lăi

(帶雨傘來)＝帶雨傘來。

②帶領、率。

duạ kāciu(帶腳手)＝帶領手下。

名 帶子。

ba̠k *duạ*(縛帶)＝綁帶子。

ko̠*duạ*(褲帶)＝褲帶。

dua̠ 滯? 動 ①住。
　dua̠ di̠ càude̠
　（滯著草地）＝住在鄉下。
　②住、過夜。
　dua̠ ke̠qguàn
　（滯客館）＝住在旅館。
　dua̠ ne̠ng mě（滯兩暝）＝住兩夜。
　③在。
　li̠ *dua̠* xiā！
　（你滯彼）＝你在那兒！
　④任職、上班。
　dua̠ xue̠sia
　（滯會社）＝在公司上班。
　dua̠ rua gù la？
　（滯若久啦）＝上班多久了？
　介 在。
　dua̠ ziā kuah bhě̠ja̠ugi̠n
　（滯這看無要緊）＝在這兒看沒關係。
　dua̠ ghua̠kàu de̠q xàu
　（滯外口在哮）＝在外頭哭。
dua̠ 大 形 ①大的。
　dua̠ go̠k（大國）＝大的國家。
　②強。
　xōng *dua̠*（風大）＝風強。
　③（地位、身份等）高。
　dua̠ xiāh（大兄）＝大哥。
　xiā kēdiòh sia̠ng *dua̠*
　（彼科長上大）＝那兒科長最大。
　副 大大地；文言用語。
　dua̠ pa̠q（大拍）＝大大地打一頓。

　　←→ se̠（細）、siò（小）
di 舵 名 舵。
　xua̠h *dua̠*（按舵）＝掌舵。
　㊧mǎng（門）
　動 曳航、拉行。
　dua̠ zǔn（舵船）＝用船拉船。
　dua̠ cǎ（舵柴）＝用船拉木柴。
dua̠ba̠kdò 大腹肚 動 懷孕、大
　肚子。卑俗語。
　dāhzia̠q ge̠ āng, liǎmbī̄h *dua̠ba̠-
　kdò* la
　（但即嫁翁，連鞭大腹肚啦）
　＝才出嫁，隨就大肚子了。
dua̠bhi̠nsin 大面神 形 厚臉皮、
　不害臊。
　dua̠bhi̠nsi̠n, ə̠m giāh gia̠nsia̠u
　（大面神，唔驚見笑）
　＝厚臉皮，不害臊。
dua̠bhò 大婆 名 大老婆。
　dua̠bhò ga̠p se̠ji̠ de̠q uāngē
　（大婆及細姨在冤家）
　＝大老婆和小老婆在吵架。
dua̠bhùsigue̠ 大滿四界 形 滿
　坑滿谷、到處都是。
　na̠ gīnziō, Dǎiwǎn *dua̠bhùsigue̠*
　（若芹蕉，台灣大滿四界）
　＝若說香蕉，台灣可以說滿坑滿谷，
　到處都是。
　〔*dua̠bhùsige̠*〕
dua̠ca̠tgò 大賊古？ 名 大盜。

duakōbeq 大箍白 形 大胖子、高頭大馬。

xuān'à dak ě lòng *duakōbeq*
（番仔逐個攏大箍白）
＝洋人個個高頭大馬。

dualǎng 大人 名 大人、成人。

dèng *dualǎng*
（轉大人）＝變大人、成人。

dualǎng kàq sū ghin'à
（大人較輸囝仔）＝大人比不上小孩。

dualinggong 大龍熕 名 大砲。

bhu *dualinggong*
（霧大龍熕）＝洗大砲。

同義詞：duapau（大炮）、duacing
（大銃）。

（門）mǎng（門）

duasimkui 大心氣 動 ①氣急、喘不過氣來。

zàu gàq *duasimkui*
（走及大心氣）＝跑到喘不過氣來。
②貪婪、嚥不下氣。

zē əmsi lì'ě, əmbhiàn dẹq *duasimkui*！
（兹唔是你的，唔免在大心氣）
＝這不是你的，不要在那兒嚥不下氣！

duatǎubhə 大頭拇 名 大拇指。

dəkā ě *duatǎubhə*
（倒腳的大頭拇）＝左腳的大拇指。
〔 duatǎubhù 〕

duatùi 大腿 名 大腿。

lik kìlǎi gau *duatùi*
（勒起來到大腿）＝拉到大腿上來。

duaxan 大漢 形 ①個子高。

zābhò diāndə bì zābō kàq *duaxan*
（查某顛倒比查哺較大漢）
＝女孩反而比男孩高。
②長大成大。

ci gàq *duaxan*
（飼及大漢）＝養到長大成人。
<—> sexan（細漢）

duazi 大姊 名 姊姊。

ghuàn xiāhgə cua īn *duazi*
（阮兄哥娶恁大姊）
＝我哥哥娶他大姊。

duazùi 大水 名 洪水。

diong *duazùi*（漲大水）＝漲洪水。

duāh 單 名 ①字條、單子。

sià *duāh*（寫單）＝寫字條。
būn *duāh*（分單）＝發字條。
②票。

tiàq *duāh*（拆單）＝買票。
zǔn*duāh*（船單）＝船票。

數 單～。單獨、奇數；原則上後面跟著量詞。

duāh zua（單遭）＝單趟。
duāh bhin（單面）＝單面。
duāh sīn（單身）＝單身。
<—> siāng（雙）

duạh 旦 名 女角。

　zəng zə *duạh*

　（粧做旦）＝扮做旦角。

duǎh 彈 動 彈奏。

　duǎh kǐm（彈琴）＝彈琴。

duǎh 壇 名 祭壇。

　gat *duǎh*（結壇）＝紮祭壇。

duạh 段 量 段。①塊；一個區域或
田地等的計數單位。

　zit *duạh* cǎn（一段田）＝一塊田。

　②段；技藝等級的計數單位。

　riudə gho *duạh*

　（柔道五段）＝柔道五段。

duạh 彈 動 ①彈。

　duạh zīn xəng

　（彈眞遠）＝彈很遠。

　②射。

　ghiạq cịng ga *duạh*

　（攑銃給彈）＝拿槍打他。

　sīmguāhtǎu pokpok*duạh*

　（心肝頭爆爆彈）＝心頭卜卜跳。

due 隨? 動 ①跟、隨。

　xīngsu *due* diǎu le

　（刑事隨住咧）＝刑警一天到晚跟住。

　②學。

　due lǎng, bhə ghǎu

　（隨人，無高）

　＝學人家，沒什麼了不起。

　介 跟。

　due ghuà lǎi！

　（隨我來）＝跟我來！

　due ī zə（隨伊做）＝跟他做。

〔de〕

dūi 追 動 ①追。

　dūi gaq zàu bhə lo

　（追及走無路）＝追到走頭無路。

　②催、促。

　giạ puē lǎi *dūi* zih

　（寄批來追錢）＝寄信來催討錢。

　③討、要。

　dụi ī *dūi* mịqgiạh

　（對伊追物件）＝跟他要東西。

　xo guāhtiāh *dūi* zạp bhạn kō

　（付官廳追十萬箍）

　＝被官方催討十萬元。

dūi 堆 量 堆。

　zit *dūi* tǒ（一堆土）＝一堆土。

　zit *dūi* lǎng（一堆人）＝一堆人。

dụi 對 動 ①核對。

　dụi siạu（對賬）＝對帳。

　dụi ban（對弁）＝和樣品核對。

　②吃（牌）；玩四色牌等的用語。

　xit gī ghuà *dụi*

　（彼枝我對）＝那張牌我吃。

　形 準、齊。

　sīzing bhə *dụi*

　（時鐘無對）＝時鐘不準。

　kəng xo *dụi*

　（控付對）＝把它放齊。

　介 ①向、往。

dui ī gòng(對伊講)＝向他講。

giăh dui xiā ki
(行對彼去)＝走往那邊去。
②從、打。

dui lì tə̀
(對你討)＝從你這兒要。

dui ziā lăi
(對這來)＝打這兒來。
③對～。

dui xi bhə̆ cubhi
(對戲無趣味)＝對戲劇沒興趣。
量 對。

zit dui liăn
(一對聯)＝一對對聯。

nə̄ng dui āngbhò
(兩對翁婆)＝兩對夫妻。

dŭi 搥 動 ① 搥打。

iōgùt ga ghuà dŭi zit'e！
(腰骨給我搥一下)
＝腰骨幫我搥一下。

dŭi sāh(搥衫)＝搥拍衣服。
②扭、談判；卑俗語。

gə̀q káq dŭi, ma bhə̆xuátdo
(復較搥，也無法度)
＝再怎麼說，也沒用。

dui 隊 名 隊伍。

băi dui(排隊)＝排隊。
量 隊。

zit dui bīng
(一隊兵)＝一隊阿兵哥。

dui 墜 動 垂、墜落。

dui dang
(墜重)＝讓重的東西垂下來。

xuēgī dui lə̄qlăi
(飛機墜落來)＝墜機。

duibing 對反 形 相反。

gòng duibing(講對反)＝講反了。

zē gáp xē duibing
(茲及夫對反)＝這個和那個反了。
也說成cuixuàn(對反)。
→də̄bing(倒反)

duibuah 對半 形 一半。

duibuah būn(對半分)＝對分。

tan duibuah(趁對半)＝賺一倍。

duibùtzu 對不住 感 對不起。

duibùtzu, xo lì dàn xiáq gù！
(對不住，付你等彼久)
＝對不起，讓你等那麼久。

duibhin 對面 名 對面。

xakxau ě duibhin u cèqdiam
(學校的對面有冊店)
＝學校的對面有書店。

duiciu 對手 名 對手、對象。

duiciu si siàh lăng？
(對手是甚人)＝對手是什麼人？

duidik 對敵 動 敵對。

gáp ī duidik
(及伊對敵)＝和他敵對。
名 對手、敵手。

ə̄msi ī ě duidik

(唔是伊的對敵)＝不是他的敵手。

duidǔ 對除 動 對抵。

duidǔ iàu kiam li si cīng kō

（對除猶欠你四千�fiⁿ）

＝對抵之後還欠你四千元。

duikong 對抗 動 對抗。

gáp ī duikong

（及伊對抗）＝和他對抗。

duini 對年 名 週年忌。

ze duini（做對年）＝週年忌。

duiwah 對換 動 對換。

lin neng ě lǎng duiwah dioq xə̀

（您兩個人對換著好）

＝你們兩個對換就好。

gáp xē duiwah

（及夫對換）＝和那個對換。

dūn 鈍 形 鈍、不利。

dūn də（鈍刀）＝不銳利的刀。

cui dūn（嘴鈍）＝不善言詞。

dùn 囤 動 ①囤積。

dùn xue（囤貨）＝囤積貨品。

②堵、塞。

gūi din lǎng dùn di gēlo

（舉陣人囤著街路）

＝一堆人堵在路上。

dun 扽 動 頓、抖、遁。

dui ciu'ə̀ng ga ghuà dun zit'e

（對手袂給我扽一下）

＝袖子幫我拉著頓一下。

xo ī dun zàu

（付伊扽走）＝讓他遁走。

dǔn 唇 名 ①嘴唇。

ding dǔn（頂唇）＝上唇。

zim dǔn（唚唇）＝吻唇。

②邊緣。

xih'à dǔn（耳仔唇）＝耳緣。

ě cut dǔn

（鞋出唇）＝鞋底緣露出來。

dun 屯 動 ①屯駐。

dun zit dui bīng

（屯一隊兵）＝屯駐一隊軍人。

②屯糧。

dun niǒ（屯糧）＝囤積軍糧。

dun 鈍 形 魯鈍、笨拙。

kāciu dun（腳手鈍）＝笨手笨腳。

dun 燉 動 燉。

dun bháq（燉肉）＝燉肉。

dunciu 扽手 動 頓手、握手。

Sējǒhlǎng dunciu giǎh lè

（西洋人扽手行禮）

＝西方人行握手禮。

duq 拄 動 划、打盹。

zing tǎudù'à duq bhe suáq

（從頭抵仔拄燴煞）

＝從剛剛打盹打個不停。

duq 突 動 ①刺。

ghiaq ciōh ga ī duq si

（攑槍給伊突死）＝拿鎗刺死他。

②駁。

duq gáq xo ī bhě ue tāng in

（突及付伊無話通應）
＝駁到他無話可說。

dụqgĭu 突球 [動] 撞球。

lăi kị *dụqgĭu*！
（來去突球）＝去撞球！

dúqgū 拄龜? [動] 打盹。dúq（拄）
的二音節語。

diạm diạnciālại *dúqgū*
（站電車內拄龜）＝在電車上打盹。

同義詞：dúqgāzuę(拄瞌睡)。

E

ē 挨？ 動 ①搖、撼。
　mǎng ē kuạh e kūi bhẹ！
　（門挨看會開獪）
　＝搖看看門會不會開！
　②推、拉。
　ē bhạ（挨磨）＝推磨。
　ē xiǎn'à（挨絃仔）＝拉胡琴。
　〔uē〕

è 唉 感 喂；叫人的時候用。
　è, bhẹsài ànnē！
　（唉，獪使按哖）＝喂！不可以這樣！

è 矮 形 矮；不高。
　lì kạq è, ī kạq lẹ
　（你較矮，伊較賬）
　＝你較矮，他較高。
　〔uè〕
　　←→ lẹ

ě 个？ 量 個；最具代表性的量詞。
　zit ě lǎng（此个人）＝這個人。
　sāh ě zìmtǎu
　（三个枕頭）＝三個枕頭。

ě 的？ 接 ～的～；連結修飾語和被
修飾語，用以表示所屬和性質。
　ghuà ě bhingīn
　（我的面巾）＝我的毛巾。
　zaxēng bhè ě duạ bùn cẹq
　（昨昏買的大本册）
　＝昨天買的大本書。
　接尾 ～的。跟在名詞、代名詞之
後，用以表現「所有」。
　zē sị sīnsēh'ě
　（兹是先生的）＝這是老師的。
　ghuàn'ě（阮的）＝我們的。
　→e（的）

ě 唉 感 咦、什麼。
　ě, gàm ujàh?!
　（唉，敢有影）＝咦，真的?!

ě 鞋 名 鞋。
　cịng ě（穿鞋）＝穿鞋。
　ěduạ（鞋帶）＝鞋帶。
　ězụ（鞋墊）＝鞋墊。
　〔uě〕

e 下 指 次、後、下、明；原則上後
面跟著量詞。

e dāng(下多)＝明年。

e bàih(下擺)＝下次。

語幹 下。

eki̍(下齒)＝下齒。

ecìu(下手)＝手下。

dəq'e(桌下)＝桌子下。

lǎu'e(樓下)＝樓下。

量 回；下。

zit e(此下)＝這回。

páq nəng e(拍兩下)＝打兩下。

←→dǐng(頂)

e 會 情 ①能、會。

ba e béq ciu
(豹會爬樹)＝豹能爬樹。

lì ě kā e tiah bhe？
(你的腳會痛膾)＝你的腳會痛嗎？

bhǒ cing sāh, e guǎhdioq
(無穿衫，會寒著)
＝不穿衣服會感冒。

②會、行、善於。

ī e gòng(伊會講)＝他很會講話。

lì e ziaq(你會食)＝你很會吃。

〔ue〕

←→bhe(膾)

e 禍 名 禍。

rià e(惹禍)＝惹禍。

e dui tīh gālauq ləqlǎi
(禍對天加落落來)＝禍從天降。

e 攜？ 動 帶、拿。

zē ciàh ga ghuà e le！

(兹且給我攜咧)
＝這個暫時幫我拿著！

ki e zǐh(去攜錢)＝去拿錢。

同義詞：teq(提)。

〔ue〕

e 的？ 接尾 ～的。

ǎng'e kàq siok
(紅的較俗)＝紅的較便宜。

zē si gunǐ bhè'e
(兹是舊年買的)＝這是去年買的。

氣 的；用於邊說明邊確認事情時。
多半和si(是)對應使用，多數時候
與接尾詞頗難區別。

ghuà di Emǎng cùtsi e
(我著廈門出世的)
＝我是在廈門出生的。

ī gǐn'àrit dikkàk e lǎi e
(伊今仔日的確會來的)
＝他今天一定會來的。

si ī daisīng páq ghuà e
(是伊在先拍我的)＝是他先打我的。

→ě(的)

ebō 下晡 名 下午。

ebō u ǐng bhǒ？
(下晡有閒無)＝下午有空嗎？

zaxēng' ebō
(昨昏下晡)＝昨天下午。

ebosǐ 下晡時 名 下午。

ebosǐ dioq ki sǐu
(下晡時著去泅)＝下午就去游(泳)。

ĕbuęq 鞋拔 名 鞋拔子。

〔uĕbuiq〕

ędạng 會得-通 情 可以。ędittā-ng(會得-通)之約省用法。用於告訴對方事情已被允許，應能如約達成。否定形爲bhedạng(𣍐得-通)=不能。

lì bhĭn'àzại ędạng lǎi bhe？
(你明仔再會得-通來𣍐)
=你明天能來嗎？

zịt ĕ lǎng ghiǎ bhedạng kìlǎi
(一个人夯𣍐得-通起來)
=一個人抬不起來。

lọziọ bhe xụ, bhedạng kị
(路照𣍐赴，𣍐得-通去)
=簽證來不及，不能去。

〔uedạng〕

ędạu 下罩 名 下午。

ędạu bhėq cùtpăng
(下罩覓出帆)=下午要出海。

bhin'à ędạu
(明仔下罩)=明天下午。

ziạq ędạu(食下罩)=吃午餐。

ędạusĭ 下罩時 名 下午。

ędạusĭ rịt siạng pạk
(下罩時日上曝)
=下午太陽晒得最兇。

ędè 下底 名 下面。

zu ędè(敷下底)=舖下面。

ędè u lǎng(下底有人)=下面有人。

同義詞：ękā(下腳)。

〔eduè〕

ędit 會得 副 可以；否定形爲bhe-dit(𣍐得)。

ędit gə̀q zə̣xuè siạng gāzại
(會得復做夥上嘉哉)
=能再相聚最幸運了。

xiầq xǝng, giăh giăh bhedit gạu
(彼遠，驚行𣍐得到)
=那麼遠，怕走不到。

〔uedit〕

ędittāng 會得通

→ędạng(會得-通)

〔uedittāng〕

e～dit 會～得 情 能～。否定形爲bhe～dit(𣍐～得)。

zịt siāng ĕ siŏh sẹ siāng, bhe cịng dit
(此雙鞋尙細雙，𣍐穿得)
=這雙鞋太小，不能穿。

suaih'à dẹqbhėq e ziạq dit la
(樣仔在覓會食得啦)
=檬果快可以吃了。

〔ue～dit〕

ègàu 啞口 形 啞的。

ègàu dẹq sì giàh
(啞口壓死子)一俚諺
=啞巴壓死兒子；痛苦無法說出來的意思。

ègàu xị(啞口戲)=默劇。

動 （水果等）不會熟。

ginziō xo xōngtāi sau zit e, suảq
ègàu ki
（芹蕉付風颱掃一下，煞啞口去）
＝香蕉被颱風刮過，遂不熟了。

ejingdit 會用得 情 行、可以、沒
問題。否定形爲bhejingdit（膾用
得）。

ànnē dioq *ejingdit*
（按哖著會用得）＝這樣就行。

bhejingdit ziaq xūn！
（膾用得食燻）＝不可以抽煙！
〔uejingdit〕

ějoq 鞋藥 名 鞋油。

cảt *ějoq*（漆鞋藥）＝擦鞋油。
〔uějoq〕

ekā 下腳 名 下面。

lì zə *ekā*！
（你做下腳）＝你在下面！
同義詞：edè（下底）。

ekāmdit 會堪得 情 受得了。否
定形爲bhekāmdit（膾堪得）。

sīntè làm, *bhekāmdit*
（身體膦，膾堪得）
＝身體弱，承受不了。

cu xèghiaq, *ekāmdit* kāi
（厝好額，會堪得開）
＝家裏有錢，花得起。
〔uekāmdit〕

esàidit 會使得 情 可以、行。否

定形爲bhesàidit（膾使得）。因爲
sài(使)與sài(屎)同音，一般傾向
用ejingdit（會用得），dit(得)因語
調而省略的情形很多。

ànnē *bhesàidit*！
（按哖膾使得）＝這樣不行！

dak ě ma *esàidit* ki
（逐个也會使得去）
＝每個人都可以去。
〔uesàidit〕

esi 下司 名 下屬。

dìngsī guàn *esī*
（頂司管下司）＝上司管下屬。
←→dìngsi（頂司）

exiàudit 會曉得 情 會、懂得。
否定形爲bhexiàudit（膾曉得）。
dit(得)因語調而省略的情形很多。

iàu sexan, iàu *bhexiàu* giǎh
（猶細漢，猶膾曉行）
＝還小，還不會走。

Īngghù ī *exiàudit*
（英語伊會曉得）＝他會英語。
〔uexiàudit〕

ěxəng 下？昏 名 夜、今晚。

cat'à lòng siong *ěxəng*
（賊仔攏相下昏）＝小偷都挑夜裏來。

ěxəng bheq ki kuah dianjàh
（下昏覓去看電影）
＝今晚要去看電影。

ěxəngsǐ 下昏時 名 夜裏、晚上。

lì ě̱xāngsǐ lòng dė̇q co̱ng siàhmì?
（你下昏時攏在創甚麼）
＝你晚上都在做什麼？

e̱xuǎi 下頦 名 下巴。

cio̱ gȧq la̱u e̱xuǎi
（笑及落下頦）＝笑到下巴都脫臼了。
〔e̱xǎi〕

èh 唉 感 咦、怎麼；碰到意外之事、
心中感到意外的感嘆詞。

èh, iàuge̯q e̱ ngia̱uq?!
（唉，猶復會蚁）＝咦，還會搖動?!

ēh'à 嬰仔 名 嬰兒。
〔īh'à〕

èh'à 燕仔 名 燕子。

èh'à ze̱ si̱u
（燕仔做巢）＝燕子做窩。
〔ìh'à〕

ěh'à 楹仔 名 屋樑。

diōng'ěh'à（中楹仔）＝中樑。
〔ǐh'à〕

e̯q 厄 名 災、厄。

pȧgài e̯q（解厄）＝消災解厄。

e̯q 噎 名 嗝。

pȧq ca̱usēng e̯q
（拍臭酸噎）＝打酸嗝。

e̱q 狹？ 形 窄、小。

kė̇q'à e̱q, dè bhe̱ lə̱qki̱
（医仔狹，貯𣍐落去）
＝箱子小，放不下去。
〔ue̱q〕

←→ kuȧq（闊）

G

gā 加 [動] 加。

zē u̯ gā lə̍qki̯ bhə̀?

（兹有加落去無）＝這有加進去嗎？

gā zap de̯（加十塊）＝加十塊。

[接頭] 折、成。加在序數詞之前，表成數之意。商業用語。

ta̯n gājit（趁加一）＝賺了一成。

gāri̯ giàm（加二減）＝打八折。

gā 鉸 [動] 剪。

gā zuà（鉸紙）＝剪紙。

gā 膠 [名] ①膠。

ko̯ng gā（炕膠）＝熬膠、煉膠。

gău̯gā（猴膠）

＝猴子的骨膠，被當做強壯劑使用。

②膠狀物。

siŏnggā（松膠）＝松膠。

[形] 太膿。

bha̯k bhuǎ liàu siōh gā

（墨磨了尚膠）＝墨磨得太膿。

gà 絞 [動] ①絞

gà zia̍p（絞汁）＝絞汁。

gà ājǎnsua̯h

（絞亞鉛線）＝絞鐵絲。

②利滾利。

li̯sik gà li̯sik

（利息絞利息）＝利滾利。

gə̀q gà zi̯t ghue̯qri̯t dio̯q ki̍ lǎi la

（復絞一月日著起來啦）

＝再滾一個月就行了。

ga̯ 洨? [形] 水多。

ga̯ muǎi（洨糜）＝稀的稀飯。

⟷ kə̀（淘）

ga̯ 教 [動] 教導。

ga̯ ī lo̯（教伊路）＝教他怎麼走。

ga̯ bhe̯ də̀（教𣍐倒）＝教他不起。

ga 咬 [動] ①吃、咬。

xo̯ ghuà ga zi̯t cu̯i！

（付我咬一嘴）＝讓我咬（吃）一口！

ga zi̯t kā ě lǎi

（咬一雙鞋來）＝咬一隻鞋來。

②吃掉、取走。

ta̯n'e lòng xo̯ li̯sik ga ki̯

（趁的攏付利息咬去）

＝賺的都被利息吃光了。

diāndę ga *ga* dędèng lǎi
(顛倒給咬倒轉來)
＝反而把他賺回來。
③皮膚被油漆等物漬傷。
xo càt *ga* dioq
(付漆咬著)＝被漆漬傷。

ga 給?　介　①幫～。對象如爲ī(伊)
　＝他時，常予以省略。
ghuà *ga* lì sè !
(我給你洗)＝我幫你洗！
lì *ga* sià zịt'e !
(你給寫一下)＝你幫他寫一下！
②對、跟。
lì kị *ga* sīnsēh gòng !
(你去給先生講)＝你去跟老師說！
ga pàq lęqkị la
(給拍落去啦)＝打他。
③從、向。
ghuà *ga* xakxau zioq zịt bùn cèq
(我給學校借一本冊)
＝我從學校借一本書。
bhǒ ại *ga* xit gīng diạm bhè
(無愛給彼間店買)
＝不想向那家店買。
→xo(付)

gacui 咬嘴　形　澀口。
zịmkị bhǒ gạuxūn, ziạq liàu e *ga-
cui*
(浸柿無到分，食了會咬嘴)
＝柿子不夠熟，會澀口。

gādi 家己　指　自己。
pàq *gādi* ě ghìn'à
(拍家己的囝仔)＝打自己的小孩。
lì *gādi* kị !
(你家己去)＝你自己去！
名　自家。
ī sị *gādi* ě lǎng
(伊是家己的人)＝他是自家人。
gādi tǎi *gādi*
(家己刣家己)＝自相殘殺。
副　自行。
liạp'à suáq *gādi* xè kị
(粒仔煞家己好去)
＝膿瘡竟自行好了。
gādi e dịt(家己會直)＝自己會直。
〔gāgi〕

gādiah 交定　動　下定。diạh(定)
①的二音節語。
kuạh nạ xè, dioq ga *gādiah* gęq
(看若好，著給交定噶)
＝看中了就給下定吧。

gādǐng 家庭　名　家庭。
〔gēdǐng〕

gàdịng 假定
→gàsù(假使)

gādiòh 家長　名　家長。
gādiòhxue(家長會)＝家長會。
〔gādìuh〕

gādē 鉸刀　名　剪刀。
ịng *gādē* gā

（用鉸刀鉸）＝用剪刀剪。
🔲gī（枝）

gājāmguăh 加陰?寒 🔲 冷起來。
ki xo guăhdioq ĕ kuàn, itdit
gājāmguăh
（去付寒著的欵，一直加陰寒）
＝可能感冒了，一直冷起來。

gājaq 交易? 🔲 繁盛、興旺。
xit gīng diam zīn *gājaq*
（彼間店眞交易）＝那家店眞興旺。

gālaq 𩵋鮂 🔲 鯛魚。

gālauq 加落 🔲 掉下。
dui dìngbhin *gālauq* xuēkāh
ləqlăi
（對頂面加落花坩落來）
＝從上面掉下花盆。
gālauq zĭh（加落錢）＝掉錢。

gālè 加里 🔲 咖哩。
gālèbəng（加里飯）＝咖哩飯。
〔gālì〕

gālè 傀儡 🔲 傀儡。
ghuà əmsi *gālè* ŏ！
（我唔是傀儡哦）＝我不是傀儡喔！
gālèxi（傀儡戲）＝傀儡戲。

gālilianlɔ̆ 傀儡練鑼 🔲 慢慢地、
就要、（時間）差不多了。
gālilianlɔ̆ la, dāh lăi ki！
（傀儡練鑼啦，但來去）
＝差不多了，現在走吧！
iàubhue *gālilianlɔ̆* le, liăn zù-

lăng dɔ̆ iàubhue lăi
（猶未傀儡練鑼咧，連主人都猶未
來）
＝還早咧，連主人都還沒到。

gālùnsùn 加忍損? 🔲 打寒嗦。
bàng rio gɔ̇q e *gālùnsùn*
（放尿復會加忍損）
＝小便還會打寒嗦。
e *gālùnsùn*, kixo guăhdioq ĕ
kuàn
（會加忍損，去付寒著的欵）
＝會打寒嗦，可能感冒了。

gasi 敎示 🔲 敎導。
īn dāu lòng bhɔ̆ dėq *gasi*
（怹兜攏無在敎示）
＝他家都沒敎導他。
gasi ghìn'à
（敎示囝仔）＝敎導小孩。

gàsù 假使 🔲 ①假使、如果。文言
用語。
gàsù ləq xo, ghuà ziu bhɔ̆ ki
（假使落雨，我就無去）
＝如果下雨，我就不去。
②就算…我也…
gàsù ghuà gə iăh, iaq bhɔ̆ bhėq
gɔ̇q ī buĕ
（假使我告贏，亦無覓敎伊賠）
＝就算我告贏，也不要叫他賠。
同義詞：gàding（假定），gàrŭ（假
如），siàtsù（設使）。

gāzại 嘉?哉

→xəgāzại(好嘉哉)

〔gāizại〕

gāzàu 蟯蚤 名 跳蚤。

gāzuạq 蟯蟻 名 蟑螂。

gàh 敢 情 敢。否定形爲əmgàh(唔敢)。

gàh, diọq lăi gəq

(敢，著來嚼)=敢，就來呀。

ī gàh ki(伊敢去)=他敢去。

副 恐怕、多半、敢情。

gàh e sì(敢會死)=恐怕會死掉吧。

ī gàh əm

(伊敢唔)=她多半不肯的吧。

→gàm(敢)

gǎh 含 動 ①含蓋。

zit xạng ạq gǎh zạilại

(此項亦含在內)

=這一項也含蓋在內。

sài gǎh xuėq(屎含血)=糞中含血。

②抱、持、帶。

bhėq ki, ghìn'à suạ gǎh ki !

(覓去，囝仔續含去)

=要去，小孩順便帶去！

gạhbhə̀ 酵母 名 酵母。

bhə̌ xẹ gạhbhə̀, bhẹ xuȧt

(無下酵母，獪發)

=沒放酵母，不會醱酵。

〔gạhbhù〕

gāhghạk 監獄 名 監獄。

guāih dị gāhghạk

(關著監獄)=關在監獄。

gàhsi 敢死 形 ①大膽、不知本分。

ziȧh gàhsì, ạq gàh gòng xit xə ue !

(成敢死，亦敢講彼號話)

=膽子眞大，也敢講那種話！

②厚臉皮。

lì əmtāng siōh gàhsì !

(你唔通尙敢死)

=你臉皮不要太厚！

gāi 該 情 應該、理所當然。

zit diău zǐh sị gāi tạn'è

(此條錢是該趁的)

=這筆錢是應該賺的。

zụ gāi sū(註該輸)=註定該輸的。

gài 改 動 更改。

gài gūizik(改規則)=更改規則。

ciābāng bhėq gài la

(車班覓改啦)=車班要改了。

gài 解 動 ①解除、消除。

ziạq zịu gài īucǐu

(食酒解憂愁)=飲酒解愁。

gài riạt ě ioq'à

(解熱的藥仔)=退燒藥。

②戒除。

xūn gài lòng bhẹ kìlǎi

(燻解攏獪起來)=烟總戒不掉。

gại 界 名 邊界。

ziā zə̣ gại(這做界)=這兒做邊界。

căn–*gại*(田界)＝田界。

gại 蓋 動 塗、擦、抹。

gại sik(蓋色)＝塗上顏色。

gại zịt'è lạq, káq ẹ gut
(蓋一下蠟，較會滑)
＝塗一層臘比較滑。

副 最。

īn zịmuại'à ī *gại* sùi
(您姊妹仔伊蓋美)
＝姊妹中她最漂亮。

ī bhǎ dioq, ghuà *gại* xuāhxi
(伊無著，我蓋歡喜)
＝他沒考上，我最高興。

gàibīh 胯邊 名 胯邊。

gạiluạq 芥辣 名 芥末。

gạisiạu 介紹 動 介紹。

ghuà gạ līn *gạisiạu*！
(我給您介紹)＝我幫你們介紹！

gàk 角 名 ①角。

xuát nẹng gī *gàk*
(發兩枝角)＝長兩隻角。
②角落、尖角。

lọng dioq dǝq*gàk*
(撞著桌角)＝撞到桌角。

gàk ạq dioq sạu xọ cīngkị
(角亦著掃付清氣)
＝角落也要掃乾淨。

量 ①角、毛；十分錢。

gàk rị(角二)＝一毛兩分。

nẹng *gàk*(兩角)＝兩毛錢。

②方、邊、頭、方位。

dāng–sāi ǝm zāi dǝzịt *gàk*
(東西唔知何一角)
＝不知東西方在哪邊。

xit *gàk* bhǎ dẹng diạm
(彼角無當店)＝那一頭沒有當舖。
③角。

sị *gàk* kiq zịt *gàk*
(四角缺一角)＝四角缺了一角。

bèq*gàk*zīng(八角鐘)＝八角鐘。

gàkghin 角銀 量 十分錢。

gàk(角)量①的二音節語。

〔*gàkghŭn*〕

gàksị 角勢 量 方、方位。

gàk(角)量②的二音節語。

giǎh dụi dǝzịt *gàksị* kị？
(行對何一角勢去)
＝走向哪個方向去？

gàktǎu 角頭 名 角、角落。

gàk(角)名②的二音節語。

kẹng diạm *gàktǎu*
(控站角頭)＝放在角落。

gām 甘 形 甘。指甘草等甘味而言。

xǝ dě ziạq liàu cụibhuè zīn *gām*
(好茶食了嘴尾眞甘)
＝好茶喝了嘴巴很甜。

情 甘心、捨得。

dui ghin'à zìh *gām* kāi
(對团仔錢甘開)＝對孩子錢捨得花。

gām xọ īn giàh kị xiáq xẹng

（甘付恁子去彼遠）
＝捨得讓他兒子去那麼遠。

gām 監 動 盯、監督、跟監。

bhǒ *gām* le, ạm zẹ
（無監咧，唔做）＝不盯著，不做。

gām ghìn'à（監囝仔）＝看著小孩。

gàm 敢 副 敢情。會(有)～嗎？

一種反詰的口氣。

gàm e lẹq xọ?!
（敢會落雨）＝會下雨嗎?!

lì *gàm* ụ dẹq ại ī?!
（你敢有在愛伊）＝你有在愛他嗎?!

→gàh（敢）

gàm 籤 名 淺的竹簍，多半說成

gàm'à（籤仔）。

dè diạm *gàm*
（貯站籤）＝盛在淺竹簍裏。

dǝq*gàm*
（桌籤）＝桌蓋；蓋在飯桌上的淺竹
簍子。

量 簍；指淺淺的竹簍。

zịt *gàm* gam'à
（一籤柑仔）＝一淺簍橘子。

gǎm 含? 動 含。

xọ ghìn'à *gǎm* nī
（付囝仔含乳）＝讓小孩子含著奶。

gǎm ghǔnītǎng
（含牛乳糖）＝含著牛奶糖。

gām'à 柑仔 名 蜜柑。

gām'àbhịt 柑仔蜜 名 柑仔蜜。

gàm'àdiạm 籤仔店 名 乾物屋、
酒屋。

gàm'àdiạmxuẹ
（籤仔店貨）＝乾物類。

gāmcè̤ 甘草 名 甘草。

gàmdioq 感着 動 感冒。

zạxēng kị *gàmdioq*
（昨昏去感着）＝昨天感冒了。

同義詞：guǎhdioq（寒着）。

gamgạk 感覺 動 感到。

gīn'àrịt *gàmgạk* zīn guǎh
（今仔日感覺眞寒）＝感覺今天好冷。

名 感覺。

cịu lòng bhǒ *gàmgạk*
（手攏無感覺）＝手都沒有感覺。

gāmghuạn 甘願 動 甘願、滿足。

gāmghuạn zẹ ghǔ zẹ bhè̤ tuā
（甘願做牛做馬拖）
＝甘願很辛苦的工作。

xọ lì la, ànnē *gāmghuạn* ạm?!
（付你啦，按哖甘願唔）
＝給你啦，這樣滿意了吧?!

gàmsiạ 感謝 動 感謝。文言用語。

gàmsiạ lì ě xǝ̀jị
（感謝你的好意）＝感謝你的好意。

gàmsim 感心 動 感心。日語直譯。

ghuà zīn *gàmsīm* i ànnē bhuǎ
（我眞感心伊按哖磨）
＝我眞感動他那麼努力。

gāmziạ 甘蔗 名 甘蔗。

siáq *gāmziạ*(削甘蔗)＝削甘蔗。

gàmzǐng 感情 名 感情。

pảqpàih *gàmzǐng*
(拍歹感情)＝破壞感情。

īn nẹng ě *gàmzǐng* zīn xə̀
(怹兩个感情眞好)
＝他們兩個感情眞好。

gān 矸 名 瓶子；多半說成*gān*'à
(矸仔)。

duạ gī *gān*(大枝矸)＝大瓶子。

zīu*gān*(酒矸)＝酒瓶。

量 瓶。

bhè zịt *gān* zỉu
(買一矸酒)＝買一瓶酒。

līm nẹng *gām*(飲兩矸)＝喝兩瓶。

gān 間 接尾 間。

nẹng nǐ*gān*(兩年間)＝兩年間。

cīnziähgān(親成間)＝親戚間。

gān 乾 動 乾杯；文言用語。

lǎi, lǎi *gān* zịt buē！
(來，來乾一杯)＝來，來乾一杯！

gàn 嫺 名 女婢。

zə̠ niǒ kuại, zə̠ *gàn* ə̠q
(做娘快，做嫺奧)
＝夫人易做，婢女難爲。

gạn 姦 動 姦淫、性交。

gạn lìn niǎ！
(姦您娘)
＝姦淫你娘！這是對人的最惡毒的
罵罵。

siōgạn(相姦)＝性交。

gāndā 干乾 形 純的。

gāndā dạujǐu
(干乾豆油)＝純醬油。

bhảq *gāndā*, bhə̀ guạn zùi
(肉干乾，無灌水)
＝純粹肉，沒灌水。

副 只有、僅僅。

gāndā nẹng-sāh ě kị
(干乾兩三个去)＝只有兩三個人去。

gāndā ziạq(干乾食)＝只顧吃。

同義詞：gānna(干但)。

gàndān 簡單 形 簡單。

iọng káq *gàndān* le！
(佣較簡單咧)
＝用更簡單的(方式)！

gānkiàu 奸巧

→gānzạh(奸詐)

gānkò 艱苦 動 痛苦、辛苦。

də̀wuị dẹq *gānkò*？
(何位在艱苦)＝哪裏不舒服？

gānkò guẹrit
(艱苦過日)＝辛苦渡日。

gānlok 干樂? 名 陀螺。

páq *gānlok*(拍干樂)＝玩陀螺。

量 liạp(粒)

gānna 干但

→gāndā(干乾) 副

gānpuẹ 乾貝 名 干貝。

gānsin 奸臣 名 ①奸臣。

gānsĭn xai diōngsĭn
（奸臣害忠臣）＝奸臣害忠臣。
②奸詐的人、兩面人。
xit kō gānsĭn, ui lǎi ui ki̯
（彼箍奸臣，爲來爲去）
＝那個兩面人，兩面討好。

gānxiǒng 奸雄 形 陰狠、奸雄、
狡猾。
gānxiǒng bo̯（奸雄步）＝陰狠手段。
gānxiǒng nà Zǎcạ
（奸雄那曹操）＝陰狠似曹操。

gānzạh 奸詐 形 奸詐。zạh（詐）
的二音節語。
gānzạh ě lǎng
（奸詐的人）＝奸詐的人。
同義詞：gānkiàu（奸巧）。

gāng 工 名 ①時間、工。
gau gāng（厚工）＝費時。
zẹ gāng（做工）＝做工。
②職工、人手。
ciạh gho̯ ě gāng
（倩五个工）＝請五個工人。
ghin'àgāng（囝仔工）＝童工。
量 天。
ki̯ Gēlǎng dua nẹng gāng
（去鷄籠滯兩工）＝去基隆住兩天。
zẹ cit gāng（做七工）＝做七天。

gāng 公 形 公的、雄的。
gāng ě bhè（公的馬）＝雄馬。
gēgāng（鷄公）＝公鷄。

←→bhə̀（母）

gàng 港 名 ①港口。
zǔn ri̯p gàng（船入港）＝船進港。
②大河。
tiạu lə̯q gàng si̯
（跳落港死）＝跳河自殺。
Iǎmzùigàng
（鹽水港）
＝鹽水港；台灣南部一條河川的名
字。
量 從穴洞（等）湧出的豐沛的泉水
（等）的計數單位。
xit gàng zùidə̯ zīn dua gàng
（彼港水道眞大港）＝那道水很大。
zi̯t gàng xōng
（一港風）＝（從縫隙吹來的）一陣風。

gàng 講 動 講。
gàng xo̯ lǎng tiāh
（講付人聽）＝說給別人聽。
指 約。後面多半跟著十、百、千
等數詞，表示大約那個數字。
si̯ gàng cīng lǎng
（死講千人）＝死了大約一千人。
liàu gàng báq bhan
（了講百萬）＝賠了大約一百萬。
gàng ghueqri̯t bhə̌ lǎi
（講月日無來）＝大約一個月沒來了。

gǎng 共
→siǎng（像）

gǎng 給人 副 ga lǎng（給人）之

省略。

①幫人。

gǎng go̠ cu̠

(給-人顧厝)＝幫人看家。

②把人～

gǎng pȧq（給-人拍）＝打人。

gǎng siạnduaxi̠h

（給-人搧大耳）＝唬人。

③向人～

lì *gǎng* bhè xiȧq gu̠i！

（你給-人買彼貴）

＝你向人家買那麼貴！

zē si̠ *gǎng* gò e

（兹是給-人估的）

＝這是向人抵（債）過來的。

→xǒng（付-人）

gang 共

→si̠ang（像）

gang 弄? 動 戲弄、欺負。

gang ghìn'à xo̠ xàu

（弄囝仔付哮）＝把小孩戲弄哭了。

dia̠nxōng ə̠mtāng ki̠ *gang* i！

（電風唔通去弄伊）＝不要玩電扇！

ghuàn ě gàu bhe̠ *gang* lǎng

（阮的狗獪弄人）

＝我們的狗不會咬人。

gāngciòh 工廠 名 工廠。

dua̠ di̠ tiq*gāngciòh*

（滯著鐵工廠）＝在鐵工廠工作。

〔gāngciuh〕

gāngghe̠ 工藝 名 消遣。

bi̠h *gāngghe̠*（變工藝）＝做消遣。

〔gāngghue̠〕

gāngxū 工夫 名 本事。

xə̀ *gāngxū*（好工夫）＝好本事。

xit ě sāixu̠ *gāngxū* bhài

（彼个師父工夫僫）

＝那個師傅本事差。

形 精細、週到。

zə̠ zīn *gāngxū*

（做眞工夫）＝做得很精細。

diāugāng ki̠, siōh gue̠ *gāngxū*

（特工去，尙過工夫）

＝特地去，太周到了。

gāngzi̠h 工錢 名 工錢。

gāngzi̠h zi̠t ri̠t gùiji̠h

（工錢一日幾円）＝工錢一天多少？

gȧp 及? 介 跟、同。

ghuà bhə̀ ại *gȧp* ī ki̠

（我無愛及伊去）＝我不要跟他去。

gȧp lì gòng, aq e̠ di̠t?!

（及你講，惡會直）

＝跟你講還得了?!

接 和。

cu̠ *gȧp* de̠（厝及地）＝房子和土地。

也可說成gȧq。

→cām（參），xǎm（含）

gȧp 合 動 ①合、訂、組合。

gȧp də̠q（合桌）＝組合桌子。

gȧp zə̠ zi̠t bùn

（合做一本）＝訂成一本。
②調、開。

gȧp zi̯t tiȧp io̯q
（合一帖藥）＝調一帖藥。

gȧq 及? 接 ①如、若、旣。

gȧq u̯, nàsài ga̠ li̠ tə̀?!
（及有，那使給你討）
＝如有，何必跟你要?!

gȧq lə̠q xo̠, ī dikkȧk bhe̠ lăi la
（及落雨，伊的確獪來啦）
＝旣然下雨，他一定不會來啦。
②到～為止、得。

pȧq gȧq si̠
（拍及死）＝打到死為止。

gia̯nsia̯u gȧq lòng ə̠m xə̀ gòng
（見笑及攏唔好講）
＝慚愧得不知怎麼說才好。
③非常、很。

gin'àri̯t ru̯aq gȧq
（今仔日熱及）＝今天很熱。

nə̠ng ě lăng zàu gȧq
（兩个人走及）＝兩個人跑得飛快。

也說成gaq。

gȧq 甲 名 甲等。

te̠q gho̠ ě gȧq
（提五个甲）＝拿了五個甲等。

量 ①甲；田地面積的單位。

zi̯t gȧq căn（一甲田）＝一甲田。
②甲；戶數的計數單位。

zap xo̠ zə̠ zi̯t gȧq

（十戶做一甲）＝十戶為一甲。

gȧq 合 動 ①合、配、附送、添加。

nǐbhuè bhè mi̯q, dio̯q gȧq gi̯ng pin
（年尾買物，著合景品）
＝年尾買貨，得附贈應景的東西。

gȧq zi̯t sik, kȧq cīh
（合此色，較鮮）＝配這色，較鮮。
②合。

zi̯t siāng ě u̯ gȧq ghuà ě kā
（此雙鞋有合我的腳）
＝這雙鞋合我的腳。

bhə̌ gȧq ī ě i̯
（無合伊的意）＝不合他的意。

→xaq（合）

gȧq 教 動 叫、差。

gȧq ī te̠q ki̠
（教伊提去）＝叫他拿去。

li̠ bhe̠q xo̠ ghuà gȧq zi̯t'è ə̠m?
（你覓付我教一下唔）
＝你願讓我差一下嗎？

gȧq 蓋? 動 蓋。

gȧq zi̯t nià tàn'à
（蓋一領毯仔）＝蓋一條毯子。

gȧq bhe̠ siō（蓋獪燒）＝蓋不暖。

gaq 及

→gȧq（及）③

gȧq'à 裌仔 名 夾衣。

gȧqsi̯ 及是 接 旣是。gȧq（及）①的 二音節語。

gȧqsi̍ ī lăi, bhă ki̍ ziq ī, ma̱ bhe-sài

（及是伊來，無去接伊，也嬒使）

＝旣是他來，不去接他，也不行。

gȧt 結 動 ①打結、連接。

zit tău gȧp xit tău ga̱ gȧt ki̍lăi！

（此頭及彼頭給結起來）

＝這頭和那頭給打結起來！

gȧt cài（結綵）＝結綵。

②紮、建。

gȧt ze̱duăh（結祭壇）＝紮祭壇。

③皺。

na̱ gòng zi̍t'e bha̱ktău dio̱q sŭi gȧt lăi

（若講一下，目頭著隨結來）

＝講他一下，眉頭就皺起來。

名 結。

gȧt pȧq siōh ăn

（結拍尙緊）＝結打得太緊。

gāu 交 動 ①交、付。

zit diău zi̍h gāu li̍

（此條錢交你）＝這筆錢交給你。

②交際、交往。

gāu zi̍h cīm（交眞深）＝交往很深。

bha̱ng cām ī gāu！

（莫-應參伊交）＝不要和他交往！

gāu 鉤 名 鉤；多半說成gāu'à。

gāu'à（鉤仔）＝鉤子。

i̱ng gāu lăi gāu！

（用鉤來鉤）＝用鉤子來鉤

ci̱n gāu（秤鉤）＝秤子的鐵鉤。

動 鉤取。

gāu mi̱q cu̍tlăi

（鉤物出來）＝把東西鉤出來。

gāu 溝 名 水溝、溝槽。

lău du̱i xit diău gāu ki̱

（流對彼條溝去）＝流向那條水溝。

tuáqgāu（拖溝）＝簷下的排水溝。

gàu 九 數 九。

gàu 狗 名 犬、狗。

gàu bu̱i ca̱t（狗吠賊）＝狗吠小偷。

ga̱u 到 動 ①到。

ga̱u cu̍（到厝）＝到家。

giăh bhe̱ ga̱u（行嬒到）＝走不到。

②胡；賭博用語。

lòng ī de̱q ga̱u

（攏伊在到）＝都他在胡。

介 到達。

zàu ga̱u xakxa̱u

（走到學校）＝跑到學校。

te̱q ki̱ ga̱u i̱n cu̍

（提去到恁厝）＝拿到他家。

ga̱u 教 名 （宗）教。

li̱n zia̱q siàhmi̱ ga̱u？

（您食甚麼敎）＝你們信什麼敎？

Gīdo̱kga̱u（基督敎）＝基督敎。

ga̱u 夠 動 足、夠。

ga̱u ghia̱q（夠額）＝足額。

gàu 猴 名 ①猴子。

②姦夫、情夫。

liạq *gǎu*(掠猴)＝捉姦。

kān *gǎu*(牽猴)＝拉皮條。

接尾 農產品交易之仲介人。

bhị*gǎu*(米猴)＝米穀的仲介。

dě*gǎu*(茶猴)＝茶葉的仲介。

gạu 厚 形 ①厚。

gạu zuà(厚紙)＝厚紙。

bhịnpuě *gạu*(面皮厚)＝臉皮厚。

②濃。

dě pạu siōh gạu

(茶泡尙厚)＝茶泡得太濃。

gạu xūn(厚燻)＝濃的香烟。

③多。

xūn ziạq zǐn *gạu*

(燻食眞厚)＝烟抽得兇。

gạu bhàng(厚蚊)＝蚊子多。

⟵→bəq(薄)

gau 到 助 ～到～到。原則上用於

兩者對應的時候。

gòng gau zə gau

(講到做到)＝說到做到。

taṇ gau ziạq gau

(趁到食到)＝賺多少花多少。

sigān bik gau, bhǎ zə bhejịngdit

(時間迫到，無做會用得)

＝時間迫至，非做不可。

gāu'ǎm 溝涵 名 下水道、涵洞。

cīng *gāu'ǎm*(清溝涵)＝清下水道。

gǎubēh 猴拚 動 難纏、嚕嗦、爲

無謂的事爭執。

ī ziòk *gǎubēh*, sòjị ghuà bhǎ ại

bhẹ ī

(伊足猴拚，所以我無愛賣伊)

＝他很嚕嗦，所以我不賣他。

bhạng gàp ī *gǎubēh*！

(莫-應及伊猴拚)

＝別(爲無趣的事情)跟他嚕嗦！

同義詞：gǎugə(猴哥)。

〔gǎubīh〕

gāubuě 交陪 動 交際、交往。

gāu(交)②的二音節語。

ghuà bhǎ gàp ī *gāubuě*

(我無及伊交陪)＝我沒跟他交往。

gạubhuè 到尾 副 結局、最後。

gạubhuè bhǎ kị mạ bhejịngdit

(到尾無去也會用得)

＝到最後，不去也不行。

gạubhuè pàihlǎng sū

(到尾歹人輸)＝最後壞人輸了。

〔gạubhè〕

gạudāh 到但 副 到現在、如今。

ī *gạudāh* kị la

(伊到但去啦)＝他如今去了。

gạudāh ziạq bà la

(到但食飽啦)＝現在吃飽了。

gāudại 交帶 動 交代。

ghuà *gāudại* lị zit giah dạịzị

(我交帶你此件志)

＝我交代你這件事。

gāudại ue

（交帶話）＝交代話、帶話。

gāudạng 勾當 名 勾當、事情、
把戲。

lȉ dẹq bịh siàhmȉ *gāudạng*？
（你在變甚麼勾當）
＝你在變什麼把戲？

gạudẹ 到塊 動 到達。

xuèciā dẹqbhẹq *gạudẹ* la
（火車在覓到塊啦）＝火車快要到了。

bhȋn'àzại ziȧq ẹ *gạudẹ*
（明仔再即會到塊）＝明天才能抵達。

gàugẹq 口逆 動 口角、吵架。

āng'àbhò dẹq *gàugẹq*
（翁仔婆在口逆）＝夫妻在吵架。

gàuguại 狡獪 形 頑皮、搗蛋。

gàuguại, gạq lòng bhẹ giǎh
（狡獪，教攏𣍐行）
＝很皮，教也教不動。

gàuguại ghȋn'à
（狡獪囝仔）＝搗蛋鬼。

gāuguān 交關 動 貿易、交易、
買賣。

gȧp Sīngāpē *gāuguān* cịunī
（及新嘉坡交關樹乳）
＝和新加坡做橡膠買賣。

gạukuị 夠氣 動 足夠。

bhẹq līm, diọq līm xọ *gạukuị*
（覓飲，著飲付夠氣）
＝要喝、就喝到足夠。

dāh ghuà *gạukuị* la

（但我夠氣啦）
＝但是我已經足夠了。

gaujọk 教育 名 教育。

gāutōng 交通 名 交通

gāutōng bhǎ libiạn
（交通無利便）＝交通不方便。

gàuxiạ 螻蟻 名 螞蟻。

gāuxịng 高興 形 愉快。北京話直
譯。

gịn'àrịt ghuà zīn *gāuxịng*
（今仔日我眞高興）＝今天我很高興。

gạuxūn 到分 動 成熟。

sīguē *gạuxūn* la
（西瓜到分啦）＝西瓜成熟了。

gǎuzětiān 猴齊天 名 孫悟空。

gȧuq 挾？ 動 ①夾進、捲入。

gȧuq rụnbiàh
（挾嬰餅）＝捲春捲。

xọ ịng *gȧuq* kị
（付湧挾去）＝被浪捲去。

②輾、軋、壓。

xọ ciā *gȧuq* sȉ
（付車挾死）＝被車輾死。

əmtāng kị gǎng *gȧuq* diọq！
（唔通去給－人挾著）
＝不要去壓到人家。

③（屁股等）潰爛。

kācēng *gȧuq* riọ kị
（腳倉挾尿去）＝屁股被尿潰爛了。
一般用在嬰兒的場合。

gē 加 動 增加。

　　gē lǎng *gē* xȯkkị

　　（加人加福氣）＝多人多福氣。

　　副 多餘。

　　gē cittǎ nǝng ui

　　（加迌迌兩位）＝多玩了兩個地方。

　　形 多、白（做）。

　　gē gāng（加工）＝白做工。

　　tę̄q kȧq *gē* kị！

　　（提較加去）＝多拿點兒去。

　　←→giàm（減）

gē 家 量 家、戶。

　　xìt *gē*（彼家）＝那家子。

　　zit *gē* sị ě

　　（一家四个）＝一家四口人。

gē 街 名 ①街上。

　　kị *gē*lin bhè mị̣q

　　（去街裏買物）＝去街上買東西。

　　gē lạuriạt

　　（街鬧熱）＝街上很熱鬧。

　　②街、市；行政區劃的單位。

　　Dānggàng *gē*（東港街）＝東港街。

　　③街路。

　　u zit-nǝng diǎu *gē* niǎ

　　（有一兩條街耳）

　　＝只有一兩條街而已。

　　xìt diǎu *gē* dę̄q bhę̄

　　（彼條街在賣）＝那條街在賣。

　　〔guē〕

gē 鷄 名 鷄

*gē*gȧk'à（鷄鵤仔）＝小公鷄。

*gē*nua'à

（鷄妹仔）

＝（還未生過蛋的）小母鷄。

〔guē〕

gè 改 動 更改。

　　gè bhǔnziōh（改文章）＝改文章。

　　gè miǎ（改名）＝改名字。

　　〔guè〕

gè 假 動 假裝。

　　gè kị ziǎh sǐng

　　（假去成成）＝裝得很像。

　　gè sǐ（假死）＝裝死。

　　形 假的。

　　gè zǐh（假錢）＝偽鈔。

　　←→zīn（眞）

gè 解

　　→gài（解）

　　〔guè〕

gę̄ 計 名 計策、計謀。

　　ịng *gę̄*（用計）＝用計。

　　bhǐrịng*gę̄*（美人計）＝美人計。

　　副 全部。

　　gę̄ xę̀（計好）＝全都好。

　　gę̄ si ànnē

　　（計是按呃）＝全部就是這樣。

　　動 計算、合計。

　　gę̄ kuạhmại！

　　（計看覓）＝算看看！

gę̄ 架 名 搭腳處、基礎、架子。

páq gẹ(拍架)＝搭架。

cịng gẹ(銃架)＝槍架。

gẹ 疥 名 疥癬。

sēh gẹ(生疥)＝長疥癬。

〔guẹ〕

gẹ 嫁 動 出嫁。

gè kị dəwụi？

(嫁去何位)＝嫁到哪兒？

←→cuạ(娶)

gẹ 價 名 價錢。

kì gẹ(起價)＝漲價。

ləq gẹ(落價)＝跌價。

ghuǎngẹ(原價)＝原價。

gě 枷 名

①枷、鐐。

kāgě(腳枷)＝腳枷、腳鐐。

②頭枷。

bhǎ gě, ghiǎ mǎng sịhbàn

(無枷，夯門扇板)一俚諺

＝沒枷，舉門板；沒事找事之意。

gě 鮭 名 鹽醃的魚、肉等食物。

sịh gě(豉鮭)＝醃漬魚、肉。

iǎm gạu, gě cạu

(鹽到，鮭臭)一俚諺

＝鹽送到的時候，要醃的魚、肉早

臭了。遠水救不了近火之意。

〔guě〕

gẹ 低? 形 低、矮。

gẹ ě dẹwụi

(低的地位)＝地位低。

ciǒh'à gẹ(牆仔低)＝圍牆低。

←→guǎn(昂)

gẹ'à 架仔 名 ①架子。

dịng gẹ'à(釘架仔)＝釘架子。

cẹq gẹ'à(冊架仔)＝書架。

②攤子。

kị gẹ'à bhè

(去架仔買)＝去攤子上買。

guèzigẹ'à

(果子架仔)＝水果攤。

gēbǎ 家婆? 動 多管閒事。

ī ziǎh gēbǎ, dạk xạng də bhẹq cạq

(伊成家婆，逐項都覓插)

＝他很愛管閒事，什麼事都要參一

腳。

lì bhiàn dẹq gēbǎ！

(你免在家婆)＝你不要多管閒事！

gẹdạt 價值 名 價值。

əm zāi cẹq ě gẹdạt

(唔知冊的價值)＝不知道書的價值。

gẹdị 計智 名 計策。gẹ(計)的二音

節語。

siọh zịt ě xə̀ gẹdị

(想一个好計智)＝想一個好計策。

gēdiòh 家長 名 主人、掌櫃的、經

理。古時的用法。

gēdiòh guàn xuègị

(家長管夥記)＝掌櫃的管伙

計。〔gēdìuh〕

gēgáq 家甲 名 戶籍。

zə̄ *gēgȧq*（造家甲）＝編戶籍。

*gēgȧq*băi（家甲牌）

＝（釘在門旁或門上的）戶口名牌。

geౖgau 計較 動 ①計較。

siòkuà　zǐh　niǎ,　bhiàn　xiȧq　*geౖ-
gau*！

（少許錢耳，免彼計較）

＝少許錢而已，不用那麼計較！

gēxuè *geౖgau* bhȯq būn kȧq ze̠
（家伙計較覓分較多）

＝計較要分較多的家產。

②苦心追求。

zē si̠ ui zinglǎng dȯq *geౖgau* e
（兹是爲衆人在計較的）

＝這是爲衆人在苦心計較的。

geౖgau bhȯq xo̠ giàhsūn kuahwȧq
（計較覓付子孫快活）

＝用心追求要讓子孫快活。

gēgòngweౖ 加講話 動 ①多嘴。

gēgòngweౖ, ghuà dio̠q ga lì pȧq！
（加講話，我著給你拍）

＝再多嘴，就揍你。

②說閒話、批評。

ànnē e xo̠ lǎng *gēgòngweౖ*
（按哖會付人加講話）

＝這樣會讓人說閒話。

gēgūi 鷄管 名 吹牛。

ghǎu bǔn *gēgūi*
（高噴鷄管）＝很會吹牛。

cȧk puȧ ī ě *gēgūi*

（鑿破伊的鷄管）＝戳破他的牛皮。

gèjah 假佯 形 假裝。

gèjah lǎng（假佯人）＝假人。

gèjah pȧq, ə̄mtāng zīnziah pȧq！
（假佯拍，唔通眞正拍）

＝假裝在打，不要眞打。

←→ zīnziah（眞正）

gēlo̠ 街路 名 街道。

gēlo̠ bhǎ lǎng dȯq giǎh
（街路無人在行）＝街上沒有行人。

量diǎu（條）

〔*guēlo̠*〕

gēnə̄nggə̄ 鷄卵糕 名 蛋糕。

cuē *gēnə̄nggə̄*
（炊鷄卵糕）＝做蛋糕。

〔*guēnə̄nggə̄*〕

gēsi 家私 名 家具、工具。

bǎnglai*gēsi*
（房內家私）＝房內家具。

zə̄bhak ě *gēsi*
（做木的家私）＝做木工的工具。

gēsiau 價數 名 價錢。

gēsiau gòng bhe xǎ
（價數講𣍐和）＝價錢談不攏。

gèsuȯq 解說 動 解釋。

ziā bhȯq ànzuàh *gèsuȯq*？
（這覓按怎解說）

＝這兒要怎麼解釋？

〔*guesȯq*〕

gēxing 鷄胸 名 胸骨突起如鷄。

gēxǐng ě lǎng kua̱i si̱
（鷄胸的人快死）＝鷄胸的人會早死。
〔gue̱xīng〕

gēxing 鷄形 名 早洩。
〔gue̱xīng〕

gēxuè 家伙 名 家產。
būn *gēxuè*（分家伙）＝分家產。
〔gēxè〕

ge̱zōng 嫁粧 名 嫁妝。
ge̱ zi̱n ze̱ *ge̱zōng*
（嫁眞多嫁粧）＝嫁妝很多。

gēh 更 名 更、夜。
gēh cīm la（更深啦）＝夜深了。
zi̱u *gēh*（守更）＝守夜、看更。
量 更。
sāh *gēh*（三更）＝三更。
〔gīh〕

gēh 經 動 ①（線等）纏、結。
xōngcuēsua̱h *gēh* dio̱q dia̱nxuè-
sua̱h
（風吹線經著電火線）
＝風箏纏在電線上。
dīdū de̱q *gēh* si̱
（蜘蛛在經絲）＝蜘蛛在織網。
②糾纏不淸。
da̱izi̱ *gēh* bhe̱ di̱t
（事志經𣍐直）＝事情糾纏不淸。
ī ga̱q ī de̱p *gēh*
（伊及伊在經）＝他們倆糾纏不淸。
〔gīh〕

gēh 羮 名 勾芡。
kān *gēh*（牽羮）＝澆勾芡。
〔gīh〕

gèh 骾 動 鯁到。
gèh dio̱q xǐci̱
（骾著魚刺）＝鯁到魚刺。

ge̱hq 㨂? 動 敲、打、砸。
xo̱ lǔigōng *ge̱hq* si̱
（付雷公㨂死）＝被雷打死。
du̱i tǎuka̱kding ga ī *ge̱hq* lə̱qki̱
（對頭殼頂給伊㨂落去）
＝從頭上給敲下去。
也可說成ke̱hq。

gėq 隔 動 ①間隔、隔開。
gėq zi̱t diàmzīng, ziáq zia̱q io̱
qxùn
（隔一點鐘，即食藥粉）
＝隔一個小時再吃藥粉。
gėq zə̱ nə̱ng gīng
（隔做兩間）＝隔成兩間。
②過。
ki̱ īn dāu *gėq* sāh a̱m
（去伊兜隔三暗）＝去他家過三夜。
名 格子、欄、區隔。
di̱t *gėq*（直隔）＝直格子。
u̱ *gėq* ka̱q xè
（有隔較好）＝有區隔較好。
xit *gėq* ka̱q kuáq
（彼隔較闊）＝那一欄較寬。
接頭 隔、翌；敍述過去的事情時的

用語。

geqrit dioq si
(隔日著死)＝隔天就死了。

geqghueq(隔月)＝翌月。

geq 逆 動 拂逆、違抗、頂撞。

li gàh geq ghuà?!
(你敢逆我)＝你敢違抗我?!

geq ǎu(逆喉)＝頂嘴。

geq'à 鍥仔 名 一種鐮刀。

〔guèq'à〕

geqbiaq 隔壁 名 鄰居。

geqbiaq dèq cua sìnniǒ
(隔壁在娶新娘)＝鄰居在娶媳婦。

geqbiaq bǎng(隔壁房)＝鄰房。

geqdəng 隔轉 接頭 geq(隔)接頭
的二音節語。

geqdə ngni(隔轉年)＝第二年。

geqgǎ 逆翹? 形 不順、不合、違
逆。

sìn ě cing dioq geqgǎ gáq
(新鞋穿著逆翹及)
＝新鞋穿起來很不貼腳。

zit dàq ghuà taq liàu kàq geqgǎ
(此搭我讀了較逆翹)
＝這兒我讀起來比較不順。

gī 枝 名 枝。

ciugī(樹枝)＝樹枝。

gòng gàq u gī u xioq
(講及有枝有葉)＝說得有聲有影。

量 支、把。

zit gī iǎnbit
(一枝鉛筆)＝一枝鉛筆。

nəng gī dècing
(兩枝短銃)＝兩把手槍。

sāh gī də(三枝刀)＝三把刀。

gī 基 名 基礎。

kāi gī
(開基)＝打下基礎的人、開創者。

degī(地基)＝地基。

gì 指 動 指、比。

sìnsēh gì ghuà
(先生指我)＝老師指著我。

ī gì dəwui?
(伊指何位)＝他比哪邊?

gì 記 動 ①記、錄。

gì siau(記賬)＝記帳。

②記憶。

xit zǎn daizi ghuà iàu e gì dit
(彼層事志我猶會記得)
＝那件事情我還記得。

→bhegidit(艙記得)

gì 痣 名 痣。

量liap(粒)

gǐ 奇 形 奇、怪。

ziǎh gì la, nà e bhǎ ki?!
(成奇啦,那會無去)
＝眞奇怪,怎麼不見了呢?!

rù tiāh rù gǐ
(愈聽愈奇)＝愈聽愈奇怪。

gǐ 棋 名 象棋,圍棋。

giǎh *gǐ*(行棋)＝下棋。

bhù*gǐ*(武棋)＝象棋。

bhǔn*gǐ*(文棋)＝圍棋。

圏bhǎh(盤)

gǐ 期 名 日期、期限。

gue̠ *gǐ*(過期)＝過期。

量 期。

xūn no̠ng *gǐ* lap

(分兩期納)＝分兩期繳。

gǐ 旗 名 旗、大多說成*gǐ*'à(旗仔)＝

旗子。

ca̠q *gǐ*(插旗)＝插旗子。

*gǐ*guàih(旗桿)＝旗桿。

圏gī(枝)

gī 忌 名 忌辰。

zo̠ *gi*(做忌)＝週年忌。

bhìn*gi*(憼忌)＝誕辰紀念日。

gicò 基礎 名 基礎。

pa̠q *gicò*(拍基礎)＝打基礎。

gidǐ 記持 名 記憶

xà *gidǐ*(好記持)＝好記性。

pàih *gidǐ*(歹記持)＝記性差。

gidiōng 其中 副 其中、之中、這

(那)中間。

gidiōng dejit i̠augin'e zi̠u si̠ pìn-

xing

(其中第一要緊的就是品行)

＝其中最重要的就是品行。

gidə̀ 祈禱 動 祈禱。

gidə̀ Si̠ongde̠

(祈禱上帝)＝向上帝禱告。

gǐguai 奇怪 形 奇怪。gua̠i(怪)的

二音節語

gǐguai lǎng(奇怪人)＝奇怪的人。

gīguān 機關 名 ①機關。

dòng ě *gīguān*

(黨的機關)＝黨的機關。

gīguān ciā(機關車)＝火車頭。

②裝置、機關。

la̠ibhin u̠ diōh *gīguān*

(內面有張機關)＝裡面裝設機關。

ua̠qda̠ng *gīguān*

(活動機關)＝自動機關。

③機關、策略、陰謀。

gīguān ba̠ilo̠

(機關敗露)＝陰謀敗露。

gīgut 枝骨 名 架骨、身子骨、體

格。

gīgut cō(枝骨粗)＝骨架粗壯。

xà *gīgut*(好枝骨)＝好體格。

gǐkà 奇巧 形 稀奇。

zit kuàn mi̠q bhǒ *gǐkà*

(此歀物無奇巧)＝這種東西不稀奇。

gǐkà ue̠(奇巧話)＝奇聞。

gīki̠ 機器 名 機器。

xit dǎi *gīki̠* pàih ki̠

(彼台機器歹去)＝那台機器壞了。

gīkikik 機器曲 名 唱機。

gīkitěng 機器糖 名 粗砂糖。

同義詞：cōxuē(粗花)。

gīkiau 機竅? 名 機巧。

　u gīkiau(有機竅)＝會轉腦筋。

giriǎn 旣然 接 旣然。

　giriǎn ànnē, làn dioq gìn pàqsə̄ng

　(旣然按哖，咱著緊拍算)

　＝旣然如此，咱們得早做打算。

　giriǎn gòng bhéq xo ī, sī ànzuàh iàu teq le？

　(旣然講覓付伊，是按怎猶提咧)

　＝旣然說要給他，怎麼還拿在手上？

　同義詞：gīsī(旣是)。

girin 記認 →gixə(記號)

gīsit 其實 副 其實。

　gīsit bhǎjàh

　(其實無影)＝其實沒有(那回事)。

　gīsit ī u(其實伊有)＝其實他有。

gīxi 旗?魚 名 旗魚。

gixə 記號 名 記號。

　zə gixə(做記號)＝做記號。

　rin gixə(認記號)＝認記號。

　同義詞：girin(記認)。

gīxə̄ng 飢荒 動 飢荒。

　dəwui déq gīxə̄ng

　(何位在飢荒)＝哪兒在鬧飢荒？

　měnǐ e gīxə̄ng

　(明年會飢荒)＝明年會鬧飢荒。

gīxū 肌膚 名 ①肌膚。

　gīxū sùi(肌膚美)＝肌膚漂亮。

②身材。

　ziáqgù bhǎ gīxū

　(此久無肌膚)＝這會兒沒身材可言。

gīxue 機會 名 機會。

　sit gīxue(失機會)＝失去機會。

gia 寄 動 ①托、寄、存。

　gia ghìnxǎng

　(寄銀行)＝存在銀行。

　gia lǎng e kì

　(寄人攜去)＝托人帶去。

②寄、送。

　gia puē(寄批)＝寄信。

gia 崎 名 坡。

　béq gia(𫝆崎)＝爬坡。

　形 險峻、坡陡。

　ghǐm'à gia(砛仔崎)＝階梯陡。

giāh 驚 動 ①怕。

　giāh sì(驚死)＝怕死。

　giāh lǎng zāi

　(驚人知)＝怕被知道。

②嚇。

　əmtāng xo ī giāh dioq！

　(唔通付伊驚著)＝不要嚇到他。

　副 耽心。

　xə̀ sī xə̀, giāh ī əm

　(好是好，驚伊唔)

　＝好是好，耽心他不肯。

　giāh e lə̀q xo

　(驚會落雨)＝耽心會下雨。

giàh 子? 名 小、兒子。

ghŭ–*giàh*（牛子）＝小牛。

sēh gho̦ ĕ *giàh*
（生五个子）＝生五個兒子。

接尾 子。

ì'à*giàh*（椅仔子）＝椅子。

liạp'à*giàh*（粒仔子）＝小膿瘡。

giạh 鏡 名 鏡子。

zio̦ *giạh*（照鏡）＝照鏡子。

diạu*giạh*（召鏡）＝望遠鏡。

*giạh*bhầq（鏡肉）＝鏡子的厚度。

giǎh 行 動 ①走。

giǎh lo̦（行路）＝走路。

②來往、出入。

gầp pàihlằng de̦q *giǎh*
（及歹人在行）＝和壞人來往。

giǎh zābhògīng
（行查某間）＝出入妓女戶。

③死；卑俗語。

gūn zịt'e lì dio̦q *giǎh* ki̦
（君一下，你著行去）
＝將軍一下，你就死棋。

iàubhue̦ *giǎh*
（猶未行）＝還沒死。

④開行、運行。

xuèciā zịt rịt *giǎh* gàu bāng
（火車一日行九班）
＝火車一天開九班。

lo̦qki̦ de̦q *giǎh*
（藥氣在行）＝藥氣在運行。

⑤做某一動作、做。

giǎh lè（行禮）＝敬禮。

ziạu zīnglì *giǎh*
（照情理行）＝照情理做。

⑥玩、下；棋語。

giǎh sāh buǎh
（行三盤）＝下三盤棋。

giǎh bhŭngi（行文棋）＝下圍棋。

giạh 件 量 件。

xit *giạh* da̦izi̦
（彼件事志）＝那件事。

no̦ng *giạh* xínglì
（兩件行李）＝兩件行李。

giạhdǎi 鏡台 名 鏡台、梳妝台。

giāhlǎng 驚人 形 骯髒。

tŏ kā *giāhlǎng*
（土腳驚人）＝地上髒。

giāhlǎng ciu（驚人手）＝髒的手。

同義詞：āzā（腌臢）。

giàhri 子兒 名 兒子。

giàhri iàu se̦xạn
（子兒猶細漢）＝兒子還小。

giàhsại 子婿 名 女婿。

sīnniŏ bì *giàhsại* kầq duạxạn
（新娘比子婿較大漢）
＝新娘比女婿個子高。

giāhsi 驚死 形 怕死、膽小。

ī zio̦k *giāhsi*, ī aq gàh ki̦?!
（伊足驚死，伊惡敢去）
＝他很怕死，他也敢去?!

giām 兼 動 兼。

giām nə̣ng ě zit

（兼兩個職）＝兼兩個差。

giàm 減 動 ①減、少。

　lì'ě *giàm* guà kìlǎi xọ ī！

　（你的減許起來付伊）

　＝你的減一些給他。

　②不足。

　piàt'à *giàm* zit dẹ

　（砸仔減一塊）＝盤子少一個。

　副 少。

　giàm tạn zit cīng kō

　（減趁一千箍）＝少賺一千元。

　←→gē（加）

giam 劍 名 劍。

　量kàu（口），gī（枝）

giǎm 鹹 形 ①鹹。

　nạ bhǒ *giǎm*, gə̣q cām iǎm！

　（若無鹹，復參鹽）

　＝若不夠鹹，再加鹽。

　②苛、小氣。

　diàmsọ *giǎm*（點數鹹）＝給分很苛。

　ī *giǎm* gə̣q siǎp

　（伊鹹復澀）＝他又鹹又澀，很小氣。

giàmcài 敢彩？ 情 說不定、也許。

　giàmcài bhẹ lǎi

　（敢彩𣍐來）＝他也許不來。

　giàmcài u（敢彩有）＝也許有。

giǎmcại 鹹菜 名 鹹菜。

　siḥ *giǎmcại*（豉鹹菜）＝醃鹹菜。

giǎmliǎnxi 鹹鰱魚 名 （鹽醃）鹹

鰱魚。

giǎmsə̄ngdīh 鹹酸甜 名 蜜餞。

　同義詞：bhịtziàn（蜜餞）。

giān 堅 動 凝固、結凍。

　cại̯jạn iàubhuẹ *giān*

　（荣燕猶未堅）＝洋菜還未結凍。

　giān bīng（堅冰）＝結冰。

　→ghǐng（凝）

giàn 捲 名 做成捲狀的食物。一般

　叫*giàn'à*（捲仔）。

　xěgiǎn（蝦捲）＝蝦捲。

giàn 繭 名 繭。

　gēh *giàn*（經繭）＝結繭。

giạn 見 副 每～就；原則上對應著

　用。

　giạn lèbại *giạn* lə̣q xọ

　（見禮拜見落雨）

　＝每到禮拜天就下雨。

　giạn kụn *giạn* bhạnggịh

　（見睏見夢見）＝每一入睡就做夢。

giạn 腱 名 肫、雞（等）的砂囊。

　gēgiạn（鶏腱）＝鶏肫。

　詞幹 結實的肌肉。

　kādògiạn（腳肚腱）＝小腿肌肉。

　ciudògiạn（手肚腱）＝手背肌肉。

giāndạng 堅凍 動 結凍、凝固。

　guǎhlang bhạqtēng kuại *giāndạ-*

　ng

　（寒人肉湯快堅凍）

　＝冬天肉湯易結凍。

giandīu 建丟? 〔形〕（小孩等）小而
端莊，惹人愛。
　xit ě ghìn'à zīn *giandīu*
　（彼个团仔眞建丟）
　＝那個小孩惹人愛。

giạnguại 見怪 〔動〕①責怪。文言
用語。
　giāh e xo lǎng *giạnguại*
　（驚會付人見怪）＝怕被見怪。
　②往壞處想、感覺不好。guại(怪)
　〔動〕的二音節語。
　ciàh lì ẹmtāng *giạnguại* !
　（請你唔通見怪）＝請你別見怪！

giạnguāi 堅乖 〔形〕倔強。
　giạnguāi ě ghìn'à
　（堅乖的团仔）＝倔強的小孩。

giạnsiạu 見笑 〔動〕慚愧、害羞。
　cong zit kuàn daizi, lì e *giạnsiạu*
　bhe?
　（創此欵事志，你會見笑燴）
　＝做了這種事，你慚不慚愧啊？
　lǎng ze, *giạnsiạu* ẹmgàh cùt kị
　（人多，見笑唔敢出去）
　＝人多，害羞不敢出去。

giàp 劫 〔動〕搶劫。
　tòxùi cùt lǎi *giàp* lǎng
　（土匪出來劫人）＝土匪出來搶劫。
　〔名〕①災、厄。
　sị zạp xuẹ u zịt ě duạ *giàp*
　（四十歲有一個大劫）

　＝四十歲會有一個災厄。
　②吃。棋語。

giàp 挾 〔動〕夾。
　giàp pịh ě bhakgiạh
　（挾鼻的目鏡）＝夾鼻眼鏡。
　ịng kā *giàp* bakdò
　（用腳挾腹肚）＝用腳夾肚子。

giàpsọ 劫數 〔名〕劫數。giàp(劫)
　〔名〕①的二音節語。

giạt 結 〔動〕①結。
　kūi xuē *giạt* zì
　（開花結子）＝開花結果。
　gàp ī *giạt* uānsǐu
　（及伊結冤讐）＝跟他結仇。
　giạt dòng(結黨)＝結黨、組黨。
　②結算。
　giạt kuạh cūn gùijǐh
　（結看剩幾円）＝結算看看剩多少錢。
　〔形〕密實。
　zit dẹ bọ káq *giạt*
　（此塊布較結）＝這塊布織得較密實。

giàt 揲? 〔動〕幹。卑俗語。
　ga *giàt* lẹqkị, ẹmbhiàn giāh ī !
　（給揲落去，唔免驚伊）
　＝幹下去，別怕他。
　gēnẹnggē *giàt* gùi'a dẹ
　（鷄卵糕揲幾若塊）
　＝蛋糕幹(吃)了好幾塊。

giạt 竭 〔形〕①凋零、不景氣。
　detǎu *giạt*(地頭竭)＝地段凋零。

sīnglì *giạt*(生理竭)＝商業不景氣。
②小氣的、貪心的。
xit ě lǎng zīn *giạt*
（彼个人眞竭）＝那個人很小氣。

giȧt'à 橘仔 名 橘子。

giȧtbại 結拜 動 結拜。
gȧp ī *giȧtbại*
（及伊結拜）＝和他結拜。
形 結拜的。
giȧtbại duạzi
（結拜大姊）＝結拜大姐。

giȧtbhuè 結尾 名 結果。
xit kuàn lǎng bhě xè *giȧtbhuè*
（彼欸人，無好結尾）
＝那種人，沒好結果。
同義詞：giȧtgè(結果)②。
〔giȧtbhè〕

giȧtgè 結果 名 ①結果。
guǎnjīn gȧq *giȧtgè*
（原因及結果）＝原因和結果。
②最後。
pàih *giȧtgè*（歹結果）＝結尾不好。
同義詞：giȧtbhuè(結尾)。
動 結束。
giȧtgè ī ě sẹhmiạ
（結果伊的生命）＝結束他的生命。
ga ī *giȧtgè*
（給伊結果）＝把他幹掉。

giȧtxūn 結婚 動 結婚。
nạng ě bhèq *giȧtxūn*

（兩个覓結婚）＝兩人要結婚。

giȧtziȧp 結汁 名 蕃茄醬。

giāu 驕 形 驕縱、高傲。
xit ě zābhò zīn *giāu*
（彼個查某眞驕）＝那個女人很驕縱。

giàu 賭？ 名 賭博。
buạq *giàu*（跋賭）＝賭博。
sū *giàu*（輸賭）＝賭輸。
*giàu*gūah（賭官）＝莊家。

giàu 繳 動 繳、納。
giàu xakxụi（繳學費）＝繳學費。
bhin'àzại bhèq *giàu*
（明仔再覓繳）＝明天要繳。

giàu 攪 動 攪、拌。
bạng *giàu* bhȧq-tāng
（飯攪肉湯）＝肉湯拌飯。

giǎu 僑 接尾 僑民。
Dǎi*giǎu*（台僑）＝台灣籍的僑民。
Xuǎ*giǎu*（華僑）＝華僑。

giạu 撟 動 撬。
giạu měng（撟門）＝撬門。

giạu'à 撟仔 名 槓桿、千斤頂。

giàugụn 賭棍 名 賭徒。
giàugụn ạmdạtdiọq giàurịwụn
（賭棍唔值着賭字運）一俚諺
＝賭棍比不上好賭運。

giāungọ 驕傲 形 驕傲。
giāungọ ě lǎng
（驕傲的人）＝驕傲的人。

giàuriàu 攪擾 動 打擾。

ziăh *giàuriàu* lì xoh
（成攪擾你唔）＝很打擾你了。

siguę kį găng *giàuriàu*
（四界去給-人攪擾）
＝四處去打擾人家。

gīh 鹼? 名 鹼。

*gīh*zùi（鹼水）＝鹼水、灰水。

ziąq *gīh*（食鹼）＝喝鹼水自殺。

gih 見 動 ①會、見。

lì bhėq *gih* siăng？
（你覓見甚-人）＝你要見什麼人？
②投訴。

bhėq *gih* sīnsēh ŏ
（覓見先生哦）＝要跟老師說呀。

gih guāh（見官）＝向官府投訴。
③到、見。

guṭ iàubhuę *gih* gīm
（掘猶未見金）＝還沒掘到金子。
④比、拼。

gih sūjăh（見輸贏）＝比輸贏。

gáp ī *gih* sēhsì
（及伊見生死）＝和他拼個死活。

接尾 見；跟在感覺動詞之後，表現出乎意料的偶然狀況，讀無聲。

siohbhėq kuah, gəq bhŏ kuah *gih*
（想覓看，復無看見）
＝想見又沒見到。

bhanng*gih* ī（夢見伊）＝夢見她。

gīh 經? 動 掛、絆。

gĭh dioq səq
（經著索）＝絆到繩子。

ciàh ga *gĭh* diąm dəq'àkā！
（且給經站桌仔腳）
＝暫且給絆在桌腳。

gīh 墘 名 邊上；多半說*gĭh*'à（墘仔）＝邊上。

əmtāng giăh *gĭh*, ghŭixiàm！
（唔通行墘，危險）
＝不要走邊邊，危險！

xài*gĭh*（海墘）＝海邊。

gik 革 動 革、除。

gik ī ĕ zit（革伊的職）＝革他的職。

gik 格 動 ①思考、發明。

ī ghău *gik* zīnglì
（伊高格情理）＝他很懂情理。

zit ĕ gīkį sį siàh lăng *gik*'e？
（此个机器是甚人格的）
＝這個機器是誰發明的？
②做、掘、安裝、隔開、區分。

gik zèh（格井）＝掘井。

gik tāng'à（格窓仔）＝裝窗子。

gik zə nəng gīng
（格做兩間）＝隔成兩間。

gik 激 動 ①刺激。

gik sīm（激心）＝心受刺激。

gik xo ī siukį
（激付伊受氣）＝刺激他使他生氣。
②蒸餾。

gik ziu（激酒）＝蒸（做）餾酒。

gik lə̄(激腦)＝蒸(做)樟腦。
③壓、迫。

caụ gȧq uaqbhėq gik sǐ
(臭及活覓激死)
＝臭得活要人命。

lainī gik kuảh ụ laụ xōng bhǒ！
(內乳激看有落風無)
＝把內胎在水裡壓壓看有沒有漏氣。
④裝。

gik gho̱nggho̱ng
(激戀戀)＝裝傻傻的。

gik ziṭ ě paị
(激一個派)＝裝一個派頭。

副 儘、光。

ə̱m takcėq, gik cittǒ
(唔讀冊，激迌迌)＝不讀書，光玩。

gik buȧq giàu
(激跋賭)＝光賭博。

gik 極 副 極。文言用法。

gik xə̀(極好)＝極好。

ī sīntè gik iòng
(伊身體極勇)＝他身體極健康。

gikbo̱ 極步 名 ①最後一步。

zē sị gikbo̱
(茲是極步)＝這是最後一步。
②沒法兒。

dāh gaụ gikbo̱ la
(但到極步啦)＝如今已沒法兒了。

gikbutgik 極不極？ 副 結果。

gikbutgik bhǒ kị bhejịngdit
(極不極無去膾用得)
＝結果不去不行。

gikbutgik dioq xọ ī
(極不極著付伊)＝結果得給他。

gikgē 極加 副 最多、頂多。

gikgē xọ xuat sua
(極加付罰煞)＝頂多被罰罷了。

gigē sị nə̱ng bhan kō
(極加是兩萬箍)＝最多是兩萬元。

gikgut 激骨 形 故意、搞怪。

gòng də̄ ziạukigāng gòng, nà dio̱
q ànnē gikgut?!
(講都照紀綱講，那著按呤激骨)
＝講都照規矩了，何必這樣搞怪?!

gikgut sià(激骨寫)＝搞怪地寫。

giksài 激屎？ 形 裝酷。

lì na̱ siōh giksài, e xǒng zīng ǒ！
(你若尚激屎，會付-人爭哦)
＝你如果太裝酷，會挨揍喔！

gīm 金 名 ①金。多數時候說成
gīm'à(金仔)。

siōh gīm(鑲金)＝鑲金。

zapbėqgīm ě cịuzǐ
(十八金的手指)
＝十八K金的戒指。
②金紙、冥鏹。

siō gīm(燒金)＝燒金紙。

形 ①光亮。

suanzioq gīm siȧksiȧk
(璇石金鑠鑠)＝鑽石亮晶晶。

lu̱ xo̱ *gim*！

（鑢付金）＝把它擦亮！

②精明、亮。

bha̱kzīu *gim*, bhe̱ pia̱n di̱t

（目睭金，𣍐騙得）

＝眼睛亮，騙不了。

gim 禁 動 ①禁止。

gim lǎng cu̱t ki̱

（禁人出去）＝禁止出去。

ku̱i bhe̱ *gim* di̱t

（氣𣍐禁得）＝禁不住氣。

zùidə *gim* le！

（水道禁咧）＝把水關起來！

②監禁。古時用語。

xo̱ lǎng lia̱q ki̱ *gim* le

（付人掠去禁咧）＝被抓去監禁起來。

gim 妗 名 舅媽；母親的兄弟之妻。

多半講成ā*gim*（阿妗）。

gim'à 妗仔 名 弟妹；妻之兄弟（舅子）之妻。

gimbə̌ 妗婆 名 舅婆；祖母的兄弟（舅公）之妻。

gimdàu 金斗 名 骨灰罈。

gimgǎm 金含 名 糖球（果）。

gǎm *gimgǎm*

（含金含）＝含著糖球（果）。

同義詞：tə̌nggǎm（糖含）。

gimgū 金龜 名 金龜子。

gimguē 金瓜 名 南瓜。

gimxi 金魚 名 金魚。

gin 巾 名 布巾。多半說成*gin*'à（巾仔）。

ciu*gin*（手巾）＝手帕。

də̱q*gin*（桌巾）＝桌巾。

〔gūn〕

gin 斤 量 斤。

gin ri̱（斤二）＝一斤二兩。

〔gūn〕

gin 根 名 根部。

də̱ng *gin*（斷根）＝斷根。

ci̱u *gin*（樹根）＝樹根。

〔gūn〕

gin 筋 名 筋。

gi̱u *gin*（縮筋）＝痙攣。

xuė*gin*（血筋）＝血管。

〔gūn〕

gin 跟 動 跟、隨。

xǐngsu̱ *gin* diǎudiǎu

（刑事跟住住）＝刑警跟得緊緊的。

gin sinsēh əq

（跟先生學）＝跟老師學的。

〔gūn〕

gin 緊 形 快。

giǎh ka̱q *gin* le！

（行較緊咧）＝走快一點！

zi̱t ě sīzīng *gin* za̱p xun

（此个時鐘緊十分）

＝這個時鐘快十分。

⟷ bhan（慢）

gin 絹 →dǐu（綢）

gi̱n 近 〔形〕 近。

　gi̱n lo̱（近路）＝近路。

　gi̱n ca̱ici'à
　（近茱市仔）＝近茱市場。

　〔gu̱n〕

　←→xə̱ng（遠）

gīn'àr i̱t 今仔日 〔名〕 今日。

ginbùn 根本 〔名〕 根本。

　zə̱ da̱izi̱ gi̱nbùn si̱ang ia̱ugi̱n
　（做事志根本上要緊）
　＝做事情根柢最重要。

　〔gūnbùn〕

ginbha̱n 緊慢 〔副〕 遲早。

　ginbha̱n e̱ cu̱tpua̱
　（緊慢會出破）＝遲早會露出馬腳。

　同義詞：zàbha̱n（早慢）。

gi̱ndāu 近兜 〔名〕 附近。

　xi̱t gi̱ndāu u̱ i̱uzi̱nggio̱k
　（彼近兜有郵政局）＝那附近有郵局。

　ī kia̱ di̱ ghuàn gi̱ndāu
　（伊竪著阮近兜）＝他住在我家附近。

　同義詞：ginbi̱h（近邊）。

　〔gu̱ndāu〕

gīndè 根底 〔名〕 ①根柢、基礎。

　du̱i gīndè di̱ng pa̱qki̱
　（對根底重拍起）＝從基礎再打起。

　②底子。

　gīndè si̱ zàuzùi'e
　（根底是走水的）＝他是走私底的。

　③素養。

bhə̱ gīndè（無根底）＝無素養。

du̱i xa̱nbhǔn u̱ gīndè
（對漢文有根底）＝漢文的素養好。

④原因、理由。

e̱ gia̱t uānsi̱u si̱ u̱ gīndè e
（會結冤讐是有根底的）
＝會結仇是有原因的。

〔gūnduè〕

gīndū 均都? 〔副〕 反正、橫豎。

　gīndū si̱ li̱'ě
　（均都是你的）＝反正是你的。

　gīndū bhə̱ giǎh zi̱t zua̱, bhe̱sàidit
　（均都無行一遭，繪使得）
　＝反正不走一趟是不行的。

　同義詞：gīnsio̱k（均屬）。

　〔gūndū〕

ginni 今年 〔名〕 今年。

ginsi̱ng 緊性 〔形〕 性急。

　ə̱mtāng xia̱q ginsi̱ng, si̱gān iàu u̱
　le
　（唔通彼緊性，時間猶有咧）
　＝不要那麼性急，還有時間。

gīnsio̱k 均屬?

　→gīndū（均都）

　〔gūnsio̱k〕

gīnsǔi 跟隨 〔動〕 跟隨、跟從。

　gīnsǔi ě lǎng ziǎh ze̱
　（跟隨的人成多）＝跟隨的人很多。

　zābhògàn de̱q gīnsǔi tǎugēniǒ
　（查某嫺在跟隨頭家娘）

=婢女跟隨著老闆娘。

〔gūnsǔi〕

gīnziō 芹蕉 名 香蕉。

量bǐ(枇)，diǎu(條)

〔gīngziō〕

gīng 弓 名 弓。

ān *gīng* dáq zịh

(安弓搭箭)=搭好了箭拉滿了弓。

動 ①繃、張。

gīng kā(弓腳)=弓腳、繃腿。

bòpǎng *gīng* káq ǎn le！

(布帆弓較緊咧)=布棚繃緊一點！

②撐。

gīng dī(弓豬)=把豬撐肥。

gīng xo duạxạn

(弓付大漢)=把他養大。

gīng 供 名 供詞。

rịn *gīng*(認供)=認供。

xuàn *gīng*(反供)=反供。

動 供述、說。

liǎn ị aq *gīng* cútlǎi

(連伊亦付供出來)

=連他也給供出來。

gīng gūi duạ tuā

(供舉大拖)=供出一堆人。

gīng 宮 接尾 宮。寺廟名稱之一。

Màzò*gīng*(媽祖宮)=媽祖廟。

zùising *gīng*

(水仙宮)=水仙娘娘(禹之妃)廟。

gīng 耕 動 種、犁。

gīng cǎn(耕田)=種田。

gīng 莖 名 莖、梗。

zùisiānxuē–*gīng*

(水仙花莖)=水仙花梗。

dụi *gīng* gạ gā kịlǎi

(對莖給鉸起來)=從莖部剪起來。

gīng 間 量 間。

zịt *gīng* duạ *gīng* cụ

(一間大間厝)=一間大房子。

nǝng *gīng* bǎng

(兩間房)=兩間房間。

接尾 ①～廳、～室。

ziaqbǝng*gīng*(食飯間)=飯廳。

i kg*gīng*(浴間)=浴室。

lǎngkẹq*gīng*(人客間)=客廳。

②～房、～戶。

xuètuạh*gīng*(火炭間)=柴火房。

zābhò*gīng*(查某間)=妓女戶。

gīng 經 名 ①經文。

liạm *gīng*(念經)=誦經。

②脈絡、經絡。漢醫用語。

xi*gīng*(肺經)=肺部經絡。

③月經。

giǎh *gīng*(行經)=有月經。

gīng gǐ(經期)=經期。

動 經手、經由。

zǐh *gīng* ị ě cịu

(錢經伊的手)=錢由他經手。

gīng Siongxài guẹ

(經上海過)=經過上海。

gìng 景 名 景色。

　bėq ziohkì kuah gìng
　（冗上去看景）＝爬上去看風景。

gìng 揀 動 挑、選。

　gìng dua liap'e
　（揀大粒的）＝揀大顆的。

　→suàn（選）

gìng 境 名 區域。

　rip gìng（入境）＝入境。

　gìng gai（境界）＝境界。

gìng 襇 名 ①褶。

　gùn bhėq kioq gìng
　（裙覓拾襇）＝裙子要打褶。

　②縐紋。

　bhin liap gìng
　（面攝襇）＝臉上有皺紋。

　量 褶。

　kioq si gìng（拾四襇）＝縫四褶。

　bhin gùi'a gìng
　（面幾若襇）＝臉上好多皺紋。

gìng 敬 動 ①敬、拜。

　gìng sin（敬神）＝拜神。

　②供、奉。

　gìng sugè（敬四果）＝供奉四果。

　zē bhėq gìng but e
　（茲覓敬佛的）＝這是要供佛的。

　③敬、飲；敬語。

　lì ga gìng zit buē！
　（你給敬一杯）＝你敬他一杯！

gìng 窮 動 困窮、貧乏。文言用

語。

　kàq gìng si lăng
　（較窮死人）—俚諺
　＝比死人還窮，形容非常窮的意思。

　gìng gàq dng zit siàn
　（窮及斷一錢）＝窮到半毛錢也沒有。

gīng 勁? 動 頂。

　ing tiau'à gīng
　（用柱仔勁）＝用柱仔頂住。

　gīng ciòh'à（勁牆仔）＝把牆頂住。

gīngcat 警察 名 警察。

　gīngcat ghě（警察衙）＝警察局。

gīngdi 景緻 →gōngging（光景）

gīnggàqtău 肩胛頭 名 肩膀。

　paih diam gīnggàqtău
　（背站肩胛頭）＝背在肩膀上。

　也說成gīngtău（肩頭）。

gīnggue 經過 動 ①經過。

　gīnggue ze nĭ
　（經過多年）＝經過許多年。

　②經由。gīng（經）動 的二音節語。

　dui xiā gīnggue
　（對彼經過）＝打那兒經過。

　〔gīngge〕

gīngtău 肩頭

　→gīnggàqtău（肩胛頭）

gīngtè 輕恥? 動 貶低、挖苦、往
壞處說。

　gīngtè i cēh'àzăng, xo ī ki gàq
　（輕恥伊青仔欉，付伊氣及）

＝挖苦他是大楞子，讓他很生氣。
zābōlǎng ə̱mtāng xiȧq ghǎu
gīngtè lǎng！
（查哺人唔通彼高輕恥人）
＝男人不要那麼愛挖苦人！
同義詞：pisioh（譬相）。

gīngxǐ 鯨魚 名 海翁。

gio 呌 動 ①叫。
dua siāh *gio* ī ě miā
（大聲呌伊的名）＝大聲叫他的名字。
②點、叫。
gio sāh uàh cai
（呌三碗菜）＝點三盤菜。
gio bhì（呌米）＝叫（買）米。
③響、叫。
lǎudìng binbiang *gio*
（樓頂乒乓呌）＝樓上乒乓響。
ziàu'à ziqziuq *gio*
（鳥仔唓啁呌）＝小鳥啁啁叫。
介 使喚。
gio ī cong, dioq xə̀
（呌伊創，著好）＝叫他做就好。
gio ghuà sià（呌我寫）＝叫我寫。

giǒ 茄 名 ①茄子。
②陰莖。暗語。
→ǎngcai（紅菜）

giǒ 橋 名 橋。
zə̱ *giǒ*（造橋）＝造橋。
gue *giǒ*（過橋）＝過橋。

gio̱ 轎 名 轎。
gəng *gio̱*（扛轎）＝抬轎子。
but*gio̱*（仏轎）＝神轎。

giosi̱ 呌是 動 以爲。
ghuà *giosi̱* ī ə̱m lǎi
（我呌是伊唔來）＝我以爲他不來。
giosi̱ xə̀lǎng gə̀q ə̱msi̱
（呌是好人復唔是）
＝以爲好人卻不是。

giozə 呌做 動 叫做、稱爲、就是。
lì *giozə* siàhmì？
（你呌做甚麼）＝你叫什麼（名字）？
zē *giozə* dia̱nsi̱
（玆呌做電視）＝這叫電視。
同義詞：xə̱zə（號做）。
〔giozue〕

giōh 薑 名 薑。
giōh bhə̀（薑母）＝薑。
〔gīuh〕

giok 局 名 ①趣味。
u̱ *giok*（有局）＝有趣。
②招；棋語。
rip *giok*（入局）＝將軍。
ziā u̱ zit bo̱ giok
（這有一步局）＝這兒有一步絕招。
③官廳名之一。
zuānbhe̱ *giok*（專賣局）＝公賣局。
giok diòh（局長）＝局長。

giokxuē 菊花 名 菊花。
〔gikxuē〕

giǒng 強 形 強。

li̍ kaq *gi̯ŏng*, gap ī giăh！
（你較強，及伊行）
＝你較強，和他下（棋）！
si̱ngde *gi̯ŏng*（性地強）＝個性強。
副 勉強、硬。
gi̯ŏng zīh ləqki̱
（強挣落去）＝硬塞進去。
gi̯ŏng xo̱ zə̱
（強付做）＝勉強他做。

gi̱ong 共 **動** 合計。
bhə̆ *gi̯ong*, ə̱m zāijàh
（無共，唔知影）
＝沒有合計，不知道。

gi̯ŏngdə̱ 強盜 **名** 強盜。

gi̱ongsàn 共產 **動** 共產化。
*gi̱ongsàn*dòng（共產黨）＝共產黨。

gi̱ōngxi 恭喜 **動** 恭喜。
li̍ sēhri̱t, ga li̍ *gi̱ōngxi*
（你生日，給你恭喜）
＝你的生日，恭喜你。
形 可喜、可賀。
gīn'àri̱t zīn *gi̱ōngxi*
（今仔日真恭喜）
＝今天真是可喜可賀。

gi̯oq 腳 **名** 職務。
ghuà ě *gi̯oq* si̱ siàhmi̍？
（我的腳是甚麼）
＝我的職務是什麼？
量 角色、傢伙。
xit *gi̯oq* bhə̆ ghău zə̱

（彼腳無高做）＝那傢伙不會做。

gi̯oqsi̱au 腳賬 **名** 角色。
gi̯oqsi̱au bhə̆ ziău, xi̱ si̱ bhe̱ zə̱ dit
（腳賬無全，戲是獪做得）
＝角色不齊，戲是無法演的。
dua *gi̯oqsi̱au*（大腳賬）＝重要角色。

gip 急 **動** 急、著急。
sīmguāh ziăh *gip*
（心肝成急）＝心裏很急。
ŭnwŭn'àsi̱, xo̱ li̍ bhe̱ *gip* dit
（緩緩仔是，付你獪急得）
＝慢慢來，讓你急不得的。
形 急的、迫切的。
gip gau di̱oq, bi̱an i̱oq'à aq ci̱ncài ziaq
（急到著，便藥仔亦清彩食）
＝急起來，成藥也拿來亂吃。
gip zing（急症）＝急症。

gip 級 **量** 級。
zit xaknı̆ xūn zə̱ si̱ *gip*
（一學年分做四級）
＝一學年分成四級。
zin zit *gip*（進一級）＝進一級。

gip 給 **動** 授予（證照等）、接受。兩人間授與關係之總稱。
ə̱m *gip* xo̱ ghuà
（唔給付我）＝不付給我。
gip lo̱zi̱o（給路照）＝給路條（放行）。

gi̱psi̱ng 急性 **形** ①急性子。
gi̱psi̱ng ě lăng

（急性的人）＝急性子的人。

②急性的。

gipsing ě bhǒngdǒngjam

（急性的盲腸炎）＝急性盲腸炎。

gīu 縮? 動 ①縮短、縮小。用於說明沒有伸縮性的東西時。

bo̤ e̤ *gīu* zùi

（布會縮水）＝布會縮水。

gīu dè(縮短)＝縮短。

②縮回、躲、蹲。

gīu kā(縮腳)＝縮腳。

gīu di cṳlin

（縮著唇裡）＝蹲在家裏。

→gi̤u(縮)

gi̤u 救 動 救。

gi̤u ī zit diǎu se̤hmia̤

（救伊一條生命）＝救他一條命。

→zo̤(助)

gi̤u 縮? 動 伸縮。用於說明有伸縮性的東西時。

sīn ě sǐzṳn e̤ *gi̤u*, i̤ng gù dio̤q li̤ng ki̤

（新的時陣會縮，用久著量去）

＝新的時候會伸縮，舊了就鬆掉。

kā *gi̤u* gīn(腳縮筋)＝腳抽筋。

→gīu(縮)

gi̤u 求 動 祈求。

gi̤u bīng'ān(求平安)＝祈求平安。

gi̤u 球 名 球。

pa̤q *gi̤u*(拍球)＝打球

量 ①團。

dǐh zo̤ zit *gi̤u*

（纏做一球）＝纏成一團。

②計數撞球勝負數的單位。

gi̤ubuē 球箆 名 球拍。

gi̤ucǒng 球床 名 撞球台。

gi̤ucuě 球箠 名 撞球桿。

〔gi̤ucě〕

gi̤uging 究竟 副 究竟、終究、畢竟。文言用語。

gi̤uging bhǒ ànnē zo̤ bhe̤jingdit

（究竟無按哖做㑇用得）

＝畢竟不這麼做不行。

gi̤ugīng 球間 名 撞球間。

gi̤uzing 求情 動 求情。

gio̤ lǎng ki̤ ga ī *gi̤uzing*

（叫人去給伊求情）

＝叫人去向他求情。

giuq 吸 動 ①吸食。

giuq nī(吸乳)＝吸奶。

giuq cǎnlě(吸田螺)＝吸食田螺。

②一點一點地累積、攢。

giuq sūkiā zi̤h

（吸私奇錢）＝攢私房錢。

ī dāh ṳ *giuq* guà la

（伊但有吸許啦）

＝他如今攢了一點了。

gō 姑 名 ①姑姑；父親的姊妹。多半說成āgō(阿姑)。

接尾 ～尼；尼姑的總稱。

Dikghiokgō(德玉姑)＝德玉尼。

gō 枯 動 枯萎。

xit zǎng giòkxuē *gō* ki̧
(彼欉菊花枯去)＝那棵菊花枯萎了。

gō 罛 名 在(岸邊)拖網補魚。

kān *gō*(牽罛)＝拖網。

gō 觚 名 (牆上防小偷的)碎玻璃片、大釘子。

ba̧ng *gō*
(放觚)＝安裝防盜玻璃碎片。

dikgō(竹觚)＝竹釘。

gō 菰 名 霉。

sēh *gō*(生菰)＝發霉。

gò 古 形 古、老、陳腐。

gò pa̧i(古派)＝老派。

ī ě bhǔn ká̧q *gò*
(伊的文較古)＝他的文章較陳腐。

名 故事。

量 dȩ(塊)

gò 估 動 ①估計。

zit ě cíubiò bhȩq *gò* gùijǐh？
(此个手錶覓估幾円？)
＝這個手錶要估多少？

gò la̧k bá̧q kō
(估六百箍)＝估六百元。

②抵償。

dia̧mlǎi ě xuȩ lòng xo̧ lǎng *gò* ki̧
(店內的貨攏付人估去)
＝店裏的貨都被抵償掉了。

zē si̧ ga̧ ī *gò* lǎi e
(茲是給伊估來的)
＝這是向他抵償過來的。

gò 股 名 ①股份。

xap *gò* zȩ sīnglì
(合股做生理)＝合資做生意。

ghuà ě *gò* bhȩq bhȩ
(我的股覓賣)＝我的股份要賣。

*gò*dōng(股東)＝股東。

*gò*piọ(股票)＝股票。

*gò*xu̧n-gōngsī
(股份公司)＝股份公司。

②扭絞。

suah pá̧q *gò* ki̧
(線拍股去)＝線扭絞在一起了。

③股。行政單位的一種。

*gò*wǎn(股員)＝股員。

*gò*diòh(股長)＝股長。

動 捻、搓。

gò sȯq'à
(股索仔)＝捻繩子、搓繩子。

量 ①股。

za̧p *gò*(十股)＝十股。

xu̧n zit *gò*
(份一股)＝認(加)一股。

②條。

nȩng *gò* suah(兩股線)＝兩條線。

③畦、壟、(布上的)綾紋、畝、區劃。計數狹長的旱田或其上的作物時的單位。

nȩng *gò* ca̧i(兩股茱)＝兩畦菜。

xit gò xǎng（彼股園）＝那畦旱田。

gò 鼓 名 鼓。

go̱ng gò（搤鼓）＝打鼓。
🏛bhi̱n（面），ě（个）。

go̱ 扱? 介 惹。被動的表現法。一定
得使用go̱～uạn（怨）的形式。

go̱ ī n dāgē uạn
（扱您乾家怨）＝惹她婆婆嫌。

go̱ lǎngwạn（扱人怨）＝惹人嫌。

go̱ 顧 動 守、看顧、保重。

go̱ mǎng（顧門）＝看門。

xiā ziǎh ze̱ lǎng dėq go̱
（彼成多人在顧）
＝那兒很多人在看守。

go̱ sīnmia̱（顧身命）＝保重生命。

副 只顧、熱衷。

go̱ cittǒ（顧迌迌）＝只顧玩。

go̱ gòng ue, suáq giǎh gue̱tǎu
（顧講話，煞行過頭）
＝只顧說話，遂走過頭了。

gǒ 糊 動 糊、貼。

gǒ zuà（糊紙）＝糊紙。

ci̱ng pi̱h gǒ biȧq
（蒸鼻糊壁）＝擤鼻涕糊牆壁。

名 糊。

ki̱t gǒ（捷糊）＝攪製漿糊。

go̱ 怙 動 依靠。

dāh bhȧq go̱ siàh lǎng？
（但覓怙甚人）＝如今要依靠誰？

go̱ zit gī cu̱i

（怙一枝嘴）＝光靠一張嘴。

gōbǒ 姑婆 名 姑婆。祖父的姊妹。

gōbu̱tziōng 姑不將 形 不得已。

gōciàh bu̱tdikji̱ rǐ ziōngziu̱（姑且
不得已而將就）之省略語。

bhǒ u̱i tāng ze̱, gōbu̱tziōng ziȧq kia̱
le
（無位通坐，姑不將即豎咧）
＝沒位子坐，不得已才站著。

同義詞：bu̱tdikji̱（不得已）。

gòbhù 鼓舞 動 鼓舞、鼓勵、獎勵。

gòbhù sànghia̱p
（鼓舞產業）＝獎勵產業。

gòbhù ī ri̱p dòng
（鼓舞伊入党）＝鼓勵他入黨。

gòcuē 鼓吹 名 ①喇叭。

bǔn gòcuē（噴鼓吹）＝吹喇叭。

②（以喇叭為主樂器的）樂隊、鼓吹陣。

cia̱h zit di̱n gòcuē
（倩一陣鼓吹）＝請一團鼓吹陣。

〔gòcē〕

gōdā 枯乾 動 枯、乾。gō（枯）的
二音節語。

bhǒ ga̱ ȧk zùi, e̱ gōdā ki̱
（無給沃水，會枯乾去）
＝沒澆水，會枯掉。

gōda̱k 孤獨 形 小氣、慳吝。

ī gōda̱k, mi̱q a̱m zioq lǎng
（伊孤獨，物唔借人）
＝他很小氣，東西不肯借人。

gōdạksiạng(孤獨相)＝慳吝相。

gòdiàn 故典 名 典故。

in Lunghù ě *gòdiàn*
(引論語的故典)＝引論語的典故。

gòdòng 古董 名 ①古董。

zip *gòdòng*(集古董)＝收集古董。
②玩具，早時用語。

bhè guà *gòdòng* xọ sūn cittở
(買許古董付孫迢迢)
＝買些玩具給孫子玩。

gògẹ 估價 動 估價。gò(估)①的二
音節語。

gògẹ nạng cīng kō
(估價兩千箍)＝估兩千元。
*gògẹ*duāh(估價單)＝估價單。

gòji 古意 形 老實。

siōh *gòji*, suȧq xǒng ciọ gòng
ghọng
(尙古意，煞付一人笑講戇)
＝太老實了，遂被笑傻。

goji 故意 →diāugọji(特故意)

gōjọq 膏藥 名 膏藥。

dȧq *gōjọq*(貼膏藥)＝貼膏藥。
〔gōjọq〕

gọkiām 故謙 動 謙虛。

bhiàn xiȧq *gọkiām* la !
(免彼故謙啦)＝不要那麼謙虛啦!

gōkụt 孤鷹 動 身邊的親人都死光
光；罵人的話。

xọ lì *gōkụt* gȧq zẹqzìng !

(付你孤鷹復絕種)
＝讓你孤獨又絕子絕孫!

gōniǒ 姑娘 名 姑娘、小姐。對主
人的女兒的稱呼。

gōniǒ dėq giọ lì
(姑娘在叫你)＝小姐在叫你。
〔gōniǔ〕

gōxu 辜負 動 辜負。文語用語。

gōxu ī(辜負伊)＝辜負她。
gōxu bẹbhả ě īn
(辜負父母的恩)＝辜負父母的恩情。

gòzà 古早 名 古時候。

gòzà ě ghǎulǎng
(古早的高人)＝古時候的賢人。

gōziǎh 姑成? 動 求情、請求。

gōziǎh gȧq kiạm zit gui
(姑成及欠一跪)
＝求到差點沒跪下來。
lì kị ga *gōziǎh* kuạh bhėq ziạq
ạm !
(你去給姑成看覓食唔)
＝你去求求看(他)要不要吃!

gòzūi 可推? 形 可愛。

xit sīn āng'à nà e xiȧq *gòzūi* le !
(彼身尪仔那會彼可推咧)
＝那個玩偶怎麼那麼可愛呢!

gȯk 各 接頭 各～。文言用語。

*gȯk*gȯk(各國)＝各國
*gȯk*cụ(各處)＝各處
*gȯk*jọh xuẹ(各樣貨)＝各種貨。

→dak(逐)
gók 國 名 國。
　giŏng *gók*(強國)＝強國。
　gók'ŏng(國王)＝國王。
gók 摑? 動 吸；用吸器等把毒氣等
　吸出。
　gók ni(摑乳)＝用吸器把奶水吸出。
gókbiq 摑比? 形 有趣、詼諧。
　ī zīn *gókbiq*
　(伊眞摑比)＝他眞有趣。
gókbhin 國民 名 國民。
gókgā 國家 名 國家。
gókgi 國旗 名 國旗。
gókghù 國語 名 國語
　〔*gókghì*〕
góksịngjǎ 國姓爺 名 國姓爺。
　鄭成功。
gōng 公 名 祖父、爺爺。多半說成
　ā*gōng*(阿公)。亦說成àn*gōng*(俺
　公)。
　形 公(家)的。
　gōng zǐh(公錢)＝公款。
　←→sū(私)
　接尾 ～公；男神的稱呼。
　Tò*ḍigōng*(土地公)＝土地公。
　Daiḍ*agōng*
　(大道公)＝大道公；即保生大帝。
　←→mà(媽)
gōng 功 名 功勞。
　iu *gōng* bhǒ siòh, pảqpuạ dioṇ buě

(有功無賞，拍破著賠)一俚諺
＝有功無賞，打破了東西反而要賠。
gōng 攻 動 ①攻。
　gōng siăh(攻城)＝攻城。
　②一直施加(肥料等物)。
　gōng bǔi(攻肥)＝加強施肥。
　bòjoṇ itdit *gōng*
　(補藥一直攻)＝一直進補。
gòng 管 名 管、筒。
　dàu ziṭ gī *gòng*
　(鬥一枝管)＝裝一根管子。
　ājǎn *gòng*(亞鉛管)＝鉛管。
　量 根、筒。
　dua *gòng* xūncuē
　(大管煙吹)＝大筒烟斗。
　sāh *gòng* dik*gòng*
　(三管竹管)＝三根竹筒。
gòng 講 動 講、說。
　gòng xọ tiāh(講付聽)＝講給他聽。
　ga ī *gòng*(給伊講)＝跟他說。
　副 講～。
　gòng ī iàubhuẹ dǎng lǎi
　(講伊猶未轉來)＝說他還沒回來。
　gòng xiā si zīn zẹ lǎng
　(講彼死眞多人)
　＝說那兒死了很多人。
gọng 貢? 名 緞子、絲綢。
　xuē *gọng*(花貢)＝花緞子。
gọng 貢? 動 猛(進)補、猛吸。
　ịng sām iṭdịt *gọng*

（用參一直貢）＝用人蔘猛補。

gong āpiaṇ（貢阿片）＝猛吸鴉片。

gong 摃 動 ①敲、打。

gong gò（摃鼓）＝打鼓。

ghiaq cuě'à *gong*

（攑箄仔摃）＝拿細竹仔打。

②打。

gong dianwe lǎi xo ghuà

（摃電話來付我）＝打電話給我。

同義詞：kạ（扣）。

③敲詐、揩油。

xo ī *gong* gho cīng kị

（付伊摃五千去）＝被他敲走五千元。

gǒng 狂 動 慌。

bhǒ sǐgān dėq *gǒng*

（無時間在狂）＝時間不夠在慌。

lǐ dėq *gǒng* siàhmì？

（你在狂甚麼）＝你在慌什麼？

gòng'à 管仔 名 罐子。

kāng *gòng'à*（空管仔）＝空罐子。

iṇg *gòng'à* kát

（用管仔戛）＝用罐子勺。

gōngběh 公平 形 公平。

būn bhǒ *gōngběh*

（分無公平）＝分得不均。

〔gōngbǐh〕

gōngcin 公親 名 和事佬。

ghuà gạ lìn zǝ *gōngcin*

（我給您做公親）

＝我幫你們做和事佬。

kị ciàh *gōngcin* lǎi！

（去請公親來）＝去請和事佬來！

gōngdik 功德 名 法會、供養。

zǝ *gōngdik*

（做功德）＝做法會、供養。

gōngdǝ 公道 形 公道、公平。

gōngdǝ ge（公道價）＝公道價。

ī xǒng páq sị *gōngdǝ*

（伊付一人拍是公道）

＝他被揍是公道的。

gōnggē 公家 動 共用。

zit gīng bǎng xo lìn *gōnggē*

iṇg！

（此間房付您公家用）

＝這個房間讓你們共用！

gōnggē cút zih

（公家出錢）＝共同出錢。

gōngging 光景 名 ①風景。

Ritghuạttǎm *gōngging* zīn xǝ̀

（日月潭光景眞好）

＝日月潭風景眞好。

同義詞：gingdị（景緻）。

②景氣。

gīnnǐ pàih *gōngging*

（今年歹光景）＝今年景氣不好。

gōngghiạp 公業 名 族產；同族

共有的世襲財產，用來供應祭祀祖

先用。

gongkāh'à 摃捅仔 動 鷄姦、肛

交。

xo̱ lǎng go̱ngkāh'à
(付人損柑仔)＝被人鷄姦了。

gōnglə̌ 功勞 名 功勞。gōng(功)
的二音節語。

dua̱ gōnglə̌(大功勞)＝大功勞。

gōngmà 公媽 名 祖先(牌位)。

xa̱u gōngmà(孝公媽)＝敬拜祖先。

gōngriǎn 公然 形 公然、公開。

gōngriǎn de̱q ta̱n
(公然在趁)＝公開的賺。

gōngsi 公司 名 ①公司。

gòxu̱n–gōngsī
(股份公司)＝股份公司。

bhǔxa̱n–gōngsī
(無限公司)＝無限公司。

②共同財產或共同會計，特別是指
大家族制的產業。

zia̱q gōngsī
(食公司)＝在公司開伙。

gōngsī–sīnglì
(公司生理)＝家族生意。

gōngxa̱u 功效 名 功效。

xa̱u(效)的二音節語。

ghuà gòng a̱q bhə̌ gōngxa̱u
(我講亦無功效)＝我說也沒用。

gòngxə̌ 講和 動 談和。

nə̱ng ě gòngxə̌ la
(兩个講和啦)＝兩人談和了。

ghuà ga̱ lǐn gòngxə̌
(我給您講和)＝我幫你們談和。

gōngxə̌ng 公園 名 公園。

gòngzing 講情 動 講情。

xo̱ ghuà gòngzǐng le！
(付我講情咧)＝讓我講個情！

gōngzio̱ng 公衆 名 公衆。

dia̱m gōngzio̱ng ě bhi̱ntǎuzi̱ng
(站公衆的面頭前)＝在公衆面前。

〔gōngzing〕

gōngzù 公子 名 公子。文言用語。

←→ciāngīm(千金)

gə̄ 哥 名 兄。多半說成ɑgə̄(阿哥)。

gə̄ 蒿 名 桿、抽穗。

be̱qcai tiu gə̄, bhe̱ zia̱q dit
(白菜抽蒿, 𣍐食得)
＝白菜抽穗, 不能吃。

gə̄ 膏 接尾 ①濃稠的東西。

zǐmgə̄(蟳膏)＝蟹黃。

bha̱ksàigə̄(目屎膏)＝眼屎。

②水果熬成糖狀。

bhe̱qghě gə̄(麥牙膏)＝麥芽糖。

lǐ'àgə̄(李仔膏)＝李子糖。

gə̄ 糕 名 糕。多半說成gə̄'à(糕仔)。

li̱kda̱ugə̄(綠豆糕)＝綠豆糕。

gə̀ 稿 名 稿子。

pa̱q gə̀(拍稿)＝打稿子。

gə̀ 告 動 控告。

gə̀ ī guài lǎng ě zi̱h
(告伊拐人的錢)
＝告他拐騙別人的錢。

gə̀ 搁 動 划。

gə̱ zǔn（摏船）＝划船。

gà̱ 筍 名 ①筌；捕魚的工具。

dəng gà̱（當筍）＝安置魚筌捕魚。

②搖籃。

iǒ gə̱（搖筍）＝搖籃。

量diōh（張）

gà̱ 翱 動 ①團、揉。

gə̱ mixùn（翱麵粉）＝揉麵粉。

zikrịm bhẹq gà̱ ī

（責任覓翱伊）＝責任要推給他。

gə̱ diọq tǒmuē

（翱著土糜）＝沾到泥漿。

②賴。

bụtsǐ dèng kị ī in ghuatảu gə̱

（不時轉去怹外頭翱）

＝經常回婆家賴。

量 把。

cịng zịt gà̱ pịh

（蒸一翱鼻）＝摀一把鼻涕。

gə̱ 翱? 動 滾。

gə̱ dǎu'à（翱骰仔）＝滾骰子。

dụi dịngbhịn gə̱ lə̱qkị

（對頂面翱落去）＝從上面滾下去。

gə̄bī 咖啡 名 咖啡。

gə̄lě 高麗 名 高麗人蔘。

gə̱ lě zīn bò

（高麗眞補）＝人蔘很補。

gə̄lěcại 高麗菜 名 包心白菜。

gə̀riǎn 果然 副 果然。

gə̀riǎn sị ànnē

（果然是按哖）＝果然如此。

gə̄ng 光 形 ①亮。

tīh gə̄ng la（天光啦）＝天亮了。

②清楚、明瞭。

xǎngzǐng ī ziǎh gə̄ng

（行情伊成光）＝行情他清楚得很。

③剔透。

zịt dẹ ghịk zīn gə̄ng

（此塊玉眞光）＝這塊玉眞剔透。

④光滑。

gə̄ng bhịn kảq xə̱ sià

（光面較好寫）＝滑面的比較好寫。

⑤光光、禿禿地。

gə̄ng tǎu（光頭）＝禿頭

liàu gảq gə̄ng kị

（了及光去）＝賠光光。

動 閃、亮。

gə̄ng zịt'e sịt zịt'e

（光一下熄一下）＝閃一下熄一下。

gə̄ng 扛 動 抬。

gə̄ng giọ（扛轎）＝抬轎。

→dāh（擔）

gə̄ng 缸 名 缸。

zùigə̄ng（水缸）＝水缸。

gàng 卷 量 卷。

zịt gàng cẹq（一卷冊）＝一卷書。

gàng 捲 動 捲。

gàng ciọq（捲蓆）＝捲蓆子。

xọ zùi gàng rịpkị

（付水捲入去）＝被水捲進去。

量 捲。

sāh gə̀ng bọ(三捲布)＝三捲布。

gə̀ng 管 接尾 筒。

xuègə̀ng(火管)＝火筒。

nǎ'ăugə̀ng(嚨喉管)＝喉嚨、氣管。

xuėgə̀ng(血管)＝血管。

gə̀ng 䋆 名 守護符。

guah gə̀ng

(棺䋆)＝(在棺內)放入守護符。

ciàh gə̀ng(請䋆)＝請守護符。

gə̀ng 貫 動 穿。

ghǔ gə̀ng pịh(牛貫鼻)＝牛穿鼻。

cịngzi gə̀ng dụi xị guẹ

(銃子貫對肺過)＝子彈貫穿肺部。

gə̀ng 鋼 名 鋼。鐵。

gə̀ngbit 鋼筆 名 ①筆。②鋼筆。

gə̀nglěxōng 捲螺風 名 龍捲風。

gà gə̀nglěxōng

(絞捲螺風)＝刮龍捲風。

量 zun(陣)

gōngsēh 光生 形 光鮮平整。

lọ gōngsēh(路光生)＝道路平整。

sah út xọ gōngsēh !

(衫熨付光生)

＝衣服燙得光鮮平整！

〔gōngsīh〕

gə̀q 復? 副 ①又、再。

lì gə̀q lăi la

(你復來啦)＝你又來了。

gə̀q zit'e'à diọq sì

(復一下仔著死)＝再一下子就死。

②卻、還。

bhėq xọ ī, gə̀q əm tẹq

(覓付伊，復唔提)

＝要給他，還不拿。

gə̀q əmsị ànnē

(復唔是按哖)＝卻不是這樣。

接 又。

xə̀ gə̀q siok

(好復俗)＝好又便宜。

→iu(又)

gə̀q 閣 名 閣；高的建築物。

gə̀q 嚄 氣 吧、呀。

lì na əm, zịu suáq gə̀q

(你若唔，就煞嚄)

＝你若不要，就算了吧。

bhẹ iaqsị xə̀, kuạh lì bhėq cùt

siàhmì gẹ gə̀q

(賣亦是好，看你覓出甚麼價嚄)

＝賣也可以，看你出什麼價呀。

gə̀qběh 閣棚 名 花車。

〔gə̀qbih〕

gə̀q'ekāng 胳下孔 名 胳肢窩。

gə̀qjoh 復樣 形 異樣。

ciā gə̀qjoh(車復樣)＝車況有異。

gə̀qjoh ě igiạn

(復樣的意見)＝怪異的意見。

〔gə̀qjiuh〕

gə̀qzai 復再 副 又、再。gə̀q(復)

的二音節語。

sio̱h liàu gə́qza̱i sio̱h
（想了復再想）＝想了又想。

ə̱mdio̱q, gə́qza̱i sià！
（唔著，復再寫）＝錯了，再寫！

gū 痀 動 駝、痀。

gū ànnē, pàihkua̱h
（痀按哖，歹看）
＝駝成這樣，不好看。

gū 龜 名 ①烏龜。

②屁股。卑俗語。

go̱ng gū（損龜）＝屁股著地。

語幹 做成龜形的糕品。

sịugū（壽龜）＝（祝壽用的）米龜。

mịgū（麵龜）＝（麵粉做的）壽龜。

gù 久 形 久。

gù bhə̌ də̱ng kị
（久無轉去）＝很久沒回去了。

接尾 ～之久、～之間。

zịtbha̱kniq'àgù dio̱q də̱ng lǎi
（一目瞚仔久著轉來）
＝轉眼之間就回來。

dàn u nə̱ng diàmzīnggù la
（等有兩點鐘久啦）
＝等了兩個小時之久了。

gù 舉 動 舉。文言用語。

gù le̱（舉例）＝舉例。

〔gi̱〕

gu̱ 句 名 句。

diàm gu̱（點句）＝點（書）句。

量 句。

gòng zịt gu̱ ue
（講一句話）＝說一句話。

gu̱ 灸 動 ①（針）灸。

gu̱ kāzia̱q（灸腳脊）＝針灸背部。

②吸烟草等物。

bùtsi̱ də̱q gu̱ āpia̱n
（不時在灸阿片）＝經常在抽鴉片。

gu̱ 據 介 隨、任。

gu̱ li pa̱q la
（據你拍啦）＝隨你打啦！

gu̱ ī kị！（據伊去）＝隨他去！

〔gi̱〕

gu̱ 鋸 動 鋸。

gu̱ că（鋸柴）＝鋸木頭。

gu̱su̱t（鋸屑）＝（鋸）木屑。

gu̱ 舊 形 舊。

gu̱ sāh（舊衫）＝舊衣服。

←→sīn（新）

gu̱ 舅 名 舅舅；母親的兄弟。多半
說成āgu̱（阿舅）。

gu̱'à 鋸仔 名 鋸子。

dua gī gu̱'à（大枝鋸仔）＝大鋸子。

gu̱'à 舅仔 名 小舅子；妻之兄弟。

gùca̱i 韭菜 名 韭菜。

gu̱da̱u 句讀 名 ①句讀。

diàm gu̱da̱u（點句讀）＝點句讀。

②腔調。

ta̱k liàu gu̱da̱u bhə̄tāng xə̀
（讀了句讀無通好）
＝讀起來腔調不怎麼好。

gu̱dè 舊底 名 以前。

　gu̱dè ě sīnsēh

　(舊底的先生)＝以前的丈夫。

　gu̱dè bha̍t lǎi

　(舊底捌來)＝以前來過。

　〔gu̱duè〕

gùdə̌ng 久長 形 長久。

　zə̱xuè, a̱q bhə̌ gùdə̌ng

　(做夥，亦無久長)

　＝在一起，也不會長久。

gūguai̱ 古怪 形 古怪、奇怪。guai̱

　(怪)形的二音節語。

　xiā gūguai̱ ǒ

　(彼古怪哦)＝那兒有點古怪喔。

　gūguai̱ pia̍q(古怪癖)＝怪癖。

gu̱li̱k 舊曆 名 舊曆。日語直譯。

gu̱ni 舊年 名 去年。

gu̱zai̱ 據在 動 隨。

　kuah bhe̱q ànzuàh, gu̱zai̱ ī!

　(看覓按怎，據在伊)

　＝看要怎樣，隨他！

　介 隨～、任由。gu̱(據)的二音節語。

　gu̱zai̱ sīnsēh me̱

　(據在先生罵)＝任由老師罵。

　同義詞：su̱izai̱(隨在)。

　〔gi̱zai̱〕

guā 枯? 形 蔬菜等(老)硬。

　guā ga̍q bhe zia̱q dit

　(枯及艙食得)＝老得不能吃。

guā 歌 名 歌。主要用於說歌詞的

時候。

　cio̱ zi̱t de̱ guā

　(唱一塊歌)＝唱一首歌。

guà 許? 名 些、一些。

　guà būn ī!(許分伊)＝分他一些！

　bhè guà xǐ(買許魚)＝買些魚。

gua̱ 卦 名 卦。

　bo̍k gua̱(卜卦)＝卜卦。

　ba̍tgua̱(八卦)＝八掛。

gua̱ 掛 動 ①戴。

　gua̱ bha̱kgia̱h(掛目鏡)＝戴眼鏡。

　gua̱ xūnziōng(掛勳章)＝戴勳章。

　gua̱ ciuzi̱(掛手指)＝戴戒指。

　②附、帶。

　dībha̱q ai̱ gua̱ gu̍t!

　(豬肉要掛骨)＝豬肉要帶骨！

　u̱ gua̱ gingpin

　(有掛景品)＝有附帶贈品。

　接 ～帶～、～和～。

　xōng gua̱ xo̱(風掛雨)＝風和雨。

　sài gua̱ xue̍q

　(屎掛血)＝(大)便中有血。

gua̱ 蓋 名 蓋子。

　ka̱m gua̱(蓋蓋)＝蓋蓋子。

guā'a̱xi 歌仔戲 名 歌仔戲。

guacai 芥菜 名 芥菜。

guax̱ə 掛號 名 掛號。北京語直

譯。

guāh 干 名 干；晒乾的魚或蔬菜。

　pak guāh(曝干)＝晒成干。

guāh 官 名 ①官。
dua guāh（大官）＝大官。
②莊；賭博用語。
siǎng bhėq zə guāh？
（甚一人覓做官）＝誰要做莊？
接尾 ①先生；對長或客人的尊稱。
Cūnsīngguāh
（春生官）＝春生先生。
lǎngkėqguāh（人客官）＝客人先生。
②小姐、女士。對女性的尊稱。
āgingguāh（阿敬官）＝阿敬小姐。

guāh 肝 名 肝臟。
dīguāh（豬肝）＝豬肝。

guāh 竿 接尾 竿。
dioguāh（釣竿）＝釣竿。
gǐguāh（旗竿）＝旗竿。

guàh 趕 動 ①趕、驅逐。
guàh cutkị！（趕出去）＝趕出去！
guàh dī（趕豬）＝趕豬。
②趕、急。
guàh xuèciā（趕火車）＝趕火車。
guàh kāngkuẹ（趕工課）＝趕工作。

guǎh 寒 形 冷。
gin'àriṭ zīn guǎh
（今仔日眞寒）＝今天很冷。
〈—〉ruaq（熱）

guạh 汗 名 汗。
lǎu guạh（流汗）＝流汗。
cin guạh（清汗）＝冷汗。

guạh 捾 動 提。

guạh puěbāu（捾皮包）＝提皮包。
名 弓形把手。
uah guạh（換捾）＝換把手。
děgòguạh（茶砧捾）＝茶壺把手。
量 串；項鍊等的計數單位。
ziṭ guạh puaqliạn
（一捾拔鏈）＝一串項鍊。

guāhbhǎng 菅芒 名 芒草、蘆
葦。

guāhcǎ 棺柴 名 棺材。
gōng guāhcǎ（扛棺柴）＝抬棺。
㊥ku（柩）

guǎhdioq 寒著 動 著涼。
zaxōng kị xọ guǎhdioq
（昨昏去付寒著）＝昨天著涼了。
〈—〉ruaqdioq（熱著）

guàhgin 趕緊 動 趕、急。
daizị əmtāng guàhgin！
（事志唔通趕緊）＝事情不要趕！
guàhgin kị！（趕緊去）＝趕緊去！
guàhgin！（趕緊）＝快、趕緊！

guāhlang 官人 名 官吏。
gih guāhlang（見官人）＝見官。

guǎhlang 寒人 名 冬天。
guǎhlang bhėq gạu la
（寒人覓到啦））＝冬天將到了。
同義詞：guǎhtīh（寒天）。
〈—〉ruaqlang（熱人）

guǎhriạt 寒熱 名 瘧疾。古代用
法。

guāhsi̅ 官司 名 官司。

　páq *guāhsi̅*(拍官司)＝打官司。

guāhtiāh 官廳 名 官府。日語直
　譯。

guāi 諧? 形 老實、溫順。

　ghin'à *guāi*
　(囡仔諧)＝小孩老實溫順。

guài 拐 動 ①拐騙。

　zābhòghin'à xo̠ lăng *guài* ki̠
　(查某囡仔付人拐去)
　＝女孩子被人拐走了。
　②詐取、騙。
　guài zǐh(拐錢)＝騙錢。

guai̠ 怪 形 怪。

　guai̠ piáq(怪癖)＝怪癖。
　動 責怪、見怪。
　ciàh li̠ əmtāng *guai̠* ghuà！
　(請你唔通怪我)
　＝請你不要責怪我！

guai̠ 乖 動 ①扭到。

　kā ki̠ *guai̠* dioq
　(腳去乖著)＝腳給扭到。
　②乖違、違逆。
　ghuà xo̠ *guai̠* zi̠t e̠, liàu ziăh ze̠
　zǐh
　(我付乖一下，了成多錢)
　＝我被(他)違逆了一下，賠好多錢。
　③絆。
　i̅ ga̠ *guai̠* də̀ e
　(伊給乖倒的)＝他把他絆倒的。

④強奪。

　zi̠tguà lăngkéq xo̠ i̅ *guai̠* ki̠
　(一許人客付伊乖去)
　＝一些客人被他搶去。

guāih 杆 名 橫木。

　i̠guāih(椅杆)＝頂住椅腳的橫木。
　xióq *guāih*(歇杆)＝在橫木上歇腳。
　〔gūih〕

guāih 關 動 ①關、閉。

　guāih mǎng(關門)＝關門。
　guāih diạm(關店)＝打烊。
　②監禁。
　xia̠nza̠i *guāih* zi̠n ze̠ lăng
　(現在關眞多人)
　＝現在(監獄裏)關很多人。
　〔gūih〕

guàih 桿 名 柄、竿。

　guàih siōh dǒng
　(桿尚長)＝柄太長。
　ci̠nguàih(秤桿)＝秤桿。
　bitguàih(筆桿)＝筆桿。
　〔gùih〕

guàih 寒 動 跛。

　dui̠ xə̠ngxə̠ng'à itdi̠t *guàih* lǎi
　(對遠遠仔一直寒來)
　＝從遠遠的地方一直跛過來。
　同義詞：uáihq(跮)。
　〔guáihq〕

guàih'à 拐仔 動 拐杖。

　ghiạq *guàih'à*(攑拐仔)＝拿柺杖。

〔gùih'à〕

guān 棺 名 棺。文言用語。

giảp *guān*（劫棺）＝劫棺。

guān 關 名 關隘。

bè *guān*（把關）＝把關。

動 催（眠）、請（神）。

guān bhẹ lǎi
（關𣍐來）＝（催眠）催不動。

guān dǎng（關僮）＝請神（降臨）。

guàn 管 動 ①管理、支配、統治。

guàn tòdẹ（管土地）＝管理土地。

guàn ghọ bảq ě
（管五百个）＝管理五百人。

xọ Rịtbùn *guàn*
（付日本管）＝被日本人統治。

②干涉、照顧。

lì ẹmbhiàn *guàn* ghua！
（你唔免管我）＝你不用管我！

guàn 館 接尾 館、院。

īsíng*guàn*（醫生館）＝醫院。

gōng*guàn*（公館）＝公館。

dě*guàn*（茶館）＝茶館。

guạn 卷 量 卷。

dẹrị *guạn*（第二卷）＝第二卷。

guạn 灌 動 灌、打。

guạn zìu（灌酒）＝灌酒。

guạn xōng（灌風）＝打氣。

guạn 罐 名 罐子。

dě sīm *guạn*（茶心罐）＝茶葉罐子。

dě*guạn*（茶罐）＝茶壺。

gọng puạ *guạn*
（摃破罐）＝打破罐子。

量 罐、瓶。

nẹng *guạn* guạntǎu
（兩罐罐頭）＝兩罐罐頭。

xit *guạn* zìu（彼罐酒）＝那瓶酒。

guǎn 昂？ 形 高。

guǎn suāh（昂山）＝高山。

〔gǔih, guǎih〕

⟷ gẹ（低）

guǎn 權 名 權限、權力。

guǎn dị ī ě cìu
（權著伊的手）＝權力在他手上。

動 ①權且。

zịt ghuẹqrịt *guǎn* nià bhạn sị
（一月日權領萬四）
＝一個月權且領個一萬四。

②代理、代行。

lì gạ ghuà *guǎn*！
（你給我權）＝你代理我！

guạn 縣 名 縣。

〔guaih, guih〕

guạncuạn 貫串 形 擅長。

ī *guạncuạn* uẹ sānsùi
（伊貫串畫山水）＝他擅長畫山水畫。

guāndə 關刀 名 長刀、大刀。

bhù *guāndə*（舞關刀）＝舞弄大刀。

guāngōng 關公 名 關羽。

guǎnlị 權利 名 權利。

guạnsì 慣勢 形 習慣。

duạ *guạnsị*(滯慣勢)＝住習慣。

ịng bhẹ *guạnsị*

（用𣍐慣勢）＝用不慣。

〔guàihsị〕

guạntău 罐頭 名 罐頭。

kūi *guạntău*(開罐頭)＝開罐頭。

guānxẹ 關係 名 關係。

xē gạp ghuà bhẻ *guānxẹ*

（夫及我無關係）＝那跟我沒關係。

guạq 割 動 ①割。

guạq diụ'à(割稻仔)＝割稻。

②沖走。

kā xọ zùi *guạq* kị

（腳付水割去）＝腳被水沖走。

cǎn xọ zùi *guạq* kị

（田付水割去）＝田被水沖走。

③被刀子等割到。

guạq zịt kāng

（割一孔）＝割了一刀。

guạq liạp'à(割粒仔)＝切開膿瘡。

④批。

guạq lǎi bhe(割來賣)＝批來賣。

guạq xuẹ(割貨)＝批貨。

⑤到寺廟取香灰等。

guạq duāh

（割單）＝廟會日寫了書條向神明求

取香灰等物。

量 折。日語直譯。

siọk nẹng *guạq*

（俗兩割）＝便宜兩折。

guạqdiạm 割店 名 批發店。

guạt 抉 動 打、抹。

cụipuè xọ *guạt* nẹng-sāh ẹ

（嘴䫌付抉兩三下）

＝被他打了兩三下耳光。

guạt ăngmẻng tỏ

（抉紅毛土）＝抹水泥。

guạt xùn(抉粉)＝抹(很厚的)粉。

guạt 訣 名 竅門。

kiǎ dọngliànciā ụ zịt ě *guạt*

（騎動輦車有一个訣）

＝騎腳踏車有個竅門。

guè 架? 動 ①墊。

nạ ge, ịng cẹq *guè* xọ guǎn！

（若低，用冊架付昂）

＝若太低，用書本墊高！

dẹq'à bhẻ *guè* zịt'e, ẹ kọkkọ

kxiàn

（桌仔無架一下，會咯咯撼）

＝桌子不墊一下，會一直搖晃。

②支撐、接住、擋下。

ghiǎ ị'à *guè* kā

（夯椅仔架腳）＝拿椅子撐腳。

ī pạq lǎi, ịng cịu ga *guè*

（伊拍來，用手給架）

＝他打來，用手給擋下來。

〔gè〕

guè 粿 名 用米磨粉做成的糕品。

cuē *guè*(炊粿)＝蒸(年)糕等。

〔gè〕

guė 過 [動] ①經過、通過。

guė lo(過路)＝通過馬路。

sǐgān gin guė
(時間緊過)＝時間很快過去。

②越過、渡過。

zit suāh guė zit suāh
(一山過一山)＝一山越過一山。

guė ki Dǒngsuāh
(過去唐山)＝渡海過去唐山。

③移、渡。

guė siau(過賬)＝過帳。

④傳染。

xo ī guė dioq xibeh
(付伊過著肺病)＝被他傳染到肺病。

⑤過意。

dui lǎng bhedit guė
(對人𣍐得過)＝對人過意不去。

[副] ①經～、～過。

guė zù, ziaq tāng ziaq
(過煮，即通食)＝煮過才能吃。

②超過、太。

guė sik(過熟)＝太熟。

guė bhuǎ(過磨)＝太勞累。

[助] ①(能)過。能做一定標準的動作。

tiau e guė(跳會過)＝跳得過。

biàn ī bhe guė
(諞伊𣍐過)＝騙不了他。

②(做)過。經驗之表現。

ghiam guė(驗過)＝檢驗過。

bhat tak guė(捌讀過)＝曾讀過。

[量] 次、回。

ghuà ki si guė
(我去四過)＝我去過四次。

au guė xo lì！
(後過付你)＝下回讓你！

[ge]

guėki 過去 [名] 過去。

guėki ě daizi
(過去的事志)＝過去的事。

[geki]

～guėki ～過去 [助] ～過去。

lǎng zàu guėki
(人走過去)＝人跑過去。

有時亦單用一個guė(過)字。

[geki]

～guėlǎi ～過來 [助] ～過來。

ze xuēgī guėlǎi
(坐飛機過來)＝坐飛機過來。

[gelǎi]

guėrit 過日 [動] 過活。

əq guėrit(奧過日)＝日子難捱。

[gerit]

guėsin 過身 [動] 過世、死去。

lin laube disi guėsin？
(您老父底時過身)
＝令尊幾時過世？

同義詞：lauki(老去)。

[gesin]

guėtău 過頭 [動] 過頭、超過。

gǫ gòng uę, suáq *guętǎu* kị
（顧講話，煞過頭去）
＝只顧說話，逐過頭了。
ziạq *guętǎu*（食過頭）＝吃過頭。
〔gętǎu〕

guèzi 果子 名 水果。
〔gèzi〕

guęq 缺 量 截。
ȧt zǫ nǫng *guęq*
（遏做兩缺）＝折成兩截。

gūi 管? 名 禽鳥的素囊。
diǫh *gūi*（脹管）＝素囊吃撐了。
ȧq*gūi*（鴨管）＝鴨子的素囊。

gūi 歸 動 ①歸、回；文言用語。
gūi īmsī（歸陰司）＝回陰間。
gūi ụi（歸位）＝歸位。
②歸屬。
gūi ī guàn（歸伊管）＝歸他管。
zuę bhȩq *gūi* siàh lǎng？
（罪覓歸甚人）＝罪該歸誰？

gūi 舉 指 全。
gūi zēngsiạ zǎu liàuliàu
（舉庄社剿了了）＝全村落殺光光。
gūi ziȧq gē lȩq kị zịh
（舉隻鷄落去煎）＝整隻鷄放下去炸。

gùi 鬼 名 鬼。
sì kị zǫ *gùi*
（死去做鬼）＝死了做鬼。
gīng cụ ụ *gùi*
（彼間厝有鬼）＝那間房子有鬼。

接尾 ①鬼、狂。
giàu*gùi*（賭鬼）＝賭鬼。
ziu*gùi*（酒鬼）＝酒鬼。
②髒的形容。
āzā*gùi*（腌臢鬼），lȧqsȧp*gùi*（污穢
鬼），cik'ǫ*gùi*（觸惡鬼）＝髒鬼。

gùi 幾 數 ①幾、多少。
bhȩq kị *gùi* rịt？
（覓去幾日）＝要去幾天？
dȩ*gùi* xȩ？（第幾號）＝第幾號？
②數～。用於十、百、千…等數目
之後，表五、六之約數。
zạp *gùi* ě lǎng
（十幾个人）＝十幾個人。
siō nǫng bȧq *gùi* gīng
（燒兩百幾間）＝燒掉兩百多間。
→gùi'a（幾若），gùi～à（幾～仔）

gụi 季 量 季。年穫四回的作物的計
數單位。
zịt *gụi* dȩ'à
（一季苧仔）＝一季的苧麻。

gụi 掛 動 掛在釘子上、被釘子刮
到。
gụi bhȩ
（掛帽）＝掛帽子（在釘子上）。
gụi puạ sāh
（掛破衫）＝（被釘子）刮破衣服。

gụi 貴 形 貴。
siōh *gụi*, ȩm gām bhè
（尚貴，唔甘買）＝太貴，捨不得買。

←→ sio̍k（俗）

gǔi 懷 動 裝入腰包。

gǔi si̱bio̍

（懷時錶）＝把懷錶裝入腰包。

gui̱ 跪 動 跪。

gui̱ de̍q gi̱uzi̱ng

（跪在求情）＝跪著求情。

gui̱ 櫃 名 櫃子。

zi̱hgui̱（錢櫃）＝錢櫃。

tiq gui̱（鐵櫃）＝鐵櫃。

gùi'a̱ 幾若 數 好幾。表示相當的
數量。原則上後面跟著數詞。

dua̱ *gùi'a̱* ri̱t

（滯幾若日）＝住好幾天。

gùi'a̱ cio̍q děng

（幾若尺長）＝好幾尺長。

〔gùina̱〕

→gùi（幾），gùi～à（幾～仔）

gùi～à 幾～仔 數 幾。大約五或
六左右的數量的說法。

bhè *gùi* bhuè'à xi̱

（買幾尾仔魚）＝買五、六條魚。

u'e si̱ *gùi* go̍k'à nia̱

（有的是幾國仔耳）

＝有的是幾個國家而已。

→gùi（幾），gùi'a̱（幾若）

gūi'e̱ 舉下 名 全部、整個。

gūi'e̱ xo̱ ī！

（舉下付伊）＝整個給他！

lǎng *gūi'e̱* ghǒng ki̱

（人舉下昂去）＝人整個儍掉。

gūigi̱ 規矩 名 規矩。

si̱u *gūigi̱*（守規矩）＝守規矩。

gūigi̱ ghiǎm（規矩嚴）＝規矩嚴。

形 認眞、老實。

gūigi̱ zo̱ tǎulo̱

（規矩做頭路）＝老老實實做事業。

〔gūigù〕

gùijih 幾円 數 幾元。

lòng zòng *gùiji̱h*

（攏總幾円）＝總共幾元？

gūiki̱ 舉氣 形 乾脆。

ànnē ka̱q *gūiki̱*

（按呯較舉氣）＝這樣較乾脆。

副 索性、倒不如。

gūiki̱ lǎi dua̱ ghuà xiā la！

（舉氣來滯我彼啦）

＝索性來住我那兒啦！

gui̱rin 貴人 名 ①富貴之人。
②貴人；意外出現幫大忙之人。

lòng u̱ *gui̱rin* de̍q gi̱u ī

（攏有貴人在救伊）

＝都有貴人在救他。

zi̱n xə̀ *gui̱rin*

（眞好貴人）＝眞好碰到貴人。

gūisi̱lǎng 舉世人 名 一輩子。

gūisi̱lǎng ə̱m bha̍t kuahgi̱h

（舉世人唔捌看見）

＝一輩子不曾見過。

gòng ī *gūisi̱lǎng* ě ue̱

（講伊舉世人的話）
＝講他一輩子的經歷。
同義詞：zitsi̯lǎng（一世人），
tausi̯lǎng（透世人）。

gūn 君 名 ①君、王。
②象棋中的王將。
動 將軍；棋語。
xo̱ ī gūn si̱
（付伊君死）＝被他將死了。
接尾 君、先生。
Su̱nziāugūn
（順昭君）＝順昭君、順昭先生。

gūn 軍 名 軍隊。
zi̱t di̱n gūn（一陣軍）＝一隊軍隊。
xàigūn（海軍）＝海軍。

gùn 袞 動 鑲邊。
gùn ăng（袞紅）＝鑲紅邊。
量 圈、條。
gùn nə̱ng gùn（袞兩袞）＝鑲兩圈。

gùn 滾 動 ①沸、開。
zùi gùn la（水滾啦）＝水開了。
②滾動。
muǎ di̱ tǒmuě dę̱q gùn
（鰻著土糜在滾）＝鰻在泥裏滾動。
③嬉鬧。
gùn gùi'a a̱m
（滾幾若暗）＝鬧好幾個晚上。

gu̱n 棍 名 棍、棒。多半說成gu̱n'à
（棍仔）。
接尾 棍、徒。精通壞事的傢伙。

giàugu̱n（賭棍）＝賭棍。
gōnggu̱n（光棍）＝光棍。
guàigu̱n（拐棍）＝騙徒。
sio̱nggu̱n（訟棍）＝訟棍。

gǔn 拳 名 拳。
xuáq gǔn（喝拳）＝喊拳。
量 拳。
su̱ ī nə̱ng gǔn
（輸伊兩拳）＝輸他兩拳。

gǔn 焜 動 煮。
gǔn sùn'à（焜筍仔）＝煮筍子。
gǔn iàubhue nua
（焜猶未爛）＝還沒煮爛。
→ko̱ng（炕）

gǔn 裙 名 裙子。
xǎ gǔn（緒裙）＝穿裙子。

gǔn 群 量 群。
zi̱t gǔn a̱q（一群鴨）＝一群鴨。

gu̱n 郡 名 郡。
Gaghi̱ gu̱n（嘉義郡）＝嘉義郡。

gùncio̱ 滾笑 動 開玩笑。
xē bhe gùncio̱ dit
（夫燴滾笑得）＝那開不得玩笑。
gùncio̱, suáq pǒ aukā
（滾笑，煞扶後腳）—俚諺
＝開玩笑，竟眞扳後腿；玩笑竟當
眞而打起架。

gǔntǎu 拳頭 名 ①拳頭。
ghi̱m gǔntǎu（拎拳頭）＝捏拳頭。
sȋn dio̱q gǔntǎu puę

（承著拳頭棋）＝挨了拳尾。

kə̄ ī gu̇ntău bhə̀ káq dua liap

（靠伊拳頭母較大粒）＝靠他拳頭大。

②拳法。

lian gu̇ntău（練拳頭）＝練拳。

gūnzù 君子 名 君子。

形 重道義的人。

ī zīn gūnzù

（伊眞君子）＝他很君子。

gùnzùi 滾水 名 開水。

zuāh gùnzùi（煎滾水）＝煮開水。

lìng gùnzùi（冷滾水）＝冷開水。

gùnzùiguan（滾水罐）＝熱水瓶。

gu̇t 骨 名 骨頭。

ziq gu̇t（折骨）＝骨折。

接尾 蟲、傢伙。

bŭnduahgu̇t（憑惰骨）＝懶惰蟲。

kitziaqgu̇t

（乞食骨）＝像乞丐的傢伙。

gut 掘 動 掘、挖。

gut tŏ（掘土）＝挖土。

gut cīm（掘深）＝挖深。

gut 滑 動 ①滑。

lo e gut（路會滑）＝路會滑。

gut gùi'a də̀

（滑幾若倒）＝滑好幾跤。

②（藥等）整顆吞入。

ioqwăn dioq ing gut'e

（藥丸著用滑的）＝藥丸要整顆吞。

gu̇tla̍t 骨力 形 勤快、努力。

gu̇tla̍t cue（骨力尋）＝努力找。

ghin'àlăng dioq káq gu̇tla̍t le

（囝仔人著較骨力咧）

＝小孩要勤快一點。

gu̇ttău 骨頭 名 骨頭。

kio̍q gu̇ttău

（拾骨頭）＝撿骨、拾骨。

gu̇ttăuxū（骨頭灰）＝骨灰。

gu̇tza̍t 骨節 名 關節。

GH

ghăm 癌 名 癌。
　sēh *ghăm*(生癌)＝長癌。
　量liap(粒)

gham? 戇? 形 沒見識、不識趣。
　lì nà e xiàq *gham*, suàq əm zāi-
　jàh lăng dèq bhǎjǐng?!
　(你那會彼戇，煞唔知影人在無閑)
　＝你哪會那麼不識趣，竟不知道人
　家在忙?!

ghąn 滄 動 凍。
　guăhlang sè sāh, cìu e *ghąn*
　(寒人洗衫，手會滄)
　＝冬天洗衣服，手會凍壞。

ghang 戇 動 傻住、茫然。
　zìt'e tiāh dioq ī in āng sì, gūi kō
　lăng suàq *ghang* kị
　(一下聽著恁翁死，舉箍人煞戇去)
　＝一聽到她丈夫死了，整個人都傻
　住了。

ghău 高? 情 ①行、會、在行。
　ghìn'à *ghău* dua
　(団仔高大)＝小孩長得快。

gòng ue ī siąng *ghău*
(講話伊上高)＝說話他最行。
②會、常、頻繁。
ziàqgù *ghău* ləq xǫ
(此久高落雨)＝這時候常下雨。
ī *ghău* piąh lăng
(伊高騙人)＝他很會騙人。
→ai(愛)

ghăulăng 高人 名 賢人。
　gòzà ě *ghăulăng*
　(古早的高人)＝古代的賢人。

ghăuzà 高早 形 早啊、早安。
　uą, lì xiàq *ghăuzà*!
　(哇，你彼高早)＝哇，你早啊!
　sīnseh *ghăuzà*!
　(先生高早)＝老師，早安!

ghĕ 牙 名 ①牙。
　cioh*ghĕ*(象牙)＝象牙。
②齒。小孩等的場合時使用。
　xuát nəng gī *ghĕ* la
　(發兩枝牙啦)＝長兩顆牙齒了。

ghĕ 芽 名 芽。

búq *ghě*(茁芽)＝發芽。
→ih(蘖)

ghě 睨? 動 嫌惡、討厭。

kuah dioq dō *ghě*
(看著都睨)＝看了就討厭。

ghuà ziòk *ghě* ī
(我足睨伊)＝我很討厭他。

gheduah 藝妲 名 藝妓。

ghěmǒng 衙門 名 官署、衙門。

ghěsiǎu 睨精 動 討厭。ghě(睨)
的二音節語。

ghěsiǎu, ǝmzāi dèq sàng siàhmì?!
(睨精，唔知在揀甚麼)
＝討厭，不知道在神氣什麼?!

ghězǝ́ 牙槽 名 牙床。

siạn gáq *ghězǝ́* uāi kị
(攝及牙槽歪去)＝打到牙床歪掉。

ghězǝ́ dua ě(牙槽大个)＝牙床大。

ghi 擬 動 充當、安排、委派、指
派。文言用語。

ghì ī zǝ bǝzịng
(擬伊做保正)＝指派他當村長。

bhǝ́ zue tāng *ghì*
(無罪通擬)＝無罪可派。

ghì 疑 動 懷疑。文言用語。

ghǐ lǎng ǝm ziǎh cat
(疑人唔成賊)—俚諺
＝光是懷疑，不能成賊；證據第一
之意。

ghì 騎? 動 騎(在肩上)。

ga ī *ghǐ* le, ziàq u kuạhgịh
(給伊騎咧，即有看見)
＝把他舉在肩上，才看得到。

ghịbhu 義務 名 義務。

zin *ghịbhu*(盡義務)＝盡義務。

ghiǎ 夯? 動 抬、湧現。

xǔn dèq *ghiǎ*
(雲在夯)＝雲在湧。

mịqgẹ kàq *ghiǎ*
(物價較夯)＝物價稍抬。

ghiǎ ī'à lǎi ze
(夯椅仔來坐)＝抬椅子來坐。

ghiǎ 迎 動 迎神。

ghiǎ lạuriạt
(迎鬧熱)＝迎神賽會。

ghiǎ màzò(迎媽祖)＝迎媽祖。
〔ngiǎ〕

ghiǎgāng 蜈蚣 名 蜈蚣。

ghiǎm 嚴 形 嚴格。

sīnsēh zin *ghiǎm*
(先生眞嚴)＝老師很嚴格。

ghiam 驗 動 驗、檢查。

ghiam xǐnglì
(驗行李)＝檢查行李。

Ghiǎmlǝ́'ǒng 閻羅王 名 閻羅王。

gòng bẹqcat, e xọ *Ghiǎmlǝ́'ǒng*
guáq ziq
(講白賊，會付閻羅王割舌)
＝說謊話，會被閻羅王割舌頭。

ghian 癮? 動 癮頭。

āpiạn zịt'e *ghiạn*, zịt gē zàu biạnbiạn

（阿片一下癮，一街走遍遍）

＝鴉片癮一犯，跑遍了整條街。

ghiạn zābhò(癮查某)＝要女人。

ghiāng 鈃 動 鈴鈴響。

zīng'à dẹq *ghiāng*

（鐘仔在鈃）＝鐘在鈴鈴叫。

siàh lăng dẹq *ghiāng*？

（甚人在鈃）＝誰在響鈴？

ghiạng 齴? 動 長虎牙。

ghiạng kị(齴齒)＝長虎牙。

ghiạng 拎? 動 猜拳。日語直譯。

ghiạng iăh ě lăng daīsīng tiạu

（拎贏的人在先跳）

＝猜拳贏的先跳。

*ghiạng*ghimbue

（拎吟倍）＝猜拳令。

ghiāng'à 鈃仔 名 手鈴。讀經時用的東西。

ghiāng *ghiāng'à*(鈃鈃仔)＝搖鈴。

ghiạp 業 名 不動產、產業。

xảk *ghiạp*(握業)＝買不動產。

īn laube bạng zīn ze *ghiạp*

（恁老父放眞多業）

＝他父親留很多財產。

*ghiạp*zù(業主)＝地主。

形 因果報應，非勞碌謀生不可的人。

ghiạp miạ(業命)＝勞碌命。

ghuà zīn *ghiạp*

（我眞業）＝我眞勞碌。

ghiạq 搣? 動 挑。

ghiạq cuāh

（搣榾）＝用針之類的東西把刺挑出來。

ghiạq kīlăi dĭng tịh

（搣起來重繸）＝挑開重縫。

ghiạq 額 名 份、額度。

u ghuà ě *ghiạq* bhŏ？

（有我的額無）＝有沒有我的份？

lăng*ghiạq*(人額)＝人數。

ghiạq 攑? 動 ①拿。

dị dә bhexiàu *ghiạq*

（箸都𣍐曉攑）＝筷子都不會拿。

ghiạq dә'à lăi！

（攑刀仔來）＝拿刀子來！

②舉、抬；身體的一部份向上抬。

ghiạq ciu(攑手)＝舉手。

ghiạq tău(攑頭)＝抬頭。

介 拿～。上舉某種(細長)東西。

ghiạq cuě'à ga ī gọng

（攑箆仔給伊摃）＝拿細竹條打他。

〔giaq〕

ghiat 蠚 動 （被蟲牙或螫等）挾到。

siqsút e *ghiat* lăng ŏ！

（蟋蟀會蠚人哦）＝蟋蟀會挾人喔。

xọ zīmgòng *ghiat* diọq

（付蟳管蠚著）＝被蟹螯挾到。

ghiạtsiău 孽精

→zók ghiat(作孽)

ghiǎughǐ 僥疑 [動] 懷疑。ghǐ(疑)
的二音節語。

xo̧ lǎng *ghiǎughǐ*
(付人僥疑)＝被人懷疑。

同義詞：xiǎmghǐ(嫌疑)。

ghiǎuq 撽? [動] 用棒子等撬、挖、
挑。

mǒng *ghiǎuq* bhȩ kūi
(門撽𣍐開)＝門挖不開。

〔ngiáuq〕

ghi̧k 玉 [名] 翡翠、玉。多半說成
ghi̧k'à(玉仔)。

*ghi̧k*kuǎn(玉環)＝玉手環。

bȧ*ghi̧k*(寶玉)＝寶玉。

ghi̧k 逆 [動] 忤逆、違背、抗拒。

ə̧mtāng *ghi̧k* si̧dua̧lǎng！
(唔通逆序大人)＝不要忤逆長上！

ghim 朵? [量] 串。計數聚集許多小
花的花枝等的說法。

bhàn zi̧t *ghim* īngxuē
(挽一朵櫻花)＝摘一串櫻花。

〔ghiàm〕

ghim 吟 [動] 吟。

ghǐm sī(吟詩)＝吟詩。

ghim 矼 [名] 屋外的階梯。多半說
成*ghǐm*'à(矼仔)。

zio̧q*ghǐm*(石矼)＝石階。

bȯq gùi'a̧ za̧n *ghim*
(𤷃幾若棧矼)＝爬好幾段石階。

ghi̧m 扲 [動] ①握。

ghi̧m ci̧u(扲手)＝握拳。

②質(押)；指個人借貸關係中用貴
重飾品質押的情況。

zit kā ci̧uzi̧ xo̧ lì *ghi̧m*
(此奇手指付你扲)
＝這只戒指質押給你。

ghi̧mci̧u 扲手 [動] 質押。指個人
借貸關係中用貴重飾品質押的情況。
ghi̧m(扲)②的二音節語。

siàhmì bhȩq xo̧ ghuà *ghi̧mci̧u*？
(甚麼覺付我扲手)
＝要用什麼(首飾)質押給我？

[名] 質押品。

xit gua̧h pua̧qlia̧n xo̧ lì zə̧ *ghi̧mci̧u*
(彼捾拔鏈付你做扲手)
＝那串項鍊給你做質押品。

同義詞：ghi̧mdua̧(扲帶)。

ghi̧mgih 矼墘 [名] 屋簷下、台階。

bua̧q dȯ ko̧k dio̧q *ghǐmgih*
(跋倒嘓著矼墘)
＝跌倒碰到簷下台階。

kia di *ghǐmgih*
(竪著矼墘)＝站在簷下。。

ghǐn 眦? [動] 盯、瞪眼。

bha̧kzīu cēhghi̧nghi̧n dȩq *ghǐn*
(目睭青凝凝在眦)
＝眼睛瞪得大大地看。

〔ghǔn〕

ghǐn 銀 名 銀。

〔ghǔn〕

ghǐn'à 囝仔 名 小孩。

　ghǐn'àtǎu'ǒng

　（囝仔頭王）＝孩子王。

　zābō–ghǐn'à(查哺囝仔)＝男孩子。

　sēh ghǐn'à(生囝仔)＝生小孩。

ghǐnde'à 銀袋仔 名 錢包。

　xe idiam ghǐnde'à

　（下站銀袋仔）＝放在錢包。

　同義詞：zǐhde'à(錢袋仔)、puěde'
　à(皮袋仔)。

〔ghǔnde'à〕

ghǐngak'à 銀角仔 名 ①銀貨。
②硬幣、銅板。

　ghǐngak'à kak dang

　（銀角仔較重）＝硬幣較重。

〔ghǔngak'à〕

ghǐngui'à 銀櫃仔 名 金庫、收
銀櫃。

　同義詞：zǐhgui'à(錢櫃仔)。

〔ghǔngui'à〕

ghǐnpio 銀票 名 鈔票。

　ghǐnpio teq gūi zǐ deq ia

　（銀票提舉只在敍）
　＝拿著整疊鈔票亂花。

〔ghǔnpio〕

ghǐnxǎng 銀行 名 銀行。

　gia ghǐnxǎng(寄銀行)＝存在銀
　行。

〔ghǔnxǎng〕

ghǐnzùi 銀水 名 匯率。

　ziakgù ghǐnzùi kak guǎn

　（此久銀水較昂）＝現在匯率較高。

　也說成xuezùi(匯水)。

〔ghǔnzùi〕

ghǐng 研 動 研、磨。

　ghǐng iɔq(研藥)＝研磨藥品。

　ing bheq'àziugān ghǐng

　（用麥仔酒矸研）＝用啤酒瓶研磨。

ghǐng 凝 動 ①變硬、凝結、淤結。

　gong gak ghǐng xueq

　（損及凝血）＝打到瘀血。

②懊惱、嘔。

　dak ě u dioq, gānna làn bhǒ dioq,
　kuah lì e ghǐng bhe？

　（逐个有著，干但咱無著，看你會凝
　艙）＝大家都上榜，只有我們沒上，
　看你嘔不嘔？

　→giān(堅)

ghǐngghǐng 龍眼 名 龍眼。

〔lǐngghǐng〕

ghǐngziap 迎接 動 迎接。ziap

　（接）③的二音節語。

　ghǐngziap lǎngkeq

　（迎接人客）＝迎接客人。

ghiongbheq 將覓 副 將要、快
要。主要用在感情方面的敍述。

　ghiongbheq kì siàu

　（將覓起肖）＝快發瘋了。

bhạksài *ghiọngbhęq* gᵊ cútlǎi

（目屎將覓翶出來）

＝眼淚都快掉下來了。

ghìu 扭

→kìu（扭）

ghọ 五 数 五。

ghọ 誤 動 耽誤。

ghọ diọq ī ě *itsịng*

（誤著伊的一生）＝耽誤他的一生。

dạizị lòng xọ ī *ghọ* kị

（事志攏付伊誤去）

＝事情都被他耽誤了。

Ghọghuęqzėq 五月節 名. 端午

節。

〔Ghọghęqzuėq〕

ghǒki 蜈蜞 名 螞蝗。

ghǒki ę sᵊq lǎng ě xuéq

（蜈蜞會吸人的血）

＝螞蝗會吸人血。

〔ngǒki〕

ghọxuę 誤會 動 誤會。

ciàh lì ᵊmtāng *ghọxuę*！

（請你唔通誤會）＝請你不要誤會。

同義詞：ghọgài（誤解）。

ghọxuēzᵊpsik 五花十色 形 五

顏六色、五花八門。

cịng gáq *ghọxuēzᵊpsik*

（穿及五花十色）

＝穿得五顏六色的。

ghọxuēzᵊpsik ě lǎng

（五花十色的人）＝五花八門的人。

ghọkxi 鱷魚 名 鱷魚。亦說成kọ-

kxǐ。

ghǒng 昂 動 暈。

lǎng *ghǒng*（人昂）＝人暈暈的。

zịu līm siōh zę, tǎukák suáq

ghǒng kị

（酒飲尚多，頭殼煞昂去）

＝酒喝太多，頭逐暈暈的。

ghọng 戇 形 笨、傻。

lì dėq gòng siàhmì *ghọng* uę？

（你在講什麼戇話）

＝你在說什麼傻話？

lì nà ę xiáq *ghọng*, cām zē ạq

bhęxiàu！

（你那會彼戇，參茲亦燴曉）

＝你怎麼那麼笨，連這個都不會！

→dāi（獃），kàm（憨）

ghọngdāi 戇獃 形 呆笨。dāi（獃）

的二音節語。

xiáq duạxạn la, iạq xiáq *ghọ-*

ngdāi

（彼大漢啦，亦彼戇獃）

＝長那麼大了，還那麼笨。

ghọngxò 戇虎? 形 笨蛋。ghọng

（戇）的二音節語。

ghᵊ̌ 熬 動 熬、一邊攪拌一邊煮著。

ghᵊ̌ tǎng（熬糖）＝熬糖。

ghᵊ̌ 遨 動 滴溜溜地轉、推轉。

gānlọk dėq *ghᵊ̌*

（干樂在遨）＝陀螺滴溜溜地轉。

ghə̌ zioqbhə̄（遨石磨）＝推磨。

ghə̄ 鵝 名 鵝。

〔ghiǎ〕

ghə̱ 餓 動 餓。

ghə̱ bhe̱ si̱, dio̱h bhe̱ bǔi

（餓ᴺ會死，脹ᴺ會肥）—俚諺

＝餓不死、撐不肥。意指最低生活

程度。

→iāu（飢）

ghǔ 牛 名 牛。

cia̱q ghǔ（赤牛）＝黃牛。

ghu̱ 遇 動 遇、碰到。

zǔn *ghu̱* xōngtāi

（船遇風颱）＝船碰上颱風。

ghǔnī 牛乳 名 牛奶。

da̱k zàki̱ gua̱h zi̱t gua̱n *ghǔnī*

（逐早起掮一罐牛乳）

＝每天早上買一罐牛奶。

*ghǔnī*biàh（牛乳餅）＝牛奶餅干。

*ghǔnī*tə̌ng（牛乳糖）＝牛奶糖。

〔ghǔlīng〕

ghuà 我 指 我。

ghua̱ 外 形 見外。

ī dùi làn zīn *ghua̱*

（伊對咱眞外）＝他對我們眞見外。

gù bhə̌ ki̱ cittə̌, sua̱q *ghua̱* ki̱

（久無去迌迌，煞外去）

＝久沒去玩，遂見外了。

語幹 外。

---

*ghua̱*diàh（外庭）＝外院。

go̱k*ghua̱*（國外）＝國外。

cu̱*ghua̱*（厝外）＝屋外。

接頭 外。表母方的親戚關係。

*ghua̱*gōng

（外公）＝外公；母方之祖父。

*ghua̱*sūn

（外孫）＝外孫；女兒生的孩子。

數 多、餘、以上。用於十、百、

千以及度量衡等數量詞之後。

za̱p *ghua̱* e̱ lǎng

（十外个人）＝十多個人。

siō gho̱ ba̱q *ghua̱* gīng

（燒五百外間）＝燒五百多間。

gīn *ghua̱* da̱ng

（斤外重）＝一斤多重。

⟷la̱i（內）

ghua̱gē 外家 名 娘家。

də̀ng ki̱ i̱n *ghua̱gē*

（轉去恁外家）＝回去她娘家。

ghua̱go̱k 外國 名 外國。

ghua̱kàu 外口 名 外面。

ghua̱kàu e̱ da̱izi̱ ghuà bhə̌ ca̱p

（外口的事志我無插）

＝外面的事情我不管。

ghuà dia̱m *ghua̱kàu* dànxa̱u lì

（我站外口等候你）

＝我在外面等你。

ghua̱lǎng 外人 名 外人。

ghua̱lǎng a̱q bhe̱q ca̱p lǎng e̱

gēlaisu
（外人亦覓插人的家內事）
＝外人也要管人家的家務事。

ghualo 外路 名 外快。主在表達壞事。

gai xǝkāng, u *ghualo* tāng zuàn
（蓋好孔，有外路通賺）
＝眞好，有外快可賺。

ghualo bì sīnlǒ kǎq ze
（外路比身勞較多）
＝外快比薪水多。

ghuaxǎng 外行 名 外行。

làn si *ghuaxǎng*, ǝm zāi geso
（咱是外行，唔知價數）
＝我們是外行，不知價錢。

→laixǎng（內行）

ghuazǎi 外才 名 外在、風采、外露的才華。

ghuazǎi bhài, ǝmgù laizǎi xǝ
（外才憨，唔拘內才好）
＝外在不好，不過內在好。

←→laizǎi（內才）

ghuàn 阮? 指 ①我們；對方除外，包含自己和第三者的指稱。

ghuàn bhėq lǎi ki kuah xi, lì bhėq ànzuàh？
（阮覓來去看戲，你覓按怎）
＝我們要去看戲，你呢？

ghuàn si Diōnggǒklǎng, lìn si Ri-tbùnlǎng

（阮是中國人，您是日本人）
＝我們是中國人，你們是日本人。
②我的；我們的形容詞性的用法，限於指稱自家人或親近關係者的東西時使用。

lǎi *ghuàn* dāu cittǒ la
（來阮兜迌迌啦）＝到我家玩啦。

ghuàn xakxau
（阮學校）＝我們學校。

〔ghùn〕→làn（咱）

ghuǎn 原 接頭 原～。

ghuǎnge（原價）＝原價。
ghuǎngǝ（原稿）＝原稿。
ghuǎnwui（原位）＝原位。

ghuan 願 名 願、願望。

xe *ghuan*（下願）＝許願。
ziok *ghuan*（足願）＝情願、甘願。
動 希望。文言用法。

ghuan Zù bǝxo làn auxue u gǐ！
（願主保護咱後會有期）
＝願主保佑我們後會有期。

ghuǎnbùn 原本 副 原本、原來。

ghuǎnbùn dua di xiā
（原本滯著彼）＝原本住在那兒。

zē *ghuǎnbùn* ziu u'e, ǝmsi diǎu-gāng ki bhè'e
（茲原本就有的，唔是特工去買的）
＝這原本就有的，不是特意去買的。

ghuǎnjīn 原因 名 原因。

dạudè si siàhmì *ghuǎnjīn*？

（到底是甚麼原因）
＝到底是什麼原因？

ghuǎnki̠ 元氣 名 精力。

bò *ghuǎnki̠*（補元氣）＝補精力。

形 有精力。日語直譯。

ī ziǎh *ghuǎnki̠*
（伊成元氣）＝他精力十足。

ghuǎnlǎi 原來 副 ①本來。

xē *ghuǎnlǎi* si̠ ghuà'ě
（夫原來是我的）
＝那本來是我的。

②恍然（大悟）。

ghuǎnlǎi rǔcù！
（原來如此）＝原來如此！

ghuǎnlǎi si̠ lì di̠ xiā o！
（原來是你著彼噢）
＝原來是你在那兒喔！

ghuǎnlio̠ng 原諒 動 原諒。

ciàh lì *ghuǎnlio̠ng* ghuà！
（請你原諒我）＝請你原諒我。

ghuǎnxǐng 原形 名 原形。

iāuzī̄h bi̠h cǔt *ghuǎnxǐng*
（妖精變出原形）＝妖怪現出原形。

ghuǎnzai̠ 原在 形 原在。

xɘ̀gāzai̠, cu̠ iàu *ghuǎnzai̠* le！
（好嘉哉，厝猶原在咧）
＝所幸，房子還在！

副 仍然、依然、還是。

ghuǎnzai̠ di̠ xiā
（原在著彼）＝仍在那兒。

ghuǎnzai̠ ghuà iǎh
（原在我贏）＝還是我贏。

ghueq 月 名 ①月亮。

cǔt *ghueq*（出月）＝出月亮。

*ghueq*gēngmě
（月光暝）＝有月亮的晚上。

②月份。

cǔt *ghueq* ziǎq xo̠ lì
（出月即付你）＝過這個月才給你。

dua̠ *ghueq*（大月）＝大月份。

量 月。

xit *ghueq* ki̠
（彼月去）＝那個月去的。

sɘ̠ng *ghueq*（算月）＝算月份。

〔gheq〕

ghueq 月 接尾 ～月。一年十二個
月的計數單位，冠上一到十二的序
數詞使用。

ziāh*ghueq*（正月）＝一月。

ri̠*ghueq*（二月）＝二月。

sāh*ghueq*（三月）＝三月。

si̠*ghueq*（四月）＝四月。

gho̠*ghueq*（五月）＝五月。

lak*ghueq*（六月）＝六月。

cit*ghueq*（七月）＝七月。

bèq*ghueq*（八月）＝八月。

gàu*ghueq*（九月）＝九月。

za̠p*ghueq*（十月）＝十月。

za̠pjit*ghueq*（十一月）＝十一月。

za̠pri̠*ghueq*（十二月）＝十二月。

gùi*ghueq*？（幾月）＝幾月？

〔gheq〕

ghueqgīng 月經 名 月經。

ghueqgīng bhėq gau la
（月經覓到啦）＝月經快來了。

〔gheqgīng〕

ghueqlai 月內 名 月子。

ziaq *ghueqlai*（食月內）＝做月子。

*ghueqlai*xōng
（月內瘋）＝產褥熱。

〔gheqlai〕

ghueqniŏ 月娘 名 月亮。

bai *ghueqniŏ*（拜月娘）＝拜月亮。

〔gheqniu〕

ghueqrit 月日 量 月。ghueq
（月）量的二音節語。

dua nɐng *ghueqrit* buah
（滯兩月日半）＝住兩個月半。

zit *ghueqrit*（此月日）＝這個月。

〔gheqrit〕

ghŭixiàm危險形 危險。

sęhmia *ghŭixiàm*
（性命危險）＝生命危險。

ghŭixiàm ě sòzai
（危險的所在）＝危險的地方。

亦說成xŭixiàm。

I

ī 伊 指 她、他、它、這個、那個。
第三人稱單數。

　　ī cuạ ī(伊娶伊)＝他娶她。

　　bhe̦q'àz̦iu dio̦q bīng xo̦ ī līng
　　(麥仔酒著冰付伊冷)
　　＝啤酒得給(它)冰冷。

ī 医 動 醫治。

　　uạq lắng ī gảq sì kị
　　(活人医及死去)＝活人醫成死人。

ī 遺？ 動 亂丟。

　　sāh sigue̦ ī
　　(衫四界遺)＝衣服四處亂丟。

ì 椅 名 椅子。大都說成i'à(椅子)。

　　ze̦ ì(坐椅)＝坐椅子。
　　量liắu(條)

ị 意 名 意、意思；文言用語。

　　gảq ị(合意)＝中意、合意。

　　dụi lì u ị
　　(對你有意)＝對你有意思。

ǐ 姨 名 姨；母之姊妹。一般多說成
　　āji̦(阿姨)。

ǐ 移 動 移。文言用語。

　　dȯq'à ga ǐ lǎi zit bǐng！
　　(桌仔給移來此旁)
　　＝桌子給移過來這邊！

ị 爲？ 動 玩。賭博用語。

　　ghuà bhǒ ai gảp ī ị
　　(我無愛及伊爲)＝我不要跟他玩。

　　ị gảq gùi diàm？
　　(爲及幾點)＝玩到幾點？

i'à 姨仔 名 小姨子；妻之姊妹。

　　ī cuạ ghuàn i'à
　　(伊娶阮姨仔)＝他娶了我的小姨子。

　　dua̦ji'à
　　(大姨仔)＝大姨子；妻之姊。

i'au 以後 名 以後。

　　i'au ạiseṛi！
　　(以後要細膩)＝以後要小心！

igiạn 意見 名 意見。

　　xə̀ igiạn(好意見)＝好意見。

iging 已經 副 已經。

　　iging ki̦ la(已經去啦)＝已經去了。

ìghuạ 以外 名 以外。

　　ìghuạ ě lắng lǎi bhə̌jaugìn

（以外的人來無要緊）
＝其他的人來沒關係。

ìlǎi 以來 名 以來。

zaxōng *ìlǎi* lǝq nǝng siǎh
（昨昏以來落兩成）
＝昨天以來掉了兩成。

ìla̲i 以內 名 以內、之內。

za̲p ri̲t *ìla̲i* xǐng li̲
（十日以內還你）＝十天之內還你。

ìliǎu 椅條 名 長椅子。

zit liǎu *ìliǎu* ze̲ si̲ ě
（一條椅條坐四个）
＝一條長板凳坐四個人。

īsīng 医生 名 醫生、大夫。

ciàh *īsīng*（請醫生）＝請大夫。
īsīng guàn（醫生館）＝醫院、診所。

ìsio̲ng 以上 名 以上。

gho̲ za̲p xue̲ *ìsio̲ng* ě lǎng
（五十歲以上的人）
＝五十歲以上的人。

i̲su̲ 意思 名 ①意思。

zit gu̲ si̲ siàhmì *i̲su̲*？
（此句是甚麼意思）
＝這句是什麼意思？
②情意。

ī du̲i li̲ u̲ *i̲su̲*
（伊對你有意思）＝她對你有情意。

ìtǎu'à 椅頭仔 名 小板凳。

da̲q *ìtǎu'à* ki̲ ki̲！
（踏椅頭仔起去）＝踩小板凳上去！

量liǎu（條）

ìxa̲ 以下 名 以下。

la̲k za̲p xūn *ìxa̲* ě lǎng lǐubān
（六十分以下的人留班）
＝六十分以下的人留級。

ìxio̲ng 意向 名 意向。

li̲ ě *ìxio̲ng* siàhmì kuàn？
（你的意向甚麼款）
＝你的意向如何？

ìzǐng 以前 名 以前、前。

ìzǐng ǝm bha̲t ànnē
（以前唔捌按哖）＝以前不會這樣。

ià 抑
→à（抑）

ià 野 形 ①過頭、強烈、野。

zēng siōh *ià*
（粧尚野）＝打扮得太濃艷。
ià bhi̲（野味）＝野味。
②（性慾）旺盛、野。
ià ga̲q nà xuěsiōh
（野及邢和尙）＝野得像和尙一樣。

ia̲ 厭 動 膩、厭倦、討厭。

xi̲ a̲q kua̲h *ia̲* la
（戲亦看厭啦）＝戲也看膩啦。
→bà（飽）

iǎ 爺 接尾 ～爺；男神的稱呼。

Sio̲ngde̲*iǎ*
（上帝爺）＝天公、玄天上帝。

ia̲ 撒 動 撒（種）。

ia̲ ka̲q lāng le！

（欻較曠咧）＝撒疏一點兒！

iàgǐu 野球 名 棒球。日語直譯。

　gong *iàgǐu*（摃野球）＝打棒球。

　iàgǐu diǒh（野球場）＝棒球場。

iàh 影 名 影子。

　ziọ *iàh*（照影）＝照影子。

　lǎng*iàh*（人影）＝人影。

　動 略微看一下、瞄。

　xọ ghuà *iàh* diọq

　（付我影著）＝讓我瞄到。

　ziòq ghuà *iàh* zịt'e, diọq xə̀

　（借我影一下，著好）

　＝借我瞄一下就好。

　→ə̀ng（影）

iǎh 營 名 營隊、軍營。

　xiā u zịt ě *iǎh*

　（彼有一个營）＝那兒有一個軍營。

　量 營。

　zịt *iǎh* bīng（一營兵）＝一營部隊。

iǎh 贏 動 贏、勝。

　tǎi *iǎh*（刣贏）＝打贏。

　tǎunàu ī kạq *iǎh* lì

　（頭腦伊較贏你）＝頭腦他比你好。

　←→sū（輸）

iạh 颺 動 飄、搧、吹。

　gǐ'à dẹq *iạh*

　（旗仔在颺）＝旗子在飄。

　iạh xōng（颺風）＝吹風。

　iạh xǒsīn（颺胡蠅）＝搧（趕）蒼蠅。

iàhxị 影戲 名 電影。古代用語。

kuạh *iàhxị*（看影戲）＝看電影。

*iàhxị*guàn（影戲館）＝電影院。

　→diạnjàh（電影）

iām 閹 動 閹。

　iām ghǔ（閹牛）＝閹牛。

　iām lạnxut

　（閹生核）＝把睪丸閹掉。

iǎm 鹽 名 鹽。

　sịh *iǎm*（豉鹽）＝用鹽漬。

iam 炎 形 火勢旺。

　iam gạq pạq lòng bhẹ xuā

　（炎及拍攏𣍐灰）＝火旺得滅不熄。

iān 煙 名 煙。

　tọ ō *iān*（吐烏煙）＝吐黑煙。

　děgò cụt *iān*

　（茶砧出煙）＝茶壺冒煙。

iàn 偃 動 （用手）推起、推倒。

　lǎng dua kō *iàn* bhẹ də̀

　（人大箍偃𣍐倒）＝人很胖推不倒。

　xịt dẹ ziọq ga *iàn* kìlǎi！

　（彼塊石給偃起來）

　＝把那塊石頭推起來！

iǎn 延 動 延、伸。

　iǎn sị rịt（延四日）＝延四天。

　zịt diǎu lọ bhẹq *iǎn* dụi də̀wụi

　kị？

　（此條路覓延對何位去）

　＝這條路要延伸到哪兒去？

iǎn 沿 介 沿～。

　iǎn lọ gòng uẹ

（沿路講話）＝一路說話。

iǎn xàigǐh giǎh

（沿海墘行）＝沿海邊走。

iǎn 鉛 名 鉛。

*iǎn*gòng（鉛管）＝鉛管。

iǎn 橡？ 動 重複同樣的東西。

cȧt gȯq *iǎn* zȧt bàih！

（漆復橡一擺）＝再刷一層漆！

量 ①層、重。

zēng'à gȯq *iǎn* zȧt *iǎn*！

（磚仔復橡一橡）＝再砌一層磚！

tạq nᵉng *iǎn*（疊兩橡）＝疊兩層。

②世代、輩。

zȧt *iǎn* ě siạuliǎngē'à

（此橡的少年家仔）

＝這一輩的年輕人。

同義詞：ǔn（勻）。

iǎn 緣 名 緣。

cīnziǎh nạ u *iǎn*, zụriǎn dioq sǐng

（親情若有緣，自然著成）

＝若有緣，自然會成親。

ī gȧp lì ụ siàhmì *iǎn*？

（伊及你有甚麼緣）

＝他和你有什麼因緣？

iān'à 鰻仔 名 鰻魚。

*iān'à*xı（鰻仔魚）＝鰻魚。

iǎnbit 鉛筆 名 鉛筆。

iāndǎng 煙筒 名 煙囪。

cại *iāndǎng*（在煙筒）＝立煙囪。

*iāndǎng*gòng（煙筒管）＝煙囪。

iǎndǎu 緣投？ 形 英俊。

iǎndǎu ghìn'à（緣投团仔）＝帥哥。

名 男色、小白臉。

siȧt *iǎndǎu*

（設緣投）＝設男色圈套。

iàngàng 演講 動 演講。

siàhmì lǎng bhȧq *iàngàng*？

（甚麼人覓演講）＝什麼人要演講？

iǎngọ 緣故 名 緣故、因由。文言
用語。

dạudè sị siàhmì *iǎngọ*？

（到底是甚麼緣故）

＝究竟是何緣故？

iànlọ 沿路 副 一邊～一邊～。原
則上要對應著使用。

iànlọ gòng uе *iànlọ* līm zịu

（沿路講話沿路飲酒）

＝一邊講話一邊喝酒。

同義詞：nà（那）副 ③。

iāntǔn 煙黇 名 煙灰。

zȧt dạq gạu *iāntǔn*

（此搭厚煙黇）＝這兒煙灰多。

iānxuè 煙火 名 煙火

bạng *iānxuè*（放煙火）＝放煙火。

〔iānxè〕

iānzǐ 臙脂 名 口紅。

diàm *iānzǐ*（點臙脂）＝擦口紅。

iāng 央？ 動 拜託、請求。

iāng lǎng kị（央人去）＝請求人去。

siǎng bhȧq xọ ghuà *iāng*？

（甚-人覓付我央）＝誰願受我託？

〔iōng〕

iȧp 掩? 動 忽地藏起來。

　kuah ī lǎi, guàhgin *iȧp* kɪ̀lǎi

　（看伊來，趕緊掩起來）

　＝見他來，趕緊藏起來。

　cìu *iȧp* zit liap pǒnggè

　（手掩一粒蘋果）＝手藏一顆蘋果。

iȧq 挖 動 像划船的動作。

　①划。

　zǔn'à *iȧq* bhe̲ giǎh

　（船仔挖𣍾行）＝船划不動。

　ȧq'à dėq *iȧq* zùi

　（鴨仔在挖水）＝鴨子划水。

　②挖。

　iȧq bu̲nsə̲tàng

　（挖糞掃桶）＝挖垃圾桶。

　③挖、耙。

　iȧq lǎi *iȧq* ki̲

　（挖來挖去）＝耙來耙去。

　iȧq ī zia̲q rua̲ ze̲ zǐh

　（挖伊食若多錢）＝挖他污多少錢。

ia̲q 亦

　→a̲q（亦）

ia̲q 驛 名 車站。

　diōnggān u̲ gho̲ ě *ia̲q*

　（中間有五個驛）＝中間有五站。

　Dānggiāh*ia̲q*（東京驛）＝東京站。

ia̲q 葉 動 翻、掀。

　ia̲q gīng'àrit bhe̲q ga̲ ě sòza̲i！

（葉今仔日覓教的所在）

＝翻開今天要教的地方！

量 頁。

　ta̲k si̲ *ia̲q*（讀四葉）＝讀四頁。

ia̲q'à 蝶仔 名 ①蝶。②蛾。

　tàigē*ia̲q'à*（癩瘖蝶仔）＝毒蛾。

ia̲qsi 亦是

　→a̲qsi（亦是）。

ia̲qtǎu 驛頭 名 車站。*ia̲q*（驛）的

　二音節語。

ia̲t 搧? 動 搧、招。

　iat kuēsi̲h（搧葵扇）＝搧扇子。

　iat xōng（搧風）＝搧風。

　iat cìu（搧手）＝招手。

iāu 飢? 動 餓。

　bȧkdò *iāu*（腹肚飢）＝肚子餓。

　iāu gùi'a ri̲t

　（飢幾若日）＝餓好幾天。

　→ghə̲（餓）

iàu 猶? 副 ①還。

　xē *iàu* gù le

　（夫猶久咧）＝那還久呢。

　②（就某方面而言）還算。

　iàu ghǎu gòng

　（猶高講）＝還算會講。

　iàu e̲ sià（猶會寫）＝還算會寫。

iàubhue̲ 猶未 情 還沒。bhue̲

（未）的二音節語。

　iàubhue̲ cua（猶未娶）＝還沒娶親。

　iàubhue̲ le, gə̲q dàn zi̲t'e！

（猶未咧，復等一下）
＝還沒好，再等一下！
〔iàubhe〕

iāugin 要緊　形　緊要的、重要的。
　　iāugin ě miqgiah
　　（要緊的物件）＝緊要的東西。

iāugiu 要求　動　要求。
　　iāugiu zih（要求錢）＝要錢。

iàugəq 猶復　副　iàu（猶）的二音節
　　語。
　　①還。
　　iàugəq dėq uām
　　（猶復在冤）＝還在吵。
　　②（就某一方面來說）還算。
　　iàugəq ghǎu zəlǎng
　　（猶復高做人）＝還算會做人。

iāugùi 飢鬼　形　愛吃鬼。
　　iāugùi, gè ngeki
　　（飢鬼，假硬氣）─俚諺
　　＝愛吃鬼，假志氣；嘲諷假惺惺之
　　人。
　　*iāugùi*siu（飢鬼囚）＝愛吃鬼。

iàusiu 夭壽　形　過份的、惡毒的。
　　li zin *iàusiu*, xo ghuà dàn ziȧq gù
　　（你真夭壽，付我等此久）
　　＝你真過份，讓我等這麼久。

iàusiu'à 夭壽仔　名　短命鬼。主
　　要為女人的罵語。

iāuzih 妖精　名　妖精，妖怪。
　　iāuzih bian zə zit ě laulǎng

（妖精變做一个老人）
＝妖怪變成一個老人。
同義詞：iāuguai（妖怪）。
也說成iāuziāh。

ih 蘖?　名　芽。
　　bủq *ih*（窋蘖）＝發芽。
　　→ghě（芽）

ih 円　形　圓的。
　　ue bhe *ih*（畫燴円）＝畫不圓。
　　量　厘，文
　　dəng zit *ih*
　　（斷一円）＝一毛錢也沒有。

ih'à 円仔　名　湯圓。
　　sə *ih'à*（搔円仔）＝搓湯圓。
　　*ih'à*cę（円仔粿）＝搓湯圓的（米）粉。
　　→uǎn（丸）

ih'oh 嘍噁?　形　（都是鼻音）口齒
　　不清、（音律）五音不全。
　　xit ě *ih'oh*e
　　（彼个嘍噁的）
　　＝那個講話咿咿唔唔的人。
　　*ih*ji*h'oh'oh*, əm zāi dėq gòng siàh-
　　mì?
　　（嘍嘍噁噁，唔知在講甚麼）
　　＝咿咿唔唔的，不知在說些什麼？

ik 溢　動　①溢出、滿出來。文言用
　　語。
　　zùi *ik* cùtlǎi
　　（水溢出來）＝水滿出來。
　　同義詞：bhuàn（滿）。

②吐奶。

ghìn’à *i̍k* nī
（囝仔溢乳）＝嬰兒吐奶。

③湧。

xàijìng *i̍k* lǎi *i̍k* kị
（海湧溢來溢去）＝波浪湧來湧去。

i̍k 億 [數] 億。

i̍k 譯 [動] 翻譯。

Diōngbhǔn *i̍k* zǫ Ri̍tbhǔn
（中文譯做日文）＝中文譯成日文。

i̍kgīng 浴間 [名] 浴室。

kị *i̍kgīng* sè
（去浴間洗）＝到浴室洗。

i̍ktàng 浴桶 [名] 浴桶、浴缸。

i̍ktàng dèq lau
（浴桶在漏）＝浴桶漏水。

īm 音 [名] 音。

īm xǝ̀（音好）＝聲音好。

[量] 音；計數音的用語。

bhǝ̀*jīm* ụ ghǫ *īm*
（母音有五音）＝母音有五（個）音。

īm 淹 [動] 淹。

duạzùi *īm* rịplǎi gạu cụ
（大水淹入來到厝）
＝大水淹到屋裏來。

xàizùi *īm* lǎi
（海水淹來）＝海水淹來了。

īm 陰 [名] 陰。

mịq ụ *īm* gáp iǒng
（物有陰及陽）＝物有陰和陽。

[形] 陰氣、薄暗。

cụ káq *īm*
（厝較陰）＝房子陰氣較重。

tīh *īm*（天陰）＝天氣陰。

ịm 蔭 [動] ①悶熄。

dè diạm xuè’ạng *ịm*
（貯站火甕蔭）＝裝在火爐裏悶熄。

②福佑。

ịm bębhǝ̀（蔭父母）＝福佑父母。

īm 淫 [形] 淫蕩。

xit ě zābhò ziȯk *īm*
（彼个查某足淫）＝那個女人很淫蕩。

īmgān 陰間 [名] 陰間、冥界。

lǎng nạ si, diȯq kị *īmgān*
（人若死，著去陰間）
＝人若死了，就到陰間。

īmghȧk 音樂 [名] 音樂。

tiāh *īmghȧk*（聽音樂）＝聽音樂。

īmtim 陰鴆？ [形] 陰沉的、陰險。

ī ě lǎng ziȧh *īmtim*, lòng kạng
diạm bȧkdòlại
（伊的人成陰鴆，攏控站腹肚內）
＝那個人很陰沉，（凡事）都放在心
裏。

īmxǔn 陰魂 [名] 怨靈、亡魂、陰魂。

zịt diǎu *īmxǔn* diạh dèq dǐh ī
（一條陰魂定在纏伊）
＝一個陰魂老纏著他。

īn 恩 [名] 恩，恩惠。

bạ *īn*（報恩）＝報恩。

si̱u ī i ě *īn*
（受伊的恩）＝蒙受他的恩情。
〔ūn〕

īn 恁？ 指

①他們、她們、那些人。第三人稱
複數。

īn sāh ě si̱ xiāhdi̱'à
（恁三个是兄弟仔）
＝他們三個是兄弟。

zia̱q si̱ *īn* ě gàu
（此隻是恁的狗）＝這隻是他們的狗。
②他們的、她們的、那些人的。形
容詞用法。限指稱有關自家人或親
近關係的人時使用。

īn la̱ube̱（恁老父）＝他們父親。

ki̱ *īn* dāu（去恁兜）＝去他們家。

i̍n 引 動 引；文言用語。

i̍n gòdiàn（引古典）＝引用典故。

xuè gə̱q *i̍n* xuè
（火復引火）＝火再引火。

i̍n 允 動 承諾、答應、承攬。

ī ə̱m *i̍n* ghuà
（伊唔允我）＝他不答應我。

i̍n kāngkue̱ lǎi zə̱
（允工課來做）＝承攬工作來做。
〔ùn〕

i̱n 印 動 印刷。

i̱n ce̱q（印冊）＝印書。

i̱n nə̱ng sik（印兩色）＝印兩色。
名 印章、印記。

dua̱ ě siga̱k *i̱n*
（大个四角印）＝大的四角印。

i̱n 應 動 回答。

gio̱ bhe̱ *i̱n*
（呌𣍐應）＝叫不應。

i̱n 運？ 動 ①振動。

xuèciā na̱ gue̱, e̱ *i̱n*
（火車若過，會運）
＝火車若經過，會振動。
②回聲、回音。

siāh *i̱n* də̱dèng lǎi
（聲運倒轉來）＝聲音回響過來。

i̱ncui̱ 應嘴 動 頂嘴。

du̱i sīnsēh a̱q gàh *i̱ncui̱*?!
（對先生惡敢應嘴）
＝對老師也敢頂嘴?!

īnduāh 因端 名 原因。

e̱ uāngē si̱ siàhmi̱ *īnduāh*？
（會冤家是甚麼因端）
＝會吵架是什麼原因？

īnjǎn 姻緣 名 姻緣。

īnjǎn si̱ tīh zu̱ dia̱h
（姻緣是天註定）＝姻緣是天注定。

insi̍k 印色 名 ①印泥。

cēh ě *insi̍k*
（青的印色）＝藍的印泥。
②印色。

sīng də̱ng zi̱t e̱ *insi̍k*！
（先擲一下印色）
＝先輕輕蓋個印色！

īnwui 因爲 接 因爲。

　　īnwui puabeh, sòji bhǒ ki
　　(因爲破病，所以無去)
　　＝因爲生病，所以沒去。

inzùn 允准 動 允許。zùn(准)的
　　二音節語。

　　guāhtiāh əm inzùn
　　(官廳唔允准)＝官方不允許。

　　〔ùnzùn〕

īng 揚？ 動 ①揚、飛入。

　　tǒbhīsuā pongpongjīng
　　(土米砂踫踫揚)＝沙塵飛揚。

　　īng dioq bhakzīu
　　(揚著目睭)＝灰塵飛進眼睛。

　　②散、撒。

　　īng xuexū(揚火灰)＝撒灰。

ìng 永？ 副 總、往往、遲早、最後。

　　ziap kuah kācəng, ìng e buaq ləq
　　sàixak
　　(捷看腳倉，永會跋落屎斛)─俚諺
　　＝老愛偷看別人屁股，遲早會掉進
　　廁所；夜路走多了，總會碰到鬼的
　　意思。

　　ìng bhǒ xit xə dəlì
　　(永無彼号道理)＝總沒那個道理。

ìng 湧 名 波浪。

　　kì ìng(起湧)＝起浪。

　　量 zun(陣)

ịng 壅？ 動 施、撒(肥料)。

　　ịng bùi(壅肥)＝施肥。

ịng cại(壅菜)＝給菜施肥。

　　名 土撥鼠或蚯蚓等拱起的土堆。

　　bhụncù déq ghiǎ ịng
　　(濆鼠在夯壅)＝土撥鼠在拱土。

ǐng 閑 形 ①有空的、空閒的。

　　ǐng ě lǎng ki !
　　(閑的人去)＝有空的人去！

　　②不相干的、無用的。

　　ǐng bəng gē ziaq, ǐng ue giàm gòng
　　(閑飯加食，閑話減講)─俚諺
　　＝閒飯可以多吃，閒話要少說；禍
　　從口出之意。

　　ǐng su bhạng càp !
　　(閑事莫-應插)＝莫管閒事！

　　名 閒空。

　　u ǐng(有閑)＝有空。

ịng 用 動 ①使用。

　　ī ịng zīn ze lǎng
　　(伊用眞多人)＝他用了很多人。

　　②享用。

　　ciàh lì ịng dě !
　　(請你用茶)＝請你用茶！

　　ghuà ịng zīn bà la
　　(我用眞飽啦)＝我吃很飽了。

　　介 利用。

　　ịng xuèdi ngéq
　　(用火箸挾)＝用火夾子挾。

　　ịng ciu teq(用手提)＝用手拿。

　　〔iong〕

īng'à 鶯仔 名 鶯。

ịngdōng 應當
→ịnggāi(應該)

ịnggāi 應該 情 應該。gài(該)的
二音節語。
lì ịnggāi kị
(你應該去)＝你應該去。
ịnggāi xọ ī
(應該付伊)＝應該給他。
同義詞：ịnggāiriǎn(應該然)，ịn-
gdōng(應當)，ịngdōngriǎn(應當
然)。
亦說成īnggāi。

īnggə̄ 鸚哥 名 鸚哥。
īnggə̄ gǎu ə̣q lǎngwẹ
(鸚哥高學人話)
＝鸚哥很會學人說話。
īnggə̄ pịh(鸚哥鼻)＝鷹勾鼻。

ịnggue 往過 名 以前。
ghuà ịnggue duạ dị xiā
(我往過滯著彼)＝我以前住在那兒。
xē sị ịnggue ě daizị
(夫是往過的事志)＝那是以前的事。
同義詞：ịngbàih(往擺)，ịngxuě
(往回)。

ịngsịu 應酬 動 應酬。
gạp lǎngkẹq ịngsịu
(及人客應酬)＝和客人應酬。
名 贈答、酬酢。
nǐbhuè ě ịngsịu zīn siōngdiọng
(年尾的應酬眞傷重)

＝年底的酬酢眞沉重。

īngxiǒng 英雄 名 英雄。
sịsẹ zə̣ īngxiǒng
(時勢造英雄)＝時勢造英雄。

īngxuē 櫻花 名 櫻花。
zịt zǎng īngxuē
(一欉櫻花)＝一棵櫻花樹。
īngxuē kūi la
(櫻花開啦)＝櫻花開啦。

iō 么 名 最小數之一。

iō 育？ 動 養育。
iō giàh(育子)＝養育兒子。
ghuà xọ ī iō gạq duạxạn
(我付伊育及大漢)
＝我讓他養育到大。

iō 腰 名 腰。
ạh iō(向腰)＝彎腰。
suāhiō(山腰)＝山腰。

iǒ 搖 動 ①搖動、振動
dedạng cụ dẹq iǒ
(地動厝在搖)＝地震，房子在動。
iǒ tǎu(搖頭)＝搖頭。
②標(會)、搖(骰子)。
iǒ bhə̄ diọq
(搖無著)＝沒標(搖)到。

iōzi 腰子 名 腎臟。
iōzi bẹh(腰子病)＝腎臟病。

iōziạqgut 腰脊骨 名 腰；脊椎的
下部。
iōziạqgut dẹq sēng

（腰脊骨在痠）＝腰在酸。

iòh 舀 動 舀。

ịng gòng'à *iòh*

（用管仔舀）＝用罐子舀。

iòh diạm uàh

（舀站碗）＝舀在碗裏。

〔ĩuh〕

iǒh 羊 名 山羊，羊。

iǒh–bháq（羊肉）＝羊肉。

siọh *iǒh*（相羊）＝肖羊。

〔ĩuh〕

iǒh 溶 動 溶化。

bīng *iǒh* kị（冰溶去）＝冰溶化了。

iǒh siáq（溶錫）＝溶錫。

〔ĩuh〕

ioh 樣 名 樣本、樣品。

uà *ioh* gā sāh

（按樣鉸衫）＝按樣本裁衣。

bọ*ioh*（布樣）＝布的樣品。

zẹ xà *ioh* xǒng kuạh

（做好樣付–人看）

＝做好榜樣讓人看。

量 種。

xit *ioh* lǎng（彼樣人）＝那種人。

sià gùi'ạ *ioh*

（寫幾若樣）＝寫好幾種。

〔ĩuh〕

iǒhcāng 洋蔥 名 洋蔥。

〔ĩuhcāng〕

iǒhdə̄ 楊桃 名 楊桃。

〔ĩuhdə̄〕

iǒhxuē 洋灰

→ ǎngmǎngtǒ（紅毛土）

〔ĩuhxē〕

iȯk 約 動 ①約定、約束。

iȯk rịt（約日）＝約日期。

iȯk gau giǎh gau

（約到行到）＝說到做到。

②大約、大概。

iȯk kuạh ụ rua zẹ lǎng

（約看有若多人）＝大約有多少人。

iòng 勇 形 壯、牢固。

sīntè *iòng*（身體勇）＝身體壯。

bhè *iòng*'e（買勇的）＝買牢固的。

⟷ làm（膦）

iọng 佣？ 動 做。

gādị bhẹxiàudit, giọ lǎng lǎi *iọng*

（家已艙曉得，叫人來佣）

＝自己不會，叫人來做。

gādị ě dạizị diọq gādị *iọng*

（家己的事志著家己佣）

＝自己的事得自己做。

iǒng 容 動 容許、原諒。

ạu bàih ạm *iǒng* lì ǒ！

（後擺唔容你哦）

＝下次不原諒你喔！

iǒng ī kị（容伊去）＝容許他去。

iǒng 陽 名

①陽。

②精力。

bò *iǒng*(補陽)＝壯陽、補陽。

iònggiah 勇健 形 健壯。
　cit zap xuę la, aq iàu zın *iònggiah*
　（七十歲啦，亦猶眞勇健）
　＝七十歲了，還很健壯。

iòngjih 容易 形 容易的、不難。
　tan zıh bhǎ *iǒngjih*
　（趁錢無容易）＝賺錢不容易。
　〔lǒngji〕

iòngwùn 容允 動 允許、容許；
　iông(容)的二音節語。
　zit bàih *iǒngwùn* ı！
　（此擺容允伊）＝這回容許他！

ioq 憶？ 動 猜、猜想、推測。
　zę bhi xǒng *ioq*
　（做謎付－人憶）＝做謎語讓人猜。
　ghuà *ioq* bhın'àzai bhǎ kèci
　（我憶明仔再無考試）
　＝我想明天不會考試。

ioq 藥 名 藥。
　ziaq *ioq*(食藥)＝吃藥。
　*ioq*zùi(藥水)＝藥水。
　*ioq*xùn(藥粉)＝藥粉。
　*ioq*wǎn(藥丸)＝藥丸。

ioqzùibo 藥水布 名 繃帶、紗布。
　zàt *ioqzùibo*(紮藥水布)＝紮紗布。

ip 翕？ 動 悶著(製造)。
　ip daucai(翕豆菜)＝悶豆芽菜。
　ip iubēng(翕油飯)＝悶油飯。

it 一 數 一；多半當序數詞用。

*i*tghueq(一月)＝一月。
it dìng(一等)＝一等(的)。一般當
基本數詞使用。
zap *it*(十一)＝十一。
ri *it*(二一)＝二十一。
→zit(一)

it 乙 名 乙。
　lòng teq *it*
　（攏提乙）＝總是得到乙等。

itbhi 一味 副 一昧、只顧、專門。
　*i*tbhi sioh ın airın
　（一味想悾愛人）＝一味想他愛人。
　*i*tbhi takcęq
　（一味讀冊）＝只顧讀書。

itdan 一旦 接 一旦～的話。
　*i*tdan xo si ki, daizi dioq ęm xè
　（一旦付死去，事志着唔好）
　＝一旦讓他死去，事情就不妙。

itding 一定 形 一定的、固定的。
　lǎng ai *itding* ě tǎulo
　（人要一定的頭路）
　＝人要有固定的工作。
　情 必然、一定。
　ı *itding* lǎi(伊一定來)
　＝她一定會來。
　lì *itdinge* ki xoh？
　（你一定會去唔）＝你一定會去吧？

itdioq 憶着 動 爲了、盯上、看中。
　ı e lǎi cua ı, si *itdioq* ı ě gęzēng
　（伊會來娶伊，是憶着伊的嫁粧）

=他會娶她，是爲了她的嫁妝。

xo̤ lăng itdioq

（付人憶着）＝被人看上。

itdit 一直 [副] 一直、始終。

zịng də̀ng lăi itdit cittə̆

（從轉來一直迌迌）

＝回來之後一直在玩。

itdit zău kị

（一直走去）＝一直跑去。

itghojitzap 一五一十 [副] 一五
一十。

itghojitzap gòng xo̤ tiāh

（一五一十講付聽）

＝一五一十說給他聽。

itjit 一一 [副] 一一、凡事。

itjit dio̤q lăng cūi

（一一着人催）＝凡事都要人催。

itlai～rilai 一來～二來～ [接]
一來～二來～、一則～二則～。

itlai dụi be̤bhə̀ bútxạu, rilai dụi
zịnglăng bhedit guẹ

（一來對父母不孝，二來對眾人𣍐得
過）

＝一來對父母不孝，二來對眾人交
代不了。

itlụt 一律 [副] 一律、一概。

bhe̤dạng itlụt gòng ànnē

（𣍐得-通一律講按哖）

＝不能一概而論。

īu 憂 [形] 憂愁。

īutăukòbhịn

（憂頭苦面）＝愁眉苦臉。

zit ě bhịn zio̤ng'ànnē īu kìlăi

（一个面將按哖憂起來）

＝一張臉就這樣憂苦起來。

ịu 幼 [形] ①細。

bhịnbháq ịu

（面肉幼）＝細皮嫩肉。

zuà gā siōh ịu

（紙鉸尙幼）＝紙剪太細。

②菜等細嫩。

ca̤iguē bhǎ ịu, bhe̤ ziạq dit

（菜瓜無幼，𣍐食得）

＝絲瓜不嫩，不能吃。

③工細、精巧。

ịu xŭi（幼磁）＝細瓷。

gāngxū ịu（工夫幼）＝做工細。

[名] 屑。多半說成 ịu'à（幼仔）。

tŏtuạhjịu（土炭幼）＝媒屑。

zuàjịu（紙幼）＝紙屑。

　　　⟷cō（粗）

ĭu 由 [介] 從～；指示場所，後面跟
著句子。文言用語。

ĭu ciàn rịp cīm

（由淺入深）－俚諺

＝由淺入深；一步一步來的意思。

ĭu 油 [名] 油。

dáq ĭu（搭油）＝買油。

[形] 油膩的。

lạu ě sỉ káq bhe̤q jịng ziạq ĭu'e！

（落的時較莫-應食油的）
＝拉肚子時不能吃油膩物。

動　刷油漆。

gəq ĭu zįt biąn！

（復油一遍）＝再刷一遍漆！

ĭu xǫ ō（油付烏）＝把它刷黑！

iu 遊 動 漫遊、到處玩。

ziąp bà dioq kį ĭu

（食飽着去遊）＝吃飽飯就去玩。

ĭu segai（遊世界）＝漫遊世界。

iu 又 副 又、再；有點煩、有點無
情的意味。

lǐ iu lǎi la（你又來啦）＝你又來了。

iu sū dioq ghuà

（又輸着我）＝又是我輸。

→gəq（復）

iu 柚仔 名 柚仔。

iubəng 油飯 名 油飯；有甜的和
鹹的。

sēhrit lǎi xing ĭubəng

（生日來贈油飯）＝生日分送油飯。

ĭucàt 油漆 名 油漆。

gǎ dioq ĭucàt

（翱着油漆）＝沾到油漆。

càt ĭucàt（漆油漆）＝刷油漆。

iu'e 友的 名 阿哥、小伙子、懶漢、
惡混、流氓。

gōngxǒng zīn ze iu'e

（公園眞多友的）＝公園裡惡棍很多。

ĭugàu 油垢 名 油垢。

zìmtǎu ge sį ĭugàu

（枕頭計是油垢）＝枕頭都是油垢。

iugəq 又復 副 又、再。iu（又）的
二音節語。

iugəq pàih kį

（又復歹去）＝又壞了。

iughuǎn 猶原 副 依然、仍舊、還
是。

iughuǎn ànnē gòng

（猶原按呼講）＝還是這麼說。

xit gīng cų iughuǎn dį xiā

（彼間厝猶原着彼）
＝那間房子還在那兒。

iuliąpmįq 幼粒物 名 細軟、值錢
的東西、貴金屬類。

iuliąpmįq ḡadį zàq

（幼粒物家己束）
＝值錢的東西自己帶著。

iupio 郵票 名 郵票。

dàq iupio（貼郵票）＝貼郵票。

iusiu 幼秀 形 細緻的、斯文的、高
品質的。

gįgút ziǎh iusiu

（枝骨成幼秀）＝骨架很細緻。

iusiu lǎng（幼秀人）＝斯文人。

iuxau 有孝

→uxau（有孝）

iuziąqguè 油食？粿 名 油條。

釋　diǎ（條）

〔iuziąqgè〕

ĭuzịnggik 郵政局 名 郵便局。北
京話直譯。

K

kā 奇 量 隻、根。原則上計數成對的東西拆成單時使用。

zt *kā* dị(一奇箸)＝一根筷子。

duạ *kā* cȋuzi
（大奇手指）＝大隻戒指。

sāh *kā* bọdẹ
（三奇布袋）＝三隻布袋。

〔kiā〕

kā 腳？ 名 ①腳。

lə̣ *kā*（躼腳）＝高個兒。

②伙伴、好友。

giàu*kā*（賭腳）＝賭友。

xuẹ*kā*（會腳）＝（互助會）會友。

sioh bhẹq páq bhǎcio̍k, gə̣q bhǒ gạu *kā*
（想覺拍麻雀，復無夠腳）
＝想要打麻將，卻不夠人數。

接尾 下。

də̣q*kā*（桌腳）＝桌下。

suāh*kā*（山腳）＝山下。

mǒngcǒng*kā*（眠床腳）＝床下。

→ẹ(下)

kà 巧 形 珍奇、奇怪。

bhǒ *kà* aq zịt dọ bà
（無巧亦一肚飽）
＝（料理）雖沒什麼珍奇，也吃得一肚子飽飽的。

zē aq ziǎh *kà*?!
（茲亦成巧）＝這也太奇怪了?!

kạ 扣 動 ①在堅硬的東西上「叩、叩」地敲。

kạ xūnsài
（扣燻屎）＝敲掉烟灰。

②「叩、叩」地敲堅硬的東西。

kạ mǎng（扣門）＝敲門。

kạ sioh'àbāng kì lǎi
（扣箱仔枋起來）
＝把木箱的板子敲開。

③打電話、電報等。

diạnwẹ bhẹq də̣wui *kạ*?
（電話覓何位扣）
＝電話要在哪兒打？

kạ diạnbə̣（扣電報）＝打電報。

同義詞：gọng（摃）②。

④裁掉衣服的一部份。

sāh ka̠ ka̠q dè

(衫扣較短)＝衣服修短一點兒。

kā'à 腳仔 名 手下。

ze̠ ī ě kā'à

(做伊的腳仔)＝做他的手下。

也說成kā'àciu(腳仔手)。

kā'a̠udēh 腳後釘 名 腳後跟。

xuè siō kā'a̠udēh

(火燒腳後釘)一俚諺

＝火燒眉睫；喻事情緊急。

〔kā'a̠udīh〕

kā'a̠udò 腳後肚 名 小腿肚。

kābe̠qsùn 腳帛筍 名 茭白筍。

圕gī(枝)

kābo̠ 腳步 名 腳步、步調。

giảh kābo̠(行腳步)＝照腳步走。

kābo̠ kīn(腳步輕)＝腳步輕。

kābùn 腳本 名 劇本、腳本。

kābha̠k 腳目 名 腳踝。

kācə̄ng 腳倉？ 名 屁股。

kācə̄ngkāng(腳倉孔)＝肛門。

kācə̄nggu̠t(腳倉骨)＝坐骨。

kācə̄ngpang(腳倉縫)＝屁股縫。

kācə̄ngpuè(腳倉桮)＝屁股蛋。

kāda̠qciā 腳踏車 名

①腳踩的縫紉車。

②腳踏車。

圕diōh(張)

kāliǎm 腳臁 名 腳脛。

kāsāu 腳俏？ 形 一文不值的、爛

貨。

bhè zit xe̠ kāsāu xue̠！

(買此號腳俏貨)＝買這種爛貨！

名 娼妓。

lì zit ě kāsāu！

(你此个腳俏)＝你這個娼妓！

kāsāuging'à

(腳俏間仔)＝妓女戶。

kāsia̠u 腳賬 名 人手，伙伴。

kia̠m kāsia̠u(欠腳賬)＝欠人手。

lì u̠ gùi ě kāsia̠u？

(你有幾个腳賬)

＝你有多少人手？

kātǎuwū 腳頭窩？ 名 膝蓋、膝

頭。

ze̠ di̠ kātǎuwū

(坐著腳頭窩)＝坐在膝蓋上。

kāzia̠q 腳脊 名 背部。

a̠ih dia̠m kāzia̠q

(背站腳脊)＝揹在背上。

kāzia̠q 'a̠u(腳脊後)＝背後，背面。

kāzia̠q gāu

(腳脊溝)＝背肌、(衣服的)脊縫。

kāzia̠qgu̠t(腳脊骨)＝背骨。

kāzio̠qdè 腳蹠底 名 腳底。

〔kāzio̠qduè〕

kāh 坩 名 (土)鍋、盆。平底缽子。

多半說成kāh'à(坩仔)。

be̠ngkāh(飯坩)＝飯鍋。

xuēkāh(花坩)＝花盆。

kāi 開 動 ①亂花錢。

zịtguà gēxuè kāi liàuliàu

（一許家伙開了了）

＝一些家產花光光。

②花錢玩女人。

kāi zābhò(開查某)＝嫖女人。

ziăh ai kāi(成愛開)＝很愛嫖。

kāigàng 開講 動 聊天。

gàng(講)動 的二音節語。

kāighiạq 開業 動 開業、開幕、

開張。日語直譯。

kāighiạq īsīng

（開業醫生)＝開業醫師。

kāisài 開使 動 亂花錢。

kāi(開)①的二音節語。

duạ kāisài(大開使)＝大花錢。

kāixuạ 開化 形 開明、開化、摩

登的。

lì zīn kāixuạ

（你眞開化)＝你眞開明。

kàih 㨻？ 動 敲。屈指敲人頭等東

西。

duạ lạt gạ ī kàih lǝqkị

（大力給伊㨻落去）

＝用力把他敲下去。

kȧk 殼 名 殼，包著外皮等的東西。

lèkȧk(螺殼)＝貝殼。

bȅq kȧk(擘殼)＝剝殼。

gīm-kȧk ě ciubiò

（金殼的手錶)＝金殼手錶。

接尾 殼、外形、旁、邊。漢字的一

種結構、部首。

bhŭnrikȧk

（門字殼)＝門字的外形。

bịngri kȧk(病字殼)＝病字邊。

kạk 喀 動 「喀」地一聲吐出來。

kạk tăm(喀痰)＝喀痰。

kȧksi 確是 副 確實是。

kȧksi teq xọ ī

（確是提付伊)＝確實是拿給他

kàm 坎 量 ①階；駁坎等的計數單

位。

siạng bhuè kàm

（上尾坎)＝最後一階。

②間、家。店舖等的計數單位。以

前的用法。

zịt kàm diạm

（一坎店)＝一家店。

kàm 憨 形 笨、傻、呆。

lì zīn kàm(你眞憨)＝你眞呆。

→dāi(獃)，ghọng(戇)

kạm 蓋？ 動 ①蓋。

kạm guạ(蓋蓋)＝蓋蓋子。

bhàngdạ gạ kạm le！

（蚊罩給蓋咧)＝蚊帳給蓋起來！

②隱藏、掩蓋。

daizị kạm bhẹ bhȧt

（事志蓋繪密)＝事情掩蓋不住。

③蓋印章等。

ại *kạm* gùi'ạ ě ịn
（要蓋幾若个印）
＝得蓋好幾個章子。

kǎmkǎmkiạtkiạt 嵁嵁硈硈？
形 崎嶇不平。

lọ *kǎmkǎmkiạtkiạt*
（路嵁嵁硈硈）＝路崎嶇不平。

kàmzạm 坎站 名 程度、階段、
段落。

xit bùn cẹq tạk gạu siàhmì *kàmzạm*？
（彼本冊讀到甚麼坎站）
＝那本書唸到哪個段落了？

ziạu *kàmzạm* zọ
（照坎站做）＝照階段做。

kān 刊 動 登載。

dəwụi ě bọzuà də ụ *kān*
（何位的報紙都有刊）
＝哪兒的報紙都有刊載。

kān ziǎh duạ
（刊成大）＝登很大篇。

kān 牽 動 ①牽；拉線狀的東西。

kān cịu guẹ giở
（牽手過橋）＝手牽手過橋。

kān nạng gị dianwẹ
（牽兩枝電話）＝裝兩支電話。
②牽線、引薦、介紹。

kān kā（牽腳）＝拉成好朋友。

kān gǎu（牽猴）＝拉皮條。
③指導、教導、提拔。

sāixụ dẹq *kān* sāi'à
（師父在牽師仔）＝師父在教徒弟。

*kān*giàhlǎng
（牽子人）＝育有兒女的寡婦。
④勾芡、澆汁；料理的一種。

kān liàu siōh kə̀
（牽了尚洘）＝勾芡做得太濃。

kān mịxùn（牽麵粉）＝澆麵粉汁。

kānbhǒng 牽亡 動 招魂。

ciạh ī *kānbhǒng*
（倩伊牽亡）＝請她來招魂。

kānciu 牽手 名 妻子、老婆。一
種謙詞。

cuạ *kānciu*
（娶牽手）＝結婚、娶老婆。
也說成kān'e（牽的）。
→bhǒ（婆）。

kānkiòq 牽拾 動 拉拔、關照、
鼓勵。

ī ụ *kānkiòq* ghuà tạn zǐh
（伊有牽拾我趁錢）
＝他有拉拔我賺錢。

kāntuā 牽拖 動 找藉口、怪罪。

bhẹ sịu *kāntuā* lạnpā duạ gịu
（獪泅牽拖㞗葩大球）一俚諺
＝不會游泳，怪罪陰囊太大；找藉
口怪罪別人之意。

kāng 孔？ 名 ①孔穴、孔洞。

kūi *kāng*（開孔）＝開孔。
②陷阱、設局。卑俗語。

cọng *kāng* xại ī
（創孔害伊）＝設局害他。
③事情、花樣。卑俗語。
ī ě *kāng* zīn zẹ
（伊的孔眞多）＝他的花樣很多。
sị zīn *kāng* à gè *kāng*？
（是眞孔抑假孔）
＝是眞的(事)還是假的？
量 個、處；孔穴或傷口的計數單位。
pụạ zịt *kāng*
（破一孔）＝破了一個洞。
gǒ nẹng *kāng*
（糊兩孔）＝敷了兩處傷口。

kāng 空 形 空的。
kāng cụ（空厝）＝空房子。
副 白費、空。文言用語。
kāng giǎh（空行）＝白走一趟。
kāng bhạng（空望）＝白指望。

kạng 掐？ 動 ①摳。
kạng pịhsài（掐鼻屎）＝摳鼻屎。
kạng liạp'àpi（掐粒仔疕）＝摳瘡痂。
②攀、爬。
kạng ciǒh'à kịkị
（掐牆仔起去）＝爬牆上去。

kāngciu 空手 副 空著手。
kāngciu kị lǎng–dāu pàihkụạh
（空手去人兜歹看）
＝空著手到別人家不好看。

kāngkàk 空殼 形 空的。

kāng（空）**形** 的二音節語。
kāngkàk cịu
（空殼樹）＝空心的樹。
xit sīn āng'à *kāngkàk'e*
（彼身尪仔空殼的）
＝那個玩偶是空的。

kāngkuẹ 工課 名 工作。
kāngkuẹ zẹ bhẹ liàu
（工課做燴了）＝工作做不完。
kīnkȧ ě *kāngkuẹ*
（輕許的工課）＝輕鬆的工作。
〔kāngkẹ〕

kāngpạng 孔縫 名 ①間隙。
pạng（縫）的二音節語。
zẹng *kāngpạng*
（鑽孔縫）＝鑽縫隙。
②缺失、漏洞、弱點。
cụẹ lǎng ě *kāngpạng*
（尋人的孔縫）＝找人家的漏洞。

kāngtǎu 孔頭 名 事情、花樣。
kāng（孔）**名** ③的二音節語。
ī dėq bìh siàhmì *kāngtǎu*？
（伊在變甚麼孔頭）
＝他在搞什麼花樣？

kȧp 蓋 動 蓋、扣、翻、向下。
kȧp uàh（蓋碗）＝蓋碗。
形 朝下的。
bìng *kȧp*（反蓋）＝蓋子反過來。
⟵⟶ ciọ（笑）

kạp 磕 動 「叩」一聲撞上去。

nəng ě sāh *kap*
(兩个相磕)＝兩人相撞。

kap tău sì
(磕頭死)＝頭撞地而死。

kapdioq 磕著 副 一～就～、動
不動就～。

zit'e sì āng le, *kapdioq* dioq bhėq
xàu
(一下死翁咧，磕著著覓哮)
＝丈夫一死，動不動就要哭。

kapdioq bhęq páq lăng
(磕著覓拍人)＝動不動就要打人。

亦說成kapzitdioq(磕一著)。

kȧq 盍？ 副 何故、怎麼。表反詰
的口氣。

kȧq e ànnē?!
(盍會按呢)＝怎會如此?!

lì *kȧq* bhėq xo ki le?!
(你盍覓付去咧)
＝你怎要讓他去呢?!

(此語似只台南地方通用。)

kȧq 較 副 ①較、比；通常以比較
原來的狀態爲根據而言。

ī bì lì *kȧq* ziò xuę
(伊比你較少歲)＝他比你歲數少。

cat *kȧq* ȯk lăng
(賊較惡人)＝賊比人兇。

kȧq ki zit'e！
(較去一下)＝過去一點。

əmtāng lǎi *kȧq* xə̀

(唔通來較好)＝不要來比較好。

②怎麼樣也…、再…也。

kȧq gą, də̄ bhęxiàudit
(較敎，都艙曉得)
＝怎麼敎，都不會。

kȧq gin, mą dioq zit diàmzīnggù
(較緊，也著一點鐘久)
＝再快，也得一個小時。

kąq 瘦？ 動 ①鯁、卡、生。

kąq siān(瘦銹)＝生銹。

xici *kąq* di nǎ'ǎu
(魚刺瘦著嚨喉)＝魚刺哽在喉嚨。

②聚、合。

mə̌ng *kąq* le dioq xə̀, əmbhiǎn sə̀
(門瘦咧著好，唔免鎖)
＝門合起來就好，不用鎖。

zǔn sāh *kąq*
(船相瘦)＝船靠在一起。

kȧqduabhin 較大面 形 …的可
能性大。

bhə̌ iǎi *kȧqduabhin*
(無來較大面)
＝沒來的可能性較大。

ę sì *kȧqduabhin*
(會死較大面)
＝會死的可能性較大。

同義詞：kȧqduamə̌ng(較大門)。

kȧqgēma 較加也 副 怎麼會？有
這種事嗎？表「沒這回事」的語意。

zit go ue *kȧqgēma* ghuà gòng e?!

（此句話較加也我講的）
＝這句話怎麼會是我說的?!
kȧqgēma e̱ dio̱q?!
（較加也會著）＝怎麼考得上?!

kȧqjǎh 較贏 動 較贏、也贏。用
於主語較對方好時。
ci̱ncài sià ma̱ kȧqjǎh ī sià
（清彩寫也較贏伊寫）
＝隨便寫也贏他。
dia̱m cu̱lin kȧqjǎh cut ki̱ xo̱ lǎng kėq
（站厝裏較贏出去付人夾）
＝在家裏勝過出去讓人擠。
→kȧqsū（較輸）

kȧqki̱ 較去 名 稍後、最近、改天。
kȧqki̱ zia̱q ga li tōngdī
（較去即給你通知）＝稍後再通知你。
xē si̱ kȧqki̱ ě da̱izi̱
（夫是較去的事志）
＝那是最近的事情。

kȧqsū 較輸 動 較輸、不如。用於
主語較差時。
zia̱q tǎulo̱ kȧqsū gādi̱ ze̱ sīngli
（食頭路較輸家己做生理）
＝上班不如自己做生意。
*na̱ bhėq cia̱h ne̱ng ě zābho̱ghin'à,
kȧqsū cia̱h zi̱t ě zābōghin'à*
（若覓倩兩个查某囝仔，較輸倩一个
查哺囝仔）
＝若要請兩個女孩，不如請一個男

孩。
→kȧqjǎh（較贏）

kȧqtǐng 較停 名 等一下、稍後。
副詞用法。
li kȧqtǐng le, ī kȧq da̱isīng
（你較停咧，伊較在先）
＝你稍等一下，他先。
同義詞：siòtǐng（小停）。

kȧt 戛 動 舀（湯等）。
i̱ng tēngsi kȧt tēng
（用湯匙戛湯）＝用湯匙舀湯。
→iòh（舀）

kȧtkò 克苦 副 刻苦、再苦也…。
kȧtkò ta̱kcėq
（克苦讀冊）＝刻苦讀書。
kȧtkò ma̱ dio̱q giǎh
（克苦也著行）＝再苦也得去。

kāu 扣 動 拔（草、木等）、揪。
kāu càu'à（扣草仔）＝拔草。
dui tǎumǒng ga ī kāu lǎi
（對頭毛給伊扣來）
＝把他的頭髮揪過來。
量 團；刺繡等線的計數單位。
zi̱t kāu sua̱h（一扣線）＝一團線。
ne̱ng kāu pongsē
（兩扣凸紗）＝兩團毛線。

kāu 鉋 動 ①用刨刀等削東西。
kāu bāng（鉋枋）＝刨木板。
i̱ng bēlě kāu bia̱q ě zuà
（用玻璃鉋壁的紙）

＝用玻璃刮牆上的紙。

②「唰」一聲迴轉過來。

ciā *kāu* dədèng lǎi

（車鉋倒轉來）＝車子倒轉回來。

kāu zit lin（鉋一輪）＝轉一圈。

kāu 敲 動 敲、撞、響。

kāu zīng（敲鐘）＝敲鐘。

kāu 鬮 名 鬮。

liām *kāu*（拈鬮）＝抓鬮。

量 gī（枝）

kàu 口 量 口、把。

zit *kàu* diàh（一口鼎）＝一口鍋子。

nəng *kàu* giam

（兩口劍）＝兩把劍。

接尾 入口。

mǎng*kàu*（門口）＝門口。

bhio*kàu*（廟口）＝廟口。

kācēng*kàu*（腳倉口）＝肛門口。

kau 扣 動 扣除。

sīnsùi *kau* zit bàq kō

（薪水扣一百箍）＝薪水扣一百元。

亦說成kio（扣）。

kau 哭 動 哭。

kau gūi mě（哭舉暝）＝哭一整夜。

kau iāu（哭飢）＝哭吵著肚子餓。

（台南地區主要指遭遇不幸時的哭泣。）

同義詞：xàu（哮）。

kau 栲 名 銬手腳的枷鎖。

ciu*kau*（手栲）＝手銬。

zioh *kau*（上栲）＝銬上手銬。

動 銬。

ga ī *kau* kilǎi！

（給伊栲起來）＝把他銬起來！

kāu'à 鉋仔 名 刨刀。

kaube 哭父 動 訴苦、抱怨、討厭。卑俗語。

diah *kaube* sòxui siōngdiong

（定哭父所費傷重）

＝常常抱怨花費太兇。

kaube a, káq diam le, xè əm？

（哭父啊，較恬咧，好唔）

＝討厭，安靜點，好不好？

感 慘了。

kaube la, dāh bhèq ànzuàh？

（哭父啦，但覓按怎）

＝慘啦！現在如何是好？

kàubhin 口面 名 外側、外面。

*kàubhim'*ě giāhlǎng

（口面的驚人）＝外面很髒。

同義詞：kàusīn（口身）。

kāucàu 扣草？ 動 稍帶要脅之意的爭吵。

gáp īn āng *kāucàu* bhèq lingghoa kia

（及恁翁扣草覓另外竪）

＝跟她丈夫吵著要分居。

kāudə 鉋刀 名 （木工用的）刨刀。

kàujīm 口音 名 發音、腔調。

kàuzīm ziah

（口音正）＝發音正確、字正腔圓。

kàusǒ 巧所？ 名 陰門。卑俗語。

kàuzạu 口灶 量 家庭。

　dụa *kàuzạu*（大口灶）＝大家庭。

　xiā ụ gùi *kàuzạu*

　（彼有幾口灶）＝那裏有幾家人？

kē 刮？ 動 刮、削。把刀刃豎著刮東西。

　kē xānzǔ（刮番藷）＝削甘藷。

　kē bhẹ kìlǎi

　（刮𣍐起來）＝刮不起來。

　〔kuē〕

kē 溪 名 溪、河、川。

　dụa diǎu *kē*（大條溪）＝大河。

　*kē*tǎu（溪頭）＝溪頭；溪流的上游。

　*kē*zīu（溪洲）＝溪中沙洲。

　*kē*bhuè

　（溪尾）＝溪尾；溪流的下游。

　〔kuē〕

kẹ 契 名 權狀、契約。田地或家屋買賣或抵押的證明文件。

　cǎn*kẹ*（田契）＝土地權狀。

　cụ*kẹ*（厝契）＝房屋權狀。

　zịt zōng *kẹ*

　（一宗契）

　＝一件交易所需的全部權狀。

　接頭 結義、認的。指親子兄弟的結拜關係，一般因身體病弱而在名義上認做別人的兒子，以避災厄病神的一種迷信習俗。

　bại sīnsēh zạ *kẹ*bẹ

　（拜先生做契父）＝認老師爲義父。

　xọ ī zạ *kẹ*giàh

　（付伊做契子）＝給他做義子。

　〔kuẹ〕

kẹ 嚙？ 動 啃。

　kẹ gāmziạ（嚙甘蔗）＝啃甘蔗。

　niàucù dẹq *kẹ* bāng

　（老鼠在嚙枋）＝老鼠在啃木板。

　〔kuẹ〕

kě 枒 動 卡。

　gǐu *kē* dị cịu-lē

　（球枒著樹絡）＝球卡在樹枝上。

　dại zị iàu *kě* le

　（事志猶枒咧）＝事情還卡在那兒。

kèbhǐngcēh 啓明星 名 晨星、啓明星。

　〔kèbhǐngcīh〕

kejòk 契約 名 契約。

　kẹ（契）的二音節語。

　pạq *kejòk*（拍契約）＝打契約。

　〔kuejòk〕

kēh 坑 名 谷。

　*kēh*gāu（坑溝）＝山谷。

　buạq lẹq *kēh*（跋落坑）＝掉落山谷。

　〔kīh〕

kẹhq 喀？ 動 「喀、喀」地咳嗽。

　kẹhq bhẹ suạq（喀𣍐煞）＝喀不停。

kềq 夾 動 ①壓搾。

　kềq gāmziạ

（夾甘蔗）＝搾甘蔗（汁）。

②擁擠、推擠。

diạnciālai zīn kėq

（電車內眞夾）＝電車中很擠。

kụn kȧq kị le, ạmtāng ịtdịt kėq lăi！

（睏較去咧，唔通一直夾來）

＝睡過去些，不要一直擠過來！

〔kuėq〕

kėq 客 接尾 客。

Dǒngsāhkėq（唐山客）＝中國人。

càudẹkėq（草地客）＝鄉下人。

zǔnkėq（船客）＝船客。

kėq 瞌 動 合眼、閉眼。

kėq zịt bhạk（瞌一目）＝閉一眼。

〔kuėq〕

kėq'à 匧仔 名 盒子、箱子、匣子。

dịng zịt ě kėq'à

（釘一个匧仔）＝釘一個箱子。

zuàkėq'à（紙匧仔）＝紙盒子。

〔kuėq'à〕

kėqki̇ 客氣 動 客氣，對別人行禮儀。

gạ ịng, bhiàn kėqki̇！

（給用，免客氣）＝請用，別客氣！

kėqlǎng 客人 名 客家人。

kėqtiāh 客廳 名 客廳。

亦說成lǎngkėqtiāh（人客廳）。

kėqxiāh 客兄 名 ①嫖客。

②情夫。

tə̀ kėqxiāh（討客兄）＝偷漢子。

kėqxiāhbẹ

（客兄父）＝母親的情夫。

Kėqwẹ 客話 名 客家話。

kėqzẹq 夾截？ 動 欺負、捉弄。

lùdiōng kėqzẹq ghin'à

（女中夾截囝仔）＝女佣欺負小孩。

〔kuėqzuẹq〕

kėqziàu 客鳥 名 喜鵲。

kėqziàu bẹ xì

（客鳥報喜）＝喜鵲報喜。

kī 敧 動 傾斜。

zǔn kī（船敧）＝船傾斜了。

kī guẹ dẹciubǐng

（敧過倒手旁）＝斜到左邊去了。

kì 起 動 ①起來、上、漲、引起。

gìn kì lǎi！

（緊起來）＝快起來！快上來！

kì kị sāh lǎu

（起去三樓）＝上去三樓。

kì gẹ（起價）＝漲價。

kì xuè（起火）＝生火。

②開始、發生

kì gāng（起工）＝開工。

dụi gùi rịt kì？

（對幾日起）＝從哪天開始？

③建、蓋。

kì cụ（起厝）＝蓋房子。

kì iàubhuẹ xə̀

（起猶未好）＝還沒蓋好。

形 充分、足夠。

līm bhǒ siàh kì
(飲無甚起)＝喝得不怎麼夠。

gezǐh cùt kàq kì le！
(價錢出較起咧)＝價錢出夠一點！

量 件。

zit kì rīnbhīng
(一起人命)＝一件人命。

nəng kì guāhsī
(兩起官司)＝兩件官司。

助 …得起。表能力之有無、事情
能不能做；通常和e(會)，bhe(膾)
合用。

dāmdēng bhe kì
(擔當膾起)＝擔當不起。

zə e kì(做會起)＝做得起。

kì 齒 名 牙齒。

làk kì(落齒)＝掉牙。

ziukì(蛀齒)＝蛀牙。

kìrīn(齒仁)＝牙齦。

kì 去 動 ①去。

kì xakxau(去學校)＝去學校。

kì kuah(去看)＝去看。

②去、除。

kì iu(去油)＝去油、除油。

助 ①…走、了。表從發言者所處
位置向遠處而去的動作狀態。

ziàu'à buē kì
(鳥仔飛去)＝鳥兒飛走了。

zàu bhe kì(走膾去)＝跑不了。

②了。表動作狀態結束。

bāng au kì(枋腐去)＝木板朽了。

xo ī ziaq kì
(付伊食去)＝被他吃了。

③…了。完成某一事情之意；通常
和e(會)、bhe(膾)一起使用。

tai ze, kuah bhe kì
(太多，看膾去)＝太多，讀不了。

cong e kì(創會去)＝做得了。

④太…了。表動作超過程度。

kùt kì, ziàq e puabeh
(屈去，即會破病)
＝窩太久了，才會生病。

e sì, lòng si bhuǎ kì e
(會死，攏是磨去的)
＝會死，都是拖磨過頭了。

⑤得。表動作結果。接續詞的用法。

sià kì zin sùi
(寫去眞美)＝寫得眞漂亮。

gòng kì xə(講去好)＝講得好。

副 被。用於調整語氣時；表動作
從發言者的處所遠去的意味。

ī kì xo lǔigōng gong sì
(伊去付雷公損死)＝他被雷打死了。

→lǎi(來)

kì 氣 動 怒、生氣。

kì ī bǔnduah
(氣伊憑惰)＝氣他懶惰。

dèq kì siàhmi？
(在氣甚麼)＝在氣些什麼？

接尾 氣。

xuèkį dua(火氣大)＝火氣大。

xåq lǎngkį
(炡人氣)＝煨人的氣息。

zùikį(水氣)＝水氣。

kǐ 蜞？ 名 疤、凹入的傷痕。

xiaq'à u kǐ
(額仔有蜞)＝額頭上有疤。

kibhè 起碼 動 起碼、起算。

zap gīn kibhè
(十斤起碼)＝十斤起算。

副 至少。

kibhè aq dioq nǝng båq bhan
(起碼亦著兩百万)
＝至少也要兩百萬。

kibhin 齒剧 名 牙刷。

kiciā 汽車 名 汽車。北京語直譯。

kidǝ 去倒 副 反而。用於表達結局
不好時。

kidǝ liàu(去倒了)＝反而賠了。

kidǝ xǝng(去倒遠)＝反而遠。

kigǝ 齒膏 名 牙膏。

㊥gī(枝)

kiguè 柿粿 名 柿餅。

〔kigè〕

～kiki ～起去 助 ～上去。

tiąu kìkį lǎuding
(跳起去樓頂)＝跳到樓上去。

buē lòng bhe kìkį
(飛攏膾起去)＝都飛不上去。

～kilǎi ～起來 助 ①～起來。

kąng kilǎi(掐起來)＝摳起來。

②～上來。

kān kilǎi(牽起來)＝牽上來。

③～一～起來。表動作狀態的開始。

ue gòng kilǎi si zīn dǝng
(話講起來是眞長)＝說來話長。

ī lǎi la, gįn cąng kilǎi！
(伊來啦，緊藏起來)
＝他來了，快藏起來！

kilik 氣力 名 力氣。

bhǝ kilik(無氣力)＝沒力氣。

亦說成kuilat。

kisik 起色 形 起色、興旺、景氣
到。

sīnglì zǝ lòng bhe kìsik
(生理做攏膾起色)
＝生意總做不起來。

u kåq kìsik
(有較起色)＝較有起色。

kitǎu 起頭 名 開始、最初。

daįzį kìtǎu siąng iągugìn
(事志起頭上要緊)
＝事情開始時最要緊。

kitòk 齒托 名 牙籤。

kīxu 欺負 動 欺負、輕侮。

kīxu ghuà zit ě ziuguàhlǎng！
(欺負我此个守寡人)
＝欺負我這寡婦！

sǔizaį lǎng kīxu

（隨在人欺負）＝任人欺負。

kìxùn 齒粉 〔名〕 牙粉。

un kìxùn（搵齒粉）＝沾牙粉。

kiā 奇 〔名〕 奇數。

na̱ kiā, ghuà'e̱, na̱ siāng, lì e̱
（若奇，我的，若雙，你的）
＝若是奇數，歸我，若是偶數，歸
你。

　　←→ siāng（雙）

kiā 迦？ 〔動〕 （喜歡）爲難人、怪罪。

da̱k xang dē bhe̱q kiā lăng
（逐項都覓迦人）
＝每件事都要爲難人。
kiā ī ga̱ gang ghìn'à
（迦伊給弄囝仔）＝怪罪他欺弄小孩。

kiă 騎 〔動〕 騎馬（等）。

kiă tiqbhè ki̱
（騎鐵馬去）＝騎腳踏車去。

kia 竪？ 〔動〕 ①站、立。

kia di̱ ciukā
（竪著樹腳）＝站在樹下。
kia gi̱'à（竪旗仔）＝立旗子。
②住。
lìn kia di̱ dәwu̱i？
（您竪著何位）＝你住在哪裏？
kia guansi̱（竪慣勢）＝住習慣。
③經營；古昔用法
kia pō（竪廍）＝經營糖廠。
④全部（算）、總共。
lòngzòng kia zit bhan

（攏總竪一万）＝全部算一萬。
kia dua̱ za̱p dāng
（竪滯十多）＝總共住了十年。
〔形〕 縱的。
kia suah（竪線）＝縱線。
同義詞：di̱t（直）。

kiagē 竪家 〔名〕 住家。

kiagē cām dia̱m bhә̆ zә̱xuè
（竪家參店無做夥）
＝住家和店鋪不在一起。

kia̱kōng'à 竪空仔 〔動〕 勢利眼、

現實主義。
da̱ikai e̱ lăng lòng kia̱kōng'à
（大概的人攏竪空仔）
＝大多數人都是現實的。

kia̱suāh 竪山 〔形〕 不出面、匿名。

kia̱suāh gò（竪山股）＝匿名出資。
kia̱suāh tăugē
（竪山頭家）＝不聞不問的老闆；指
不用心不盡力的共同事業股東。

kia̱m 欠 〔動〕 ①欠缺、不足。

kia̱m lăng（欠人）＝缺人手。
kia̱m ri̱ za̱p kō
（欠二十箍）＝欠二十元。
②欠錢。
kia̱m ī be̱q ba̱q
（欠伊八百）＝欠他八百元。

kia̱m 儉 〔動〕 節省。

kia̱m zih bhe̱q zә̱ sāh
（儉錢覓做衫）＝省錢要做衣服。

形 節儉。

kiam gȧq ᴇm gām zᴇ ciā

(儉及唔甘坐車)

＝節儉到捨不得搭車。

kiamjing 欠用 動 需要、缺用。

na *kiamjing,* zᴇ lì ᴇ ki̦ ing！

(若欠用，做你攑去用)

＝若需要，儘管拿去用。

kiamjing zǐh(欠用錢)＝缺錢用。

kiamkueq 欠缺 動 缺少、缺乏。

xē ziȧqgù ziȧh *kiamkueq*

(夫此久成欠缺)＝那個此刻很欠缺。

lòng bhᴇ̌ xo̦ *kiamkueq* dio̦q

(攏無付欠缺著)

＝都沒有欠缺過什麼。

kiān 牽？ 名 把手。多半說成

kiān'à(牽仔)。

tuȧq*kiān*(拖牽)＝拉把。

動 ①掛上門的扣環等。

kiān mᴇ̌ng(牽門)＝扣上門。

kiān bhᴇ lᴇqki̦

(牽勿會落去)＝扣不上去。

②站著丟擲東西。

kiān zēng'à(牽磚仔)＝擲磚塊。

kiān dio̦q tǎukȧk

(牽著頭殼)＝丟到腦袋。

量 根、顆、粒。

①木、石等圓的、硬的東西的計數

單位。

zi̦t *kiān* cȧ

(一牽柴)＝一根木頭。

dua *kiān* zio̦qtǎu

(大牽石頭)＝大顆石頭。

②傢伙。卑俗語。

xit *kiān* bhᴇ̌ diạp bhejingdit

(彼牽無疊繪用得)

＝那傢伙不揍不行。

kian 遣？ 動 抬高。

tǎukȧk kȧq *kian* le！

(頭殼較遣咧)＝頭再抬高一點！

←→ ci̦q(？)

kian 摮？ 動 爆炒。

kian zȯliau(摮曹料)＝爆佐料。

kianpāng 摮芳 動 煮炒東西時先

用蔥蒜等白莖爆出香味。

kiansᴇ̀ng 摮損？ 名 呪，吉凶之

兆。

gau *kiansᴇ̀ng*

(厚摮損)＝非常迷信(吉凶之兆)。

zᴇ *kiansᴇ̀ng*(做摮損)＝施巫術。

kiang 強 形 能幹、行。

kuah lì rua *kiang*！

(看你若強)＝看你多行！

kiang kā(強腳)＝能幹。

kiapsi̦ 怯勢？ 形 醜；女性場合用

語。

sēhzᴇ ziȧh *kiapsi̦*

(生做成怯勢)＝長得很醜。

kiaq 隙 量 處崩塌的地方的計數單

位。

cǎnxuah bāng nəng *kiaq*
（田岸崩兩隙）＝田梗塌了兩處。

kiat 戛？ 動 擦、點。

　kiat xuān'àxuè
　（戛番仔火）＝擦（點）火柴。

kiāu 曲？ 動 折彎、彎曲。

　tiqgī *kiāu* ki
　（鐵枝曲去）＝鐵條折彎了。

　kiāu kā（曲腳）＝翹腳。

kiàu 巧 形 聰明。

　kiàu lǎng（巧人）＝聰明人。

kiau 曲？ 形 （向後、向外）彎曲、
翹。

　kiau cīu（曲鬚）＝八字鬍。

　pih *kiau*（鼻曲）＝鼻子翹。

　動 翹起。

　lanziàu dèq *kiau*
　（乇鳥在曲）＝陰莖翹起。

kiāugū 曲痀 形 駝背。

　giǎh gàq *kiāugū*
　（行及曲痀）＝走到背都駝了。

kǐh 擒 動 緊緊挨靠、緊緊繞住。

　kǐh gio（擒轎）＝緊挨著轎子。

　ghin'à *kǐh* lǎi
　（囝仔擒來）＝小孩子圍過來。

kǐh'à 鉗仔 名 鉗子、釘拔。

　ghiaq *kǐh'à* bhàn
　（恁鉗仔挽）＝用鉗子拔。

kik 曲 名 曲子、歌。主要指旋律
部份。

ciọ *kik*（唱曲）＝唱歌。

　*kik*diau（曲調）＝曲調。

kik 刻 動 雕、刻。

　kik in（刻印）＝刻印章。

　kik but（刻佛）＝刻佛像。

kik 尅 動 性格不合、相尅。

　bhò *kik* āng
　（婆尅翁）＝老婆尅先生；一般指妻
方個性強於丈夫。

　nəng ě sāh *kik*
　（兩个相尅）＝兩人相尅。

kikbok 刻薄 形 殘酷、無情、刻
薄。文言用語。

　ànnē bhibhiàn siōh *kikbok*?!
　（按哖未免尙刻薄）
　＝這樣未免太殘酷?!

kikbuǎh 曲盤 名 唱片。

　tiāh *kikbuǎk*（聽曲盤）＝聽唱片。

kikkūi 尅虧 動 委曲、蒙受損失。

　kikkūi sāh-si zap bhạn
　（尅虧三四十萬）＝損失三四十萬。

　同義詞：ziaqkūi（食虧）、siukūi
（受虧）。

　形 運舛、悽慘。

　īn giàh si, zīn *kikkūi*
　（恁子死，眞尅虧）
　＝他兒子死了，眞慘

kǐm 琴 名 琴。

　duǎh *kǐm*（彈琴）＝彈琴。

　*kǐm*suah（琴線）＝琴絃。

kǐmduǎh
(琴彈)＝(彈琴用的)指套。

kǐmsi̯u 禽獸 名 禽獸。

lǎng ká̇q sū kǐmsi̯u
(人較輸禽獸)＝人不如禽獸。

→zīngsēh(精生)

kǐmxīng 禽胸 名 鳥胸。

du̯i kǐmxīng li̯ǒ lə̇qki̯
(對禽胸撈落去)＝從胸部切下去。

kīn 輕 形 輕。

kīn ě xǐnglì
(輕的行李)＝輕的行李。

xi̯hkāng kīn
(耳孔輕)＝輕信。稍稍一說就相信
之意。

←→da̯ng(重)

kǐn 勤 形 努力、打拼。

ī zi̯ȯk kǐn e
(伊足勤的)＝他很努力。

kǐn takce̯q(勤讀冊)＝努力讀書。

〔ku̯n〕

kǐnbhi̯n 淺？眠 形 易醒、淺睡。

kǐnbhi̯n , ki̯a̯uq zi̯t'e, di̯o̯q zīngsi̯n
(淺眠，碣一下，著精神)
＝睡眠淺，碰一下就醒。

kǐncai̯ 芹菜 名 芹菜。

〔ku̯ncai̯〕

kǐnki̯a̯m 勤儉 形 勤儉。

ki̯a̯m(儉) 形 的二音節語。

ī zi̯ǎh kǐnki̯a̯m

(伊成勤儉)＝他很勤儉。

〔ku̯nki̯a̯m〕

kīnkə̇ 輕許？ 形 容易、安逸。

kīnkə̇ ě da̯izi̯
(輕許的事志)＝容易的事。

kīnsāng 輕鬆 形 輕鬆、清爽。

behlǎng u̯ ká̇q kīnsāng bhǒ?
(病人有較輕鬆無)
＝病人有沒有舒服點兒？

kīnsi̯āhse̯su̯e̯q 輕聲細說 形 輕
聲細語。

gòng di̯o̯q u̯e̯ kīnsi̯āhse̯su̯e̯q
(講著話輕聲細說)
＝說起話來輕聲細語。

〔kīnsi̯āhsu̯e̯se̯q〕

kǐng 匡 名 框、邊、扁額的邊。

di̯ng zi̯t ě kǐng
(釘一个匡)＝釘一個框。

ri̯p di̯a̯m kǐnglin
(入站匡裏)＝裝在框裏。

bha̯kgi̯a̯hkǐng(目鏡匡)＝眼鏡框。

kǐng 鋞 名 刀背。

bòtǎu-kǐng(斧頭鋞)＝斧頭背。

kǐng 肯 情 肯、願意。

ku̯ah ī bhe̯q kǐng ə̯m?
(看伊覓肯唔)＝看他肯不肯？

kǐng ti̯āh ghu̯à gòng
(肯聽我說)＝願意聽我說。

kǐng 窮 動 ①提煉金銀等。

kǐng si̯ȧq(窮錫)＝煉錫。

②湊集、全部取出。

kǐng kua̠h u̠ rua̠ ze̠
（窮看有若多）＝湊湊看有多少。

kǐng siạu（窮賬）＝算總帳。

ki̠ng 虹 名 虹。

cu̠t zi̠t diǎu *ki̠ng*
（出一條虹）＝出一道彩虹。

ki̠ngghin 輕銀 名 鋁。

〔kīngghǔn〕

kio̠ 扣

→ka̠u（扣）

kiōh 腔 名 腔調、口音。

zi̠t ě *kiōh* zi̠n da̠ng
（一个腔眞重）＝口音很重。

Ziāngzīu*kiōh*
（漳州腔）＝漳州音。

〔kīuh〕

kio̠k 卻 動 有是有～但。

ki̠ *kio̠k* u̠ ki̠, zo̠ngsi̠ sǔi dǒng lǎi
（去卻有去，總是隨轉來）
＝去倒是去了，卻立刻回來。

xə̀ *kio̠k* xə̀ la
（好卻好啦）＝好是好啦。

副 還算可以、倒也還好。

ànnē *kio̠k* aq xə̀
（按呢卻亦好）＝這樣卻也還好。

kio̠k bhə̌ja̠ugi̠n
（卻無要緊）＝倒也不要緊。

接 但是。

ī bhe̠q ki̠, ghuà *kio̠k* bhə̌ ai̠ ki̠

（伊覓去，我卻無愛去）
＝他要去，但是我不要去。

kio̠ksi̠ 卻是 動 倒是…，只是…。

kio̠k（卻）**動** 的二音節語。

ai̠ *kio̠ksi̠* ai̠
（愛卻是愛）＝愛倒是愛…。

kio̠nggiāh 恐驚 副 恐怕。giāh
（驚）**副** 的二音節語。用於不祥的預感。

kio̠nggiāh dio̠q bhə̌ bua̠h ě
（恐驚著無半个）＝怕一個也沒中。

kiōngsi̠ 僵屍 名 殭屍。

kio̠q 拾？ 動 ①撿。

kio̠q zio̠qtǎu ga̠ ī da̠n ki̠
（拾石頭給伊擲去）＝撿石頭丟他。

kio̠q dio̠q zi̠t ě ghǐnde̠'à
（拾著一个銀袋仔）＝撿到一個錢包。

②聚集、徵集。

kio̠q sāi'à（拾師仔）＝收徒弟。

zi̠t xo̠ *kio̠q* ri̠ zap kō
（一戶拾二十篏）＝一戶徵收十塊錢。

③生、接生。

zaxēng *kio̠q* ghi̠n'à
（昨昏拾囝仔）＝昨天生小孩。

ī ma̠ ghuà ga̠ *kio̠q* e
（伊也我給拾的）＝他也是我接生的。

④用手做出形狀、樣子。

kio̠q ziām（拾尖）＝磨尖。

kio̠q gi̠ng（拾裪）＝做褶。

kio̠q gu̠'àki̠（拾鋸仔齒）＝磨鋸齒

kiɔq gāu(拾溝)＝做出溝來。

kiɔqgạk 拾擱 形 沒用。

　zitsịlăng *kiɔqgak* kị

　(一世人拾擱去)＝一輩子沒用。

　zit ě ghịn'à ziăh *kiɔqgak*

　(此个囝仔成拾擱)

　＝這個孩子眞沒用。

kiɔqsip 拾拾 形 節儉、惜物。些

　小東西也捨不得丟。

　xit ě lạulăng zīn *kiɔqsip*

　(彼个老人眞拾拾)＝那老人很惜物。

kiq 缺 動 缺口、破。

　uàh *kiq* kị

　(碗缺去)＝碗破了一個口。

　量 口。

　kiq nəng *kiq*(缺兩缺)＝缺兩口。

kit 乞 動 乞求、受。

　kit guānjīmbụtzò ě xiōhxū

　(乞觀音佛祖的香灰)

　＝求觀音佛祖的香灰。把它溶入水，

　用來治病。

　kit xọ(乞雨)＝祈雨。

kịt 杙 名 椿、橛子。多半說成*kit*'à

　(杙仔)。

　dịng *kit*(釘杙)＝釘椿。

　ghŭ*kit*(牛杙)＝綁牛的木椿。

kịt 糭? 動 攪拌。

　kit gŏ(糭糊)＝攪製漿糊。

kitziạq 乞食 名 乞丐。

　kitziaq guàh bhiọgōng

（乞食趕廟公）一俚諺＝寄住廟裏的

乞丐趕走管理寺廟的廟祝；被照顧

的窮漢反倒霸走了主人的家屋。

　*kitziaq*gụt(乞食骨)＝乞丐料子。

kiu 扭 動 拉、揪。

　kiu tăuzāng(扭頭鬃)＝揪頭髮。

　kiu bhẹ diău(扭燴住)＝拉不住。

　也說成ghiu。

kĭu 赳 形 ①綣。

　kĭu măng(赳毛)＝綣毛。

　② 小氣。

　əmbhiàn xiảq *kĭu*！

　(唔免彼赳)＝不要那麼小氣！

kiụ 飯? 形 咬勁、韌度、彈性。

　kiụ,ga bhẹ dəng

　(飯，咬燴斷)＝很韌，咬不斷。

kō 呼 動 呼叫家畜。

　kō gàu lăi(呼狗來)＝叫狗過來。

　kō bhẹ giăh(呼燴行)＝叫不動。

kō 箍 名 ①圓、圈；多半說成*kō*'à

　(箍仔)。

　uẹ *kō*(畫箍)＝畫圓圈。

　ciunī*kō*(樹乳箍)＝橡皮圈。

　②箍。

　tàng*kō*(桶箍)＝桶箍。

　bhiq*kō*(篾箍)＝竹箍。

　動 嵌箍子。

　kō tàng(箍桶)＝箍桶子。

　量 ①根、條。圓柱形或圓切的東

　西的計數單位。

zit *kō* sām
（一箍杉）＝一根杉木。
n<u>a</u>ng *kō* x<u>i</u>（兩箍魚）＝兩條魚。
②傢伙。卑俗語。
l<u>i</u> zit *kō*（你此箍）＝你這傢伙。
③円；錢的計數單位。
kō sāh（箍三）＝一塊三毛錢。
sāh *kō*（三箍）＝三塊錢。

kò 苦 〔形〕①苦味。
kò i<u>o</u>q（苦藥）＝苦藥。
c<u>u</u>ilai *kò*（嘴內苦）＝嘴裏苦。
② 痛苦、悲苦。
kò cùt（苦齣）＝苦情戲、悲劇。
<u>u</u> s<u>i</u> lò, bh<u>ǒ</u> s<u>i</u> *kò*
（有是惱，無是苦）一俚諺
＝有的話是勞苦，沒有的話苦惱；
夫妻間沒有生小孩時的感慨話。

k<u>o</u> 怐? 〔形〕不知天高地厚、不識大
體。
l<u>i</u> i<u>a</u>q ziǎh *k<u>o</u>*, lǎngk<u>e</u>q lǎi i<u>a</u>q
bh<u>e</u>xiàu pǎng dě ciàh
（你亦成怐，人客來亦𣍐曉捧茶請）
＝你也太不識大體，客人來了也不
會請喝茶。

k<u>o</u> 褲 〔名〕褲子。
c<u>i</u>ng *k<u>o</u>*（穿褲）＝穿褲子。
dèk<u>o</u>（短褲）＝短褲。
㊀nià（領）

kōbī'à 呼啡仔 〔動〕吹口哨。
ghǎu *kōbī'à*

（高呼啡仔）＝很會吹口哨。
同義詞：kōsī'à（呼噧仔）、kōsu̱t'à
（呼噧仔）。

kòd<u>o</u>k 苦毒 〔動〕虐待、欺負。
dāgē *kòd<u>o</u>k* s<u>i</u>mb<u>u</u>
（乾家苦毒新婦）＝婆婆虐待媳婦。
x<u>o</u> <u>a</u>ubh<u>ə</u> *kòd<u>o</u>k*
（付後母苦毒）＝被後母虐待。

kō'eq'à 呼噎仔 〔動〕打嗝。這句話
還未成爲完全的複合語。
kō'eq'à kō bhe su<u>a</u>q
（呼噎仔呼𣍐煞）＝打嗝打不停。
亦說成kōwúq'à（呼噎仔）。

kòk<u>ə</u>ng 苦勸 〔動〕苦苦相勸、諫
諍。
<u>ə</u>m tiāh lǎng *kòk<u>ə</u>ng*
（唔聽人苦勸）＝不聽人家勸諫。
g<u>a</u> ī *kòk<u>ə</u>ng*
（給伊苦勸）＝跟他苦苦相勸。

kōwǔi 箍圍 〔名〕圓圈、周圍、周
遭。
xit *kōwǔi*（彼箍圍）＝那周圍。
p<u>a</u>q zit ě du<u>a</u> *kōwǔi*
（拍一个大箍圍）＝圍個圈圈。

kòh'<u>o</u>h 可惡 〔形〕可惡、豈有此理。
l<u>i</u> z<u>i</u>n *kòh'<u>o</u>h*
（你眞可惡）＝你眞可惡。
〔k<u>ə</u>'<u>o</u>, k<u>ə</u>'<u>o</u>h〕

kók 碻? 〔形〕凸出。
kók xi<u>a</u>q（碻額）＝前額凸出。

kok 硞？ 動「硞」地一聲撞上。

　tǎukak siō kok

　(頭殼相硞)＝腦袋「硞」一聲相撞。

　kok dioq dəwuị？

　(硞著何位)＝撞到哪裏？

kok'à 硞仔 名 木魚。

　gong kok'à(摃硞仔)＝敲木魚。

kokxi 鱷魚

　→ghokxị(鱷魚)

kokxing 酷橫 形 殘酷、無血無

　淚、過份。

　lị zīn kokxing, zịh əm xỉng, iàugəq

　bhéq páq lăng

　(你眞酷橫，錢唔還，猶復覓拍人)

　＝你眞過份，錢不還，還要打人。

kōng 圈？ 動 ①畫圓圈。

　kōng ịhkō'à

　(圈圓箍仔)＝畫圈圈。

　ịng ăng iănbit kōng

　(用紅鉛筆圈)＝用紅鉛筆圈。

　② 圈(起來)。

　ciu'əng kōng zịt dẹ ō bọ

　(手袂圈一塊烏布)

　＝袖子上圈一塊黑布。

kōng 悾？ 動 笨、呆、發呆。

　tǎukak gūi'e kōng kị

　(頭殼舉下悾去)

　＝腦袋一下子呆掉了。

　rù lạu rù kōng

　(愈老愈悾)＝愈老愈笨。

kong 炕 動 燉。肉等在火上長時間

　煮。

　kong dīkā(炕豬腳)＝燉豬腳。

　kong daujǐu(炕豆油)＝用醬油燉。

　→gǔn(焩)

kong 壙 接尾 土穴。

　bhongkong(墓壙)＝墓穴。

　gīmkong(金壙)＝金礦。

　tuạhkong(炭壙)＝碳礦。

kong 曠？ 接 零。

　cit báq kong sāh

　(七百曠三)＝七百零三。

　sị cīng kong ghọ zạp cit

　(四千曠五十七)＝四千零五十七。

　dianwẹ liọk gong bát xuān

　(電話六曠八番)＝電話六〇八號。

kòngciok 孔雀 名 孔雀。

kongdě 炕蹄 名 燉豬蹄。

　〔kongduě〕

kongkākiạu 硿腳曲？ 動

　①椅腳或桌腳搖幌。

　i'à kongkākiạu, bhẹ zẹ dit

　(椅仔硿腳曲，獪坐得)

　＝椅子會垮掉，不能坐。

　②翻倒。

　zẹ dioq pàih i'à, suáq kongkākiạu

　(坐著歹椅仔，煞硿腳曲)

　＝坐到壞的椅子，逐翻倒。

kòngkai 慷慨 形 慷慨、大方。

　duị bīngjịu zīn kòngkaị

（對朋友眞慷慨）＝對朋友眞慷慨。

kōngkàm 悾憨 形 癲、狂。

ki̍ *kōngkàm*, zi̋h mē de̍q ia̱
（起悾憨，錢搣在燄）
＝發癲了，錢抓著撒。

kōngki̱ 悾氣 形 傻氣。

lì ziȧh *kōngki̱*, bhǒ, dio̱q gi̍n da̱ng lǎi, a̱qwu̱ze̋ dia̱m xiā ko̱kko̱k-dàn?!
（你成悾氣，無，著緊轉來，惡有一一个站彼碚碚等）
＝你眞傻，沒，就要趕快回來，哪有在那兒痴痴等的?!

kȧ 科 名 科；官署的一個單位。

gò ki̍ ki̱ dio̱q *kȧ*
（股起去著科）＝股上去就是科。
kȧ dioh（科長）＝科長、課長。
bhǔn*kȧ*（文科）＝文科。
量 科目。
kȧ be̍q *kȧ*（考八科）＝考八科目。

kȧ 考 動 考試、應考。

kȧ dio̱q da̱ixak
（考著大學）＝考上大學。
ga̱ ī̄n *kȧ* li̱ksù
（給恁考歷史）＝跟他們考歷史。

kȧ 洘 形 濃、稠。

gǒ ki̱t liàu siōh *kȧ*
（糊糯了尙洘）＝漿糊作得太濃了。
←→ ga̱（洨）
動 把水弄乾。

kȧ bī liạq xi
（洘埤掠魚）＝把池水弄乾抓魚。

kȧ 烤 動 吸水、乾水。

zit ku̱ cǎn ghǎu *kȧ* zùi
（此坵田高烤水）＝這塊田很吃水。
mu̱ǎi na̱ siōh gạ, ciȧh xo̱ *kȧ* zit'e!
（糜若尙洨，且付烤一下）
＝粥若太稀，（放著）讓它乾一點。

kȧ 嵜 動 （船）擱淺。

zǔn *kȧ* dio̱q suā
（船嵜著沙）＝船在沙灘擱淺了。
同義詞：kua̱（靠）②。

kȧ 靠 動 ①靠、依賴。

kȧ ī̄n laube̱ ě se̱lik
（靠恁老父的勢力）
＝靠他父親的勢力。
ī bhe̱ *kȧ* dit
（伊𣍐靠著）＝他靠不住。
②依著、靠在。
ba̱kdò *kȧ* di̱ lǎngān
（腹肚靠著欄杆）＝肚子靠在欄杆。
buạq dȧ *kȧ* dio̱q i̱liǎu
（跋倒靠著椅條）＝跌倒撞到長板凳。
kȧ zùi
（靠水）
＝把溺水者肚子裏的水壓出來。

kȧ 課 名 課。日語直譯。

kȧ 躊？ 動 ①故意刁難。

i̱nggāi xo̱ lǎng dio̱q xo̱ lǎng, ə̱-mtāng ànnē *kȧ* lǎng!

（應該付人著付人，唔通按咩蹺人）
＝該給人就給人，不要這樣刁難人
家。

kә̌ siok(蹺俗)＝抬高姿態殺價。

②故示高貴、跩。

әmzāi dėq kә̌ siàhmì？

（唔知在蹺甚麼）

＝不知在跩些什麼？

kәbùn 課本 名 課本、敎科書。

kәci 考試 名 考試。

bin'àzai u kә̀ci

（明仔再有考試）＝明天有考試。

kә̀ciguāh(考試官)＝試務官。

kәciṇg 考銃 動 槍殺。

xo bīng'à liaq ki kә̀ciṇg

（付兵仔掠去考銃）

＝被軍人抓去槍殺了。

kәcù 可取 形 可取、值得稱讚。

xit ě ghìn'à zīn kә̀cù

（彼个囝仔眞可取）

＝那個小孩眞可取。

kәji 可以 情 可以、無妨。文言用
語。

ànnē kәji

（按咩可以）＝如此可以。

kәji bhiàn ki

（可以免去）＝不去也無妨。

kәliǎn 可憐 形 可憐、悽慘。

kә liǎn dai

（可憐事）＝可憐啊！

si laubelaubhә zīn kә liǎn

（死老父老母眞可憐）

＝死了父母眞可憐。

動 憐憫、同情。

kә liǎn ī bhә̌ zǐh tāng takcėq

（可憐伊無錢通讀册）

＝同情他沒錢唸書。

kәsioq 可惜 形 可惜、遺憾。

si ī zīn kә sioq

（死伊眞可惜）＝死了他眞可惜。

kә sioq ghuà bhedaṇg ki

（可惜我𣍐得—通去）

＝遺憾我不能去。

kәṇg 控 動 放、置。

kәṇg di tiqguiding

（控著鐵櫃頂）＝放在鐵櫃上。

kәṇg ziǎh gù la

（控成久啦）＝放很久了。

kәṇg 勸 動 勸告、告誡。

kәṇg ī әmtāng buaq giàu

（勸伊唔通跋賭）＝勸他不可賭博。

kàq kәṇg dә әm tiāh

（較勸都唔聽）＝怎麼告誡也不聽。

kū 區 名 區；行政區劃之一。

Bàk Kū(北區)＝北區。

kū 坵 量 塊、區、區劃。田地等的
計數單位。

zit kū cǎn(一坵田)＝一塊田。

dua kū xẽng

（大坵園）＝大塊旱田。

kǔ 踞？ 動 蹲下。

　　kǔ sàixạk（踞屎斛）＝蹲廁所。

　　u ě *kǔ*, u ě kiạ

　　（有个踞，有个竪）

　　＝有的蹲，有的站。

ku 臼 量 臼。計數以臼爲單位的東
　　西時用。

　　zịt *ku* bhǐ（一臼米）＝一臼米。

　　zīng nạng *ku*

　　（春兩臼）＝春兩臼。

ku 柩 量 具。棺材的計數單位。

　　zịt *ku* guāhcǎ

　　（一柩棺柴）＝一具棺材。

kūgōngsò 區公所 名 區公所。

kuạ 靠 動 ①上、放、擱。

　　kuạ ěh’à（靠椸仔）＝上椸。

　　cìu *kuạ* diạm gīngtǎu

　　（手靠站肩頭）＝手擱在肩上。

　　②（船）擱淺。

　　zǔn *kuạ* dā（船靠礁）＝船觸礁。

　　同義詞：kạ（舍）。

kuākàu 誇口 動 誇口。文言用語。

　　bhạng ànnē *kuākàu* !

　　（莫-應按呔誇口）＝別這樣誇口！

kuạsīm 靠心 動 掛心、擔心。

　　ghuà ě daizị ciàh lì ạmtāng *kuạ-*
　　sim !

　　（我的事志請你唔通靠心）

　　＝我的事情請你不要擔心！

kuạh 看 動 ①看。

kuạh bhẹxiàudit

　　（看𣍐曉得）＝看不懂。

zē lì *kuạh* maị le !

　　（茲你看覬咧）＝這個你看看！

②看顧。

diạm ciàh gạ ghuà *kuạh* le !

　　（店且給我看咧）

　　＝請幫我看一下店！

kuạh ghǔ（看牛）＝看牛、放牛。

③看～。有「看情勢」的意味。

xē ai *kuạh* kàmzạm

　　（夫要看坎站）＝那要看到什麼階段。

kuạh lǎng dẹq bhạu mị

　　（看人在泡麵）一俚諺

　　＝看什麼人放多少麵；勢利眼、現
　　實之意。

助 ～看看。

làkdẹ’à bhōng *kuạh* u bhǒ ?

　　（橐袋仔摸看有無）

　　＝口袋摸看看有沒有！

ziạq *kuạh* e dīh bhẹ

　　（食看會甜𣍐）＝吃看看甜不甜。

副 到底、究竟、怎麼。

ghuàn bhẹq kị la, *kuạh* lì bhẹq
ànzuàn ?

　　（阮覓去啦，看你覓按怎）

　　＝我們要去了，你究竟要怎樣？

kuạh lì ai siàhmị, ghuà lòng bhè
xo lì

　　（看你愛甚麼，我攏買付你）

＝看你喜歡什麼，我都買給你。

kuāh'à 寬仔 副 慢慢地、緩緩地。

kuāh'à ziạq！(寬仔食)＝慢慢吃！

kuāhkuāh'à(寬寬仔)＝慢慢地。

同義詞：ǔnwǔn'à(緩緩仔)、liǎu'à(聊仔)。

kuāh'àsi 寬仔是 形 慢慢地。

kuāh'asi, bhiàn guàhgin
(寬仔是，免趕緊)＝慢慢來，別急。

亦說成kuāhkuāh'àsi(寬寬仔是)。

同義詞：ǔn'àsi(緩仔是)、liǎu'asi(聊仔是)。

kuạhgih 看見 動 看見、看到。

dẹq tāu ziạq xo ghuà *kuạhgih*
(在偷食，付我看見)
＝在偷吃被我看到。

kuạhgo 看顧 動 照顧。

ỉn zik'à dẹq *kuạhgo* ỉ
(恁叔仔在看顧伊)
＝他叔叔在照顧他。

bhǒ lǎng tāng *kuạhgo*
(無人通看顧)＝沒人照顧他。

～kuạhmai ～看覷 助 ～看看。

～kuạh(看)、～mai(覷)的二音節語。

lì līm zit cui *kuạhmai*！
(你飲一嘴看覷)＝你喝一口看看！

bhòng mẹng lǎng *kuạhmai*
(罔問人看覷)＝姑且問人看看。

〔kuạhbhai〕

kuạh'əmcut 看唔出 形 看不出來、想不到、難得。表意料之外。

gīn'àrit ziạq *kuạh'ə*mcut a, sị xo xōng ga lì cuē lǎi？
(今仔日此看唔出啊，是付風給你吹來)＝今天眞難得啊，是被風吹來的嗎？

kuạhpuạ 看破 動 看開、斷念、死心、絕望。

cuẹ bhǒ dioq *kuạhpuạ*
(尋無著看破)＝找不到就死心吧。

kuạhpuạ sẹzing
(看破世情)＝看開世情。

kuạhtǎu 看頭 名 看頭，外表。

xẹ̀ *kuạhtǎu*(好看頭)＝好看頭。

kuạhwạq 快活 形 快活、舒適、舒服。

měni kuạh e káq *kuạhwạq* bhẹ？
(明年看會較快活膾)
＝看看明年會不會好過一點。

bẹhlǎng ụ káq *kuạhwạq* bhǒ？
(病人有較快活無)
＝病人有沒有舒服一點？

〔kuịhwạq〕

kuạhzə 看做 動 以爲、當是。

xē ghuà *kuạhzə* sị zīn'e
(夫我看做是眞的)
＝我以爲那是眞的。

kuạhzə bhǒjạugin
(看做無要緊)＝以爲不要緊。

〔kuạhzuẹ〕

kuại 快 形 ①速度快。
sīgān *kuại* guẹ
（時間快過）＝時間過得快。
zàu zīn *kuại*（走眞快）＝跑得眞快。
同義詞：gìn（緊）。多半使用 gìn
（緊）。
②容易。
əq sài ciā bhě xiạq *kuại*
（學駛車無彼快）
＝學開車沒那麼容易。
kuại pàih（快歹）＝容易壞。
←→əq（奧）

kuān 寬 形 寬大。
baṇ liàu siōh *kuān*
（辦了尙寬）＝辦得太寬（鬆）了。

kuàn 欵 動 整理、收拾。
dəqdǐng *kuàn* xo̤ cīngkị！
（桌頂欵付淸氣）＝桌上整理乾淨！
kuàn xǐnglì
（欵行李）＝收拾行李。
名 榜樣、模樣。
zə pàih *kuàn* xo̤ siṣẹ kuạh
（做歹欵付序細看）
＝做壞榜樣給小輩看。
ebō e ləq xo̤ ě *kuàn*
（下晡會落雨的欵）
＝下午會下雨的樣子。
接尾 風格、樣子。
càudẹ*kuàn*

（草地欵）＝鄉村風格。
kịtziaq*kuàn*
（乞食欵）＝乞丐樣子。
gàu'a*kuàn*
（狗仔欵）＝狗樣子。
量 種。
xit *kuàn* lǎng（彼欵人）＝那種人。
neṇg *kuàn* ciā
（兩欵車）＝兩種車。

kuànkəng 款勸 動 勸告、諫誡。
kəng（勸）的二音節語。
kuànkəng xo̤ īn xəxə
（款勸付怎和好）＝規勸他們和好。

kuàntai 款待 動 款待、招待。
zə lǎngkẹq ga *kuàntai*
（做人客給款待）＝當客人接待他。
dua *kuàntai*
（大款待）＝大大地招待。

kuạq 闊 形 寬、闊、大。
xit gīng bǎng kạq *kuạq*
（彼間房較闊）＝那個房間較寬。
kuạq cui（闊嘴）＝嘴大。
←→eq（狹）

kuạtxuạt 缺乏 動 缺乏。xat
（乏）的二音節語。
mịqgiah zīn *kuạtxuạt*
（物件眞缺乏）＝物資非常缺乏。

kuē 盔 名 頭盔。
di *kuē*（戴盔）＝戴頭盔。

kuẹ 架 動 擱、架。放置長的東西。

kā *kuę* di dᵊqding
(腳架著桌頂)＝腳擱在桌子上。

dikgᵊ bhėq *kuę* dᵊwui？
(竹篙覓架何位)
＝竹竿要架在哪兒？

〔kę〕

kuě 痂 動 瘸。

kuě kā *kuě* ciu
(痂腳痂手)＝瘸腳瘸手。

〔kě〕

kuēsih 葵扇 名 扇子。sih(扇)的
二音節語。

ghiaq *kuēsih* iat xōng
(撚葵扇搧風)＝拿扇子搧風。

📖gī(枝)

〔kēsih〕

kuēxǎi 詼諧 名 舉止、動作、姿
態。

ī giǎh lo, ling ghua u zit ě *kuē-
xǎi*
(伊行路另外有一个詼諧)
＝他走路另有一種姿態。

gik *kuēxǎi*(激詼諧)＝要寶。

形 ①滑稽、詼諧。

ziǎh *kuēxǎi*, lòng bhėq xo lǎng
ciọ
(成詼諧，攏覓付人笑)
＝很滑稽，都要逗人笑。

②過度週到、囉嗦、婆婆媽媽。

bhiàn ànnē *kuēxǎi* la, bhᵊ sigan

le
(免按呢詼諧啦，無時間咧)
＝別這樣婆婆媽媽，沒時間啦！

〔kēxǎi〕

kūi 開 動 ①開始、開張、打開。

kūi diạm(開店)＝開店。

kūi tāng'à(開窗仔)＝開窗。

②張開。

xuē *kūi* la(花開啦)＝花開了。

③開始、上、發、出。

kūi dᵊq(開桌)＝上菜。

kūi ciā(開車)＝發車。

④列舉、寫。

gᴀq ī *kūi* duāh lǎi！
(教伊開單來)＝叫他開清單來！

kūi ioq(開藥)＝開藥。

⑤放晴、消散。

tīh kᴀq *kūi* la
(天較開啦)＝天色較開了。

sīmguāh *kūi*
(心肝開)＝心情開朗。

⑥分擔費用等、攤分。

zit kàuzᴀu *kūi* rua ze？
(一口灶開若多)
＝一家分攤多少？

zit lǎng *kūi* gho bᴀq
(一人開五百)＝一人分攤五百元。

助 ～開。

mᵊng *kūi* bhe *kūi*
(門開𣍐開)＝門開不開。

lị ạirĭn lị bhẹ *kūi*
（離愛人離獪開）＝離不開愛人身邊。

kụi 氣 名 氣、息。

kụi cuàn bhẹ li
（氣喘獪離）＝氣喘不過來。

tàu zịt'e *kụi* le
（解一下氣咧）＝透一下氣。

kụilạt 氣力
　→kịlịk（氣力）

kùn 綑 動 綑、綁、縛。

kùn xĭnglì（捆行李）＝綑行李。

ịng càusẹq *kùn*
（用草索綑）＝用草繩綑。

量 綑。

zịt *kùn* xuẹ
（一綑貨）＝一綑貨。

nẹng *kùn* că
（兩綑柴）＝兩綑柴。

kụn 眠 動

①睡覺。

kụn lẹq bhĭn（眠落眠）＝睡著了。

kụn diōng dạu
（眠中罩）＝睡午覺。

②姦宿。

īn bhò xọ lăng *kụn* kị
（怹婆付人眠去）＝他老婆被睡了。

量 遍、次、回。

zẹ zịt *kụn* bhè xiạq zẹ！
（作一眠買彼多）
＝一次買了那麼多！

zẹ ghọ *kụn* ghiă
（作五眠夯）＝分五次搬。

kǔn 困 動 ①繞。

kǔn zīn xẹng（困眞遠）＝繞很遠。

kǔn dụi xakxạu dẹng–lăi
（困對學校轉來）＝繞道學校回來。

②團、繞。

kǔn ājănsuạh
（困亞鉛線）＝團鐵絲。

③抽布紗。

kǔn cih bọ
（困淺布）＝團藍布布紗。

量 圈、捲。

zịt *kǔn* bhàngxūn
（一困蚊燻）＝一圈蚊香。

nẹng *kǔn* siọngpịh
（兩困相片）＝兩捲照片。

kụnlăn 困難 形 困難的。

kụnlăn ĕ dạizị
（困難的事志）＝困難的事情。

kụnsāh 眠衫 名 睡衣。

kùt 屈 動 彎、曲、縮著身子。

kùt lẹqkị páq cịng
（屈落去拍銃）＝彎下腰放槍。

kùt dẹq páq bhăciòk
（屈在拍麻雀）＝縮著身子打麻將。
　→ùt（屈）

kùt 窟 名 穴、窪；多半說成*kùt*'à
（窟仔）。

zùi *kùt*（水窟）＝水窟。

cīm ĕ *kut*(深的窟)＝深的洞。

量　窟、個。凹洞的計數單位。

nə̄ng *kut* zìukut'à

（兩窟酒窟仔）＝兩個酒窩。

L

lā 喇？ 動 得意地喋喋不休。

tạn dioq zǐh, suáq bhẹ lā?!

（趁著錢，煞繪喇）

＝賺到錢，怎不得意得喋喋不休?!

形 樂天的、不管人間疾苦的。

ī ziǎh lā(伊成喇)＝他真樂天。

lǎ 喇？ 名 破傷風。

dioq lǎ(著喇)＝感染破傷風。

lǎ 蜊 名 蜆。多半說成lǎ'à(蜊仔)。

giǎmlǎ(鹹蜊)＝醃蜆子。

la 撈 動 ①攪。

la xọ iǒh(撈付溶)＝把它攪化。

ịng sǐ'à la(用匙仔撈)＝用湯匙攪。

②攪和、慫恿、暗示。

la kuạh ī bhẹq bhe ọm

（撈看伊覓賣唔）

＝慫恿看他賣不賣。

la xọ ī zāi

（撈付伊知）＝暗示讓他知道。

la 啦 助 啦、了。用於表動作狀態

告一段落。

xuē kūi la(花開啦)＝花開了。

zǐh kāi liàu la

（錢開了啦）＝錢花光了。

氣 ①啦、喲。

ghuà la(我啦)＝我啦。

cịncài la(清彩啦)＝隨便啦。

②提示重要的語句。

də la ciōh la lòng ghiaq cútlǎi

（刀啦鎗啦攏攑出來）

＝刀啦槍啦全拿出來。

lǎlì 鯪鯉 名 穿山甲。

gè sì lǎlì dēng gàuxiạ

（假死鯪鯉當螻蟻）—俚諺

＝穿山甲裝死伺伏抓螞蟻；扮豬吃

老虎之意。

lǎsǎm 污穢？

→láqsáp(污穢)

lātiān 喇天？ 形 樂天、不管天高

地厚。lā(喇)的二音節語。

lǎi 來 動 ①來。

lǎi, ziáq gəq kị

（來，即復去）＝先來，再去。

ī lǎi teq(伊來提)＝他來拿。

②給。

iǎm guà *lǎi*！

(鹽許來)＝給些鹽！

ri zap kō *lǎi* le！

(二十箍來咧)＝給二十塊錢吧！

助 ①～來。表動作狀態朝向說話者方向過來。

ziàu'à buē *lǎi*

(鳥仔飛來)＝鳥飛過來。

beh ziamziam xè *lǎi*

(病漸漸好來)＝病逐漸好起來。

②～來、起來。表一件事情實現的狀況，通常和e(會)或bhe(獪)一起用。

tak e *lǎi*(讀會來)＝讀得來。

gònglòng bhedit *lǎi*

(講攏獪得來)＝終究說不動。

情 來～、那麼～就…。

kì xuè *lǎi* zuāh gùn zùi

(起火來煎滾水)＝升火來燒開水。

ghuà *lǎi* ga lìn gaisiau！

(我來給你介紹)

＝那麼我來跟你們介紹吧！

副 用來調整語氣。有動作朝向說話者移近的意味。

aq tāng *lǎi* zè zit xè daizi?!

(惡通來做此號事志)

＝怎麼可以(來)做這種事呢?!

ì e *lǎi* sì, si xo lì xai e

(伊會來死，是付你害的)

＝他會死，是被你害的。

感 呀、來吧。用於勸誘人做(某)事時。

lǎi, līm zit buē！

(來，飲一杯)＝來，喝一杯！

lǎi o, taṇ siō！

(來喔,趁燒)＝來吧，趁熱！

←→ki(去)

lǎi 梨 图 梨。多半說成*lǎi*'à(梨仔)。

suāhdāng*lǎi*(山東梨)＝山東梨。

lai 內 語幹 內、裏、中。

*lai*xài(內海)＝內海。

*lai*sāh(內衫)＝內衣。

nǐ*lai*(年內)＝年內。

tuàq'à*lai*(拖仔內)＝抽屜裏。

接頭 父方的。

*lai*mà(內媽)＝祖母。

*lai*sūn(內孫)＝內孫；兒子的兒子。

←→ghua(外)

lai 利 图 利息。

bhè gap *lai* lòngzòng si bhaṇ ri

(母及利攏總四萬二)

＝本金和利息總共四萬二。

dang *lai*(重利)＝高利息。

形 ①銳利。

bhakzīu *lai*

(目睭利)＝眼光銳利。

zit gī dē bhe *lai*

(此枝刀獪利)＝這刀子不銳利。

②(作用)強。指風或含有酸鹼的東

西對皮膚或腸胃所造成的傷害。

dāngxōng zīn *lai*

（多風眞利）＝多天的風很凜冽。

ŏnglǎi *lai*, əmtāng ziaq ze！

（鳳梨利，唔通食多）

＝鳳梨很刮胃，不可以吃太多！

laibhin 內面 名 裏面！

ciàh lì rip lǎi *laibhin*！

（請你入來內面）＝請你進來裏面！

diam ě *laibhin*

（店的內面）＝店裏面。

同義詞：laidè（內底）。

laidè 內底 名 裏面、裏頭、內、

中。

laidè u bhiq cat

（內底有匿賊）＝裏面躲了賊。

puē ě *laidè* sià siàhmì？

（批的內底寫什麼）

＝信裏頭寫什麼？

同義詞：laibhin（內面）。

〔laiduè〕

～lǎiki ～來去 助 去。

ghuà zàu *lǎiki* ga kuah zit'e

（我走來去給看一下）

＝我跑去看看。

ze dianciā *lǎiki*！

（坐電車來去）＝搭電車去！

～lǎi～ki ～來～去 助 ～來～

去。

zioq *lǎi* zioq *ki* suaq páq'əmgih

（借來借去煞拍唔見）

＝借來借去遂不見了。

sioh *lǎi* sioh *ki*

（想來想去）＝想來想去。

laiko 內褲 名 內褲。

uah *laiko*（換內褲）＝換內褲。

laili 內裏 名 內襯。lì（裏）的二音

節語。

lǎilik 來歷 名 來歷、經歷。

ī ě *lǎilik* ghuà zāijàh

（伊的來歷我知影）

＝他的經歷我知道。

lǎi'òng 來往 名 往返、來回。

lǎi'òng dioq gùi rit？

（來往著幾日）＝來回要幾天？

動 來往。

ghuà gáp ī u dèq *lǎi'òng*

（我及伊有在來往）

＝我和他有來往。

同義詞：tōng'òng（通往）。

laisāh 內衫 名 內衣。

guǎhlang ě *laisāh*

（寒人的內衫）＝冬天的內衣。

laixǎng 內行 名 內行。

dioq *laixǎng*, ziaq e zāi

（著內行，即會知）

＝要內行，才知道。

⟷ ghuaxǎng（外行）

laizǎi 內才 名 學識、學問、內在。

xə *laizǎi*

（好內才）＝好內在、學問好。

←→ ghuazǎi（外才）

lȧk 落 動 ①掉、落。

lȧk xioq（落葉）＝葉落。

lȧk tǎumǒng（落頭毛）＝掉頭髮。

②用鑽子鑽洞。

lȧk sùnkāng（落榫孔）＝鑽榫洞。

③沖洗、涮洗。

sāh *lȧk* bhǒ cīngkị

（衫落無清氣）

＝衣服的肥皂（等）沒有沖乾淨。

lȧk 橐 名 口袋；多半說成 *lȧk*'à（橐

仔）。

biò'à *lȧk*

（錶仔囊）＝（掛）錶袋。

lạk 六 數 六。

lạk 搦 動 握、抓。猛地（用手）抓頭

髮等。

lak tǎumǒng

（搦頭毛）＝抓頭髮。

guǎn ī *lak* le

（權伊搦咧）＝權力抓在他手上。

→mē（搣）

lȧkdẹ'à 橐袋仔 名 口袋；lȧk（橐）

的三音節語。

rīm *lȧkdẹ'à*

（尋橐袋子）＝摸口袋。

lȧksūi 落衰 形 衰、倒霉、丟臉。

gāndā làn kè bhǒ dioq, zīn *lȧksūi*

（干乾咱考無著，眞落衰）

＝只有我們沒考上，眞丟臉。

lām 籠 名 籠子。

ziàu bạng cùt *lām*

（鳥放出籠）＝放鳥出籠。

gēlām（鷄籠）＝鷄籠。

動 ①關、籠起來。

lām gē（籠鷄）＝把鷄關在籠子裏。

②套、多穿一件。

káq lingkị la, gē *lām* zịt nià！

（較冷氣啦，加籠一領）

＝天氣較冷了，多套一件！

③樹的枝條垂下來。

liugī *lām* lǝqlǎi

（柳枝籠落來）＝柳枝垂了下來。

làm 膦 形 弱、不牢固。

sīntè *làm*（身體膦）＝身子弱

cụ *làm*（厝膦）＝房子不堅固。

←→iòng（勇）

làm 攬 動 抱。

làm dẹq zīm

（攬在唚）＝抱在一起接吻。

làm diạm xīngzǐng

（攬站胸前）＝抱在胸前。

→pǝ（抱）

lạm 坔 形 泥濘、沙很深、很難走。

lọ zīn *lạm*

（路眞坔）＝路很濘。

lạm suā

（坔砂）＝流沙。

lạm 蘸？ 動 用力踢。

cút dua lạt ga i lạm kị
（出大力給伊蘸去）
＝用力向他踢去。

lạm 襤? 形 （衣服）寬鬆。
　sāh lạm(衫襤)＝衣衫寬鬆。

lǎm 南 名 南。
　ạng lǎm(向南)＝向南。

lǎm 淋 動 用水等澆、注、灌。
　lǎm dạujǐu(淋豆油)＝澆醬油。
　lǎm bhǒ(淋模)＝灌模型。

lǎm 藍 形 藍。
　lǎm sik(藍色)＝藍色。

lam 濫 動 混合、混雜。
　xə'e lam bhài'e
　（好的濫偄的）＝好的混壞的。
　ghuà ě sāh lam dị xiā
　（我的衫濫著彼）
　＝我的衣服混在那裏。

làmnua 臏懶 形 散慢、懶惰。
　nua(懶)的二音節語。
　bhò bǐ āng kàq làmnua
　（婆比翁較臏懶）
　＝老婆比老公懶惰。

lamsàm 濫摻? 副 亂來、荒唐、
　胡亂、隨便。
　lamsàm gòng lǎng ě pàihwe
　（濫摻講人的歹話）
　＝隨便說人家的壞話。
　lamsàm kāi
　（濫摻開）＝胡亂花錢。

同義詞：luạnsù(亂使)。

làmxing 攬胸 動 抱胸。
　làmxing dẹq tiāh
　（攬胸在聽）＝抱著胸聽。

lān 趼 名 （結）繭、厚皮。
　giát lān(結趼)＝（手、腳)結繭。
　sīu kālān(修腳趼)＝修腳繭。

làn 咱 指 ①我們。第三者除外，指
　說話和聽話者的第一人稱複數。
　làn sạngsị cútghualǎng
　（咱算是出外人）
　＝咱們算是離鄉的人。
　②咱的。作形容詞用。限用於指稱
　自己或親近關係者的場合。
　làn Dǎiwǎn zitmà dāngsǐ ruạq
　（咱台灣此滿當時熱）
　＝我們台灣這當兒正熱。
　→ghuàn(阮)

làn 懶? 形 懶倦、慵懶。
　sīngkū làn(身軀懶)＝身子慵懶。
　同義詞：siạn(倦)。

lǎn 蘭 名 蘭花。

lǎn 鱗 名 鱗片。
　páq lǎn(拍鱗)＝刮魚鱗。

lạn 羼? 名 陰莖、陽具。
　bhè-lạn(馬羼)＝馬的陰莖。

lǎngān 欄杆 名 欄杆、扶手。文
　言用語。
　同義詞：zaq'à(閘仔)。

lạnpā 羼脬 名 陰囊。

bhàng di̱ng *lanpā*
(蚊叮乩葩)—俚諺
＝蚊子叮陰囊；無法用力猛打，又
痛又癢難以忍受之意。

*lanpā*siàn
（乩葩癬）＝陰部頑癬。

lǎnsān 零星 形 零星、零碎。

lǎnsān zi̱h（零星錢）＝零錢。

lǎnsān'e ə̱mbhiàn
（零星的唔免）＝零碎的就不用了。

la̱nxu̱t 乩核 名 睪丸。

lām *la̱nxu̱t*
（閹乩核）＝閹睪丸、去勢。

la̱nziàu 乩鳥 名 陰莖，陽物。

la̱n（乩）的二音節語。

*la̱nziàu*tǎu（乩鳥頭）＝龜頭。

la̱nziàu lì ga̱ la !（乩鳥你咬啦）
＝陰莖讓你咬吧！罵人的話。

*la̱nziàu*bhi̱n（乩鳥面）＝蠢相。

lāng 曠? 形 疏、空、寬。

di̱u'à bo̱ liàu sióh *lāng*
（稻仔播了尙曠）＝秧插得太疏。

bǎi káq *lāng* le !
（排較曠咧）＝排疏一點！

làng 籠 名 簍、籠；多半說成 *làng'*
à（籠仔）。

ca̱u gām do̱ *làng*（臭柑點籠）
＝一個爛了的橘子會滲得整簍橘子
都爛掉。

ri̱zuà*làng*

（字紙籠）＝字紙簍、紙屑籠。

làng 攬 動 ①攏、組合、統合、收
拾。

làng tàngbāng
（攬桶板）
＝組合桶子的木板、箍桶子。

daizi̱ *làng* lòng bhe̱ xə̀se̱
（事志攬攏鱠好勢）
＝事情總是統合不起來。
②把褲子等拉高。

ko̱ *làng* káq guǎn le !
（褲攬較昂咧）＝褲子拉高一點！

la̱ng 曠? 動 空、間隔。

la̱ng zi̱t zua̱ sià
（曠一遭寫）＝隔一行寫。

la̱ng gho̱ iaq（曠五葉）＝空五頁。

lǎng 人? 名 ①人。

lǎng ze̱, ue̱ zi̱u ze̱
（人多，話就多）＝人多，話就多。
②爲人。

lǎng zi̱n kòngka̱i
（人眞慷慨）＝爲人很慷慨。

i̱ ě *lǎng* iàu diōngdi̱t
（伊的人猶忠直）
＝他的爲人還算正直。
③身材、體格。

lǎng zi̱n duaxa̱n
（人眞大漢）＝體格很高大。

lǎng sànsàn
（人瘦瘦）＝個兒廋廋的。

④身體狀況。

gīn'àrịt lǎng ànzuàh？

（今仔日人按怎）

＝今天身體狀況如何？

⑤人、別人。

xē xọ lǎng kị la

（夫付人去啦）＝那個給別人了。

⑥人、我、人家。把自己客觀化的
用法。

sīnsēh, ī bhẻq gang lǎng la

（先生伊覓弄人啦）

＝老師，他要欺負人家啦。

lǎng kị zịt e, dioọ ga ī sāi lẹqkị
la

（人氣一下，著給伊擲落去啦）

＝我一生氣，就一巴掌打下去了。

感 那個；語頓或緩和語氣時用。

lǎng xē sị ànnē la

（人，夫是按哖啦）

＝那，是這樣的啦。

lǎng, ghuàn mạ ụ kị

（人，阮也有去）＝人家我，也有去。

接尾 ～的人。

sīnsēhlǎng ạq dẻq giảh cạidiạm

（先生人亦在行茶店）

＝做老師的人也在上酒家。

ghīn'àlǎng dioọ kảq guāi le！

（囝仔人著較乖咧）

＝小孩子要乖一點！

xaksīnglǎng（學生人）＝學生。

lǎng 礱 名 土臼。

ē lǎng（挨礱）＝推（磨）土臼。

lǎng 膿 名 瘡膿。

xụn lǎng（楥膿）＝化膿。

lang 弄 動 ①舞弄、耍弄。

lang giạm（弄劍）＝舞劍。

lang bọdẹxi'āng'à

（弄布袋戲尪仔）＝要弄布袋戲偶。

②逗、哄、戲弄、開玩笑。

lang ghīn'à（弄囝仔）＝哄小孩。

lang sīnniǒ xọ cioọ

（弄新娘付笑）＝逗新娘子笑。

lang 曠？ 形 上下之間間隔大一點。

zạukāng ě cǎ dioọ tiạp kảq lang
le！

（灶孔的柴著疊較曠咧）

＝灶裏的木柴要架疏點兒！

gīn'àrịt xọ kảq lang

（今仔日雨較曠）＝今天雨下得較疏

lǎngbhè 人馬 名 人馬、很多的人。

lǎngbhè ǔi dị xiā

（人馬圍著彼）＝一堆人圍在那兒。

kị lǎngbhè lǎi bhẻq pảq

（起人馬來覓拍）

＝動員人馬要來打架。

lǎnggòng 人講 副 聽說、有人說。

lǎnggòng bhīn'àzai ụ ụndongxue

（人講明仔再有運動會）

＝聽說明天有運動會。

lǎngkeq 人客 名 客人。

ciàh *lǎngkeq*(請人客)＝請客。

lǎngkeq tiāh(人客廳)＝客廳。

la**ngling** 弄龍 動 舞龍。

lǎngso 人數 名 人數。

bhə̀ gạu *lǎngso*

（無夠人數）＝人數不夠。

同義詞：*lǎngghiạq*(人額)。

lǎngsə̌ng 籠床 名 蒸籠。

bạk *lǎngsə̌ng*

（縛籠床）＝做蒸籠。

lǎngzǎi 人材 名 人才、風采人品。

xè *lǎngzǎi*(好人材)＝好人才。

là**p** 塌 動 ①塌、凹。

bhạkzīu *l**à**p*(目睭塌)＝眼睛凹。

tiānbǒng *l**à**p* lə̣lǎi

（天房塌落來）＝天花板塌下來。

②雙層、疊、套。

*l**à**p* bhueq(塌襪)＝穿兩層襪子。

nə̣ng dǐng bhə̣'à ga *l**à**p* zə̣xuè！

（兩頂帽仔給塌做夥）

＝兩頂帽子給套在一起！

③賠錢、蝕本。

*l**à**p* bùn(塌本)＝蝕本。

④補、貼。

dạk ghueqrit dioq *l**à**p* sāh cīng

（逐月日著塌三千）

＝每個月得貼三千元。

量 洞。凹洞的計數單位。

xiā zịt *l**à**p* ziā zịt *l**à**p*

（彼一塌這一塌）

＝那兒一個洞，這兒一個洞。

也可說成 *t**à**p*。

→*n**à**q*(塌)

là**p** 踏? 動 踏、踩。

xo̱ lǎng *l**à**p* dioq

（付人踏著）＝被人踩到。

*l**à**p* lə̣q gāu'à

（踏落溝仔）＝踩進水溝。

la**p** 納 動 繳、納。

*l**a**p* cusue(納厝稅)＝繳房租。

la**p** 衲 動 很多層布疊在一起縫成硬

的布板。

*l**a**p* ědè(衲鞋底)＝縫鞋底。

la**q** 蠟 名 蠟。

bhindǐng gại *l**a**q*

（面頂蓋蠟）＝上面澆一層臘。

*l**a**qzuà*(蠟紙)＝臘紙。

la**qdiǎu** 蠟條 名 西洋蠟燭。

diàm nə̣ng gǐ *l**a**qdiǎu*

（點兩枝蠟條）＝點兩根臘燭。

la**qrit** 曆日 名 日曆。

kuạh *l**a**qrit* cue̱ xè rịtzi

（看曆日尋好日子）

＝看日曆找好日子。

la**qsaq** 污穢 形 髒。

cịu *l**a**qsaq*(手污穢)＝手髒。

同義詞：*lǎsǎm*(污穢)。

la**qzik** 蠟燭 名 燭，蠟燭。

la**t** 力 名 力量。

u̱ *l**a**t*(有力)＝有力量。

laᵗzi̠ 栗子 名 栗子。

làu 老 形 老練。

  làu sāixu̠(老師父)＝老師傅。

  Īngghù zī̠n *làu*

  (英語眞老)＝英語眞好。

  動 ①嘰哩呱啦流利地說。

  làu Īngghù

  (老英語)＝嘰哩呱啦講英語。

  ②衣服縐掉。

  sāh bh̩è ziōh àm, ka̠q kua̠i *làu*

  (衫無漿泔，較快老)

  ＝衣服沒有漿過，比較容易皺。

  ③枯萎、謝。

  xuē *làu* ki̠

  (花老去)＝花枯萎了。

  接頭 老～。

  làur̠i(老二)＝老二。

  *làu*dua̠(老大)＝老大、大哥。

làu 斢 動 拐、騙。

  làu lăng ě zi̠h

  (斢人的錢)＝拐騙人家的錢。

  làu'à(斢仔)＝騙子。

làu 撓 動 扭到。

  làu dio̠q gī̠n(撓著筋)＝筋扭到。

la̠u 落? 動 ①掉、落、漏。

  ko̠ *la̠u* lᵊqlăi

  (褲落落來)＝褲子掉下來。

  la̠u xōng(落風)＝漏氣。

  la̠u xi̠ngli̠(落行李)＝卸行李。

  la̠u i̠ktàngzùi

  (落浴桶水)＝把浴缸的水放掉。

  ②拉肚子、瀉。

  la̠u si̠ bàih

  (落四擺)＝瀉了四次。

  la̠u ga̠q to̠

  (落及吐)＝又瀉又吐。

  ③套、設計。

  la̠u ī gòng(落伊講)＝套他話。

  co̠ng ue̠ *la̠u* lăng

  (創話落人)＝設計話來套人。

  形 節間長的。

  la̠u xā̠m ě dik

  (落腦的竹)＝節間長的竹子。

  kùn siōh *la̠u*

  (睏尙落)＝睏得太鬆。

lău 留 動 ①留、剩。

  lău ī ě xu̠n kìlăi！

  (留伊的份起來)

  ＝把他的份留下來！

  lău cu̠icīu(留嘴鬚)＝留鬍子。

  ②留、挽留。

  lău ī dua̠ zi̠t mě

  (留伊滯一暝)＝留他住一夜。

lău 流 動 流。

  xuᵊq *lău* ziăh ze̠

  (血流成多)＝血流很多。

  ba̠ng zùi *lău*

  (放水流)＝付諸流水。

  名 ①水流、水量。

  lău zī̠n dua̠(流眞大)＝水很急。

kēlǎu(溪流)＝溪水。
②潮汐。
lǎu dẹq dǎng(流在轉)＝漲潮。
kə̀ lǎu(洘流)＝退潮。

lǎu 樓 名 樓。二樓以上之建物。多
半說成lǎu'à(樓仔)。
iǒhlǎu(洋樓)＝洋樓。
量 層。
ṛi lǎu(二樓)＝二層樓。
gho lǎu(五樓)＝五層樓。

lạu 老 形 年紀大、老。
lạu gàu(老狗)＝老狗。
sāh ě ī siạng lạu
(三个伊上老)＝三人中他最老。
←→siạuliǎn(少年)
接頭 老～。
lạuǑng(老王)＝老王。
lạuDǎn(老陳)＝老陳。
→làu(老)

lạu 漏 動 ①漏。
cụdǐng lạu(厝頂漏)＝屋頂漏。
tāu lạu bhi
(偷漏米)＝在地板挖洞偷米。
②過濾；用濾網等濾乾淨。
lạu xọ ī cīngkị
(漏付伊清氣)＝把它濾乾淨。
名 漏斗。多半說成lạu'à(漏仔)。
ziulạu(酒漏)＝酒漏斗。

laubẹ 老父 名 父親。
ṛi zạp xuẹ diọq zə̀ laubẹ

(二十歲著做老父)
＝二十歲就當父親。

laubodiạh 老步定 形 穩重、從
容。
ī zīn laubodiạh
(伊眞老步定)＝他眞穩重。

laubə̌ 老婆 名 ①老婆婆、老太婆。
多半說成laubə̌'à(老婆仔)。
biạn zə̀ zịt ě laubə̌
(變做一个老婆)＝變成一個老太婆。
②年紀大的女傭。
ciạh zịt ě laubə̌
(倩一个老婆)＝請一位老女傭。

laubùn 老本 名 老本、養老金。
gēxuè lǎu zịt xụn kilǎi zə̀ laubùn
(家伙留一分起來做老本)
＝家產留一份下來當老本。

laubùtsiu 老不修 動 年老而私德
不修；一般指性喜拈花惹草。罵人
的話。

laubhə̌ 老母 名 母親。
xại ghuà xọ ghuàn laubhə̌ mẹ
(害我付阮老母罵)
＝害我被我母親罵。
〔laubhù〕

laucāng 老蔥？ 名 老鴇。娼館老
闆娘。

lǎudìng 樓頂 名 二樓。
bẹq ziọhkị lǎudìng
(欲上去樓頂)＝爬到樓上去。

lǎu'e 樓下→lăukā(樓腳)

laugāu 落溝 [動] 漏、脫落、遺落。
　zit ri laugāu
　(一字落溝)＝漏了一個字。
　gòng laugāu(講落溝)＝講漏了。

laugău 老猴 [名] 老色鬼；老傢
　伙。主要在娶了年輕老婆的上了年
　紀的老人。

laugōng'à 老公仔 [名] 老公公。
　laugōng'à ghiaq guàih'à
　(老公仔舉拐仔)＝老公公拿拐杖。

lǎukā 樓腳 [名] 樓下。
　ləq lǎi lǎukā
　(落來樓腳)＝下來樓下。
　同義詞：lǎu'e(樓下)。

lauki 老去 [動] 過世、死去。
　lìn laube lauki ě sizun
　(您老父老去的時陣)
　＝你父親過世的時候。
　同義詞：guesin(過身)。

laukōnggian 老康健 [形] 老而康
　健。
　Ùnbeq'à, lì ziăh　laukōnggian
　xoh !
　(溫伯仔，你成老康健否)
　＝溫伯伯你真是老康健呀！

laukui 落氣 [動] 丟臉、出洋相。
　diam daigē ě bhintăuzing laukui
　(站大家的面頭前落氣)
　＝在大家面前丟臉。

laulǎng 老人 [名] 老人。
　laulǎng cioh ghìn'à
　(老人像团仔)＝老人像小孩。

lauriat 鬧熱 [形] 熱鬧、繁華。
　Dānggiāh Ghǐnzə siang lauriat
　(東京銀座上鬧熱)
　＝在東京銀座最熱鬧。
　[名] 祭典、拜拜。
　bhǐn'àzai gēlin u lauriat
　(明仔再街裏有鬧熱)
　＝明天街上有拜拜。
　ghiǎ lauriat
　(迎鬧熱)＝迎神賽會。

lausài 落屎 [動] 拉肚子。
　lau(落)的二音節語。
　lausàizing
　(落屎症)＝霍亂。

lausàibhè 落屎馬 [形] 瀉肚子的
　馬，喻能力很差的人；差勁。
　liăn xē aq bhe, lì ziăh lausàibhè
　(連夫亦艙，你成落屎馬)
　＝連那個你也不會，你真是差勁。

lausit 老實 [形] 老實。
　làusit lǎng(老實人)＝老實人。

lautiāntəq 老顛倒 [動] 老糊塗。
　bhue lak zap xue dioq dèq lau-
　tiāntəq
　(未六十歲著在老顛倒)
　＝還沒六十歲，就老糊塗了。

lăutūi 樓梯 [名] 階段，樓梯、梯

子。tūi(梯)的二音節語。

bȩq *l̆autūi*(ㄣ樓梯)＝爬樓梯。

l̆autūizan(樓梯棧)＝樓梯層。

l̲auxue̞'à 老歲？仔 名 老人、老人家。

ghuà zit ě *l̲auxue̞'à* dāh bh̆o̲lo̲-ji̲ng la

（我此个老歲仔但無路用啦）
＝我這個老人家如今沒用了。

〔l̲auxe̞'à〕

làuza̲ 老早 名 老早、很久以前。

xē si̲ *làuzà* ě da̲izi̲

（夫是老早的事志）
＝那是很久以前的事情。

lē 絡? 名 （樹）枝。

xuȧt *lē*(發絡)＝長枝條。

ci̲u *lē*(樹絡)＝樹枝。

量 枝。

zit *lē* xuēgi̲

（一絡花枝）＝一枝花。

lè 禮 名 ①禮。

gĭăh *lè*(行禮)＝行禮。

du̲i sīnsēh ě *lè*

（對先生的禮）＝對老師的禮貌。

②謝禮、祝儀

bāu *lè*(包禮)＝包紅包。

x̆ɘmlăng-*lè*(媒人禮)＝媒人禮。

lè 詈 動 詈、罵。指女人兇惡的姿態。

lè ga̲q bh̆ɘ zi̲t de̲

（詈及無一塊）＝罵得一無是處。

〔luè〕

le̞ 鑢 動 鉎、磨。

le̞ gu̲'àki̲

（鑢鋸仔齒）＝磨鋸齒。

le̞ zi̲t kāng

（鑢一孔）＝鉎了一個傷口。

名 鉎刀。

多半說成*le̞*'à(鑢仔)。

du̲a gī *le̞*(大枝鑢)＝大的鉎刀。

〔lue̞〕

lĕ 犁 名 犁。

diōh *lĕ*(張犁)＝製犁。

量diōh(張)

動 ①犁。

lĕ căn(犁田)＝犁田。

②直衝、猛衝。

ta̲u xo̲ *lĕ* dɘnglăi

（透雨犁轉來）＝冒雨衝回來。

bu̲tgio̲ i̲tdi̲t *lĕ* lăi

（佛轎一直犁來）＝神轎一直衝來。

〔luĕ〕

lĕ 螺 名 ①螺；多半說成*lĕ*'à(螺仔)。

căn *lĕ*(田螺)＝田螺。

lĕ ě di̲(螺的蒂)＝螺蓋。

②漩渦。

zùi gɘ̀ng *lĕ*(水捲螺)＝漩渦。

ci̲u ě *lĕ*(手的螺)＝指紋。

③「呼」地會響的東西、法螺，警

笛。

bŭn lĕ(噴螺)＝吹法螺。

lĕ 刲? 動 劃開。

sùigē tăi xè, lĕ zè sì tùi
（水蛙刲好，刲做四腿）
＝青蛙殺好，劃成四片。

le 例 名 例、慣例、習俗。

lău pàih le
（留歹例）＝留下壞的成例。

zìnggàudāh bhè xit xè le
（從到但無彼號例）
＝從來沒那種例子。

le 咧? 氣 ①用於確認某事時，有強要對方認同的意味。

ciàh lăi le！
（且來咧）＝且來一下！

gàq ruà gù, dē bhè buah dià-mzīng le
（及若久，都無半點鐘咧）
＝哪有多久，都不到半小時咧。
②置於疑問句之後，用以加強疑問的口氣。

sì bhĭn'àzài à aurit le？
（是明仔再抑後日咧）
＝是明天或後天呢？

ī kì dèwui le？
（伊去何位咧）＝她去哪兒啦？

lì u bhè, à, ī le？
（你有買，抑，伊咧）
＝你買了，而他呢？

sāh le？（衫咧）＝衣服呢？

〔niq〕

助 置於靜態動詞之後，表持續。唯與語氣詞很難區別。

ī gīn'àrit u di le
（伊今仔日有著咧）＝他今天在。

xiā kèng le, dioq xè
（彼控咧，著好）＝放那兒，就行。

〔dèq〕

lèbai 禮拜 名 禮拜天、星期日。

lèbai ziàq lăi kì bèq suāh
（禮拜即來去𰵟山）
＝禮拜天去爬山。

量 星期、週。

nèng lèbaigù
（兩禮拜久）＝兩星期之久。

xit lèbai（彼禮拜）＝那個星期。

lèsò 禮數 名 禮數、禮貌。

u lèsò（有禮數）＝禮數週到。

èm bhàt lèsò
（唔捌禮數）＝不懂禮貌。

lèq 劣? 動 ①氣勢轉弱。

lăng lèq lèqkì
（人劣落去）＝整個人意氣消沉。

zùi kàq lèq
（水較劣）＝水勢較弱。
②為使重量較輕，秤東西時把秤桿稍稍壓低。

cin kàq lèq
（秤較劣）＝秤垂一點。

lėq 在
　→dėq(在)
lėq 笠 〔名〕 ①笠。多半說成 lėq'à(笠
　仔)。
　di̧ lėq(戴笠)＝戴斗笠。
　bhȩq'àcàu lėq
　(麥仔草笠)＝麥桿笠。
　②笠狀物。
　ghuȩq di̧ lėq
　(月戴笠)＝月起暈。
　dīng'àlėq(釘仔笠)＝釘帽。
　〔lucq〕
lėq 剺 〔動〕 用刀子淺淺劃開。
　iu'à sīng lėq, zia̧q bȩq puȩ
　(柚仔先剺, 即擘皮)
　＝柚子先輕輕劃一下, 再剝皮。
　lėq dio̧q ci̧u(剺到手)＝割到手。
　〔量〕刀、道。
　lėq nə̧ng lėq
　(剺兩剺)＝割了兩刀。
　bit zit lėq
　(坡一剺)＝裂了一道裂痕。
li 里 〔量〕 里。
　gho li lo̧(五里路)＝五里路。
　〔名〕 里；行政單位之一。
　xit li u gùi xo̧?
　(彼里有幾戶)
　＝那一里有幾戶人家？
li 你 〔指〕 你、君；第二人稱單數。
li 理 〔動〕 ①管理、治療。文言用語。

li gē(理家)＝管理家務。
　②治療。
　li sa̧u ě io̧q
　(理嗽的藥)＝治咳嗽的藥。
　〔名〕道理。
li 裏 〔名〕 裏襯。
　dio̧ li(釣裏)＝縫裏襯。
li 剺 〔動〕 撕。
　li ri̧uxi̧
　(剺鰇魚)＝撕魷魚。
　ghin'à li pua̧ zuà
　(团仔剺破紙)＝小孩撕破紙。
li 釐 〔量〕 厘
　zit siàn zit li dē bhě dīngdǎh
　(一錢一釐都無重錯)
　＝一分一毫都沒弄錯。
li 離 〔動〕 離婚。
　pàih bhò dio̧q ga ī li gə̧q
　(歹婆著給她離噶)
　＝惡妻就要把她離掉。
li 簾 〔名〕 窗帘。
　tāng'ali(窗仔簾)＝窗帘。
　li ga za̧q kilǎi!
　(簾給束起來)＝把窗帘束起來！
li 籬 〔名〕 籬笆。
　ŭi li(圍籬)＝圍籬笆。
　dik li(竹籬)＝竹籬笆。
li 利 〔名〕 利益。
　bhě siàh li
　(無甚利)＝沒什麼利益。

li̲ 痢 名 下痢。

　zə li̲（做痢）＝害痢病。

　ciȧq li̲（赤痢）＝赤痢。

li̲ 離 動 離開、離別。

　li̲ rua xə̲ng？

　（離若遠）＝離多遠？

　li̲ a̲irĭn, li̲ bhe̲ kūi

　（離愛人，離未開）＝離不開愛人。

　形 完完全全、乾乾淨淨。

　lăsăm ki̲ xo̲ ī li̲！

　（污穢去付伊離）

　＝把髒的弄得乾乾淨淨！

　dànxa̲u ghuȧ ze̲bhu̲ xĭng kȧq li̲

　le！

　（等候我債務還較離咧）

　＝等我債務還清一點！

　助 ①開。遠離某種危險狀態。

　siàm u̲ li̲, bhǎ, dio̲q gȧuq sì

　（閃有離，無，著鈌死）

　＝所幸閃開了，不然，就被（車等）

　軋死了。

　sài gīn, ko̲dua̲ tàu bhe̲ li̲

　（屎緊，褲帶解𣍐離）

　＝大便急了，褲帶卻解不開。

　②了、完。表從一個動作解放開來

　的意味。

　i̲tdi̲t gia̲ lăi, kua̲h lòng bhe̲ li̲

　（一直寄來，看攏未離）

　＝一直寄來，看都看不了。

　na̲ nə̲ng ě lăi co̲ng, dio̲q co̲ng e̲

li̲

（若兩个來創，就創會離）

＝如果兩人來做，就做得完。

li̲'à 李仔 名 李子。

libā 籬笆 名 籬笆。

　lĭ（籬）的二音節語。

　tiȧq bĭbā

　（拆籬笆）＝拆除籬笆。

libian 利便 形 便利。

　gāutōng libian

　（交通利便）＝交通便利。

　libian ě sòza̲i

　（利便的所在）＝便利的地方。

libia̲t 離別 動 離別。

　libia̲t a̲irĭn

　（離別愛人）＝離開愛人。

liciȧh 你請 感 你請、再見。客人

　對主人說的話。

　də̲sia xoh, bhǎ, liciȧh！

　（多謝唔，無，你請）

　＝謝謝啦，那麼，再見！

liging 離經？ 形 ①離譜、想不到、

　意外。

　cā liging（差離經）＝差太多了。

　ge̲zih dua̲ liging

　（價錢大離經）＝價錢太離譜了。

　②（非常）痛心。用於遭遇意外的心

　痛之事時。

　zit bàih ī sì, ghuȧ sia̲ng liging

　（此擺伊死，我上離經）

=這回他死，我最痛心了。

lĭgō 尼姑 名 尼姑。

lĭgō tè xuĕsioh

（尼姑討和尚）＝尼姑姘和尚。

lijǎn 離緣 動 離婚。

ga ī lijǎn

（給伊離緣）＝把她離（婚）掉。

同義詞：lixūn（離婚）。

lijik 利益 名 利益。li（利）的二音

節語。

xē u siàhmì lijik？

（夫有什麼利益）

＝那有什麼利益？

lijĭu 理由 名 理由。

zē u gho diău lijĭu

（茲有五條理由）＝這有五個理由。

likį 理氣 名 道理、理氣、理智。

li（理）的二音節語。

gòng ue bhè likį

（講話無理氣）

＝講話不理智、不講理。

likį si ànnē

（理氣是按哖）＝道理是如此。

lilat 瘰癧 名 瘰癧。病名，結核菌

侵入人的淋巴腺，在皮膚上產生核

塊，多患於頸部。

sēh lilat（生瘰癧）＝生結核腫塊。

lilun 理論 動 理論、議論、爭辯。

gáp ī lilun

（及伊理論）＝跟他理論。

lisik 利息 名 利息。

lai（利）的二音節語。

lap lisik（納利息）＝交利息。

lixai 厲害 形 厲害、作用強烈。

lixai ioq（厲害藥）＝劇藥。

īn bhò zīn lixai

（怹婆眞厲害）＝他老婆眞厲害。

liăm 拈 動 拈、捏。用母指和中指

拿東西。

liăm kāu（拈鬮）＝拈鬮。

liăm bɘngliap'à

（拈飯粒仔）＝捏飯粒。

→nī（拈）

liăm 跕 動 躡。

liăm kā giăh

（跕腳行）＝躡著腳走路。

cat'à ing liăm'e

（賊仔用跕的）＝賊躡手躡腳走路。

liàm 歛 動 減、儉省。

liàm guà kilăi

（歛許起來）＝減一些起來。

liàm sòxui（歛所費）＝省費用。

liạm 捻 動 掐、摘。

liạm gáq ōcēh

（捻及烏青）＝掐得青一塊紅一塊。

liạm cai（捻菜）＝摘菜。

liăm 粘 形 粘。

muăzĭgɘ zīn liăm

（麻糍糊眞粘）＝麻薯糊眞粘。

動 粘。

zuà *liǎm* bhǒ diǎu
(紙粘無住)＝紙沒粘住。
ing gǒ *liǎm*
(用糊粘)＝用漿糊粘。

liam 念 動 ①想、念、思慕。
liam dioɋ bebhǝjin
(念著父母恩)＝想著父母的恩情。
bútsǐ dėq *liam* lì
(不時在念你)＝時時刻刻想你。
②讀、出聲念。
sīnbhǔn *liam* lǎi ghuà tiāh！
(新聞念來我聽)＝念新聞給我聽！
liam ziu(念咒)＝念咒文。

liǎm'à 鯰仔 名 鯰魚。

liǎmbīh 連鞭 副 馬上、一下子、
一會兒。
liǎmbīh xàu *liǎmbīh* cio
(連鞭哮連鞭笑)
＝一會兒哭、一會兒笑。
ī e *liǎmbīh* dǒng lǎi
(伊會連鞭轉來)
＝他一會兒就會回來。

liǎmdōngsi 臨當時 名 臨時、突
然。
xē si *liǎmdōngsǐ* ě daizi
(夫是臨當時的事志)
＝那是臨時的事。
liǎmdōngsǐ sioh bhe cútlǎi
(臨當時想𣍐出來)＝臨時想不出來。

liāmxiōh 拈香 動 拈香、燒香、

點香。
ghuà ki ga ī *liāmxiōh*
(我去給伊拈香)＝我去跟他拈香。
〔liāmxīuh〕

liamzū 念珠
→sozū(數珠)

liān 𪁦? 動 ①枯乾、捲起。
rǐuxǐ xāng liàu e *liān*
(鰇魚烘了會𪁦)
＝魷魚一烘就會捲起。
②枯萎。
xuē *liān* ki
(花𪁦去)＝花枯乾了。
ciu *liān* liàuliàu
(樹𪁦了了)＝樹都枯掉了。

liàn 輦 名 車輪。
uah *liàn*(換輦)＝換輪子。
ciuni *liàn*(樹乳輦)＝橡膠輪。
量 個、隻；車輪的計數單位。
zit *liàn*(一輦)＝一個輪子。
xit *liàn* pàih'e
(彼輦歹的)＝那個輪子是壞的。

liàn 撚 動 撚、搓、扭、擰、轉。
liàn zuàliǎu'à
(撚紙條仔)＝搓紙條。
liàn lǒsī(撚螺系)＝轉螺絲。
名 轉來轉去的小棒子。多半說成
liàn'à(撚仔)。
āpianxūn*liàn'*
(阿片烟撚)＝抽鴉片烟的用的撚子。

zuà *liàn*(紙撚)＝紙捻兒。

liǎn 連 介 連。

liǎn bhè dē xo ga ki
(連母都付咬去)＝連本金都被吃掉。

liǎn sīnsēh dē əm zāi
(連先生都唔知)＝連老師都不知道。

liǎn 聯 名 聯。

diau *liǎn*(吊聯)＝吊聯。

mǎng*liǎn*(門聯)＝門聯。
⑧dui(對)

lian 煉 動 提煉。

lian dān(煉丹)＝提煉丹藥。

lian 練 動 ①練、習。

lian liàu sik la
(練了熟啦)＝已經熟練了。

lian ri(練字)＝練字、習字。
②東拉西扯、閒聊、胡扯。

daigē dèq *lian*
(大家在練)＝大家在閒扯。

lian ghongwe
(練憨話)＝胡扯些無聊話。

lian 鏈 名 鏈條；多半說成*lian*'à
(鏈仔)。

dua kō *lian*
(大箍鏈)＝粗鍊條。

tiq*lian*(鐵鍊)＝鐵鍊。
動 鎖。

lian gàu(鏈狗)＝把狗鏈起來。

liǎnlok 聯絡 動 連絡。

na u siāusit, ghuà ziáq ga li liǎ-

nlok
(若有消息，我即給你聯絡)
＝如有消息，我再跟你連絡。

liǎnlui 連累 動 連累。

liǎnlui bǐngjìu
(連累朋友)＝連累朋友。

xo lǎng *liǎnlui*
(付人連累)＝被人連累。

liǎnsiok 連續 動 連續、相連。

nəng gīng *liǎnsiok*
(兩間連續)＝兩間相連。

zə daizi ai *liǎnsiok*
(做事志要連續)＝事情要連著做。

liansip 練習 副 練習。

lian(練)的二音節語。

liǎnsua 連續 副 連續、連著。

lǎng kèq *liǎnsua* lǎi
(人客連續來)＝客人連著來。

liǎnsua páq(連續拍)＝連著打。

liǎnxuē 蓮花 名 蓮花。

liǎnxuě 連回? 動 (因覺得丟臉、
害羞而)躲、溜。

ki dəwui *liǎnxuě* a?
(去何位連回啊)
＝你躲到哪兒去啊?

liǎnzi 蓮子 名 蓮子。

liǎng 涼 形 涼。

ghuakàu káq *liǎng*
(外口較涼)＝外頭較涼快。

liǎng xōng(涼風)＝涼風。

動 溜、逃。

gingcat lǎi la, gin *liǎng* o！
(警察來囉，緊涼噢)
＝警察來了，快溜啊！
→ciōcin(秋凊)

liang 量 名 度量，慈悲心。

lǎng dioq kaq u *liang* le
(人著較有量咧)＝人得較有度量些。

bhǒ zitdiàm'à *liang*
(無一點仔量)＝沒半點度量。
〔liong〕

liāng'à 唴仔 名 鈴。

liāng'à deq dǎn
(唴仔在陳)＝鈴在響。

liap 攝？ 動 ①收縮(肛門等)。

liap sài
(攝屎)＝收縮肛門忍著大便。
②皺褶、打褶。

bhin iòng *liap* la
(面攏攝啦)＝臉都皺了。

gǔn bheq *liap* gùi ging？
(裙覓攝幾裯)＝裙子要打幾褶？
③奪取、抓走。

xo gùi *liap* ki
(付鬼攝去)＝被鬼抓去。
④倒退、畏縮、躊躇。

gòng dioq zih, dioq *liap* ləqki
(講著錢，著攝落去)
＝說到錢，就縮回去。
⑤捏造、編造。

bhǒjàhbhǒziaq ě ue luansù *liap*
(無影無跡的話亂使攝)
＝沒有的話，胡亂捏造。

liap 粒 接尾 粒。

bəng *liap*(飯粒)＝飯粒。

bhì *liap*(米粒)＝米粒。

形 (飯等)太硬。

bəng siōh *liap*
(飯尙粒)＝飯太硬。

量 顆、粒、個。

zit *liap* gām'à
(一粒柑仔)＝一顆橘子。

nəng *liap* ioqwǎn
(兩粒藥丸)＝兩顆藥丸。

sàh *liap* giu(三粒球)＝三個球。

liap 捏 動 捏、撥弄。

liap tǒ'āng'à
(捏土尪仔)＝捏泥人。

liap'à əmtāng ki *liap* ī！
(粒仔唔通去捏伊)
＝膿不要去撥弄它！

liap'à 粒仔 名 膿瘡。

sēh *liap*'à(生粒仔)＝長膿瘡。

liap'à pi(粒仔疕)＝瘡痂。

liapbò 攝脯 動 乾癟。

caitǎu *liapbò*
(菜頭攝脯)＝蘿蔔乾癟。

liaq 剝 動 起毛邊、裂開。

dəqgih *liaq* kilǎi
(桌垹剝起來)＝桌邊起毛刺。、

liaq bhin

（剩面）＝木板表面裂開了。

liaq 掠　**動**　①捉、抓、捕。

liaq cat（掠賊）＝抓賊。

liaq xi（掠魚）＝捕魚。

②到現地買鷄等。

ki càude *liaq* di

（去草地掠豬）＝到鄉下買豬。

gē *liaq* siàhmi ge？

（鷄掠什麼價）＝鷄買怎樣的價錢？

③修理。

liaq lau

（掠漏）＝修理漏水的地方。

liaq bin'à

（掠箄仔）＝修理竹編網目。

④按摩、捏、刮。

gīngtǎu ga ghuà *liaq* zit'e！

（肩頭給我掠一下）

＝肩膀幫我捏捏！

liaq suā（掠痧）＝刮痧。

⑤概算、結帳。

liaq siau

（掠賬）＝概算一下帳目。

liaq xuede

（掠貨底）＝概算一下存貨。

⑥掠～。東西保持某種狀況。

sīmguāh *liaq* xo diah！

（心肝掠付定）＝主意要拿定！

liaq tàndə

（掠坦倒）＝橫放下來。

介 當～、把～。

liaq ghuà zə āng'əmiq

（掠我做尪仔物）＝當我是玩物。

liaq ī gīmgīm siong

（掠伊金金相）＝盯著她直瞧。

liaqbāu 掠包　**動**　抓到小動作或小毛病。主要指賭博時要了不正當的手段被識破。

gau əmdioq, xo lǎng *liaqbāu*

（到唔著，付人掠包）

＝胡錯了，被逮個正著。

liaqling 掠龍?　**動**　按摩。

exiàu *liaqlǐng*

（會曉掠龍）＝會按摩。

liaqlǐng'e（掠龍的）＝按摩的。

liat 列　**量**　列、排。

bǎi zit *liat*（排一列）＝排一排。

nəng *liat* cu

（兩列厝）＝兩排房子。

同義詞：bǎi（排）。

liatwui 列位　**名**　各位、諸位。文言用法。

liatwui xiāhdizimuai

（列位兄弟姊妹）＝各位兄弟姊妹。

liàu 了　**動**　①終了、好了、完、結束。

ī *liàu*, dioq li

（伊了，著你）＝他好了，換你。

ue gòng bhe *liàu*

（話講獪了）＝話講個不完。

②損失、賠。

liàu zit bhan

（了一萬）＝賠了一萬。

gēxuè *liàu* zitbuah

（家伙了一半）＝家產賠了一半。

助 ①完了、好了。

bhe *liàu*（賣了）＝賣完了。

biban *liàu* la

（備弁了啦）＝準備好了。

②～了、之。接續詞的用法。

kuah *liàu* butzi gaq i！

（看了不止合意）

＝看了之後，相當中意。

i ktàngzùi xiǎh *liàu* siōh siō

（浴桶水焚了尚燒）

＝浴桶的水燒得太熱。

liǎu 條 **動** ①用大鋸子鋸大木材。

liǎu cǎ（條柴）＝鋸大木材。

②紙折出線來，用刀子就著折線割開。

lì àu, ghuà *liǎu*

（你拗，我條）＝你折，我來割。

③涉水、橫越溪流。

gē tai cim, bhe *liǎu* dit

（溪太深，繪條得）

＝溪太深，涉不得。

liǎu cǎnxuah

（條田岸）＝從田梗橫過。

接尾 做成細長形東西。

i*liǎu*（椅條）＝長板凳。

zuà*liǎu*（紙條）＝紙條。

xùn*liǎu*（粉條）＝粉條。

量 張。

zit *liǎu* i（一條椅）＝一張椅子。

nǫng *liǎu* xǒng

（兩條園）＝兩長條的田地。

liǎu 寮 **名** 寮；簡陋小屋。多半說成*liǎu*'à（寮仔）。

daq *liǎu*（搭寮）＝搭建簡陋小屋。

xānzǔ *liǎu*

（蕃薯寮）＝看守甘藷園的小屋。

liau 料 **名** 原料、材料。

cuǎn *liau*（栓料）＝準備材料。

xè *liau* zǝ'e

（好料做的）＝好的原料做的。

動 預料、推測。

ziōnglǎi e bih ànzuàh, xo lǎng *liau* bhe dioq

（將來會變按怎，付人料未著）

＝將來會變成怎樣，讓人料不著。

liau 繚 **動** 纏、綁。

ing ājǎn suah *liau* dianxuètiau

（用亞鉛線繚電火柱）

＝用鐵絲把電線桿綁牢。

liàu'au 了後 **名** ～之後。置於動詞句之後，將之名詞句化。

cut ki *liàu'au* puē ziaq gau

（出去了後批即到）

＝出門以後信才到。

ciusut *liàu'au* gingguę bhǎtāng xè

（手術了後經過無通好）

＝手術之後，情況不怎麼好。

liaulì 料理 [動] 處理。文言用語。

cù ě daizi xo ī kị *liauli*

（厝的事志付伊去料理）

＝家裏的事讓他去處理。

[名] 料理。日語直譯。

liaulì xə̀（料理好）＝料理好。

liàuliàu 了了 [助] 精光、光光。

lǎng lòng sì *liàuliàu*

（人攏死了了）＝人都死光光了。

ziaq *liàuliàu*

（食了了）＝吃光光。

[氣] 儘是、全是。

sēhxun lǎng *liàuliàu*

（生分人了了）＝儘是陌生人。

gìng gáq oūn bhài'e *liàuliàu*

（揀及剩偃的了了）

＝揀到盡剩下壞的。

許多場合多發成輕聲。

liàuriǎn 了然 [形] 枉費、白費心力。

ī ę lǎi zə̣ cat, ghuà sioh dioq zīn *liàuriǎn*

（伊會來做賊，我想著眞了然）

＝他會來做賊，我想到就覺得眞枉然。

lik 力？ [動] 過勞。

lik liàu, ę dai xibeh

（力了，會帶肺病）

＝過度勞動，會得肺癆。

lik lo（力路）＝奔波。

lik 勒 [動] ①拉韁繩等。

lik bhèsəq（勒馬索）＝勒韁繩。

②撩起、捲起。

lik ciu'əng

（勒手袂）＝捲起袖子。

kọkā *lik* káq guǎn le !

（褲腳勒較昂咧）＝褲管撩高一點！

lik 綠 [形] 綠色的。

lik sik（綠色）＝綠色。

lik 錄 [動] 記錄、摘錄。

iaugin'e dioq *lik* kilǎi !

（要緊的著錄起來）

＝要緊的要記起來。

lik siaupo（錄賬簿）＝記帳。

lik 鑑 [動] 鍍。文言用語。

lik gīm

（鑑金）＝鍍金。

likdau 綠豆 [名] 綠豆。

liksù 歷史 [名] 歷史。

lim 飲 [動] 喝。

līm dě（飲茶）＝喝茶。

lìm 臨？ [動] 接近、差一點。

káq *lìm* zit báq

（較臨一百）＝近於一百。

lìm gho cīng kō

（臨五千箍）＝將近五千元。

[形] 邊邊。

kia sioh *lìm*, ę buaq ləqkị

（竪伨臨，會跋落去）

=站太靠邊，會跌下去。

lìn 您 指 ①你們。

　　sīnsēh dėq giọ lìn
　　（先生在叫您）＝老師在叫你們。
　　②你的、你們的。做形容性質用，
　　限於指身邊或親近的人。
　　lìn lạubẹ dị də̀wụi？
　　（您老父在何位）＝你爸爸在哪裏？
　　lìn sīnsēh ụ tiạh lìn bhə̆？
　　（您先生有痛您無）
　　＝你們老師疼不疼你們？

lịn 輪？ 動

　　①滾。
　　dụi lăudìng lịn lə̣qlăi
　　（對樓頂輪落來）＝從樓上滾下來。
　　ànnē ga lịn kị, diọq xə̀
　　（按哖給輪去，著好）
　　＝這樣給滾過去，就好。
　　②放浪、歷練。
　　gādị zịt ě cụt kị lịn
　　（家已一个出去輪）
　　＝一個人出去歷練。
　　量 圈。
　　sẹq zịt lịn（旋一輪）＝繞一圈。
　　xịt lịn xọ riȯk diọq
　　（彼輪付趕著）＝那一圈被趕上。

lìn 裏？ 接尾 ～之中、裏面。指出
　　某一空間的意味名詞，主要跟在單
　　音節詞之後，以使該空間的概念明
　　確起來。

　　ěxə̄ng ụ dị cụlìn
　　（下昏有著厝裏）＝今晚在家。
　　cėqlìn ụ sià
　　（册裏有寫）＝書裏有寫。
　　gēlìn dėq bhẹ
　　（街裏在賣）＝街上在賣。
　　〔niq〕

lǐng 冷？ 形 鬆、淡。

　　liạq zàusū ziạqgù ụ kȧq līng
　　（掠走私此久有較冷）
　　＝抓走私的這會兒比較鬆。
　　動 變冷。
　　kịtău zīn riạt, lọbhuè kȧq līng
　　（起頭眞熱，路尾較冷）
　　＝開始時很熱衷，後來較冷淡。
　　bhə̆ rụa gù, diọq līng kị
　　（無若久，就冷去）
　　＝沒多久，就淡掉。

lìng 冷 形 冷的。

　　lìng dě（冷茶）＝冷茶。
　　cại lìng kị（茶冷去）＝茶冷掉。
　　→cịn（清）

lǐng 拎 動

　　①拉、揪。抓住動物（等）重要的部
　　位。
　　dụi lǐng ghŭpih
　　（拎牛鼻）＝拉住牛鼻子。
　　dụi xīngkàm ga ī lǐng diău
　　（對胸坎給伊拎住）＝揪住他的胸部。
　　②抬；用兩手抬起重物。

lǐng gio̠
(拎轎)＝把轎子用兩手抬起。
zē lì lǐng kuaʰ e̠ ki̱ki̠ bhe̠？
(茲你拎看會起去獪)
＝這個看看你抬得上來嗎？
③剝離、削除。
gút dio̠q lǐng xo̠ ī lì
(骨著拎付伊離)＝骨頭得剝乾淨。
lǐng ǒnglǎibhak
(拎鳳梨目)
＝鳳梨皮的斑節要削乾淨。

lǐng 罟 [動] 設置固定的大網補魚。
lǐng xǐ(罟魚)＝用固定網捕魚。
lǐng na̱ng cīng gīn
(罟兩千斤)＝捕了兩千斤魚。
[名] 建網。多半說成lǐng'à(罟仔)。
ba̱ng lǐng(放罟)＝佈網。

lǐng 龍 [名] 龍。
lǐng'ǒng(龍王)＝海龍王。
[接尾] 龍形之物。
xuèlǐng(火龍)＝火繩。
pi̱hlǐng(鼻龍)＝鼻樑。
suāhlǐng(山龍)＝山的陵線。

lǐng 陵 [名] 壟。
xānzǔlǐng(番薯陵)＝甘藷壟。
bue lǐng(培陵)＝培土使成壟。
[量] 壟。
zi̱t lǐng xānzǔ
(一陵番薯)＝一壟甘藷。

lǐng 靈 [名] 靈、靈位

ān lǐng(安靈)＝安靈位。
kia lǐng(豎靈)＝豎牌位。
[形] 靈敏。
cēhmě zīng, èga̱u lǐng
(靑冥精，啞口靈)
＝瞎眼的精明，啞巴的靈敏。

li̠ng 另 [接頭] 另、別的、其他。
li̠ngri̱t(另日)＝改天。
li̠ngzua̱(另遭)＝另一回。
li̠ngxuě(另回)＝另一次。

li̠ng 令 [名] 命令。
cút li̠ng(出令)＝下令。
[動] 命、令。文言用語。
li̠ng ī zīng xuān
(令伊征番)＝命他征討番人。

li̠ng 陵? [量] 道。計數一道一道傷痕的單位。
páq na̱ng li̠ng
(拍兩陵)＝打出兩道傷痕。

li̠ng 量 [形] 鬆、緩慢的。
ba̱k lia̱u siōh li̠ng
(縛了尙量)＝綁得太鬆。
li̠ng lǎu(量流)＝慢流。
⟷ ǎn(緊)

lìngda̱m 冷淡 [形]
①冷淡的。
ī du̱i ghua̱n zīn lìngda̱m
(伊對阮眞冷淡)＝他對我們眞冷淡。
②黯淡、淸冷。
a̱msǐ gēlo̠ káq lìngda̱m

（暗時街路較冷淡）
＝晚上街上比較黯淡。

Ānbǐng ginlǎi nà *lingdam*
（安平近來那冷淡）
＝安平近來越清冷。

lǐnggak 菱角 名 菱角。

lịngghua 另外 名 另外。

zē ại *lịngghua*
（茲要另外）＝這得另外。

副 ①另外。

lịngghua kia
（另外豎）＝另外住、分居。

lịngghua ụ zịt gīng bǎng
（另外有一間房）＝另外有一間房間。

②特別、格外。

lịngghua ụ ịngxạu
（另外有應效）＝特別有效。

lịngghua sùi
（另外美）＝格外漂亮。

lìngkị 冷氣 形 空氣冷。

zàkịsǐ kạk *lìngkị*
（早起時較冷氣）＝早上空氣較冷。

lǐngkò 寧可 副 寧可。

lǐngkò xọ ī！
（寧可付伊）＝寧可給他！

lǐngkò sǐ kạk kuạhwaq
（寧可死較快活）＝寧可死較舒服。

lǐngngau 蓮藕 名 蓮藕。

〔liǎnngau〕

liò 瞭 動 瞄。

liò zịt'e, zịu zāi
（瞭一下，就知）＝瞄一眼，就知道。

liǒ 撈 動 薄切。

liǒ bhǒ běh gau
（撈無平厚）＝切得不一樣厚。

liǒ bháqjǐu kìlǎi
（撈肉油起來）＝把肥油切下來。

liọng 踡 動 掙扎、扭動。

ghìn'à zǐn ghǎu *liọng*
（囝仔眞高踡）＝小孩子眞會扭動。

kị xọ ī *liọng* zàu
（去付伊踡走）＝被他掙開逃走了。

〔ling〕

liọng 量 名 量、分量。

xan *liọng*（限量）＝限量。

zịu *liọng*（酒量）＝酒量。

動 提早、多留、寬裕、餘地。

liọng kạk zà kị
（量較早去）＝提早一點去。

liọng zịt cụn
（量一吋）＝多留一吋。

liòngbǐng 兩旁 名 兩邊。

liòngbǐng lòng əmdiọq
（兩旁攏唔著）＝兩邊都不對。

liǒngsim 良心 名 良心。

lǎng dạk ě də ụ *liǒngsim*
（人逐個都有良心）
＝每個人都有良心。

liọngsiọng 量剩 形 寬裕。

zịh ziạqgù kạk *liọngsiọng*

（錢此久較量剩）
＝這陣子手頭（錢）比較寬裕。

liongzà 量早 副 趕早、提早。

naˍ bhèq tà, dioq *liongzà* gòng！
（若覓討，著量早講）
＝若要要回去，要提早講！

liongzà zùnbi
（量早準備）＝提早準備。

liongzing 諒情 動 原諒、諒解。

ghuà əm *liongzing* i
（我唔諒情伊）＝我不原諒他。

lioq'à 略仔 副 約略、稍微。

liog'à kàq xè dioq bèq kilài
（略仔較好就ㄘ起來）
＝稍微好一點兒就爬起來。

liog'à zāi（略仔知）＝約略知道。

liq 裂 動 裂開。

kodè *liq* kūi
（褲底裂開）＝褲底裂開。

形 慘了、麻煩了。卑俗語。

xoˍ i zāijàh, dioq *liq*
（付伊知影，著裂）
＝讓他知道就慘了。

behˍ bhǎ ginˍ i, ziuˍ eˍ *liq* ǒ
（病無緊醫，就會裂喔）
＝病不趕緊醫，就麻煩了。

量 道。裂口的計數單位。

bò nəng *liq*
（補兩裂）＝補兩道裂口。

lìu 溜? 動 ①溜、滑。

līu ləqkiˍ gāu'à
（溜落去溝仔）＝滑到水溝裏去。

bangˍ xoˍ ī *līu* ləqlài
（放付伊溜落來）＝放手讓他滑下來。

②抽。

līu kāu（溜鬮）＝抽籤。

zit diōh lì *līu* kuahmaiˍ！
（此張你溜看覓）＝這張你抽抽看！

③溜走、逃走。

daigē *līu* liàuliàu
（大家溜了了）＝大家溜光光。

kiˍ xoˍ ī *līu* zàu
（去付伊溜走）＝被他逃走。

④漏、掉。

ueˍ gòng *līu* kiˍ
（話講溜去）＝話說漏了。

guàih'àtău *līu* bhǎ kiˍ
（拐仔頭溜無去）＝拐扙頭滑掉了。

⑤含糊、流掉。

līu xueˍ（溜會）＝流會。

bhèq ciàh, ciàh gàq *līu* kiˍ
（覓請，請及溜去）
＝說要請客，說到忘了。

→liu（溜）

lìu 鈕 名 鈕扣。多半說成 *lìu*'à（鈕仔）。

gàk *lìu*（角鈕）＝角質鈕扣。

lìu lìu（鈕鈕）＝扣鈕扣。

動 扣。

sāh gik bhǎ bhèq *lìu*

（衫激無覓鈕）＝衣服故意不扣扣子。

量 ①顆。鈕扣的計數單位。

pảq'əmgịh zit lìu

（拍唔見一鈕）＝掉了一個扣子。

②束。麵線等的計數單位。

bhè nəng lìu misuah

（買兩鈕麵線）＝買二束麵線。

lịu 紐? 名 圈、套。

səq pảq zịt ě lịu

（索拍一个紐）＝繩子打一個套圈。

lịu səq（紐索）＝套繩。

動 ①用套圈套東西。

lịu gàu（紐狗）＝套狗。

②花言巧語。

ịng ue kị lịu ī

（用話去紐伊）＝用話去套他。

③用線切蛋。

nəng lịu zə nəng bǐng

（卵紐作兩旁）＝用線把蛋切成兩半。

lịu 溜? 動 ①「咻」一下子滑掉。

lịu cìu（溜手）＝東西從手中滑掉。

dạq lịu kị

（踏溜去）＝踩空了、踩滑了。

②一下子脫去。

lịu bhə（溜帽）＝脫帽。

sāh'àkọ lịu gēnggēng

（衫褲溜光光）＝衣服脫光光。

③脫皮、禿等。

lịu puě（溜皮）＝脫皮。

tǎugảk itdịt lịu kilǎi

（頭殼一直溜起來）＝頭一直禿起來。

→līu（溜）

lǐu 流 動 浪蕩、流浪。

sigə lǐu（四界流）＝四處浪蕩。

lǐu gạu Lǎmjǒh

（流到南洋）＝流浪到南洋。

lǐu 摘 動 ①拉、抽。

lǐu sɘq'à（摘索仔）＝抽引繩子。

②像拉繩子一樣抽出來。

lǐu děngdọ

（摘腸肚）＝拉出肚腸。

③抽拉當長的東西。

lǐu iọqzùibọ

（摘藥水布）＝抽拉紗布。

pọngsē lǐu kilǎi dǐng ciảq

（凸紗摘起來重刺）

＝毛衣拆開來重織。

lǐu 瘤 名 腫瘤。

sēh zịt liạp lǐu

（生一粒瘤）＝長一顆瘤。

lịu 溜? 動 ①蒸、餾。

lịu bāu'à（溜包仔）＝蒸包子。

②復習。

sāh rịt bhǒ lịu, bảq ziọh cịu

（三日無溜，爬上樹）一俚諺

＝三天不複習，就溜到樹上去了；

意即學過的要常常複習，才不會忘

記。

③反覆。

gòng liàu gɘqzại lịu

（講了復在溜）＝講了又講。

lìu'à 柳仔 [名] 柳樹。

lìuxíng 流行 [動] 流行、時髦。

　gīnnǐ *lìuxíng* guǎn nià
　（今年流行昂領）＝今年流行高領的。
　同義詞：sǐgiǎh（時行）。

lò 鹵 [動] 滷。用醬油等燜煮肉類。
　lò gēbháq（鹵鷄肉）＝滷鷄肉。

lò 惱 [動] 煩惱、困惱。
　u sǐ *lò*, bhǒ sǐ kò
　（有是惱，無是苦）
　＝有的話是煩惱，沒有的話是苦惱。
　夫妻間不育時的話語。
　xo̱ īn sejǐ *lò* gáq
　（付您細姨惱及）＝被他小老婆煩。

lò 魯 [形] 粗糙、不精緻、差。
　gāngxū zīn *lò*
　（工夫眞魯）＝技術很差。
　lò ri̱（魯字）＝醜的字。

lò 櫓 [名] 櫓、船槳。
　lǒ *lo*（搖櫓）＝划槳。
　[動] 划。
　lò bhe giǎh（櫓艙行）＝划不動。

lǒ 爐 [名] 爐灶。
　gut zi̱t ě *lǒ*
　（掘一个爐）＝挖個爐灶。

lo̱ 路 [名] ①路。
　dua̱ *lo*（大路）＝大馬路。
　giǎh *lo*（行路）＝走路。
　②道理。

ai ri̱n *lo*
（要認路）＝要懂道理。

zia̱u *lo* giǎh
（照路行）＝照道理走。

③路的里程、路程。
zi̱t lì *lo*（一里路）＝一里路。

no̱ng ri̱t *lo*
（兩日路）＝兩天的路程。

[接尾] ①～類。表東西的類別。
bo̱*lo*（布路）＝布類。
xǒi'à*lo*（磁仔路）＝瓷器類。
dīh*lo*（甜路）＝甜味類。

②痕跡。
su̱n kā*lo*（順腳路）＝順著腳印。
biáq*lo*（壁路）＝牆壁的痕跡。
xuē*lo*（灰路）＝石灰的痕跡。

③方法、術。gǔn*lo*（拳路）＝拳術。
xǔ'à*lo*（符仔路）＝符咒之術。
cìu*lo*（手路）＝手法、技巧。

④加在某些單音節的形容詞之後，
使成為雙音節語。
kia̱u*lo*（巧路）＝精巧的、巧妙的。
gò*lo*（占路）＝古老、過時的。
iu *lo*（幼路）＝精巧的、細緻的。
làm*lo*（膦路）＝弱的。

lo̱ 露 [名] 露水。
　da̱ng *lo*（凍露）＝受露。

lo 嘍? [氣] ①嘍、啦。
　dāh xa̱i *lo*（但害嘍）＝如今慘嘍。
　zē si̱ lì'ě *lo*

（兹是你的嘍）＝這是你的嘍。

②提示重要的語句。

zuà *lo* bit *lo* lòng bhegidit e̦ lǎi

（紙嘍筆嘍攏𣍐記得攜來）

＝紙啦筆啦都忘記帶來。

語感上與la（啦）差不多，但聲音較弱。兩者用法視各地方而有不同。

lobǒngsī 路旁屍 🔲 路死鬼。女人罵人的話。

lì zit e̦ *lobǒngsī*！

（你此个路旁屍）＝你這個路死鬼！

lobhuè 路尾 🔲 後來、最後、結局。多半做副詞用。

lobhuè ànzuàh？

（路尾按怎）＝後來怎麼啦？

lobhuè sū liàuliàu

（路尾輸了了）＝後來輸光光了。

也說成*lobhuè* ci̦u（路尾手）。

〔lobhè〕

loghio 蕗蕎 🔲 蕗蕎。一種多年生草本植物，地下有鱗莖，像蒜，可食。

lojing 路用 🔲 用途。

xē u̦ siàhmi̦ *lojing*？

（夫有什麼路用）＝那有什麼用？

u̦ *lojing* e̦ lǎng

（有路用的人）＝有用的人。

lòki̦ 惱氣 🔲 生氣、嘔氣。指子女不聽話時的氣惱。lò（惱）的二音節語。

bhang xǎm ī ànnē *lòki̦* la！

（莫−應含伊按呯惱氣啦）

＝不要這樣生他的氣啦！

lòia̦t 努力 🔲 謝謝。

lòla̦t xoh, zia̦q ge̦q lǎi ze̦！

（努力唔，即復來坐）

＝謝謝喔，請再來坐坐！

xo̦ lì zīn *lòla̦t*

（付你眞努力）＝眞謝謝你啦。

→de̦sia（多謝）

lǒle̦ 奴隸 🔲 奴隸。

e̦m ze̦ lǎng e̦ *lǒle̦*

（唔做人的奴隸）＝不做別人的奴隸。

lolě 露螺 🔲 蝸牛。

lòmi̦ 鹵麵 🔲 大滷麵。一種澆上芡汁的煮麵。

lǒmuǎ 鱸鰻？ 🔲 流氓。

lǒmuǎ gia̦t gūi dòng

（鱸鰻結舉黨）＝流氓成群結黨。

lǒsi 螺系 🔲 螺絲。

zuan *lǒsi*（旋螺系）＝轉螺絲。

*lǒsi*gà（螺系絞）＝螺絲刀。

🔲gī（枝）

lotǎu 路頭 🔲 道路、路途。

lotǎu xe̦ng（路頭遠）＝路途遠。

lotǎu cēhsō

（路頭生疏）＝道路生疏。

lǒzǎi 奴才 🔲 用錢買來的下人。

lozam 路站 🔲 驛站、休息站。

xiā u̦ zi̦t e̦ *lozam*

（彼有一个路站）＝那兒有一個驛站。

lozio 路照 名 護照。

　nià *lozio*（領路照）＝領護照。

lòk 橐 名 （紙）袋子。多半說成 *lòk*'
　à（橐仔）。

　zuà *lòk*（紙橐）＝紙袋子。

　ciu *lòk*（手橐）＝手套。

　動 套。用袋子形的東西套起來

　iŋ *lòk*'à ga ī *lòk* le
　（用橐仔給伊橐咧）
　＝用袋子把它套起來。

　tăukàk *lòk* zuà
　（頭殻橐紙）＝頭上套著紙袋。

　量 盒。

　zit *lòk* xuān'àxuè
　（一橐番仔火）＝一盒火柴。

　nəŋg *lòk* xùn（兩橐粉）＝兩盒粉。

lòk 濃? 形 腐、爛。

　gām'à *lòk* ki
　（柑仔濃去）＝橘子爛掉。

lòk 鹿 名 鹿。

lòkde 落第 動 落第、留級。日語
　直譯。

　lòkde nəŋg dāng
　（落地兩多）＝留級兩年。

lòkdə 駱駝 名 駱駝。

lōng 橐 動 ①把細長之物放入孔
　（洞）裏。

　lōng ciulǒŋg（橐手橐）＝套手套。

　iŋ dikgə *lōng* gāu'ăm

（用竹蒿橐溝涵）＝用竹竿通涵溝。

　②關。

　lōng di lōng'à
　（橐著橐仔）＝關在牢裏。

　xo lăŋg *lōng* le
　（付人橐咧）＝被人關著。

lòng 攏 副 ①全部、都。

　in *lòng* si lǒmuǎ
　（怹攏是鱸鰻）＝他們都是流氓。

　lòng xə̀（攏好）＝都好。

　②一點點都、完全、徹底。下接 əm
　（唔）、bhǒ（無）、bhe（繪）等否定詞
　並加以修飾。

　lòng əm zāi
　（攏唔知）＝都不知道。

　ī *lòng* bhǒ xuāhxì
　（伊攏無歡喜）＝他都不高興。

　tiāh *lòng* bhe cīngcə̀
　（聽攏繪清楚）＝都聽不清楚。

loŋg 撞 動 ①敲；用力打而發出
　「通、通」的聲音。

　loŋg gò（撞鼓）＝打鼓。

　lăŋg dèq *loŋg* mǒŋg
　（人在撞門）＝有人在敲門。

　②撞。

　loŋg dioq dianxuètiau
　（撞著電火柱）＝撞到電線桿。

　③投、掉、落。

　zioqtău *loŋg* dui kēlin ləqki
　（石頭撞對溪裏落去）

=石頭掉進溪流裏去。

dui cụdǐng *lọng* lạqlǎi

(對厝頂撞落來)=從屋底掉下來。

④跑、衝。

lọng kị gạu dǝwui?

(撞去到何位)=跑到哪裏?

xàijǐng itdịt *lọng* lǎi

(海湧一直撞來)=海浪一直衝來。

lŏng 狼 名 狼。

lọng 閂? 動 插上門閂。

lọng mǎng(閂門)=栓門。

名 門栓;門後的活動橫木,用來把門從內栓住。

mǎng *lọng*

(門閂)=門閂。

→cụah(閂)

lọng 弄 動 唆弄、嗾使。

lọng lǎng siōgạ

(弄人相告)=唆弄人互告。

lōng'à 囊仔 名 監牢、牢籠。

guāih dị *lōng*'àlại

(關著囊仔內)=關在牢籠裏。

lọngkọng 攏曠? 形 寬闊。

diǎh *lọngkọng*

(庭攏曠)=庭院寬闊。

sāh zạ liàu siōh *lọngkọng*

(衫做了尚攏曠)

=衣服做得太寬闊了。

lọngzòng 攏總 名 全部。

lòngzòng sị zạp liạp

(攏總四十粒)=總共四十顆。

lòngzòng xạlǎng

(攏總好人)=全都是好人。

lǎ 囉? 動 要索、強求。

bùtsǐ lǎi dẹq *lǎ*

(不時來在囉)=常常來要索。

lǎ 腦 名 樟腦

lǎ jǐu(腦油)=樟腦油。

lǝ 躼? 形 個子高、高。

káq *lǝ* dikgǝ

(較躼竹篙)=比竹竿還高。

←→è(矮)

lǝ 落 接頭 大、下。前一個年月日的表示方法。

lǝ'zǔnni(落前年)=大前年

lǝ'aughuẹq(落後月)=下下個月。

lǎ 勞 形 勞累。身心消耗。

ziạqgù zīn *lǎ*

(此久眞勞)=這陣子眞勞累。

siōh guẹ *lǎ*

(尚過勞)=太過勞累。

lǎ 濁? 形 混濁。

zùi *lǎ* gịtgịt

(水濁椹椹)=水混濁不堪。

lǎ dài(濁滓)=混濁的沉澱物。

lǎ 籬 名 籬、篩子。

bhì *lǎ*(米籬)=米篩子。

sē *lǎ*(疏籬)=粗洞的篩子。

動 篩。

lǎ bhì(籬米)=篩米。

lǎ 鑼 名 銅鑼。
　pȧq lǎ(拍鑼)＝敲鑼。

lə 囉? 量 落。
　zȧp rį dȧh zit lə
　(十二打一囉)＝十二打一落。

lǎlik 勞力 動 努力、打拼。
　bhə̌ lǎ lik, bhe zịnbo
　(無努力，獪進步)
　＝沒有努力不會進步。

lə̄sə̄ 囉嗦 形 囉唆、麻煩。
　dạizi zȳn lə̄sə̄
　(事志眞囉嗦)＝事情眞麻煩。
　ī ziǎh lə̄sə̄
　(伊成囉嗦)＝他眞囉唆。

lǎxuǎn 勞煩 動 麻煩、勞動、勞
　煩。
　dạk xạng dạizi dē ại lǎxuǎn lǎng
　(逐項事志都要勞煩人)
　＝每樣事情都要勞煩人家。

ləq 落 動 ①落、降、下、掉。
　mịqgẹ iȧubhuẹ ləq
　(物價猶未落)＝物價還沒降。
　ləq lǎutūi(落樓梯)＝下樓梯。
　ləq păng(落帆)＝降帆。
　ləq xọ(落雨)＝下雨。
　②加、入、下、施。
　ləq gēgȧq(落家甲)＝入戶籍。
　ləq bùn(落本)＝下資本。
　ləq bǔi(落肥)＝施肥。
　③往、到、去。

　ləq lăm(落南)＝往南。
　ləq zēng(落庄)＝到鄉下去。
　④變～、變化。
　ī ziȯk nge, lòng ạm ləq nèng
　(伊足硬，攏唔落軟)
　＝他很硬，都不肯軟化。
　ləq suē(落衰)＝衰運。
　⑤臨月、臨盆、預產期。
　gòng ləq ạughuẹq bhęq sēh
　(講落後月覓生)＝說是下個月要生。
　ləq rįghueq
　(落二月)＝預產期是二月。
　量 棟。
　zit ləq cụ
　(一落厝)＝一棟房子。
　zǐng ləq(前落)＝前一棟。

～ləqki ～落去 助 ①～下去。
　tiạu ləqki diǎhlin
　(跳落去庭裏)＝跳下去庭院。
　②～進去、～下去。
　ě sẹ siāng, cịng bhe ləqki
　(鞋細雙，穿獪落去)
　＝鞋子太小，穿不下。
　③～下去。表鍥入某一動作。
　buȧq ləqki, zịu ạm zāi suȧq
　(跋落去，就唔知煞)
　＝賭下去，就不知停手。
　pȧq ləqki！(拍落去)＝打下去！
　以上依語調的不同，也會單說一個
　ləq(落)字。

～ləqlăi ～落來 助 ～下來。

xo ləq *ləqlăi* la
（雨落落來啦）＝雨下下來了。

dui cuding siak *ləqlăi*
（對厝頂抹落來）＝從屋頂上跌下來。

ləqsio 落俗? 動 習慣。

Ritbùn aq dua liàu *ləqsio* la
（日本亦滯了落俗啦）
＝日本也住慣了。

lū 噓? 動 ①推、挪一挪。

dəq'à *lū* káq bīh'à！
（桌仔噓較邊仔）＝桌子挪邊邊一
點！

ăngbāu *lū* lăi *lū* ki
（紅包噓來噓去）＝紅包推來推去。
②用頭髮推子理髮。

lū tăumǎng（噓頭毛）＝剪頭髮。

lū xo káq dè
（噓付較低）＝剪短一點。

lu 鑢 動 ①擦。

ing ciuniitdit *lu*
（用樹乳一直鑢）＝用橡皮擦一直擦。

lu lăutūizaq'à
（鑢樓梯閘仔）＝擦樓梯扶手。
②嚴厲申斥、斥責。

xo dairin *lu*
（付大人鑢）＝被主人斥責。

lu 濾 動 過濾。

lu daujiu（濾豆油）＝濾醬油。

ing bo *lu*（用布濾）＝用布過濾。

〔li〕

lū'à 噓仔 名 頭髮推，推髮器。

lu'à 鑢仔 名 長柄拖把。

量 gī（枝）

lǔ'à 驢仔 名 驢子。

lùguàn 旅館 名 旅館。

dua di *lùguàn*
（滯著旅館）＝住在旅館。
同義詞：keqguàn（客館）。

lùxing 旅行 動 旅行。

bheq ki dəwui *lùxing*？
（覓去何位旅行）＝要去哪兒旅行？

lua 瀨 名 河流淺處、淺灘。

kēlua（溪瀨）＝溪流淺灘。

giatxi zih *lua*
（鰊魚搢瀨）＝香魚逆灘而游。

lua 賴 動 誣、賴、推。

gādi zə əmdioq, bheq *lua* ghuà
（家己做唔著，覓賴我）
＝自己做錯了，要賴給我。

lua lì zə cat（賴你做賊）
＝誣賴你當賊。

luàn 軟 動 揉。

zusia ě sòzai ga *luàn* xo suah！
（注射的所在給軟付散）
＝打針的地方，把它揉散！

luan 亂 動 亂。

tīhkā'e dua *luan*
（天腳下大亂）＝天下大亂。

副 胡亂。

luạn gòng zịt diǒh tạu
（亂講一場透）
＝亂扯一通、胡說八道。

luạn sià（亂寫）＝亂寫。

luǎn'ại 戀愛 動 戀愛。

nẹng ě dẹq *luǎn'ại*
（兩个在戀愛）＝兩人在談戀愛。

luạnsù 亂使 副 亂、隨便、任
意。*luạn*（亂）副 的二音節語。

luạnsù mẹ lǎng
（亂使罵人）＝亂罵人。

同義詞：lamsàm（濫摻）。

luảq 抒 動 輕抹。

luảq iǎm（抒鹽）＝抹鹽。

dẹ siò *luảq* puě！
（刀小抒皮）
＝刀子輕輕在（磨刀）皮上抹一抹！

luạq 抒 動 梳、撫、摩。

luạq tǎumẹng
（抒頭毛）＝梳頭髮。

bảkdò gòng dẹq tiạh, lì gạ ī *luạq*
zịt'e！
（腹肚講痛，你給伊抒一下）
＝（他）說肚子在痛，你給按一下
吧！

luạq 辣 形 辣。主要指味覺上的刺
激。

gạiluạq zīn *luạq*
（芥辣眞辣）＝芥末很辣。

luạq gảq itdịt līm zùi

（辣及一直飲水）＝辣得一直喝水。
→xiām（辛）

luạq'ā 抒仔 名 梳子。

ghiạq *luạq'ā* luạq tǎumẹng
（舉抒仔抒頭毛）＝拿梳子梳頭髮。
量gī（枝）

lùi 累？ 動 分、均分。

ī kảq zẹ, *lùi* guà guẹlǎi xọ ī！
（伊較多，累許過來付伊）
＝他那邊較多，分些過來給他。

lùi dạng（累重）＝均分重量。

lùi 蕊 名 花蕾。

kūi *lùi*（開蕊）＝花蕾開了。

xǎm *lùi*（含蕊）＝含苞。

量 朵、隻。花、眼睛等的計數單
位。

kūi nẹng *lùi* xuē
（開兩蕊花）＝開兩朵花。

zịt *lùi* bhạkzīu
（一蕊目睭）＝一隻眼睛。

lǔi 雷 名 雷。

lǔi dẹq dǎn
（雷在陳）＝雷在響。

lǔi 樏 名 松樹等的樹瘤。

cǐngbẻq*lǔi*（松柏樏）＝松木瘤。

zīng*lǔi*
（鐘樏）＝銅鐘外側凸出的飾瘤。

量 包。像松樹瘤等凸出物的計數
單位。

zǐng gūi *lǔi*

(腫舉檖)＝腫一包。

tăukák gọng zi̠t *lŭi*
(頭殼損一檖)＝頭撞了一個包。

lŭi 擂 🗍 ①研、揉、磨。

lŭi io̠qxùn
(擂藥粉)＝研磨藥粉。

dī *lŭi* tŏ
(豬擂土)＝豬用鼻管挖土。

②用棒子等打下去。

ghiaq tŭi'à ga̠ ī *lŭi* ki̠
(舉槌仔給伊擂去)
＝拿槌子給砸下去。

lu̠i 淚？ 🗍 ①溶；指蠟燭的蠟流下來。

laqdiău *lu̠i* liàuliàu
(蠟條淚了了)＝蠟燭溶光光了。

xə̀ zik bhe̠ *lu̠i*
(好燭燴淚)＝好蠟燭不溶蠟。

②疊得高高的東西垮下來。

tiạp siōh gŭan, e *lu̠i* lə̠qlăi
(疊尙昂，會淚落來)
＝堆太高會垮下來。

lu̠i 縋 🗍 用繩子把東西拉上或拉下來。

lu̠i kìki̠ lăudi̠ng
(縋起去樓頂)
＝把東西拉到樓上去。

lu̠i gi̠ lə̠qlăi
(縋旗落來)＝把旗子降下來。

lu̠i 擂 🗍 用手快速打鼓。

lu̠i gò(擂鼓)＝打鼓。

lui 類 🗍 種、類。

xun nə̠ng *lu̠i*
(分兩類)＝分兩類。

xit *lu̠i* lăng(彼類人)＝那種人。

lŭigōng 雷公 🗍 雷。lŭi(雷)的二音節語。

bùtxạu, e xọ *lŭigōng* gọng si̠！
(不孝，會付雷公損死)
＝不孝會遭雷殛！

lūn 喩？ 🗍 頭或手腳悄悄伸出來又悄稍縮回去。

lūn tău cùtiăi kuạh
(喩頭出來看)＝悄悄探頭出來看。

ciu *lūn* ri̠pki̠
(手喩入去)＝手縮進去。

lùn 忍 🗍 ①忍耐。

lùn tiạh(忍痛)＝忍痛。

②害怕。

ghuà bhǎ *lùn* ī
(我無忍伊)＝我不怕他。

ə̄mbhiàn *lùn*！
(唔免忍)＝不用怕！

lŭn 輪 🗍 關節。

tut *lŭn*(脫輪)＝脫臼。

ciu *lŭn*(手輪)＝手關節。

🗍 輪流。

lŭn gạu ghuà
(輪到我)＝輪到我。

gho̠ ě lăng de̠q *lŭn*

（五个人在輪）＝五個人輪流。

lu̱n 閏 動 閏年、閏月。

lu̱n me̱nǐ
（閏明年）＝明年是閏年。

gi̱nnǐ lu̱n gùighueq？
（今年閏幾月）
＝今年是閏哪一個月？

lu̱n 論 動 ①議論、辯。

lu̱n sū ī（論輸伊）＝辯輸他。
②區別。

lu̱n dua̱-se̱ u̱i
（論大細位）＝區別上位下位。

ghuàn no̱ng ě si̱ bhǒ lu̱n la
（阮兩个無論啦）
＝我們兩人不分彼此啦。

lu̱n’à 崙仔 名 丘、土堆。

lu̱nghueq 閏月 名 閏月。

a̱ughue̱qri̱t si̱ lu̱nghueq
（後月日是閏月）＝下個月是閏月。
〔lu̱nghe̱q〕

lǔnliu 輪流 動 輪流。

no̱ng ě de̱q lǔnliu
（兩个在輪流）＝兩個人在輪流。

lǔnliu ku̱n（輪流眠）＝輪流睡覺。

lu̱nnǐ 閏年 名 閏年。

lu̱t 甪 動 ①脫落、掉。

lu̱t ca̱t（甪漆）＝掉漆。

tǎume̱ng lu̱t gùi’a̱ gī
（頭毛甪幾若枝）＝頭髮掉好幾根。
②擦、推、剝。

siān lu̱t bhǒ cīngki̱
（銹甪無清氣）＝銹沒擦乾淨。

lu̱t tǒda̱umo̱q
（甪土豆膜）＝剝花生膜。
③一骨碌滑下去。

lu̱t lo̱qki̱ gāu’à
（甪落去溝仔）＝滑到水溝裏去。

lu̱t 捼 動 來回擦。

lu̱t ōximuǎsiǒh
（捼烏耳鰻滯）＝捋去鰻魚身上的粘液。

i̱ng bo̱ lu̱t xo̱ gīm
（用布捼付金）＝用布給推亮。

lu̱tsū 律師 名 律師。

mà 媽 名 祖母；多半說成ànmà(俺
　媽)或āmà(阿媽)。
　　接尾 ～媽、娘娘。女神的稱呼
　　ghueqniǒmà
　　(月娘媽)＝月亮娘娘。
　　Citniǒmà(七娘媽)＝織女娘娘。
　　←→gōng(公)

mà 嗎? 接 但是。
　　mà ghuà əm
　　(嗎我唔)＝但是，我不要。
　　gui mà xə̀
　　(貴嗎好)＝貴，但是好。

ma 也? 副 也。
　　lì u, ghuà ma u
　　(你有我也有)＝你有我也有。
　　ziảq'ě lòng ma xə̀'e
　　(此的攏也好的)
　　＝這些都也是好的。
　　←→aq(亦)

ma 麼? 氣 ～嗎？不是嗎？～吧？
　　zē si̯ lì sià'e ma?!
　　(茲是你寫的麼)＝這是你寫的嗎?!

　　ī u gòng ànnē ma?!
　　(伊有講按�麼)＝他有這樣說嗎？

màghueq 滿月 名 滿月。
　　zə̧ màghueq(做滿月)＝做滿月。
　　動 (出生)滿一個月。
　　dahziảq màghueq
　　(但即滿月)＝現在才滿月。
　　〔muàgheq〕

màsē 矇疎? 形 迷矇。
　　zìu ziảq gáq màsē
　　(酒食及矇疎)＝酒喝到迷迷矇矇。

mǎxuǎn 麻煩 形 麻煩。北京話
　直譯。
　　ciusiok zīn mǎxuǎn
　　(手續眞麻煩)＝手續眞麻煩。
　　同義詞：xuiki̯(費氣)。

màzò 媽祖 名 媽祖。
　　ghiǎ màzò(迎媽祖)＝迎媽祖。

māi 哩 量 英里。
　　zit ghǎlun zàu ri̯ zạp māi
　　(一呀侖走二十哩)
　　＝一加侖跑二十英里。

maͅi 曼?

　　→taͅi(勿)

〜maͅi 〜覢 助 看看。

　　lì kiͅ kuaͅh *maͅi*！

　　(你去看覢)＝你去看看！

　　pih *maͅi*(鼻覢)＝嗅嗅看。

　　〔bhaͅi〕

mǎubeͅh 毛病 名 毛病。

　　ī ě lǎng zīn ghǎu, zòngsi̱ u̱ zi̱t ě
　　mǎubeͅh di̱ le

　　(伊的人眞高，總是有一个毛病著咧)

　　＝他的人很行，但總有一個毛病。

　　亦說成：mǎubi̱ng(毛病)。

　　〔mǎubi̱h〕

màuq 噭? 形 凹嘴。

　　màuq cu̱i(噭嘴)＝凹嘴。

　　動 嚼。

　　la̱ulǎng bhǒ ki̱, ǔnwǔn'à *màuq*

　　(老人無齒，緩緩仔噭)

　　＝老人沒有牙齒，慢慢嚼。

mē 搣? 動 抓。

　　mē tǒdāu(搣土豆)＝抓(把)花生。

　　〔mī〕

　　→lak(搤)

mè 猛 形 旺；火勢強。

　　xānglǒxuè zīn *mè*

　　(烘爐火眞猛)＝火爐的火眞旺。

mě 瞑 名 夜、晚。

　　mě dǎng la(瞑長啦)＝夜晚長了。

　　giǎh *mělo̱*(行瞑路)＝走夜路。

　　dàq *měciā*(搭瞑車)＝坐夜車。

　　měbhuè(瞑尾)＝黎明。

　　měci(瞑市)＝夜市。

　　量 晚。

　　xioͅq nͅng *mě*(歇兩瞑)＝歇兩晚。

　　〔mǐ〕

　　→aͅm(暗)

mě 鋩 名 刃。

　　dͻ̄*mě*(刀鋩)＝刀刃。

　　kio̱q *mě*(拾鋩)＝磨利刀刃。

　　〔mǐ〕

me 罵 動 罵。

　　sīnsēh *me* xaksīng

　　(先生罵學生)＝老師罵學生。

　　me ī siàu'e

　　(罵伊肖的)＝罵他瘋子。

　　〔ma〕

měni 明年 名 明年。

měsi 瞑時 名 晚上。mě(瞑)的二

　　音節語。

　　tak *měsi*(讀瞑時)＝讀夜間部。

　　〔mǐsi〕

　　⟷ri̱tsi(日時)

meͅq 脈 名 脈博。

　　bhōng *meͅq*(摸脈)＝把脈。

　　meͅq gin(脈緊)＝脈博快。

mǐ 綿 名 綿；多半說成mǐ'à(綿仔)。

　　liam *mǐ* tàt xi̱hkāng

　　(拈綿塞耳孔)＝捏棉花塞耳朵。

　　sīmǐ(糸綿)＝絲棉。

bānzi̱mǐ(班芝綿)＝木棉。

形 執拗的、熱心的。

du̱i zābò zi̱n mǐ

（對查某眞綿）＝對女人很執拗。

kuah ga̱q mi̱ lə̱qki̱

（看及綿落去）＝看得入迷了。

mi̱ 尾? 量 隻、朵、坨。對耳朵等
軟物的計數單位。

nə̱ng mi̱ xi̱h'à

（兩尾耳仔）＝兩隻耳朵。

zi̱t mi̱ ɔ̌(一尾蠔)＝一坨牡蠣。

sāh mi̱ xiɔ̄hgō

（三尾香菇）＝三朵香菇。

mi̱ 麵 名 麵。

sa̱q mi̱(煠麵)＝煮麵。

cà mi̱(炒麵)＝炒麵。

mi 乜? 氣 是；提起重要語句時用。

ghuà mi ə̱m zāi, ī mi bhě di̱ le

（我乜唔知，伊乜無著咧）

＝我是不知道，他不在。

i̱tlai mi u̱i diɔ̱q go̱kgā, ri̱lai mi

u̱i diɔ̱q gādi̱

（一來乜爲著國家，二來乜爲著家
己）＝一來是爲了國家，二來也是爲
了自己。

〔mi̱q〕

mi̱'àzuà 綿仔紙 名 衛生紙。

cō ě mi̱'àzuà

（粗的綿仔紙）＝粗糙的衛生紙。

mi̱bāu 麵包 名 麵包。

xāng mi̱bāu(烘麵包)＝烤麵包。

mi̱bɔ̱ 綿布 名 綿布。

mǐmǐ 綿綿 副 執著、執拗、認眞。

mǐmǐ ta̱n(綿綿趁)＝認眞賺。

mǐmǐ bhe̱q(綿綿覓)＝執拗地要。

mi̱suah 麵線 名 麵線。

量 liu(紐)

mi̱ti̱ 麵粔 名 麵糰。

i̱ng mi̱ti̱ liǎm siǎn'à

（用麵粔粘蟬仔）＝用麵糰抓蟬。

mi̱xuē 綿花 名 棉花。

zi̱nkàu mǐxuē

（進口綿花）＝進口棉花。

mi̱xùn 麵粉 名 麵粉。

mi̱ziɔ̱qpue 綿績被 名 棉被。pue

（被）的三音節語。也說成mǐpue(綿
被）。

〔mǐziɔ̱qpe〕

miǎ 名 名 名字。

xə̱ miǎ(號名)＝取名字。

də̱xə̱ miǎ(地號名)＝地名。

ca̱u miǎ(臭名)＝臭名。

量 號、名次。

sāh miǎ i̱lai

（三名以內）＝三名之內。

mia̱ 命 名 ①命、命運。

lì ě mia̱ zi̱n xə̱

（你的命眞好）＝你的命眞好。

mia̱ tǐh zu̱ diah

（命天註定）＝命運天定。

②生命。

kị, lì diọq bhǒ *mia*

(去，你著無命)＝去，你就沒命。

dè *mia*(短命)＝短命。

miăsiāh 名聲 名 名聲。

miăsiāh tàu(名聲透)＝很有名聲。

miawun 命運 名 命運。mia(命)

①的二音節語。

miọ 物 名 物、貨、東西。

bhè siọk *miọ*

(買俗物)＝買便宜貨。

miọ gẹ(物價)＝物價。

〔mọngq〕

miọ'à 麼仔 指 什麼。

miọ'à sīnglì dǝ liàu

(麼仔生理都了)＝什麼生意都賠。

miọ'à kuàn xǐng dǝ u

(麼仔款形都有)＝什麼樣子都有。

→siàhmi(甚麼)

miọgiah 物件 名 東西。miọ

(物)的二音節語。

páq'ǝmgih *miọgiah*

(拍唔見物件)＝丟掉東西。

〔mǝngqgiah〕

miọpuẹ 物配 名 佐菜。

bhǒ siàh mì *miọpuẹ*

(無甚麼物配)＝沒什麼(佐)菜。

bhè guà bhạq tāng zǝ *miọpuẹ*

(買許肉通做物配)

＝買些肉好做佐菜。

〔miọpẹ〕

→cai(菜)

miọsài 麼使

→aqsài(惡使)

mō 摸 動 摸。

xọ gùi *mō* kị

(付鬼摸去)＝被鬼抓走。

mǒgō 毛菰 名 洋菇

mǒgùi 魔鬼 名 魔鬼。

mǒxe 毛蟹 名 毛蟹。

mọxiàm 冒險 動 冒險。

ǝmtāng ànnē *mọxiàm*！

(唔通按哖冒險)＝不可這樣冒險！

mọxiàm ě tǎulọ

(冒險的頭路)＝冒險的工作。

mǒxūi 吗啡 名 嗎啡。

mòq 膜? 動 ①貼住、吸住、凹入。

sịntǎng *mòq* dị biàqlin

(蟮虫膜著壁裡)＝壁虎吸在牆上。

lǎu guah, sāh ziọng'ànnē *mòq* lǎi

(流汗，衫將按哖膜來)

＝流汗，衣服就貼在身上。

bảkdò iāu gảq *mòq* lǝqkị

(腹肚飢及膜落去)

＝肚子餓到凹下去。

②抱。

mòq ziọqtǎu kilǎi

(膜石頭起來)＝把石頭抱起來。

mọq 膜 名 膜；多半說成*mọq*'à(膜

仔)。

dik moq(竹膜)＝竹子裏面的薄膜。

lut moq(角膜)＝脫膜。

㊪dǐng(重)

mǎng 門 ⟨名⟩ 門。

guāih mǎng(關門)＝關門。

zùi mǎng(水門)＝水門。

tuaq mǎng(拖門)＝拉門。

⟨量⟩ 門、挺、包、把、座。

zit mǎng pau(一門炮)＝一門砲。

nəng mǎng cing

(兩門銃)＝兩挺(機)槍。

sāh mǎng bongzi

(三門嘜子)＝三包黃色炸藥。

si mǎng sə̀(四門鎖)＝四把鎖。

gho mǎng xōngsùi

(五門風水)＝五座墳。

mǎng 毛 ⟨名⟩ 毛。

xuat mǎng(發毛)＝長毛。

mǎng gèng(毛管)＝毛孔。

mǎng kā(毛腳)＝髮際。

㊪gī(枝)

〔mǒ〕

məng 問 ⟨動⟩ 問

məng ī, dioq zāi

(問伊，著知)＝問他，就知道。

məng lo(問路)＝問路。

mǎngcǎng 眠床 ⟨名⟩ 床。

də̀ di mǎngcǎng

(倒著眠床)＝躺在床上。

mǎngcǎng tǎu(眠床頭)＝床頭。

㊪diōh(張)

〔bhincǎng〕

mǎngkàu 門口 ⟨名⟩ 門口。

kia diam mǎngkàu, əmgàh rip lǎi

(豎站門口，唔敢入來)

＝站在門口，不敢進來。

也說成mǎngkākàu(門腳口)。

mǎngsih 門扇 ⟨名⟩ 門板。

mǎngsih bak zit pih kilǎi

(門扇剝一片起來)

＝門板拆一塊起來。

mǎngsūi'à 毛鬚仔 ⟨名⟩ 前髮、後毛。指髮際周圍殘留下來的短毛。

lǎu mǎngsūi'à

(留毛鬚仔)＝留瀏海。

mǎngxo 門戶 ⟨名⟩ ①門、戶。

②門戶、家風。

dua mǎngxo

(大門戶)＝大戶人家。

mǎngxo siōdui

(門戶相對)＝門當戶對。

mǎngxōng(門風)＝家風。

muā 襪 ⟨動⟩ 覆蓋、搭掛。

bhindǐng ing càucioq ga ī muā le

(面頂用草蓆給伊襪咧)

＝上面用草蓆給他蓋上。

ciu muā ī ě gīngtǎu

(手襪伊的肩頭)

＝手搭在他肩上。

語幹 覆蓋身體的東西。

xo̱ *muā*(雨襖)＝雨衣。

xuān *muā*(番襖)＝斗篷、披風。

a̱mgùn *muā*(領管襖)＝圍巾。

muà 滿 動 滿、到期。

xit diău zǐh de̱qbhe̱q *muà* la

(彼條錢在覓滿啦)

＝那筆錢就要到期了。

sān ni̱ guāh no̱ng ni̱ *muà*

(三年官兩年滿)＝三年官兩年滿；

三年要撈的錢，兩年就撈足了；有

心黑手狠之意—俚諺。

duà ziā *muà* zap dāng la

(滯這滿十多啦)

＝住這兒滿十年了。

muà cit xuè(滿七歲)＝七足歲。

接頭 一、整。

ia̱ gȧq *muàtŏkā*

(焩及滿土腳)＝撒得一地。

muà gē ě lăng cu̇t lăi kua̱h

(滿街的人出來看)

＝整條街人的人都出來看。

→gūi(舉)

muǎ 麻 名 ①麻。

zāi *muǎ*(栽麻)＝種麻。

②麻做的喪服、孝章。

gȧt *muǎ*(結麻)＝用做孝章。

cing *muǎ*(穿麻)＝穿孝服。

③芝麻。

go̱ *muǎ*(翱麻)＝沾芝麻。

ō *muǎ*(烏麻)＝黑芝麻。

muǎjĭu(麻油)＝麻油。

→de̱'à(苧仔)

muǎ 瞞 動 騙。文言用語。

bhiàn siōmuǎ！

(免相瞞)＝別瞞我！

muǎ 鰻 名 鰻魚。

siōmuǎ(燒鰻)＝烤鰻魚。

muǎpian 瞞騙 動 瞞騙。muǎ

(瞞)的二音節語。

muǎzi 麻糍 名 麻糬。

zīng *muǎzi*(春麻糍)＝春麻糬。

pǔ *muǎzi*(炰麻糍)＝燒麻糬。

muǎzigŏ(麻糍糊)

＝麻糬糊；粘性特強的一種漿糊。

muǎi 糜 名 粥、稀飯。

muǎi siōh ga̱

(糜尙洨)＝粥太稀了。

giăm *muǎi*(鹹糜)＝鹹稀飯。

亦說成muĕ。

〔bhĕ〕

muè 每 指 每。

muè ni̱ ki̱(每年去)＝每年去。

muè lăng ghia̱q zi̱t gī gǐ'à

(每人攑一枝旗仔)

＝每人拿一枝旗子。

同義詞：da̱k(逐)。

〔mùi〕

muĕgui 玫瑰 名 玫瑰。

〔mǔigui〕

muěxuē 梅花 名 梅花。

zit zǎng *muěxuē*
(一欉梅花)＝一棵梅花樹。
kuạh *muěxuē*(看梅花)＝看梅花。
〔mǔixuē〕

N

nà 那 [動] ①像。

　　nà gīm le(那金咧)＝像金子一樣。

　　nà bhéq ki, *nà* əm ki

　　(那覓去，那唔去)

　　＝(像)要去(又像)不去的。

　　②～是～啦，但是～；有藐視之意。

　　suanzioq *nà* suanzioq

　　(璇石那璇石)

　　＝鑽石是鑽石啦，但是～。

　　tǎugē *nà* tǎugē le

　　(頭家那頭家咧)

　　＝老闆是老闆啦，但是～。

　　[副] ①哪、怎麼、爲何。

　　buǎ la, *nà* u?!

　　(無啦，那有)＝沒有啦，哪有?!

　　nà xiáq gui？

　　(那彼貴)＝怎麼那麼貴？

　　同義詞：tài(豈)。

　　②愈…愈…。原則上指稱對象要兩

　　兩對應使用。

　　beh *nà* siōngdiong

　　(病那傷重)＝病愈來愈嚴重。

　　nà kuah *nà* sīmsik

　　(那看那心適)＝愈看愈有趣。

　　同義詞：rù(愈)。

　　③邊…邊。原則上指稱對象要兩兩

　　對應使用。

　　nà cing *nà* giǎh

　　(那穿那行)＝邊穿邊走。

　　nà kau *nà* cio

　　(那哭那笑)＝邊哭邊笑。

　　同義詞：iǎnlo(沿路)。

nà 拿 [動] ①逮捕。文言用語。

　　xo gingcat *nà* ki

　　(付警察拿去)＝被警察捉去

　　②拿、取。

　　xē ga ghuà *nà* lǎi zit'e！

　　(夫給我拿來一下)

　　＝那個幫我拿來一下！

　　nà rua ze zih？

　　(拿若多錢)＝拿多少錢？

nà 喏? [感] 喏。

　　nà, ciā bhéq ki dəwui ze？

　　(喏，車覓去何位坐)

=喏，車子在哪兒坐？

naˍ 電? 〔動〕 沾、碰(一下)。

gàu naˍ zùi
(狗電水)＝狗用舌頭沾一下水。

tǎumǒng xo̱ xuè naˍ dio̱q
(頭毛付火電著)
＝頭髮被火碰了一下。

naˍ ri̱t(電日)＝稍微晒一下。

nǎ 林 〔接尾〕 ～林。

ci̱unǎ(樹林)＝樹林。

càunaˍ(草林)＝草叢。

gh̆ingghìngnǎ
(龍眼林)＝龍眼樹林。

dik'à nǎ(竹仔林)＝竹林。

nǎ 籃 〔名〕 籃子。大多說成nǎ'à(籃
仔)。

dè diạm nǎ lin
(貯站籃裡)＝放在籃子裏。

būnnǒng nǎ
(檳榔籃)＝裝檳榔的籃子。

⑧kā(奇)

naˍ 若? 〔接〕 若、如果。

lì naˍ bhè, ghuà aˍq bhè
(你若買，我亦買)
＝你如果買，我也買。

naˍ u ̄ing, ziạq lǎi cittǒ!
(若有閑，即來迌迌)
＝若有空，請來玩!

naˍ 電? 〔動〕 邊移動邊熱一下。

zicại dio̱q diạm xānglǒdìng naˍ

zi̱t'e
(紫茱著站烘爐頂電一下)
＝紫茱要在爐子上烤一下。

naˍ dīdūsī
(電蜘蛛糸)＝用火燒一下蜘蛛網。

nǎ'ǎu 嚨喉 〔名〕 喉嚨。ǎu(喉)的二
音節語。

nǎ'ǎu di'à(嚨喉蒂仔)＝喉垂。

nǎ'ǎu zīng'à(嚨喉鐘仔)＝喉結。

nǎ'ǎu gàng(嚨喉管)＝氣管。

nǎbuạt 林拔 〔名〕 蕃石榴、芭樂。

nǎdǎu 林投 〔名〕 林投樹。

naga̱q 若及 〔接〕 既然(這樣)。「如
此」的動作狀態及「以上」之意。
ga̱q(及)①的二音節語。

naga̱q ànnē, lì ạmtāng ki̱!
(若及按呢，你唔通去)
＝既然如此，你不要去!

nǎgi̱u 籃球 〔名〕 籃球。

i̱ nǎgi̱u(為籃球)＝玩籃球。

nàsài 那使

→a̱qsài(惡使)

na̱si̱ 若是 〔接〕 若是、如果。na̱(若)
的二音節語。

ī na̱si̱ ạm, lì dio̱q lǎi
(伊若是唔，你著來)
＝他如果不要，你就要來。

naixio̱q 鴟鴞? 〔名〕 老鷹。

〔bhaxio̱q〕

na̱i̱zī 荔枝 〔名〕 荔枝。

nàq 塌 [動] 塌下、凹下。

pih *nàq* ləqki
（鼻塌落去）＝鼻子塌下去。

[量] 塊、處；計數塌下之處的單位。

biàq *nàq* zit *nàq*
（壁塌一塌）＝牆壁塌了一塊。

→láp（塌）

nàqnə̄ng 軟弱? [形] 羞怯。

nàqnə̄ng ə̣mgàh ghiạq tău
（軟弱唔敢攑頭）＝羞怯不敢抬頭。

nau 鬧 [動] 吵、鬧。

dèq takcèq, ə̣mtāng lǎi *nau*！
（在讀冊，唔通來鬧）
＝在讀書，不要來吵！

[形] 吵鬧的。

nau gàq bhe kụn dit
（鬧及獪睏得）＝吵得無法睡覺。

→cà（吵）

nàucuè 腦髓 [名] 腦髓。

nàuq 皎?

→ngàuq（皎）

ne 企? [動] 墊起腳跟站著。

ne kǐlǎi kuạh
（企起來看）＝墊起腳跟來看。

ne kābhuè（企腳尾）＝墊腳跟。

〔ni〕

ně 拎 [動] （用竹等）晾、晒衣服。

ně sāh（拎衫）＝晾衣服。

〔ni〕

→pī（披）

ne 呢 [氣] 哪、喲、喔。

sị lị ại e *ne*
（是你愛的呢）＝是你喜歡的哪。

zīn siō *ne*（眞燒呢）＝很燙喲。

nī 拈 [動] 拈；用兩個指頭取物。

ciu cāng bhe rịpki, ịng *nī*'e
（手穿獪入去，用拈的）
＝手伸不進去，用拈的。

nī biàh（拈餅）＝拈餅。

→liām（拈）

nī 乳? [名] ①乳房。

bhōng *nī*（摸乳）＝摸乳房。

nī dua liạp（乳大粒）＝乳房大。

②奶。

ziạq *nī*（食乳）＝吃奶。

līm ghǔ*nī*（飲牛乳）＝喝牛奶。

〔ling〕

nì 染 [動] 染。

nì bọ（染布）＝染布。

nì ō（染烏）＝染黑。

nǐ 年 [名] 年。

diạm ziā guẹ *nǐ*
（站這過年）＝在這兒過年。

nǐ tău（年頭）＝年頭。

nǐ bhuè（年尾）＝年尾。

[量] 年。

dua zap *nǐ*（滯十年）＝住十年。

xit *nǐ*（彼年）＝哪年。

同義詞：dāng（冬）。

nī 哖 [名] 法蘭絲絨。

nībhə̄ 乳母 名 奶媽。
　ciah *nībhə̄* iō ghìn'à
　(俍乳母育囝仔)＝請奶媽帶嬰兒。
　〔nībhù〕

nǐdāng 年冬 名 年收成。
　xə̀ *nǐdāng*(好年冬)＝豐年。
　nǐdāng bhài(年冬偃)＝年收不好。

nǐxuẹ 年歲 名 年紀。
　nǐxuẹ iàu ziò
　(年歲猶少)＝年紀還小。
　nǐxuẹ bhə̀ gạu
　(年歲無夠)＝年齡不足。
　同義詞：nǐgì(年紀)。
　〔nǐxẹ〕

nǐzẹq 年節 名 年節。
　zẹ *nǐzẹq*(做年節)＝過年節。
　〔nǐzuẹq〕

nǐzih 簷前 名 屋簷。
　kia dị *nǐzih* kā
　(豎著簷前腳)＝站在屋簷下。
　nǐzih kàu(簷前口)＝屋簷前。

nià 領 名 領子。
　nià ùt bhẹ sùi
　(領熨燴差)＝領子燙不好。
　*nià'*au(領後)＝領子後面。
　動 領。
　nià sīnsùi(領薪水)＝領薪水。
　nià lọziọ(領路照)＝領護照。
　量 件。
　zịt *nià* sāh(一領衫)＝一件衣服。

nə̄ng *nià* puẹ
(兩領被)＝兩件被子。

nià 嶺 名 山嶺。
　guẹ *nià*(過嶺)＝過山嶺。
　*nià*ding(嶺頂)＝山嶺上。

nià 耳？ 氣 而已。
　ī gānna e zẹ bhǔnziōh *nià*
　(伊干但會做文章耳)
　＝他只會作文章而已。
　zịt pěh ziạq nə̄ng bhan kō *nià*
　(一坪即兩萬箍耳)
　＝一坪才兩萬塊錢而已。
　還可發音爲nia。

nià 娘 名 娘、母親。多半說成
　àn*nià*(俺娘)。
　lìn *nià* gòng ànzuàh？
　(您娘講按怎)＝你娘怎麼說？

niàduạ 領帶 名 領帶。
　gạt zịt diǎu ǎng ě *niàduạ*
　(結一條紅的領帶)
　＝打一條紅領帶。

niàgin 領巾 名 圍巾。
　muā *niàgīn*(襪領巾)＝圍圍巾。

niania 耳耳？ 氣 而已；nià(耳)的
　二音節語。
　dọkdọk ī u *niania*
　(獨獨伊有耳耳)＝只有他有而已。
　〔nania〕

niāu 貓 名 貓。
　zịt ziạq *niāu* liạq kị bạngsēh！

（此隻貓掠去放生）
＝這隻貓抓去放生！
形 ①麻臉。
bhin *niāu*(面貓)＝臉上坑坑洞洞。
②不乾淨、不乾脆、扭捏。
bhang ànnē *niāu* la, gin teq cu̱-
tlǎi no！
（莫-應按哖貓啦，緊提出來呢）＝不
要這樣扭扭捏捏啦，快拿出來呀！

niāubhǐ 貓罪？ **名** 貓咪。對貓的
暱稱。
niāubhǐ lǎi！(貓罪來)＝貓咪來！

niàucù 老鼠 **名** 老鼠。
ci *niàucù* ga bo̱de̱
（飼老鼠咬布袋）—俚諺
＝養老鼠咬布袋；養癰遺患之意。
niàucù jo̱q
（老鼠藥）＝毒殺老鼠的毒藥。
niàucù dáuq(老鼠啄)＝捕鼠板。
niàucù zing
（老鼠症）＝鼠疫、黑死病。

niò 兩 **量** 兩。
zi̱t gīn si̱ zap la̱k *niò*
（一斤是十六兩）＝一斤是十六兩。
〔nìu〕

niǒ 娘 **名** ①娘、母親；文言用語。
niǒ tia̱h segià̱h
（娘痛細子）＝娘疼幼子。
②太太；多半說成ā*niǒ*(阿娘)。
sīnsēh *niǒ*(先生娘)＝先生娘。

主要是稱呼老師、醫生、律師的太
太。
tǎugē *niǒ*(頭家娘)＝老闆娘。
主要是稱呼主人的太太。
〔niǔ〕

niǒ 量 **動** 量、計量、測量。
niǒ zi̱t zīn bhì
（量一升米）＝量一升米。
niǒ kua̱h rua̱ dǒng！
（量看若長）＝量看看有多長！
〔niǔ〕

niǒ 糧 **名** ①糧食。
u̱n *niǒ*(運糧)＝運送糧食。
②租稅。古代用法。
uǎn *niǒ*(完糧)＝完稅。
niǒ cē(糧差)＝稅務員。
〔niǔ〕

nio̱ 量 **動** 秤；用磅秤秤。
nio̱ cǎ(量柴)＝量柴。
nio̱ xuètua̱h(量火炭)＝秤炭火。
〔niu̱〕

nio̱ 讓 **動** 讓、讓步。
nio̱ ui(讓位)＝讓位。
nio̱ ī sīng già̱h
（讓伊先行）＝讓他先走。
〔niu̱〕

niǒ'à 娘仔 **名** ①你、汝。唱情歌
時使用。
②蠶。
niǒ'à to̱ sī

（娘仔吐糸）＝蠶兒吐絲。

niŏ̱'à xio̱q（娘仔葉）＝桑葉。

niŏ̱'à jaq（娘仔蝶）＝蠶蛾。

同義詞：*căm'à*（蠶仔）。

〔nĭu'à〕

nio̱'à 量仔 名 秤子。

〔nĭu'à〕

niŏcàu 糧草 名 兵糧、糧食。

zĭng bhǎ gi̱ubīng, a̱u bhǎ niŏcàu
（前無救兵，後無糧草）一俚諺
＝前無救兵，後無糧草；進退無路
之意。

〔nĭucàu〕

nio̱ciu 讓手 動 讓手。

*ghuà kȧq xǎmbha̱n, lì dio̱q kȧq
nio̱ciu le*
（我較含慢，你著較讓手咧）
＝我比較不行，你要多多讓手。

siōpȧq bhǎ nio̱ciu
（相拍無讓手）＝打架沒讓手的。

〔nĭuciu〕

niq 瞬 動 眨、瞬。

niq bha̱k（瞬目）＝眨眼。

bhakzīu niq gīm
（目睭瞬金）＝眼睛閃亮地一瞬。

no 呢? 氣 啊、啦。自暴自棄的表現。

xə̀ no, suȧq ə̱mgàh xo̱ xuat?!
（好呢，煞唔敢付罰）
＝好啊，豈不敢被罰?!

lì e̱ sì no, sīnsēh dȩq si̱uki̱ ŏ

（伊會死呢，先生在受氣哦）
＝你慘了，老師在生氣喲！

nə̄ng 艛? 動 伸；把手慢慢伸入像
孔穴之類的地方。

nə̄ng ci̱u'ə̀ng
（艛手袂）＝把手伸進袖子。

cǎ nə̄ng ri̱pki̱ za̱ukāng
（柴艛入去灶孔）
＝把木柴放入灶裏。

→nəng（艛）

nə̀ng 軟 形 ①軟的。

zĭmtǎu nə̀ng（枕頭軟）＝枕頭軟。

*tiȧh dio̱q ī sì, kāci̱u zio̱ng'ànnē
nə̀ng lə̱qki̱*
（聽著伊死，腳手將按呢軟落去）
＝聽說他死了，手腳就軟了下去。

②柔和的、溫柔的。

si̱ngde̱ nə̀ng（性地軟）＝個性溫和。

ta̱n nə̀ng zĭh
（趁軟錢）＝賺安逸錢。

③水或火勢變弱。

xuèzi̱q kȧq nə̀ng
（火舌較軟）＝火勢較弱了。

→nge̱（硬）

nə̱ng 艛? 動 鑽；從洞穴快速通
過。

nə̱ng bo̱ngkāng
（艛嗙孔）＝鑽過隧道。

nə̱ng lǎngpa̱ng cútlǎi
（艛人縫出來）＝從人縫中鑽出來。

→nēng(褸)

nə̠ng 兩 數 兩、二。

nə̠ng cīng nə̠ng bȧq ri̠ zȧp ri̠
（兩千兩百二十二）
＝兩千兩百二十二。

nə̠ng gīn ghua̠ da̠ng
（兩斤外重）＝兩斤多重。

nə̠ng diàm bua̠h
（兩點半）＝兩點半。

→ri̠(二)

nə̠ng 卵 名 卵、蛋。

bu nə̠ng(毈卵)＝孵蛋。

nə̠ngbāu（卵包）＝荷包蛋。

nə̠ngcīng（卵清）＝蛋白。

nə̠ngrīn（卵仁）＝蛋黃。

nə̀ngziàh 軟弱? 形 軟弱。

bhǒcài xo̠ li̠ zə̠ zābōgiàh, nà e̠ xia̠q
nə̀ngziàh?!
（無彩付你做查哺子，那會彼軟弱）
＝可惜你身爲男子漢，怎麼那麼軟
弱?!

nə̠ngzə̠ng 褸鑽 形

ī ziǎh nə̠ngzə̠ng
（伊成褸鑽）＝他很會鑽門路。

nə̠ngzə̠ng ə̠mdatdioq dùdə̠ng
（褸鑽唔值著抵撞）—俚諺
＝會鑽營，不如機會好。

nuà 挼 動 搓。

nuà sāh（挼衫）＝搓衣服。

nuà gȧq liu̠ puě

（挼及瑠皮）＝搓到破皮。

nua̠ 淖? 動 翻滾。

də̀ diạm tǒkā dȧq nua̠
（倒站土腳在淖）＝躺在地上打滾。

nuǎ 攔 動 攔、擋。

nuǎ lo̠（攔路）＝攔路。

dȧq siōpȧq, ga ī nuǎ kūi
（在相拍，給伊攔開）
＝有人打架，充當和事佬。

nuǎ 欄 名 圍欄。

zə̠ zit ě nuǎ
（做一個欄）＝做一個圍欄。

ghǔnuǎ（牛欄）＝牛欄。

zèhnuǎ（井欄）＝井欄。

nua̠ 涎? 名 唾液、口水。

pui̠ nua̠（唾涎）＝吐口水。

pun nua̠ciu（溢涎鬚）＝噴口水。

nua̠ 爛 動 ①潰爛。

liȧp'à nua̠ ki̠
（粒仔爛去）＝膿瘡爛了。

nua̠bhak
（爛目）＝爛眼兒、爛眼邊兒。
②腐爛。

sīnsí iàubhue̠ nua̠
（身屍猶未爛）＝屍體還未爛。

gām'à nua̠ ki̠
（柑仔爛去）＝橘子爛掉了。

形 爛、軟。

sȧq bhe̠ nua̠（煠𣍐爛）＝煮不爛。

nua̠ tǒ（爛土）＝軟土。

→nə̀ng(軟)

nua 懶 形 （個性）散漫、不嚴謹、
不檢點。

lăng zīn *nua*（人眞懶）＝人很散漫。

nuătău 攔頭 動 藉口、找碴。

bhạng ànnē *nuătău* la, sị bhėq
pȧq ə̣m？

（莫-應按哖攔頭啦，是覓拍唔）
＝不要這樣找碴，討打是嗎？

NG

ngàki̯ 雅氣 **[名]** 韻味、雅緻之趣。
文言用語。
　ànnē ziȧq u̯ zit ě *ngàki̯*
　（按哖即有一个雅氣）
　＝這樣也才有個韻味。

ngaighi̯oq 礙謔? **[形]** 不合適、不
自在、尷尬。
　ci̯ng di̯oq *ngaighi̯oq*
　（穿著礙謔）＝穿起來不自在。

ngauxùn 藕粉 **[名]** 藕粉。

ngȧuq 齩 **[動]** （大口地）咬住。
　xo̯ gàu *ngȧuq* di̯oq
　（付狗齩著）＝被狗咬到。
　亦講成nȧuq。

nge 硬 **[形]** ①堅、硬。
　nge ě di̯ndiǎu
　（硬的籐條）＝硬的籐條。
　la̯nziàu bhe̯ *nge*
　（乇鳥𣍐硬）＝陰莖無法勃起。
　②強硬的、嚴格的。
　ta̯ido̯ zīn *nge*, lòng bhe̯ lə̯q nèng
　（態度眞硬，攏𣍐落軟）

　＝態度很硬，都不肯放軟（妥協）。
　nge si̯ng（硬性）＝脾氣硬。
　③水或火勢強。
　kēlǎu zīn *nge*
　（溪流眞硬）＝水勢很強。
　dik'à-xuè xuèzi̯q kȧq *nge*
　（竹仔火火舌較硬）
　＝竹子的火火勢較強。
　[副] 勉強、硬拗。
　nge zīh lə̯qki̯
　（硬挣落去）＝硬擠進去。
　nge ciòh（硬搶）＝硬搶。
　〔ngi̯〕
　⟷ nèng（軟）

ngėq 莢 **[量]** 莢。
　nə̯ng *ngėq* tǒda̯u
　（兩莢土豆）＝兩莢花生。
　〔nguėq〕

ngėq 挾? **[名]** 挾子；把東西輕輕挾
起的像鑷子的東西。多半說成*ngėq'*
à（挾仔）。
　i̯ng *ngėq ngėq*

（用挾挾）＝用挾子挾。

xuè*ngęq*（火挾）＝火挾子。

動 用筷子等挾起。

ngęq cąi（挾菜）＝挾菜。

〔nguęq〕．

ngęq 挾? 名 挾子；把東西強力挾
住的像釘拔一樣的東西。多半說成
ngęq'à（挾仔）。

zǐmgòng*ngęq*（蟳管挾）＝蟹螯挾。

動 挾帶。

gèq'ękàng ngęq zįt bùn cèq
（胳下孔挾一本冊）
＝腋下挾著一本書。

ngęq diąm cèq
（挾站冊）＝挾在書裏。

〔nguęq〕

ngiāu 抓? 動 搔癢．

ngiāu kāziôqdè
（抓腳蹠底）＝搔腳底癢。

形 癢的。

uaqbhèq *ngiāu* sì
（活覓抓死）＝癢得要死。

ngiąuq 蚴 動 蠕動。

tǎng dèq *ngiauq*
（虫在蚴）＝蟲在蠕動。

ngògīm 五金 名 金物。

ngògīm xǎng（五金行）＝五金行。

ngògòk 五穀 名 五穀。

zèqtuáq *ngògòk*
（撮汰五穀）＝浪費五穀。

ngŏlə̌ 俄羅 形 胡纏、不講理、刁
蠻。

lì nà ę xiáq *ngŏlə̌*?!
（你那會彼俄羅）
＝你怎麼那麼不講理?!

ō 烏 <u>形</u> 黑的。

ō iān(烏煙)＝黑煙。

sīmguāh ō(心肝烏)＝心黑。

ò 挖? <u>動</u> 挖。

ò bha̲kzīu(挖目睭)＝挖眼睛。

ò pi̲hsài(挖鼻屎)＝挖鼻屎。

ò ta̲nggue̲(挖通過)＝挖穿。

ò xānzǔ(挖番藷)＝挖甘藷。

ǒ 哦? <u>氣</u> 喲；提醒對方注意時用語。

dio̲q ga̲u ghuà ǒ!

(著到我哦)＝到我了喲！

a̲u bàih ə̲m lio̲ngzǐng lì ǒ!

(後擺唔諒情你哦)

＝下次不原諒你了喲！

ǒ 壺 <u>名</u> 壺、缸。

gīmxi̲-ǒ(金魚壺)＝金魚缸。

<u>量</u> 壺；計數以壺盛物的單位。

zi̲t ǒ zi̲u(一壺酒)＝一壺酒。

ci̲ nə̲ng ǒ gīmxǐ

(飼兩壺金魚)＝養兩缸金魚。

o 芋 <u>名</u> 芋頭。

o̲xuǎih(芋荄)＝芋頭的莖葉。

<u>量</u>diǎu(條)

o 噢? <u>氣</u> ①呀、喲；表驚愕、詠嘆的語氣。

dio̲q si̲ lì o!

(著是你噢)＝就是你呀！

xi̲t ě zābhò si̲ zīn li̲xa̲i o!

(彼个查某是眞厲害噢)

＝那個女人是很厲害的喲！

②呀；置於命令句之後，表加強語氣。

gìn ki̲ o!(緊去噢)＝快去呀！

kūi mǒng o!(開門噢)＝開門呀！

<u>感</u> 喔；表驚愕、詠嘆。

o, ghuǎnlǎi si̲ ànnē!

(噢，原來是按呚)

＝喔，原來如此！

ō'ā 烏鴉 <u>名</u> 烏鴉。

ō'amxin 烏暗眩 <u>動</u> 暈眩；xin(眩)①的三音節語。

kuah liàu, e̲ ō'a̲mxin

(看了，會烏暗眩)＝看了會暈眩。

ōbāng 烏枋 <u>名</u> 黑板。

càt ōbāng ě ri̥ ki̥lǎi

（擦烏枋的字起來）

＝把黑板的字擦掉。

ōbe̥q 烏白 副 胡來。

  ōbe̥q sià(烏白寫)＝胡亂寫。

ōbhḁk 烏墨 名 墨；bhḁk（墨）的

  二音節語。

ōcēh 烏青 形 瘀青。

  liam gȧq ōcēh

  （捻及烏青）＝捏到瘀青。

  〔ōcīh〕

ōciōh 烏鯧 名 黑鯧魚。

  〔ōcīuh〕

ōgàu 烏狗 名 俠氣的、愛裝門面

  的男人。

  zēng gȧq zit ziȧq cio̥h ōgàu

  （粧及一隻像烏狗）

  ＝打扮得像黑狗兄。

  ←→ōnīāu(烏貓)

ōgū 烏龜? 形 平手。

  zit dàu ghuà iǎh, ànnē ōgū

  （此倒我贏，按哖烏龜）

  ＝這回我贏，這樣平手了。

ōgūi 烏龜? 名 ①娼館的老闆。

  ②讓妻、女賣淫的男人。

ōjīm 烏陰 形 陰暗。

  ōjīm tīh(烏陰天)＝陰暗天。

  ōjīm guǎh(烏陰寒)＝陰寒。

ōlòbho̥kzě 烏魯木齊 形 亂七八

  糟。

co̥ng zi̥t ě daizi, co̥ng gȧq ōlòbho̥-

  kzě

（創一个事志，創及烏魯木齊）

＝做一件事情，做得亂七八糟。

ōnīāu 烏貓 名 好打扮的、帥氣的

  女人。

  ōgàu de̥q rio̥k ōnīāu

  （烏狗在趒烏貓）

  ＝黑狗兄在追求黑貓姊。

  ←→ōgàu(烏狗)

ōxi 烏魚 名 烏魚。

  ōxi gian(烏魚腱)＝烏魚腱。

ōxizi 烏魚子 名 烏魚子。

  bǔ ōxizi(炰烏魚子)＝烤烏魚子。

  壽bǐ(柸)

ōxi̥muǎ 烏耳鰻 名 鰻魚。muǎ

  （鰻）的三音節語。

ōxuān'à 烏番仔 名 黑人。

ōh 搖 動 哄(小孩入睡)。兒童語。

  ābhè ga lì ōh！

  （阿母給你搖）＝媽媽哄你睡！

  ōh xo̥ ī ku̥n(搖付伊睏)＝哄他睡。

o̥h 嗯? 動 嘟喃、咕噥。卑俗語。

  əmzāi de̥q o̥h siàhmì, tiāh lòng

  bhǎ

  （唔知在嗯甚麼，聽攏無）

  ＝不知在咕噥些什麼，都聽不懂。

ȯk 惡 動 罵、叱喝；不滿時大聲叱

  喝人。

  ki̥ dio̥q, dio̥q dua siāh ȯk lǎng

（氣著，著大聲惡人）

＝氣不過，就大聲罵人。

xọ sīnsēh giọ kị ȯk

（付先生叫去惡）＝被老師叫去罵。

形 兇惡。

ȯk lǎng（惡人）＝兇惡的人。

xit ziȧq gàu zīn ȯk

（彼隻狗眞惡）＝那隻狗很兇。

ȯkdọk 惡毒 形 惡毒；dọk（毒）的
二音節語。

ȯkdọk ě zābhò

（惡毒的查某）＝惡毒的女人。

ǒng 王 名 王。

zọ ǒng（做王）＝當王。

gȯk'ǒng（國王）＝國王。

ǒnglǎi 鳳梨 名 鳳梨。

〔ọnglǎi〕

òngxuě 往回 動 來回。

zọ ciā òngxuě

（坐車往回）＝坐車來回。

ə̄ 呵? 動 邊走邊大聲叫賣。

　ə̄ siō bhȧqzạng e

　(呵燒肉粽的)

　=邊走邊叫賣燒肉粽。

ə̌ 蠔 名 牡蠣；多半說成ə̌'à(蠔仔)。

　ə̌ duạ mị(蠔大尾)=牡蠣肥大。

　ə̌kȧk(蠔殼)=牡蠣殻。

　量mị(尾)

ə̄lə̀ 阿佬? 動 讚美、稱讚。

　ə̄lə̀ ī ghǎu tạkcẹq

　(阿佬伊高讀册)=稱讚他會讀書。

　xọ lǎng ə̄lə̀ ìuxạu

　(付人阿佬有孝)=被人稱讚孝順。

ə̀m 姆 名 伯母；多半說成a'ə̀m(阿姆)。

ə̌m 蕾? 名 花蕾。

　pȧq ə̌m(拍蕾)=結蕾。

　量lùi(蕊)

əm 唔 情 ①不；表無意願之意。

　kȧq xǐng də əm rịn

　(較刑都唔認)=怎麼刑都不認罪。

　xūn lì bhėq à əm?

（燻你覓抑唔）=香烟你要或不要？

②不～；表打消之意。

xē ghuà əm zāi

（夫我唔知）=那個我不知道。

kị əm xə̀(去唔好)=去的話不好。

③不；表反詰之意。

lì əm diọq gịn kị?!

（你唔著緊去）=你怎麼不快去?!

zịh buė lì, ànnē əm xə̀ lo?!

（錢賠你，按哖唔好嘍）

=錢賠你，這樣不好嗎?!

接 那麼、不然。

ānnè, əm, siàhxuẹ?!

（按哖，唔，甚貨）

=這樣，不然，是什麼?!

əmsi lǎng, əm gùi lo?!

（唔是人，唔，鬼嘍）

=不是人，不然，是鬼嘍?!

氣 嗎？加在文末，表疑問，讀輕聲。通常以「à(抑)+əm(唔)+述語」的形態出現。

ànnē xə̀ əm?

（按哖好唔）＝這樣好嗎？

zē sị̈ lì'ě ə̲m？

（茲是你的唔）＝這是你的嗎？

ə̲mbhiàn 唔免 動 不用。bhiàn

（免)②的二音節語。

zǐh sị̈ ə̲mbhiàn

（錢是唔免）＝錢是不用。

lòng ə̲mbhiàn kuạh

（攏唔免看）＝都不用看。

ə̲mbhǒ 唔無 接 那麼、不然。bhǒ

（無)接的二音節語。

ə̲mbhǒ，lì gə̲q zạu ghuà gho̲

kǒ！

（唔無，你復找我五箍）

＝不然，你再找我五塊錢！

ə̲mdạt 唔值 形 不值得。

xə̀jị̈ ga ī gòng，diānde̲ xo̲ ī me̲，zīn

ə̲mdạt

（好意給伊講，顛倒付伊罵，眞唔

值）＝好心跟他說，反而被他罵，眞

不值得。

xo̲ lǎng gòng kācēng'ạuwe̲ ziu ə̲

mdạt

（付人講腳倉後話就唔值）

＝背後被批評很不值得。

ə̲mdạtdio̲q 唔值著 動 比不上。

Kòngzùgōng ə̲mdạtdio̲q kòng-

xōngxǐng

（孔子公唔值著孔方兄）—俚諺

＝孔子公比不上孔方兄；金錢比聖

人值錢之意。

ī ě xakbhuṇ ə̲mdạtdio̲q lì no

（伊的學問唔值著你呢）

＝他的學問比不上你哪。

也說成ə̲mdạt(唔值)。

ə̲mdio̲q 唔著 形 不對、不好。

ə̲mdio̲q，ə̲msị̈

（唔著，唔是）＝不對，不是嗎？

lì kạq ə̲mdio̲q，ga ī xue̲ zịt'e！

（你較唔著，給伊會一下）

＝你比較不對，跟他道個歉！

ə̲mdit 唔得 形 不是、不好。必須

兩兩對應使用。

bhè̲q kị̈ aq ə̲mdit，ə̲m kị̈ aq ə̲mdit

（覓去亦唔得，唔去亦唔得）

＝去也不是，不去也不是。

ə̲mgàh 唔敢 情 不敢。

ābhə̀ a，ạu bàih ə̲mgàh la！

（阿母啊，後擺唔敢啦）

＝媽媽啊，以後不敢了！

ə̲mgàh gòng(唔敢講)＝不敢說。

<——> gàh(敢)

ə̲mgāmghuạn 唔甘願 動 不甘

心。

xo̲ ī ànnē ziāutát，ghuà zīn

ə̲mgāmghuạn

（付伊按哖蹧蹮，我眞唔甘願）

＝被他這樣糟塌，我眞不甘心。

rù sio̲h rù ə̲mgāmghuạn

（愈想愈唔甘願）＝越想越不甘心。

əmgāmsīm 唔甘心 動 捨不得。

sū xiạq ze zǐh, lì e əmgāmsīm bhe？

（輸彼多錢，你會唔甘心儈）

＝輸那麼多錢，你會捨不得嗎？

sì ī, ghuà ziǎh əmgāmsīm

（死伊，我成唔甘心）

＝他死了，我眞捨不得。

əmguàn 唔管 動 不管、不論。

əmguàn ī si siàhmì lǎng

（唔管伊是甚麼人）

＝不管他是什麼人。

əmguàn dəzit rit

（唔管何一日）＝不論哪一天。

əmgù 唔拘? 接 不過、可是、但是。

əmgù ī əm kìng

（唔拘伊唔肯）＝不過，他不肯。

xè si xə̀, əmgù gui

（好是好，唔拘貴）

＝好是好，但是貴。

əmnia 唔但 動 不只、不單。

ki'e əmnia ī zit ě

（去的唔但伊一个）

＝去的不只他一個。

接 不僅。原則上和rǐciàh（而且）對應使用。

əmnia cua diọq sùi bhò, rǐciàh dit diọq ziǎh ze cănxə̌ng

（唔但娶著美婆，而且得著成多田園）＝不但娶到漂亮老婆，而且得到許多田地。

同義詞：bùtdạn（不但）。

〔əmnạ〕

əmsi 唔是 動 不是。說明主語用，後面經常跟隨名詞。

ī əmsi pàihlǎng

（伊唔是歹人）＝他不是壞人。

xē əmsi ghuà sià'e

（夫唔是我寫的）＝那不是我寫的。

感 不。

əmsi, bhedạng gòng ànnē

（唔是，儈得－通講按咍）

＝不，不能這樣說。

⟷si（是）

接頭 非、不是。

əmsilǎng（唔是人）＝不是人。

əmsisī（唔是時）＝不是時候。

ī ziòk əmsikuàn

（伊足唔是款）＝他很不像話。

əmsi sẹbhin

（唔是勢面）＝情勢不對。

əmtāng 唔通 情 不可、不要。

əmtāng ziạq xūn！

（唔通食燻）＝不可抽烟！

əmtāng kạq xə̀

（唔通較好）＝不要（做）較妥當。

⟷tāng（通）

əmxandiạh 唔限定 動 不限。

xọ xuat'e əmxandiạh lì

（付罰的唔限定你）
＝被罰的不限於你。

接 不只、不限。原則上和liǎn(連)
對應使用。

ə̯mxandiạh ghuà, liǎn ghuàn
kānciu ạq xo̠ gǐngcat gio̠ ki̠ mə̠ng
（唔限定我，連阮牽手亦付警察叫去
問）＝不只是我，連我老婆也被警察
叫去問。

ə̯mzāi 唔知 副 不知；冠於疑問句
之上，軟化疑問口氣。
ī ə̯mzāi di̠sī bhe̠q lǎi？
（伊唔知底時覓來）
＝不知他什麼時候來？
ə̯mzāi kə̀ u dio̠q bhə̌？
（唔知考有著無）
＝不知有沒有考上？

ə̯mzāitǎu 唔知頭 形 不知不覺、
無意的、不小心的。多半作副詞使
用。
ī ga lì daq dio̠q si ə̯mzāitǎu'e la
（伊給你踏著是唔知頭的啦）
＝他踩到你的腳，是不小心的啦。

ə̄ng 秧 名 稻子等的苗。
bo̠ ə̄ng(播秧)＝插秧。
ə̄ngdiǎh(秧埕)＝秧田。
cāng'a'ə̄ng(蔥仔秧)＝蔥苗。

ə̄ng 掩? 動 掩；把耳目都遮住。
ə̄ng bha̠kzīu(掩目睭)＝掩住眼睛。

ə̀ng 扤 動 (用單手)夾住。

ə̀ng bāuxo̠k'à
（扤包袱仔）＝夾住包袱。
→xiáhq(搚)

ə̀ng 影 名 黑影、蔭。
zio̠ ə̀ng(照影)＝照出黑影。
xió̠q diạm ciu'ə̀ng
（歇站樹影）＝在樹蔭下休息。
→iàh(影)

ə̯ng 向 動 ①轉、向、面。
sīngkū ə̯ng gue̠ki̠
（身軀向過去）＝身子轉過去。
ə̯ng lǎm(向南)＝面南。
②依靠、期望。
zi̠n ə̯ng lì zit ě lǎng
（盡向你一个人）＝你是唯一的依靠。
ə̯ng kuah e cīncio̠hlǎng
（向看會親像人）＝希望你出人頭地。
同義詞：bhang(望)。

ə̆ng 吮? 感 ①用於反問對方時。
ə̆ng, ka̠q dua̠ siāh le！
（吮，較大聲咧）
＝(說話)大聲一點！
ə̆ng, lì gòng siàhmì？
（吮，你講甚麼）＝你說些什麼呀？
②用於遇到奇怪疑惑時。
ə̆ng, gàm u zit xə̠ su?！
（吮，敢有此號事）
＝喔，竟有這種事?！

ə̆ng 黃 形 黃色的。
ə̆ng sik(黃色)＝黃色。

suaih'à ə̌ng la
（樣仔黃啦）＝芒果黃了。

ə̱ng 暈 動 目眩。

　kuah ṛittău, bhakzīu e ə̱ng
　（看日頭，目睭會暈）
　＝看太陽，眼睛會發暈。

ə̌ng'à 笯仔 名 稱重量的小籠子。

　gādi sị niò ə̌ng'à bhǎ dǔ
　（家己四兩笯仔無除）—俚諺
　＝自不量力。

ə̱ngbhang 向望 動 期待。ə̱ng
（向）②、bhang（望）的二音節語。

　ə̱ngbhang giàh ě ziōnglǎi
　（向望子的將來）
　＝把希望寄託在孩子的將來。

ə̱ngdə̱ng 覼黮? 形 倔強。指愛鬧
彆扭的小孩。

　ə̱ngdə̱ng ghìn'à
　（覼黮囝仔）＝鬧彆扭的小孩。

ə̌nggihxuē 黃梔花 名 （植）梔子。

ə̱nggokgē 掩咯鷄? 動 玩捉迷藏。

　làn lǎi ə̱nggokgē la！
　（咱來掩咯鷄啦）
　＝我們一起玩捉迷藏！

ə̌ngni 黃連 名 黃連。

　ègàu ziah ə̌ngni
　（啞口食黃連）—俚諺
　＝啞巴吃黃連，有苦說不出。

ə̌ngsə̄ng 黃酸 形 孩童發育不良，
臉色蒼白。

ə̌ngsə̄ng ghìn'à ziah lòng bhe
bǔi
（黃酸団仔食攏㒲肥）
＝小孩發育不良，吃再多也養不胖。

ə̍q 奧? 形 困難、～難學。

　bhèq ə̍q sài ciā, kuại à ə̍q？
　（覓學駛車，快抑奧）
　＝（我）想學開車，簡單或困難？
　ə̍q gòng（奧講）＝難說。
　←→kuại（快）

ə̍q 學 動 ①學習。

　ə̍q īsing（學醫生）＝學醫，從醫。
　pàih ə̍q（歹學）＝難學。
　②模仿。
　ə̍q lǎng bhǎ ghǎu
　（學人無高）
　＝模仿（他人）不值得炫耀。
　ə̍q ī gòng（學伊學）＝跟他學習。
　名 學校、私塾，大多唸成ə̍q'à（學
　仔）。
　rip ə̍q（入學）＝入學。
　bạ'ə̍q（罷學）＝不去上課。

ə̍qdit 奧得 形 困難、～不容易做。
ə̍q（奧）二音節語。

　ə̍qdit guerit
　（奧得過日）＝生活困難。

ə̍qwe 學話 動 打小報告，搬弄是
非。

　kị ga sinsēh ə̍qwe
　（去給先生學話）＝向老師打小報告。

sŭi dǝ̀ng lǎi ə̣qwe̱

(隨轉來學話)＝馬上回來搬弄是非。

P

pā 抛 [動] ①翻跟斗。

pā nǝng lįn

（抛兩輪）＝翻兩個跟斗。

②繞、迂迴、輾轉。

pā duį Siǫngxài kį

（抛對上海去）＝輾轉去了上海。

pā duį siăhląi dǝnglǎi

（抛對城內轉來）＝從城內繞了回來。

③抛、擲、撒、下（漁網等物）。

pā bhąng（抛網）＝撒網。

pā diąh（抛碇）＝下錨。

④停泊、靠。

pā dį gàngkàu

（抛著港口）＝停泊在港口。

pā xuąh（抛岸）＝靠岸。

pā 葩 [量] 盞、串。

diàm ląk *pā* diąnxuè

（點六葩電火）＝點六盞電燈。

nǝng *pā* pǝdǒ

（兩葩葡萄）＝兩串葡萄。

pą 皰 [名] 泡。

pǫng *pą*（凸皰）＝起泡。

[接尾] 泡。

lǎng*pą*（膿皰）＝膿疱。

xūn*pą*

（煙皰）＝（被鴉片煙燙成的）水泡。

pāgilin 抛麒麟 [動] 側滾翻。

pāxǝng 抛荒 [動] 荒廢。

cǎnxǒng *pāxǝng* kį

（田園抛荒去）＝田園荒廢了。

pąh 冇？ [形] ①無肉、鬆軟。

zim *pąh*（蟳冇）＝螃蟹無肉。

pąh cǎ（冇柴）＝質地鬆軟的木頭。

②用錢大方。

ī ě zįh zįn *pąh*

（伊的錢真冇）＝他用錢很大方。

⟵⟶ dįng（定）

pai 派 [動] 派遣。

pai ī kį Siąmlǒ

（派伊去暹羅）＝派他去泰國。

同義詞：cē（差）。

[名] ①派別、流派。

xūn *pai*（分派）＝分派別。

zǝ*pai*（左派）＝左派。

②態度、風格、樣子、派頭。

gik zit ě pai

（激一個派）＝裝一個派頭。

xə̀ pai（好派）＝好樣子。

paitǎu 派頭 名 態度、樣子。pai

②的二音節語。

paitǎu cō（派頭粗）＝（假）氣派大。

pàih 歹？ 形 ①壞的。

pàih zing（歹症）＝惡疾。

②交情打壞。

ghuà cām i pàih

（我參伊歹）＝我和他的交情搞壞了。

pàih gáq lòng bhǒ gòng ue

（歹及攏無講話）

＝（感情）壞到都不交談了。

情 難搞、難做。

pàih cong

（歹創）＝不好搞、很難做。

zǐh pàih tan（錢歹趁）＝錢難賺。

動 變壞、壞掉。一般指變質或組

織壞掉。

bhǒ bing le, xǐ e pàih kị

（無冰咧，魚會歹去）

＝沒冰著，魚會臭掉。

də̀q'à iàubhue pàih

（桌仔猶未歹）＝桌子還沒壞掉。

→bhài（儚）

paih 背 動 揹。

paih cėqbāu

（背冊包）＝揹書包。

→aih（背）

pàihcuidàu 歹嘴斗 形 挑嘴。

pàihcuidàu ě ghin'à bhe bǔi

（歹嘴斗的囝仔獪肥）

＝挑嘴的小孩胖不了。

←→xə̀cuidàu（好嘴斗）

pàih'e 歹下 形 倒霉、不巧、運氣

不好。

pàih'ẹ dù dioq xōngtāi bing zǔn

（歹下抵着風颱反船）

＝倒霉碰到颱風，船翻了。

同義詞：pàihkāng（歹孔）。

←→kə̀'ẹ（好下）

pàihgiàh 歹子 名 壞孩子，不肖

子。

pàihgiàh ga tẹ gēgáq

（歹子給退家甲）

＝把不肖子逐出家門。

←→xə̀giàh（好子）

pàihkuạh 歹看 形 難看，體態不

好。

cịng gáq zin pàihkuạh

（穿及眞歹看）＝穿得很難看。

←→xə̀kuạh（好看）

pàihkuàn 歹款 形 沒規矩。

lòng bhėq ziạm daising, zin pàih-

kuàn

（攏覓佔在先，眞歹款）

＝都要搶先，眞沒規矩。

pàihlǎng 歹人 名 惡人，惡漢。

xo̱ *pàihlăng* ga̱ xa̱i si̱
(付歹人給害死)＝被壞人給害死。
←→xə̀lăng(好人)

pàihmia̱ 歹命 形 命苦。
ge̱ xo̱ li̱ zī̄n *pàihmia̱*
(嫁付你眞歹命)＝嫁給你眞命苦。
←→xə̀mia̱(好命)

pàihse̱ 歹勢 形 不好意思。
bhǎ ki̱, e̱ *pàihse̱* bhe̱?
(無去，會歹勢繪)
＝沒去，會不會不好意思？
du̱i lăngke̱q zī̄n *pàihse̱*
(對人客眞歹勢)
＝對客人眞不好意思。
也可說成*pàihse̱*bhi̱n(歹勢面)。

pàihsi̱ 歹死 形 難纏、易怒的人，
可怕。
zi̱a̱qgù nà zi̱a̱q *pàihsi̱*?!
(此久那此歹死)
＝這會兒怎麼這麼難纏?!
pàihsi̱ ě sī̄nsēh
(歹死的先生)＝可怕的老師。

pàihsim 歹心 形 壞心眼、心地不
好。
li̱ ziǎh *pàihsim*, u̱ a̱q ə̱m zi̱a̱q
lăng
(你成歹心，有亦唔借人)
＝你心眼眞壞，有也不肯借人。
←→xə̀sī̄m(好心)

pàihtiāh 歹聽 形 難聽。

du̱i lăng gòng ga̱q zī̄n *pàihtiāh*
(對人講及眞歹聽)
＝對人說得眞難聽。
←→xə̀tiāh(好聽)

pàihwe̱ 歹話 名 壞話。
gòng lăng ě *pàihwe̱*
(講人的歹話)＝說人家的壞話。

pàihzia̱q 歹食 形 難吃。
ca̱i *pàihzia̱q*(菜歹食)＝菜難吃。
←→xə̀zia̱q(好食)

pa̍k 覆 動 趴著。
pa̍k de̱q ku̱n(覆在眠)＝趴著睡。

pa̱k 曝 動 曬。
pa̱k ga̱q cio̱h ōxuān'à
(曝及像烏番仔)＝曬得像黑番人。
pa̱k pue̱(曝被)＝曬棉被。

pāng 芳 形 香。
xuē zī̄n *pāng*(花眞芳)＝花眞香。
←→ca̱u(臭)

pāng 蜂 名 蜂。
pāng e̱ di̱ng lăng
(蜂會釘人)＝蜂會叮人。
bhi̱t*pāng*(蜜蜂)＝蜜蜂。
ga̍k*pāng*(角蜂)＝虎頭蜂。

pàng 紡 動 ①紡(織)。
gi̱n *pàng*, bhǎ xə̀ sē
(緊紡，無好紗)一俚諺
＝織得太快，不會有好紗。喻做事
太急切，不會週全。
②轉動、發動。

pàŋg gīkiᵢ(紡機器)＝發動機器。

pàŋg xo_ dəŋ

（紡付轉）＝轉一下讓它動。

paŋg 胖 動 （小孩）肥胖可愛。

bhiᵢn *paŋg* gə̩q be̩q

（面胖復白）＝臉又胖又白。

pǎŋg 帆？ 名 帆。

pàq *pǎŋg*（拍帆）＝張帆。

ciā *pǎŋg*（車帆）＝車帆。

pǎŋg 捧？ 動 ①（用兩手）端。

pǎŋg bhiᵢntàŋg

（捧面桶）＝端臉盆。

②（店舖等）讓渡。

zit gīng diạm xo_ lǐ *pǎŋg*！

（此間店付你捧）

＝這家店讓渡給你！

paŋg 縫 名 隙間。

mǎŋg u_ *paŋg*（門有縫）＝門有縫。

nə̩ng kāpaŋg

（軁腳縫）＝從胯下鑽過。

量

liᵢq nə̩ng *paŋg*

（裂兩縫）＝裂兩端縫。

kūi zit *paŋg*（開一縫）＝開一道縫。

pāngzùi 芳水 名 香水。

xiu *pāngzùi*（洒芳水）＝灑香水。

pàq 拍 動 ①打。

pàq kācə̩ng（拍腳倉）＝打屁股。

pàq sū lǎng（拍輸人）＝打輸人。

②拿武器打敵人或鳥獸。

pàq xuān(拍番)＝征番。

pàq ziàu(拍鳥)＝打鳥。

③敲打。

pàq lə̌(拍鑼)＝敲鑼。

pàq mǎng(拍門)＝敲門。

④發射、打出。

pàq ciᵢng(拍銃)＝射擊。

pàq kiᵢ xo_ lǎng gạu

（拍去付人到）＝打出（牌）讓人胡了。

⑤鍛練金屬，製成成品。

pàq ghiᵢn(拍銀)＝打製銀器。

pàq zioᵢq(拍石)＝打製石器。

⑥用棉弓彈打棉花。

pàq mǐ(拍綿)＝彈棉花。

⑦用麵桿擀麵。

pàq miᵢ(拍麵)＝擀麵。

⑧攪拌。

pàq gēnə̩ng(拍鷄卵)＝打蛋。

pàq xo_ ī xuàt

（拍付伊發）＝攪打讓它發酵。

⑨開關、穿洞。

pàq kāng(拍孔)＝打洞。

pàq suāhnǎ(拍山林)＝開關山林。

⑩打電話、電報。

pàq diạnbə̩(拍電報)＝打電報。

pàq diạnwe_(拍電話)＝打電話。

⑪組合、製作。

pàq də̩q(拍桌)＝組製桌子。

pàq mǎngcǎng(拍眠床)＝組床。

⑫搓、捻、編。

pȧq bhạng(拍網)＝編網子。

pȧq gȧt(拍結)＝(用繩子)打結。

pȧq cioq(拍蓆)＝編蓆子。

⑬準備(交通工具)、買。

pȧq ciȧduȧh(拍車單)＝買車票。

pȧq gio(拍轎)＝雇轎子。

pȧq kīngbiạn(拍輕便)＝租台車。

⑭敲入、打入。

pȧq dīng(拍釘)＝釘釘子。

pȧq sùn(拍榫)＝打榫。

⑮淘汰。

pàih'e *pȧq* kìlǎi！

(歹的拍起來)＝壞的淘汰掉！

pȧq cùt làngghuạ

(拍出籠外)—俚諺

＝汰出籠外；不合格、不算在內之
意。

⑯簽、寫、註記。

pȧq xə(拍號)＝做記號。

pȧq kejȯk(拍契約)＝簽約。

⑰交配。

pȧq bhẹ sēh nəng

(拍燴生卵)＝交配也不生產。

pȧq zīng(拍種)＝配種。

⑱徵收。

xo xàiguān *pȧq* gùijịh？

(付海關拍幾円)

＝被海關打多少稅？

pȧq xiạng(拍餉)＝抽關稅。

⑲雜七雜八地歸一。

pȧq gōnggē

(拍公家)＝共同出錢(等)共同使用。

pȧq gūi zịng

(拍舉症)＝各種雜症歸於一症。

⑳做某一動作。

pȧq guāhsī(拍官司)＝打官司。

pȧq ziȧt(拍折)＝打折。

pȧq ėq(拍噎)＝打隔。

接頭 冠於動詞、形容詞之上，使成
他動詞使用。多半用於壞的結果。

pȧq sạm tǎumǒng

(拍毿頭毛)＝打亂頭髮。

*pȧq*cèh bhǐn(拍醒眠)＝吵醒。

*pȧq*puạ(拍破)＝打破。

zȋh *pȧq*gālạuq(錢拍加落)＝錢掉了。

pȧqbiạh 拍拚 動 打拚、努力。

lì zīn *pȧqbiạh*

(你眞拍拚)＝你眞努力。

bhě *pȧqbiạh*, ẹ lokdẹ

(無拍拚，會落第)

＝不打拚，會留級。

pȧqciksuē 拍觸衰 動 觸霉頭。

u xỉsu ě sǐ, lì əmtāng gạ ghuà *pȧ-
qciksuē*！

(有喜事的時，你唔通給我拍觸衰)

＝有喜事時，你不要觸我霉頭！

pȧqgāciu 拍咳嚏？ 動 打噴嚏。

guǎhdioq *pȧqgāciu*

(寒着拍咳嚏)＝感冒打噴嚏。

pȧqgȧtgiu 拍結球 動 打結。

suah *pàqgàtgíu*
（線拍結球）＝線打結。

pàqki 拍起 動 開始。

gīn'àrit *pàqkì*
（今仔日拍起）＝今天開始。

dǐng *pàqkì*（重拍起）＝重新開始。

pàqlaq 拍獵 動 打獵。

ki suāhlai *pàqlaq*
（去山內拍獵）＝去山中打獵。

pàq'əmgih 拍唔見 動 丟了、不
見了。

pàq'əmgih zǐh
（拍唔見錢）＝錢掉了。

pàqpàih 拍歹 動 搞壞。

pàqpàih sīntè
（拍歹身體）＝搞壞身體。

pàqsə̀ng 拍損 動 浪費、可惜。

pàqsə̀ng zǐh（拍損錢）＝浪費錢。

gē zə̀, də bhə̌ *pàqsə̀ng*
（加做，都無拍損）
＝多做，並沒浪費。
形 可惜。

si ī zīn *pàqsə̀ng*
（死伊眞拍損）＝死了他，眞可惜。

pàqsəng 拍算 動 打算。

sǔizai lì *pàqsəng* dioq xə̀
（隨在你拍算着好）＝隨你打算。

pàqsəng əmdioq
（拍算唔着）＝算計錯了。
情 大概、可能。

pàqsəng e ləq xo
（拍算會落雨）＝大概會下雨。

pàqsəng bùtzi sīmsik
（拍算不至心適）＝大概很有趣。

pàqtiq'à 拍鐵仔 名 打鐵店。

xiā u zit gīng *pàqtiq'à*
（彼有一間拍鐵仔）
＝那邊有一間打鐵店。

pàqziq 拍折 動 打斷、折斷。

pàqziq lǎng ě gòbeh
（拍折人的鼓柄）＝打斷人家的話。

pàqziq ciu（拍折手）＝打斷手。

pàu 跑 動 跑。

bhè dèq *pàu*（馬在跑）＝馬在跑。

pau 泡 動 泡、浸。

pau dě（泡茶）＝泡茶。

pau ioq（泡藥）＝浸藥材。

pau 炮 名 ①大砲。

zit mǎng *pau*
（一門炮）＝一門炮。

pau dǎi（炮台）＝炮台。
②鞭炮。

bang *pau*（放炮）＝放鞭炮。

pau'à（炮仔）＝小鞭炮。

pàubhè 跑馬 動 賽馬。

*pàubhè*dióh（跑馬場）＝賽馬場。

*pàubhè*kuǎn（跑馬圈）＝賽馬跑道。

pauq 雹 名 雹。

ləq *pauq*（落雹）＝下雹。

pè 帕 動 吊、懸、以巾束物。

ing gīn'à *pę* c̣iu
(用巾仔帕手)＝用布巾吊手。

🔲 包紮的布巾。

lạnpāpę(生葩帕)＝丁字褲。

tǎupę(頭帕)＝頭巾。

🔲diǎu(條)

pēh 偏 🔲 佔便宜。

gu̯zại lǎng *pēh*
(據在人偏)＝任人佔便宜。

duax̣ạn bhẹq *pēh* sẹxạn
(大漢覓偏細漢)
＝大的要佔小的便宜。

🔲 划得來。

bhè gūi dàh, kạq u̯ *pēh*
(買舉打,較有偏)
＝買整打的,較划得來。

〔pīh〕

pēh 摒 🔲 分、等分。

pēh zḭtguà gu̯elǎi ziọhbǐng
(摒一許過來此旁)
＝分一點過來這邊。

ẓih *pēh* xǐng
(錢摒還)＝錢平均攤還。

〔pīh〕

pěh 平 🔲 ①平、整平。

pěh tǒ(平土)＝(整)平土面。

②賭錢時把輸的贏回來。扳回、扳平。

dạịsīng sū, gạubhuè u̯ *pěh* guà
(在先輸,到尾有平許)

＝開始時輸,到後來扳回一些。

pěh bhẹ kì(平艙起)＝扳不回來。

〔pǐh〕

pěh 坪 🔲 坪。日語直譯。

xiā ě dẹ zịt *pěh* gùijǐh?
(彼的地一坪幾円)
＝那邊的土地一坪多少錢?

〔pǐh〕

pĭ 披 🔲 晾曬。

pĭ sāh(披衫)＝晾曬衣服。

pĭ diạm xōngtǎu
(披站風頭)＝晾曬在當風處。

🔲 晾乾東西用的平底竹簍。多半
說成*pĭ*'à(披仔)。

dikpĭ(竹披)＝竹簍子。

mipĭ(麵披)＝晾乾麵條的竹簍子。

→ně(拎)

pĭ 疕 🔲 瘡痂。

kạng *pĭ*(搯疕)＝摳瘡痂。

liạp'àpĭ(粒仔疕)＝瘡痂、瘡疤。

giān *pĭ*(堅疕)＝結疤。

🔲 粑。薄薄的硬物。多半說成pĭ'à
(疕仔)。

diàhpĭ(鼎疕)＝鍋粑。

càupĭ(草疕)＝草皮。

cǎnlěpĭ(田螺疕)＝田螺的蓋子。

dǎngpĭ(銅疕)＝雷管的蓋子。

pĭ 誂? 🔲 皮、臉皮厚。

pĭ ě lǎng ạm giāh giạnsiạu
(誂的人唔驚見笑)

＝皮的人不會害羞。

pi̍lun 譬論 [動] 譬如、比喻。

pi̍lun cioh kitziaq guàh bhiogōng

（譬論像乞食趕廟公）

＝譬如像乞丐趕廟祝。

bhě̤q ing siàhmì lǎi pi̍lun？

（覓用甚麼來譬論）

＝該用什麼來譬喻呢？

同義詞：pi̍ru（譬喻）。

pi̍sioh 譬相 [動] 誹謗。

ghǎu pi̍sioh lǎng

（高譬相人）＝很會誹謗人。

同義詞：gīngtè（輕恥）。

〔pi̍siuh〕

piàh 片？ [名] 片、皮。薄物。

ājǎnpiàh（亞鉛片）＝鐵皮。

càupiàh（草片）＝草皮。

[量] 片。薄物的計數單位。

zi̍t piah dǎngpiàh

（一片銅片）＝一片銅片。

piǎh 坪 [名] 傾斜面。

xàipiǎh（海坪）＝海岸的傾斜地。

suāhpiǎh（山坪）＝山坡。

cupiǎh（厝坪）＝屋頂的傾斜面。

lau piǎh（落坪）＝卸下屋瓦修繕。

[量] 坪。傾斜面的計數單位。

xit piǎh kạq kuȧq

（彼坪較濶）＝那面斜坡比較寬闊。

zi̍t piǎh cuxia

（一坪厝瓦）＝一大（斜）面屋瓦。

piąk 爆？ [動] 「啪」地打下去。

piąk xuē

（爆灰）＝泥水匠「啪」地一聲把石灰

等塗上牆壁。

piąk zùi

（爆水）＝「啪、啪」的打著水。

piān 偏 [形] 偏、歪。

piān kạq ziạhciubǐng

（偏較正手旁）＝偏向右手邊。

sioh piǎh（想偏）＝想偏了。

piān 編 [動] 寫、編輯。

piān guā（編歌）＝寫歌。

piān ri̍diàn（編字典）＝編字典。

piąn 片 [量] 片、連。

zi̍t piąn cu

（一片厝）＝連成一大落的房子。

gūi piąn ō xǔn

（舉片烏雲）＝整片烏雲。

nẹng piąn cǎn

（兩片田）＝連著兩塊田。

→pih（片）

piąn 騙 [動] ①騙。

piąn ghuà gòng i̤ ṳ

（騙我講伊有）＝騙我說他有。

xo̤ lì bhe̤ piąn dit

（付你獪騙得）＝讓你騙不了。

②哄小孩。

piąn bhe̤ diạm

（騙獪恬）＝無法哄靜。

piąn ghin'à ki̤ cittǒ

（騙囝仔去迌迌）＝哄小孩去玩。

piạnduāh 片單 名 名片。

　būn *piạnduāh*（分片單）＝發名片。

piānpiạq 偏僻 形 偏僻。

　piānpiạq ě sòzaī

　（偏僻的所在）＝偏僻的地方。

piạng 棒 量 塊。巨大之物的計數
單位。卑俗語。

　sị-ghọ *piạng* duạzùicǎ

　（四五棒大水柴）

　＝四五塊洪水沖來的大木頭。

　lǎng bùtzì duạ *piạng*

　（人不止大棒）＝人相當壯碩。

piǎngpiǎng 平平 形 不相上下。
卑俗語。

　zē gạp xē *piǎngpiǎng*

　（兹及夫平平）

　＝這個和那個不相上下。

piạq 僻 動 閃避、躲。

　cạt *piạq* dị ō’ạm ě sòzaī

　（賊僻著烏暗的所在）

　＝賊躲在黑暗的地方。

　piạq xọ ciā guẹ

　（僻付車過）＝閃給車過。

piạq 癖 名 癖、習性。

　pàih *piạq*（歹癖）＝壞習性。

　ziupiạq（酒癖）＝酒癖、酒品。

piạq 疹？ 名 疹子。

　cùt *piạq*（出疹）＝出疹子。

piạqpih 癖片 名 癖、本性。piạq

（癖）的二音節語。

　piạqpih xə̀（癖片好）＝本性好。

piạqwe 僻話 名 隱語、暗語。

piàt 丿 動 撇。

　piàt guẹlǎi（丿過來）＝撇過來。

　piàt ziọhki（丿上去）＝撇上去。

　形 光鮮、亮麗、漂亮。卑俗語。

　cịng gạq zīn *piàt*

　（穿及眞丿）＝穿得眞光鮮。

　rị *piàt*（字丿）＝字漂亮。

　量 撇。

　zịt diàm zịt *piàt*

　（一點一丿）＝一點一撇。

　nə̄ng *piàt* cụiciū

　（兩丿嘴鬚）＝兩撇鬍子。

piàt 砇 名 皿。

　dè diàm *piàt*

　（貯站砇）＝盛在碟子裡。

　piàt’à（砇仔）＝小碟子。

　duạ dẹ *piàt*（大塊砇）＝大盤子。

　量 皿。

　zịt *piàt* xǐ（一砇魚）＝一盤魚。

　nə̄ng *piàt* bhạqzịh

　（兩砇肉煎）＝兩碟炸肉。

piāu 標 接尾 牌子、標誌。

　dī*piāu* ě bhàngxūnxiōh

　（豬標的蚊燻香）＝豬牌的蚊香。

　laugōng’à *piāu* ě bheq’àziu

　（老公仔標的麥仔酒）

　＝老翁牌的啤酒。

piāutǎu 標頭 名 商標。

　　dáq *piāutǎu*(貼標頭)＝貼商標。

　　ziaq lǎng ě *piāutǎu*

　　(食人的標頭)＝盜用別人的商標。

pih 篇 量 篇。

　　zit *pih* bhǔn(一篇文)＝一篇文章。

　　suàn nəng *pih*

　　(選兩篇)＝選兩篇(文章)。

pih 片 量 片、切、枚。薄物的數量
　　詞。

　　zit *pih* xǔn(一片雲)＝一片雲。

　　nəng *pih* bhåq(兩片肉)＝兩片肉。

　　sāh *pih* bāng'à

　　(三片枋仔)＝三片木板。

　　→piàn(片)

pih 鼻 名 ①鼻子。

　　xit gī *pih* ziǎh sùi

　　(彼枝鼻成美)＝那鼻子很漂亮。

　　zat *pih*(塞鼻)＝鼻塞。

　　*pih*sài(鼻屎)＝鼻屎。

　　*pih*zùi(鼻水)＝鼻水。

　　②鼻涕。

　　lǎu *pih*(流鼻)＝流鼻涕。

　　cing *pih*(蒸鼻)＝擤鼻涕。

　　③木屐帶。

　　cēng *pih*(穿鼻)＝串木屐帶。

　　cǎgiaq*pih*(柴屐鼻)＝木屐帶。

　　動 聞、嗅。

　　xo ghuà *pih* zit'e！

　　(付我鼻一下)＝讓我嗅一下！

pihgih 鼻見 動 聞到、嗅到。

　　pihgih cauxuèdā bhi

　　(鼻見臭火乾味)＝聞到燒焦味。

　　zat pih, bhǒ *pihgih*

　　(塞鼻，無鼻見)＝鼻塞，嗅不到。

pihkāng 鼻孔 名 鼻孔。

　　ò *pihkāng*(挖鼻孔)＝挖鼻孔。

　　pihkāng xōng zin dua

　　(鼻孔風眞大)＝鼻息很大。

　　lǎu *pihkāng* xuèq

　　(流鼻孔血)＝流鼻血。

　　*pihkāng*mǒng(鼻孔毛)＝鼻毛。

pìn 品 動 ①約定、講好。

　　pìn bhǒ xàu e, ziaq lǎi！

　　(品無哮的，即來)

　　＝講好不哭的才來！

　　同義詞：ciang(唱)。

　　②誇耀、自滿。

　　pìn in laube zə dua guāh

　　(品怹老父做大官)

　　＝誇耀他爸爸當大官。

　　pìn i u zugājong ě ciā

　　(品伊有自家用的車)

　　＝誇耀他有私家轎車。

pǐn 蹁？ 動 顚、東倒西歪。

　　ziuzui dèq *pǐn*

　　(酒醉在蹁)＝醉得東倒西歪。

　　pǐn ləqki gāu'àlin

　　(蹁落去溝仔裡)＝顚到水溝裡去。

pìn'à 笛仔 名 橫笛。

pìnpòng 品奔 動 自誇、炫耀。

　eˍ lǎi xakxauˍ pìnpòng

　(攜來學校品奔)＝帶來學校炫耀。

　pìnpòng ī'eˍ kàqˍ sīn

　(品奔伊的較新)＝誇耀他的較新。

pìnpǒng 蘋婆？ 名 一種梧桐科

　的樹木，果實像栗子，炒熟可吃。

pìnxingˍ 品行 名 品行。

　xəˍ pìnxingˍ(好品行)＝好品行。

pīng 烹 動 微火乾煎。

　pīng gē(烹鷄)＝烹雞。

pìng 聘 動 ①招聘。

　pìng ghǎulǎng

　(聘高人)＝聘請能力高強的人。

　②下聘、訂婚。

　pìng bhòlǎng eˍ zābhògiàh

　(聘某人的查某子)

　＝下聘某人的女兒。

pǐng 評 動 品評。

　ciàh lìˍ gaˍ ghuà pǐng zit'e！

　(請你給我評一下)

　＝請你品評一下！

pìng 並 動 比較。

　bhài gàqˍ bheˍ pìng dit

　(㤲及𣍐並得)＝醜得無法比。

　nəngˍ eˍ pìng kuahmaiˍ, dioqˍ zāi

　(兩个並看覓，着知)

　＝兩個比比看，就知道。

　介 比。

　lìˍ pìng ī kàqˍ sexanˍ

（你並伊較細漢）＝你比他小。

同義詞：bìˍ(比)。

pìngciàh 聘請 動 聘請。bingˍ

　(聘)①的二音節語。

pìnggīm 聘金 名 聘金。

　ingˍ pìnggīm bibanˍ gezēng

　(用聘金備辦嫁粧)＝用聘金辦嫁粧。

pioˍ 票 名 票、券。

　bhèˍ pioˍ(買票)＝購票。

　dəngpioˍ(當票)＝當票。

　ciāpioˍ(車票)＝車票。

　bhèˍpioˍ(馬票)＝馬票。

　càipioˍ(彩票)＝彩票。

pioˍ 漂 動 漂白。

　pioˍ sāh(漂衫)＝漂白衣服。

　pioˍjoqˍ(漂藥)＝漂白粉。

piǒ 萍 名 浮萍。

piqˍ 覆？ 動 趴下去。

　piqˍ diˍ càubō

　(覆著草埔)＝趴在草地上。

　buaqˍ dəˍ, piqˍ ləqkiˍ

　(跋倒，覆落去)＝跌倒，趴下去。

　轉爲四肢著地 、爬、匍匐。

pitˍ 疋 量 疋。

　xiàhqˍ zitˍ pitˍ boˍ

　(攍一疋布)＝買一疋布。

pìtpueˍ 匹配 動 匹配。pueˍ(配)③

　的二音節語。

　pìtpueˍ inˍ xauseēh

　(匹配怹後生)＝匹配給他兒子。

pō 鋪 動 鋪。

　pō zioqtău'à(鋪石頭仔)＝鋪小石
　子。

　pō mǐ(鋪綿)＝鋪棉花。

　名 板子鋪在一起的簡單的床。

　pàq *pō*(拍鋪)＝搭床。

　*pō*bàn(鋪板)＝床板。

pò 普 動 普渡。

　citghueq cējit *pò* kì, *pò* gau ghue-
　qbhuè

　(七月初一普起,普到月尾)
　＝(農曆)七月一號開始普渡,直到
　月底。

　語幹 普渡、盂蘭盆祭。佛教的一種
　祭典。

　cidiŏh*pò*(市場普)＝市場的普渡。

　zǔn'à*pò*(船仔普)＝河上普渡。

pò 譜 名 ①範本;譜。

　ue *pò*(畫譜)＝繪畫範本。

　kik*pò*(曲譜)＝樂譜。

　zok*pò*(族譜)＝族譜。

　②大約的數目。

　liaq *pò*(掠譜)＝抓個大概。

　an zit ě *pò*(按一个譜)＝按個大概。

po 鋪 量 路的里數的計數單位。

　zit cīng bo zə zit lì, zap lì zə zit
　po

　(一千步做一里,十里做一鋪)
　＝一千步算一里,十里當一鋪。

pǒ 扶 動 ①扶、捧。

　pǒ kā(扶腳)＝捧腳。

　②奉承。

　gǎu *pǒ* dìngsī
　(高扶頂司)＝善於奉承上司。

　pǒ lanpā
　(扶㞓葩)＝扶(上司的)陰囊。巴結、
　討好之意。

po 廍 名 糖廍。昔日用語。

　gīki*po*(機器廍)＝機器糖廍。

　kūi *po*(開廍)＝經營糖廍。

po 簿 名 本子、簿子。多半說成*po*'
　à(簿仔)。

　siat zit bùn *po* dèq gi
　(設一本簿在記)
　＝設一本本子在記錄。

　siau*po*(賬簿)＝帳本。

pōbǎi 鋪排 動 ①奉承、捧。

　*pōbǎi*we
　(鋪排話)＝奉承話、恭維話。

　itdit ga ī *pōbǎi*
　(一直給伊鋪排)＝一直奉承他。

　②送金錢等祝賀。

　bāu zǐh kị ga ī *pōbǎi*
　(包錢去給伊鋪排)
　＝包紅包去祝賀他。

pòdo 普度 動 (中元)普渡。*pò*
　(普)的二音節語。

　disī bhèq *pòdo*?
　(底時覓普度)＝什麼時候要普度?

pòpò'à 譜譜仔 副 稍微、一點點。

Īngghù ghuà pòpò'à e

（英語我譜譜仔會）

＝英語我稍稍懂一點。

pòtōng 普通 形 普通的。

pòtōng, bhǎ gáq rua xǝ̀

（普通，無及若好）

＝普通，不怎麼好。

ze pòtōng'e ki

（坐普通的去）＝坐普通車去。

pók 凸？ 動 凸出、鼓出。

biáq pók cutlǎi

（壁凸出來）＝牆壁鼓出來。

pók 博 形 博識。

gè pók（假博）＝假裝樣樣都懂。

dạk xạng zīn pók

（逐項眞博）＝樣樣很懂。

pók'à 凸仔 名 泡。

dianxuèpók'à

（電火凸仔）＝電燈泡。

búq pók'à（窗凸仔）＝冒泡。

ciunīpók'à（樹乳凸仔）＝玩具氣球。

量liap（粒）

pókbhụtguàn 博物館 名 博物

館。

pòng 舁？ 動 用兩手捧物。

pòng miq（舁物）＝捧東西。

ịng sāh'àgū pòng

（用衫仔裾舁）＝用衣裾捧。

pọng 凸？ 動 膨脹、鼓出。

gòng diọq, zịt ě bhịn diọq sǔi

pong kǐlǎi

（講着，一个面着隨凸起來）

＝一說，整張臉就鼓起來。

pọng duạ（凸大）＝脹大。

pọng 碰 動 碰。麻將用語。

ghọbhan pọng

（五萬碰）＝碰五萬。

〔pọng〕

pọng 碰 動 偶然遇見。

dị lọlin pọng dioq ī

（著路裡碰着伊）＝在路上遇見他。

〔pọng〕

pọngcǎng 凸床 名 彈簧床。

pọngdīng 凸丁？ 動 搾油、教

訓、懲治。

xọ sīnsēh pọngdīng

（付先生凸丁）＝被老師教訓。

pọnggām 凸柑 名 椪柑。

pònggǝ̀ 蘋果 名 蘋果。

〔bǐnggǝ̀〕

pọngji 凸椅 名 沙發。

pọngsē 凸紗 名 毛線。

ciáq pọngsē（刺凸紗）＝打毛線。

pọngsēdò 凸紗肚 名 毛線護腹

帶。

xǎ pọngsēdò káq siō

（繞凸紗肚較燒）

＝穿毛線護腰帶較保暖。

pọngsōng 唪鬆 形 膨鬆。

dạng si bhǎ dạng, tại pọngsōng,

pàih ghiǎ

（重是無重，太嘩鬆，歹夯）

＝重倒不重，太膨鬆了，不好抬。

po̠ngxōng 凸風 動 ①脹氣。

bȧkdò po̠ngxōng

（腹肚凸風）＝肚子脹氣。

②吹牛。

po̠ngxōnggū（凸風龜）＝吹牛大王。

ghaǔ po̠ngxōng

（高凸風）＝很會吹牛。

pə̠ 冇？ 形 外殼硬、質地鬆之物。

zit gī gāmziạ zīn pə̠

（此枝甘蔗眞冇）

＝這根甘蔗質地很鬆脆。

pə̠ tǒ（冇土）＝鬆軟的土。

pə̠ 破 動 破解。文言用語。

pə̠ ī ě xuȧtsu̠t

（破伊的法術）＝破解他的法術。

pə̠ 抱 動 抱。

pə̠ ghìn’à（抱囝仔）＝抱小孩。

→làm（攬）

pə̠ 部 量 ①部。書（等）的計數單位。

zit pə̠ cėq

（一部冊）＝一部書。

②叢。叢生物的計數單位。

zit pə̠ dik（一部竹）＝一叢竹子。

nə̠ng pə̠ càu（兩部草）＝兩叢草。

pȟdȟ 葡萄 名 葡萄。

㊟pā（葩）

pə̠ngq 吩？ 動 嚴厲申斥。卑俗語。

xọ ghuàn laubȩ pə̠ngq

（付阮老父吩）＝被我爸爸兒了一頓。

pə̠q 粕 名 糟粕、渣。

pụi pə̠q（唾粕）＝吐渣。

dě̠simpə̠q（茶心粕）＝茶渣。

ioqpə̠q（藥粕）＝藥渣。

pù 眛 形 ①模糊不清。

tīh pù gēng

（天眛光）＝天濛濛亮。

②灰的。

pù sik（眛色）＝灰色。

pǔ 浮 動 ①浮起。

cụikì pǔ（嘴齒浮）＝牙齦浮腫。

gēng pǔ（扛浮）＝抬起。

②油炸。

bhȧqpuě lə̠q kị pǔ

（肉皮落去浮）

＝（豬）肉皮放下去炸（油）。

pu 泡？ 動 噴、冒。

bə̠ng dȩq pu

（飯在泡）＝飯（鍋）在冒泡。

bhǒ kị ě bheq’àziu bhe pu

（無氣的麥仔酒㵴泡）

＝沒氣的啤酒不會冒泡。

pǔjǒng 芙蓉 名 芙蓉。

puạ 破 動 ①打破。

sāh puạ kị

（衫破去）＝衣服破了。

puạ dịn（破陣）＝破了敵陣。

②破、壞。

puą cụ(破厝)＝破房子。

puą lǎng ě īnjǎn

(破人的姻緣)＝破壞人家的姻緣。

③分、割。

puą cǎ(破柴)＝劈柴。

tǎumə̄ng dụi diōng'ə̄ng *puą*

(頭毛對中央破)＝頭髮從正中分邊。

④敗露、發覺。

gēgūi *puą*(雞管破)＝牛皮吹破了。

sụ nạ *puą*, lì zịu xại

(事若破，你就害)

＝事情如果敗露，你就糟了。

⑤用糯米做糕粿時摻入粳米的一種

用語。

zịt dàu *puą* nə̄ng zīn

(一斗破兩升)

＝一斗糯米摻兩升粳米。

dụibuạh *puą*

(對半破)＝一半一半摻混。

puabak 破腹 [動] 剖腹。

puąbạk ghiạm sĭ

(破腹驗屍)＝剖腹驗屍。

puabeh 破病 [動] 生病。beh(病)

[動]的二音節語。

sīnsēh dẹq *puąbẹh*

(先生在破病)＝老師在生病。

〔puąbịh〕

puacuizam 破嘴鑒 [動] 出言勸

止。

ī bhẹq dǎng dǒ, ghuà ga ī *pua-*

cuizam ə̄mtāng

(伊覓轉途，我給伊破嘴鑒唔通)

＝他要換工作，我勸他不可以。

puageq 破格 [形] 毛病、缺陷。原

意指在不吉利的月份出生，在運勢

上有缺憾。

ī ại kāi kạq *puągẹq*

(伊愛開較破格)

＝他愛花錢，運勢上破了格。

puah 判 [動] 判決。

puąh ī bhə̌ zuẹ

(判伊無罪)＝判他無罪。

*puąh*guāh(判官)＝法官。

puah 販 [動] 購入、批發。批發商和

小賣的總稱。

puąh miq lǎi bhẹ

(販物來賣)＝批東西來賣。

puąh lì kạq siọk

(販你較俗)＝賣你較便宜。

puah 伴 [名] 結伴、好友、同好。

gạp ī zə̣ *puąh* kị

(及伊做伴去)＝和他結伴去。

ghịn'à *puąh*(囝仔伴)＝兒時好友。

buạqgiàu *puąh*

(跋賭伴)＝賭友。

[動] 陪伴。

puąh ī kị(伴伊去)＝陪他去。

puahciu 伴手 [名] 拜訪人家時，隨

手携帶的禮物。

kị lǎng-dāu, diọq duạ *puąhciu*

（去人兜，着帶伴手）
＝去別人家，要帶禮物。

puàq 潑 動 ①用水等潑、灑。

puàq tǒkā（潑土腳）＝給地面灑水。

xo lǎng puàq sài

（付人潑屎）＝被人潑大便。

②雨水等潑進來。

xo puàq riplǎi

（雨潑入來）＝雨潑進來。

puàq 拔 動 ①掛、披。

bhinggin puàq diam ājǎnsuah

（面巾拔站亞鉛線）

＝毛巾掛在鐵絲上。

kā sāhpuàq

（腳相拔）＝腳交在一起。

②汲。用吊桶汲水。

tàng puàq xo ī dih！

（桶拔付伊塡）＝桶子給汲滿水！

量 桶。

puàq nəng puàq

（拔兩拔）＝汲兩桶。

zit puàq zùi（一拔水）＝一桶水。

puē 剠 動 剠；剠薄片。

puē bhàqpih（剠肉片）＝剠肉片。

sām'àpuě ga ī puē kilǎi

（衫仔皮給伊剠起來）

＝杉樹皮給削起來。

〔pē〕

puē 批 名 信。

sià puē（寫批）＝寫信。

動 註記、批註。

kębhuè u puē bhing

（契尾有批明）＝契約後面有註明。

puē ǎng ri（批紅字）＝批上紅字。

〔pē〕

puē 胚 接尾 ①未成品。

dīpuē（豬胚）＝豬胚。

dəqpuē（桌胚）＝未完成的桌子。

guāhcǎpuē

（棺柴胚）＝棺木的材料。

②（某）生性、料子。

aikaupuē（愛哭胚）＝生性愛哭。

kitziaqpuē（乞食胚）＝乞丐料子。

〔pē〕

puè 毗？ 量 片、邊。像臉頰等兩面
的東西計數單面時的用語。

nəng puè cuipuè

（兩毗嘴毗）＝兩邊臉頰。

uāi zit puè（歪一毗）＝歪一邊。

〔pè〕

puę 柹 接尾 碎片。

cǎpuę（柴柹）＝木頭碎片。

bālěpuę（玻璃柹）＝玻璃碎片。

〔pę〕

puę 配 動 ①調配、配合。

puę sik（配色）＝配色。

puę e guē（配會過）＝配得上。

②許配。

puę īn dua giàh

（配怹大子）＝許配他的大兒子。

③發配、派送。

puę xuę(配貨)＝發配貨物。

puę kị ghuagȯk

(配去外國)＝派送去外國。

④佐、配、下。

bhè dạuxụ lǎi *puę* bэng

(買豆腐來配飯)＝買豆腐來佐飯。

puę xǐ(配魚)＝用魚佐飯。

〔pę〕

puĕ 皮 名 皮。

ghŭ*puĕ*(牛皮)＝牛皮。

bėq *puĕ*(擘皮)＝剝皮。

〔pĕ〕

puẹ 被 名 被子。

gáq *puę*(蓋被)＝蓋被子。

*puę*bhịn(被面)＝被面。

*puę*duāh(被單)＝被單。

〔pẹ〕

puẹ 稗 名 稗草。

〔pẹ〕

puĕbāu 皮包 名 皮包。

guạh *puĕbāu*(搢皮包)＝提皮包。

〔pĕbāu〕

puĕcàu 皮草 名 毛皮。

〔pĕcàu〕

puēdǎng 批筒 名 郵筒。

puē lȯk diạm *puēdǎng*

(批棄站批筒)＝信丟入郵筒。

〔pēdǎng〕

puĕdẹ'à 皮袋仔

→ghịndẹ'à(銀袋仔)

〔pĕdẹ'à〕

puĕ'ĕ 皮鞋 名 皮鞋。

cịng zịt siāng ziām tǎu ĕ ǎng ĕ

puĕ'ĕ

(穿一雙尖頭的紅的皮鞋)

＝穿一雙尖頭的紅皮鞋。

〔pĕwĕ〕

puēlǒng 批囊 名 信封。

dè diạm *puēlǒng*

(貯站批囊)＝裝在信封。

puēkȧk(批殼)＝信封。

〔pēlǒng〕

puēpǐng 批評 動 ①批評。

xọ lǎng *puēpǐng* zịt gụ, zịu эmdạ

t

(付人批評一句，就唔值)

＝被人批評一句，就不值得了。

②評論。

puēpǐng lǎng ĕ siàusuȧt

(批評人的小說)＝評論別人的小說。

〔pēpǐng〕

puĕpuĕ'à 皮皮仔 名 薄薄地、稍

稍地。多當副詞用。

puĕpuĕ'à tiāhgịh

(皮皮仔聽見)＝稍稍聽見。

〔pĕpĕ'à〕

puēsịn 批信 名 書信。puē(批)

名 的二音節語。

gȧp ī *puēsịn* bhě lǎi'òng

（及伊批信無來往）
＝和他沒有書信往來。
〔pēsin〕

puěsiōh 皮箱 名 皮箱。
🔵kā(奇)
〔pěsiuh〕

puetǎu 配頭 名 搭配、配合。
puetǎu xә̀(配頭好)＝搭配良好。
gòng ue ląq *puetǎu*
（講話落配頭）＝話很投機。

puěxi 皮戲 名 皮影戲。
túq *puěxi*(托皮戲)＝拉皮影戲。
〔pěxi〕

puēzat 批札 名 信札、尺牘。
bhexiàu sià *puēzat*
（𣍐曉寫批札）＝不會寫信札。
〔pēzat〕

pueq 沫 名 泡沫。
búq *pueq*(窋沫)＝冒泡。
àm*pueq*(泔沫)＝米湯沫。
satbhǔn*pueq*(雪文沫)＝肥皂泡。
〔peq〕

pui 屁 名 屁。
bang cau *pui*(放臭屁)＝放臭屁。

pui 唾 ？ 動 吐。
pui nua(唾涎)＝吐口水。
gin *pui* cutlǎi！
（緊唾出來）＝快吐出來！

puibhin 屁面 動 賴皮、翻臉。
bhang ànnē *puibhin*！

（莫-應按哖屁面）
＝不要這樣賴皮！
ghiang sū lǎng, deq *puibhin*
（拎輸人在屁面）＝猜輸拳就翻臉。

pūn 奔 動 疾奔。文言用語。
itdit *pūn*(一直奔)＝一直跑。

pūn 糩 名 淅米水、餿水。
cīng *pūn*(清糩)＝純淅米水。
ing *pūn* ci dī
（用糩飼猪）＝用餿水養豬。

pùn 翸 ？ 動 亂踩、亂翻、累人。
pàihkunpiǎq ziǎh ghǎu *pùn*
（歹睏癖成高翸）＝睡癖差，很累人。
xěng xo ghǔ *pùn* pàih liàuliàu
（園付牛翸歹了了）
＝園子被牛亂踩壞了。

pun 溢 ？ 動 潰。
iu *pun* gáq gūi sigue
（油溢及舉四界）＝油潰得到處都是。
zùi *pun* dioq bhakzīu
（水溢着目睭）＝水潰到眼睛。
xuēpǔn dioq *pun* zùi
（花盆著溢水）＝花盆要噴水。
pun gùi diàm'à xo lǎi
（溢幾點仔雨來）＝潰了幾滴雨下來。

pǔn 盆 量 盆。
zit *pǔn* giokxuē
（一盆菊花）＝一盆菊花。

pủq 呼 ？ 動 「呼」地吹一口氣。
xuè ga *pủq* xuā！

（火給呼灰）＝火給吹熄！

pùq nǎ'ǎujoq

（呼嚨喉藥）＝噴喉嚨藥。

pùt 剃 動 砍。

pùt ciulē（剃樹絡）＝砍樹的雜枝。

pùt sì（剃死）＝砍死。

R

rì 子 名 棋或博弈使用的小石子或木
片等；多半說成rì'à（子仔）。
gǐ rì（棋子）＝棋子。
bhə̂ gau rì（無夠子）＝棋子不夠。
量 顆；棋子的計數單位。
páq'əmgih zit rì gūn
（拍唔見一子君）＝丟了一顆將軍。

rì 而 接 而；文言用語。
xuetǎu ziaq ziàq lau, rì giàh iàu
sexan
（歲頭食此老，而子猶細漢）
＝歲數這麼大了，而兒子還小。

rì 二 數 二；多半做序數詞使用。
deri diǎu（第二條）＝第二條。
rì xiāh（二兄）＝二哥。
慣用爲基數詞。
rì zap rì（二十二）＝二十二。
cīng rì（千二）＝一千二。
cióq rì（尺二）＝一尺二。
→nəng（兩）

rì 字 名 ①字。
sià rì（寫字）＝寫字。

②字據；古時的用法。
zit diōh rì（一張字）＝一張字據。
zióqrì（借字）＝借據。

rǐ ciàh 而且 接 而且。經常與əmnia
（唔但）或 bùtdạn（不但）對應使用。
文言用語。
əmnia sùi, rǐciàh xə̀ lùdik
（唔但美，而且好女德）
＝不但漂亮，而且好女德。
同義詞：siongciàh（尙且），bi-
ngciàh（並且）。

rì diàn 字典 名 字典。

rì seh 字姓 名 姓。seh（姓）名 的二
音節語。
Lǐm si dua riseh
（林是大字姓）＝林是大姓。
〔risih〕

ri wun 字運 名 命運、運氣。un
（運）的二音節語。
pàih riwun（歹字運）＝命運不濟。

rīxə 字號 名 ①名號、招牌。
xit ě rīxə zīn tàu

（彼个字號眞透）＝那個名號眞響亮。
②店號。

kūi siàhmì *rixə* ?
（開甚麼字號）＝開的什麼店？

riā 遮 動 遮。

riā xo（遮雨）＝遮雨。

riā am（遮暗）＝遮蔭。

→zaq（閘）

rià 惹 動 惹。

rià su（惹事）＝惹事。

rià e（惹禍）＝惹禍。

riàm 染 動 ①沾、染。文言用語。

riàm dioq pàih xōngsiok
（染著歹風俗）＝沾染壞習慣。
②傳染。

lautozing e *riàm* lăng
（落吐症會染人）＝霍亂會傳染。

→ni（染），gue（過）

riăn 然 接尾 然。副詞、形容詞的
造詞形。

gè *riăn*（果然）＝果然。

dōng*riăn*（當然）＝當然。

riăn'au 然後 副 然後。文言用語。

riăn'au ziàq gèq cāmsiăng
（然後即復參詳）＝然後再商量。

riàng 嚷 動 嚷、喊、怒叫。

riàng cat（嚷賊）＝喊捉賊。

〔riòng〕

riàq 跡 名 ①痕跡。

kā*riàq*（腳跡）＝腳跡。

liap'à *riàq*（粒仔跡）＝瘡疤。

量 ①處。

zit *riàq* bhě cèqdiam
（此跡無册店）＝這裡沒有書店。
②斑、痣、或傷痕的計數單位。

ciugùt pàq nəng *riàq* ōcēh
（手骨拍兩跡烏靑）
＝手臂打出兩處瘀靑。

riat 熱 名 熱。

xuàt *riat*（發熱）＝發燒。

te *riat*（退熱）＝退燒。

動 ①發燒。

riat sāh zap gàu do
（熱三十九度）＝發燒到三十九度。
②熱衷。

riat giàu（熱賭）＝熱衷賭博。

形 熱的。

diàh *riat*, ziàq xe ləqki
（鼎熱，即下落去）
＝鍋子熱了，才放下去。

riat ĭu（熱油）＝熱的油。

riatsim 熱心 形 熱心。

dui ghin'à ě gaujok zīn *riatsim*
（對团仔的教育眞熱心）
＝對小孩的教育很熱心。

riàu 爪 名 （禽獸的）爪子。

kā*riàu*（腳爪）＝腳爪子。

xò*riàu*（虎爪）＝老虎爪子。

riau 抓 動 用爪子抓。

riau gàq gūi kāng

（抓及舉孔）＝抓出傷口。

xo̱ niāu *riạu* dioq
（付貓抓著）＝被貓抓到。

量 道、條。

bhi̱n u̱ zit *riạu*
（面有一抓）＝臉上有一道傷痕。

riǎu 皺? 動 皺。

ziạq lạu, bhi̱n e̱ *riǎu*
（食老，面會皺）＝老了，臉會皺。

bo̱ *riǎu* ki̱（布皺去）＝布皺了。

rȋm 忍 動 忍耐。

sǔizại ī ki̱ gòng, káq *rȋm* le !
（隨在伊去講，較忍咧）
＝隨他說去，忍耐點！

rǐm 尋? 動 掏（口袋）。

rǐm bhə̀（尋無）＝掏不到。

rǐm xūn'ạp'à cutlǎi
（尋燻匣仔出來）＝掏出烟盒來。

ri̱m 任 名 任務。

zioh *ri̱m*（上任）＝上任。

zit*ri̱m*（職任）＝職務。

動 擔任。

ri̱m guāh（任官）＝任官。

介 任、隨。文言用語。

ri̱m lì gi̱ng !（任你揀）＝隨你挑！

rȋmnại 忍耐 動 忍。rȋm（忍）的二
音節語。

tại gānkò, *rȋmnại* bhe̱ diǎu
（太艱苦，忍耐會𣍐住）
＝太辛苦，忍不了。

rȋn 仁 名 ①核、果仁。

bẹq *rȋn*（擘仁）＝剝（果）仁。

tǒdạu*rȋn*（土豆仁）＝花生仁。

bhakzīu*rȋn*（目睭仁）＝眼球。

②蛋黃。

nạng*rȋn*（卵仁）＝蛋黃。

zǐm'a dioq bhə̀'e káq u̱ *rȋn*
（蟳仔著母的較有仁）
＝螃蟹母的較有蟹黃。

ri̱n 認 動 認、承認、。

siān xȋng, də̄ ə̱m *ri̱n*
（仙刑，都唔認）
＝怎麼刑，都不招認。

ri̱n gādi̱'ě
（認家己的）＝認自己的（東西）。

ri̱nbhȋn 人民 名 人民。

rȋnkàu 人口 名 人口。

rȋnkàu u̱ ruạ ze̱ ?
（人口有若多）＝人口有多少？

rȋnki̱ 人氣 名 人緣、聲望、行情。

日語直譯。

bútzi̱ u̱ *rȋnki̱*
（不止有人氣）＝相當受歡迎。

ri̱nzin 認眞 形 認眞。

ri̱nzin takcẹq
（認眞讀册）＝認眞讀書。

rȋnzȋng 人情 名 人情。

ghuà u̱ *rȋnzȋng* di̱ īn dāu
（我有人情著怹兜）
＝我在他家有人情。

tẹ̀ *rĭnzĭng*(討人情)＝要回人情。

rĭnzĭngsẹsụ 人情世事 名 人情世事。

rĭnzĭngsẹsụ bhǎ zẹ̀ bhẹjịngdit
（人情世事無做ᵍ會用得）
＝人情世事不做不行。

rio̱ 尿 名 尿。

bạng *rio̱*(放尿)＝小便。

rio̱zu 尿敷 名 尿片。

zụ *rio̱zu*(敷尿敷)＝墊尿片。

riȯk 趬 動 ①追。

zàu xo̱ ī *riȯk*
（走付伊趬）＝跑給他追。
②緊急呼叫。

riȯk īsing
（趬醫生）＝緊急去請醫生。

〔rịp〕

rio̱k 弱 形 弱。文言用語。

ginlǎi sīntè kạq *rio̱k*
（近來身體較弱）＝近來身體差一點。

rio̱k 搦 →cio̱k(搦)

rio̱k'à 褥仔 名 床墊、沙發墊。

rio̱kgui 肉桂 名 肉桂。

riǒng 絨 名 絨。

sīriǒng(糸絨)＝絲絨。

rio̱q 弱 形 衰弱。

bẹh kị zīn *rio̱q*
（病去眞弱）＝病得很虛弱。

rịp 入 動 入、裝。

rịp diạm bālěgān'à

（入站玻璃矸仔）＝裝在玻璃瓶子。

rịp kị bǎnglin
（入去房裏）＝進入房裏。

〜rịpkị̀ 〜入去 助 〜進去。

giǎh *rịpkị̀*(行入去)＝走進去。

cẹ̀q dè bhẹ *rịpkị̀*
（册貯ᵍ會入去）＝書裝不進。

〜rịplǎi 〜入來 助 〜進來。

xútriǎngān buē zịt ziảq ziàu'à *rị-*
plǎi
（忽然間飛一隻鳥仔入來）
＝忽然飛一隻鳥進來。

rịq 扼？

→ciq(扼)

Rịqgàumě 廿九暝 名 除夕夜。

同義詞：Rịqgàu'ạm(廿九暗)。

〔Rịqgàumĭ〕

rịt 日 名 ①太陽。

cùt *rịt*(出日)＝出太陽。
②日子。

xẹ̀ *rịt*(好日)＝好日子、吉日。

量 天。

duạ lạk *rịt*(滯六日)＝住六天。

xit *rịt* ě dạizị
（彼日的事志）＝那天的事。

rịt'àzịh 日仔錢 名 按日攤還的借款。

bạng *rịt'àzịh*(放日仔錢)＝放日貸。

rịtsi 日時 名 白天。

tiảq *rịtsi* ě xịduāh

（拆日時的戲單）＝買白天的戲票。

ruaqlang ri̍tsi kȧq děng

（熱人日時較長）＝夏天白天較長。

　←→měsi（暝時）

ri̍ttǎu 日頭 名 太陽。ri̍t（日）①的
　二音節語。

　ri̍ttǎu bhė̍q lȧq suāh

　（日頭覓落山）＝太陽要下山。

　ri̍ttǎu gōng（日頭公）＝太陽公公。

ri̍tzi 日子 名 日子。ri̍t（日）②的二
　音節語。

　bhǎ siȧ ri̍tzi

　（無寫日子）＝沒寫日期。

　di̍ng ri̍tzi（定日子）＝定日子。

rǐu 揉 動 （用濕巾等）擦拭。

　i̍ng bhi̍ngi̍n rǐu si̍ngkū

　（用面巾揉身軀）＝用毛巾擦身體。

　rǐu idȧq

　（揉椅桌）＝（用桌布）擦桌椅。

rǐuxi̍ 鰇魚 名 魷魚。

　bǔ rǐuxi̍（焅鰇魚）＝烤魷魚。

rù 愈 副 愈、越。原則上要兩兩對
　應使用。

　rù gu rù da̍t zi̍h

　（愈舊愈值錢）＝愈舊愈值錢。

　ginlǎi rù sùi

　（近來愈美）＝近來愈漂亮。

　同義詞：nà（那）。

rǔ 茹 動 糾結、亂。

　suȧh rǔ ki（線茹去）＝線糾在一起。

sīmguāh rǔ（心肝茹）＝心情亂。

rǔcùrǔcù 如此如此 形 如此如
　此、大同小異。文言用語。

　zē gȧp xē rǔcùrǔcù

　（茲及夫如此如此）

　＝這個跟那個如此如此。

rua 若 指 幾、多少。

　dioq'ai rua ze zǐh？

　（著要若多錢）＝需要多少錢？

　lì dàn rua gù？

　（你等若久）＝你等多久？

　〔ghua〕

ruaq 熱 形 熱的。

　gīn'àri̍t zi̍n ruaq

　（今仔日眞熱）＝今天眞熱。

　←→guǎh（寒）

ruaqdioq 熱著 動 中暑。

　ta̍udiōng'eda̍u cȧut ki cittǎ, e
　ruaqdioq

　（透中下罩出去迌迌，會熱著）

　＝正中午出去玩，會中暑。

　←→guǎhdioq（寒著）

ruaqlang 熱人 名 夏天。

　ruaqlang bhė̍q lǎi ki xàizùiji̍k

　（熱人覓來去海水浴）

　＝夏天要去海水浴。

　同義詞：ruaqtīh（熱天）。

　←→guǎhlang（寒人）

ruě 挼 動 搓、揉。

　bhi̍ngi̍n un sȧtbhǔn ruě

（面巾搵雪文挼）＝毛巾沾肥皂搓。

ruě sì gàuxia̱

（挼死蟶蟻）＝搓死螞蟻。

ruě bha̱kzı̄u（挼目睭）＝揉眼睛。

run 潤 〔動〕 潤。漢方醫學用語。

run ǎu（潤喉）＝潤喉。

zia̱q io̱q *run* xı̱

（食藥潤肺）＝吃藥潤肺。

run 娿 〔形〕 韌。

bha̍q *run*, bo̱ bhe̱ nua

（肉娿，哺𣍐爛）＝肉韌嚼不爛。

run ě zuà（娿的紙）＝韌的紙。

runtǒ 娿土 〔名〕 粘土。

cio̱k *run*tǒ（搦娿土）＝捏粘土。

同義詞：liǎmtǒ（粘土）。

S

sā 搔? 動 ①搜集、抓。
　siguɛ sā zǐh
　（四界搔錢）＝四處找錢。
　sā dǎu'à（搔骰仔）＝抓骰子。
　②捉、逮捕。
　xo gingcȧt sā ki
　（付警察搔去）＝被警察捉去。

sạ 喰 動 吃。卑俗語。
　bhǒ zitɛ'à sạ si̧-gho uȧh
　（無一下仔喰四五碗）
　＝一轉眼吃了四五碗。

sāh 三 數 三。

sāh 衫 名 ①上衣。
　lām zit nià sāh
　（籠一領衫）＝套件上衣。
　②着物，服。
　zɛ sāh（做衫）＝做衣服。
　ně sāh（拎衫）＝晾衣服。

sāh 相 接頭 相、互相。指在兩人間
　發生某種動作狀態。
　nɛng ě dɛq sāh'ai
　（兩个在相愛）＝兩人在談戀愛。

zē gȧp xē bhǒ sāhgǎng
（兹及夫無相共）
＝這個和那個不相同。
也可說成siō。

sāhgȧp 相及 副 一起。
　sāhgȧp ku̧n（相及睏）＝一起睡。
　sāhgȧp zɛ ciā
　（相及坐車）＝一起坐車。

sāhgēhbuạhmě 三更半暝 名
　深夜中。
　sāhgēhbuạhmě ki lǎi riȯk īsīng
　（三更半暝起來趒醫生）
　＝三更半夜起來找醫生。
　〔sāhgīhbuạhmǐ〕

sāhkābhè 三腳馬 名 三腳、三
　隻腳的台子的總稱。

sāhsǐ 相辭 動 辭行。
　ghuȧ bhɛq dèng ki Dǎiwǎn, lǎi
　gȧp lì sāhsǐ
　（我覓轉去台灣，來及你相辭）
　＝我要回台灣，來跟你辭行。
　〔siōsǐ〕

sāhsū 相輸 動 打賭。

bhǒ, làn lǎi *sāhsū* gǝq！

（無，咱來相輸喔）

＝不然，我們來打賭吧！

〔siōsū〕

sāhzioqmǝng 相借問 動 打招呼。

īn nǝng ě dėq pàih, lòng bhǒ

sāhziòqmǝng

（怹兩个在歹，攏無相借問）

＝他倆在鬧彆扭，都不打招呼。

bhǒ gáp ī *sāhziòqmǝng*

（無及伊相借問）＝沒跟他打招呼。

sàhq 唅？ 動 ①一口吸入。

ziōhzǔ *sàhq* bhàng

（蟾蜍唅蚊）＝蟾蜍一口吸入蚊子。

②非～不可、非常想～。

sàhq bhėq bhè

（唅覓買）＝一直想買。

③岔氣。激烈運動時胸部或腹部抽筋，而呼吸困難。中醫用語。

ànnē zàu, e kị *sàhq* dioq

（按哖走，會去唅着）

＝這麼跑，會岔到氣。

sàhqkuị 唅氣 動 非～不可、心動。sàhq(唅)②的二音節語。

zē ǝmsị bhėq xọ lì e, ǝmbhiàn dė

q *sàhqkuị*

（兹唔是覓付你，唔免在唅氣）

＝這不是要給你的，不用在那兒心動。

同義詞：sàhqsim(唅心)。

sāi 西 名 西。

sāi 師 接尾 師父、老闆、教練。～師，接名字或職名之下，以表敬意。

Kèsāi(啓師)＝啓蒙師。

tǒzùi*sāi*(土水師)＝水泥工。

zǝbhan*sāi*(做木師)＝木工師傅。

sāi 獅？ 動 打耳光。

sāi gáq cụi uāi

（獅及嘴歪）＝打耳光打到嘴都歪了。

sāi 獅 名 獅子。

sài 使 動 ①使、用。

sài bhakzịh(使目箭)＝送秋波。

sài ghǔ(使牛)＝用牛。

②羞辱、玷污。卑俗語。

sài lịn zòmà！

（使您祖媽）

＝幹你老祖宗。最惡毒的罵語。

sài 屎 名 屎、糞。

bang *sài*(放屎)＝大便。

sài 駛 動 駕駛、開(車)。

iàu bhexiàu *sài*

（猶獪曉駛）＝還不會開車。

sài zudongciā

（駛自動車）＝開汽車。

sại 殺 動 刪除、削除。

zit diǎu ga *sại* kị！

（此條給殺去）＝這一條刪掉！

sāi'à 師仔 名 徒弟。

←→ sāixu（師父）

sāibȧkxo 西北雨 名 雷雨、陣雨。

sāibȧkxo ləq əm gue cǎnxuah
（西北雨落唔過田岸）一俚諺
＝雷陣雨下不過田埂；那邊下，這
邊不下之意。

sāigōng 司公 名 道士。

sāighǔ 犀牛 名 犀。

sāikiā 私奇? 名 私房錢。

īn bhò sāikiā ziăh ze
（恁婆私奇成多）
＝他老婆私房錢很多。

sāināi 司奶? 動 撒嬌。

dui īn āng dėq sāināi
（對恁翁在司奶）＝對她老公撒嬌。

→ziohzih（癢摺）

sàixȧk 屎斛 名 廁所。

sàixȧk'àtǎng 屎斛仔虫 名 蛆
蟲。

sāixu 師父 名 師傅。

sāixu gạ sāi'à
（師父教師仔）＝師傅教徒弟。

←→ sāi'à（師仔）

sȧk 揀 動 推。

xo lǎng sȧk də
（付人揀倒）＝被人推倒。

sȧk ciā（揀車）＝推車。

接尾 掉；接於從手丟開的動詞之
後，以表捨棄之意。

dạnsȧk（擲揀）＝丟掉。

bạngsȧk（放揀）＝放掉。

xihsȧk（振揀）＝甩掉。

sām 杉 名 ①杉。

②圓木、木料。
多半說成*sām'à*（杉仔）。

sāmpuexuē
（杉桵花）＝杉木屑、鉋屑。

③木材。

sām gui（杉貴）＝杉木貴。

sàm 摻 動 撒。

sàm xŏziō（摻胡椒）＝撒胡椒。

sạm 毵 形 （頭髮等）散亂。

sạm tăumǒng
（毵頭毛）＝頭髮散亂。

sāmbàn 舢板 名 舢板；一種小
船，也叫划子、三板。

gə sāmbàn（撾舢板）＝划舢板船。

sāmbȧt 三八 形 三八、愚蠢、無
聊。言行突梯、超乎常識。

ī ziȯk sāmbȧt
（伊足三八）＝她很三八。

sāmbȧt ue
（三八話）＝三八話、蠢話、無聊話。

sāmbȧtghosi 三不五時 副 偶
而、有時。

sāmbȧtghosi ghuà u ki tạm ī
（三不五時我有去探伊）
＝偶而我有去探望他。

sāmbȧtghosi e dedang
（三不五時會地動）＝有時會地震。

sāmgainiǒ'à 三界娘仔 名 大眼
賊；河裏的一種小魚。
kēlin bhə̄ xi̇, *sāmgainiǒ'à* ǔi ǒng
（溪裡無魚，三界娘仔爲王）一俚諺
＝溪中無魚，大眼賊爲王。山中無
老虎，猴子稱王之意。
〔sāmgainiǔ'à〕

sạmsiǎu 搧精 動 貶斥、讓對方
難堪。
dēng bhin ga *sạmsiǎu*
（當面給搧精）＝當面貶斥他。

sāmsimliòngji̇ 三心兩意 動 三
心二意。
sāmsīmliòngji̇, dak xang dikkak
bhe̤ si̇ngki
（三心兩意，逐項的確𣍐成器）
＝三心二意，一定一事無成。
亦說成sāhsīmnə̄ngji̇。

sān 芟 動 ①間拔（蔬菜）等。
caizāi *sān* kaq sē
（菜栽芟較疎）＝菜苗拔疏一些。
②刪除字句等。
zit nə̄ng ri̇ *sān* ki̇lǎi！
（此兩字芟起來）＝這兩字刪掉！

sàn 瘦 形 瘦、貧瘠。
sàn cǎn（瘦田）＝貧瘠的田地。
sàn gaq zit di̇ng puě děh zit di̇ng
gut
（瘦及一重皮捏一重骨）
＝瘦成皮包骨。

←→bǔi（肥）

sạn 散 形 虛。藥的副作用產生的
腸胃症狀。中醫用語。
sạn ioq
（散藥）＝對腸胃有副作用的藥。
tẹ riat ioq'à ziaq liàu kaq *sạn*
（退熱藥仔食了較散）
＝退燒藥吃了腸胃不舒服。

sạn 散? 形 貧窮。
sạn gaq də̄ng zit siàn
（散及斷一錢）＝窮到一文不名。

sạnciaq 散赤
→sạnxiōng（散窮）

sān'ǒ 珊瑚 名 珊瑚。
也說成suān'ǒ。

sạnxiōng 散窮? 形 貧窮。sạn
（散）的二音節語。
sạnxiōng lǎng（貧窮人）＝窮人。
同義詞：sạnciaq（散赤）。
←→xə̄ghiaq（好額）

sāng 鬆 形 鬆、不粘。
sāng tǒ（鬆土）＝鬆的土。

sàng 㨨? 動 神氣、臭屁。
li̇ ə̄mbhiàn siōh *sàng*！
（你唔免尙㨨）＝你不要太臭屁！
sàng īn laubẹ zə̄ ci̇diòh
（㨨怹老父做市長）
＝臭屁他老爸在當市長。

sạng 送 動 ①贈送。
zit bùn cẹq *sạng* li̇！

（此本册送你）＝這本書送你！

②送行。

ki̠ xuèciātǎu sa̠ng lǎngke̠q

（去火車頭送人客）

＝去火車站送客人。

③移送、戒護。

sa̠ng xuátjih（送法院）＝移送法院。

sàngse̠ 攃勢 動 神氣、臭屁。sàng

（攃）的二音節語。

sa̠ngsiòsim 送小心 動 獻殷勤；

口惠而實不至。

li̠ bhiàn ànnē sa̠ngsiòsim, li̠ ě

si̠mguāh ghuà kua̠h cútcút le

（你免按哖送小心，你的心肝我看出

出咧）

＝你不用在那兒獻殷勤；你的心我

看得清清楚楚。

sáp 屑？ 名 灰。多半說成sáp'à（屑

仔）。

xūnsáp（燻屑）＝烟灰。

sa̠p 食？ 動 侵吞、騙取。卑俗語。

gōng zi̠h xo̠ ī sa̠p ki̠

（公錢付伊食去）－公款被他侵吞了。

sa̠q 煠 動 ①煮。

sa̠q bhe̠ nua̠（煠獪爛）＝煮不爛。

②用藥品煮過使銹掉落。

ciukuǎn sīng gue̠ sa̠q zi̠t'e̠, zia̠q

lǎi sè！

（手環先過煠一下，即來洗）

＝手鐲先用藥煮一下，再來洗！

sát 殺 形 苛刻、嚴厲、如剃刀的。

bha̠kbhǎi sát

（目眉殺）＝眉毛帶殺氣。

sát ciu（殺手）＝精明強悍、能幹。

sát 塞 動 堵、塞。

mǒng ga ī sát ki̠lǎi！

（門給伊塞起來）＝門給堵起來！

sátbin 虱篦 名 梳子。bin（篦）的

二音節語。

ghia̠q sátbin bin tǎuzāng

（撏虱篦篦頭鬃）＝拿梳子梳頭髮。

〔sápbin〕

sátbhǝ 虱母 名 虱子。

〔sápbhù〕

sátbhǔn 雪文 名 肥皂。

sè sátbhǔn（洗雪文）＝用肥皂洗。

sátbhǔn xùn

（雪文粉）＝肥皂粉、洗衣粉。

〔sápbhǔn〕

sāu 腍？ 形 水分不足而鬆鬆散散、

破破落落的樣子。

sāu xōng

（脆風）＝風化而稀稀鬆鬆的樣子。

zio̠qxuē siōh sāu, bhuá̠q bhe̠ diǎu

（石灰尚脆，抹獪住）

＝石灰太乾鬆，抹不住。

sa̠u 掃 動 ①掃。

sa̠u tǒkā（掃土腳）＝掃地。

②全買。

zə̠ zi̠t e̠ ga sa̠n lǎi

（做一下給掃來）＝全部給買下來。

sau 嗽 動 咳。

   sau gùi'a rit

   （嗽幾若日）＝咳好幾天。

saude 掃塊 動 掃地；自動詞的用

   法。

   aq dioq sè, aq dioq *saude*

   （亦着洗，亦着掃塊）

   ＝也得刷洗，也得掃地。

sausiāh 脆聲 名 聲啞。

sauziu 掃箒 名 掃把。

sauziucēh 掃箒星 名 掃把星。

   〔sauziucīh〕

sē 紗 名 ①素絲、未紡的單絲。

   pàng *sē*（紡紗）＝紡紗。

   ②紗、薄物。多半說成*sē*'à（紗仔）。

   *sē*bhe（紗帽）＝紗帽。

sē 梳 動 梳。

   sē tău（梳頭）＝梳頭。

   〔suē〕

sē 疏 形 ①疏鬆、稀疏。

   emtāng sioh *sē*, aq emtāng sioh

   bhat！

   （唔通尙疏，亦唔通尙密）

   ＝不要太疏，也不要太密！

   ②疏遠、疏淡。

   cīnziăh si cīnziăh, zòngsi kaq *sē*

   （親情是親情，總是較疏）

   ＝親戚是親戚，但總較爲疏遠。

   〔suē〕

sè 洗 動 ①洗。

   sè sāh（洗衫）＝洗衣服。

   ②淘洗、沖洗。

   sè gīm'à（洗金仔）＝淘金。

   siong gē *sè* sāh dioh

   （像加洗三張）＝相片多洗三張。

   〔suè〕

se 細 形 ①小。

   se gīng cu（細間厝）＝小間房子。

   kā *se*（腳細）＝腳小。

   ②地位等低。

   bhǒ dua bhǒ *se*

   （無大無細）＝目無尊長。

   ze *se* ui（坐細位）＝坐下位。

   〔sue〕

   →siò（小）

se 勢 名 ①勢，勢力。

   ke *se*（靠勢）＝仗勢。

   ②形狀。

   suāh*se*（山勢）＝山勢。

   de*se*（地勢）＝地勢。

se 撒? 動 掃掉、拂、橫擊。

   gūi deqding ě miq ga *se* leqki

   （舉桌頂的物給撒落去）

   ＝把整桌的東西給掃落。

   ghiaq gun'à ga *se* bakdòbih

   （攑棍仔給撒腹肚邊）

   ＝拿棍子打他腹側。

se 賽 動 比賽、競爭。

   se ghău zàu（賽高走）＝賽跑。

xǎm ī se, əmbhiàn giāh ī !
（含伊賽，唔免驚伊）
＝跟他比，不用怕他！

sè'à 黍仔 名 黍、稷、玉米。
〔suè'à〕

sebhin 勢面 名 情況、形勢。
kuah sebhin（看勢面）＝看情況。
sebhin xə̀（勢面好）＝形勢好。

segai 世界 名 世界。

segān 世間 名 世間。

sēji 西醫 名 西醫。
　←→xanjī（漢醫）

seji 細姨 名 妾、小老婆。
ci seji（飼細姨）＝養小老婆。
〔sueji〕

sèjik 洗浴 動 洗澡。
gùi'a rit bhə̌ sèjik
（幾若日無洗浴）＝好幾天沒洗澡。
〔suèjik〕

Sējǒh 西洋 名 西洋。
〔Sējǐuh〕

selik 勢力 名 勢力。
ī ziok u selik
（伊足有勢力）＝他勢力很大。

seri 細膩 動 ①小心。
ciā ze, dioq seri
（車多，着細膩）＝車多，要小心。
②客氣。
līm xo kì, əmtāng seri !
（飲付起，唔通細膩）

＝多喝點，不要客氣！
〔sueri〕

sexan 細漢 形 ①個兒小。
li bi ī kaq sexan
（你比伊較細漢）＝你個兒比他小。
②小時候。
sexan ě sizun
（細漢的時陣）＝小的時候。
duaxan'e ziāutat sexan'e
（大漢的蹧躂細漢的）
＝大的欺負小的。
〔suexan〕
　←→duaxan（大漢）

sēh 生 動 ①生、產。
sēh ghin'à（生囝仔）＝生小孩。
②長、發。
sēh gō（生菰）＝發霉。
sēh liap'à（生粒仔）＝長膿瘡。
③發生。
sēh bhundě（生問題）＝發生問題。
接尾 生日。接於神佛的名字後面，
表神佛誕生的日子。
Tīhgōngsēh
（天公生）＝天帝的誕生日。
Butzòsēh
（佛祖生）＝佛陀的誕生日。
〔sih〕

seh 姓 名 姓氏。
ziaq lǎng ě seh
（食人的姓）＝用名人的姓氏。

動 姓。

lì *seh* siàhmì？

（你姓甚麼）＝你姓什麼？

〔sịh〕

sẹhmiạ 性命 **名** 生命、性命。

xiàm bhǎ *sẹhmiạ*

（險無生命）＝差點沒命。

*sẹhmiạ*gīn

（性命根）

＝生命線；和生命一樣重要的東西。

〔sịhmiạ〕

sēhrịt 生日 **名** 生日。

zǝ *sēhrịt*（做生日）＝過生日。

〔sīhrịt〕

sēhsing 生成 **副** 生來、本來的、先天的。

zē dǝ*sēhsing* lì'ě, ǝ mbhiàn

guàhgīn tẹq kị

（茲都生成你的，唔免趕緊提去）

＝這本來就是你的，不必急著拿走。

〔sīhsing〕

sēhwạq 生活 **動** 生活。

ziạmziạm pàih *sēhwạq* lǎi

（漸漸歹生活來）＝逐漸難以過活。

〔sīhwạq〕

sēhwē 鍟鍋 **名** 鍋子。

diạm *sēhwē* zù bǝng

（站鍟鍋煮飯）＝在鍋子裡煮飯。

〔sīh'ē〕

sēhxụn 生分 **形** 陌生、不熟悉。

xiā ghuà *sēhxụn*

（彼我生分）＝那兒我不熟。

sēhxụn lǎng（生分人）＝陌生人。

動 （小孩）認生、怕生。

āi, gǝq e *sēhxụn* la

（嗳，復會生分啦）

＝哎，還會怕生哩。

〔sīhxụn〕

sēhzǝ 生做 **動** 長成～、長得～。

sèhzǝ zīn iǎndǎu

（生做真緣投）＝長得很英俊。

〔sīhzuẹ〕

sẹq 雪 **名** 雪。

lǝq *sẹq*（落雪）＝下雪。

sẹq 塞 **動** 塞。

xọ lǎng *sẹq* rịplǎi

（付人塞入來）＝被人塞進來。

sẹq cụikị（塞嘴齒）＝塞牙縫。

〔sụẹq〕

sẹq 撒？ **動** 撒（鹽等）。

sẹq iǎm（撒塩）＝撒鹽巴。

sẹq suā（撒砂）＝撒砂子。

sẹq 旋？ **動** 旋、動。用於旋轉軸較短的場合。

gē *sẹq* zịt lịn

（街旋一輪）＝在街上轉了一圈。

gānlok dẹq *sẹq*

（干樂在旋）＝陀螺在轉。

→ǔn（巡）

sī 呵？ **動** 把（尿）。用於小孩的場合。

sī rio(呵尿)＝把尿。

pə ki̲ sàixak'à sī！

(抱去尿斛仔呵)

＝抱到廁所去把(尿)！

sī 糸 名 ①絹絲。

căm'à to̲ sī(蠶仔吐糸)＝蠶吐絲。

②纖維。

gīnziōsī(芹蕉糸)＝香蕉的纖維。

suaih'à gua sī

(檨仔厚糸)＝檬果纖維多。

③切成絲樣的東西。

li̲ sī(剟糸)＝撕成絲。

bhȧqsī(肉糸)＝肉絲。

動 挑(豆或菜的)纖維。

sī xə̆lăndau

(糸荷蘭豆)＝挑豌豆絲。

sī 詩 名 詩。

zə sī(做詩)＝寫詩。

量 ciu(首)

si̲ 死 動 死亡。

zaxə̄ng si̲ ki̲

(昨昏死去)＝昨天死亡。

go̲ng xo̲ si̲！

(攑付死)＝把他打死！

形 ①死掉似的、了無生氣的。

si̲ bhȧq(死肉)＝沒有感覺的肉。

xit sik kȧq si̲

(彼色較死)＝那個顏色較死板。

②呆板、不知變通、固定。

tȧk si̲ cȩq(讀死册)＝讀死書。

di̲ng si̲ le(釘死咧)＝釘死的。

助 ～死了；死的程度、受不了。

cà si̲(吵死)＝吵死了。

cio̲ si̲(笑死)＝笑死了。

si̲ 四 數 四。

si̲ 時 名 時，時候。

ga̲u si̲ dio̲q zāi

(到時着知)＝到時候就知道。

bhàu-si̲ sēh(卯時生)＝卯時生的。

si̲ 匙 名 匙、小勺。多半說成si̲'à(匙

仔)。

dĕsi̲(茶匙)＝茶勺。

量 匙。

zit si̲ io̲q'à(一匙藥仔)＝一勺藥。

si̲ 辭 動 辭退。

si̲ xuègi(辭夥記)＝辭退伙計。

si̲ zit(辭職)＝辭職。

si̲ 寺 名 寺、廟。

xiā u̲ zit gīng si̲

(彼有一間寺)＝那兒有間寺廟。

Xǎnsān Si̲(寒山寺)＝寒山寺。

si̲ 是 動 ①～是。用來說明主語，一

般後面跟著名詞，有輕聲化傾向。

ghuà si̲ xaksīng

(我是學生)＝我是學生。

xit di̲ng bhə'à si̲ ī bhè'e

(彼頂帽仔是伊買的)

＝那頂帽子是他買的。

②～是～。一時妥協，但後面加上

自己的看法，「是」的前後使用同一

動詞或形容詞。

zit diǎu lo xə̀ si̱ xə̱, əmgù ta̱i xə̱ng
（此條路好是好，唔拘太遠）
＝這條路好是好，不過太遠。

bhėq ki̱ si̱ bhėq ki̱, e kȧq ua̱h
（覓去是覓去，會較晏）
＝去是要去，但會晚一點。

感 是、是的。

si̱, bhə̌ cə̱
（是，無錯）＝是的，沒錯。

si̱ la！（是啦）＝是的！

sìbàn 死版 形 ①呆板。

ī zīn sìbàn, zi̱t kō cǎcǎ
（伊眞死版，一箍柴柴）
＝他眞呆板，整個人像木頭一般。
②一成不變。

sìbàn ě kāngkuȩ
（死版的工課）＝一成不變的工作。

sibìh 四邊 名 四邊、四周、四面。

sibīh lòng xo̱ lǎng za̱q le
（四邊攏付人閘咧）
＝四周都被堵住了。
同義詞：si̱wǔi（四圍）。

sìbiò 時錶 名 手錶。

gua̱ sìbiò
（掛時錶）＝戴手錶。

sìbhài 死偃 形 （力氣、火勢等）微弱。

xuè sìbhài, dȩqbhėq xuā ki̱
（火死偃，在覓灰去）

＝火光微弱，快熄了。

xit ě ghìn'à sìbhài, lòng bhe̱ ua̱
qda̱ng
（彼個囝仔死偃，攏繪活動）
＝那小孩沒有活力，都不肯動一下。

si̱dua 序大 形 長上、長輩。

ghuà sia̱ng si̱dua̱
（我上序大）＝輩份我最大。
←→si̱sȩ（序細）

si̱dua̱lǎng 序大人 名 父母親。

u̱xa̱n si̱dua̱lǎng
（有孝序大人）＝孝順父母親。

si̱gȧk 四角 形 四方。

si̱gȧk sīn
（四角身）＝四四方方的體型。

bǎi xo̱ si̱si̱gȧkgȧk
（排付四四角角）＝排成四四方方。

si̱gān 時間 名 時間。

bhə̌ si̱gān, guȧhgin！
（無時間，趕緊）
＝沒時間了，快點！

si̱giǎh 時行 動 流行。

zitmà dȩq si̱giǎh niàucùzing
（此滿在時行老鼠症）
＝現在在流行鼠疫。
si̱giǎh guȧh（時行歌）＝流行歌。
同義詞：li̱uxing（流行）。

sīguē 西瓜 名 西瓜。

sīguē uȧ dua̱ bīng
（西瓜倚大旁）—俚諺

＝選西瓜吃時，總是挑大的那一片。
引申爲找有力者投靠之意。

siguе̧ 四界 名 四處、到處。

　kị siguе̧(去四界)＝到處去。

　siguе̧ iȧq(四界挖)＝到處挖。

　〔sigе̧〕

sijịh 寺院 名 寺。si̧(寺)的二音節語。

si’ə̧m 是唔 氣 ～是嗎、是～嗎。
置於句尾，作成疑問句。

　si̧ dȩq gịọ ghuà si’ə̧m？

　(是在叫我是唔)＝在叫我是嗎？

　xē si̧ lì ě bhə̧’à si’ə̧m？

　(夫是你的帽仔是唔)
　＝那是你的帽子嗎？

　ī aq bhȩq kị si’ə̧m？

　(伊亦覓去是唔)＝他也要去是嗎？

　si’ə̧msi̧(是唔是)完全的說法，但一
　般嫌冗長。

si’ə̧msi̧ 是唔是 →si’ə̧m(是唔)

sirịt 時日 名 時日、日子。

　sirịt diạhdiọq la

　(時日定着啦)＝日子決定了。

si̧sе̧ 時勢 名 時勢。

　si̧sе̧ dȩq biạn zīn gịn

　(時勢在變眞緊)＝時勢變化很快。

si̧sе̧ 序細 形 小輩。

　sāh ě ī siang si̧sе̧

　(三个伊上序細)＝三人中他最小輩。

　〔si̧suе̧〕

←→sidua(序大)

sīsīkịkkịk 時時刻刻 副 時時刻
刻。文言用語。

　sīsīkịkkịk dȩq siạuliạm lì

　(時時刻刻在賬念你)

　＝時時刻刻想念你。

sīsiǒng 時常 →siǒngsiǒng(常常)

sīzīng 時鐘 名 時鐘、鐘。

　sīzīng dȩq gọng zap rị diàm

　(時鐘在搶十二點)

　＝時鐘在敲十二點。

sīzǔn 時陣 名 ① 時、時候。si̧
(時)的二音節語。

　guǎhlang ě sīzǔn ziȧq bhè

　(寒人的時陣即買)

　＝冬天的時候再買。

　zit sīzǔn ě siạuliǎnlǎng

　(此時陣的少年人)＝這時的年輕人。

　②說到這回事。於主語(句)或主從
　文中連接子句，使語調和緩同時又
　有強調的作用。

　zit diǎu ě sīzǔn a, diọq gə̇q

　cāmciǎng ziȧq ejịngdit

　(此條的時陣啊，着復參詳，即會用
　得)＝說到這回事，得再商量商量才
　行。

　nasi̧ ī bhȩq lǎi ě sīzǔn, lì bhạng

　cut lǎi, káq xə̇

　(若是伊覓來的時陣，你莫-應出來，
　較好)＝若是他要來的話，你不要出

來，比較好。

lì ě *sīzun*, nà e̠ da̠k bàih zia̠q ua̠h lǎi?!

（你的時陣，那會逐擺此晏來）

＝說到你呀，怎麼每次這麼晚來?!

siā 賒 動 賒、欠。

zi̠t cīng *siā*, ̠əmda̠t be̠q ba̠q xia̠n

（一千賒，唔值八百現）

＝用賒的買一千元，不如用現金買八百元。

xi̠t gīng dia̠m ̠əm *siā* lǎng

（彼間店唔賒人）

＝那家店不讓人賒欠。

sià 寫 動 寫。

sià puē(寫批)＝寫信。

sia̠ 卸 動 ①卸、推卸。

sia̠ xue̠(卸貨)＝卸貨。

zikri̠m *sia̠* xo̠ ba̠tlǎng

（責任卸付別人）

＝把責任推卸給別人。

②拆(別人的)台、給人難堪、貶斥。

dēngbhi̠n *sia̠* lǎng

（當面卸人）＝當面貶斥人。

sia̠ ga̠q xo̠ ī bhi̠n ǎnggigi̠

（卸及付伊面紅記記）

＝貶得他一臉通紅。

③毀損先祖或親人名聲、玷辱。

sia̠ zògōng(卸祖公)＝玷辱祖先。

④排水。

pàih *sia̠* zùi(歹卸水)＝排水不良。

sia̠ 赦 動 赦、免。文言用語。

sia̠ zue̠(赦罪)＝免罪。

sia̠ 瀉 動 瀉、拉。文言用語。

sia̠ ba̠k(瀉腹)＝拉肚子。

siǎ 邪 形 邪、邪惡的。

siǎ sin(邪神)＝邪神。

sia̠ 社 名 ①部落。

xiā u̠ zi̠t ě *sia̠*

（彼有一个社）＝那兒有一個部落。

xuān*sia̠*(番社)＝原住民部落。

②團體、社團。

gia̠t *sia̠*(結社)＝結成社團。

sī*sia̠*(詩社)＝詩社。

sia̠ 射 動 射。

sia̠ zi̠h(射箭)＝射箭。

sia̠ 謝 動 ①凋謝、散落。

xuē *sia̠* ki̠(花謝去)＝花凋了。

zū iàubhue̠ *sia̠* pì

（痘猶未謝疕）＝痘子還沒結痂。

②謝、酬謝；文言用語。

sia̠ sin(謝神)＝謝神、酬神。

*sia̠*lè(謝禮)＝謝禮。

siaxiōh 麝香 名 麝香。

〔siaxiuh〕

siāh 聲 名 聲、音。

̠əmtāng cu̠t dua̠ *siāh*！

（唔通出大聲）＝不可太大聲！。

xuēgī ě *siāh*

（飛機的聲）＝飛行機的聲音。

接尾 數、量、價、額。

gȧqsiāh（甲聲）＝甲數。

xūnsiāh（分聲）＝配額。

gīnsiāh（斤聲）＝斤量。

bo̯siāh（步聲）＝步數。

ghǐnsiāh（銀聲）＝銀價。

siàh 甚 指 啥、什麼。siàhmì（甚麼）
的省略。

lǎi co̯ng siàh？

（來創甚）＝來幹什麼？

xit ě siàh lǎng？

（彼个甚人）＝那個人是誰？

副 程度、並不怎麼；下接 bhə̌
（無），bhē（燴）等否定詞，以表否
定之意。

bhə̌ siàh dīh

（無甚甜）＝不怎麼甜。

bhe̯ siàh guǎh

（燴甚寒）＝不怎麼冷。

〔sàh〕

siȧh 聖 形 ①靈。

sǐng'ǒngjǎ zīn siȧh

（城隍爺眞聖）＝城隍爺眞靈。

②（預言）準。

ī siȧh cu̯i, gia̯n gòng gia̯n dio̯q

（伊聖嘴，見講見着）

＝他預言很準，每說必中。

siǎh 成 量 ①成、成色。

giàm u̯ sāh siǎh

（減有三成）＝減了三成。

gàu siǎh gīm（九成金）＝九成純金。

②成、百分比。

ta̯n zi̯t siǎh（趁一成）＝賺了一成。

siǎh 城 名 城。

ki̯ siǎh（起城）＝築城。

siǎh 眩？ 動 ①誘騙。

xua̯nlǎng xo̯ gi̯ngca̯t siǎh cu̯tlǎi

（犯人付警察眩出來）

＝犯人被警察誘騙出來。

②誇示、誘引。

ki̯ bīh'à zia̯q, ə̯mtāng dia̯m xiā
siǎh ī！

（去邊仔食，唔通站彼眩伊）

＝去旁邊吃，不要在那兒誘他！

sia̯h 摠 名 扛台。結婚或祝壽時盛
禮品的雙人抬的竹籃或木籃子。

gēng sia̯h（扛摠）＝抬禮籃。

量 台、擔、籃。

nə̯ng sia̯h gə̄'à

（兩摠糕仔）＝兩扛台的糕餅。

siǎhci̯ 城市 名 城市、都會、都市。

du̯a siǎhci̯（大城市）＝大都會。

siāhji̯m 聲音 名 聲音。siāh（聲）
的二音節語。

siāhji̯m xə̀（聲音好）＝聲音好。

siàhmì 甚麼 指 何、什麼。詢問
一般事物的用語。

xē siàhmì？（夫甚麼）＝那個什麼？

e̯ uāngē si̯ siàhmì ghuǎnjīn？

（會冤家是甚麼原因）

＝會吵架是什麼原因？

siàhmi̍ lăng iái？
（甚麼人來）＝什麼人來？
〔sìmmi̩q, sìmmi̩q, sìammi̩q〕

siàhxue̩ 甚貨 指 何、什麼東西。
問物品時的用語。
lì bhè *siàhxue̩*？
（你買甚貨）＝你買什麼東西？
laibhin u̩ *siàhxue̩*？
（內面有甚貨）＝裡面有什麼？
〔siàhxe̩〕

siàk 揀？ 動 摔。
du̩i lăudi̍ng *siàk* le̩qlăi
（對樓頂揀落來）＝從樓上摔下來。
e̩mtāng i̩ng *siàk*'e, ǔnwǔn'à ke̩ng
le̩qki̩！
（唔通用揀的，緩緩仔控落去）
＝不可用摔的，慢慢地放下去！

siām 瞻 動 ①窺視、略微瞟一眼、
稍微看一下。
tāu *siām* lăng ě cu̩la̩i
（偷瞻人的厝內）＝偷窺別人屋內。
②矇騙、偷。
ga̩ *siām* zi̩tsu̍t'à
（給瞻一屑仔）＝給偷偷矇一點。

siàm 閃 動 ①閃、避、躲、退。
siàm xo̩（閃雨）＝躲雨。
ciā lăi la, *siàm* o！
（車來啦，閃噢）
＝車來了，閃開喲！
②（腰背等）扭到。

iōgu̍t ki̩ *siàm* dio̩q
（腰骨去閃着）＝腰閃到了。

siạm 滲 動 滲、透。
go̩ng gạq *siạm* sài
（摃及滲屎）＝打到屎都滲出來。

sian 仙 名 仙人。
ze̩ *sian*（做仙）＝成仙。
接尾 徒；好～之人。指對某物上癮
之人。
zi̍u*sian*（酒仙）＝酒徒。
citte̍*sian*（迌迌仙）＝好玩之徒。
副 怎麼也～；與de̍（都）對應使用。
sian de̍ bhe̩xiàudit
（仙都𣍐曉得）＝怎麼（教）也不會。
sian xàh de̍ e̩m giāh
（仙哄都唔驚）＝怎麼嚇也不怕。

sian 先 接尾 ～師、～先生。諧謔
的用法。
gòngggò*sian*（講古先）＝講書先生。
kuạhmia*sian*（看命先）＝算命先生。
Bhạnxo̍k*sian*
（萬福先）＝萬福先生。

sian 身
→si̍n（身）

sian 銹？ 名 ①鏽。
sēh *sian*（生銹）＝生鏽。
tiqsian*（鐵銹）＝鐵鏽。
②污垢、油污、水鏽。
lu̍t *sian*（角銹）＝磨掉水鏽等污垢。

siàn 錢 量 錢。日語直譯。

zit *siàn*（一錢）＝一錢。

siàn 癬 名 癬。

lanpā sēh *siàn*

（生蕊生癬）＝陰囊長癬。

siạn 搧 動 ①甩、打。

siạn cuipuè（搧嘴毗）＝打耳光。

也說成sạm（搧）。

②當風；直接面對。

puạbeh ạmtāng *siạn* xōng！

（破病唔通搧風）

＝生病不可面對著風。

③拐騙。

xọ lăng *siạn* kị

（付人搧去）＝被人騙去。

siǎn 禪 名 禪。

zẹ *siǎn*（坐禪）＝坐禪。

siǎn sū（禪師）＝禪師。

siạn 倦? 形 累、慵懶。

giǎh liàu *siạn* la

（行了倦啦）＝走累了。

sīngkū *siạn*（身軀倦）＝身體累。

同義詞：làn（懶）。

siạn 善 名 善。文言用語。

zẹ *siạn*（做善）＝做好事。

siǎn'à 蟬仔 名 蟬。

*siǎn'à*kạk（蟬仔殼）＝蟬殼。

同義詞：āmbǒzě（庵埔蟬）。

siāncàu 仙草 名 仙草。

siạnduạxịh 搧大耳 動 騙；siạn

（搧）的二音節語。

lị gòng xiā dẹq xuèsiō sị ụjàh bh-

ǒ, ạmtāng ga ghuà *siạnduạxịh*！

（你講彼在火燒是有影無，唔通給我

搧大耳哦）＝你說那兒失火是真是

假？可別騙我喲！

〔*siạnduạxi*〕

siānlang 仙人 名 仙人。siān

（仙）的二音節語。

xọ *siānlang* giụ kị

（付仙人救去）＝被仙人救走。

sianxi 鱔魚 名 鱔魚。像鰻魚，是

河魚的一種。

siāng 雙 名 偶數。

kuạh si *siāng* à kiā？

（看是雙抑奇）

＝看是雙數還是奇數？

　←→kiā（奇）

數 兩～、對。複數或成對的東西。

siāng kā gui zězě

（雙腳跪齊齊）＝兩腳跪齊。

siāng bhịn（雙面）＝兩面。

siāng buẹ（雙倍）＝二倍。

　←→duāh（單）

量 雙。成對之事物的計數詞。

zit *siāng* bhueq'à

（一雙襪仔）＝一雙襪子。

nạng *siāng* di

（兩雙著）＝兩雙筷子。

　←→kā（奇）

siạng 揀? 動 「咚」一聲放下、碰、

撞。

puěsiōh əmtāng ki̯ *siang* pàih！

（皮箱唔通去揀歹）

＝皮箱不可摔壞！

ghǐn'à buaq də̀, tǎukak ki̯ *siang*

dioq biaq

（囝仔跋倒，頭殼去揀着壁）

＝小孩跌倒，頭撞到牆壁。

siăng 像 形 同。

siăng lǎng（像人）＝同一人。

zē gap xē bhə̌ *siăng*

（茲及夫無像）＝這個和那個不同。

也說成siang。

同義詞：găng（共），gang（共）。

siăng 甚-人 指 誰、那位；siàh

lǎng（甚人）的省略。

ī *siăng*？（伊甚-人）＝他是誰？

ī si̯ lìn *siăng*？

（伊是您甚-人）

＝他是你的什麼人？

siang 像

→siăng（像）

siàp 塞 動 ①塞、堵；用東西塞住

間隙或孔洞。

co̯ng bo̯ *siàp* tàng-kāng

（創布塞桶孔）＝用布塞住桶孔。

②偷偷給錢等。

siàp a̯uciu

（塞後手）＝暗地裡塞東西。

e̯ ri̯ zap kō'à ga̯ *siàp* le！

（攜二十箍仔給塞咧）

＝拿二十塊錢給塞一塞吧！

siàp 澀 形 ①澀。

iàu *siàp*, bhe̯ ziaq dit

（猶澀，燴食得）＝還澀，不能吃。

②小器。

ī zīn *siàp*（伊眞澀）＝他很小氣。

③沉重、體能狀況不佳。

kā *siàp*（腳澀）＝腳步沉重。

bhakzīu *siàp*（目睭澀）＝眼睛酸澀。

名 澀味。

ki̯'à*siàp*（柿仔澀）＝柿子澀。

siàp 涉 動 滲、滲出。

gua̯h *siàp* cutlái

（汗涉出來）＝汗滲出來。

cō xǔi ghǎu *siàp* zùi

（粗磁高涉水）＝粗瓷很會滲水。

siàq 削 動 ①削。

siàq lǎmbit（削鉛筆）＝削鉛筆。

siàq pu̯ě（削皮）＝削皮。

②拼、競爭。

nə̯ng bǐng di̯də̯q *siàq*

（兩旁着在削）＝兩邊在拼。

bhə̌ja̯ugǐn, gap ī *siàq*！

（無要緊，及伊削）

＝不要緊，跟他拼！

siàq 錫 名 錫。

siàq 杓 名 杓子，柄杓。多半說成

siàq'à（杓仔）。

i̯ng *siàq* iòh zùi

（用杓舀水）＝用杓子舀水。

ǐusiaq（油杓）＝油杓。

量 勺。

zịt *siaq* dạujǐu

（一杓豆油）＝一勺醬油。

iòh nəng *siaq*（舀兩杓）＝舀兩勺。

siat 設 動 ①設、立。

siat xakxạu（設學校）＝設立學校。

②促狹、捉弄。

diạh bhėq *siat* lǎng

（定覓設人）＝常愛捉弄人。

siàtsioh 設想 動 想像。

zē əmsị zīn ě sụ, sị *siàtsioh*'e

（兹唔是眞的事，是設想的）

＝這不是眞的，是想像的。

lì əmbhiàn dėq *siàtsioh*！

（你唔免在設想）

＝你不用在那兒想像！

siàtsù 設使

→gàsù（假使）

siàttài 赤太? 副 非常、很、超乎

常情。

lǎng *siàttài* ze

（人赤太多）＝人超多。

siàttài ruạq（赤太熱）＝超熱。

siàtxuạt 設法 動 想辦法。

bhɔ̌ gìn si*àtxuạt*, e xại

（無緊設法，會害）

＝不快設法，會慘。

siāu 消 動 ①消退。

zùi *siāu* bhɔ̌ lọ

（水消無路）＝水無處消退。

liạp'à kảq *siāu* la

（粒仔較消啦）＝膿腫較消了。

②銷、賣。

siāu dụi Lǎmjɔ̌h kị

（消對南洋去）＝銷到南洋去。

zē zīn ụ *siāu*

（兹眞有消）＝這很有銷路。

③取消、沒入。

siāu diạh（消定）＝定金被沒入。

xọ lǎng *siāu*

（付人消）＝被取消（合約）。

siàu 肖? 動 ①發狂。

siàu'e（肖的）＝瘋子。

lì dėq kì *siàu* əm?

（你在起肖唔）＝你在發瘋啊？

②眼中充血、發狂的樣子。

siàu zābhò（肖查某）＝瘋女人。

měrit *siàu*（暝日肖）＝日夜發狂。

③發情。

xit ziảq gàubhɔ̌ dėq *siàu*

（彼隻狗母在肖）＝那隻母狗在發情。

siạu 賬 名 勘定。

səng *siạu*（算賬）＝算帳。

*siạu*pọ（賬簿）＝帳簿。

動 算。

siạu gīmghiạq（賬金額）＝算金額。

siǎu 精? 名 ①精液。

cút *siǎu*（出精）＝射精。

②東西、無聊之事。卑俗語。

lì dėq gòng siàh *siău*?!

(你在講甚精)

＝你在扯些什麼東西?!

bhè bhə̌ zit ě *siău*

(買無一个精)＝買不到什麼東西。

接尾 接於不愉快或不合理的意味的
動詞或形容詞後面，以造成二音節
語。

ghiat *siău*(孽精)＝調皮搗蛋。

kọ*siău*(怐精)＝滿不在乎。

ghě*siău*(睨精)＝不順眼。

siàucitgə'à 小七哥仔 名 丑角、
逗趣的人。

gik gảq nà *siàucitgə'à*

(激及那小七哥仔)＝裝得像個丑角。

siàugōngzù 肖公子 名 登徒子、
輕薄的人。

siạugui 賬櫃 名 掌櫃的、經理人。

siạugui dėq gị siạu

(賬櫃在記賬)＝掌櫃的在記帳。

siạugui bǎng

(賬櫃房)＝帳房、會計室。

siạujǎ 少爺 名 少爺。

siāukiàn 消遣 動 消遣。文言用語。

cút lǎiki *siāukiàn* zit'e !

(出來去消遣一下)

＝出來消遣一下!

siạuliam 賬?念 動 想念、懷念。

bútsi̇ də̌ dėq *siạuliam* i̇

(不時都在賬念伊)

＝無時無刻都在想念他。

siạuliam gòsà ziǎh xə̀

(賬念古早成好)＝懷念以前眞好。

siạuliǎn 少年 形 少年、年輕。

sēh nạng ě ghìn'à la, iàu zīn
siạuliǎn

(生兩个団仔啦，猶眞少年)

＝生兩個小孩了，(看起來)還很年
輕。

siạuliǎn ě sĭzun

(少年的時陣)＝年輕的時候。

siạuliǎn lǎng(少年人)＝年輕人。

*siạuliǎn*gē(少年家)＝小伙子。

←→lạu(老)

siāulọ 消路 名 銷路。

siāulọ dua(消路大)＝銷路好。

siàurin 小人 名 ①小人。文言用語。

形 無信無義之人。

siàurin ě lǎng gòng ě uẹ bhẹ sịn
dit

(小人的人講的話繪信得)

＝小人講的話信不得。

siạusioh 賬想 動 妄想。

ə̀mtāng *siạusioh* lǎng ě gẹzēng !

(唔通賬想人的嫁粧)

＝不要妄想人家的嫁粧!

〔*siạusiuh*〕

siāusit 消息 名 消息，音信。

xə̀ *siāusit*(好消息)＝好消息。

sịh 扇 名 ①扇子。

iat sịh（搧扇）＝搧扇子。

量 扇；門的計數單位。

mǎng bák zịt sịh kilǎi！

（門剝一扇起來）＝卸掉一扇門！

sǐh 豉 接尾 漬；把水果等壓碎用鹽醃漬。

tǎ'àsǐh（桃仔豉）＝漬桃。

gān'àsǐh（橄仔豉）＝橄欖漬。

sịh 豉 動 ①醃、漬。

sịh caitǎu（豉菜頭）＝醃蘿蔔。

②（眼睛等）漬痛。

diàm bhakzīujoq'à, e sịh

（點目睭藥仔，會豉）

＝點眼藥水會漬痛。

sik 式 名 儀式，日語直譯。

zə sik（做式）＝做儀式。

sik 色 名 色。

ǎng sik（紅色）＝紅色。

量 種類。

bhǎ gáq rua zə sik

（無及若多色）＝沒幾個種類。

sik 識 形 聰明、老成。

xit ě ghìn'à ziók sik

（彼个囝仔足識）

＝那個小孩聰明伶俐。

sịk 席 量 桌；在餐廳叫菜時用。

gio zịt sịk cai

（叫一席菜）＝叫一桌菜。

sịk 熟 動 熟。

guèzi iàubhue sik

（果子猶未熟）＝果子還沒熟。

形 ①熟的。

bəng sik la（飯熟啦）＝飯煮了。

②熟練。

sik kā（熟腳）＝熟手。

dui sīnglì zin sik

（對生理真熟）＝對生意很熟。

③熟悉。

ghuà gáp ī bhǎ sik

（我及伊無熟）＝我和他不熟。

接頭 熟的～；加工後的～。

sikjǎm（熟鹽）＝精鹽。

sikpuě（熟皮）＝熟皮。

sik bháq（熟肉）＝煮熟的肉。

sik'à 稷仔 名 粟。

sikdi 色緻 名 色彩。

sikdi xə（色緻好）＝好色彩。

sịksai 熟似 形 熟識。sik（熟）形 ③的二音節語。

ghuà gáp ī zin sịksai

（我及伊真熟似）＝我和他很熟。

sịksai lǎng（熟似人）＝熟人。

sīm 心 名 ①心。

bhǎ xit xə sīm, aq u xit xə cui?!

（無彼號心，亦有彼號嘴）

＝沒那個心，哪有那個嘴?!

②心臟。

dīsīm（豬心）＝豬心。

páq dioq sīm（拍着心）＝打到心臟。

③蕊心、軸。

sìm gā káq dè！

(心鉸較短)＝蕊心剪短一點！

cīa sīm(車心)＝車軸。

接尾 中心，中央。

gēsīm(街心)＝街中央。

kāziáqsīm(腳脊心)＝背部正中。

sìm 審 動 審查、審判。

ạngiah ī dẹq sìm

(案件伊在審)＝案子他在審。

量 審；審判次數的計數單位。

zit sìm nạ gə sū, ziáq lǎi gə dẹri
sìm

(此審若告輸，即來告第二審)

＝這一審如告輸，再上訴到第二審。

sìm 迌 動 彎曲、柔韌、上下幌動、
搖幌。

bụndāh dẹq sìm

(扁擔在迌)＝扁擔在上下幌動。

guẹ giǒ, ạmtāng ànnē sìm！

(過橋，唔通按哖迌)

＝過橋，不可這樣搖幌！

sìm 侾？ 動 稍候、一動不動。保持
同一態度沒有動靜。

sìm zit bō

(侾一晡)＝大半天沒有動靜。

sìm zit’e, ziáq lǎi kị

(侾一下，即來去)

＝稍候一下，再去。

sīmbu 新婦 名 新娘。媳婦。

cua sīmbu(娶新婦)＝娶媳婦。

sīmbu’à 新婦仔 名 童養媳。

iō sīmbu’à

(育新婦仔)＝抱養童養媳。

sīmbu’àtè

(新婦仔體)＝童養媳的(畏怯)習性。

sīmbhun 心悶 動 思念、掛心。

ī dẹq sīmbhun, īn zābhògiàh

(伊在心悶愳查某子)

＝她在掛念她女兒。

ạmtāng sīmbhun ī e liǎmbīh də−
ng lǎi

(唔通心悶，伊會連鞭轉來)

＝不要掛念，她很快就會回來。

sīmguāh 心肝 名 心、心腸。sìm
(心)①的二音節語。

sīmguāh bhài

(心肝愞)＝心腸不好。

sīmguāh tǎu(心肝頭)＝心頭。

sīmsik 心適 形 有趣、愉快。

zit bùn cẹq bhǒ sīmsik

(此本冊無心適)＝這本書沒趣味。

gīn’àrịt zīn sīmsik

(今仔日眞心適)＝今天眞愉快。

sīmsin 心神 名 精神，心情。

òngxụi sīmsin

(枉費心神)＝枉費精神。

bhǒ sīmsin tāng cittǒ

(無心神通迌迌)＝沒心情玩。

sīmsòng 心爽 形 舒服、心情好。

ze̲ po̲ngi̍ ka̍q *sīmsòng*

（坐凸椅較心爽）＝坐沙發較舒服。

si̲mzi̲ 甚至 副 甚至。文言用語。

bu̍tda̲n li̲sik bh∂̍ bhe̍q xi̍ng, *si̲mzi*

bh∂zi̍h a̲q xo̲ d∂̍ ki̲

（不但利息無覓還，甚至母錢亦付倒

去）＝不但利息不付，甚至連母金也

被倒掉。

sin 身 名 ①身、體。文言用法。

sè *sīn*（洗身）＝洗澡。

zue̲ gūi ī ě *sīn*

（罪歸伊的身）＝把罪歸給他一人。

②質、地。

sīn bh∂̍ x∂̀（身無好）＝質地不好。

cǎ*sin* bhài

（柴身偃）＝木頭的質地不好。

量 個、尊；洋娃娃或神明的計數

單位。

zit *sīn* āng'à

（此身厎仔）＝這個洋娃娃。

dua̲ *sīn* bu̲t（大身佛）＝大尊佛。

sin 新 形 新。

rù *sīn* rù x∂̀

（愈新愈好）＝愈新愈好。

⟵⟶ gu̲（舊）

si̲n 信 動 ①信仰。

sin Bu̲tga̲u（信佛教）＝信佛。

②相信、信用。

ghuà *si̲n* ī e̲ lǎi

（我信伊會來）＝我相信他會來。

sin 承 動 盛、承、接。

sīn xo̲zùi（承雨水）＝盛雨水。

lì da̲n, ghuà *sīn*

（你擲，我承）＝你丟，我接。

sin 神 名 ①神。

si̲n *sīn*（信神）＝信神。

②精神、氣力、精力。

sit *sīn*（失神）＝失神。

zu̲ *sīn* kuah（注神看）＝注意看。

sīnbih 身邊 名 ①身邊，身旁。

sīnbih bh∂̍ ke̲ng guà zi̍h, bhe̲

ānsi̲m

（身邊無控許錢，膾安心）

＝身邊不放些錢，不安心。

②近處，手邊。

ī kia̲ di̲ ghuàn *sīnbih*

（伊堅著阮身邊）＝他住在我家附近。

si̯nbhi̯ng 神明 名 神佛。

xo̲ksa̲i *si̯nbhi̯ng*

（服事神明）＝事奉神明。

u̲ *si̯nbhi̯ng* de̲q b∂̀xo̲ ī

（有神明在保護伊）＝有神明保佑他。

si̲nbhu̯n 新聞 名 新聞、報紙。日

語直譯。

kuah *si̲nbhu̯n*（看新聞）＝看報紙。

si̲ndio̲ng 慎重 形 慎重、小心。

gādi̲ ka̍q *si̲ndio̲ng* le !

（家己較慎重咧）＝自己小心一點！

si̯ngīng 神經 名 神經。

tīu *si̯ngīng*（抽神經）＝抽神經。

形 言行不正常、神經。

xit ě siòkuà sǐngīng

（彼个少許神經）

＝那個人神經神經地。

sǐnki 神去 動 入神、發呆。

kuah gáq sǐnki

（看及神去）＝看呆了。

lǎng gūi'e sǐnki

（人舉下神去）＝人整個呆掉了。

sīnlik 新曆 名 新曆、國曆。日語直譯。

sīnlǒ 身？勞 名 ①雇用的人，店員。

sī sīnlǒ（辭身勞）＝辭退雇用的人。

②薪水。

xuát sīnlǒ（發身勞）＝發薪水。

亦說成sīnlǒzǐh（身勞錢）。

sīnmia 身命 名 身體、命。

iòng sīnmia（勇身命）＝身體強健。

sīnmia dioq go le！

（身命着顧咧）＝命得照顧好！

sīnniǒ 新娘 名 新娘。

cua sīnniǒ（娶新娘）＝娶老婆。

sīnniǒ bǎng（新娘房）＝新房。

〔sīnniǔ〕

sīnsēh 先生 名 ①老師。

sīnsēh ga xaksīng

（先生教學生）＝老師教學生。

②醫生。

xo sīnsēh kuah

（付先生看）＝看醫生。

ciàh sīnsēh（請先生）＝請醫生。

〔siānsǐh〕

sīnseh 先生 接尾 ～先生。

əngsīnseh（黃先生）＝黃先生。

〔siānsih〕

sīnsi 身屍 名 屍體。

cue bhǒ sīnsi

（尋無身屍）＝找不到屍體。

sīnsu 紳士 名 紳士。

càudesīnsu

（草地紳士）＝鄉土紳士。

sīnsùi 薪水 名 薪水。

nià sīnsùi！（領薪水）＝領薪水！

sintǎng 蟮虫 名 守宮、壁虎。

sintè 身體 名 身體。

sintè iòng（身體勇）＝身體強健。

sintè-giàmghiam

（身體檢驗）＝身體檢查。

→sīngkū（身軀）

sīnxun 身份 名 ①身份。

sīnxun kàq ge

（身份較低）＝身份較低。

②體格，身裁。

i ě sīnxun kàq dua, ai ziàn kàq dǐng

（伊的身份較大，要剪較長）

＝他的身裁較高大，要裁長一點。

sǐnxǔn 神魂 名 魂魄，靈魂。

giāh gáq bhǒ sǐnxǔn

(驚及無神魂)＝嚇得魂飛魄散。

sǐnzù 神主 名 牌位。

  xoksai sīn ě *sǐnzù*

  (服事新的神主)＝事奉新的牌位。

  🔊sīn(身)

sīng 升 動 升、漲。

  sīng cusue(升厝稅)＝漲房租。

  guāh *sīng* zit gip

  (官升一級)＝官升了一級。

  →kì(起)

sīng 生 名 小生。

  ze *sīng*(做生)＝演小生。

  bhù*sīng*(武生)＝武生。

sīng 先 副 先。

  lì *sīng*！(你先)＝你先！

  sīng tōngdī(先通知)＝先通知。

sīng 省 動 省、節省。

  sīng gāng(省工)＝省工。

  xē bhe *sīng* dit

  (夫燴省得)＝那個省不得。

  形 便宜、經濟。

  ze zǔn bi ze xuēgī kaq *sīng*

  (坐船比坐飛機較省)

  ＝坐船比坐飛機便宜。

  名 省；行政區劃分之一。

  Xokgian *Sǐng*(福建省)＝福建省。

  *sǐng*diòh(省長)＝省長。

sǐng 性 名 本性、個性。

  xit ě *sǐng* bhe gài

  (彼个性燴改)＝那本性不會改。

bùn*sing*(本性)＝本性。

sǐng 成 動 ①成爲、成就。

  sǐng siān(成仙)＝成仙。

  daizi e *sǐng* bhe？

  (事志會成燴)＝事情會成功嗎？

  ②像。

  zit diōh siong zīn *sǐng*

  (此張相眞成)＝這照片很像。

  sǐng īn laube

  (成恁老父)＝像他老爸。

sǐng 乘 動 乘。

  na *sǐng* gho, bih rua ze？

  (若乘五，變若多)

  ＝如果乘五，變多少？

sǐng 盛 形 大、旺盛。

  xuèki *sǐng*(火氣盛)＝火氣大。

  ginlǎi iàgiu butzi *sǐng*

  (近來野球不止盛)

  ＝近來棒球相當盛行。

sǐng 盛？ 動 寵。

  sǐng ghìn'à(盛囝仔)＝寵小孩。

sǐngde 性地 名 個性、脾氣。爆發

  的、原始的性質。

  sǐngde xà(性地好)＝個性好。

  kì *sǐngde*(起性地)＝發脾氣。

  ī lòng bhǎ *sǐngde*

  (伊攏無性地)＝他都沒脾氣。

sǐnggōng 成功 動 成功。

  dua *sǐnggōng*

  (大成功)＝大大地成功。

sĭngjĭ 誠意 名 誠意。

　gòng bhǎ *sĭngjĭ* ě ue
　（講無誠意的話）＝說沒誠意的話。

sĭngkū 身軀 名 身體。主要指外
　部的形體。

　sè *sĭngkū*（洗身軀）＝洗澡。
　sĭngkū āzā（身軀腌臢）＝身體髒。
　→sīntè（身體）

singlè 牲醴 名 牲醴。

　xau *sīnglè*（孝牲醴）＝供奉牲禮。

singli 生理 名 生意。

　zə *sīnglì*（做生理）＝做生意。
　*sīnglì*lǎng（生理人）＝生意人。

sĭngpiàq 性癖 名 性癖、脾性。

　lìngghua u zit ě *sĭngpiàq*
　（另外有一个性癖）
　＝另外有一種脾性。

sĭngrin 聖人 名 聖人。

sĭngsiau 省賬 形 便宜的、經濟
　的；sĭng（省） 形 的二音節語。

　kuah ànzuàh kảq *sĭngsiau*？
　（看按怎較省賬）
　＝看看怎樣比較便宜？

sĭngsĭng 猩猩 名 猩猩。

sĭngsiu 承受 動 承受、承當。

　zit kuàn daizi ghuà əmgàh
　sĭngsiu
　（此款事志我唔敢承受）
　＝這種事情我不敢承當。
　ziksĭng tǎukē ịnggāi *sĭngsiu*

（責成頭家應該承受）
　＝責任老闆應該承擔。

sĭngzing 性情 名 性質、性情。

　sĭng（性）的二音節語。
　sĭngzĭng xə̀（性情好）＝性情好。

siō 相 接頭 互相。表某種動作狀態
　在兩人間發生的意味，與sāh（相）
　的意思完全相同，依語調決定用哪
　一個。

　*siō*sang miq
　（相送物）＝互相致送贈品。
　*siō*làm（相攬）＝互相擁抱。

siō 燒 動 燒、燃。

　cu *siō* gùi gīng？
　（厝燒幾間）＝燒了幾間房子？
　siō zuà（燒紙）＝燒紙。
　形 ①暖。

　pue gảq bhe *siō*
　（被蓋𣍐燒）＝被子蓋不暖。
　②熱。

　ịktàngzùi siōh *siō*
　（浴桶水尙燒）＝浴缸的水太燙。

siò 小 形 小。通常做爲dua（大）的
　相反概念使用。

　zit ghueqrit si *siò*
　（此月日是小）＝這個月日是小月。
　siò xo（小雨）＝小雨。
　副 稍、稍爲；文言用語。

　siò dàn！（小等）＝稍等！
　siò kuah le！

（小看咧）＝稍稍看一下！

→se（細）

siòdàh 小膽 形 膽小。

　siòdàh, əmgàh ki

　（小膽，唔敢去）＝膽小，不敢去。

siòdi 小弟 名 弟弟。

　xiāhgō dioq go siòdi

　（兄哥看顧小弟）＝哥哥要照顧弟弟。

siōgan 相姦 動 性交、做愛。

　āng'àbhò dèq siōgan

　（翁仔婆在相姦）＝夫妻在做愛。

　〔sāhgan〕

siògō 小姑 名 小姑；丈夫的妹妹。

siōgū 燒龜 名 暖龜。金屬或陶瓷做的龜背形內裝熱水的，抱著取暖的，類似暖爐的東西。

　u siōgū（炙燒龜）＝抱暖龜。

siòkàu 小口 形 小胃口。

　ī siòkàu, ziaq zitdiàm'à

　（伊小口，食一點仔）

　＝他胃口小，只吃一點點。

siòkuà 小許 名 少許、一點點。

　liàu siòkuà niă

　（了小許耳）＝賠一點點而已。

　siòkuà zīh（小許錢）＝少許錢。

siōlə 燒煖? 形 ①暖和；用於形容春暖日和的日子。

　rittău na cut, dioq kàq siōlə

　（日頭若出，着較燒煖）

　＝太陽如果出來，就比較暖和。

gin'àrit zīn siōlə

（今仔日眞燒煖）＝今天眞暖和。

同義詞：siōruaq（燒熱）。

②手頭緊。

zit'e zīh kàq pàih tan, ing dioq ziăh siōlə

（一下錢較歹趁，用着成燒煖）

＝錢一難賺，用起來就緊一點。

siòmuai 小妹 名 妹妹。

　sexan siòmuai kàq sùi

　（細漢小妹較美）

　＝小的妹妹比較漂亮。

　也說成siòmue。

　〔siòbhe〕

siòsim 小心 形 細心、仔細。

　ī zīn siòsim

　（伊眞小心）＝他眞細心。

　dak ě ai siòsim tiăh！

　（逐个要小心聽）＝大家要仔細聽！

siōtăi 相刣 動 戰爭、打仗。

　nəng gok dèq siōtăi

　（兩國在相刣）＝兩國在打仗。

　同義詞：siōzian（相戰）。

　〔sāhtăi〕

siòting 小停

　→kàqting（較停）

siòzik 小叔 名 丈夫的弟弟。

　xiāhsè, dau siòzik

　（兄嫂鬥小叔）＝嫂嫂和小叔通姦。

siòzìm 小嬸 名 弟婦；弟弟的太太。

siōzīng 相爭 動 打架。

zitmà dèq *siōzīng*

（此滿在相爭）＝現在在打架。

〔sāhzīng〕

siōzùi 燒水 名 燒水。

xiǎh *siōzùi* lǎi sè bhin！

（焚燒水來洗面）＝燒熱水來洗臉！

siōh 尚？ 副 太。

siōh ze lǎng（尚多人）＝太多人。

ziaq *siōh* ziò（食尚少）＝吃太少。

〔sīuh〕

siōh 箱 名 箱子。

děsiōh（茶箱）＝茶箱。

dè diam *siōh*lin

（貯站箱裡）＝裝在箱子裡。

〔sīuh〕

siōh 鑲 動 ①鑲。

cuiki *siōh* gīm

（嘴齒鑲金）＝鑲金牙。

②衣服等鑲邊。

ciu'əngkàu bheq *siōh* siàhmi bo？

（手袂口覓鑲甚麼布）

＝袖口要鑲什麼布？

〔sīuh〕

siòh 賞 動 ①獎賞。

nibhuè *siòh* rua ze？

（年尾賞若多）＝年終賞多少？

na gutlat, ziaq *siòh* ī

（若骨力，即賞伊）

＝如果勤快，就賞他。

②觀賞。

siòh ghueq（賞月）＝賞月。

〔sìuh〕

sioh 相 動 生肖。

lì *sioh* siàhmi？

（你相甚麼）＝你什麼生肖？

sioh xò（相虎）＝肖虎。

接尾 〜本性、〜樣子。

cīngki *sioh*

（清氣相）＝本性愛乾淨。

pàihkuahsioh

（歹看相）＝樣子難看。

〔sioh〕

siǒh 涎 名 粘液、粘答答的汁。

cut *siǒh*（出涎）＝分泌粘液。

liap'a*siǒh*（粒仔涎）＝膿汁。

形 粘答答的。

ciu *siǒh*gueqgueq

（手涎膏膏）＝手粘答答的。

lo iàu *siǒh*（路猶涎）＝路還泥濘。

〔sìuh〕

sioh 想 動 想。

sioh airin（想愛人）＝想愛人。

sioh zit ě xè gedi

（想一个好計智）＝想一個好計策。

〔siuh〕

siohbheq 想覓 情 想要〜。

bhin'àzai ghuà aq *siohbheq* ki

（明仔再我亦想覓去）

=明天我也想去。

bhǎ *siohbheq* takceq

（無想覓讀册）＝沒想要讀書。

〔siuhbueq〕

siohgih 想見 動 （突然間）想起。

siohgih xit dōngsi ě daizi

（想見彼當時的事志）

＝想起那時候的事。

〔siuhgih〕

siōhsī 相思 語幹 相思。

beh*siōhsī*（病相思）＝病相思。

*siōhsī*beh（相思病）＝相思病。

〔siuhsī〕

siòhsu 賞賜 動 賞贈；su（賜）的二

音節語。

siòhsu ī zih（賞賜伊錢）＝賞他錢。

〔siuhsu〕

siok 俗 形 便宜。

siok miq gui bhè

（俗物貴買）＝便宜的東西買貴了。

←→gui（貴）

siok 属 動 屬。

siok siàhmi lǎng？

（属甚麼人）＝屬於什麼人？

siok 贖 動 贖。

siok zue（贖罪）＝贖罪。

siokghù 俗語 名 俗諺。

siokghù u gòng ànnē

（俗語有講按哖）＝俗語這麼說。

〔siokghì〕

siōng 相 接頭 互相。文言用語。

*siōng*xue（相會）＝見面。

siōng sik（相熟）＝相熟。

siōng 傷 名 傷。

də*siōng*（刀傷）＝刀傷。

dioq dua *siōng*（着大傷）＝受重傷。

動 受傷。

siōng dioq dəwui？

（傷着何位）＝傷到哪兒？

siong 相 名 ①大臣。

siu *siong*（首相）＝首相。

zə zit ě *siong*

（做一个相）＝當個大官。

②照片。

xip *siong*（翁相）＝照相。

*siong*po（相簿）＝相簿。

同義詞：siong（像）②。

動 ①盯視。

liaq ī gīmgīm *siong*

（掠伊金金相）＝盯著他直瞧。

②占卜、命相。

siong mia（相命）＝算命。

③抓機會、趁。

siong xopang

（相雨縫）＝趁雨停的時候。

siǒng 償 動 賠償。

siǒng mia（償命）＝償命。

*siǒng*gīm（償金）＝償金。

siong 上 副 最、第一。

siong xə ě xue

（上好的貨）＝最好的貨。

kia siọng gù（竪上久）＝站最久。

siọng 像 名 ①像，肖像。

kióq siọng（拾像）＝畫肖像。

butsiọng（佛像）＝佛像。

②照片。

xip nạng diōh siọng

（翕兩張像）＝照兩張照片。

同義詞：siọng（相）名②。

siōngbùn 傷本 形 費錢。

na ing xě'à, káq siōngbùn

（若用蝦仔，較傷本）

＝若用蝦子，較費錢。

siọngciàh 尙且

→rǐciàh（而且）

Siọngdẹ 上帝 名 上帝、造物主、

猶太敎唯一的神。

siōngdiọng 傷重 形 嚴重。

bẹh gáq zīn siōngdiọng

（病及眞傷重）＝病得很嚴重。

siōngdiọng zǐh（傷重錢）＝很花錢。

siọnggại 上蓋 副 最。

gīnnǐ zaxēng siọnggại guǎh

（今年昨昏上蓋寒）＝今年昨天最冷。

siōnggān 相干 名 相干、關係。

gáp ghuà bhǒ siōnggān

（及我無相干）＝跟我沒關係。

xē gáp lì u siàhmì siōnggān？

（夫及你有甚麼相干）

＝那跟你有什麼關係？

siọnggḡing 誦經 動 誦經、唸經。

xuěsioh dẹq siọngḡing

（和尙在誦經）＝和尙在唸經。

siọnggun 訟棍 名 訟棍。

siǒngngǒ 松梧 名 檜木。

siǒngsẹ 詳細 形 熟悉。

gong káq siǒngsẹ le！

（講較詳細咧）＝講詳細些！

na xē ī ziǎh siǒngsẹ

（若夫，伊成詳細）

＝若說那個，他很熟悉。

siōngsim 傷心 動 傷心。

tẹ lì siōngsim

（替你傷心）＝替你傷心。

lì sị dẹq siōngsim siàhxuẹ？

（你是在傷心甚貨）

＝你在傷心什麼？

siōngsin 相信 動 相信。sịn（信）

②的二音節語。

ghuà siōngsin ī e lǎi

（我相信伊會來）＝我相信他會來。

ạm siōngsin, ziạq e lǎi xọ lì kuạh

（唔相信，即攜來付你看）

＝如你不相信，就帶來給你看。

siǒngsiǒng 常常 副 常常。

ī siǒngsiǒng lǎi

（伊常常來）＝他常常來。

siǒngsiǒng ziạq ě miạ

（常常食的物）＝常常吃的東西。

同義詞：sǐsiǒng（時常）。

siōngxə̄ 相好 形 要好。xə̄(好)②
的二音節語。

nə̄ng ě zīn siōngxə̄
(兩个眞相好)＝兩人眞要好。

sioq 惜 動 ①珍惜、重視。

sioq sīgān(惜時間)＝珍惜時間。

sioq bhinpuě(惜面皮)＝重視面子。

②疼。

sioq giàh(惜子)＝疼兒子。

lǎi, ābhə̄'à ga lì sioq zit'e
(來，阿母仔給你惜一下)
＝來，讓媽媽疼一下。

sioq 膌 名 手腳分泌的油。

ciu sēh sioq(手生膌)＝手油。

kāsioq(腳膌)＝腳油、腳臭。

形 臭了、腐爛了。

bhaq sioq ki(肉膌去)＝肉臭了。

zit bhuè xì u sioq bhi
(此尾魚有膌味)＝這條魚有臭味。

sip 濕 形 濕。

sip ki(濕氣)＝濕氣。

tǒkā iàu sip
(土腳猶濕)＝地面還濕濕的。

動 敷。

ing ioqzùi sip
(用藥水濕)＝用藥水敷一下。

sipguan 習慣 名 習慣。

pàih sipguan
(歹習慣)＝壞習慣。

siprilo 十字路 名 十字路。

gue zit ě siprilo
(過一个十字路)＝過一個十字路。

siq 閃? 動 閃。

dianxuè siq zit'e, ziong'ànnē xuā
ki
(電火閃一下，將按哖灰去)
＝電燈閃一下，就此熄掉。

siqbùn 蝕本 動 蝕本、虧本。

siqbùn zīn ze
(蝕本眞多)＝虧很多本。

siqbùn sīnglì bhə̌ lǎng zə
(蝕本生理無人做)
＝虧本生意沒人做。

siqna 閃電? 名 閃電。

siqna siq zit'e siq zit'e
(閃電閃一下閃一下)
＝閃電一閃一閃的。

siqsut 蟋蟀 名 蟋蟀。

siqsut xo siōga
(蟋蟀付相咬)＝讓蟋蟀相鬥。

〔siksut〕

sit 失 動 ①失去。文言用語。

sit bhi(失味)＝失去味道。

②減少。

sit dang(失重)＝失重。

sit 熄 動 熄滅。

dianxuè sit ki
(電火熄去)＝電燈熄了。

sit 穡 名 工作。

buah rit sit

（半日稿）＝半天的工作。

zə̀ siàhmì *sɨt*？

（做甚麼稿）＝做什麼工作？

sɨt 實 形 眞實的、眞的。

gòng *sɨt*'e！（講實的）＝講眞的！

sɨt liau（實料）＝眞材實料。

sɨt 翼? 名 ①翼、翅膀。

pàq *sɨt*（拍翼）＝拍翅膀。

bhǎ *sɨt*, bhe buē

（無翼，鱠飛）＝沒翅膀不會飛。

②鰭。

xǐ*sɨt*（魚翼）＝魚鰭。

sɨtbai 失敗 動 失敗。

tǎuzɨt bàih *sɨtbai*

（頭一擺失敗）＝第一次失敗。

sɨtbhang 失望 動 失望。

bhǎ, aq əmtāng *sɨtbhang*！

（無，亦唔通失望）

＝沒有，也不要失望！

sɨtcə 失錯 動 出差錯。

na *sɨtcə*, dioq ziaqlat

（若失錯，着食力）

＝若出差錯，就嚴重了。

sɨtghueq 蝕月 名 月蝕。

〔sɨtgheq〕

sɨtlè 失禮 形 失禮的、怪異的、不

近人情的。新的用語。

xit kō ziok *sɨtlè*

（彼箍足失禮）＝那像伙眞失禮。

感 ①對不起；日語直譯。

sɨtlè, ga lì daq dioq kā！

（失禮，給你踏着腳）

＝對不起，踩到你的腳！

②告辭、再見。

bhǎ, *sɨtlè* o！

（無，失禮噢）＝那麼，就告辭了！

sɨtrɨt 蝕日 名 日蝕。

sɨtzai 實在 形 實在的、老實。

sɨtzai ě daizi

（實在的事志）＝實在的事情。

sɨtzai gòng！（實在講）＝老實說！

sìu 收 動 ①收、收拾。

sīu sāh（收衫）＝收衣服。

dəqdìng *sīu* xo xə̀！

（桌頂收付好）＝桌面收乾淨！

②收受、徵收。

zih bhǎ *sīu*（錢無收）＝錢沒收。

sīu cusue（收厝稅）＝收房租。

③收穫。

cik'à *sīu* rua ze？

（粟仔收若多）＝穀子收成多少？

④收服。

sīu iāuguai（收妖怪）＝收服妖怪。

sìu 修 動 ①修理。

sīu lo（修路）＝修路。

②削、削；平整之意。

sīu ghin（修面）＝刮臉。

sīu kālān（修腳趼）＝修腳繭。

sìu 守 動 遵、守。

sīu gūigì（守規矩）＝守規矩。

sìu siăh(守城)＝守城。

→zīu(守)

sìu 首 →cìu(首)

sìu 綉 動 繡。

sìu xuē(綉花)＝繡花。

sìu suạh(綉線)＝刺花繡。

sĭu 泅 動 游泳。

kị xàilin *sĭu*

(去海邊泅)＝去海裡游泳。

sĭu zīn xəng

(泅眞遠)＝游很遠。

sĭu 讐 名 仇。

bə *sĭu*(報讐)＝報仇。

sĭu dạng(讐重)＝仇深。

sịu 受 動 受。文言用語。

sịu zuē(受罪)＝受罪。

sịu ī ě īn

(受伊的恩)＝受到他的恩情。

sịu 巢? 名 巢。

ziàu'à zə *sịu*

(鳥仔做巢)＝小鳥做窩。

niàucù*sịu*(老鼠巢)＝老鼠窩。

sịubhẹki 受膾起 感 承當不起、不敢當；謙虛語。

xo lì diàm xūn, zīn *sịubhẹki* !

(付你點燻，眞受膾起)

＝讓你點煙，眞不敢當！

〔sịubhụekì〕

sīugiāh 收驚 動 收驚。

giọ dəsụ lăi *sīugiāh*

(叫道士來收驚)＝叫道士來收驚。

sīugụ 收拠 名 收據。

zŭn *sīugụ*(存收拠)＝存收據。

sịukị 受氣 動 生氣。kị(氣)的二音節語。

sīnsēh dẹq *sịukị*

(先生在受氣)＝老師在生氣。

sịukị ī ại buạq

(受氣伊愛跋)＝氣他好賭。

sịukūi 受虧

→kikkūi(剋虧)

sīuli 修理 動 ①修理。sīu(修)①的二音節語。

sīulì sīzīng

(修理時鐘)＝修理時鐘。

②處罰。

siōh gàuguại, ẹ xŏng *sīulì*

(尙狡膾，會付-人修理)

＝太調皮會被修理。

sīusīng 收成 動 收成。sīu(收)③的二音節語。

sīusīng ghọ bảq zioq

(收成五百石)＝收成五百(公)石。

sīusịp 收拾 動 收拾、了結。

sīusịp ī ě sẹhmia

(收收伊的性命)＝了結他的性命。

xĭnglì gịn *sīusịp* le !

(行李緊收拾咧)

＝行李快收拾一下！

sīusòk 收束 動 收束、收縮。

sīnglì *sīusók* ká̠q se̠
（生理收束較細）＝生意收縮小一點。

sīuxi̠ng 修行 [動] 修行。

ri̠p suāh *sīuxi̠ng*
（入山修行）＝入山裡修行。

lǎng dio̠q ká̠q *sīuxi̠ng* le
（人着較修行咧）＝人要有修養些。

sīuzi̠ng 修整 [動] 修整。

cu̠lai lòng bhǒ *sīuzi̠ng*
（厝內攏無修整）
＝屋裡都沒修整一下。

sō 酥 [形] 酥。

tǒda̠u cà xo̠ *sō*
（土豆炒付酥）＝花生給炒酥。

e̠ *sō* gə̠q e̠ ce̠
（會酥復會脆）＝又酥又脆。

sō 蘇 [形] 豪華、奢侈、享受。

bǎngla̠i zi̠ng gá̠q zīn *sō*
（房內整及眞蘇）＝房子整得眞豪華。

u̠ zǐh, ghuà ma̠ e̠xiàu *sō*
（有錢，我也會曉蘇）
＝有錢，我也會享受。

sò 所 [接頭] 但～、所～。冠於動詞
之上使成名詞。文言用語。

sòta̠n ě zǐh a̠q kāi liàu la
（所趁的錢亦開了啦）
＝所賺的錢也花光了。

sògòng'e lòng si̠ be̠qca̠t
（所講的攏是白賊）
＝所說的都是騙人的。

zīnglǎng sòzāi
（衆人所知）＝衆人所知。

so̠ 素 [形] ①無底的、素的。

so̠ dǐu（素綢）＝素綢。
②樸素、保守。

zit de̠ xuē'à ká̠q so̠
（此塊花仔較素）＝這塊花布較樸素。

zia̠q–cīng bútzi so̠
（食穿不止素）＝吃穿相當樸素。

so̠ 訴 [動] 訴冤、辯解。文言用語。

so̠ xo̠ gìngca̠t tiāh
（訴付警察聽）＝說給警察聽。

ī gə̠, làn so̠
（伊告，咱訴）＝他告，我們上訴。

so̠ 數 [數] 數～。數五個、六個等等
不定之數時用；會跟隨部分量詞。
文言用語。

so̠ bá̠q ě（數百个）＝數百個。
zap so̠ nǐ（十數年）＝十數年。
gòng so̠ cu̠（講數次）＝講了幾次。

so̠ 疏 [名] 祈願文，祈禱文。

tak so̠（讀疏）＝讀祈願文。

sòji 所以 [接] 所以。

īnwui pua̠be̠h, *sòji* bhe̠da̠ng lǎi
（因爲破病，所以鱠得-通來）
＝因此生病，所以不能來。

sòji ə̠mtāng ànnē！
（所以唔通按呢）＝所以不能這樣！

sōjō 蘇?腰 [形] 彎腰。

la̠ulǎng *sōjō*

（老人蘇腰）＝老人腰彎了。

sòxui 所費 名 費用、盤纏、零
用。xui(費)的二音節語。
zē xo̠ lì zə̠ *sòxui*！
（茲付你做所費）
＝這些讓你做盤纏！
sòxui siōngdiong
（所費傷重）＝費用很高。

sòzai 所在 名 所在、場所、地方。
lì ĕ *sòzai* də̀wui？
（你的所在何位）
＝你的地方在哪兒？
dua *sòzai*(大所在)＝大場所。

sozū 數珠 名 念珠。
同義詞：liamzū(念珠)。
量guah(捾)

sòk 束 名 鬆緊帶、刀鞘。多半說
成*sòk*’à(束仔)。
bhueqsòk(襪束)＝襪束。
ciu’əngsòk(手袂束)＝袖束。
dāsòk(刀束)＝刀鞘。
動 勒、綑紮。
sòk iō(束腰)＝紮腰。
sòk xo̠ i ǎn
（束付伊緊）＝把它勒緊。
量 把；線香等成紮之物的計數單
位。
zit *sòk* xiōh(一束香)＝一把香。

sòkbak 束縛 動 束縛、拘束。
xo̠ bhògiàh *sòkbak*

（付婆子束縛）＝被家庭束縛。

sòkgiat 束結 形 結實。
ki kàq *sòkgiat*
（起較束結）＝蓋得較結實。
lăng *sòkgiat*(人束結)＝人結實。

sòkzing 肅靜 形 安靜。
sòkzing ĕ sòzai
（肅靜的所在）＝安靜的地方。

sòng 爽 形 舒服。
īn cu̠ zin *sòng*
（恁厝真爽）＝他家真舒服。

so̠ng 傖？ 形 蠢。
lì zit kō zin *so̠ng*
（你此箍真傖）＝你這傢伙真蠢。

sǒng 傖？ 形 鄉巴佬、土氣。
cing gàq *sǒng* gàq
（穿及傖及）＝穿得土裡土氣。

sòngkuai 爽快 形 爽快、舒服。
līm gàq zin *sòngkuai*
（飲及真爽快）＝喝得真爽快。
gīn’àrit lăng zin *sòngkuai*
（今仔日人真爽快）＝今天真爽快。

so̠ngpan 傖盼？ 形 蠢貨。so̠ng
（傖）的二音節語。

sə̄ 挲 動 搓、摩、捻。
sə̄ ih’à(挲円仔)＝搓湯圓。
sə̄ kāziàq(挲腳脊)＝按摩背部。
sə̄ sə̠q’à(挲索仔)＝捻繩子。

sə̀ 嫂 名 嫂嫂。多半說成 āsə̀(阿
嫂)。

sə̀ 鎖 名 鎖。
　bhè zit mǎng sə̀
　(買一門鎖)＝買一付鎖。
　動 上鎖。
　sə̀ mǎng(鎖門)＝鎖門。

sə 燥 形 燥。藥力太強，使血液循
　環過快。漢醫用語。
　ghǐngghǐngguāh sə, ziaq siōh ze,
　e lǎu pihkāngxueq
　(龍眼干燥，食尚多，會流鼻孔血)
　＝龍眼乾性燥，吃多了，會流鼻血。
　動 吸；吸收水分等。
　sə guah(燥汗)＝吸汗。
　sàn cǎn ghǎu sə zùi
　(瘦田高燥水)—俚諺
　＝貧瘠的田地較會吃水；喻瘦的人
　食量大。

sə̌ 趖 動 (蟲等在)爬。
　zuǎ deq sə̌(蛇在趖)＝蛇在爬。
　形 慢吞吞。
　zə daizi zīn sə̌
　(做事志眞趖)＝做事情慢吞吞。

sə̀si 鎖匙 名 鑰匙。
　量 gī(枝)

sə̄ng 栓 動 ①上栓。
　sə̄ng mǎng(栓門)＝栓門。
　②詰問。
　xo lǎng sə̄ng gaq bhǎ ue tāng in
　(付人栓及無話通應)
　＝被人詰問得話答不出來。

名 瓶塞、木釘；多半說成sə̄ng’à
　(栓仔)。
　mǎng sə̄ng(門栓)＝門栓。

sə̄ng 痠 形 酸、累。
　gīngtǎu sə̄ng(肩頭痠)＝肩膀酸。
　giǎh gaq kā sə̄ng
　(行及腳痠)＝走到腳酸。

sə̄ng 酸 形 ①酸。
　sə̄ng eq(酸噎)＝酸嗝。
　gām’à sə̄ng(柑仔酸)＝橘子酸。
　②心痛、難過。
　sīmguāh sə̄ng
　(心肝酸)＝心裡難過。

sə̄ng 霜 名 霜。
　leq sə̄ng(落霜)＝降霜。

sə̀ng 損 動 ①壞、消耗、糟蹋。
　ědè kuai sə̀ng
　(鞋底快損)＝鞋底容易壞。
　sə̀ng zīngsin(損精神)＝消耗精神。
　gē’à e lǎi sə̀ng
　(鷄仔會來損)＝雞會來糟蹋。
　②玩、耍。
　əmtāng diam xiā sə̀ng！
　(唔通站彼損)＝不可以在那兒玩！
　gap ghin’à deq sə̀ng
　(及囝仔在損)＝在跟小孩玩。

sə̀ng 算 動 算、數。
　sə̀ng kuah u gùi liap
　(算看有幾粒)＝數看看有幾粒？

sə̀ng 繀 動 勒。

i̠ng sə̇q'à ga̠ sə̠ng si̇
（用索仔給縊死）＝用繩子給勒死。

sə̠ng iō（縊腰）＝勒腰。

sə̌ng 床 量 籠。計數用蒸籠蒸的東西的單位。

cuē nə̠ng sə̌ng dīhguè
（炊兩床甜粿）＝蒸兩籠年糕。

sə̠ngbuǎh 算盤 名 算盤。

diȧk sə̠ngbuǎh（觸算盤）＝打算盤。

sə̠ngsi̠ 算是 動 算是、終究、說起來是…。

làn sə̠ngsi̠ xiāhdi̠'à
（咱算是兄弟仔）＝我們算是兄弟。

sə̠ngsi̠ li̇ ə̠mdioq, ziȧq e̠ xo̠ lǎng me̠
（算是你唔着，即會付人罵）
＝說起來是你不對，才會挨罵。

sə̠ngzə̠ 算做 動 算、當是。

sə̠ngzə̠ li̇ iǎh
（算做你贏）＝當做是你贏了。

nə̠ng ě ghi̇n'à sə̠ngzə̠ zi̠t ě dua̠lǎng
（兩个囝仔算做一个大人）
＝兩個小孩算一個大人。

〔sə̠ngzue̠〕

sə̇q 吸? 動 ①吸。

xūn xo̠ ghuȧ sə̇q zi̠t cu̠i！
（燻付我吸一嘴）＝煙讓我吸一口！

sə̇q nī（吸乳）＝吸奶。

②攀、爬。

sə̇q kì̠ki̠ gi̇guāhdi̠ng
（吸起去旗竿頂）＝爬到旗桿上。

〔sȯq〕

sə̇q 索 名 繩子。多半說成sə̇q'à（索仔）。

ki̠u sə̇q（扭索）＝拉繩。

⑱diȧu（條）

sū 私 形 私人的、自己的。

sū ghia̠p（私業）＝私有財產。

⟵→gōng（公）

sū 軀? 量 套。

zə̠ nə̠ng sū iȯhxo̠k
（做兩軀洋服）＝做兩套西裝。

sū 輸 動 輸、敗、不如。

Ri̠tbùn tǎi sū
（日本刣輸）＝日本打敗了。

kȧq sū ghi̇n'à
（較輸囝子）＝不如小孩。

⟵→iǎh（贏）

su̠ 賜 動 賞賜、給。

zē si̠ xǒngdȩ su̠'e
（兹是皇帝賜的）＝這是皇上賞賜的。

su̠ 事 名 事、事情。文言用語。

cȧp su̠（插事）＝管事。

sūbhǔn 斯文 形 斯文、有教養、品格高。

sūbhǔn lǎng（斯文人）＝斯文的人。

sugia̠h 事件 名 事情、事件。

xuȧtsīng sugia̠h
（發生事件）＝發生事件。

（團giah(件)

sūjǎh 輸贏 動 比賽、打賭、賭。

gáp lǎng *sūjǎh*

（及人輸贏）＝跟人打賭。

sūjǎh zǐh

（輸贏錢）＝用錢來打賭。

sūkiā 私奇 形 私人的、悄悄的、秘密。

gōngcīn bhǒ *sūkiā*

（公親無私奇）＝仲裁者無私心。

gòng *sūˇkiā* ue

（講私奇話）＝講悄悄話。

suˌpueˌ 四配 形 匹配、相配、相稱。

xit xəˌ zābhò gáp lìˋ bhǒ *suˌpueˌ*

（彼號查某及你無四配）

＝那種女人和你不相配。

suˌsiˌ 舒適？ 形 完備、俐落、乾淨、舒服。

dəˌqdìng kuàh káq *suˌsiˌ* le！

（桌頂欸較舒適咧）

＝把桌上收拾得乾淨點兒！

diǎh zǐngduˌn gáq zīn *suˌsiˌ*

（庭整頓及真舒適）

＝庭院整得很俐落。

sūxauˌ 伺候 動 伺候、服侍。文言用語。

zit měˋ *sūxauˌ* ī gáq zaˌp it–riˌ diàm

（一暝伺候伊及十一二點）

＝一整晚服侍他到十一、二點。

sūxuˌ 師父 名 師父。

zioh suāh giˌh īn *sūxuˌ*

（上山見怹師父）＝上山見他師父。

suˌzīng 事情 名 事情。

suˌzīng zīn xókzaˌp

（事情真複雜）＝事情很複雜。

suā 砂 名 砂。

iaˌ *suā*（敥砂）＝撒砂子。

形 灰噗噗。

xōng tauˌ, ziˌt laˌibhiˌn *suā*méqméq

（風透，一內面砂脈脈）

＝刮風，一屋子灰噗噗的。

sīguē bheˌ *suā*, pàihziaˌq

（西瓜膾砂，歹食）

＝西瓜不砂，不好吃。

suā 痧 名 痧、中暑、痧氣。

liaˌq *suā*（掠痧）＝刮痧。

dioˌq *suā*（着痧）＝中暑。

suà 徙 動 移、遷徙。

iuziˌnggioˌk *suà* kiˌ dəˌwuˌi？

（郵政局徙去何位）

＝郵局遷到哪兒？

suà ui（徙位）＝移位。

suaˋ 續 動 接、續。

lìˋ *suaˋ* ləˌqkiˌ gòng！

（你續落去講）＝你接下去說！

səˌqˊa *suaˋ* káq dǎng le！

（索仔續較長咧）＝繩子接長一點！

副 接著。

lìˋ *suaˋ* ləˌq kiˌ gòng！

（你續落去講）＝你接著說！

ki̲ Da̲ibàn suạ ki̲ Sĩnxo̲

（去大阪續去神戶）

＝去了大阪接著去神戶。

sua 煞？ 氣 （了不起、頂多）～罷、
罷了。

ī ě gēxuè si̲a̲ng ze̲ si̲ nə̲ngsāh
cīng bha̲n sua

（伊的家伙上多是兩三千萬煞）

＝他的財產頂多兩三千萬罷了。

gə̲ sū, zi̲ạq xǐng ī sua

（告輸，即還伊煞）

＝告輸了，再還他吧。

〔suáq〕

suàkàu 漱口 動 漱口。

də̲ng lǎi a̲i suàkàu

（轉來要漱口）＝回來要嗽口。

suạsuạ 續續 副 連續、連著。

lǎng suạsuạ lǎi

（人續續來）＝人連著來。

xo̲ suạsuạ lə̲q

（雨續續落）＝雨連著下。

suāxi 鯊魚 名 鯊魚。

suāh 山 名 ①山。

bė̲q suāh（癶山）＝登山、爬山。

la̲i suāh（內山）＝深山。

suāhdi̲ng（山頂）＝山上。

suāhkā（山腳）＝山下。

②陸地。

ki̲ suāh（起山）＝上陸。

u̲ kuạhgi̲h suāh

（有看見山）＝看到陸地了。

suàh 散 副 散、亂。

suàh ia（散焱）＝散散亂亂。

zi̲h suàh ba̲ng

（錢散放）＝到處散錢。

形 野生的。

suàh xuát'e

（散發的）＝隨處亂長的。

suàh gàu（散狗）＝野狗。

suạh 散 動 結束、放。

suạh ə̲q la（散學啦）＝放學了。

suạh gāng（散工）＝下班。

形 消散、失散。

suạh xǐng ě gēnə̲ng

（散形的雞卵）＝未受精的雞蛋。

da̲igē zàu suạh ki̲

（大家走散去）＝大家失散了。

suạh 線 名 ①（絲）線。

cēng suạh（穿線）＝穿線。

②線（條）。

ue suạh（畫線）＝畫線。

量diǎu（條）

suāhdi̲ 山豬 名 山豬。

suāhka̲m 山崁 名 山崖、山壁。

bė̲q suāhka̲m

（癶山崁）＝爬山崖。

suạhsəq 線索 名 線索、關係、
門路。

bhə̌ suạhsəq tāng zi̲ápgi̲n ī

（無線索通接近伊）
＝沒門路可以接近他。

suān 旋? 動 ①翻滾。

diạm m̌ngčngdǐng dẹq suān
（站眠床頂在旋）＝在床上翻滾。
②藤類植物的莖蔓旋轉攀升。

suān dǐn（旋藤）＝藤蔓攀升。
③諷刺、指桑罵魂。

lǎng dẹq ga suān, ḯ ạq bhẹxiàu
tiāh
（人在給旋，伊亦膾曉聽）
＝人家在諷刺他，他也聽不懂。

suàn 選 動 挑、選。

xọ lǎng suàn zọ cịdiòh
（付人選做市長）＝被選爲市長。

suàn giàhsại（選子婿）＝挑女婿。
→gìng（揀）

suạn'à 蒜仔 名 大蒜。指其白色
莖部；有時亦泛指蔥的白莖。亦說
成：suạn'àbẹq（蒜仔白）。

suàngù 選舉 名 選舉。

動 投票。

bhịn'àzại bhẹq suàngù
（明仔再覓選舉）＝明天要投票。

suạntǎu 蒜頭 名 蒜頭指球狀根莖
部份。

dȯk suạntǎu
（挔蒜頭）＝剁蒜頭。

suạnziọq 璇石 名 鑽石。

suàq 煞 名 煞氣、災厄。

suàq dạng（煞重）＝煞氣重。

動 遭殃、降災、作祟。

suàq lǎng（煞人）＝被人作祟。

xọ sḯ niāu suàq diọq
（付死貓煞着）＝被死貓煞到。

suàq 煞? 動 結束。

uāngē suàq la
（冤家煞啦）＝架吵完了。

suàq xi（煞戲）＝散戲。

xọ lẹq bhe suàq
（雨落膾煞）＝雨下不停。

副 遂、終於。

xọ suàq lẹq lẹqlǎi
（雨煞落落來）＝雨遂降下來。

ḯ suàq bȟ lǎi
（伊煞無來）＝他卻沒來。

情 哪、怎麼。表反詰語氣。

suàq u xit xọ miọ?!
（煞有彼號物）＝怎有那種東西?!

suàq sị ghuà gòng?!
（煞是我講）＝怎是我說的?!

suàq 撒 動 撒；加調味料。

suàq iǎm（撒塩）＝撒鹽。

suàq dạujǐu（撒豆油）＝加醬油。

suàqbhuè 煞尾 名 最後、結尾。
多牛作副詞用。

huà gòng suàqbhuè
（我講煞尾）＝結尾我講。

suàqbhuè zịu zāijàh
（煞尾就知影）＝最後就知道了。

suȧqbhuègiàh(煞尾子)＝老么。

〔suȧqbhè〕

sue̅ 衰 動 衰敗。

gȯkwu̲n nà sue̅

(國運那衰)＝國勢愈來愈衰敗。

形 倒霉。

gi̅nni̅ zi̅n sue̅

(今年眞衰)＝今年眞倒霉。

bhè dio̲q ca̲txue̲ ě lăng sia̲ng sue̅

(買着賊貨的人上衰)

＝買到贓貨人最倒霉了。

sue̲ 稅 名 稅。

kio̲q sue̲(拾稅)＝課稅。

xo̲sue̲(戶稅)＝戶口稅。

cu̲sue̲(厝稅)＝房地稅。

動 租。

sue̲ cu̲(稅厝)＝租房子。

sue̲ lăng gùiji̅h？

(稅人幾円)＝租給人多少錢？

同義詞：zō(租)。

〔se̲〕

suě 垂 動 下垂。

tău̲mǎng suě ga̲u kācēng

(頭毛垂到腳倉)＝頭髮垂到屁股。

〔sě〕

sue̲ 垂 動 蜿蜒而下、垂落。

xo̲zùi sue̲ du̲i biȧqbi̅h lə̲qlǎi

(雨水垂對壁邊落來)

＝雨水從牆邊垂落。

sue̲ nua̲(垂涎)＝垂涎、流口水。

〔se̲〕

suēbhài 衰僂 形 遜、倒霉、差。

kȧq suēbhài, a̲q bhǎ ge̲ xo̲ ī

(較衰僂，亦無嫁付伊)

＝再遜，也不會嫁給他。

u̲ zi̲t ě diòh tāng zə̲, dio̲q bhe̲ gȧq

rua̲ suēbhài la

(有一个長通做，着繪及若衰啦)

＝有個什麼好幹，就不算太遜了。

suēsiǎu 衰精 形 倒霉。sue̅(衰)

的二音節語。

suēsiǎu, xǒng lua̲ zə̲ ca̲t

(衰精，付一人賴做賊)

＝倒霉，被誣賴是賊。

suėq 說 動 講解、說。

suėq ga̲u(說敎)＝說敎。

tiāh lǐ de̲q suėq, a̲q e̲ di̲t?!

(聽你在說，惡會直)

＝聽你說，還得了?!

〔sėq〕

suėqdə̅sia̲ 說多謝 動 道謝。

gi̅n ga̲ ī suėqdə̅sia̲！

(緊給伊說多謝)＝趕緊跟他道謝！

〔sėqdə̅sia̲〕

sūi 蕤 動 綻開、鬆開。

bo̲ bhǎ àu bǒ, e̲ sūi

(布無拗袍，會蕤)

＝布沒有折邊，會綻開。

sùi 美? 形 美、漂亮。

sùi zābhò(美查某)＝漂亮女人。

rị *sùi*(字美)＝字漂亮。

←→ bhài(僫)

sǔi 隨 副 立刻、馬上。

ī lǎi, *sùi* dǝng kị

（伊來，隨轉去）

＝他來，馬上就回去了。

sùi sì(隨死)＝立刻死掉。

指 各個。一個一個、誰都；原則
上後面跟著量詞。文言用語。

sǔi lǎng gọ sẹhmiạ

（隨人顧性命）＝各自顧各自的生命。

sǔi rị tak

（隨字讀）＝一個字一個字唸。

sụi 穗 名 穗。

cụt *sụi*(出穗)＝抽穗。

diụ*sụi*(稻穗)＝稻穗。

量 穗、根。計數穗狀物的單位。

nǝng *sui* diụ'à

（兩穗稻仔）＝兩穗稻子。

sǔibiạn 隨便 形 隨便、隨意。

bhǝ̌ xiáq *sǔibiạn*

（無彼隨便）＝沒那麼隨便。

dạigē *sǔibiạn* o！

（大家隨便噢）＝大家隨意啲！

sùigē 水蛙 名 ①食用蛙。

sùigē'à sǐu

（水蛙仔泅）＝蛙泳。

②陰戶。隱語。因此①又說成：sị-
kāxǐ(四腳魚)。

〔sùiguē〕

sùighǔ 水牛 名 水牛。也說成zùi-
ghǔ。

sūiriǎn 雖然 接 雖然。文言用語。

lǎng *sūiriǎn*n ghǎu, ǝmgù sị-
̄mguāh

ō

（人雖然高，唔拘心肝烏）

＝人雖然行，但心地不好。

sǔizại 隨在 動 隨(我)意、任性。

sǔizại ghuà la, bhiàn cáp cụi！

（隨在我啦，免插嘴）

＝隨我啦，不要插嘴！

介 ～隨你、任由。

ụ xǝ̀ sòzại, *sǔizại* lị kị！

（有好所在，隨在你去）

＝有好地方，任隨你去！

同義詞：gụzại(拠在)。

sūn 孫 名 孫。

zābō–*sūn*(查哺孫)＝男孫。

sùn 筍 名 筍。多半說成：*sùn*'à

（筍仔）。

likdik*sùn*(綠竹筍)＝綠竹筍。

量 gī(枝)

sùn 榫 名 榫。

dạu *sùn*(鬥榫)＝入榫。

mǎng*sùn*(門榫)＝門榫。

sǔn 旬 名 七日，人死後每七日的
供奉。

zǝ *sǔn*(做旬)＝做七日供。

tǎu *sǔn*(頭旬)＝頭七。

ri̯ *sǔn*(二旬)＝第二個七日。

sǔn 巡 動 ①巡視。

gingcat de̯q *sǔn*

（警察在巡）＝警察在巡視。

②檢視。

sià liàu, dio̯q *sǔn* zit'e

（寫了，着巡一下）

＝寫完要檢視一下。

sǔn 紋? 名 線、條紋、紋理。

gīm*sǔn*（金紋）＝金線。

ue̯ zit diǎu *sǔn*

（畫一條紋）＝畫一條線。

量 線；條紋或線的計數單位。

kōng ne̯ng *sǔn*

（圈兩紋）＝圈兩圈。

sǔn 循 形 乖、順。

xaksīng *sǔn*（學生循）＝學生乖順。

cīngzi̯u līm liàu zīn *sǔn*

（清酒飲了眞循）＝清酒喝起來很順。

sun 順 動 順、從。

sun lǎng ě i̯gi̯an

（順人的意見）＝聽從別人的意見。

介 沿。

sun zit diǎu lo̯ ki̯

（順此條路去）＝沿這條路走。

sun kēgi̯h giǎh

（順溪墘行）＝沿溪邊走。

sūn'à 甥?仔 名 甥。

sungiǎh 順行 感 慢走、小心、再見。

sīnsēh *sungiǎh*！

（先生順行）＝老師慢走！

sùnguāh 笱干 名 笱干；乾笱。

sunghue̯q 順月 名 順月、臨盆之月。

zit ghue̯qrit *sunghue̯q*

（此月日順月）＝這個月臨盆。

〔sunhe̯q〕

sunlo 順路 形 順路。

du̯i xit diǎu ki̯, bhǒ *sunlo*

（對彼條去，無順路）

＝從那條路走，不順路。

sunsu 順序 形 順利。

daizi̯ zīn *sunsu*

（事志眞順序）＝事情很順利。

sunsu ga̯ude̯

（順序到塊）＝順利抵達。

sunsua̯ 順續 形 順便。

sunsua̯ gāng（順續工）＝順便。

lì bhe̯q ki̯ xiā u̯ *sunsua̯* bhǒ？

（你覓去彼有順續無）

＝你要去那兒順便嗎？

副 順便。sua̯（續）副 的二音節語。

sunsua̯ ki̯ bhè xūn

（順續去買燻）＝順便去買煙。

sunsua̯ ga ī ziō lǎi！

（順續給伊招來）＝順便邀她來！

sunxōng 順風 動 順風、餞別。

zē ga lì *sunxōng*

（茲給你順風）＝這跟你餞別。

感 保重、平安。對遠行的人祝福
的話。

sut̖ 摔? 動 ①用鞭等抽打。
ing bhèbīh *sut̖* bhè
（用馬鞭摔馬）＝用馬鞭抽馬。
②樹枝等搖來搖去、甩來甩去。
ciubhuè *sut̖* lăi *sut̖* ki̖
（樹尾摔來摔去）＝樹枝搖來搖去。
sut̖ bhakbhuè（摔目尾）＝使眼色。

sut̖ 哎? 動 ①噓。
ga *sut̖* zit̖ bǔ rio̖ ！
（給哎一堆尿）＝給噓出一大泡尿！。
②猜拳。
lăi *sut̖* kuah siăng sīng ！
（來哎看甚一人先）
＝來猜拳看誰先！

sut̖ 術 動 拐、騙。
sut̖ lăng ě zǐh
（術人的錢）＝騙人家的錢。

sut̖'à 摔仔 名 鞭，拂子。
ghǔ*sut̖'à*（牛摔仔）＝牛的鞭。
ghiaq *sut̖'à* *sut̖* bhàng
（攑摔仔摔蚊）＝拿塵拂打蚊子。

sut̖'aupau 摔後炮 動 乘機搶先、
先下手、欺瞞。
xo̖ lăng *sut̖'aupau* ki̖
（付人摔後炮去）＝被人搶了先機。

$$\boxed{\textbf{T}}$$

taˍ 夌？ 動 捅、戮。

　ghiaˍq dikgə̄ taˍ ghǐngghǐng
　（攑竹篙夌龍眼）
　＝拿竹竿捅龍眼。

　xānglǒ ě xuè taˍ xo̱ kȧq də̱q le！
　（烘爐的火夌付較熷咧）
　＝爐子的火給捅大一點！

tàh 撐？ 動 ①推。

　bhǎ laˍt, tàh bhe̱ kìki̱
　（無力，撐燴起去）
　＝沒力氣，推不上去。

　tàh guǎn（撐昂）＝推高。
　②（把門等往外）推開、抬起、舉起。

　tàh mǎngsi̱h
　（撐門扇）＝把門扇推起。

tāi 篩 動 篩、選。

　tāi bhi̱（篩米）＝篩米。

　tāi bhài'e kìlǎi
　（篩偃的起來）＝把壞的篩掉。

　名 ①篩子。多半說成tāi'à（篩仔）。
　bhi̱tāi（米篩）＝米篩子。
　②像篩子的竹簍子。

tài 豈？ 副 怎麼、為何。表反詰。

　tài u̱ xit xə̱ zǐnglì?!
　（豈有彼號情理）＝哪有那種道理？

　ī tài ə̱m lǎi?!
　（伊豈唔來）＝他怎麼不來?!
　同義詞：nà（那）。

taˍi 太 副 太、過。

　lǎng taˍi ze（人太多）＝人太多。

taˍi 勿？ 情 不要、算了。

　ə̱m, lì taˍi！
　（唔，你勿）＝不要，就算了！

　taˍi gȧp ī gòng ue̱！
　（勿及伊講話）＝不要跟他說話！
　同義詞：mai（曼）。
　→bhang（莫－應）

tǎi 刣 動 ①割。

　tǎi dio̱q cìu（刣著手）＝割到手。
　②宰、殺。

　tǎi dī（刣豬）＝殺豬。
　③戰爭、打仗。

　Ri̱tbùn tǎi sū
　（日本刣輸）＝日本戰敗。

④刪、除。
zit gu tăi kìlăi!
(此句刣起來)＝這一句刪掉！
⑤殺價。
tăi kuah e káq siok bhe
(刣看會較俗ᴇ)
＝殺看看會不會便宜些。

taido 態度 名 態度。

tàigē 癩膏 名 麻瘋。
gue dioq tàigē
(過著癩膏)＝染到麻瘋。

tàigēgùi 癩膏鬼 形 骯髒、髒鬼。
xē tàigēgùi, əmtāng kì bhōng ī!
(夫癩膏鬼，唔通去摸伊！)
＝那個很髒，不要去碰它！

tàigēniāu 癩膏貓 名 色狼、色鬼。

taijǒng 太陽 名 太陽。文言用語。
taijǒnggōng(太陽公)＝太陽神。
→rit(日)

taitai 太太 名 太太、老婆。敬語。

tàitə 豈可？ 副 怎麼、怎可。表反詰。(豈)的二音節語。
tàitə sì ànnē?!
(豈可是按哖)＝怎麼這樣?!

tăk 剔 動 ①剔；用尖物穿過間隙清理東西。
ing ziām tăk sàtbin
(用針剔虱篦)＝用針剔梳子。
②算、打(算盤)。

tăk siau(剔賬)＝用算盤算帳。
tăk əmdioq(剔唔著)＝算錯了。

tak 讀 動 ①(出聲)讀。
tak so(讀疏)＝唸禱文。
tak káq sę siāh le!
(讀較細聲咧)＝讀小聲些！
②學、習。
tak xanbhǔn(讀漢文)＝學漢文。
tak gau diōngxak
(讀到中學)＝讀到中學。

takceq 讀冊 動 讀書、用功。
kì Bhigok takceq
(去美國讀冊)＝到美國唸書。
ī ziăh ai takceq
(伊成愛讀冊)＝他很喜歡讀書。
依地域不同，也說成takzū(讀書)
或toksū(讀書)。

tām 貪 動 貪。
lăng əmtāng sioh tām
(人唔通尚貪)＝人不要太貪心。
tām ī gezəng káq ze
(貪伊嫁粧較多)＝貪他嫁妝較多。

tam 探 動 ①探頭看。
daigē tam tău cútlăi kuah
(大家探頭出來看)
＝大家探頭出來看。
bhə̌ lăng gàh tam
(無人敢探)＝沒人敢探頭看。
②探訪、探望。古代用語。
tam bingjiu

（探朋友）＝探訪朋友。

tạm beh（探病）＝探病。

tăm 痰 名 痰。

pui *tăm*（唾痰）＝吐痰。

*tăm*guan（痰罐）＝痰盂。

tăm 壜 量 罈；裝到圓筒裏的酒或
油等的計數單位。

zit *tăm* xuān'àjĭu
（一壜番仔油）＝一罈汽油。

nəng *tăm* ziu
（兩壜酒）＝兩罈酒。

tăm 潭 名 水潭。

tāmsim 貪心 形 貪心。

tāmsim ě lăng
（貪心的人）＝貪心的人。

tạmtiāh 探聽 動 打聽。

siguę ki *tạmtiāh*
（四界去探聽）＝到處去打聽。

tạmtiāh cīnziăh
（探聽親情）＝打探親事。

tāmziạq 貪食 形 貪吃。

ziok *tāmziạq*, bhę būndiōh
（足貪食，獪分張）
＝很貪嘴，不會分給別人。

tāmziạq ghin'à
（貪食囝仔）＝貪吃的小孩。

tān 蟶？ 名 蟶。貝類的一種，與文
蛤同類異種。

tàn 坦 接頭 冠於縱、橫、斜等姿勢
用語之前，以造成二音節語。

kun *tàndit*（睏坦直）＝直著睡。

xe *tànxuăih*（下坦橫）＝橫著放。

də *tàncio*（倒坦笑）＝仰著躺。

ze *tàn* cuạq（坐坦斜）＝斜著坐。

tànkī sīn（坦欹身）＝身體斜斜。

tàn 毯 名 毯子；多半說成*tàn*'à
（毯仔）。

mǒngtàn（毛毯）＝毛毯。

tạn 趁 動 ①賺。

zĭh pàih *tạn*
（錢歹趁）＝錢不容易賺。

tạn rua ze？（趁若多）＝賺多少？
②賣淫。

xit ě zābhò u dęq *tạn* bhě？
（彼個查某有在趁無）
＝那個女人有在賣淫嗎？
介 趁、利用。

tạn zit ě gīxuę ga ī gòng！
（趁此個機會給伊講）
＝利用這個機會跟他說！

tạn siō ziạq（趁燒食）＝趁熱吃。

tạnziạq 趁食 動 ①工作、勞動、
謀生。

ki Lămjǒh *tạnziạq*
（去南洋趁食）＝到南洋謀生。

*tạnziạq*lăng（趁食人）＝勞動者。
②賣春、賣淫。*tạn*（趁）②的二音
節語。

ziạqgù bhě dęq *tạnziạq*
（此久無在趁食）

=這陣子沒在賣(淫)。

tạnziạqzābhò

(趁食查某)＝妓女。

tạnziạqdè

(趁食底)＝娼女出身的。

tāng 通 情 ①可、可以。表許可，否定形為ə̣mtāng(唔通)。

ghuà *tāng* kị à ə̣mtāng?

(我通去抑唔通)＝我可不可以去？

tāng, kị bhə̣jạugị̀n

(通，去無要緊)＝可以，去沒關係。

②能。表具有某種可能性的意味。

xē *tāng* zə̣ zị̀r gcại

(夫通做前菜)＝那個能當飯前菜。

zùnbị ·na xə̀, cēhxuān ziu *tāng* pạ̀q

(準備若好，生番就通拍)

＝若準備好了，就可以攻打番人了。

③好、為～而～。置於動詞和動詞之間，表示前面的動作是後面動作的手段，在此情形下，前面的動作常為*tāng*以下的動作的修飾成分。

kị̀ xuè *tāng* zù bə̣ng

(起火通煮飯)＝生火好煮飯。

bhè de̱ *tāng* kị̀ cụ

(買地通起厝)＝買好地蓋房子。

tāng 窗 名 窗子；多半說成*tāng*'à

(窗仔)。

kūi *tāng*(開窗)＝開窗。

bə̣lě̆tāng(玻璃窗)＝玻璃窗。

tàng 桶 名 桶子。

kō *tàng*(箍桶)＝箍桶子。

zịu*tàng*(酒桶)＝酒桶。

量 桶。

zị̀t *tàng* zùi(一桶水)＝一桶水。

nə̣ng *tàng* sài

(兩桶屎)＝兩桶大便。

tạng 通 動 通、達。

lo̱ *tạng* də̣wuị?

(路通何位)＝路通達哪裏？

tạng gạu Xókzīu

(通到福州)＝通達福州。

tǎng 虫 名 蟲。

tǎng dẹq sə̌(虫在趖)＝蟲在爬。

sàixak'àtǎng

(屎斛仔虫)＝糞蛆。

tạng 弄 ？ 動 ①說悄悄話。用於表達壞的意思。

nə̣ng ě dẹq *tạng* siàhmị̀?

(兩个在弄甚麼)

＝兩個人在說什麼悄悄話？

②點、挑撥。

bhə̌ lăng *tạng* ị̄, ị̄ nà e̱xiàudit?!

(無人弄伊，伊那會曉得)

＝沒人點他，他怎麼會?!

tānggēng 通光 形 ①明亮。指光線明亮。

bə̣lě̆tāng kạq *tānggēng*

(玻璃窗較通光)＝玻璃窗較明亮。

②透亮；指對事情的通曉。

xǎngzǐng bhə̌ *tānggēng*

（行情無通光）＝行情不明。

ta̱nggue̱ 通過 動 穿透、透過。

ci̱ngzi ta̱ngue̱ biȧq

（銃子通過壁）＝子彈穿透牆壁。

bo̱ngkāng gu̱t iàubhue̱ ta̱nggue̱

（唪孔掘猶未通過）

＝隧道還沒鑿通。

〔ta̱ngge̱〕

tāngxōng 通風 形 通風。

cuḻai bútzi̱ tāngxōng

（厝內不止通風）＝屋裏相當通風。

tāngxə̇ 通好 情 當可、應該可以。

表說話者對時機的一種判斷。

gām’à tāngxə̇ bhàn la

（柑仔通好挽啦）

＝橘子應該可以採了。

làn tāngxə̇ də̇ng lăiki̱

（咱通好轉來去）

＝我們也該回去了。

也說成xə̇tāng（好通）。

tȧp 塌→lȧp（塌）

tȧq 塔 名 塔。

zə̇ tȧq（造塔）＝建塔。

ta̱q 疊 動 ①疊。

itdi̱t ta̱q ki̱ki̱

（一直疊起去）＝一直疊上去。

②高、凌駕。

ta̱q ī zi̱t gip

（疊伊一級）＝高他一級。

ai̱ ta̱q lăng

（愛疊人）＝喜歡凌駕人。

量 疊。重疊在一起東西的計數單

位。

zi̱t ta̱q uàh（一疊碗）＝一疊碗。

nə̱ng ta̱q cȯq（兩疊册）＝兩疊書。

tȧt 塞 動 堵、塞。

tȧt gān’à（塞矸仔）＝把瓶子塞住。

tȧt xi̱hkāng

（塞耳孔）＝塞住耳朵。

名 塞子；多半說成tȧt’à（塞仔）。

tȧt tȧt（塞塞）＝用塞子塞。

cə̇tȧt（草塞）＝軟木塞。

gān’àtȧt（矸仔塞）＝瓶塞。

tȧt 躂 動 踢。

tȧt gi̱u（躂球）＝踢球。

tȧt xə̱ng（躂遠）＝踢遠。

ta̱t 滓？ 動 大便。卑俗語。

ta̱t sài（滓屎）＝大便。

tāu 偷 動 偷。

tāu lăng ě mi̱q

（偷人的物）＝偷人家的東西。

副 偷偷地、悄悄地。

tāu li̱aq

（偷掠）＝偷偷地抓起來。

tāu gòng（偷講）＝悄悄地說。

tàu 解？ 動 解開、打開。

tàu sə̇q（解索）＝解開繩子。

tàu gȧt（解結）＝解開繩結。

tàu 透？ 動 ①透、通。空氣或水

等的流通狀況。

zùi bhe *tàu*（水艙透）＝水不通。

gòng *tàu* kui

（講透氣）＝講一講透透氣。

②出名、響亮。

rixə zīn *tàu*

（字號眞透）＝字號眞響亮。

tau 透 動 ①通、達。

zit diǎu lo *tau* gau Xuēliǎngàng

（此條路透到花蓮港）

＝這條路通動到花蓮港。

ȧk dioɒ xo, sāh dǎm *tau* guē

（沃著雨，衫澹透過）

＝淋到雨，衣服濕透了。

②粉或液體等混在一起。

tau lìng zùi（透冷水）＝滲冷水。

③完、結束。

xi zə iàubhue *tau*

（戲做猶未透）＝戲還沒演完。

tak gȧq *tau*（讀及透）＝讀完。

形 （風或水流等）刮、急、大。

tau xōng（透風）＝刮大風。

lǎu zīn *tau*（流眞透）＝水很急。

介 冒著。

tau xo biah lǎi

（透雨拚來）＝冒雨趕來。

接頭 連、整。連著表示時間的語

詞。表示「連著～」、「一整～」

之意。

*tau*mě giǎh（透暝行）＝連夜走。

*tau*nì u（透年有）＝一整年都有。

*tau*silǎng（透世人）＝一輩子。

tău 頭 名 ①頭。

dua *tău*（大頭）＝大頭。

iǒh-*tău*（羊頭）＝羊頭。

②首領、頭。

ī zə *tău*（伊做頭）＝他當首領。

gāng*tău*（工頭）＝工頭。

③前面、先頭、始。

u *tău* bhǒ bhuè

（有頭無尾）＝有始無終。

giǎh zə *tău*

（行做頭）＝走在前面。

接尾 ①根本、源頭。

ciu*tău*（樹頭）＝樹頭。

dianxuè*tău*

（電火頭）＝插座、燈頭、發電所。

xōng*tău*（風頭）＝風頭。

②最初取得之物。

ioq*tău*（藥頭）＝藥頭。

guèzi*tău*（果子頭）＝剛出的水果。

ziu*tău*（酒頭）＝酒頭。

③屑、碎片、一點點。

zēng'à*tău*（磚仔頭）＝磚頭。

xānzǔ*tău*（番藷頭）＝番藷頭。

dau*tău*（豆頭）＝豆渣。

④一端、角落、側面、旁邊。

sīmguāh*tău*（心肝頭）＝心頭。

biȧq*tău*（壁頭）＝牆角。

mǒng*tău*（門頭）＝門邊。

⑤具有突出之物的東西。

zio̱qtău(石頭)＝石頭。

zi̱ngtău(腫頭)＝手指頭。

gua̱ntău(罐頭)＝罐頭。

ri̱ttău(日頭)＝太陽。

gīngtău(肩頭)＝肩膀。

gúttău(骨頭)＝骨頭。

zi̱mtău(枕頭)＝枕頭。

bòtău(斧頭)＝斧頭。

⑥加在某些詞語之後，使成感覺的抽象名詞。

kua̱htău(看頭)＝有看頭。

pāngtău(芳頭)＝香勁。

dia̱utău(兆頭)＝預兆。

xi̱ngtău(興頭)＝興致。

dīhtău(甜頭)＝甜味。

tōngtău(湯頭)＝湯頭。

da̱htău(擔頭)＝擔子。

ghia̱ntău

(癮頭)＝癮頭；渴望狀態。

⑦加在表示場所的詞語之後，使其意思明確。

lo̱tău(路頭)＝路頭。

de̱tău(地頭)＝地頭。

bīhtău(邊頭)＝邊上。

ghua̱tău(外頭)＝外面。

dīngtău(頂頭)＝上頭。

指 第一的、最初的；原則上後頭會加上量詞。

tău miǎ gi̱pgėq

(頭名及格)＝第一名合格。

tău diōh ciā

(頭張車)＝第一班車。

tău xə̱ ě zi̱u

(頭號的酒)＝最好的酒。

<—>bhuè(尾)

ta̱u 毒？ 動 毒殺。

ta̱u bhi̱ntăng

(毒蚻虫)＝毒殺蛔蟲。

ta̱u si̱(毒死)＝毒死。

tău'à 頭仔 名 開始。

tău'à xi̱ngxi̱ng, bhuè'à līnglīng

(頭仔興興，尾仔冷冷)一俚諺
＝開始興沖沖，後來冷冰冰；三分鐘熱度的意思。

ghuà tău'à bhə̌ kua̱h

(我頭仔無看)＝開始的時候我沒看。

<—>bhuè'à(尾仔)

tăubha̱k 頭目 名 頭目、首領。

tăubhuè 頭尾 副 頭尾、總共。

tăubhuè dua̱ Ri̱tbùn za̱p dāng

(頭尾滯日本十年)
＝總共住在日本十年。

tăubhuè sə̱ng

(頭尾算)＝頭尾都算。

tăucu̱i 頭嘴 名 人口。

zi̱t gē gho̱ ě tăucu̱i

(一家五個頭嘴)＝一家五口。

ta̱udiōng'e̱da̱u 透中下罩 名
正午、正中午。

ta̱udiōng'e̱da̱u ə̱mtāng cu̱t ki̱ cittǎ！

（透中下罩唔通出去迌迌）

＝正中午不要到外面去玩！

tǎudù'à 頭柩仔 名 剛剛。

tǎudù'à ziåq ziąq

（頭柩仔即食）＝剛剛才吃。

tǎugąu 頭到 形 前面、第一、開
始。

tǎugąu dȩri gīng dioq sį

（頭到第二間著是）

＝前面第二家就是。

tǎugąu gīng（頭到間）＝第一家。

tǎugē 頭家 名 老闆。

lin *tǎugē* ų dį le bhǎ？

（您頭家有著咧無）

＝你們老闆在家嗎？

xuègį dȩq xo *tǎugē* me

（夥記在付頭家罵）

＝伙計在挨老闆罵。

tǎugē niǒ（頭家娘）＝老闆娘。

tǎukåk 頭殼 名 頭、腦袋；tǎu
（頭）名①的二音節語。

tǎukåk tiah（頭殼痛）＝頭痛。

*tǎukåk*cuè

（頭殼髓）＝腦髓、腦漿。

gong *tǎukåk*（摃頭殼）＝敲腦袋。

tǎulo 頭路 名 工作、職業。

ziąq ghīnxǎng ě *tǎulo*

（食銀行的頭路）＝在銀行工作。

cue *tǎulo*（尋頭路）＝找工作。

tǎumǎng 頭毛 名 頭髮。

luąq *tǎumǎ ng*（抒頭毛）＝梳頭髮。

diąn *tǎumǎ ng*

（電頭毛）＝燙頭髮。

〔tǎumǒ〕

tǎunàu 頭腦 名 頭腦、腦筋。

sīn *tǎunàu*（新頭腦）＝新頭腦。

tǎunàu xə（頭腦好）＝腦筋好。

tǎupō 頭麩 名 頭皮屑。

bįn *tǎupō*（箆頭麩）＝梳頭皮屑。

tǎusu 頭緒 名 頭緒。

bhōng bhǎ *tǎusu*

（摸無頭緒）＝摸不著頭緒。

tātuȩq 偷提 動 偷拿；tāu（偷）的
二音節語。

tāuteq lǎng ě zǐh

（偷提人的錢）＝偷人家的錢。

tąuzà 透早 名 一大早。

bhīn'àzai *tąuzà* bhȩq gąu

（明仔再透早覓到）

＝明天一大早要到。

tǎuzāng 頭鬃 名 頭髮。

sē *tǎuzāng*（梳頭鬃）＝梳頭髮。

tauziąqbo 偷食步 名 詐術、主
要指詐賭。

ing *tāuziąqbo* lǎh lǎng

（用偷食步贏人）＝用詐術贏人家。

tǎuzǐng 頭前 名 前面。

tǎuzǐng mǎng（頭前門）＝前門。

zə *tǎuzǐng* giǎh

（做頭前行）＝走在前面。

←→ ₔobiáq（後壁）

tăuzit̠ 頭一 指 第一的、最初的；

tău(頭)指的二音節語；原則上後
面跟著量詞。

tăuzit̠ rit̠（頭一日）＝第一天。

tăuzit̠ ziōh（頭一章）＝第一章。

tē 胎 名 胎。

lau tē（落胎）＝流產。

ze̠ tē（坐胎）＝受孕。

量 胎；計數生孩子次數的單位。

deri tē si̠ zābhò

（第二胎是查某）＝第二胎是女的。

sēh sāh tē（生三胎）＝生了三胎。

tē 釵 名 釵。

gīm*tē*（金釵）＝金釵。

〔tuē〕

tē 推 動 推脫。

tē bhǎ di̠ le

（推無著咧）＝推說不在家。

tē gòng ī bhǎ jǐng

（推講伊無閑）＝推說他沒空。

tē 撑 動 ①划。

tē zǔn（撑船）＝划船。

②窩、靠。

tē di̠ ìlin

（撑著椅裏）＝窩在椅子裏。

lì ciàh ki̠ *tē* le！

（你且去撑咧）＝你且去靠著。

te̠ 退 動 ①退、打退。

te̠ ki̠ bīh'à

（退去邊仔）＝退到邊上去。

te̠ catbīng

（退賊兵）＝打退賊兵。

②消、程度減輕、褪色、醒。

zùi iàubhue̠ te̠

（水猶未退）＝水還沒消退。

riat kaq te̠（熱較退）＝熱較退了。

te̠ xǒng（退癀）＝發炎退了。

ziaq gām'à te̠ zi̠u

（食柑子退酒）＝吃橘仔醒酒。

te̠ sik（退色）＝褪色。

riwun de̠q te̠

（字運在退）＝運氣在敗。

te̠ 替 動 代、代理。

bhǎ lǎng tāng te̠

（無人通替）＝沒人可以代替。

介 ①替～。

te̠ ī bue̠（替伊賠）＝替他賠償。

te̠ lāubhɘ bhe̠ cai

（替老母買菜）＝替老母買菜。

②爲～。

ghuà te̠ lì xuǎnlɘ

（我替你煩惱）＝我爲你煩惱。

te̠ daigē cut lat

（替大家出力）＝替大家出力。

〔tue̠〕

tě 提 動 提起、提出。

tě an（提案）＝提案。

gue̠ki̠ ě dai̠zi̠ ɘmtāng gɘq tě ki̠！

（過去的事志唔通復提起）
＝過去的事不要再提起！

te̠ 蚱 名 水母、海蜇。

te̠bo̠ 退步 動 退步。

rù lăi rù te̠bo̠
（愈來愈退步）＝越來越退步。

tèbhin 體面 名 體面、面子。

u̠ tèbhin（有體面）＝有體面。
bhə̌ tèbhin（無體面）＝沒面子。

tèlio̠ng 體諒 動 體諒、體察、諒解。

ciàh li̠ tèlio̠ng！
（請你體諒）＝請你體諒。

te̠si 推辭 動 推辭。

lì ə̠m ga̠ ī te̠si?!
（你唔給伊推辭）
＝你不把他推辭掉?!

te̠si̠ 退時 動 過時、過氣、走下坡。

gām'à te̠si̠, zi̠u te̠ gām
（柑仔退時，就退甘）
＝橘子過時，就減低甜度。

ī dāh te̠si̠ la
（伊但退時啦）＝他現在過氣了。

tètia̠p 體貼 動 體貼、照拂、憐恤。

bhexiàu tètia̠p lăng
（𣍐曉體貼人）＝不會體貼別人。

āng'àbhò dio̠q sāhtètia̠p
（翁仔婆著相體貼）
＝夫妻要互相體貼。

te̠wah 替換 動 替換、代替。

te̠wah lăng（替換人）＝換人。

te̠wah ě sāh
（替換的衫）＝替換的衣服。

〔tue̠wah〕

tèxə̠ 體號 名 綽號。

ī ě tèxə̠ si̠ lə̠ka̠'e
（伊的體號是𢯹脚的）
＝他的綽號是長腿的。

動 取綽號。

tèxə̠ ī è'à-Dăn
（體號伊矮仔陳）
＝取他矮仔陳的綽號。

te̠h 撐 動 撐；用棒子的前端把東西撐住，不使掉下來。

te̠h bo̠păng（撐布帆）＝撐帳篷。

te̠h xo̠ ī bhe̠ lăk lə̠qlăi
（撐付伊𣍐落落來）
＝撐住不讓掉下來。

名 撐東西使不會掉下來的撐桿。

tāng'àte̠h（窗仔撐）＝窗子撐桿。

ba̠ng te̠h（放撐）＝放下撐桿。

〔ti̠h〕

te̠q 提？ 動 拿、取。

biàh lì te̠q zi̠t de̠！
（餅你提一塊）＝你拿一塊餅。

te̠q bhi̠ngīn lăi
（提面巾來）＝拿毛巾來。

同義詞：e̠（攜）。

te̠qgīng 殼?肩 形 聳肩。

te̠qtău 提頭 動 帶頭、起頭。

bhə̌ lǎng bhȩ̇q *tęqtǎu*

（無人覓提頭）＝沒人要起頭。

tì 展? 動 打開、撐開、睜開。

tì kuēsih（展葵扇）＝打開扇子。

bhakzīu *tì* bhȩ kūi

（目睭展獪開）＝眼睛睜不開。

tí 剃 動 剃。

tí cuiciū（剃嘴鬚）＝刮鬍子。

tǐ 啼 動

①雞啼。

tīh gēng, gē dȩ̇q *tǐ*

（天光，鷄在啼）＝天亮了，雞在啼。

②啼泣。

dia̧h ànnē *tǐ*

（定按哖啼）＝常常這樣啼泣。

titǎu 剃頭 動 剃頭、理髮。

pàih *titǎu*

（歹剃頭）一俚諺

＝難剃頭；這也不滿意，那也不滿意。

*titǎu*diạm（剃頭店）＝理髮店。

titǎudə 剃頭刀 名 剃刀。

tiāh 廳 名 ①正廳。中國式的建築中最重要的房間；位於入門的正面，供奉神明的地方。

diạm *tiāk*lin ciàh lǎngkȩ̇q

（站廳裏請人客）＝在正廳請客。

也可說成dua̧tiāh（大廳）

②廳。行政機構之一。

zǎizingtiāh（財政廳）＝財政廳。

*tiāh*diòh（廳長）＝廳長。

③官廳；古代的用法。

tę *tiāh*（退廳）＝退堂。

gua̧ntiāh（縣廳）＝縣衙。

接尾 大房間、大廳。

lǎngkȩ̇qtiāh（人客廳）＝客廳。

zia̧qbə̧ngtiāh（食飯廳）＝飯廳。

lǎudingtiāh（樓頂廳）＝二樓客廳。

tiāh 聽 動 ①聽。

gòng xo̧ lǎng tiāh

（講付人聽）＝講給別人聽。

②聽從、聽話。

ka̧q pa̧q, də ə̧m *tiāh*

（較拍，都唔聽）＝怎麼打，都不聽。

tia̧h 痛 動 ①痛。

ba̧kdò dȩ̇q *tia̧h*

（腹肚在痛）＝肚子在痛。

②疼。

la̧ubhə̀ *tia̧h* giàh

（老母痛子）＝母親疼兒子。

tia̧h gàq ri̧p gu̧t

（痛及入骨）＝疼到心坎兒。

tiāhgih 聽見 動 聽（得）到。

ca̧uxi̧hlǎng bhə̌ *tiāhgih*

（臭耳嚨無聽見）＝耳聾聽不到。

tiāhgihgòng 聽見講 副 據說、聽說…。

tiāhgihgòng e siōzia̧n

（聽見講會相戰）＝聽說會打仗。

tiāhgihgòng si ī

（聽見講是伊）＝據說是他。

tiàm 殄？ 形 累、慘。

　xo̤ lǎng pȧq zīn *tiàm*
　（付人拍眞殄）＝被打得很慘。

　ghuà dāh *tiàm* la
　（我但殄啦）＝我現在累了。

　→ziạqlȧt（食力）

tiạm 沉 動 ①沉。

　tiạm lə̤q xài
　（沉落海）＝沉入海裡。

　②投入、投資。

　zāibuě gạu dạixạk, ə̤m zāi *tiạm*
　rua ze̤ lə̤qki̧ la
　（栽培到大學，唔知沉若多落去啦）
　＝栽培到大學，不知投入多少了。

tiāmzə̄ng 添粧 動 添（嫁）粧、給
　女方的結婚賀禮。

　ghuà zit dụi xihgāu gạ lì *tiāmzə̄-*
　ng
　（我此對耳鈎給你添粧）
　＝我這對耳環跟你添粧。

tiān 天 量 天、日。

　kūi ri̧ zạp *tiān* ě ciuxǐng
　（開二十天的手形）
　＝開二十天期的支票。

tiān 顛？ 動 享受。

　gio̧ ghe̤duạh dȧq *tiān*
　（叫藝妲在顛）＝叫藝妓在享受。

tiānbǒng 天房 名 ①天花板。

　dịng *tiānbǒng*

（釘天房）＝釘天花板。

同義詞：tiānxuābàn（天花板）。

②閣樓；存放很多雜物的地方。

　bȧq ziọhki̧ *tiānbǒng*
　（爬上去天房）＝爬到閣樓上去。

tiānliǒng 天良 名 天良、良心。

　iàu u̧ *tiānliǒng* le
　（猶有天良咧）＝還有天良。

tiāntiān'à 偏偏仔 副 偏偏、一
　定。

　ī *tiāntiān'à* bhȧq
　（伊偏偏仔覓）＝他一定要。

　ghuà mà *tiāntiān'à* ə̤m
　（我嗎偏偏仔唔）＝我也偏偏不要！

tiāntə̤q 顛倒？ 動 老糊塗。

　lì dȧq *tiāntə̤q*, bhǒ, nà e̤ gòng xit
　xə̤ ue?!
　（你在顛倒，無，那會講彼號話）
　＝你老糊塗了，不然，怎麼說那種
　話?!

tiānxuābàn 天花板

　→tiānbǒng（天房）

tiānzǎi 天才 名 天才。

　ī sị īmghạk ě *tiānzǎi*
　（伊是音樂的天才）
　＝他是音樂天才。

tiap̊ 帖 名

　①名片、名帖；古時用語。

　②帖子、請帖。

　bạng *tiap̊* ciàh lǎngke̤q

（放帖請人客）＝發帖子請客。

量 服；主要用於計數中藥的數量。

zit *tiap* ioq’à ziaq ləqki dioq xə̀

（此帖藥仔食落去著好）

＝這服藥服了就會好。

tiap 貼 動 補償、津貼。

tiap xuèsit

（貼伙食）＝補貼伙食費。

bhèq gio̤ ghuà buāh, bhèq *tiap*

ghuà rua ze̠？

（覓叫我搬，覓貼我若多）

＝要叫我搬，要補償我多少？

tiap 疊 動 疊。

tiap zēng’à（疊磚仔）＝一疊磚頭。

ōbèq *tiap*, e̠ də̀ ləqki̠

（烏白疊，會倒落去）

＝亂堆，會蹋下去。

量 疊、個、張。日語直譯。

lak *tiap* gap si̠ *tiap* buah

（六疊及四疊半）

＝六張及四張半的疊疊米。

tiaq 拆 動 ①拆。

gōjoq ga̠ *tiaq* kilǎi！

（膏藥給拆起來）＝膏藥給摘除！

②撕（布或紙等）。

tiaq pua̠ cèq（拆破冊）＝撕破書本。

③拆。

tiaq cu̠（拆厝）＝拆房子。

tiaq libā（拆籬笆）＝拆籬笆。

④買（車票）。

tiaq ciāduāh（拆車單）＝買車票。

tiaq xə̀ ui

（拆好位）＝買好位置。

⑤買（藥），合（藥）。

tiaq zit tiap ioq

（拆一帖藥）＝合一服藥。

⑥解說、分析、說明。

tiaq xo̠ i tiāh

（拆付伊聽）＝分析給他聽。

tiaq riso̠（拆字數）＝拆字。

⑦分、離。

nəng ě lǎng *tiaq* bhe̠ kūi

（兩个人拆燴開）＝兩個人分不開。

tiaq gò（拆股）＝拆伙。

tiatdè 徹底 動 徹底。

gòng gáq *tiatdè*

（講及徹底）＝講得徹底。

sīnsīngwaq̠–undong iàubhue̠ *tiat-*

dè

（新生活運動猶未徹底）

＝新生活運動還沒徹底。

tiau 跳 動 ①跳。

tiau kīki ciŏh’àding

（跳起去牆仔頂）＝跳到牆上去。

②跳、舞。

làm dèq *tiau*

（攬在跳）＝抱著跳（舞）。

③越、過。

tiau iaq（跳葉）＝跳過一頁。

tiau sāh gīng

（跳三間）＝跳過三間。

tia̱u gip si̱ng

（跳級升）＝越級升上去。

tia̱u 柱？ 名 柱。多半說成*tia̱u*'à

（柱仔）。

ca̱i *tia̱u*（在柱）＝立柱子。

cu̱*tia̱u*（厝柱）＝房柱。

墨ḡi（枝）

tia̱u'à 痲仔 名 痘子、青春痘。

zik *tia̱u*'à

（窄痲仔）＝擠痘子。

tia̱ubhù 跳舞 動 跳舞；tia̱u

（跳）②的二音節語。

kua̱h la̱ng de̱q *tia̱ubhù*

（看人在跳舞）＝看人在跳舞。

tiāula̱ng 挑曠？ 形 舒爽、誘人。

ci̱ng ga̱q zīn *tiāula̱ng*

（穿及真挑曠）＝穿得很舒爽誘人。

xia̱qkā *tiāula̱ng*

（額腳挑曠）＝髮際很清爽。

tīh 天 名 ①（信仰對象的）老天爺。

tīh a, lì dio̱q le̱q zi̱tdiàm'à xo̱ le

o！

（天啊，你著落一點仔雨咧噢）

＝老天爺，你要下一點雨啊！

*tīh*gōngzò

（天公祖）＝天公、玉皇大帝。

②天、天空、天氣。

ghia̱q tău kua̱h *tīh*

（攑頭看天）＝抬頭看天。

tīh bhe̱q a̱m

（天覓暗）＝天快黑了。

e̱m ziǎh *tīh*（唔成天）＝壞天氣。

tīh 添 動 ①加、補。

tīh na̱ng lia̱p

（添兩粒）＝加兩顆。

②添、加。

tīh ǐu（添油）＝加油。

zia̱q liàu ga̱q *tīh*

（食了復添）＝吃了再加。

tīh 綈 動 縫。

tih sāh（綈衫）＝縫衣服。

tīhkā'e̱ 天腳下 名 天下。

zia̱m *tīhkā'e̱*

（佔天腳下）＝佔領天下。

也可說成*tīh*'e̱（天下）。

tīhki̱ 天氣 名 天氣、氣候。

tīhki̱ xə̀（天氣好）＝天氣好。

tīhki̱ bu̱tsu̱n

（天氣不順）＝天氣不順。

tīhtāng 天窗 名 天窗。

ti̱m 頓？ 動 點。

tău̇ka̱k itdit *ti̱m*

（頭殼一直頓）＝頭一直點。

〔di̱m〕

ti̱n 斟 動 注、加、斟（酒）等。

ti̱n ga̱q di̱h（斟及填）＝斟到滿。

ti̱n zi̱u（斟酒）＝斟酒。

ti̱n 佇 動 ①對手、伙伴、相挺。

ī pàihlǎng, lì e̱mtāng *ti̱n* ī！

（伊歹人，你唔通侚伊）
＝不要和他爲伙！
②結婚。
gōbiàu siō tìn
（姑表相侚）＝姑表連姻。
ī lǎi tìn ī gài xȯsẹ
（伊來侚伊蓋好勢）
＝她來配他眞相當。

tìng 聽 情 隨意、任憑。
lèbạirịt tìng cùtmǎng
（禮拜日聽出門）
＝禮拜天可隨意出門。
tìng tȧ tìng xǐng
（聽討聽還）＝任討任還。

tǐng 停 動 停。
tǐng dẹq dàn ī
（停在等伊）＝停著等他。
tǐng gāng（停工）＝停工。
tǐng ghọ dāng, ziȧq gȧq lǎi
（停五多，即復來）
＝停五年之後，才再來。
量 回；計數間歇發生的動作的單位。
xọ lȧq zịt tǐng
（雨落一停）＝雨下了一回了。
mẹ gùi'a tǐng
（罵幾若停）＝罵好幾回了。

tǐngkụn 停眠 動 休息、中斷；自動詞的用法。
giǎh bhȧ tǐngkụn

（行無停眠）＝走個不停。

tìngsịng 逞性 名 任性。
tìngsịng ě lǎng gȧp lǎng pàih zȯxuè
（逞性的人及人歹做夥）
＝任性的人和人難相處。

tìngsịng 逞盛 動 寵；sịng（盛）的二音節語。

tìngxȧ 聽好 情 隨意地、任意；tìng（聽）的二音節語。
cincài lǎng dȧ tìngxȧ bhè
（清彩人都聽好買）
＝任何人都可以買。

tiō 挑 動 ①（用尖物）挑。
tiō dīngxuè（挑燈火）＝把燈挑亮。
②浮出。
tiō xuē（挑花）＝挑花（浮繡）。
③勾、部首；運筆法的一種。
tiō ciu（挑手）＝提手旁。
tiō tò（挑土）＝土旁。
名 木架、懸臂。
cùt tiō（出挑）＝用木架撐。
dīng tiō（燈挑）＝提燈臂。
量 筆；筆畫的計數單位。
zịt tiō（一挑）＝一勾、一筆。

tiọ 糶 動 賣出物。
tiọ bhì（糶米）＝賣米。
←→diạq（糴）

tiǒ 投？ 動 彈、跳。
zịt liạp giu ziǎh ghǎu tiǒ

（此粒球成高投）

＝這顆球很會跳。

tiȯk 嗜？ 動 （像青蛙一樣用腳）踢、頂。

ghin'à kun dioq itdit *tiȯk* kìki̯

（囝仔睏著一直嗜起去）

＝小孩睡覺，像青蛙一直往上頂。

tio̯ng 暢 動 有趣、高興、爽。

paq *tio̯ng*（拍暢）＝打著好玩。

tio̯ng gaq la̯nxut paqgālau̯q

（暢及生核拍加落）

＝高興得陰核掉下來了；欣喜雀躍之意。

tio̯ngsia̯ 暢舍 名 逍遙的人、享樂的人。

tiq 鐵 名 鐵。

sīmguāh kaq nge *tiq*

（心肝較硬鐵）＝心腸比鐵硬。

tiqbàn（鐵板）＝鐵板。

tiqpiàh（鐵片）＝鐵片。

tiqgu̯i（鐵櫃）＝鐵櫃。

ti̯ 詑？ 動 口吃、結巴。

gòng dioq ue̯ itdit *ti̯*

（講著話一直詑）＝講話結結巴巴。

ti̯ bhe̯ cutlăi

（詑膾出來）＝結結巴巴說不出來。

tiqdīng 鐵釘 名 鐵釘；dīng（釘）的二音節語。

tiqdīng'àtŭi（鐵釘仔槌）＝鐵槌。

tiqgi 鐵枝 名

①鐵條。

②鐵軌。

tiqgiŏ 鐵橋 名 鐵橋。

gue̯ *tiqgiŏ*（過鐵橋）＝過鐵橋。

tiqlo̯ 鐵路 名 鐵路。

tīu 抽 動 ①抽。

tīu ciām（抽籤）＝抽籤。

tīu gia̯m kilăi

（抽劍起來）＝抽出劍來。

②用幫浦或器物等汲出。

tīu ĭu（抽油）＝抽油。

tīu xue̯q（抽血）＝抽血。

③收取手續費。

zi̯t bàih *tīu* ri̯ za̯p kō

（一擺抽二十箍）

＝一次抽取二十元。

tīu gājit（抽加一）＝抽一成。

④拉；製造線狀的東西。

tīu dăngsua̯h

（抽銅線）＝抽製銅線。

tīu mi̯sua̯h

（抽麵線）＝拉製麵線。

⑤抽痛、抽筋、痙攣。

u̯ xōng zia̯q e̯ *tīu*

（有瘋即會抽）＝有風濕才會抽痛。

⑥長高。

zia̯qgù itdi̯t *tīu* kilăi

（此久一直抽起來）

＝這陣子一直長高。

tìu'à 丑仔 名 小丑。

xit ě *tiu'à* ghǎu zǫ
（彼个丑仔高做）＝那個小丑很會演。

tīutău 抽頭 動 抽頭、抽傭。

xǫ ī *tiutău*
（付伊抽頭）＝讓他抽頭。

tò 土 形 沒見識、粗魯、魯莽。

lǎng ziǎh *tò*, sǔi cút cìu
（人成土，隨出手）
＝人很粗魯，立刻出手。
tò lǎng（土人）＝粗魯的人。

tò 吐 動 舌頭等吐出來。

ziq *tò* cútlǎi !
（舌吐出來）＝吐舌頭！
tò dǫzǎi（吐肚臍）＝肚臍眼露出來。

tǫ 吐 動 嘔、吐。

ziaq'e lòng *tǫ* cútlǎi
（食的攏吐出來）＝吃的全吐出來。
tǫ xuéq（吐血）＝吐血。
→àu（嘔）

tǒ 土？ 名 土。

tun *tǒ*（填土）＝填土。
tǒ'āng'à（土尫仔）＝土偶。

tǫ 兔 名 兔子；多半說成*tǫ*'à（兔仔）。

beq*tǫ*（白兔）＝白兔。

tǒbhisuā 土米砂 名 灰塵。

bhakzīu īng diǫq *tǒbhisuā*
（目睭揚著土米砂）＝眼睛進了沙子。
同義詞：tǒxùn（土粉），tǒsuāxùn
（土砂粉）。

tŏdau 土豆 名 花生。

tòde 土地 名 土地；de（地）的二音節語。

xit de *tòde* ghuà'ě
（彼塊土地我的）＝那塊土地是我的。
〔tòdue〕

tògōng 土公 名 殯葬師。

tǒkā 土腳 名 地上。

kǫng diam *tǒkā*, e giāhlǎng
（控站土腳，會驚人）
＝放在地上，會髒人。

tòkui 吐氣 動 嘆氣。

ghin'alǎng ǝmtāng *tòkui* !
（团仔人唔通吐氣）
＝小孩子不可以嘆氣！

tǒmuě 土糜 名 泥巴。

ciok *tǒmuě*（揢土糜）＝踩爛泥巴。
同義詞：lokǒ'àmuě（路糊仔糜）。
〔tǒbhě〕

tòsàn 土產 名 土產。

gīnziō si Dǎiwǎn ě *tòsàn*
（芹蕉是台灣的土產）
＝香蕉是台灣的土產。

tòsioh 土想 名 隨便想的。

zē si ghuà ě *tòsioh*
（茲是我的土想）＝這是我隨便想的。
〔tòsiuh〕

tŏtuaḥ 土炭 名 煤炭。

xiǎh *tŏtuaḥ*（焚土炭）＝燒煤炭。
*tŏtuaḥ*kǫng（土炭壙）＝煤礦。

tòwe 土話 名 土語、俗語。

tòxùi 土匪 名 土匪、盜賊。

  xiā e cút *tòxùi*

  （彼會出土匪）＝那兒會出土匪。

tǒzùi 土水 名 泥水工。

  əq zə *tǒzùi*

  （學做土水）＝學做泥水工。

  *tǒzùi*isāi（土水師）＝泥水師父。

tòk 托 動 ①挖、清理。

  tòk cuikì

  （托嘴齒）＝（用牙籤）清牙縫。

  sátbin *tòk* xo cīngkị！

  （虱篦托付清氣）＝梳子清理乾淨！

  ②吐出；將嘴裡的東西用舌頭清出。

  tòk nītǎu（托乳頭）＝吐出奶頭。

  tòk cútlǎi, əm ziaq

  （托出來，唔食）＝吐出來，不吃。

tōng 通 動 ①罐、通、清理。

  tōng dǎng（通腸）＝灌腸。

  tōng xūncuē

  （通燻吹）＝清理煙筒（斗）。

  ②（電話等）連、通。

  dianwe bhe *tōng*

  （電話繪通）＝電話不通。

  xit zam *tōng* la

  （彼站通啦）＝那一站通車了。

  形 ①合理的。

  segān rù lǎi rù *tōng*

  （世間愈來愈通）

  ＝這世界愈來愈合理。

ịng káq *tōng* ě xōngxuát

（用較通的方法）＝用較合理的方法。

②高明的、有趣的想法。

lì gòng zit gụ ue zīn *tōng*

（你講此句話眞通）＝你講這話眞妙。

接頭 中、全；冠於場所詞之上，表全部之意。

*tōng*segại ě lǎng

（通世界的人）＝全世界的人。

*tōng*zēng sì liàuliàu

（通庄死了了）＝全村的人都死光了。

*tōng*siguę（通四界）＝到處。

量 通、回；計數電話或電報的單位。

kạ zit *tōng* dianwe

（扣一通電話）＝打一通電話。

tòng 啄？ 動 啄。

  ziàu *tòng* guèzì

  （鳥啄果子）＝鳥啄果子。

tòng 統？ 動 突出、露出。

  nǐzǐh *tòng* cútlǎi

  （簷前統出來）＝屋簷突出來。

  laigǔn *tòng* zit dẹà

  （內裙統一塊仔）＝襯裙露出一些。

  數 多、餘；用於十、百、千等數詞的單位後面。

  sāh zạp *tòng* lǎng

  （三十統人）＝三十多人。

  nəng cīng *tòng* kō

  （兩千統籛）＝兩千多元。

to̯ng 重？ 動 疊。

　ghǐngak'à ga *to̯ng* kìlǎi！

　（銀角仔給重起來）

　＝銅版給疊起來！

　to̯ng cȩq（重冊）＝疊書。

　量 疊。

　zit *to̯ng* ghǐnpio̯

　（一重銀票）＝一疊鈔票。

　nȩng *to̯ng* zēng'à

　（二重磚仔）＝兩疊磚頭。

tōngdī 通知 動 通知。

　na̯ zāijàh zia̯q ga li̍ *tōngdī*

　（若知影，即給你通知）

　＝如果知道，就通知你。

tōngjı̍k 通譯 動 翻譯。日語直譯。

　li̍ ga ghuà *tōngjı̍k* zit'e！

　（你給我通譯一下）

　＝你幫我翻譯一下！

　名 翻譯員。

　cia̯h ī zȩ *tōngjı̍k*

　（倩伊做通譯）＝請他當翻譯員。

tōng' òng 通往 動 ①來往。

　pàih gàmzǐng, suáq bhǎ dȩq *tōng'*

　òng

　（歹感情，煞無在通往）

　＝感情不好，遂沒來往。

　同義詞：lǎi'òng（來往）。

　②私通。

　ī gáp ī *tōng'òng*, da̯izi̯ zia̯q e pua̯-

　kāng

（伊及伊通往，事志即會破孔）

＝他和他私通，事情才會曝光。

tōngtōng 通通 副 ①全、都。

　u̯ dio̯q *tōngtōng* u̯, bhǎ dio̯q *tō-*

　ngtōng bhǎ

　（有著通通有，無著通通無）

　＝有就全都有，沒就全都沒。

　tōngtōng bhȩ ing dit

　（通通獪用得）＝全都不能用。

　②全體之中。

　tōngtōng dio̯q si̯ ī sia̯ng pàih

　（通通著是伊上歹）

　＝全部的人就是他最壞。

tə̀ 討 動 ①乞求、要、催促。

　kitzia̯q dȩq *tə̀* zi̍h

　（乞食在討錢）＝乞丐在討錢。

　tə̀ sia̯u（討賬）＝催帳。

　②探求、尋找。

　tə̀ tǎulo̯（討頭路）＝找工作。

　bhȩq lǎi *tə̀* si̯

　（覓來討死）＝要來找死。

　③姦通。

　lǐgō *tə̀* xuěsio̯h

　（尼姑討和尚）＝尼姑和和尚私通。

　tə̀ dio̯q īn siòzik

　（討著恁小叔）

　＝和她小叔私通。

tə̀ 套 動 ①套、覆。蓋。

　tə̀ bhinding（套面頂）＝套在上面。

　tə̀ kīng（套匡）＝套框。

②襯、墊。

tǝ lì(套裏)＝襯裡。

tǝ diạm ẹkā sià

(套站下腳寫)＝墊在下面寫。

③套招、做圈套。

sīng *tǝ* biạn(先套便)＝先套招。

tǝ bḣẹq ziạq lǎng

(套覓食人)＝做圈套要坑人。

④練習、排練。

tǝ kik(套曲)＝練曲。

名 ①套子。

ề*tǝ*(鞋套)＝鞋套。

②裡子。

bhǝ̠'à*tǝ*(帽仔套)＝帽襯。

gǔn*tǝ*(裙套)＝襯裙。

tὸ 桃 名 桃子。多半說成*tὸ*'à(桃仔)。

tǝdǫng 安當 形 安當。

ànnē káq *tǝdǫng*

(按哖較安當)＝這樣較安當。

tὸgak 討？擱 動 丟棄。

gu ě ga ī *tὸgak* kị !

(舊鞋給伊討擱去)＝把舊鞋丟掉！

dạn *tὸgak*(擲討擱)＝丟掉。

tὸlun 討論 動 討論。

daigē lǎi *tὸlun* !

(大家來討論)＝大家來討論！

tὸmia 討命 動 索命。

xai sỉ niāu, e *tὸmia* ǒ

(害死貓，會討命哦)

＝害死貓，會來索命。

tὸtǝq 土魠 名 土魠。也可說成*tὸ*-*tǝq* xỉ(土魠魚)。

〔tὸtǝq〕

tὸxài 討海 動 捕魚。

zẹ zǔn *tὸxài*

(坐船討海)＝開船捕魚。

*tὸxài*lǎng

(討海人)＝討海人、漁夫。

*tὸxài*zǔn(討海船)＝漁船。

也可說成*tὸxi*(討魚)。

tὸze 討債 形 浪費。

ǝmtāng xiáq *tὸze* !

(唔通彼討債)＝不可以那麼浪費！

tōng 湯 名 ①菜湯。

bhǒ *tōng*, puẹ bhẹ lẹq bẹng

(無湯，配艙落飯)

＝沒湯，吃不下飯。

②膿。

liạp'à-*tōng*(粒仔湯)＝瘡膿。

tǫng 兌？ 動 兌、頂、讓。

zit báq kō *tǫng* lì diọq xè

(一百箍兌你著好)

＝一百塊錢讓給你就行。

lì na bhǒ kiạmjing, ghuà ga lì *tǝng* !

(你若無欠用，我給你兌)

＝你若不需要，頂給我！

tǫng 羝？ 動 ①脫。

tǝng sāh(羝衫)＝脫衣服。

ě _təng_ bhe kìlǎi
（鞋羓艙起來）＝鞋子脫不掉。
②蛻、脫皮。

zuǎ _təng_ kǎk
（蛇羓殼）＝蛇脫皮。

təng 燙 動 ①燙；過開水。

uàhdi _təng_ zit'e kǎq ānsīm
（碗箸燙一下較安心）
＝碗筷燙一下較放心。

təng mi（燙麵）＝燙麵、煮麵。
②燙傷。

xo gùnzùi _təng_ dioq
（付滾水燙著）＝被開水燙到。

tǎng 糖 名 糖。

cām _tǎng_（參糖）＝加糖。
beqt_ǎng_（白糖）＝白糖。
gǎkt_ǎng_（角糖）＝角糖。
ōt_ǎng_（烏糖）＝黑糖。
接尾 接在水果名後，泛指用糖醃漬
的東西。

iu'àt_ǎng_（柚仔糖）＝柚糖。
bhokguēt_ǎng_（木瓜糖）＝木瓜糖。

təng 碭？ 名 陶瓷等的色料。

lǎm _təng_（滴湯）＝（陶瓷等）上色。
動 上、過（色）。

u gue _təng_（有過碭）＝上過色。

təng 燙 動 餾。

lìng ki gəqzai _təng_
（冷去復再燙）＝冷了再餾過。

tǎng'à 糖仔 名 糖果。

ghìn'à ai ziaq _tǎng_'à
（囝仔愛食糖仔）＝小孩愛吃糖。

təngbàkteq 羓腹裼 動 打赤膊。

təngbàkteq e ki xo guǎhdioq
（羓腹裼會去付寒著）
＝打赤膊會感冒。

təngciàqkā 羓赤腳 動 打赤腳。

təngciàqkā deq giǎh
（羓赤腳在行）＝打赤腳走路。

tǎnggǎm 糖含 名 大顆糖果。

gǎm _tənggǎm_
（含糖含）＝含著糖果。

同義詞：gīmgǎm（金含）。

tōngsi 湯匙 名 湯匙、調羹。

ing _tōngsi_ kàt
（用湯匙嘎）＝用調羹舀。

tǎngsōng 糖霜 名 冰糖。

同義詞：bīngtǎng（糖丹）。

tǎngzing 糖精 名 糖精。也可說
成tǎngdān（糖丹）。

tuā 拖 動 ①拖。

tuā bhak-giaq
（拖木屐）＝拖著木屐。

tuā ciā（拖車）＝拖車。
②遷延、延遲。

kàq _tuā_, aq əm zioh zit lèbai
（較拖，亦唔上一禮拜）
＝再怎麼拖，也不會拖上一個禮拜。

量 列；計數列車等長列東西的單
位。

xueciā zịt *tuā* gùi ziạq？
（貨車一拖幾隻）
＝貨車一列有幾輛？

tua 汰 動 沖洗、涮洗。
ịng cīngkị zùi *tua*
（用清氣水汰）＝用乾淨的水沖洗。

tua 導 動 帶、領。
tua sīnglì
（導生理）＝帶著學做生意。
tua gạq ẹxiàu sīulì sīzīng
（導及會曉修理時鐘）
＝帶到會修理時鐘。
xọ ī *tua* pàih kị
（付伊導歹去）＝被他帶壞了。

tuāh 灘 名 灘；水流急的地方。
ziọh *tuāh*（上灘）＝上灘。
xài*tuāh*（海灘）＝海灘。

tuāh 攤 動 分開給。
tuāh xǐng（攤還）＝分幾次還。
ǔnwǔn'à *tuāh*
（緩緩仔攤）＝慢慢攤還。
量 回、批、期；計數分期攤還的
回數的單位。
xūn zẹ gùi'a *tuāh*
（分做幾若攤）＝分做好幾批。
buạq nẹng *tuāh*
（跋兩攤）＝賭兩回合。

tuàh 剷？ 動 ①鏟。
tuàh xọ běh（剷付平）＝給鏟平。
tuàh càu

（剷草）＝（用鋤頭等）除草。
②揉開、拆開（纖維等）。
tuàh xūn（剷燻）＝揉開煙絲。
tuàh bháqxù（剷肉脯）＝揉肉鬆。

tuạh 炭 名 炭。
dịng *tuạh*（定炭）＝硬炭。

tuạh 淡 動 擴散。
siàn ịtdịt *tuạh*
（癬一直淡）＝癬一直擴散。
gīnziō ghǎu *tuạh*
（芹蕉高淡）＝香蕉很會增殖。

tuǎn 傳 動 傳、承。
īn àngōng *tuǎn* lẹqlǎi
（怹俺公傳落來）＝他祖父傳下來的。
tuǎn gạu（傳敎）＝傳敎。

tuǎn 團 名 團。
zōzit zịt ě *tuǎn*
（組織一个團）＝組一個團。
dạibiàu*tuǎn*（代表團）＝代表團。

tuǎnduāh 傳單 名 傳單。
xuạt *tuǎnduāh*
（發傳單）＝發傳單。

tuǎngiạt 團結 動 團結。
dạigē diọq *tuǎngiạt*
（大家着團結）＝大家要團結。

tuạnliạn 鍛鍊 動 鍛鍊。
tuạnliạn sīntè
（鍛鍊身體）＝鍛鍊身體。

tuǎnsuạt 傳說 名 傳說。

tuàq 汰 動 洗。

tuàq bhì(汰米)＝淘米。

tuàq sāh(汰衫)＝揉洗衣服。

tuàq 拖？ 動 ①開開關關、推、拉。

　tuàq ripki(拖入去)＝關起來。

　mǎng *tuàq* bhe kūi

　(門拖𣍐開)＝門拉不開。

　②堅持、維持、挺。

　beh gàq ziàq dang, giāh ěxēng

　tuàq bhe gue

　(病及此重，驚下昏拖𣍐過)

　＝病得這麼重，怕拖不過晚上。

　siòkuà sīnglì aq dioq bhòng *tuàq*

　(少許生理亦著冈拖)

　＝小小生意也得辜且做做。

tuàq'à 拖仔 名 抽屜。

　kūi *tuàq'à*(開拖仔)＝開抽屜。

　zit ě *tuàq'à* zīn pàih tuàq

　(此个拖仔眞歹拖)

　＝這個抽屜很難拉開。

　*tuàq'à*kiān(拖仔牽)＝抽屜拉環。

tuàt 脫 動 脫開。

　xo ī *tuàt* zàu

　(付伊脫走)＝被他脫身了。

　tuàt bhe li(脫𣍐離)＝脫不開。

tūi 推 動 ①(用藥)推拿。

　ciu *tūi* ioqsè

　(手推藥洗)＝手用藥水推拿。

　②打、揍、修理；卑俗語。

　daigē xuàq *tūi* ləqki

　(大家喝推落去)＝大家喊揍下去啊。

tūi 梯 名 梯子。

　səq'à*tūi*(索仔梯)＝繩梯。

　ghiǎ *tūi* lǎi

　(夯梯來)＝抬梯子來。

　量 diōh(張)

tùi 腿 名 腿。

　gē*tùi*(鷄腿)＝鷄腿。

　tùi kàq u bhàq

　(腿較有肉)＝腿部肉較多。

tui 替 動 ①換。

　bhài *tui* xə

　(僫替好)＝壞的換好的。

　tāu *tui*(偷替)＝偷換。

　②長、換。

　tui ki(替齒)＝換牙齒。

　tui mǎng(替毛)＝換毛。

tǔi 汆 動 鈍、禿。

　bitbhuè *tǔi* ki

　(筆尾汆去)＝筆尾禿掉。

　形 笨、遲鈍。

　lì ziǎh *tǔi*(你成汆)＝你眞笨。

tǔi 槌 名 ①槌子。

　ing *tǔi* xàm(用槌撼)＝用槌了槌。

　②杵。

　③圓形的棒子。

tui 墜 動 垂。

　bak zit dę zioqtǎu ga ī *tui* ləqki

　(縛一塊石頭給伊墜落去)

　＝綁一顆石頭把它垂下去。

　i dit *tui* ləlǎi

（一直墜落來）＝一直垂下來。

tūn 吞 動 ①吞、嚥。

　　tūn nua（吞涎）＝嚥口水。

　　②欺凌、併吞。

　　giǒng *tūn* riọk

　　（強吞弱）＝強國併吞弱國。

　　③縮、退、讓、避。

　　tūn rịpkị xọ bạt diōh guẹ

　　（吞入去付別張過）

　　＝讓進去給別班車通過。

　　*tūn*lọ（吞路）＝讓路。

tùn 踐？ 動 亂踩、踐踏。

　　càu’à xọ gàu *tùn* pàih

　　（草仔付狗踐歹）＝草皮被狗踩壞。

tǔn 黗 名 積塵、煤煙子。

　　cịng *tǔn*（笐黗）＝撢積塵。

　　diàh*tǔn*（鼎黗）＝鍋底的積煙。

tụn 填？ 動 ①填。

　　tụn dǒ（填土）＝填土。

　　tụn gāu’à（填溝仔）＝填水溝。

　　②投資。

　　tụn ziǎh zẹ zǐh

　　（填成多錢）＝投入很多錢。

　　sīnglì dịtdịt *tụn*

　　（生理直直填）＝生意一直投資。

tūnlùn 吞忍 動 忍氣吞聲、忍耐。

　　bhạnsụ ại *tūnlùn*

　　（萬事要吞忍）＝萬事要忍耐。

tǔntǔn 黗黗 形 濁濁、溷溷；顏色不鮮。

sikdị *tǔntǔn*

（色緻黗黗）＝顏色溷溷的。

tủq 托 動 ①推、頂。

　　tủq cụi’ẹdàu

　　（托嘴下斗）＝頂著下巴。

　　ịng zịt cịu *tủq* guǎn

　　（用一手托昂）＝用一隻手推高。

　　②用尖物挖、剷。

　　tủq cụi kì

　　（托嘴齒）＝（用牙籤）清牙縫。

　　tủq bẹngpì（托飯疕）＝剷鍋巴。

　　③競爭、拼。

　　gạp ī *tủq*（及伊托）＝跟他拚。

　　nẹng ě ụ *tủq*

　　（兩个有托）＝兩個人有拚。

tụq 咄 動 口吃、結巴。

　　tụq bhẹ cùtlǎi

　　（咄繪出來）＝結結巴巴說不出來。

tủq’à 托仔 名 小鏟。

tùt 禿 動 ①除（毛）等。

　　tùt mǎng（禿毛）＝除毛。

　　②拔毛。

　　tùt ạqmǎng（禿鴨毛）＝拔鴨毛。

　　③搓；指除垢或繡等。

　　uah kā *tùt*（換腳禿）＝換腳搓。

tùt 脫 動 逃走。

　　xọ ī *tùt* zàu

　　（付伊脫走）＝被他逃走了。

tụt 脫 動 脫落。

　　tụt lǔn（脫輪）＝脫臼。

ụ 灸？ [動] 碰、觸、燙、敷。身體碰
觸到燙的或冰的東西。

ịng bīng ụ tăukảk
（用冰灸頭殼）＝用冰敷頭。

kā ụ siōgū
（腳灸燒龜）＝腳踩湯壺（溫腳）

u 有 [動] ①有。

xakxạu u sị gīng
（學校有四間）＝有四間學校。

xiā <u>u</u> lăng（彼有人）＝那兒有人。
②擁有、持有。

ī <u>u</u> zỉh（伊有錢）＝他有錢。

dəq'à <u>u</u> sị gī kā
（桌仔有四枝腳）＝桌子有四隻腳。

[接頭] 有；冠於一部份的動詞之前，
表長期持有。

zit bāng ě bhỉ kảq <u>u</u>ziạq
（此班的米較有食）
＝這回的米吃得較久。

bālěbhuẹq zīn <u>u</u>cịng
（玻璃襪眞有穿）
＝絲襪眞耐穿。

[情] 有；有～事；表確認。

bhỉn'àzai <u>u</u> kị xakxạu
（明仔再有去學校）＝明天得去學校。

xi <u>u</u> xəkuạh
（戲有好看）＝戲好看。

[指] 有～；指不特定的東西，原則
上後面跟著量詞。

<u>u</u> ě lăng ànnē gòng
（有个人按呢講）＝有人這樣說。

<u>u</u> liạp kảq dīh, <u>u</u> liạp kảq bhə̌
dīh
（有粒較甜，有粒較無甜）
＝有的甜，有的不甜。

⟵→bhə̌（無）

ubi 預備→zùnbi（準備）

udạng 有得-通？ [情] 可以～；表
在某個場合可以做某種行爲的意味。
否定形爲bhə̌dạng（無得-通）。

ciā <u>u</u>dạng ciạh bhə̌？
（車有得-通倩無）
＝車雇得到嗎？

Rịtbùn ziảq <u>u</u>dạng bhè

（日本即有得-通買）
＝日本才有得買。
同義詞：ude（有塊）。

u'ebhə̌'e 有的無的 名 有的沒的；
無聊的東西。

gòng xit xə u'ebhə̌'e
（講彼號有的無的）
＝說那種無聊的話。

bhan ki, suáq cūn u'ebhə̌'e
（慢去，煞剩有的無的）
＝慢去，遂只剩那些雜七雜八的。

ugaudioq 有夠著 形 划得來、划
算；否定形爲bhə̌gaudioq（無夠
著）。

ki gau īn dāu teq, gàm ugaudio
q?!
（去到恁兜提，敢有夠著）
＝到他家拿划算嗎?!

nasi kāi gādi ě zih, si bhə̌gaudioq
（若是開家己的錢，是無夠著）
＝如果花自己的錢，是不划算。

ujàh 有影 形 眞的。

kuah ujàh bhə̌!
（看有影無）＝看是不是眞的！

ujàh də̄ dioq
（有影都著）＝確是眞的。

←→bhə̌jàh（無影）

ukuàn 有款 動 放肆、得意忘形。

ziáqgù iugə̌q dèq ukuàn la
（此久又復在有款啦）

＝這會兒又在放肆了！

əmtāng siōh ukuàn!
（唔通尙有欵）＝不要太得意忘形。

ulăngjăn 有人緣 形 人緣好。否
定形爲bhə̌lăngjăn（無人緣）。

zit ě ghìn'à zīn ulăngjăn
（此个囝仔眞有人緣）
＝這個小孩人緣很好。

ulolăi 有路來 形 能，會，有辦
法。否定形爲bhə̌lolăi（無路來）。

sīuli ulolăi
（修理有路來）＝會修理。

zāi də̄ zāi le, əmgù gòng lòng bhə̌-
lolăi
（知都知咧，唔拘講攏無路來）
＝知道是知道，可是都講不來。

usi 有時 副 有時候。

usǐ u lăi（有時有來）＝有時有來。

usǐ e sǐ（有時會死）＝有時會死。

usin 有娠 動 懷孕。

iàubhue usīn
（猶未有娠）＝還沒懷孕。

utāng 有通 情 可以；否定形爲bhə̌-
tāng（無通）。

lì zih utāng zioq ghuà bhə̌?
（你錢有通借我無）
＝你的錢可以借我嗎？

bhə̌ tan, ziu bhə̌tāng ziaq
（無趁，就無通食）
＝沒賺錢，就沒得吃。

u～tāng～ 有～通～ 情 有～可
以～。否定形爲bhǒ～tāng～（無～
通～）。

u ghuà tāng go li zit sīn ，
（有我通顧你一身）
＝有我可以照拂你的生活。

bhǒ bhin tāng gih lǎng
（無面通見人）＝無臉可以見人。

uxuàtdit 有法得 形 可以、行。

否定形爲bhǒxuàtdit（無法得）。

xaksīng ze, guàn bhǒxuàtdit
（學生多，管無法得）
＝學生多管不來。

dāh uxuàtdit（担有法得）＝擔得起。

uxau 有孝 形 孝順。

uxau giàh（有孝子）＝孝順的孩子。

dui sidualǎng dioq káq uxau le
（對序大人著較有孝咧）
＝對長上要孝順一點。

也可說成iuxau（有孝）。

→butxau（不孝）

uzihlǎng 有錢人 名 有錢人。

uzihlǎng kitziaq-sehmia
（有錢人乞食性命）─俚諺
＝有錢人，乞食命。

→xǝghiaq（好額）

uzit 有一 指 有、有一個；指不特
定的東西。u（有）指 的二音節語。

uzit rit（有一日）＝有一天。

uzit bāng（有一班）＝有一次。

uzit ě lǎng（有一个人）＝有一個人。

uà 倚 動 ①靠、接近。

zun uà xuah（船倚岸）＝船靠岸。

uà sāh zap xue
（倚三十歲）＝快三十歲。

②依賴、投靠。

zàu ki uà ī
（走去倚伊）＝跑去依賴他。

uà be aq ziaq, uà bhǒ aq ziaq
（倚父亦食，倚母亦食）─俚諺
＝投靠父親也吃，投靠母親照吃；
投機取巧、兩面討好之意。

③委託。

miq uà lǎng bhe
（物倚人賣）＝東西委託人賣。

ua 哇 感 哇；驚嘆詞。

ua, xiaq ze lǎng！
（哇，彼多人）＝哇，那麼多人！

〔ghua〕

uàsū 瓦斯 名 瓦斯。

uàh 碗 名 碗。

bǝng tīh diam uàhlin
（飯添站碗裏）＝飯裝在碗裡。

gong pua nǝng de uàh
（摃破兩塊碗）＝打破兩個碗。

量 碗；裝碗裡的東西的計數單位。

ziaq sāh uàh bǝng
（食三碗飯）＝吃三碗飯。

zit uàh bháq
（一碗肉）＝一碗肉。

uạh 晏 形 慢；時間晚了、遲了。
　kì lǎi, diọq uạh la
　（起來，著晏啦）
　＝起來，已經晚了！
　lì uạh lǎi（你晏來）＝你來晚了。
　←→zà（早）

uạh 換 動 換、交換。
　gáp lì uạh（及你換）＝和你換。
　uạh sāh（換衫）＝換衣服。

uàhgōng 碗公 名 碗公、大碗。
　dua dẹ uàhgōng
　（大塊碗公）＝大碗公。

uạhtīh 旱天 名 旱天。
　uạhtīh zẹ xojị
　（旱天做雨意）
　＝旱天卻好像要下雨的樣子。

uàhxuē 碗花 名 牽牛花。

uạhzùn 換準 接 換是、若、假如。
　uạhzùn bạtlǎng, ghuà ziu ẹm
　kìng
　（換準別人，我就唔肯）
　＝若是別人，我就不要。
　uạhzùn ī sì, lì bhẹq ànzuàh？
　（換準伊死，你覓按怎）
　＝若是他死了，你要怎麼辦？
　也可說成uạhzẹ（換做）。
　同義詞：buạqzùn（跋準）

uāi 歪 動 歪。
　dịng bhǒ diǎu, ại uāi lǎi uāi kị
　（釘無住，愛歪來歪去）
　＝沒釘牢，會歪來歪去。
　形 歪、不正。
　uāi pịh（歪鼻）＝歪鼻子。

uài 跐？ 動 扭。
　uài zịt dẹ（跐一倒）＝扭了一跤。
　cịng guǎng iaq'à ại uài diọq
　（穿昂屐仔愛跐著）
　＝穿高跟鞋會扭到。

uāigẹ 歪翱？ 動 貪污。新語。
　zịh kị xọ ī uāigẹ kị
　（錢去付伊歪翱去）＝錢被他污走了。
　guāhlang ghǎu uāigẹ
　（官人高歪翱）＝做官的人很會貪污。

uāigẹ̌ciqcuạq 歪翱扼斜？ 形
　歪七扭八。
　sām'à kẹng gạq uāigẹ̌ciqcuạq
　（杉仔控及歪翱扼斜）
　＝衫木放到歪七扭八。

uàihq 孬？ 動 拐、瘸。
　dụi xẹngxẹng'à itdịt uàihq lǎi
　（對遠遠仔一直孬來）
　＝打遠遠的地方一拐一拐走來。
　同義詞：guàih（蹇）。

uān 彎 形 彎、曲。
　lọ uān（路彎）＝路彎。
　動 轉。
　uān dụi suāhkā lǎi
　（彎對山腳來）＝轉到山下來。

uān 冤 動 吵架。
　āng'àbhò bùtsǐ dẹq uān

（翁仔婆不時在冤）

＝夫妻不時地吵架。

uān bhe̤ suảq

（冤獪煞）＝吵個不停。

uān 灣 名 灣、湖岔。

uạn 怨 動 怨。

   uạn in sīmbu̲

   （冤恁新婦）＝怨他媳婦。

uǎn 丸 名 圓、丸。多半說成 *uǎn*'à

   （丸仔）。

   sǝ̄ zǝ̲ *uǎn*（搔做丸）＝搓成丸子。

   bhảq *uǎn*（肉丸）＝肉圓。

   io̤q *uǎn*（藥丸）＝藥丸。

   →ĭh'à（円仔）

   量 顆、團；圓的、硬的東西的計

   數單位。

   zit̲ *uǎn* tỏ（一丸土）＝一團土。

   nǝ̲ng *uǎn* sài

   （兩丸屎）＝兩團大便。

uǎn 完 動 ①完、結束。文言用法。

   da̲izi̲ *uǎn* la

   （事志完啦）＝事情做完了。

   zia̲q *uǎn*（食完）＝食完了。

   ②完納。

   uǎn zō̤（完租）＝繳完租（稅）。

uạn 緩 動 緩、延、遲、慢。

   xo̲ ghuà *uạn* zit̲–nǝ̲ng rit̲'à！

   （付我緩一兩日仔）

   ＝讓我緩一兩天！

uǎnbhuàn 円滿 形 圓滿；日語

直譯。

nǝ̲ng ě zīn *uǎnbhuàn*

（兩个眞円滿）

＝兩個人的感情眞圓滿。

uāngē 冤家 動 吵架；uān（冤）的

   二音節語。

   ǝmtāng gảp ī *uāngē*！

   （唔通及伊冤家）＝不要和他吵架！

   uāngēzù

   （冤家主）＝吵架的對手、冤家對手。

uāngùi 冤鬼 名 冤鬼。

   uāngùi due̲ diǎudiǎu

   （冤鬼隨住住）＝冤鬼跟得緊緊的。

uānjōh 鴛鴦 名 鴛鴦。

   量 dui̲（對）

   〔uānjīuh〕

uānkiāu 彎曲 形 彎曲。uān（彎）

   形 的二音節語。

uān'ong 冤枉 形 冤枉、冤曲。

   xuảq *uān'òng*（喝冤枉）＝喊冤。

   xo̲ lǎng *uān'òng*

   （付人冤枉）＝被人冤曲。

   ghuà gīn'àrit̲ zīn *uān'òng*

   （我今仔日眞冤枉）＝我今天眞冤枉。

uǎnsing 完成 動 完成。

   la̲kghueq zia̲q e̲ *uǎnsing*

   （六月即會完成）＝六月才會完成。

uānsiu 冤讐 名 冤仇。

   bǝ̲ *uānsiu*（報冤讐）＝報仇。

   giảt *uānsiu*（結冤讐）＝結仇。

uạnxịn 怨恨 動 怨恨；xịn(恨)的
二音節語。
əmtāng *uạnxịn* bạtlǎng！
(唔通怨恨別人)＝不可怨恨別人。
〔uạnxụn〕

uǎnzuǎn 完全 形 完好的。
gēxuè iàu *uǎnzuǎn*
(家伙猶完全)＝家產還完好。

uạq 活 形 活。
xǐ iàu *uạq* le
(魚猶活咧)＝魚還活的。

uạqbhe̱q～si 活覓～死 助 活活
～死、活脫、忍不住、差點兒。sì
(死)助②的強調形。
uạqbhe̱q ciọ sì
(活覓笑死)＝差點兒笑死。

uạqdạng 活動 形 活潑、靈活。
ghǐn'à zīn *uạqdạng*
(囝仔眞活動)＝小孩子很活潑。
bhạkzīu *uạqdạng*
(目睭活動)＝眼睛很靈活。

uạqwạq 活活 副 活的、活生生。
uạqwạq liạq lǎi
(活活掠來)＝活生生捉來。

uạt 越？ 動 彎、轉、拐。
uạt dụi dəciubǐng kị
(越對倒手旁去)＝拐到左邊去。
uạt dədèng lǎi
(越倒轉來)＝轉回來。

uạt 越 動 轉。

tǎukkạk *uạt* guẹlǎi kuạh
(頭殼越過來看)＝轉頭過來看。
uạt dǒ(越途)＝轉業、換工作。

uạtgạk 越角 名 轉角。
dụi xit ě *uạtgạk* uạt kị ziạhciu-
bǐng
(對彼个越角越去正手旁)
＝從那轉角轉過去的右手邊。

uạtliạm 越念 動 背誦。
uạtliạm Lụnghù
(越念論語)＝背誦論語。
bhexiàu *uạtliạm*
(膾曉越念)＝不會背誦。

uạtrù 越愈 副 越、愈；原則上二
個字對應使用。rù(愈)的二音節
語。
uạtrù sià *uạtrù* bhài
(越愈寫越愈僫)＝越寫越醜。

ue̱ 鍋 名 鍋子。多半說成 ue̱'à(鍋
仔)。
sēhue̱(鋥鍋)＝煮飯鍋。
〔e̱〕

uè 喂 感 喂；對同輩或後輩的呼叫。
uè, bhạq kị dəwụi？
(喂，覓去何位)＝喂，哪兒去？

uě 唯 感 有、是；被叫到名字時的
回答。
uě, ghuà dị ziā la
(唯，我著這啦)＝是，我在這兒。

ue̱ 畫 動 畫。

ue āng'à(畫尪仔)＝畫人。

ue dǒ(畫圖)＝畫圖。

〔ui〕

ue 話 名 話。

　gòng ue(講話)＝說話。

　ue sāhziāmlakgak

　(話三尖六角)＝話尖利多角。

　Dǎiwǎnue(台灣話)＝台灣話。

　gau uesài(厚話屎)＝多嘴。

　còng uepang(嗤話縫)＝捉話辮子。

uesing 衛生 形 衛生、乾淨。

　ghuà zē ziǎh uesing

　(我茲成衛生)＝我這兒很乾淨。

　uesingsāh(衛生衫)＝棉內衣。

　uesingdi(衛生箸)＝免洗筷。

ueq 挖 動 (用木、竹等扁刃的東西)
挖。

　ueq gǒ(挖糊)＝挖漿糊。

　ing cìu ueq diam uàhlin

　(用手挖站碗裏)＝用手挖在碗裡。

〔uiq〕

ūi 衣 名 胞衣、胎盤。

　dǎi ūi(埋衣)＝埋胞衣。

ūi 窩？ 動 ①錐、鑽。

　ūi kāng(窩孔)＝鑽孔。

　②打針。卑俗語。

　ūi mǒxūi(窩吒啡)＝打嗎啡。

ūi 虧？ 動 磨損、禿。

　ědè ūi ki

　(鞋底虧去)＝鞋底磨禿了。

ui 對

　→dui(對)介

ui 畏 動 怕。

　bǔi lǎng ui giǎh

　(肥人畏行)＝胖人怕走路。

　ui ruaq ě lǎng

　(畏熱的人)＝怕熱的人。

　ui ngiāu(畏抓)＝怕呵癢。

ǔi 圍 動 圍。包圍。

　ing libā ǔi

　(用籬笆圍)＝用籬笆圍。

　ǔi dikrìn(圍敵人)＝包圍敵人。

ui 位 名 位子、場所、位置。

　ghuà zāi i ě ui

　(我知伊的位)＝我知道他家。

　ziam xè ui(佔好位)＝佔好位置。

　量 ①位，人的計數單位，敬語。

　zit ui si Cuasīnseh

　(此位是蔡先生)＝這位是蔡先生。

　nng ui lǎngkeq

　(兩位人客)＝兩位客人。

　②處。

　gho-lak ui deq bhe

　(五六位在賣)＝五六處在賣。

ui 胃 名 胃。

　ui sēng(胃酸)＝胃酸。

ui 為 動 ①為、維護、替。

　ghuà ui lì(我為你)＝我維護你。

　②為了～目的。

　zē si ui gokgā e

（兹是爲國家的）＝這是爲國家的。

介 爲～而～。

ui ī sì（爲伊死）＝爲他而死。

ui daigē cùt lat

（爲大家出力）＝替大家出力。

uidioq 爲著 介 爲了。ui（爲）介 的二音節語。

ŭighiǎn 遺言 名 遺言。

ŭilǎn 爲難 形 爲難。

zē aq u *ŭilǎn*?!

（兹惡有爲難）＝這有什麼爲難的？

ŭilǎn ě giokbhin

（爲難的局面）＝爲難的局面。

ŭilǒ 圍爐 動 圍爐。

ŭituǎn 遺傳 動 遺傳；日語直譯。

tàigē bhe *ŭituǎn*

（癩㾐𣍐遺傳）＝麻瘋病不會遺傳。

ūn 溫 動 溫。

ūn zìu（溫酒）＝溫酒。

ūa 蝸？ 動 ①窩著。

gàu *ūn* dị mǒng kàu

（狗蝸著門口）＝狗窩在門口。

cịncài *ūn* le dioq kụn

（清彩蝸咧著睏）＝隨便窩著就睡。

②閒居。

ūn dị zābhògīng

（蝸著查某間）＝窩在妓女戶。

*ūn*sīnseh

（蝸先生）

＝（窩在別人家）吃閒飯的人、食客。

③癱、無法站起。

tàt dioq bowui, ziong'ànnē *ūn* lə－qkị

（蹝著部位，將按哖蝸落去）

＝踏到部位，就這樣癱下去。

ùn 隱 動 悶（熟）。

ùn gīnziō

（隱芹蕉）＝悶熟香蕉。

ùn diạm bhigōnglin

（隱站米缸裏）＝悶在米缸裡。

〔in〕

ùn 穩 形 穩當、確定、安全。

ùn zù（穩主）＝確定的對手。

ùn ě sīnglì

（穩的生理）＝穩當的生意。

副 一定。

zē *ùn* tạn（兹穩趁）＝這穩賺的。

ùn iǎh（穩贏）＝穩贏。

ụn 塭 名 ①魚塭、養魚池；多半說 成*ụn*'à（塭仔）。

giǎmzùi *ụn*（鹹水塭）＝海水魚池。

zià hzùi*wụn*

（饗水塭）＝淡水魚池。

kə̀ *ụn*（涛塭）＝抽乾池水。

②整年都有水的田。

siāng dāng *wụn*

（雙多蝸）＝一年雙穫的田。

ụn 搵 動 蘸沾；以物蘸粉或液體。

bit *ụn* bhak（筆搵墨）＝筆蘸墨水。

ụn xùn ləq kị zịh

（搵粉落去煎）＝沾粉去炸。

ǔn 勻

→iǎn（撓）

ǔn 巡？ 動 迴轉、繞、輪。

i̯ugəq ǔn lǎi gau ghuà la

（又復巡來到我啦）＝又轉到了。

sigue̯ ǔn（四界巡）＝四處繞。

→se̯q（旋）

ǔn 巡？ 動 薰、冒煙。

bhàngxūnxiōh dėq ǔn

（蚊燻香在巡）＝蚊香在薰。

un 熅？ 動 化；（腫瘡）蔓延、擴大、加劇。

un lǎng（熅膿）＝化膿。

un 運 名 運氣。

xə̀ un（好運）＝運氣好。

un dėq bhài

（運在偗）＝正在走壞運道。

動 運、送。

un xue̯（運貨）＝運貨。

un 韻 名 韻腳。

biǎhwun（平韻）＝平聲韻。

zėqwun（仄韻）＝仄聲韻。

ǔn'àsi 緩？仔是 形 慢慢來。

ǔn'àsi ziảq ga li̯ gòng

（緩仔是即給你講）＝慢慢再跟你說。

也可說成ǔnwǔn'àsi（緩緩仔是）。

同義詞：kuāh'àsi（寬仔是），liǎu'àsi（聊仔是）。

ùndang 穩當 形 穩當；ùn（穩）形

的二音節語。

duạ ziā bhə̌ ùndang

（滯這無穩當）＝住這兒不穩當。

sīu le kạq ùndang

（收咧較穩當）＝收起來較穩當。

同義詞：ānwùn（安穩）。

undǒ 運圖 名 運途、氣運。

undǒ dėq kūi

（運圖在開）＝氣運在開展。

同義詞：unki̯（運氣）。

undong 運動 動 ①運動。

bhə̌ undong, bhe̯ bǔi

（無運動，獪肥）＝沒運動、不會胖。

②（暗中）活動、運作；日語直譯。

undong bhėq zə gòdiòh

（運動覓做股長）

＝暗中運作要當股長。

ùngū 隱居 動 隱居。

sio̯hbhėq ùngū

（想覓隱居）＝想要隱居。

ùngū 隱龜？ 形 駝背。

ùngū'e（隱龜的）＝駝子。

giǎh gạq ùngū ki̯

（行及隱龜去）＝走路累得背都駝了。

ùngūgio̯ 隱龜橋 名 拱橋。

ūnjik 瘟疫 名 瘟疫、傳染病。

ūnjik li̯uxing

（瘟疫流行）＝瘟疫在流行。

unki̯ 運氣→undǒ（運圖）

ǔnwǔn'à 緩緩仔 副 慢慢地。

ǔnwǔn'à gòng
(緩緩仔講)＝慢慢地說。

ǔnwǔn'à giǎh
(緩緩仔行)＝慢慢地走。

也可說成ǔn'à(緩仔)。

同義詞：kuāh'à(寬仔)。

ǔnwǔn'àxuè 緩緩仔火 〔名〕 文
火。

ing *ǔnwǔn'àxuè* ləq kị dịm
(用緩緩仔火落去烌)＝用文火去燉。

ùt 屈 〔動〕 ①使物屈曲。

dik'à *ùt* xọ ī kiāu
(竹仔屈付伊曲)
＝把竹子弄彎。

shìn'à *ùt* xọ ī ləq sịng
(囝仔屈付伊落性)
＝把小孩調教成習慣。

②彎曲、蜷縮。

ùt dèq kuạh cèq
(屈在看冊)＝縮著看書。

kā *ùt* diọq uaqbhèq tịah sị
(腳屈著活覓痛死)
＝腳一直屈著痛死了。

→kùt(屈)

ùt 熨 〔動〕 燙(平)。

ùt sāh(熨衫)＝燙衣服。

ùtdàu 熨斗 〔名〕 熨斗。

dạu *ùtdàu*
(鬥熨斗)＝把電熨斗插上電。

〔量〕gī(枝)

ùtzùt 鬱悴 〔形〕 鬱悶。

lǎng gīn'àrịt zīn *ùtzùt*
(人今仔日眞鬱悴)＝今天人很鬱悶。

ùtzùt ruaq(鬱悴熱)＝悶熱。

xā 嗄? 動 ①喝、哈，慢慢啜飲。

xā siō dě(嗄燒茶)＝喝熱茶。

②招惹。

əmtāng ki̯ *xā* ī !

(唔通去嗄伊)＝別去惹他！

xạ 孝 名 服喪。

duạ siàh lǎng ě *xạ*?

(帶甚人的孝)＝服誰的喪？

xạ 哈? 感 嗯、原來如此。

xạ, si̯ la(哈，是啦)＝嗯！是啦。

xạ, u̯jàh(哈，有影)＝嗯，眞的。

xǎ 繕 動 繫帶子之類的東西。

xǎ xo̯ ǎn(繕付緊)＝繫緊。

xǎ po̯ngsēdò

(繕凸紗肚)＝繫毛線護腹。

xàh 哄 動 唬、嚇。

xàh bhèq pàq ī

(哄覓拍伊)＝唬嚇要打他。

xǎh 哈? 感 咳、什麼？

xǎh, ghuà di̯ ziā la

(哈，我著這啦)＝咳，我在這兒啦。

xah̯ 跨? 動 跨。

xah̯ xo̯di̯ng(跨戶閫)＝跨過門限。

xo̯ lǎng *xah̯*(付人跨)＝被人跨過。

→xuaq̯(跬)

xài 海 名 海。

gue̯ *xài*(過海)＝過海。

xai̯ 害 動 陷害。

xai̯ si̯ lǎng(害死人)＝害死人。

形 糟了、慘了。

bhe̯ xu̯, dio̯q *xai̯*

(獪赴，著害)＝來不及就糟了。

介 害人～、使人～。

xai̯ ī liàu zih̯

(害伊了錢)＝害他賠錢。

xàigàu 海狗 名 ①海狗。②海豹。

xàigih̯ 海墘 名 海邊，海岸。

xàiguān 海關 名 稅關。

xo̯ *xàiguān* pàq xia̯ng

(付海關拍餉)＝被海關打稅。

xàisām 海參 名 海參。

xāih 欸? 動 哼、叫苦。

dèq *xāih* siàh?

(在欸甚)＝在哼些什麼？

xaih 振? 動 盪、幌。

xihgāu dīndōng xaih
（耳鈎叮噹振）＝耳環叮叮噹噹晃著。

xaih ciānciu
（振鞭鞦）＝盪鞦韆。

亦音xih（振）。

xak 握? 動 置產。

xak cǎnxǒng（握田園）＝買田產。

xak sīncing（握身穿）＝買衣服。

xak 學 動 學習。文言用語。

xak siānxuát（學仙法）＝學仙術。

名 學校。

te xak（退學）＝退學。

xakgi（學期）＝學期。

daixak（大學）＝大學。

接尾 ～學。

siaxuexak（社會學）＝社會學。

diatxak（哲學）＝哲學。

gīngzexak（經濟學）＝經濟學。

xakbhun 學問 名 學問。

xakbhun zīn pók
（學問眞博）＝很有學問。

u xakbhun（有學問）＝有學問。

xaksing 學生 名 學徒，學生。

siò'eq ě xaksīng
（小學的學生）＝小學的學生。

ga sāh ě xaksīng
（教三個學生）＝教三個學生。

xaksip 學習 動 學習。xak（學）
動的二音節語。

xakxau 學校 名 學校。

dua gīng xakxau
（大間學校）＝大學校。

xakzià 學者 名 學者。

cútmiǎ ě xakzià
（出名的學者）＝著名的學者。

xām 瞌? 形 眼腫。

bhǒ bhǐn, bhakzīu xām
（無眠，目瞤瞌）
＝睡眠不足，眼睛腫腫的。

名 節；指節跟節之間的部份。

lau xām（落瞌）＝節間很長。

dikxām（竹瞌）＝竹節。

量 節。

gāmzią bheq siaq gùi xām？
（甘蔗覓削幾瞌）＝甘蔗削幾節？

xām 鉗 名 蛤蜊、貝殼。

beq xām（擘鉗）＝剝蛤蜊。

xāmkak'à（鉗殼仔）＝貝殼。

xàm 撼 動 ①用大槌子之類的東西
敲打。

ghiaq tǔi'à ga xàm leqki
（攑槌仔給撼落去）
＝拿槌子把它敲下去。

②和女人做愛。卑俗語。

xàm zābhò（撼查某）＝幹女人。

xam 胗 動 因腳氣病等原因而腳
腫，浮腫。

kā xam（腳胗）＝腳浮腫。

xam 譀 形 大話、吹牛。

ī ě ue *xạm*
(伊的話譀)＝他的話很誇張。

xǎm 含 [動] 含。

xǎm xịn(含恨)＝含恨。

xǎm ruạ zẹ xūnliọng？
(含若多分量)＝含量多少？

[介] 包括。把成爲主體的對象包含
在內。

xǎm gịn'àrịt dùxè sāh rịt
(含今仔日抵好三日)
＝包括今天剛好三天。

[接] 和。

ghuà *xǎm* lị sị sīnsēh *xǎm* xạ-
ksīng ě guānxẹ
(我含你是先生含學生的關係)
＝我和你是學生和老師的關係。

→cām(參)、gạp(及)

xạm 陷 [動] 陷、陷落。

tiānbǒng *xạm* lạqlǎi
(天房陷落來)＝天花板掉下來。

[名] 陷阱。

gụt zịt ě *xạm*
(掘一个陷)＝挖一個陷阱。

xǎmbhan 含慢？ [形] 笨拙、沒用。

xǎmbhan tạkcẹq
(含慢讀冊)＝不會念書。

cọng dạizị zịn *xǎmbhan*
(創事志眞含慢)＝很不會做事。

xǎmbhin 含眠 [動] 做夢、說夢話。

lị dẹq *xǎmbhǐn*?!

(你在含眠)＝你在做夢?!

xǎmbhǐn, duạ siāh riàng
(含眠，大聲嚷)＝做夢，大聲叫。

xạmgiạh 胘鏡 [名] 放大鏡。

ziọ *xạmgiạh*(照胘鏡)＝照放大鏡。

xǎmlǐng 含鈴 [名] 鈴。

iǒ *xǎmlǐng*(搖含鈴)＝搖鈴。
[量]liạp(粒)

xǎmsāu 含脆 [動] 裂紋、質地疏
鬆、(聲音)嘶啞。

zịt dẹ uàh *xǎmsāu*
(此塊碗含脆)＝這個碗有裂紋。

siāh *xǎmsāu*(聲含脆)＝聲音嘶啞。

xạmxạm 胘胘 [形] 馬馬虎虎、隨便。

sẹgānsụ *xạmxạm* a
(世間事胘胘啊)
＝世間事馬馬虎虎啦。

xǎmxǎmxǒxǒ 含含糊糊 [形] 含
糊、不清楚。

gòng uẹ *xǎmxǎmxǒxǒ*
(講話含含糊糊)＝講話含含糊糊。

xǎmxǎmxǒxǒ, zịt e diọq dạqjịng
(含含糊糊，一下著答應)
＝含含糊糊，一下子就答應。

xàn 喊 [動] 謠傳、評斷。

xàn gòng ī diọq tǎucài
(喊講伊著頭彩)＝謠傳他中頭彩。

tōnggē *xàm* kǐlǎi
(通街喊起來)＝整條街都謠傳起來。

xǎn 限？ [動] 輕輕繫住。

xǎm le diọq xə̀, əmbhiàn bạk ǎn
(限咧著好，唔免縛緊)
＝輕輕綁著就好，不用勒緊。

xạn 限

→ạn(限)

xàndit 罕得 形 難得、稀罕。多

半作副詞用。

xē ziǎh *xàndit*
(夫成罕得)＝那很稀罕。

xàndit lǎi(罕得來)＝難得來。

xạnjī 漢醫 名 漢醫。

←→sējī(西醫)

xānzǔ 番藷 名 甘藷。

*xānzǔ*ciām(番藷簽)＝甘藷簽。

〔xānzǐ〕

xāng 烘 動 烘。

xāng xọ dā(烘付乾)＝烘乾。

xāng cìu(烘手)＝烘手。

形 熱。

tǎukák *xāng*(頭殼烘)＝頭熱熱的。

xạng 宛 動 發炎而腫起。

liạp'à *xạng* kìlǎi
(粒仔宛起來)＝膿瘡腫起來。

xǎng 行 名 商號。

kūi *xǎng*(開行)＝開商行。

dě*xǎng*(茶行)＝茶行。

xǎng 降 動 投降。

gin *xǎng*！(緊降)＝趕快投降！

ghuà *xǎng* lì
(我降你)＝我向你投降。

xạng 巷 名 巷子。

uát dụi xit diǎu *xạng* ripkị
(越對彼條巷入去)＝折進那巷子。

bhə̀bhuè*xạng*(無尾巷)＝無尾巷。

xạng 項 量 件、項。項目的計數單

位。

zịt *xạng* dạizị
(一項事志)＝一件事。

xānglǒ 烘爐 名 爐子。

kì *xānglǒ*(起烘爐)＝起爐火。

xǎngzǐng 行情 名 行情、時價。

xǎngzǐng káq ghiǎ
(行情較夯)＝行情稍揚。

ziạu *xǎngzǐng* bhẹ lì
(照行情賣你)＝照行情賣你。

xáp 哈? 動 大口吃下、壓到。

dụa cụi *xáp* lə̀qkị
(大嘴哈落去)＝大口吃下去。

xọ guạ *xáp* diọq
(付蓋哈著)＝被蓋子壓到。

xạp 合 動 合。

xạp gò zə̣ sīnglì
(合股做生理)＝合夥做生意。

xáq 炠? 動 ①被水蒸氣或火燙到。

xáq iān(炠烟)＝被烟氣燻到。

②悶熱。

ciālại zīn *xáq*
(車內眞炠)＝車內很悶。

xạq 合 動 合。

sịngdẹ bhẹ *xạq*

（性地燴合）＝性格不合。

ě cịng liàu zīn xạq
（鞋穿了眞合）＝鞋子穿起來很合腳。
→gȧq（合）

xạq 籜 名 竹皮、有些植物的包
皮。多半說成xạq'à（籜仔）。

ziạxạq（蔗籜）＝蔗葉皮。

xạqleq（籜笠）＝竹笠。

xȧqxị 喝嘻? 動 打哈欠。

ại kụn dėq xȧqxị
（愛睏在喝嘻）＝睏了，在打哈欠。

xạt 喝 動 怒喝、么喝。

əmtāng ōbeq xȧt lǎng！
（唔通烏白喝人）
＝不要隨便么喝人！

xạt 乏 動 缺、乏。

xạt zùi（乏水）＝缺水。

xạt 核 名 核。

kān xạt（牽核）＝長瘤子。

xàu 哮 動 ①哭泣。

duạ siāh xàu（大聲哮）＝大聲哭。
②鳥獸叫。

niàucù zịqzịuq xàu
（老鼠咥唧哮）＝老鼠在叫。
→kạu（哭）

xạu 孝 動 ①供養。

xạu gōngmà（孝公媽）＝供養祖先。
xạu bəng（孝飯）＝供飯。
②噉、吃；卑俗語。

gȧn kị xạu（緊去孝）＝快去吃吧！

xau 候 動 等。文言用法。

xau siāusit（候消息）＝等消息。

xau 效 名 效用、效果。

iọq'à ziạq liàu bhǒ xau
（藥仔食了無效）＝藥吃了沒效。

xaulǎm 孝男 名 ①喪主、服孝的
子弟。

xaulǎm ghiạq xuān'à
（孝男攑旛仔）＝孝男拿旛旗。
②哭喪臉。

xaulǎmbhin（孝男面）＝哭喪臉。

xausēh 後生 名 兒子。

ga xausēh cua sīmbu
（給後生娶新婦）＝給兒子娶媳婦。
〔xasuīh〕

xāusiǎu 詨精? 名 說謊、假話。

gòng xāusiǎu（講詨精）＝說謊話。

xē 夫? 指 那個。

xē sị ī'ě（夫是伊的）＝那是他的。
←→zē（兹）

xē 痔 動 哮喘。

xē gūi mě
（痔舉暝）＝哮喘了整個晚上。

xě 吓? 感 咦。

xě, dạudè sị ànzuàh？
（吓，到底是按怎）
＝咦，到底怎麼了？

xě 蝦 名 蝦子。

bėq xě（擘蝦）＝剝蝦子。
suāxē（沙蝦）＝沙蝦。

càuxě(草蝦)=草蝦。

xěbhi̇(蝦米)=蝦米。

xe̱ 下 動 ①下、放。

ǔnwǔn'à xe̱ lə̱qki̱

（緩緩仔下落去）=慢慢地放下去。

bhe̱q xe̱ də̱wui̱？

（覓下何位）=要放哪兒？

②祈禱、許願。

xe̱ bu̱t(下佛)=向佛許願。

xe̱ xo̱ kȧq gi̱n xə̀

（下付較緊好）=許願盼病快好。

xēgū 瘔痀 名 氣喘病。

ki̱ xēgū(起瘔痀)=氣喘病發作。

xěh 懸 動 擺著、懸著。

da̱izi̱ ga̱ xěh le

（事志給懸咧）=事情給擺著。

〔xǎh〕

xī 虛 動 鬆。

bo̱de̱-cui̱ xī ki̱

（布袋嘴虛去）=布袋口鬆開了。

形 虛弱。

sīntè xī, a̱i zia̱q bò

（身體虛，要食補）

=身體虛弱，要吃補。

xi̱ 肺 名 肺。

xi̱ lə̌(肺癆)=肺病。

xi̱ 戲 名 戲、劇。

zə̱ xi̱(做戲)=演戲。

xit cu̱t xi̱ bhə̌ xə̀kuah

（彼齣戲無好看）=那齣戲不好看。

xǐ 魚 名 魚。

dio̱ xǐ(釣魚)=釣魚。

xǐoi̱(魚刺)=魚刺。

xǐci̱(魚腮)=魚鰓。

xībhǐ 稀微 形 空虛、靜寂。

xībhǐ ě sòzai̱

（稀微的所在）=靜寂的地方。

lo̱ xībhǐ(路稀微)=路很靜寂。

xǐci̱ 魚翅 名 魚翅。

cu̇t zi̱t piȧt xǐci̱

（出一砸魚翅）=出一盤魚翅。

xīsing 犧牲 名 犧牲。

xīsing rù ziò rù xə̀

（犧牲愈少愈好）=犧牲愈少愈好。

動 犧牲。

xīsing dio̱q gādi̱

（犧牲著家己）=犧牲自己。

xīxàn 稀罕 形 稀罕。

zit xə̱ mi̱q bhə̌ xīxàn

（此號物無稀罕）=這種東西不稀罕。

xǐxə̌ng 戲園 名 戲院、劇場。

ki̱ xǐxə̌ng kuah xi̱

（去戲園看戲）=去戲院看戲。

也可說成xijih(戲院)。

xiā 彼? 指 那兒。一般當名詞用。

ziā ga̱u xiā u̱ rua̱ xə̱ng？

（這到彼有多遠）

=這兒到那兒有多遠？

←→ziā(這)

xiā 瓠 名 杓子。多半說成xiā'à（瓠

仔)。

bǔ*xiā*(匏瓠)＝匏瓜做的杓子。

bhang*xiā*(網瓠)＝網杓

動 撈。

xiā x*ǐ*(瓠魚)＝撈魚。

xiā 靴 名 長靴。

xiā puạ, dè ghuǎnzai

(靴破，底原在)—俚諺

＝靴破了，底還在。

buạhtàng*xiā*(半桶靴)＝半統靴。

xiạ 瓦 名 瓦。

siō *xiạ*(燒瓦)＝燒瓦。

*xiạ*cụ(瓦厝)＝瓦厝。

xiāh 兄 名 兄。多半說成ā*xiāh*(阿

兄)。

xiàh 嚇? 動 閃。

cēh *xiàh* zit'e

(星嚇一下)＝星星閃了一下。

xiàh lǎng ě bhak

(嚇人的目)＝引人注目。

xiạh 向 動 後傾。

kạq *xiạh* le！

(較向咧)＝向後傾些！

dụi i'à *xiạh* ləqkị

(對椅仔向落去)＝朝椅子後傾下去。

xiǎh 焚? 動 燒。

xiǎh tŏtuạh(焚土炭)＝燒煤。

xiǎh ikgīng(焚浴間)＝燒洗澡水。

xiāhdị 兄弟 名 兄弟。

xiāhdị zẹ ě(兄弟多个)＝兄弟多。

xiāhgə̄ 兄哥 名 兄。

u nəng ě *xiāhgə̄*

(有兩个兄哥)＝有兩個哥哥。

xiāhsə̀ 兄嫂 名 嫂嫂。

xiāhsə̀ dạu siòzik

(兄嫂鬥小叔)＝嫂嫂和小叔私通。

xiàhq 撠? 動 ①把東西挾在腋下。

xiàhq sāh

(撠衫)＝挾帶著衣服。

puẹ *xiàhq* cútkị pak！

(被撠出去曝)＝被子拿出去晒！

②以匹為單位買布。

xiàhq zit pit bẹq bàqjīng

(撠一匹白百永)＝買一匹白布。

xiàhq 嚇 動 嚇。

ghìn'à *xiàhq* cèh

(囝仔嚇醒)＝小孩子嚇醒了。

xại ghuà *xiàhq* zit ẹ

(害我嚇一下)＝害我嚇一跳。

xiām 辛? 形 辣。

xiām gạq lǎu bhạkjiu

(辛及流目油)＝辣到流淚。

xŏziō *xiām*

(胡椒辛)＝胡椒辣。

最近也說成luạq(辣)。

→luạq(辣)

xiàm 險 形 險、危險。多半說成

ghǔi*xiàm*(危險)

xiàm lo(險路)＝險路。

副 幾乎、差點兒、險些兒。

bẹh gȧq *xiàm* sì
（病及險死）＝病得險些兒死掉。

xuèciā *xiàm* bhẹ xụ
（火車險ⴰ繪赴）＝差點兒沒趕上火車。

xiạm 喊? 動 ①大聲叫著追趕獸
類。

xiạm gàu（喊狗）＝大聲叫狗。
②大聲叫人。

gìngcȧt dẹq *xiạm* lǎng
（警察在喊人）＝警察在大聲叫人。

xiǎm 嫌 動 嫌。

xiǎm dāng *xiǎm* sāi
（嫌東嫌西）＝嫌東嫌西。

xiǎm īn dāu sạnxiōng
（嫌恁兜散窮）＝嫌他家窮。

xiān 掀 動 掀、打開。

xiān guạ（掀蓋）＝掀開蓋子。

xiān bhàngdạ
（掀蚊罩）＝掀開蚊帳。

xiàn 撼? 動 幌、搖。

zǔn dẹq *xiàn*（船在撼）＝船在幌。

ẹ *xiàn* lǝqkị！
（會撼落去）＝會搖掉下去！

xiạn 獻 動 ①獻。

xiạn gẹcik（獻計策）＝獻策。
②露出、暴露。

xiạn xīng（獻胸）＝露胸。

xiạn xọ lǎng kuạh
（獻付人看）＝暴露給人看。
③開口或開下襬的東西。

xiạn cụi ě uàh
（獻嘴的碗）＝開口的碗。

xiạn 嗛? 名 動物的體臭。

zịt lǎng zịt ě *xiạn*
（一人一个嗛）＝一個人一個體味。

gàu–*xiạn*（狗嗛）＝狗味。

xiǎn 絃 名 胡弓；絃樂器。多半說
成*xiǎn*'à（絃仔）。

ē *xiǎn*（挨絃）＝拉二胡。

sām*xiǎn*（三絃）＝（日本的）三絃琴。

xiǎn 賢 形 賢、賢慧。主要指女性。

īn bhò zịn *xiǎn*
（恁婆眞賢）＝他老婆很賢慧。

xiạn 現 形 清楚、明白。

kuạh bhǒ siàh *xiạn*
（看無甚現）＝沒看清楚。

副 明明、現。

xiạn di xiā
（現著彼）＝明明在那兒。

xiạn tạn *xiạn* ziạq
（現趁現食）＝現賺現花。

xiànsing 顯聖 動 顯靈。

Guāngōng *xiànsing* liạq Lub-
hŏng
（關公顯聖掠呂蒙）
＝關公顯靈捉呂蒙。

xiạnzai 現在 名 現在。

lì *xiạnzai* duạ dị dǝwụi？
（你現在滯著何位）
＝你現在住在哪兒？

xiàng 響 [動] 響。
　miăsiāh *xiàng*
　（名聲響）＝名聲響亮。
　siāh zīn *xiàng*
　（聲眞響）＝聲音很響亮。

xiạng 餉 [名] 關稅。以前的用法。
　pạq *xiạng*（拍餉）＝打稅。
　zàu *xiạng*（走餉）＝逃稅。
　〔xiọng〕

xiạngsi 向時 [名] 那時、以前。
　xiạngsi xiā e̱ cụt cēhxuān
　（向時彼會出生番）
　＝那時那兒有生番出現。
　←→ziạngsi（將時）

xiạp 搚 [動] 搖。左右搖動的動作。
　xiạp tiạu'à
　（搚柱仔）＝搖動柱子。

xiạq 彼? [指] 那麼、那樣。一般作
　副詞用。
　xiạq xe̱ng a?
　（彼遠啊）＝那麼遠啊？
　←→ziạq（此）

xiạq 額 [名] 額頭。多半說成*xiạq*'à
　（額仔）。
　tụq *xiạq*（托額）＝禿頭。
　*xiạq*xŭn（額痕）＝額頭皺紋。

xiạq'ě 彼的 [指] 那些。副詞用法。
　xiạq'ě cẹq（彼的册）＝那些書。
　←→ziạq'ě（此的）

xiạqgù 彼久 [名] 這陣子。

xē sị *xiạqgù* ě dạizị
（夫是彼久的事志）
＝那是這陣子的事。
←→ziạqgù（此久）

xiạqlin 彼裏 [指] 那麼。一般作副
　詞用。xiạq（彼）的二音節語。
　xiạqlin ze̱ lăng
　（彼裏多人）＝那麼多人。
　〔xiạqniq〕
　←→ziạqlin（此裏）

xiạt 棄? [動] 丟。
　xē *xiạt* lăi！
　（夫棄來）＝把那個丟過來！

xiāu 僥? [動] ①反。
　pạk rịt, e̱ *xiāu* kị
　（曝日，會僥去）＝晒太陽，會反掉。
　②木板彎了。
　xiāu bāng（僥板）＝彎掉的木板。
　③背叛。
　xo̱ zābhò *xiāu* kị
　（付查某僥去）＝被女人背叛了。

xiău 嫐 [動] 騷。
　gạp lăng dẹq *xiău*
　（及人在嫐）＝跟人學騷包。
　[形] 輕浮的。
　zit ě ghin'à zīn *xiău*
　（此个囝仔眞嫐）＝這個小孩很輕浮。
　→cīgē（痴哥）

xiāuxịng 僥倖 [形] ①僥倖的、歪
　打正著的。

xiāuxiṇg dioọ dioọ

（僥倖著著）＝歪打正著。

tạn *xiāuxiṇg* zǐh

（趁僥倖錢）＝賺那意想不到的錢。

②因果的、罪有應得的。主要用來

說女性。

xiāuxiṇg o, gē'à sǐ liàuliàu！

（僥倖噢，鷄仔死了了）

＝罪過啊，鷄竟然死光光！

xiȧuq 剝？ 動 （表皮等）剝落、脫

落。

cȧt *xiȧuq* kǐlǎi

（漆剝起來）＝油漆剝落下來。

kā *xiȧuq* puě

（腳剝皮）＝腳皮剝開了。

xih 譆？ 動 很小的叫聲。

bhàng dẹq *xīh*

（蚊在譆）＝蚊子在叫。

děgò iàubhuẹ *xīh* le

（茶砧猶未譆咧）＝藥壺還沒叫呢。

xịh 振？

→xạih（振）

xịh 耳 名 ①耳、耳垂。

ghin'àlǎng u *xịh*, bhě cuị

（囝仔人有耳，無嘴）—俚諺

＝小孩有耳無嘴。

xihgiạh（耳鏡）＝耳膜。

②像耳朵形狀的把手。

xịh lȧk kị

（耳落去）＝把手掉了。

buạqtàng-*xịh*

（跋桶耳）＝水桶提把。

〔xị〕

xịh 硯 名 硯。

xihgāu 耳鈎 名 耳環。

guạ *xihgāu*（掛耳鈎）＝戴耳環。

圍duị（對）

〔xigāu〕

xihkāng 耳孔 名 耳孔、耳。

xihkāng ò kȧq lại le！

（耳孔挖較利咧）＝耳朵機敏點兒！

xihkāng dạng（耳孔重）＝重聽。

xihkāng kīn（耳孔輕）＝耳根軟。

〔xikāng〕

xịkzià 或者 接 或者。文言用語。

xịkzià lị *xịkzià* ghuà lòng bhǒ-

jaugịn

（或者你或者我攏無要緊）

＝你或我都不要緊。

zùi *xịkzià* dě zịt buē lǎi le！

（水或者茶一杯來咧）

＝請給一杯水或茶！

情 或者、也許。

ī *xịkzià* ạm lǎi

（伊或者唔來）＝他也許不來。

xịkzià ẹ ìnzùn

（或者會允准）＝或許會答應。

xǐm 熊 名 熊。

xīmsiạn 欣羨 動 羨慕。

xīmsiạn lǎng xȧghiạq

（欣羨人好額）＝羨慕人家有錢。

xīn 興 動 興盛、繁榮。

xit gīng bhio̠ lòng bhe̠ xīn

（彼間廟攏繪興）

＝那間廟香火都不旺。

sīnglì dəng xīn

（生理當興）＝生意正旺。

xīn 彼-裏 指 那裏。名詞用法。

ī di̠ xīn（伊著彼裏）＝他在那兒。

←→zīn（此-裏）

xĭn 眩 動 ①頭暈。

tăukak xĭn（頭殼眩）＝頭暈。

②暈車。

xĭn gȧq ga̠u

（眩及到）＝一路暈。

xĭn ciā de̠q to̠

（眩車在吐）＝暈車在吐。

xi̠n 恨 動 怨恨。

li̠ əmtāng xi̠n ghuà ŏ！

（你唔通恨我哦）＝你不要恨我喔！

名 恨氣。

kio̠q xi̠n bhe̠q xai ī

（拾恨覓害伊）＝記恨要害他。

xi̠n dang（恨重）＝怨恨深。

〔xu̠n〕

xīng 胸 名 胸。

dŭi xīng（槌胸）＝搥胸。

xīngxaq（胸脅）＝胸板。

xi̠ng 興 動 嗜好、愛好。

xi̠ng siō ziu（興燒酒）＝愛喝酒。

xi̠ng cȧp su̠（興插事）＝好管事。

xĭng 刑 動 刑罰、修理。

xo̠ xĭngsu̠ xĭng ziăh tiàm

（付刑事刑成殄）

＝被刑警修理得很慘。

xĭng 形 名 ①形、樣子。

xĭng xə̀（形好）＝形好。

ih xĭng（円形）＝圓形。

②受精卵、胚。

suah xĭng ě nə̠ng bhe̠ cut

（散形ě卵繪出）

＝沒受精的卵孵不出東西。

xĭng 還 動 ①還。

zio̠q ce̠q lòng bhə̆ bhe̠q xĭng

（借冊攏無覓還）＝借的書都不還。

②付貸款或利息。

xĭng li̠sik（還利息）＝付利息。

xi̠ng 贈? 動 贈禮致謝。

zə̠ sēhri̠t lăi xi̠ng ǎnggū

（做生日來贈紅龜）

＝過生日來送禮粿。

gīnnĭ aq bhə̆ sīu lăng, aq bhə̆

xi̠ng lăng

（今年亦無收人，亦無贈人）

＝今年也沒收禮，也沒還禮。

xĭngghi̠k 橫逆 形 兇狠、蠻橫。

sátri̠n giŏnggān zĭn xĭngghi̠k

（殺人強姦眞橫逆）

＝殺人強姦眞兇狠。

xīngkàm 胸坎 名 胸。xīng（胸）

的二音節語。

cịngzì diọq *xīngkàm*
(銃子著胸坎)＝子彈打中胸部。

xīngkàm gút(胸坎骨)＝胸骨。

xǐnglì 行李 名 荷物，行李。

kuàn *xǐnglì*
(款行李)＝收拾行李。

量giah(件)

xịngrin 杏仁 名 杏仁。

xịngrin dě(杏仁茶)＝杏仁茶。

xǐngsẹ 形勢 名 形勢。

kuạh *xǐngsẹ*(看形勢)＝看形勢。

xǐngsu 刑事 名 日語直譯，即刑警。

xọ *xǐngsu* xǐng
(付刑事刑)＝被刑警用刑。

xịngxòk 幸福 形 幸福。

ī ziǎh *xịngxòk* ě kuàn
(伊成幸福的款)＝他很幸福的樣子。

xǐngxuạt 刑罰 動 刑罰。xǐng
(刑)的二音節語。

xǒng *xǐngxuạt* zīn tiàm
(付-人刑罰眞殄)
＝被修理得很慘。

xiọ 嘟？ 感 唔、哦、嗯。有時發
〔hio〕音。

xiọ, sị la
(嘟，是啦)＝嗯，是喲。

xiọ, ghuà'ě la
(嘟，我的啦)＝唔，是我的啦。

xiōh 香 名 線香。

diàm *xiōh*(點香)＝點香。

形 瘦長。

ī tdịt *xiōh* kịlǎi, kạq ẹ ziạq bhẹ
bǔi？
(一直香起來，盍會食燴肥)
＝一直抽高，怎麼吃不胖？
〔xīuh〕

xiọhbǐng 向旁 名 那邊。

xiọhbǐng zitmà dẹq lẹq sẹq
(向旁此滿在落雪)
＝那邊現在在下雪。

ại giǎh *xiọhbǐng*
(要行向旁)＝要走那一邊。
〔xiuhbǐng〕

←→ziọhbǐng(此旁)

xiōh'e 鄉下 名 鄉下。文言用語。

kị *xiōh'e*(去鄉下)＝去鄉下。
〔xīuh'e〕

→càudẹ(草地)

xiōhgō 香菰 名 香菇。

量mị(厝)
〔xīuhgō〕

xiōhli 鄉里 名 鄉里、故鄉。

dèng kị īn *xiōhli*
(轉去恁鄉里)＝回他故鄉。
〔xīuhlì〕

xiōhlǒ 香爐 名 香爐。

cạq diạm *xiōhbǒ*
(插站香爐)＝插在香爐。
〔xīuhlǒ〕

xiǒng 雄 形 ①殘忍、狠。

bhin *xiǒng* giȧkgiȧk

（面雄激激）＝一臉兇相。

sīmguȧh *xiǒng*（心肝雄）＝心狠。

②兇、急。

miqge kì zīn *xiǒng*

（物價起眞雄）＝物價漲得很兇。

zàu siōh *xiǒng*, e buaq də̀

（走尙雄，會跋倒）

＝跑太急，會跌倒。

xiȯq 歇? 動 歇、休息。

xiȯq lèbai（歇禮拜）＝歇禮拜天。

xiȯq di lùguàn

（歇著旅館）＝住在旅館。

ziàu *xiȯq* ciugī

（鳥歇樹枝）＝鳥歇在樹枝上。

xioq 葉 名 葉。

lȧk *xioq*（落葉）＝落葉。

量 枚，葉。

bhàn neng *xioq*

（挽兩葉）＝摘兩葉。

xi xūn ze si *xioq*

（肺分做四葉）＝肺分成四葉。

xiȯqkun 歇睏 動 休息、歇息。

xiȯq（ 歇）的二音節語。

diam ziā *xiȯqkun* zit'e！

（站這歇睏一下）

＝在這兒休息一下！

də̀ deq *xiȯqkun*

（倒在歇睏）＝躺著休息。

xip 翕 動 ①悶。

ing pue *xip* xo lǎu guah

（用被翕付流汗）＝用被子悶出汗。

xip si（翕死）＝悶死。

②拍攝。

xip siong（翕相）＝照像。

xit 彼? 指 那個。原則上跟著量詞。

xit gi bit（彼枝筆）＝那枝筆。

xit rit（彼日）＝那天。

←→zit（此）

xiu 咻? 動 大聲叫。

xiu tuāciā'e

（咻拖車的）＝叫拖車的。

itdit *xiu* lǎi

（一直咻來）＝一路叫過來。

xiu 洒? 動 甩、甩水。

xiu doziām（洒度針）＝甩溫度計。

ga *xiu* pāngzùi！

（給洒芳水）＝灑香水！

xiu 裘 名 有夾層的厚衣、襖。

mi*xiu*（棉裘）＝棉襖。

giȧp*xiu*（裌裘）＝夾襖。

xō 呼 動 ①用難聽的譬喻話罵人。

xō gȧq zīn pàihtiāh

（呼夭眞歹聽）＝叫得眞難聽。

takceqlǎng aq xiȧq ghǎu *xō*?!

（讀册人亦彼高呼）

＝讀書人也罵得那難聽?!

②事先約定、言明在先。

sīng *xō* le, bhə̀ xàu e ǒ！

（先呼咧，無哮的哦）
＝先說好，到時別哇哇叫！
ziạu xō ziạu giảh
（照呼照行）＝怎麼說就怎麼做。

xò 虎 名 虎。
　　動 欺騙。
xò cịntǎu（虎稱頭）＝唬人斤兩。
xò zịt bảq kō
（虎一百箍）＝騙一百元。

xò 唬? 感 呼、嘿。感嘆用語。
xò, xiáq gụi?!
（唬，彼貴）＝嘿，那麼貴？
xò dị Dǒngsuāh gəq, xò?
（虎著唐山喔，唬）
＝虎在唐山啊，唬？
取「虎」和「唬」同音，造成諧謔的趣味。

xo 戽 動 戽水。
ịng cịu xo zùi
（用手戽水）＝用手戽水。
　　形 先凹陷後向外突出。
ẹdàu káq xo
（下斗較戽）＝下巴較突出。
→xǒ（觚）

xo 呃? 感 嘿。
xo, dẹqbhẹq gālạuq kị la！
（呃，在覓加落去啦）
＝嘿，快掉下去了！
xo, sīnsēh lǎi la
（呃，先生來啦）＝嘿，老師來了！

〔xȯq〕
xǒ 觚 動 撈。
xǒ gīmxị̌（觚金魚）＝撈金魚。
sịlǎng xǒ kịlǎi bhuẹ？
（死人觚起來未）＝死人撈起來沒？
→xo（戽）

xǒ 侯 名 公侯、侯爵。
xōng ị zẹ xǒ
（封伊做侯）＝封他做侯爵。

xǒ 鬍 形 鬍鬚。
zịt-nəng rịt bhǎ tị, dịoq xǒ la
（一兩日無剃，著鬍啦）
＝一兩天沒刮，就一臉的鬍鬚。

xo 戶 量 戶。
lak bảq xo ě zēngsia
（六百戶的庄社）＝六百戶的村落。
→gȧq（甲）

xo 付? 動 給。
ghuà xo ī zịt bùn cẹq
（我付伊一本冊）＝我給他一本書。
　　介 ①被。
ī xo dianciā gáuq dịoq
（伊付電車餃著）＝他被電車夾到。
xo lǎng pȧq（付人拍）＝被打。
②讓。
gòng xo ī ānsīm
（講付伊安心）＝講出來讓他放心。
xo ī sè dịoq xə̀
（付伊洗著好）＝讓他洗就好。
→ga（給）

xo̱ 雨 名 雨。

  ȧk dio̱q *xo̱*(沃著雨)＝淋到雨。

  *xo̱*mi̇̄'à(雨棉仔)＝毛毛雨。

  *xo̱*lau(雨漏)＝漏雨。

  *xo̱*muā(雨●)＝雨衣。

xo̱dàu 戽斗 形 戽斗。

  *xo̱*dàucu̱i(戽斗嘴)＝戽斗嘴巴。

xo̱di̱ng 戶閫 名 門坎。

  xua̱q *xo̱di̱ng*

  (踮戶閫)＝跨過門坎。

  xo̱di̱ng kȧq guăn cio̱h'à

  (戶閫較昂牆仔)—俚諺

  ＝門坎比牆高。難於進入之意。

xŏdŏ 糊塗 形 糊塗、懶散、馬虎。

  zȩ da̱izi̱ *xŏdŏ*

  (做事志糊塗)＝做事糊塗。

xŏli̱ 狐狸 名 狐狸。

  xŏli̱ di̱h si̱n

  (狐狸纏身)＝被狐狸精纏住了。

xŏli̱u 鰗鰡 名 泥鰍。

  xŏli̱u su̱n bi̱an kāng

  (鰗鰡順便孔)—俚諺

  ＝泥鰍撿現成的孔洞棲身；專撿便

  宜之意。

xŏlŏ 葫蘆 名 葫蘆。

xō'o̱za̱i 呼嗚哉? 感 瞧、你看、

  活該。嘲笑人家失敗時用。

  xō'o̱za̱i, bua̱q dȩ la !

  (呼嗚哉，跋倒啦)＝你看！跌倒了！

  xō'o̱za̱i, ga̱i xuāhxi̱ !

  (呼嗚哉，蓋歡喜)＝活該，眞高興!

xŏsi̱n 胡蠅 名 蒼蠅。

  xŏsi̱n dȩq zām

  (胡蠅在臕)＝蒼蠅在舔。

xŏsi̱nsài̱gi̱ 胡蠅屎痣 名 黑斑、

  雀斑。

  zi̱t ě bhi̱n zuǎn *xŏsi̱nsài̱gi̱*

  (一个面全胡蠅屎痣)＝一臉黑斑。

xo̱sua̱h 雨傘 名 傘。

  ghi̱aq *xo̱sua̱h*

  (攑雨傘)＝帶雨傘。

  量 gi̱(枝)

xŏzi̱ō 胡椒 名 胡椒。

xōh 貨? 名 東西。卑俗語。

  bhè bhă zi̱t ě *xōh*

  (買無一个貨)＝買不到什麼東西。

  xē si̱ si̱àhmi̱ *xōh* ?

  (夫是甚麼貨)＝那是什麼東西？

xŏh 嗄? 感 哦、喔、咦；意外或感

  嘆時用。

  xŏh, si̱ i̱n xa̱u-sēh o !

  (嗄，是●後生噢)

  ＝哦，是他兒子喔！

  xŏh, xi̱aq li̱xa̱i?!

  (嗄，彼屬害)＝哦！那麼屬害?!

xo̱h ●? 感 哪、你瞧。誇耀自己的

  先見之明時用。

  xo̱h, gàm bhă ga li̱ gòng?!

  (●，敢無給你講)

  ＝哪！不是跟你說了？

xoh, gọng puạ la！
（嗐，摃破啦）＝你瞧，打破了！

xoh 嗐? 氣 ①呢、哪、吧。把己意
強加對方的語氣。

lị ụ bhḛq kị *xoh*
（你有覓去嗐）＝你要去吧？

gīn'àrịt zīn ruạq *xoh*
（今仔日眞熱嗐）＝今天很熱吧。

②提示重要的話或句子時用。

ghuā xoh, bhīn'āzại xoh,
bhḛq kị Bhịgȯk la
（我嗐，明仔再嗐覓去美國啦）
＝我哪，明天呢要去美國。

xọk 伏 動 伺伏、埋伏、等。

xọk dị buạhlọ ga páq
（伏著半路給拍）＝等在半路揍他。

xọk 服 動 服氣、佩服。

ghuà *xọk* ī zīn bùnsụ
（我服伊眞本事）
＝我佩服他眞有本事。

量 帖。

zịt *xọk* ioq（一服藥）＝一帖藥。

xȯkkị 福氣 名 幸運、福。

bhȓ *xȯkkị*, tīu bhẹ diọq
（無福氣，抽獪著）
＝沒福氣，抽不中。

xọksai 服事 動 ①服侍。

xọksai sịdualǎng
（服事序大人）＝服侍長上。

②祭祀。

sīnzù bhḛq *xọksai* dəwui？
（神主覓服事何位）
＝牌位要安在哪裏？

xȯkzap 複雜 形 複雜。

bhụndě zīn *xȯkzap*
（問題眞複雜）＝問題眞複雜。

xōng 風 名 ①風。

tạu *xōng*（透風）＝刮風。

xōng zing（風靜）＝風靜。

②空氣、氣息、風味。

dọngliànciā lạu *xōng*
（動輦車落風）＝腳踏車漏氣。

bǔn *xōng*（噴風）＝吹氣。

ạu *xōng*（腐風）＝腐敗氣息。

xōng 封 動 ①封、密封。

xōng puē（封批）＝封信。

bùtsī mīxiǔ *xōng* diǎudiǎu
（不時棉裘封住住）
＝時時刻刻包在棉襖裏。

②封賞。

xōng ī zə xǒ
（封伊做侯）＝封他爲侯爵。

③不讓頂嘴，賞他耳光。

cuipuè ga *xōng* ləqkị la
（嘴酺給封落去啦）
＝給他一個巴掌啦。

量 封、包、通。

ghǐn zịt *xōng*
（銀一封）＝銀一封。以前銀兩五十
兩爲一封。

nəng *xōng* xuān'àxuè
（兩封番仔火）＝兩盒火柴。

xit *xōng* puē
（彼封批）＝那封信。

xōng 荒? 動 耽溺、熱衷。一般用
於壞的事情。

xōng cittə̌, lòng əm takcėq
（荒迌迌，攏唔讀册）
＝耽於玩樂，都不讀書。

xōng zābhò（荒查某）＝沉迷女色。

xōng 瘋 名 瘋。

ìn *xōng*（引瘋）＝發瘋。

ciu*xōng*（手瘋）＝手關節痛。

xòng 倣 動 模倣、學。文言用語。

xòng lǎng ě bitzik
（倣人的筆蹟）＝模倣別人的筆跡。

xòng ghuakók kuàn
（倣外國款）＝學外國的樣子。

xọng 放 動 放、擴大。

siọng bhèq *xọng* dua！
（像覓放大）＝相片要放大。

lo *xọng* kuạq
（路放闊）＝馬路拓寬。

形 漫不經心、粗心大意。

ì zin *xọng*
（伊眞放）＝他眞漫不經心。

xǒng 付-人 副 xo lǎng（付人）的
省略。

①被～。

xǒng me（付-人罵）＝被罵。

②給～、讓人～。

xǒng zə kảq gìn
（付-人做較緊）＝讓人做較快。

→gǎng（給-人）

xǒng 防 動 防、警戒。

xǒng cat（防賊）＝防賊。

bhǎ *xǒng* ī bhejingdit
（無防伊𣍐用得）＝不防他不行。

xǒng 磺 名 ①硫磺。

*xǒng*zùi（磺水）＝硫磺水。

②銅銹。

zioh *xǒng*（上磺）＝生銅銹。

xǒng 癀 名 毒，以及因其引起的炎
症。

zuǎ u zuǎ-*xǒng*
（蛇有蛇癀）＝蛇有蛇毒。

liạp'à xuạt *xǒng*
（粒仔發癀）＝膿瘡發炎。

xọng 奉 動 奉命。

xọng zùlǎng ě bhingling
（奉主人的命令）＝奉主人之命。

xọng 哄 動 嚇、唬。

iàu sẹxạn le, əmtāng sīōh gạ
xọng！
（猶細漢咧，唔通尙給哄）
＝還很小，不要太嚇唬他。

xọng 鳳 名 鳳凰。

xōngbuēsuā 風飛砂 名 風沙。

zit dȧq *xōngbuēsuā* zīn gau
（此搭風飛砂眞厚）＝這兒風沙多。

〔xōngbēsuā〕

→tǒbhǐsuā(土米砂)

xǫngciàh 況且 接 況且、何況。

xə̀tīh də̄ ə̨m kị la, xǫngciàh xǫ
lǎi

(好天都唔去啦，況且雨來)

=晴天都不去了，何況下雨。

ī də̄ bhe̥, xǫngciàh lǐ？

(伊都𣍐，況且你)

=他都不會了，何況你？

同義詞：xǫnggiām(況兼)。

xōngcuē 風吹 名 風箏。

bạng xōngxuē

(放風吹)=放風箏。

〔xōngcē〕

xǒngde̥ 皇帝 名 皇帝。

xǒngde̥niǒ(皇帝娘)=皇后。

xǫngdǫng 放蕩 動 放蕩、風流。

īn āng ghǎu xǫngdǫng

(怹翁高放蕩)=她老公很放蕩。

xōngkǐm 風琴 名 風琴。

riq xōngkǐm(扡風琴)=彈風琴。

xōnglǐu 風流 形 ①風流的、瀟灑
的。

ī ziǎh xōnglǐu, e̥xiàu sō

(伊正風流，會曉蘇)

=他很瀟灑，懂得享受。

②放蕩、風流。

lạu la ạq ziǎh xōnglǐu

(老啦亦成風流)=老了都還很風流。

xōngsiāh 風聲 名 傳聞、風評。

xōngsiāh sǔi kǐ

(風聲隨起)=謠傳隨起。

ghuạkàu ě̥ xōngsiāh bhài

(外口的風聲㥣)=外頭的風評不好。

動 評判。

lǎng de̥q xōngsiāh xit běh xị xə̀-
kuạh

(人在風聲彼棚戲好看)

=大家都風評那齣戲好看。

xōngsùi 風水 名 ①風水。

kuạh xōngsùi(看風水)=相風水。

②墓。

zit mǎng xōngsùi

(一門風水)=一座墳。

→bhǫng(墓)

xōngtāi 風颱 名 颱風、暴風雨。

de̥qbhe̥q zə̥ xōngtāi

(在覓做風颱)=颱風快來了。

xōngxuè 風火 名 上火、火氣。

xuè(火)②的二音節語。

tiāh dioq xōngxuè lòng e̥ də̥q

(聽著風火攏會燵)=聽了就上火。

xōngxuèbhak(風火目)=怒目。

〔xōngxè〕

xòngxǔt 髣髴 副 ①宛如、好像。

xòngxǔt cīncioh ī

(髣髴親像伊)=好像他。

②隱約、似乎。

xòngxǔt tiāhgịh

（髮髴聽見）＝似乎聽到。

xə̀ 好 形 ①好、棒。

xə̀ tīh（好天）＝好天氣。

②要好、親密。

lì gȧp ī kȧq *xə̀*

（你及伊較好）＝你和他較好。

③幸好、所幸。當感嘆詞使用。

xə̀ ī u zȧq zǐh lǎi

（好伊有束錢來）＝好在他帶錢來了。

情 ～好、可～。

lo̱ *xə̀* giǎh（路好行）＝路好走。

lì *xə̀* də̀ng ki̱ la

（你好轉去啦）＝你可以回去了。

感 是、好。回應的話。

xə̀, ghuà ziȧq ki̱

（好，我即去）＝好，我去。

sǔi i̱n *xə̀*（隨應好）＝馬上應好。

←→pàih（歹）

xə̌ 和 動 ①合。

ě gȧp kā bhǎ *xə̌*

（鞋及腳無和）＝鞋和腳不合。

xə̌ kābo̱（和腳步）＝合腳步。

②和解、平手。

xə̌ gǐ（和棋）＝和棋

xə̌ ki̱, ə̱mtāng gȧq uān !

（和去，唔通復冤）

＝和好吧，不要再吵！

xə̌ 濠 名 溝，濠。

gu̱t zi̱t diǎu *xə̌*

（掘一條濠）＝掘一條濠溝。

xə̄ 號 動 取名。

ghuà ga lì *xə̄*

（我給你號）＝我幫你取名。

名 ①記號、印記。

zə̱ *xə̄*（做號）＝做記號。

diạmxə̱（店號）＝店號、店名。

②號。

ī u gùi'a ě *xə̄*

（伊有幾若个號）＝他有好幾個名號。

量 種。

xit *xə̄* tǎulo̱

（彼號頭路）＝那種工作。

xə̀cio̱ 好笑 形 好笑。

bhǎ *xə̀cio̱* aq dȧq cio̱

（無好笑亦在笑）＝不好笑也在笑。

xə̀cio̱sin 好笑神 形 很愛笑。

zābhò ại *xə̀cio̱sin*

（查某要好笑神）＝女人要常帶笑容。

xə̀cui 好嘴 形 嘴甜、世故。

ziǎh *xə̀cui*, ə̱mgù bhǎ gòji̱

（成好嘴，唔拘無古意）

＝嘴很甜，但不老實。

xə̀cui ga lì gòng aq bhe̱xiàu tiāh

（好嘴給你講亦獪曉聽）

＝好好跟你說也聽不懂。

xə̀cuidàu 好嘴斗 形 不挑嘴。

xə̀cuidàu ě lǎng ziȧq e̱ bǔi

（好嘴斗的人即會肥）

＝不挑嘴的人才會胖。

←→pàihcuidàu（歹嘴斗）

xədàh 好膽 〔形〕 有膽識、膽大。

zit laibhin ī siaŋ xə dàh
（此內面伊上好膽）
＝這裏頭他膽子最大。

xə'e 好下 〔形〕 好的、好事。

ghuà gáq xiàq xə'e, sǔi edaŋ
tan dua zǐh?!
（我及彼好下，隨會得通趁大錢）
＝我哪有那麼好的事，馬上就能賺
大錢?!
同義詞：xəkāng（好孔）。
←→ pàih'e（歹下）

xəgāzai 好嘉哉? 〔形〕 幸好。

xə〔形〕③的三音節語。
xə gāzai, lǐ lǎi daukāciu
（好嘉哉，你來鬥腳手）
＝幸好你來幫忙。
bhǎ sì, dioq siaŋ xə gāzai
（無死，著上好嘉哉）
＝沒死，就最幸運的了。
也說成gāzai（嘉哉）。
〔xəgāizai〕

xəgiàh 好子 〔名〕 好兒子。

xə giàh əm dəng bīng
（好子唔當兵）一俚諺
＝好男不當兵。
←→ pàihgiàh（歹子）

xəghiaq 好額 〔形〕 有錢。

cụ xə ghiaq ekāmdit kāi
（厝好額會堪得開）

＝家裏有錢，花得起。
xə ghiaqlǎng（好額人）＝有錢人。
←→ sanxiōng（散窮）

xəji 好意 〔名〕 好意、善意。

ghuà sī xə ji gòng e
（我是好意講的）＝我是好意講的。

xəkāng 好孔
→xə'e（好下）

xəkuah 好看 〔形〕 ①好看。

xə kuah bhǎ xəziaq
（好看無好食）一俚諺
＝中看不中吃；百聞不如一見之意。
②有趣。
au pīh iàu kàq xə kuah
（後篇猶較好看）＝下一篇又更好看。
←→ pàihkuah（歹看）

xəkuàn 好款 〔動〕 放肆、得意忘形。

lǐ əmtāng siōh xə kuàn！
（你唔通尚好款）＝你不要太放肆！
nà sīng nà xə kuàn kǐlǎi
（那盛那好款起來）
＝愈寵愈放肆起來。

xəlǎndau 荷蘭豆 〔名〕 豌豆。

xəlǎnsēzùi 荷蘭西水 〔名〕 玻璃珠
汽水。

xəlǎnzǔ 荷蘭藷 〔名〕 馬鈴薯。
〔xəlǎnzi〕

xəlǎng 好人 〔名〕 好人、善人。

segān aq u xə lǎng aq u pàihlǎng
（世間亦有好人亦有歹人）

＝世間有好人也有壞人。

←→ pàihlăng（歹人）

xəlè 好禮 形 有禮、親切、週到。

dui lăngkèq dioq kàq xəlè le！

（對人客著較好禮咧）

＝對客人要禮貌些！

xəlè 賀禮 動 祝賀。

ī bhèq giàtxūn, ghuà gàm dioq ki ga xəlè?!

（伊覓結婚，我敢著去給賀禮）

＝他結婚，我要不要去祝賀一下?!

名 祝儀。

xəlè ai bāu rua ze？

（賀禮要包若多）＝賀禮要包多少？

xəmia 好命 形 命好。

lì ziăh xəmia, xausēh sīmbu lòng uxau

（你成好命，後生新婦攏有孝）

＝你眞好命，兒子和媳婦都孝順。

←→ pàihmia（歹命）

xəse 好勢 形 方便、好情勢。

lì diam ziā kàq xəse

（你站這較好勢）

＝你在這兒情勢較好。

xəse, dùxə lì lăi

（好勢，抵好你來）

＝很好，剛巧你來。

xəsīm 好心 形 心腸好、體貼人。

xəsīm ki xo lùi gong sì

（好心去付雷摃死）—俚諺

＝好心被雷劈；好心沒好報之意。

←→ pàihsīm（歹心）

xəsu 好事 名 ①善行。

lăng ai zə xəsu

（人要做好事）＝人要做好事。

②喜事。

gīn'àrit īn dāu u xəsu

（今仔日怹兜有好事）

＝今天他家有喜事。

xətāng 好通

→tāngxə（通好）

xətău 號頭 名 號碼、符號。

xətău bhə dui

（號頭無對）＝號碼不對。

xue u xətău

（貨有號頭）＝貨品有編號。

xətiāh 好聽 形 好聽。

cio zit de kàq xətiāh'e！

（唱一塊較好聽的）

＝唱一條比較好聽的。

←→ pàihtiāh（歹聽）

xətiah 好痛 形 値得疼、惹人疼。

xit ě ghin'à ziăh xətiah

（彼个囝仔成好痛）

＝那個小孩値得疼。

→gòzūi（可椎）

xŏxə 和好 動 和好。

īn nəng ě xŏxə la

（怹兩个和好啦）＝他倆和好了。

形 要好、合得來。

āngbhò zīn x**ə**x**ə**

（翁婆眞和好）＝夫妻倆眞和樂。

x**ə**zi**a**q 好食 形 好吃、可口。

zi**a**q x**ə**zi**a**q mi**q**

（食好食物）＝吃好吃的東西。

　←→ pàihzi**a**q（歹食）

x**ə**z**ə** 號做 動 叫做～。

li x**ə**z**ə** siàhmì mi**ǎ**？

（你號做甚麼名）＝你叫什麼名字？

同義詞：gi**o**z**ə**（叫做）。

〔x**ə**zu**e**〕

x**ə**ml**ǎ**ng 媒人 名 媒人。

gi**o** x**ə**ml**ǎ**ng l**ǎ**i z**ə**

（叫媒人來做）＝請媒人來提親。

x**ə**mq 撼？

→xàm（撼）

x**ə**mqx**ə**mq 啥啥？ 形 默默、悶聲
不響。

x**ə**mqx**ə**mq zi**a**q sāh uàh bu**a**h

（啥啥食三碗半）—俚諺

＝默默地吃了三碗半的飯；意爲悶
聲不響地幹大的。

x**ə**ng 吩？ 動 哼哼地叫。狀聲詞。

bhàng'à d**ə**q x**ə**ng

（蚊仔在吩）＝蚊子哼哼地叫。

x**ə**ng 哼？ 感 咦。稍表驚異。

x**ə**ng, ī e ki d**ə**wui?!

（哼，伊攜去何位）

＝咦，他拿哪兒去?!

x**ə**ng 園 名 旱田。

x**ə**ng bì cǎn k**a**q si**o**k

（園比田較俗）＝旱田比水田便宜。

gāmzi**a**x**ə**ng（甘蔗園）＝甘蔗園。

→cǎn（田）

x**ə**ng 遠 形 遠。

dui xiā ki k**a**q x**ə**ng

（對彼去較遠）＝從那兒去較遠。

←→gi**n**（近）

x**ə**q 熇 動 ①被陽光照射、暖熱。

x**ə**q ri**t**（熇日）＝陽光照射。

xuè i**a**m g**a**q e x**ə**q l**ǎ**ng

（火炎及會熇人）＝火旺得會烘人。

②煮好的食物中調味。

aqn**ə**ng x**e** l**ə**qki bh**a**qlin x**ə**q

（鴨卵下落去肉裏熇）

＝鴨蛋放進肉裏煨一煨。

x**ə**q dauji**u**（熇豆油）＝煨煨醬油。

x**ə**q 鶴 名 鶴。

x**ū** 夫 接尾 伕。

ciāx**ū**（車夫）＝車伕。

gi**o**x**ū**（轎夫）＝轎伕。

x**ū** 灰 名 粉末，灰。

gh**ì**ng x**ū**（研灰）＝磨成灰。

xiōhx**ū**（香灰）＝香灰。

形 散落貌。

li**ǎ**n g**u**tt**ǎ**u **a**q x**ū** ki

（連骨頭亦灰去）＝連骨頭都成灰了。

x**ū** 咻？ 動 輕輕吹一下。

d**ə**wui d**ə**q ti**a**h, ābh**ə** ga li x**ū** le

（何位在痛，阿母給你咻咧）

＝哪裏痛，媽媽幫你吹一下。

xù 脯 名 鬆。

ghìng zə̣ *xù*

（研做脯）＝做成（魚、肉）鬆。

動 研、磨。

xù bha̍q *xù*（脯肉脯）＝做肉鬆。

xụ 赴 動 趕、來得及。

xụ xuèciā（赴火車）＝趕火車。

xụ bhə̌ dio̍q（赴無著）＝來不及。

xụ 副 形 副的、預備的。

zē si̱ *xụ'e*

（玆是副的）＝這是副的。

*xụ*tuǎndiòh（副團長）＝副團長。

量 組、副。

bhè zi̍t *xụ* dě'āu

（買一副茶甌）＝買一組茶杯。

xi̍t *xụ* bhǎcio̍k

（彼副麻雀）＝那副麻將。

xǔ 扶 動 ①抱重物。

da̱ng,*xǔ* bhe̱ kìlǎi

（重，扶𣍐起來）＝很重扶不起來。

②擁立。

xǔ ī zə̣ xue̱diòh

（扶伊做會長）＝擁立他當會長。

xu̱ 負 動 負責；文言用語。

zi̍ksǐng ghuà *xu̱* bhe̱ kì

（責成我負𣍐起）＝我負不起責任。

xu̱rǐnlǎng 婦人人 名 ①女。

xu̱rǐnlǎng diāndə̣ ka̍q li̱xa̱i

（婦人人顛倒較厲害）

＝女人反而比較厲害。

②妻子。

lìn *xu̱rǐnlǎng* gòng ànnē

（您婦人人講按哖）＝您夫人這樣說。

xu̱rǐnlǎng bhə̌ di̱ le, ghuà ə̱m zāi

（婦人人無著咧，我唔知）

＝我不知道，我內人不在。

xuạ 化 動 ①化。文言用語。

sǔi *xuạ* bhə̌ kị

（隨化無去）＝隨就化掉了。

②變。

xuạ ka̍q bə̣q（化較薄）＝變得較薄。

xua̱ 譁 動 嘩嘩地吵著。

gūi di̱n lǎng *xua̱* kìlǎi

（舉陣人譁起來）＝一群人嘩鬧起來。

ga̍p ghìn'à de̍q *xua̱*

（及囝仔在譁）＝跟小孩嘩鬧。

xuàh 幻? 動 悠悠忽忽、一忽兒。

xuàh zi̍t'e zi̱u guẹ kị

（幻一下就過去）＝一忽兒就過去。

zi̍t *xuàh* guẹ sāh dāng

（一幻過三冬）一俚諺

＝一晃就過了三年。

形 模糊不清。

ghue̍q*xuàh*（月幻）＝朦朧月。

xuàh a̍m（幻暗）＝薄暗。

xuǎh 鼾 動 打鼾。

xuǎh ga̍q go̱hgo̱h gio̩

（鼾及咕咕叫）＝咕咕地打鼾。

xua̱h 岸 名 岸。

zǔn uà *xuah*(船倚岸)＝船靠岸。

cǎn*xuah*(田岸)＝田埂。

xuah 按? 動 ①用手扶住。

xuah ī ě gīngtǎu

(按伊的肩頭)＝扶他的肩膀。

xuah xo ǎn！(按付緊)＝扶緊！

②操縱、掌管。

xuah ciā(按車)＝開車。

gēsu ī dėq *xuah*

(家事伊在按)＝家務他在管。

xuāhxi 歡喜 動 高興、歡喜。

xuāhxi cioghighi

(歡喜笑嬉嬉)＝高興得笑嘻嘻。

zǐh káq ze, ghuà aq bhǒ *xuāhxi*

(錢較多，我亦無歡喜)

＝錢再多，我也不高興。

xuai 壞 動 壞。文言用語。

ànnē zian, e *xuai* ki

(按唔弄，會壞去)＝這樣玩會壞掉。

xuǎih 橫 形 ①橫的。

xuǎih suah(橫線)＝橫線。

②橫暴、不講理。

xit ě lǎng zīn *xuǎih*

(彼个人眞橫)＝那個人很不講理。

xuǎihgē'à 橫街仔 名 橫街。

xiā u zit diǎu *xuǎihgē'à*

(彼有一條橫街仔)＝那兒有條橫街。

〔xuǎihguē'à〕

xuǎihzǎi 橫財 名 橫財。

tan *xuǎihzǎi*(趁橫財)＝賺到橫財。

xuān 番 名 ①番人，夷狄。

zīng *xuān*(征番)＝征番。

Dǒngmǒng*xuān*

(長毛番)＝長髮賊。

②號、號碼、順號。日語直譯。

dianwe*xuān*(電話番)＝電話號碼。

dioq gau ghuà ě *xuān*

(著到我的番)＝輪到我(的號)了。

形 不懂事、不講理、胡鬧。

ghìn'à zīn *xuān*

(団仔眞番)＝小孩很不講理。

xuān gòng ī aq bhėq ki

(番講伊亦覓去)＝鬧著說他也要去。

量 次、回、度。

zǐh tǎ gùi'a *xuān*

(錢討幾若番)＝錢討好幾次。

xuān 翻 動 ①反過來、覆。

xuān pue(翻被)＝翻被子。

xuān bhe kun dit

(翻𣍐睏得)＝翻來覆去睡不著。

②重覆、反芻。

ue bhėq *xuān* gùi bàih？

(話覓翻幾擺)＝話要重複幾次？

ghǔ *xuān* càu

(牛翻草)＝牛在反芻。

量 番。打麻將時的計數單位。

gau si *xuān*'e

(到四翻的)＝該四番的。

xuàn 反 動 ①反叛。

xuān dėq *xuàn*

（番在反）＝番人反叛。

②變。

xuàn sik（反色）＝變色。

tĩh cioh bhėq *xuàn*

（天像覓反）＝天好像要變了。

③反轉、改變。

xuàn kàugīng（反口供）＝反供。

名 反亂。

zə *xuàn*（造反）＝造反。

zàu *xuàn*（走反）＝逃難。

xuǎn 煩 形 煩、煩雜。

ui *xuǎn*（畏煩）＝怕煩。

su *xuǎn*（事煩）＝事煩。

xuǎn 圍? 動 圍掛。

xuǎn bhàngdạ

（圍蚊罩）＝掛蚊帳。

xuǎn 還 動 風化。

zēng'à *xuǎn* gảq xūxū ki̦

（磚仔還及灰灰去）

＝磚頭風化成鬆鬆粉粉的了。

xuǎn 蟠? 動 繩頭等先給捻起來，不打結。

ciàh gạ *xuǎn* le, əmbhiàn pảq gảt

（且給蟠咧，唔免拍結）

＝先給捻住，不用打結。

xuǎn 礬 名 明礬。

動 鞣。

xuǎn puě（礬皮）＝鞣皮。

xuạn 犯 動 犯。

xuạn zue（犯罪）＝犯罪。

名 犯人。

gāhghạk zàu *xuạn*

（監獄走犯）＝犯人越獄。

tăitǎu*xuạn*（刣頭犯）＝死刑犯。

xuạn 還 動 ～歸～。歸的前後一定得同樣的語詞。

xi̾ *xuạn* xi̾, xě *xuạn* xě

（魚還魚，蝦還蝦）一俚諺

＝橋歸橋，路歸路；各不相干之意。

li̾'ě *xuạn* li̾'ě, ghuà'ě *xuạn* ghuà'ě, dioq'ại kəng xo̦ xə̀

（你的還你的，我的還我的，著要控付好）＝你的歸你的，我的歸我的，要放好。

xuān'à 番仔 名 洋鬼子。對西洋人的蔑稱。新語。

xuān'à dạk ě də duạkōbeq

（番仔逐个都大箍白）

＝洋鬼子個個高大白晰。

cuạ *xuān'àbə̂*

（娶番仔婆）＝討洋老婆。

xuān'à 旛仔 名 喪旛。

xạulǎm ghiạq *xuān'à*

（孝男攑旛仔）＝孝男舉喪旛。

xuàn'à 販仔 名 行商、小販。

zə *xuàn'à*（做販仔）＝做小販。

xi̾*xuàn'à*（魚販仔）＝賣魚小販。

同義詞：dah'à（擔仔）。

xuān'àgiōh 番仔薑 名 辣椒。

〔xuāh'àḡiuh〕

xuān'àjĭu 番仔油 名 媒油。

　xuān'ajĭud̄ing

　(番仔油燈)＝媒油燈。

xuān'àxuè 番仔火 名 火柴。

　diàm xuān'àxuè

　(點番仔火)＝點火柴。

　xuān'àxuègī(番仔火枝)＝火柴棒。

〔xuān'àxè〕

xuānbhẹq 番麥 名 玉米。

xuàncèh 反醒 動 覺醒。

　lì diọq gin xuàncèh

　(你著緊反醒)＝你得趕快覺醒。

〔xuàncìh〕

xuàndụi 反對 動 反對。

　dạk ě xuàndụi

　(逐個反對)＝每個人都反對。

xuānghing 歡迎 動 歡迎。

　xuānghĭng lì lăi

　(歡迎你來)＝歡迎你來。

xuānjik 翻譯 動 ①翻譯。

　xuānjik cèq(翻譯冊)＝譯書。

　②傳譯。

　ciạh lăng xuānjik

　(倩人翻譯)＝請人傳譯。

xuǎnlà 煩惱 動 煩惱、擔心。

　xuǎnlà ī iàubhuẹ dèng lăi

　(煩惱伊猶未較來)

　＝擔心他還沒回來。

xuạnsẹ 凡?勢 形 偶然的。

ī ga lì gọng diọq sị xuạnsẹ'e

(伊給你損著是凡勢的)

＝他打到你是偶然的。

情 說不定、也許。

　xuạnsẹ e lăi ŏ

　(凡勢會來哦)＝說不定會來喔。

　xuạnsẹ ạm king

　(凡勢唔肯)＝也許不肯。

xuāntài 番忕? 形 不講理、不懂事。xuān(番)形的二音節語。

　xiạq xuāntài bhẹq ànzuàh?

　(彼番忕覓按怎)

　＝那麼不講理可怎麼辦？

xuānxụ 吩咐 動 吩咐、交代。

　lì nạ bhẹq kị, ghuà xuānxụ lì zịt gụ uẹ

　(你若覓去，我吩咐你一句話)

　＝你若要去，我交代你一句話。

　xuānxụ lăng teq kị

　(吩咐人提去)＝交代別人帶去。

xuànxuè 反悔 動 後悔。

　gạu sị xuànxuè, ziu kạq bhạn

　(到時反悔，就較慢)

　＝到時候，後悔就來不及了。

xuạq 喝 動 喊、叫。

　dua siāh xuạq gịu lăng

　(大聲喝救人)＝大聲喊救命。

　xuạq ạm giāh

　(喝唔驚)＝喊也不怕。

xuạq 踤? 動 跨。

xuaq guę gāu

（跬過溝）＝跨過水溝。

→xa̲h（跨）

量 股、步。

ziā ga̲u xiā a̲i gàu *xuaq*

（這到彼要九跬）

＝這兒到那兒要九大步。

xuàqlīnlōng 喝輪瓏? 動 大拍賣。

bhi̍n'àza̲i bhė̇q xo̲ lǎng *xuàqlīn-*
lōng

（明仔再覓付人喝輪瓏）

＝明天要被拍賣。

xiā dė̇q *xuàqlīnlōng*, zi̍n siok ǒ

（彼在喝輪瓏，眞俗哦）

＝那兒在大拍賣，很便宜。

xuàqxīu 喝咻? 動 喊叫、哀叫。

bhǒ lǎng bhė̇q ca̍p ī, gādi̲ zi̲t ě
dė̇q *xuàqxīu*

（無人覓插伊，家己一个在喝咻）

＝沒人理他，一個人在那兒喊叫。

xuàqxīu ī bhǒ zi̍h

（喝咻伊無錢）＝訴苦他沒錢。

xuȧt 法 名 法。

xua̲n *xuȧt*（犯法）＝犯法。

sǝngxuȧt（算法）＝算法。

xuȧt 發 動 ①長。

xuȧt càu'à（發草仔）＝長草。

②發酵、鼓起。

mi̲bāu *xuȧt* lia̲u zi̍n sùi

（麵包發了眞美）＝麵包發得很漂亮。

③支給、出。

xuȧt sīnlǒzi̍h（發身勞錢）＝發薪水。

xuȧt 罰 動 罰、罰錢。

bhǒ zia̲u io̍k giǎh, dio̲q *xuȧt*

（無照約行，著罰）

＝沒照約定做，要罰。

xuȧt nǝng cīng kō

（罰兩千箍）＝罰兩千元。

xuȧtdo̲ 法度 名 方法、手段。

dio̲q i̲ng siàhmi̍ *xuȧtdo̲*?

（著用甚麼法度）＝得用什麼方法？

xuȧtlǝq 發落 動 處理、安排、準
備。

cu̲la̲i ī zi̲t ě lǎng dė̇q *xuȧtlǝq*

（厝內伊一个人在發落）

＝家務她一個人在處理。

dāh *xuȧtlǝq* lǎi ku̲n!

（但發落來睏）＝現在準備睡覺吧！

xuȧtlu̲t 法律 名 法律。

xuē 灰 名 ①石灰。

i̲a *xuē*（撒灰）＝撒石灰。

*xuē*sik（灰色）＝灰色。

②刷漆。

bhua̍q *xuē*（抹灰）＝抹石灰。

〔xē〕

xuē 花 名 花。

kūi zi̲t lùi *xuē*

（開一蕊花）＝開一朵花。

動 ①紛亂。

da̲izi̲ dikka̍k e̲ *xuē*

（事志的確會花）＝事情一定會亂。

sə̖ng liàu xuē ki̖

（算了花去）＝算得錯亂了。

②毛病、歪纏、詭辯。

xit ě zābhò ziǎh ghǎu xuē

（彼个查某成高花）

＝那個女人很會歪纏人。

xuē ī dioq（花伊著）＝辯說她對。

③眼花。

ziaq lau, bhakzīu xuē ki̖

（食老，目睭花去）

＝老了，眼睛花了。

xuēgiah（花鏡）＝老花眼鏡。

形 花樣。

xuē gin（花絹）＝花絹布。

xuè 火 名 ①火。

ki̖ xuè（起火）＝生火。

②上火。

te̖ xuè ě ioq'à

（退火的藥仔）＝降火的藥。

xuè dua（火大）＝火大、生氣。

〔xè〕

xue̖ 貨 名 貨物，商品。

zai xue̖（載貨）＝載貨。

siok xue̖（俗貨）＝便宜貨。

〔xe̖〕

xue̖ 歲 名 歲。

li̖n nə̖ng ě běh xue̖

（您兩个平歲）＝您兩位同歲。

ghǎu kə̖ng xue̖

（高控歲）＝善於保養，看不出歲數。

量 歲。

li̖ gùi xue̖？（你幾歲）＝你幾歲？

zap xue̖（十歲）＝十歲。

〔xe̖〕

xue̖ 廢 動 荒廢、廢棄。

xue̖ xakxau

（廢學校）＝廢棄的學校。

zə̄ngsia xue̖ ki̖

（庄社廢去）＝村落荒廢了。

〔xui̖〕

xuě 回 量 次、遍。

ki̖ gùi'a xuě

（去幾若回）＝去好幾次。

動 回、返。

xuě puē（回批）＝回信。

〔xě〕

xuě 挼？ 動 抹。

cing pih xuě diam biaq

（蒸鼻挼站壁）＝擤鼻涕抹在牆壁上。

xue̖ 會 名 ①會，會合。

kūi xue̖（開會）＝開會。

②互助會。多半說成xue̖'à（會仔）。

li̖ due gùi di̖n xue̖？

（你隨幾陣會）＝你跟幾個會？

iǒ xue̖（搖會）＝標會。

動 說明、致意。

xue̖ ə̖mdioq（會唔著）＝認錯。

ī de̖q siuki̖, gi̖n ki̖ ga xue̖ zit'e！

（伊在受氣，緊去給會一下）

=他在生氣，快去跟他說明一下！

xue 匯 動 匯款。

zǐh gìn *xue* iǎi！
(錢緊匯來)＝錢趕緊匯過來！

xue kị Xiōnggàng
(匯去香港)＝匯去香港。

*xue*zùi(匯水)＝匯率。

xuē'à 花仔 名 花布。

xit dẹ *xuē'à* sùi
(彼塊花仔美)＝那塊花布漂亮。

xuèciā 火車 名 火車。

xuèciā giǎh tiqgī
(火車行鐵枝)＝火車走鐵軌。

〔xèciā〕

xuēgān 花矸 名 花瓶。

cảq diạm *xuēgān*
(插站花矸)＝插在花瓶。

同義詞：xuēbǎn(花瓶)。

量gī(枝)

xuēgē 火鷄 名 火鷄。

〔xèguē〕

xuēgi 花枝 名 ①花。

bhè *xuegī* lǎi cảq
(買花枝來插)＝買花來插。

②花枝(魚)。

xuēgi 飛機 名 飛機。北京話直譯。

xuēgi dẹq buē
(飛機在飛)＝飛機在飛。

*xuēgi*diòh(飛機場)＝飛機場。

xuègi 夥記？ 名 ①店員、伙計。

ciạh sāh ě *xuègi*
(倩三个夥記)＝請三個伙計。

②姘頭。

dạu *xuègi*(鬥夥記)＝有姘頭。

gảp *xuègi* cuạ zàu
(及夥記朓走)＝和姘頭開溜。

〔xègi〕

xuègimgō 火金姑 名 螢火蟲。

也叫xuègimcēh(火金星)。

〔xègimgō〕

xuēkāh 花坩 名 花盆。

zāi diạm *xuēkāh*
(栽站花坩)＝種在花盆。

量kāh(坩)

xuèlǒ 火爐 名 火爐。

〔xèlǒ〕

xuēpǔn 花盆 名 盆栽。

xit pǔn *xuēpǔn* zīn sùi
(彼盆花盆眞美)＝那盆花很漂亮。

xuẹrin 廢人 名 ①廢人、廢疾、殘障者。

dioq siōng biḥ *xuẹrin*
(著傷變廢人)＝受傷成殘障者。

②無用之人。

cioh lì zit kuàn *xuẹrin* sì xè！
(像你此款廢人死好)
＝像你這種廢人死了算了！

xuèsiō 火燒 動 火災、失火。

dǎwui dẹq *xuèsiō*？
(何位在火燒)＝哪裏失火？

bhǒ káq se̤ri̤, e̤ xuèsiō !
（唔較細膩，會火燒）
＝不小心點，會失火！
xuèsiōcṳ（火燒厝）＝火燒屋。
〔xèsiō〕

xuĕsio̤h 和尚 名 僧侶、和尚。
xuĕsio̤k dèq sio̤nggīng
（和尚在誦經）＝和尚在誦經。
〔xěsi̤uh〕

xue̤siu 歲壽 名 壽命。
dǒng xue̤siu（長歲壽）＝長壽。
xue̤siu zia̤q gáq cit za̤p bèq
（歲壽食及七十八）＝活到七十八歲。
〔xe̤siu〕

xuètua̤h 火炭 名 炭。tua̤h（炭）
的二音節語。
xuètua̤hwǎn（火炭丸）＝炭團。
〔xètua̤h〕

xuètùi 火腿 名 火腿。
〔xètùi〕

xuēxǒng 花園 名 花園，花田。

xuèxū 火灰 名 灰。
xānglǒ e̤ xuèxū
（烘爐的火灰）＝爐灰。
〔xèxū〕

xue̤zě 會齊 動 會合。
làn dia̤m ciātǎu xue̤zě !
（咱站車頭會齊）
＝咱們在車站會合！

xuèzǔn 火船 名 汽船。

dua̤ ziáq xuèzǔn
（大隻火船）＝大汽船。
〔xèzǔn〕

xuĕq 血 名 血。
lǎu xuĕq（流血）＝流血。
〔xúiq〕

xùi 毀 動 毀、壞。文言用語。
xùi pàih gēsī
（毀歹家私）＝毀壞東西。
cǎnxǒng-cṳte̤q xùi liàuliàu
（田園厝宅毀了了）
＝田產家屋全毀了。

xṳi 費 名 費用。
xṳi da̤ng（費重）＝花費多。
zia̤qxṳi（食費）＝飯錢。

xǔi 磁? 名 陶磁。
bhe̤ xǔi'e̤ zia̤q ki̤q uàh
（賣磁的食缺碗）一俚諺
＝賣陶磁的用破碗吃。意即捨不得
用好的。

xùibo̤ng 誹謗 動 誹謗。
ōbe̤q xùibo̤ng lǎng
（烏白誹謗人）＝亂誹謗人。

xṳiki̤ 費氣 形 麻煩、費神。
zit zǎn da̤izi̤ zīn xṳiki̤
（此層事志真費氣）＝這件事真麻煩。
同義詞：mǎxuǎn（麻煩）。

xùilṳi 匪類 形 胡來、墮落。
ī sia̤uliǎn e̤ sī zīn xùilṳi
（伊少年的時真匪類）

＝他年輕的時候很亂來。

xuisin 費神 形 費神、傷腦筋。

　ziǎh xuisǐn lì！

　（成費神你）＝很讓你費神！

xūisiǒng（非常） 副 非常、很。

　lǎng xūisiǒng zę

　（人非常多）＝人很多。

xǔixiàm 危險 →ghǔixiàm（危險）

xūn 分 動 分、區別。

　xūn zę nęng pai

　（分做兩派）＝分爲兩派。

　bhě xūn lǎmlù

　（無分男女）＝不分男女。

　量 ①分。時間單位。

　gęq gho xūn dioq zit diàm

　（復五分著一點）＝再五分鐘就一點。

　②點。成績等的計數單位。

　tęq gàu zap xūn

　（提九十分）＝得九十點。

　③分；寸、錢、甲等的十分之一單位。

　kiam nęng xūn dioq zit zǐh

　（欠兩分著一錢）＝欠兩分就一錢。

　xit dę cǎn u bęq xūn

　（彼塊田有八分）＝那塊田有八分地。

　tiu sāh xūn

　（抽三分）＝抽三分（佣）。

xūn 燻 動 燻。

　xūn bhàng（燻蚊）＝燻蚊子。

　形 （烟）燻。

culai zin xūn

（厝內眞燻）＝屋裏烟多，很燻人。

　名 烟草。

ziaq xūn（食燻）＝抽烟。

xūnsài（燻屎）＝烟蒂。

xùn 粉 名 ①粉。

　ghìng zę xùn（研做粉）＝磨成粉。

　②白粉。

　bhuáq xùn（抹粉）＝塗白粉。

　動 用白粉等塗抹。

　xùn āng'àtǎu

　（粉尪仔頭）＝給人偶的頭塗白。

　形 ①白的。

　xùn biáq（粉壁）＝白牆。

　②（肉等）白嫩。

　bháq zīn xùn

　（肉眞粉）＝肉很白嫩。

　xùnguāh（粉肝）＝粉肝。

　③淡色。

　xùn ǎng sik（粉紅色）＝淡紅色。

xun 椽？ 動 ①擴撐。

　xun ě（椽鞋）＝擴鞋。

　xun xo káq dua dǐng

　（椽付較大頂）＝把帽子撐大。

　②膿瘡等化膿、腫起。

　liap'à dép xun lǎng

　（粒仔在椽膿）＝膿瘡化膿。

　③邊界等向外擴張。

　gęqbiáq ě dęgai itdit xun guelǎi

　（隔壁的地界一直椽過來）

＝隔壁的地界一直推過來。

xǔn 痕 名 ①線。

　ue̦ zit diǎu *xǔn*

　（畫一條痕）＝畫一條線。

　bit *xǔn*（坡痕）＝裂紋。

　②痕、跡。

　siōng*xǔn*（傷痕）＝傷痕。

　量 線、道。

　bhe̦sài gue̦ zit *xǔn*！

　（𣍐使過此痕）＝不可超過這條線！

　zit *xǔn* də*xǔn*

　（一痕刀痕）＝一道刀疤。

xǔn 雲 名 雲。

　ghue̦q xo̦ ō *xǔn* zu le

　（月付烏雲閘咧）＝月亮被烏雲遮住。

xun 份 名 分、持分。

　ī bhǎ būn ghuà ě *xun*

　（伊無分我的份）

　＝他沒分我的份給我。

　bùn*xun*（本份）＝本份。

　動 認股、入股。

　ghuà *xun* nəng *xun*！

　（我份兩份）＝我認兩份！

　xun sīnglì

　（份生理）＝入股做生意。

　量 比率、成數。

　sāh *xun* ki̦ zit *xun*

　（三份去一份）＝三份去掉了一份。

　zia̦m dua̦ *xun*

　（佔大份）＝佔大部份。

xun 暈 動 暈倒。

　xun gùi'a̦ bàih

　（暈幾若擺）＝暈過好幾回。

xūnbia̦t 分別 動 區別。

　xə̀-pàih ai̦ *xūnbia̦t*

　（好歹要分別）＝好壞要分清楚。

xūncuē 燻吹 名 烟斗。

　ghia̦q dua̦ gòng *xūncuē*

　（攑大管烟吹）＝拿大烟斗。

　〔xūncē〕

xūncuēcu̦i 燻吹嘴 名 烟斗嘴。

　〔xūncēcu̦i〕

xùnghiǒ 粉蟯 名 蛤蜊。

xūnpai̦ 分派 動 分派、分配。

　tǎuxiāh de̦q *xūnpai̦*

　（頭兄在分派）＝老大在分派。

xūnpue̦ 分配 動 分配。

　da̦izi̦ sīng *xūnpue̦*

　（事志先分配）＝事情先分配。

xùnziàu 粉鳥 名 鴿子。

　*xùnziàu*dǔ（粉鳥廚）＝鴿舍。

xūnzīng 分鐘 量 分。時間計數單

　位。

　ki̦ ri̦ za̦p *xūnzīng*

　（去二十分鐘）＝去二十分鐘了。

xút 扴? 動 ① 拚、幹。卑俗語。

　xút lə̦qki, bhiàn giāh ī！

　（扴落去，免驚伊）

　＝拚下去，別怕他！

　②狼吞虎嚥。

bhǎ zi̧tdiápgù'à *xu̇t* si̧-gho̧ uàh
（無一霎久仔扒四五碗）
＝不一會兒幹了四、五碗。

xu̧t 核 名 種子、核。

tǎ'à-*xu̧t*（桃仔核）＝桃核。

xu̇triǎn 忽然 副 突然、不意地。

xu̇triǎn kūi ci̧ng ōpȩq bhu̧ lǎi
（忽然開銃烏白霧來）
＝突然開槍胡亂掃來。

Z

zà 早 形 早。

ī bī lī káq *zà* lǎi
（伊比你較早來）＝他比你早到。

iàu *zà*, gə̀q ze la！
（猶早，復坐啦）＝還早，再坐啦！

名 早上。

*zà*bə̯ng（早飯）＝早飯。

bhə̌ *zà* bhə̌ ạm
（無早無暗）＝無日無夜。

⟷ uạh（晏）

zābō 查哺? 名 男人。

zābō káq ụ lạt
（查哺較有力）＝男人較有力氣。

〔dābō〕

⟷ zābhò（查某）

zàbhạn 早慢

→ ginbhạn（緊慢）

zābhò 查某? 名 女人。

sùi *zābhò*（美查某）＝漂亮女人。

⟷ zābō（查哺）

zābhòxo̱ 查某雨 名 日照雨、日
頭雨。

zàkì 早起 名 早上，午前。

zịt *zàkì* kụn gáq bėq-gàu diàm
（一早起睏及八九點）
＝一大早睡到八九點。

zàkì bhėq kị
（早起覓去）＝早上要去。

zàkìsǐ 早起時 名 早上、午前。抽
象性的說法。

zàkìsǐ káq lìngkị
（早起時較冷氣）＝早上較冷。

zamě 昨暝 名 昨夜。

〔zamǐ〕

zaxə̄ng 昨昏 名 昨日。

zaxə̄ng gạudẹ
（昨昏到塊）＝昨夜到的。

zaxə̄ng zàkì
（昨昏早起）＝昨天早上。

zaxə̄ng ebō
（昨昏下哺）＝昨天下午。

zàh 整? 動 ①用力砍。

zàh lǎng ě dịu'àbhuè
（整人的稻仔尾）一俚諺

＝砍人家的稻尾；意指撿人家的現
成（便宜）。

②截下衣物或牆壁來修整。

zàh sāh（整衫）＝修改衣服。

zạh 炸 動 ①油炸、很快過油。

zạh gē（炸鷄）＝炸鷄。

②轟炸。

xuēgī lǎi zạh
（飛機來炸）＝飛機來轟炸。

zạh 詐 動 炸騙、騙取。

zạh lǎng ě zǐh
（詐人的錢）＝騙人家的錢。

形 奸詐、狡猾。

zạh ě lǎng（詐的人）＝奸詐的人。

〔*zạ*〕

zǎh 阻? 動 ①橫切。

zǎh dụi xuēxǎng guẹ
（阻對花園過）＝橫過花園。

②用手阻斷。

dẹq uāngē, gin kị ga zǎh kūi !
（在冤家，緊去給阻開）
＝在吵架，快去把他們擋開！

③橫著身體跳過去。

bhè *zǎh* guẹ ciǒh'à
（馬阻過牆仔）＝馬跳過圍牆。

④風等東西突然吹過來。

xuè xọ xōng *zǎh* sit kị
（火付風阻熄去）＝火被風吹熄了。

zạh 掬? 動 撈。

ịng bhạngxiā *zạh* xǐ

（用網瓠掬魚）＝用小網子撈魚。

zạh tǎng（掬糖）＝撈糖。

zāi 知 動 知道、了解。

zāi ụi（知位）＝知道地方。

dẹh ạm *zāi*（叮唔知）＝佯裝不知。

→bhạt（捌）

zāi 栽 動 種。有栽培之意。

zāi xuē（栽花）＝種花。

zāi bhẹ duạ zǎng
（栽𣍐大欉）＝種不大。

名 苗。

zāi sǐ liàuliàu
（栽死了了）＝種的苗都死光光了。

xǐ*zāi*（魚栽）＝魚苗。

→zịng（種），zìng（種）

zāi 擠? 動 倒立，倒栽蔥。

zāi dẹq giǎh
（擠在行）＝倒立走路。

xuēgī dụi tǎukảkdǐng *zāi* lọlǎi
（飛機對頭殼頂擠落來）
＝飛機從頭上栽下來。

zại 載 動 運送、支撐。

ciā lǎi *zại* kị
（車來載去）＝車子來載走。

zit gī tiạu'à siōh sẹ gī, *zại* bhẹ̌-
xuảtdit
（此枝柱仔尚細枝，載無法得）
＝這枝柱子太小了，支撐不了。

zại 在 形 穩、不搖晃。

dẹq'à bhẹ̌ *zại*, kọkkọkxiàn

（桌仔無在，硞硞撼）

＝桌子不穩，一直幌。

介 在〜。文言用語。

zai Ritbùn bhè e

（在日本買的）＝在日本買的。

zai ghuà sioh ạmsi ànnē

（在我想唔是按哖）

＝依我想不是這樣。

zāibuě 栽培 動 在金錢上支援、提拔。

zāibuě ī tak gáq daixak

（栽培伊讀及大學）

＝栽培他讀到大學。

bhang lì káq *zāibuě* le！

（望你較栽培咧）＝請你多栽培。

zǎidiau 才調 名 才能。通常用於輕蔑口氣。

ī aq u *zǎidiau* tāng zạ cidiòh?!

（伊惡有才調通做市長）

＝他也有能力做市長?!

bhǒ *zǎidiau* dėq bǔn gēgūi

（無才調在噴鷄管）

＝沒能力，還在吹牛。

→zǎizïng（才情）

zāijàh 知影 動 知道、明白。zāi

（知）的二音節語。

zāijàh sòzai

（知影所在）＝知道地方。

zāilǎng 知人 動 甦醒。

zusia liàu ziáq *zāilǎng*

（注射了即知人）＝打針後才甦醒。

ạm *zāilǎng*（唔知人去）＝昏過去。

zailǎng 在人 形 各種的、任人的。

xē si *zailǎng*

（夫是在人）＝那是任人的方便。

zailǎng ě kuahxuat

（在人的看法）＝隨各人的看法。

副 隨人。

zailǎng ạm

（在人唔）＝不要，隨人。

zailǎng ai（在人愛）＝要，隨人。

zǎiliau 材料 名 材料。

ing xè *zǎiliau*

（用好材料）＝用好材料。

zaisiklù 在室女 名 處女。

ī iàu *zaisiklù*

（伊猶在室女）＝她還是處女。

zǎizïng 才情 名 才能。

u *zǎizïng*（有才情）＝有能力。

形 有能力。

ī ziȯk *zǎizïng*

（伊足才情）＝他很有能力。

→zǎidiau（才調）

zàih 指 語幹 指頭。

gi*zàih*（指指）＝食指。

diōng*zàih*（中指）＝中指。

bhuèri*zàih*（尾二指）＝無名指。

bhuè*zàih*（尾指）＝小指。

kā*zàih*（腳指）＝腳指。

zàihsiạng 宰相 名 宰相。

zàihsiang siang dua
(宰相上大)＝宰相最大。
同義詞：siusiong(首相)。
〔zàihsiong〕

zak 促？ 形 擁擠、氣悶。

　xiā cu̱ zīn zak
　(彼厝眞促)＝那兒房子很擁擠。

　lăi sīnbīh zak
　(來身邊促)＝來身邊煩。

zām 臢？ 動 蒼蠅等舐過。

　xŏsīn deq zām
　(胡蠅在臢)＝蒼蠅在舐。

zam 蘸？ 動 踩、啪噠啪噠地踩。

　beq lăutūi əmtāng ing zam'e！
　(爬樓梯唔通用蘸的)
　＝爬樓梯不要用力踏！

　zam měngcŏnggò
　(蘸眠床鼓)＝踩床板。

zam 站 範 路程、文章。歌曲等的
　計數單位。

　xit zam lo bhài
　(彼站路偃)＝那段路不好走。

　cio nəng zam(唱兩站)＝唱兩段。

zam 鏨 動 ①切、砍、劈。

　zit ziaq gē bheq zam zə gùi de？
　(此隻鷄覓鏨做幾塊)
　＝這隻鷄要切成幾塊？
　②在金屬或石頭上雕刻。

　zioq zam ri
　(石鏨字)＝在石上刻字。

zàmriăn 嶄然 副 相當、很。

　zàmriăn xəng(嶄然遠)＝相當遠。

　zàmriăn ze lăng
　(嶄然多人)＝人非常多。

zàn 蓋？ 形 很好、很棒的。卑俗語。

　xit ĕ zābhò zàn
　(彼个查某蓋)＝那個女人很棒。

　bhə̆ gaq rua zàn
　(無及若蓋)＝不怎麼好。

zan 棧 動 堆積。

　zan bhi(棧米)＝堆米。

　範 層、階。

　sāhzanlău'à(三棧樓仔)＝三層樓。

　dui siang bhuè zan tiau ləqki
　(對上尾棧跳落去)
　＝從最高那層跳下去。

zăn 層 動 件、個。說明事情時的
　單位詞。

　xit zăn daizi(彼層事志)＝那件事。

　u nəng zăn ĕ lijiu
　(有二層的理由)＝有兩個原因。

zăn 剷 動 ①挖、扎。

　zăn ī ĕ bakdò
　(剷伊的腹肚)＝扎他肚子。
　②閹豬。

　zăn dī'à(剷豬仔)＝閹豬。
　③扒竊。

　zăn lăng ĕ zih
　(剷人的錢)＝扒人家的錢。

zan 贊 動 幫助、扶助。

zan ī zih（贊伊錢）＝贊助他錢。

zanging 棧間 名 倉庫。

同義詞：zanbăng（棧房）。

zansing 贊成 動 贊成。

zansing ĕ lăng ghiaq ciu！
（贊成的人擧手）＝贊成的人舉手。

zāng 鬃 名 ①鬃毛。

bhèzāng（馬鬃）＝馬鬃。

②木屐的帶子。

zāng dng ki
（鬃斷去）＝木屐帶子斷了。

動 抓人。卑俗語。

ī xo lăng zāng ki
（伊付人鬃去）＝他被人抓走。

zàng 總 動 ①紮，紮緊。

zàng càu（總草）＝紮稻草束。

②管理、總管。

gēxuè ī dèq zàng
（家伙伊在總）＝他總管家產。

名 叢生的東西。

caităuzàng
（菜頭總）＝蘿蔔的菜叢。

bhōng bhă zàng
（摸無總）＝摸不著頭緒。

量 束。

zit zàng càu（一總草）＝一束草。

zang 粽 名 粽子。

bak zang（縛粽）＝綁粽子。

zăng 灒？ 動 嘩地沖下來。

zăng zùi（灒水）＝沖水。

zăng 欉 範 棵、株。樹木、花草的計數單位。

sāh zăng giòkxuē
（三欉菊花）＝三棵菊花。

zap 十 數 十。

zap 雜 形 ①雜多、形形色色。

zap zing（雜症）＝雜症。

②煩亂、煩雜的。

sīmguāh zap（心肝雜）＝心煩。

zap 謘？ 動 ①哂、哂地發出聲音。

ziaq dioq miq, mtāng ànnē zap!
（食著物，唔通按哖謘）
＝吃東西，不可以這樣哂哂響。

②哂舌。

lì dèq zap siàh？
（你在謘甚）＝你在哂什麼舌？

zapliam 謘念 形 嘮叨。

zapliam dāgē cùt bhănpuĕ sīmbu
（謘念乾家出蠻皮新婦）一俚諺
＝嘮叨婆婆唸出刁蠻媳婦。

zapzing 雜種 名 雜種、混血兒。

主要用於罵人。

zapzŏng 十全 形 完備。

dak xang dē zīn zapzŏng
（逐項都眞十全）＝每一項都行。

zaq 束？ 動 ①暗藏、攜。

sīngkū zaq dècing
（身軀束短銃）＝身上藏著手槍。

②撩、捲。

zaq mĕnglĭ（束門簾）＝捲門簾。

zạq 閘 [動] 遮、堵。

zạq diạm buạhlo ga páq

（閘站半路給拍）＝將他堵在半路打。

ịng bǐnxōng zạq

（用屏風閘）＝用屏風遮起來。

[接尾] 閘門。

zùizạq（水閘）＝水門。

xozạq（雨閘）＝遮雨棚。

zạq'à 閘仔 [名] 扶手、護欄。

lǎutūizạq'à

（樓梯閘仔）＝樓梯扶手。

giǒ ě zạq'à

（橋的閘仔）＝橋的護欄。

同義詞：lǎngān（欄杆）。

zát 紮 [動] ①屯駐、駐紮。

zịt dịn bīng zát dị suāhkā

（一陣兵紮著山腳）

＝一隊士兵駐紮在山下。

②用繃帶、綁腿等包紮起來。

zát ioqzùibo（紮藥水布）＝紮繃帶。

zát 節 [動] 斟酌力道、節制。

ịng zǐh, dioq zát le！

（用錢，著節咧）＝用錢要節制！

[量] 節、下。

liạm gho zát（念五節）＝讀五段。

zạt 塞 [動] 裝、塞滿。

zạt pịh（塞鼻）＝鼻塞。

lǎng zạt, bhẹdit rịp kị

（人塞，儈得入去）

＝人滿滿的，擠不進去。

zāu 焦 [形] ①消瘦、憔悴。

giàh sēh ze ě, bhèsīn káq zāu

（子生多个，母身較焦）

＝兒子生太多，母體較憔悴。

②衣物等髒了。

sāh'àko cịng gáq zīn zāu

（衫仔褲穿及真焦）＝衣服穿到很髒。

zàu 走 [動] ①跑。

zàu dioq zịn gịn

（走著真緊）＝跑得很快。

②逃。

zàu bhě lo

（走無路）＝無路可逃。

zàu bhe cútlǎi

（走儈出來）＝逃不出來。

③避、逃避。

zàu xuàn（走反）＝避亂。

káq zàu le！

（較走咧）＝閃一邊去！

④亂跑。

cút kị ghuạkàu sigue zàu

（出去外口四界走）

＝到外頭四處走走。

⑤偏離、走調。

zàu īm（走音）＝走調。

bo zàu sē（布走紗）＝布紋亂了。

zạu 灶 [名] ①灶。

diạm zạu zù

（站灶煮）＝在灶台煮。

②屠宰場。

liạq kị *zạu* tăi

（掠去灶刣）＝抓去屠宰場殺。

ghŭ*zạu*（牛灶）＝牛的屠殺場。

zạu 奏 動 ①上奏。

zạu xŏngdę（奏皇帝）＝上奏皇帝。

*zạu*bàn（奏板）＝笏。

②告狀。

ə̣mtāng kị *zạu* ābā ǒ！

（唔通去奏阿爸哦）

＝不可去向爸爸告狀喔！

zău 剿 動 全殺光。

zit zə̄nsiạ *zău* liàuliàu

（一庄社剿了了）＝整個村子殺光光。

zạu 找 動 找錢。

zạu ghuà gho zạp kō

（找我五十箍）＝找我五十元。

bhẹgịdit *zạu* lăng

（獪記得找人）＝忘了找人家錢。

zàugē'àsiān 走街仔先 名

①江湖郎中。

②算命的。

〔zàuguē'àsiān〕

zạukā 灶腳 名 廚房。

zạukā dẹq bhə̆jĭng

（灶腳在無閒）＝廚房在忙。

zàusiōliạq 走相掠 動 捉迷藏。

làn lăi *zàusiōliạq*！

（咱來走相掠）＝我們來捉迷藏！

zàusū 走私 動 走私。

ī dẹq *zàusū*

（伊在走私）＝他在走私。

zàuzīng 走精 動 偏離、走調。

zàu（走）⑤的二音節語。

páq liàu *zàuzīng*

（拍了走精）＝子彈打偏了。

zē 茲？ 指 這個。做名詞用。

zē xọ lì！（茲付你）＝這個給你！

⟵⟶ xē（夫）

zè 姊 名 姊姊。多半都說āzè（阿姊）。

〔zì〕

zę 祭 動 ①祭祀。

zę bhong（祭墓）＝拜墓。

②吃。卑俗語。

zē aq e *zę* dit？！

（茲惡會祭得）＝這也吃得？！

zę 啐？ 動 諷刺、指桑罵槐。

sīmbu páq ghìn'à *zę* īn dāgē

（新婦拍囝仔啐怹乾家）

＝媳婦打孩子出氣給婆婆看。

〔zuę〕

zę 歲？ 語幹 滿一歲。後面通常加數詞。

giăh *zę*jit

（行歲一）＝一歲又一個月才會走。

*zę*ri（歲二）＝一歲又兩個月。

→dọzę（度歲）

zę 債 名 負債。

kiạm *zę*（欠債）＝負債。

*zę*zù（債主）＝債權人。

zě 齊 形 整齊。

ri̱ zě(字齊)＝字寫得很工整。

dàn zě(等齊)＝等大家都到。

〔zuě〕

ze̱ 多? 形 多、很多的。

ze̱ xue̱(多歲)＝歲數大。

ai̱ ka̍q ze̱(愛較多)＝要多一些。

〔zue̱〕

←→ ziò(少)

ze̱ 坐 動 ①坐。

ze̱ ì(坐椅)＝椅子上坐。

②搭乘。

ze̱ xuèciā(坐火車)＝坐火車。

③疼痛等減輕了。

tia̍h ka̍q ze̱ la

(痛較坐啦)＝比較不痛了。

④家等的坐向。

ze̱ ba̍k(坐北)＝座北。

ze̱ 寨 名 城寨、堡壘。

ān ze̱(安寨)＝築城寨。

ca̱tze̱(賊寨)＝賊寨。

zèxū 姊夫 名 姊夫。

〔zìxū〕

zēh 爭 動 爭。

zeh da̱isīng(爭在先)＝爭先。

〔zīh〕

zèh 井 名 水井。

bua̱q lə̱q zèh

(跋落井)＝掉到井裏去。

〔zìh〕

ze̱h 靜 動 爭辯。

zeh ī bhǎ teq

(諍伊無提)＝辯說他沒拿。

〔zi̱h〕

ze̱q 節 名 節日。

zə̱ ze̱q(做節)＝過節。

Dāngze̱q(冬節)＝冬至。

〔zue̱q〕

ze̱q 絕 動 光了，沒了，斷絕了。

ze̱q giàh ze̱q sūn

(絕子絕孫)＝絕子絕孫。

ze̱qtua̍q 撮汰? 動 浪費、糟糕。

ze̱qtua̍q ngògo̍k

(撮汰五穀)＝浪費五穀。

ghǎu ze̱qtua̍q ghin'à

(高撮汰囝仔)＝很會糟糕小孩。

zì 子 名 種子。

ia zì(敆子)＝播種。

接尾 ①接像種子形狀的東西。

sə̱ngbuǎhzì

(算盤子)＝算盤的珠子。

xi̱zì(魚子)＝魚卵。

②心、格。

tāng'àzì(窗仔子)＝窗格子。

xānglǒzì(烘爐子)＝爐子心。

zi 止 動 停、止。

zi tia̱h(止痛)＝止痛。

xue̱q lǎu bhe zi

(血流膾止)＝血流不停。

zì 只 副 僅。文言用語。

zi u ghuà zi̩t ě
(只有我一个)＝僅我一人。
🈫 束。紙等的計數單位。
zi̩t *zi* ghīnpio̩
(一只銀票)＝一束鈔票。
nəng *zi* mi̠'àzuà
(兩只棉仔紙)＝兩束棉紙。

zībhāi 膣屄? 🈐 陰戶。
*zībhāi*di̩'à(膣屄蒂仔)＝陰蒂。

zicai̩ 紫荣 🈐 海苔。主要用來煮湯吃。

zi̩ki̩ 志氣 🈐 志氣、氣概。
zābōgiàh gə̩q bhə̆ *zi̩ki̩*
(查哺子復無志氣)
＝男子漢沒志氣。

zìmua̩i 姊妹 🈐 姊妹。
zìmua̩i lòng sùi
(姊妹攏美)＝姊妹都漂亮。
亦音zìmue̩。
〔zībhe̩〕

zi̩zìò 至少 🈑 最少。
zi̩zìò u gho̩–la̩k ba̩q bha̩n
(最少有五六百萬)
＝最少有五六百萬。

ziā 這? 🈐 這兒、這邊。做名詞用。
ziā ě lăng(這的人)＝這邊的人。
ziā də̩wu̩i？
(這何位)＝這兒是哪裏？
⟷xiā(彼)

zià 者 🈒 ～者、做～的人。

xa̩k*zià*(學者)＝學者。
gi̩*zià*(記者)＝記者。

zia̩ 藉 🈕 靠、賴。文言用語。
zia̩ zĭhla̩t
(藉錢力)＝靠金錢的力量。
zia̩ lăng ě se̩li̩k
(藉人的勢力)＝依賴別人的勢力。

ziăh 膌 🈖 瘦的肉。
ziăh bha̠q(膌肉)＝瘦肉。
⟷be̩q(白)

ziàh 饗? 🈖 清淡、鹽分不足。
tēng *ziàh*, gē xăm guà iăm！
(湯瀞，加含許鹽)
＝湯太淡，多加點鹽！

zia̩h 正 🈖 ①正確的。
băi xo̩ *zia̩h*！(排付正)＝排正確！
②眞的、正牌的。
zē si̩ *zia̩h*'e, ə̩msi̩ gè'e
(這是正的，唔是假的)
＝這是眞的，不是假的。

ziăh 成 🈕 成爲、成就。
ziăh io̩h(成樣)＝像個樣子。
cīnziăh zə̩ bhe̩ *ziăh*
(親情做𣍐成)＝婚事沒談成。
🈑 非常、很。
zàu *ziăh* gi̠n(走成緊)＝跑得很快。
ziăh rua̩q(成熱)＝很熱。
🈜 約。後面通常跟著度量衡及一、十、百、千…等計數單位。上下、左右之意。

ziǎh ciọq dǒng

（成尺長）＝一尺左右。

ziǎh zạp gīng

（成十間）＝十間上下。

ziǎh bạq ě lǎng

（成百个人）＝上百個人。

ziǎh cīng ui

（成千位）＝上千個位置。

ziạhbhịn 正面 名 正面、表面。

ạng *ziạhbhịn*

（向正面）＝向著正面。

ziạhbhịn à dẹbhịn？

（正面抑倒面）＝表面或反面？

ziạhciu 正手 名 右手。

dị diọq ghiạq *ziạhciu*

（箸著擇正手）＝筷子要用右手拿。

*ziạhciu*bǐng（正手旁）＝右手邊。

←→ dẹciu（倒手）

ziāhghueq 正月 名 正月。

gu *ziāhghueq*

（舊正月）＝舊曆正月。

〔ziāhgheq〕

ziāhghueq 正月 名 一月。

ziāhghueq cērị

（正月初二）＝一月二日。

〔ziāhgheq〕

ziạhkā 正腳 名 右腳。

ziạhkā ziq kị

（正腳折去）＝右腳斷了。

←→ dẹkā（倒腳）

ziām 尖 形 尖。

ziām ětǎu（尖鞋頭）＝尖頭鞋子。

ziām 針 名 針。

ghiạq *ziām*（擇針）＝拿針。

接尾 〜計。

d*o*_*ziām*（度針）＝體溫計。

xǎnsù*ziām*（寒暑針）＝溫度計。

ziām 錢? 量 錢。

nẹng *ziām*（兩錢）＝兩毛錢。

ziạm 佔 動 ①占、占領。

ziạm duạ ui

（佔大位）＝佔了上座。

ziạm nẹng ě siǎhci

（佔兩个城市）＝佔領兩個城市。

②搶奪。

ziạm lǎng ě bhò

（佔人的婆）＝搶人家的老婆。

③制止。

dẹq uāngē, gịn kị *ziạm* !

（在冤家，緊去佔）

＝在打架，快去制止！

ziạmciàh 暫且 副 暫時、暫且。

ziạmciàh duạ ghuà xiā la !

（暫且滯我彼啦）

＝暫且住我那兒吧！

ziạmsǐ 暫時 名 目前、暫時。多

半用做副詞。

ziạmsǐ bhẹ dẹng lǎi

（暫時𣍐轉來）＝暫時不會回來。

ziạmsǐ xiọqkụn

（暫時歇眠）＝暫時休息。

ziamziam 漸漸 副 漸漸、慢慢。

　lǎng *ziamziam* ze

　（人漸漸多）＝人漸漸多了。

ziān 煎 動 煎。

　ziān xǐ（煎魚）＝煎魚。

ziàn 剪 動 ①用剪子剪。

　ziàn ciu'à（剪樹仔）＝剪樹。

　②以央爲單位買布之類的物品。

　ziàn bo（剪布）＝買布。

　③被蟲吃了。

　xo gāzuaq *ziàn* liàuliàu

　（付蟟蟻剪了了）＝被蟑螂吃光光。

　④扒。

　puěde'à xo lǎng *ziàn* ki

　（皮袋仔付人剪去）

　＝皮夾子被扒走了。

　⑤串謀詐騙。

　īn nəng ě siohbeq *ziàn* ghuà

　（恁兩个想覓剪我）

　＝他倆串通好要騙我。

　⑥船從河面切過。

　ziàn gue duibhin-xuah

　（剪過對面岸）＝橫過對岸。

zian 戰 動 ①戰。

　dua *zian* rǐdik *zian*

　（大戰而特戰）＝大戰特戰。

　②賭輸贏。

　lǎi, *zian* ləqki！

　（來，戰落去）＝來，拼下去！

zian 弄？ 動 擺弄、亂摸。

　ghin'à ziǎh *zian*

　（囝仔成弄）＝小孩子眞愛亂摸。

　zian dianxōng（弄電風）＝玩電扇。

ziànliu 剪扭？ 名 扒手。

ziàng 掌 動 掌管、管理、主持。

　ziàng gēsu（掌家事）＝掌理家務。

ziangsi 將？時 名 現在、這時候。

　ziangsi gàh gau la le

　（將時敢到啦咧）

　＝現在應該到了吧。

　guni ě *ziangsi*

　（舊年的將時）＝去年的這時候。

　←→xiangsi（向時）

ziap 汁 名 汁、液。

　səq *ziap*（吸汁）＝吸汁。

ziap 接 動 ①收到。

　puē *ziap* dioq la

　（批接著啦）＝信收到了。

　②接、連。

　ziap gut（接骨）＝接骨。

　③接待。

　ziap lǎngkeq（接人客）＝接客人。

ziap 捷 形 ①敏捷的。

　kāciu zǐn *ziap*

　（腳手眞捷）＝手腳眞伶俐。

　②頻繁、經常。

　ziap lǎi（捷來）＝常常來。

　ciābāng *ziap*（車班捷）＝車班密。

ziapsiok 接續 形 連續。

zǐh giạ liàu bhǝ̆ *ziȧpsiok*
(錢寄了無接續)＝錢接濟不上。

ziȧpsiok tạn(接續趁)＝連著賺。

→liȧnsiok(連續)

ziȧq 此? 指 這麼、如此地。做副詞用。

ziȧq xǝng a?!
(此遠啊)＝這麼遠啊?!

ziȧq duạ *ziȧq* ě zuǎ
(此大隻的蛇)＝這麼大條的蛇。

←→ xiȧq(彼)

ziȧq 即 副 連接某兩件事的連接詞。

①終於、才。

gīn'àrit *ziȧq* gạu
(今仔日即到)＝今天才到。

ziȧq cit xuẹ niǎ
(即七歲耳)＝才七歲而已。

②才。用於強調的意味。

ànnē *ziȧq* diọq
(按呔即著)＝這樣才對。

u, *ziȧq* xo lì
(有，即付你)＝有，才給你。

③～之後才。

ghuà *ziȧq* bà, *ziȧq* lǎi
(我食飽，即來)＝我吃飽才來。

xiǒq zit'e, *ziȧq* gǝq zǝ!
(歇一下，即復做)＝歇一下再做!

④所以、因此。

ī gàuguại, ghuà *ziȧq* gạ pȧq
(伊狡獪，我即給拍)

＝他調皮，所以我才打他。

diọq *ziȧq* sāh uȧh, *ziȧq* ẹ bà
(著食三碗，即會飽)

＝得吃三碗，才會飽。

→ziu(就)

ziȧq 隻 量 隻、輛、艘。鳥獸、車船等的計數單位。

zit *ziȧq* ghǔ(一隻牛)＝一隻牛。

nǝng *ziȧq* ziȧu(兩隻鳥)＝兩隻鳥。

xit *ziȧq* zǔn(彼隻船)＝那艘船。

ziạq 食 動 處置自己的東西。

①吃。

ziạq bǝng(食飯)＝吃飯。

②喝。

ziạq zùi(食水)＝喝水。

③以～為生。

ziạq bundāh
(食扁擔)＝靠扁擔吃飯。

ziạq tǎugē(食頭家)＝老闆供吃。

④活。

ziạq bȅq zạp xuẹ
(食八十歲)＝活到八十歲。

ziạq lạu, bhakzīu bhu
(食老，目睭霧)＝老了，眼花。

⑤加、補充。

ciābhǝ̆ *ziạq* zùi
(車母食水)＝給火車頭加水。

xit gī tiạu kȧq *ziạq* lat
(彼枝柱較食力)＝那根柱子較受力。

⑥假冒、虛名。

ziạq miǎ(食名)＝靠虛名。

ziạq ba̱tlǎng ě ri̱xə̱
(食別人的字號)＝假冒別人的名號。

⑦唬、佔便宜。

sio̱hbhėq *ziạq* ghuà
(想覓食我)＝想要唬我。

ziạq ī ga̱uga̱u
(食伊夠夠)＝吃定他。

⑧吃。麻將用語。

zē dio̱q *ziạq*, ə̱mtāng po̱ng！
(茲著食，唔通碰)
＝這張牌要吃，不要碰！

ziạqbàbhue̱ 食飽未 感 午安、晚
安。但如離吃飯時間太遠，並不適
用。回答通常是ziạqbàla(食飽啦)。
〔ziạqbàbhe̱〕

ziạqbhe̱siāu 食燴消 動 吃不消、
受不了。

zit xə̱ tǎulo̱ ghuà *ziạqbhe̱siāu*
(此號頭路我食燴消)
＝這種工作我受不了。
〔ziạqbhue̱siāu〕

ziạqcại 食菜 動 吃素。

ziạqcại ziạq ga̱u do̱zǎi ǔi ga̱i
(食菜食到肚臍爲界)―俚諺
＝吃素吃到肚臍爲止。意指修行者
的六根不清淨。

ziạqci̱ 食市 形 好場所。人潮所在，
好做生意。

buāh lǎiki̱ kȧq *ziạqci̱* ě sòza̱i！

(搬來去較食市的所在)
＝搬到較熱鬧的地方！

ziạqco̱ 食醋 動 吃醋。

īn bhò ghǎu *ziạqco̱*
(恁婆高食醋)＝他太太很會吃醋。

ziȧq'ě̱ 此的 指 這些。複數之指稱
詞。後面常跟隨直接名詞。

ziȧq'ě̱ cėq(此的册)＝這些書。
←→xiȧq'ě̱(彼的)

ziȧggù 此久 名 這會兒，這陣子。

ziȧggù ại lə̱q xo̱
(此久愛落雨)＝這陣子常下雨。
←→xiȧggù(彼久)

ziạqkūi 食虧
→kikkūi(剋虧)

ziạqlạt 食力 形 很、非常。用於
損失或消耗很大時。

zit bāng liàu zit e̱ siang *ziạqlạt*
(此班了一下上食力)
＝這回虧得最大了。
→tiàm(殄)

ziạqlin 此裏 指 這麼。用於副詞。
ziȧq(此)的二音節語。
〔ziȧqniq〕
←→xiȧqlin(彼裏)

ziạqzih 食錢 動 收取賄賂、貪污。

*ziạqzih*guāh(食錢官)＝貪官污吏。

ziȧt 折 動 ①打折、削減。

ziȧt gu̱ siạu(折舊賬)＝折舊帳。

ziȧt gīngxu̱i

（折經費）＝削減經費。

②估計、折算。

bhėq ziȧt ruạ zẹ？

（覓折若多）＝要估多少？

gīm'à ziȧt zẹ Bhĭcāu

（金仔折做美鈔）＝黃金折算成美鈔。

量 折。

páq bėq ziȧt（打八折）＝打八折。

nẹng ziȧt zǐh

（兩折錢）＝兩折的價錢。

ziȧt 饐 動 腐爛。

bháq kị xọ ziȧt kị

（肉去付饐去）＝肉腐爛了。

ziàu 鳥 名 鳥。

ziàu'à（鳥仔）＝小鳥。

ziạu 照 動 照～。

ziạu gụ（照舊）＝照舊。

na ziạu ànnē, ẹ xại

（若照按哖，會害）

＝若照這樣，事情會糟。

介 照～、根據。

ziạu iȯk giǎh

（照約行）＝照約定做。

ziạu xuátlụt bạn

（照法律辦）＝照法律辦。

ziǎu 全? 形 整齊，勻。

rị sià liàu zīn ziǎu

（字寫了眞全）＝字寫得很整齊。

xùn bhuáq bhǒ ziǎu

（粉抹無全）＝粉沒擦勻。

副 全部。

ziǎu gạu（全到）＝全到。

ziǎu dioạ（全著）＝全部都有。

ziạugọ 照顧 動 呵護、照顧。

ziạugọ sĭnmiạ

（照顧身命）＝呵護身子。

bhǒ lǎng tāng ziạugọ

（無人通照顧）＝無人照顧。

ziāujǎu 逍遙? 形 逍遙。

ī ziȯk ziāujǎu

（伊足逍遙）＝他很逍遙。

ziạukūi 照開 動 平均分攤。

kuạh gùijĭh, daigē ziạukūi

（看幾円，大家照開）

＝看多少錢，大家均攤。

ziạulǔn 照輪 動 照輪流。

dioạ ziạulǔn, ziȧq ejingdit

（著照輪，才會用得）＝得輪流才行。

ziạulǔn gòng（照輪講）＝輪著講。

ziāutȧt 蹧躂 動 蹧躂、凌辱、欺負。

duạxạn ziāutȧt sẹxạn

（大漢蹧躂細漢）＝大的欺負小的。

〔zāutȧt〕

zīh 挣 動 ①硬擠、硬塞。

diạnciā kėq, ing zīh'e

（電車夾，用挣的）

＝電車擠，用擠的。

lạibhĭn zīh puạbọ

（內面挣破布）＝裏頭塞破布。

②絞、榨。

zīh ĭu(挭油)＝搾油。

ga laube zīh zĭh

（給老父挭錢）＝跟老爸逼錢。

③洗一小部分。

bhiàn gūi nià sè, ing zīh'e dioq xè

（免舉領洗，用挭的著好）

＝不用整件洗，小部分搓搓就好。

→zih(摺)

zīh 精 名 精、妖精。

bih zīh(變精)＝變精明。

xǒlizīh(狐狸精)＝狐狸精。

zīh 嫩? 形 幼嫩、細軟。

kȧq zih kȧq xèziaq

（較嫩較好食）＝較嫩較好吃。

zih 煎? 動 油炸。

zih bhȧq(煎肉)＝炸肉。

名 油炸的東西。

xězih(蝦炸)＝炸蝦。

zih 摺 動 硬塞。

zih gȧq gūi cui

（摺及舉嘴）＝塞滿整個嘴巴。

xo lǎng zih riplǎi

（付人摺入來）＝被人擠進來。

→zīh(挭)

zih 箭 名 箭、矢。

dioq zih(著箭)＝中箭。

zĭh 錢 名 錢。

liàu zĭh(了錢)＝賠錢。

bhǒ zĭh(無錢)＝沒錢。

量 計量單位。

zit zĭh gīm'à

（一錢金仔）＝一錢金子。

zih 舐 動 舐。

liǎn uȧh aq zih ləqki

（連碗亦舐落去）＝連碗都要舐進去。

→dām(嘗)

zik 叔 名 叔叔。多半說成āzik(阿

叔)。

zik 窄 動 擠。

zik kìgə̄(窄齒膏)＝擠牙膏。

zik tiau'à(窄痮仔)＝擠痘仔。

zik 積 動 ①堆積、累積。

zik xue(積貨)＝堆積貨物。

seq zik zīn guǎn

（雪積眞昂）＝雪積很高。

②存積。

ai zik guà zĭh

（要積許錢）＝要存些錢。

zik 燭 名 蠟燭。

diàm zik(點燭)＝點蠟燭。

zikdǎi(燭台)＝燭台。

量 燈光的計數單位。日語直譯。

ri zap zik(二十燭)＝二十燭光。

zik 躓? 動 ①擠歪。

xosuahgut zik dioq biȧq

（雨傘骨躓著壁）

＝雨傘骨架碰到牆壁歪掉了。

②挫傷、扭傷。

ki zik dioq(腳去躓著)＝腳扭到了。

zik 籍 名 籍貫。

Dǎiwǎn-*zik*（台灣籍）＝台灣籍。

zikbeq 叔伯 名 堂兄弟。

zikbeq siòdi（叔伯小弟）＝堂弟。

→biàu（表）

zikbi 責備 動 責備。

zikbi zin ghiǎm

（責備眞嚴）＝嚴厲責備。

zikrim 責任 名 責任。

dāh *zikrim*（擔責任）＝擔責任。

以前也用ziksing（責成）。

ziksing 責成

→zikrim（責任）

zikxuat 責罰 動 責罰。

siōh tɜzɜ, e xo tih *zikxuat* ɔ̌

（尙討債，會付天責罰哦）

＝太浪費，會被上天處罰喔。

zim 嗼？ 動 接吻。

zim cuipuè（嗼嘴酏）＝親臉頰。

zim 嬸 名 嬸嬸、叔母。

多半叫ā*zim*（阿嬸）。

zim 浸 動 浸、泡。

zim daujiu（浸豆油）－泡醬油。

zim kàq gù le！

（浸較久咧）＝泡久一點兒！

zim 蟳 名 蟹的一種。

zit ziàq *zim* pah

（此隻蟳冇）＝這隻螃蟹肉少。

zimki 浸？柿 名 硬柿子。

→ǎngki（紅柿）

zimtǎu 枕頭 名 枕頭。

zit ě *zimtǎu* siōh ding

（此个枕頭尙硬）＝這個枕頭太硬。

*zimtǎu*bih（枕頭邊）＝枕畔。

zimziok 斟酌 動 小心、注意。

zimziok o, ciā lǎi la！

（斟酌噢，車來啦）

＝小心喔，車來了！

zimziok kuah（斟酌看）＝注意看。

daigē *zimziok* mai

（大家斟酌覡）＝大家留意看看。

zin 升 量 升。

zit *zin* bhi（一升米）＝一升米。

nəng *zin* dauʾà

（兩升豆仔）＝兩升豆子。

zin 眞 形 眞的。

ghuà gòngʾe si *zin*ʾe

（我講的是眞的）＝我說的是眞的。

zin də（眞刀）＝眞的刀。

副 實在地、很、非常。

zin guǎh（眞寒）＝實在冷。

zin lauriat（眞鬧熱）＝很熱鬧。

←→gè（假）

zin 此－裏 指 此中、這裏頭。名詞性用法。

zin u siàhmi？

（此－裏有甚麼）＝這裏頭有什麼？

←→xin（彼裏）

zin 進 動 ①前進。

zin zit bo（進一步）＝進一步。

②獻上、呈上。

zin xo̠ xǒngsio̠ng
(進付皇上)＝呈獻給皇上。

zin nə̠ng sīn(進兩身)＝進二身。

量 棟。

cu̠ zit *zin*(厝一進)＝一棟房子。

zǐng *zin*(前進)＝前棟。

zǐn 繩 名 墨繩。

kān *zin*(牽繩)＝拉墨繩。

動 ①盯著看。

liaq ī itdi̠t *zin*

(掠伊一直繩)＝盯著她直看。

②瞄準。

zin liàu bhǒ zùn

(繩了無準)＝瞄得不準。

zin 盡 動 ①盡力、完。

zin bùnxu̠n(盡本份)＝盡本分。

ue gòng *zin* la

(話講盡啦)＝話說盡了。

②～爲止。

xē *zin* zit ghueqri̠t

(夫盡此月日)＝那個到這個月爲止。

副 ①第一、最。

zin bhuè iaq(盡尾葉)＝最後一頁。

zin guǎn ě sòza̠i

(盡昂的所在)＝最高的地方。

②全部、不存。用來修飾數量。

zin ta̠n *zin* kāi

(盡趁盡開)＝把賺來的全部花光。

u'e *zin* xo̠ lì

(有的盡付你)＝有的全給你。

zinbo 進步 動 進步。

u ka̠q *zinbo*

(有較進步)＝稍有進步。

zingo̠ng 進貢 動 進貢。

e puěca̠u lǎi *zingo̠ng*

(攜皮草來進貢)＝帶皮草來進貢。

zinzia̠h 眞正 形 眞正、眞的。

zin(眞) 形 的二音節語。

zē si̠ *zinzia̠h* ě da̠izi̠

(玆是眞正的事志)＝這是眞正的事。

←→gèja̠h(假佯)

zinzǐng 進前 副 事先、之前。

na̠ bhe̠q ki̠, dio̠q *zinzǐng* ga̠ ghuà

gòng！

(若覓去，著進前給我講)

＝若要去，要事先跟我說！

zinzǐng nə̠ng ri̠t liǎnlo̠k

(進前兩日連絡)＝前兩天連絡。

zinzū 眞珠 名 珍珠。

ci̠zū(飼珠)＝養珠。

zinzū–puaqlia̠n

(眞珍拔鏈)＝眞珠項鍊。

zīng 爭 動 ①爭、鬥。

zīng ki̠, bu̠t *zīng* zǎi

(爭氣不爭財)一俚諺

＝爭氣不爭財。

②用拳打鬥、打。

zīng ga̠q pu̠i xue̠q

(爭及唾血)＝打到吐血。

zīng 舂 動 搗。

zīng bhì(春米)＝搗米。

zīng xo beq(春付白)＝搗白。

zīng 精 **名** 精液。

sia *zīng*(射精)＝射精。

形 準確的、精明。

baq cing zin *zīng*

(拍銃眞精)＝射擊很準。

xit ě laulǎng zin *zīng*

(彼个老人眞精)＝那個老人很精明。

zīng 衝 **動** ①撞到。

zīng dioq biaq

(衝著壁)＝撞到牆壁。

②奔走。

zīng lǎi *zīng* ki *zīng* bhǒ zih

(衝來衝去衝無錢)

＝東奔西走籌不到錢。

zīng tǎulo(衝頭路)＝到處找工作。

zīng 鍾 **名** 杯。

ziu līm nəng *zīng*

(酒飲兩鍾)＝喝了兩杯酒。

zīng 鐘 **名** 鐘。

lui gò kāu *zīng*

(擂鼓敲鐘)＝擂鼓敲鐘。

zìng 種 **名** 種子。

la *zìng*(敫種)＝撒種。

zai lǎi *zìng*(在來種)＝本地種。

ghuagok*zìng*(外國種)＝外國種。

動 遺傳血親的風貌、氣質等特徵。

xit ě cui ziǎh *zìng* in laube

(彼个嘴成種怹老父)

＝那個嘴巴很像他爸爸。

量 種、類。

u gùi *zìng*？(有幾種)＝有幾種？

又音ziòng。

→zāi(栽)

zìng 腫 **動** 腫。

liap'à itdit *zìng* klǎi

(粒仔一直腫起來)

＝膿胞一直腫起來。

zìng 整 **動** ①備齊。

zìng sīncing

(整身穿)＝買齊穿戴之物。

②籌措。

ghuà zìng bùn xo lì zə sīnglì

(我整本付你做生理)

＝我籌錢讓你做生意。

zǐng 症 **名** 病症、生病。

ghǔixiàm*zǐng*

(危險症)＝危險病症。

dioq siàhmì *zǐng*？

(著甚麼症)＝得了什麼病症？

zǐng 種 **動** 種植。播下種子之意。

zǐng cai(種菜)＝種菜。

→zāi(栽)

zǐng 前 **名** ①前面、前方。

ghuà zə *zǐng*

(我做前)＝我做前面。

bhakziu*zǐng*(目睭前)＝眼前。

②之前、以前。

xiā ghuà *zǐng* bhat ki

（彼我前捌去）＝那兒我以前去過。

sị rịtzǐng（四日前）＝四天前。

指 前的、先的。原則上後面會跟
著量詞。

zǐng pīh（前篇）＝前篇。

zǐng xuě（前回）＝前一回。

　←→ạu（後）

zǐng 情 **名** 情。

zǝ zǐng（做情）＝做人情。

ụ zǐng（有情）＝有情。

zịng 從 **介** 從～。表示時間，後面
跟著句子。

zịng zạxēng dioq dẹq tiạh
（從昨昏著在痛）＝從昨天就開始痛。

同義詞：zụ（自）。

zịng 靜 **形** 安靜的。

kạq zịng le！（較靜咧）＝安靜點！

zīngcā 精差 **動** 錯誤。cā（差）的
二音節語。

zīngcā zạp kō
（精差十箍）＝差十元。

名 差。

zīngcā ǝmsị siòkuà
（精差唔是小許）
＝相差不是少許而已。

zǐngdị 政治 **名** 政治。

bạn zǐngdị（弁政治）＝搞政治。

zịnggàq 腫?甲 **名** 指甲。

gā zịnggàq（鉸腫甲）＝剪指甲。

〔zǝnggàq〕

zịnggạudāh 從到但 **副** 至今。

zịnggạudāh bhǎ zit xǝ dạizị
（從到但無此號事志）
＝至今沒有過這種事。

zịnggih 証見 **名** 證據。

ụ zịnggih, e cụtlǎi！
（有証據，攜出來）
＝有證據，拿出來！

同義詞：zịnggụ（証據）。

zịnggīng 正經 **形** 正經。

kạq zịnggīng le！
（較正經咧）＝正經一點兒。

zịnggīng tǎulo
（正經頭路）＝正式工作。

接 特地。

zịnggīng gio ī lǎi, dioq gòng bhǎ-
jīng
（正經叫伊來，著講無閒）
＝特地請他來，卻說沒空。

zīnggōng 精工 **形** ①精細的、很
棒的。

kāngkuẹ zīnggōng
（工課精工）＝做事精細。

②聰明、頭腦細密。

zīnggōng ě ghìn'à
（精工的囝仔）＝聰明的小孩。

zịnggụ 証據

　→zịnggih（証見）

zǐngghuan 情願 **形** 情願。

kạq zǐngghuan le！

（較情願咧）＝情願點兒！

əm žingghua̲n zə̲

（唔情願做）＝不情不願地做。

z̄ingku̲ 舂臼 [名] 臼子。

z̄ingku̲tǔi（舂臼槌）＝杵。

z̲inglǎng 衆人 [名] 衆人；很多人。

zi̲nglǎng de̲q kua̲h, bhe̲gia̲n-
sia̲u！

（衆人在看，𣍐見笑）

＝衆人在看，不慚愧嗎？

zìngli̲ 整理 [動] 整理。

zìngli̲ sia̲upo̲

（整理賬簿）＝整理帳簿。

zǐngli̲ 情理 [名] 情理、道理。

gòng bhǒ zǐngli̲ ě ue̲

（講無情理的話）＝說不近人情的話。

a̲q u̲ xit xə̲ zǐngli̲?！

（惡有彼號情理）＝哪有那種道理?！

zǐngrı̲t 前日 [名] ①前日。

zǐngrı̲t dio̲q'a̲i gòng

（前日著要講）＝前幾天就應該說。

②前些日子。

zǐngrı̲t kı̲ də̲wu̲i？

（前日去何位）＝前陣子去哪兒了？

z̄ingsēh 精?生 [名] 禽獸、家畜。

z̄ingsēh！（精生）＝畜生！

ci̲ z̄ingsēh

（餵精生）＝餵禽畜。

〔z̄ingsīh〕

z̄ingsi̲ 前世 [名] 前世、上輩子。

žingsi̲ ě īnjǎn

（前世的姻緣）＝前世姻緣。

←→ a̲usi̲（後世）

z̄ingsin 精神 [名] ①精氣、元神。

中醫用語。

sit liàu z̄ingsǐn

（失了精神）＝失去元神。

②精神。

Ritbùn-z̄ingsǐn

（日本精神）＝日本精神。

[動] 醒來。

zàki̲ la̲k diàm dio̲q z̄ingsǐn

（早起六點著精神）

＝早上六點就醒來。

pa̲qz̄ingsǐn（拍精神）＝吵醒。

→cèh（醒）

zi̲ngtǎu 症頭 [名] 病症、生病。

zi̲ng（症）的二音節語。

pàih zi̲ngtǎu（歹症頭）＝惡症。

zi̲ngtǎu'à 腫?頭仔 [名] 指頭。

gho̲ gǐ zi̲ngtǎu'à

（五枝腫頭仔）＝五隻指頭。

〔zə̲ngtǎu'à〕

zi̲ngxù 政府 [名] 政府。

zı̄ō 招 [動] ①邀。

ī sua̲ ga̲ zı̄ō lǎi！

（伊續給招來）＝順便邀他來！

②募集。

zı̄ō gò（招股）＝募股。

③贅。

xo lǎng ziō(付人招)＝入贅。

ziò 少 形 少。

　ziò lǎng ki̇(少人去)＝少人去。

　←→ze(多)

zio 照 動 ①照、照耀。

　ri̇t də zio(日倒照)＝陽光倒射。

　zio xuè(照火)＝在燈下照。

　②映。

　iàh zio di̇ zùilin

　(影照著水裏)＝影子照在水裏。

　zio giah(照鏡)＝照鏡子。

　③瞄準。

　kə̀ ci̇ng dioq sı̄ng zio

　(考銃著先照)＝射擊時要先瞄準。

　zio xamgiah

　(照膎鏡)＝用放大鏡看。

ziōh 章 量 章。

　ta̍k si̇ ziōh(讀四章)＝讀四章。

　〔zīuh〕

ziōh 漿 名 糊狀之物，漿。

　ziaq ziōh(食漿)＝漿一下。

　tŏmuě'àziōh(土糜仔漿)＝泥漿。

　動 漿。

　sāh bhêq ziōh əm？

　(衫覓漿唔)＝上衣要漿嗎？

　〔zīuh〕

ziòh 槳 名 櫂、划槳。

　gə̀ ziòh(撌槳)＝划槳。

　〔zìuh〕

zioh 醬 動 ①在豆豉醬裏醃漬。

zioh giōh(醬薑)＝醃薑。

②在水、泥中弄了一身。

zioh gȧq gūi sı̄ngkū

(醬及舉身軀)＝弄了一身泥。

接尾 醬狀的調味料。

xuān'àgiōhzioh

(番仔薑醬)＝辣椒醬。

〔zi̇uh〕

zioh 上 動 ①上、爬。

　zioh ki̇ lǎudi̇ng

　(上去樓頂)＝上去樓上。

　②去、往。

　zioh giāh(上京)＝去京城。

　zioh ba̍k

　(上北)＝去北方，往北。

　③到某數、到達。

　lǎi ziā zioh zi̇t ghuęqri̇t la

　(來這上一月日啦)

　＝來這兒過一個月了。

　zioh nəng cı̄ng ě lǎng

　(上兩千个人)＝達兩千人。

　④在此之前未有過的事。

　tàigə̄ zioh bhi̇n

　(癩瘡上面)＝麻瘋病上臉了。

　zioh lo(上路)＝步上旅程。

　zioh gēgȧq(上家甲)＝登入祖籍。

　zioh xuè(上火)＝點燈(火)。

　〔zi̇uh〕

zioh 癢 形 癢。

　bě zioh(爬癢)＝抓癢。

〔ziụh〕

ziọhbǐng 此？旁 名 這邊、這一面。

uà *ziọhbǐng*（倚此旁）＝靠這邊。

lǎi *ziọhbǐng*（來此旁）＝來這邊。

〔ziụhbǐng〕

⟵⟶ xiọhbǐng（向旁）

～**ziọhkị** ～上去 助 ～上去。

zàu *ziọhkị* lǎudǐng

（走上去樓頂）＝跑上樓去。

〔ziụhkị〕

～**ziọhlǎi** ～上來 助 ～上來。

duị ẹkā tiạu *ziọhlǎi*

（對下腳跳上來）＝從下面跳上來。

〔ziụhlǎi〕

ziọhzǐh 癢摺？ 動 小孩子等在撒嬌。

dẹq *ziọhzǐh* siàhmì？

（在癢摺甚麼）＝在撒什麼嬌？

ziọhzǐh ghìn'à

（癢摺囝仔）＝撒嬌的小孩。

〔ziụhzǐh〕

ziōhzǔ �蜍 名 蟾蜍。

〔ziūhzǔ〕

ziòk 足 形 足、夠。

ziòk dạng（足重）＝很重。

nẹng dàu *ziòk*（兩斗足）＝足兩斗。

副 非常、很。

ziòk xẹng（足遠）＝很遠。

ziòk ze（足多）＝非常多。

ziòng 種

→zìng（種）量

ziǒng 從 動 遵從、隨。

ziǒng ị ě bhịnglịng

（從伊的命令）＝遵從他的命令。

ziǒng ị ě ghuạn

（從伊的願）＝隨他所願。

ziọng 將 介 把。

ziọng cụ zùn dạng

（將厝準當）＝把房抵押。

ziọng ị ga xại sǐ

（將伊給害死）＝把他害死。

〔ziōng〕

ziọng'ànnē 將按哖 副 照這樣、從此。

ziọng'ànnē giạ kị, bhǎẹjạugịn

（將按哖寄去，無要緊）

＝照這樣寄去，沒關係。

ziọng'ànnē ẹm dẹng lǎi

（將按哖唔轉來）＝從此不回來。

〔ziōngànnī〕

ziōnggūn 將軍 名 將軍。

ziọngghuǎn 狀元 名 狀元。

diọng *ziọngghuǎn*

（中狀元）＝中狀元。

ziōnglǎi 將來 名 將來。

sioh *ziōnglǎi* ě daịzị

（想將來的事志）＝想將來的事。

ziōngziụ 將就 動 將就、忍耐。

lì bhẹq *ziōngziụ* ị ẹm？

（你覓將就伊唔）＝你要將就他嗎？

ī dak xang bhėq *ziōngziu* lǎng

（伊逐項覓將就人）

＝他樣樣將就人家。

ziȯq 借 動 借、貸。兩人間借貸關
　　係之總稱。

　　ziȯq ī zit bùn cėq

　　（借伊一本冊）＝借他一本書。

　　ga ghuà *ziȯq* zǐh

　　（給我借錢）＝跟我借錢。

　　lo *ziȯq* guė zit'e！

　　（路借過一下）＝借過一下！

zioq 石 名 石頭。

　　dua dė *zioq*（大塊石）＝大石頭。

　　*zioq*sāi（石獅）＝石獅子。

　　量 石。

　　cit *zioq* bhǐ（七石米）＝七石米。

zioqtǎu 石頭 名 石頭。zioq（石）
　　的二音節語。

　　kiān *zioqtǎu*（牽石頭）＝丟石頭。

zip 咦？ 動 啜

　　zip zit cui（咦一嘴）＝啜一口。

　　kuāh'à *zip*（寬仔咦）＝慢慢啜。

zip 集 動 蒐集、聚集。

　　lǎng *zip* uà lǎi

　　（人集倚來）＝人聚過來。

　　zip gòdòng（集古董）＝蒐集古董。

　　量 集。

　　deri *zip*（第二集）＝第二集。

ziq 接 動 迎接。

kị ciātǎu *ziq* lǎngkėq

（去車頭接人客）＝去車站接客人。

ziq 摺 動 折、疊。

　　ziq zȩ sị àu

　　（摺做四拗）＝折成四折。

　　ziq puȩ（摺被）＝折被子。

ziq 舌 名 舌。

　　tò *ziq*（吐舌）＝吐舌頭。

　　ziq lại（舌利）＝利嘴利舌。

ziq 折 動 折。

　　ziq zȩ nȩng guȩq

　　（折做兩缺）＝折成兩折。

　　kāgut *ziq* kị

　　（腳骨折去）＝腳去折到。

ziqziȧq 接接 動 接待。ziȧp（接）③
　　的二音節語。

　　ghǎu *ziqziȧq*

　　（高接接）＝很會接待人。

zit 此？ 指 這個。原則上後接量詞。

　　zit gīng cụ（此間厝）＝這間房子。

　　⟷xit（彼）

zit 質 名 質。

　　zit bhȯtāng xȯ

　　（質無通好）＝質地不怎麼好。

　　tȯ*zit*（土質）＝土質。

zit 織 動 編織。

　　zit bo（織布）＝織布。

zit 職 名 職。文言用語。

　　bhiàn ī ě *zit*

　　（免伊的職）＝免他的職。

zịt 一 数 一。多半做爲基數詞使用。

kị zịt-nəng ghueqrit la
（去一兩月日啦）＝去一兩個月啦。亦
慣用於序數詞。

zịt diàm rị zạp xūn
（一點二十分）＝一點二十分。

接 一旦～的話；文言用語。

zịt kị bhə̌ xuětǎu
（一去無回頭）＝一去不回頭。

zịt kụn gạu tīh gēng
（一眠到天光）＝一覺到天亮。

→it（一）

zịt～à 一～仔 数 僅僅、不過、一
點點。一般帶著量詞，表示小小的一
點點。

zịt dẹ'à tòdẹ
（一塊仔土地）＝一小塊土地。

dảq zịt gīng'à liǎu'à
（搭一間仔寮仔）＝搭一間小草寮。

zịtbuạh 一半 数 一半。

zạp ě zịtbuạh sị ghọ
（十的一半是五）＝十的一半是五。

zịtbuạh kảq gē
（一半較加）＝一半多一點。

zịtbhạkniq'à 一目𥍉仔 名 一瞬
之間。

zịtbhạkniq'à bhə̌ kuạhgịh la
（一目𥍉仔無看見啦）
＝一瞬間就不見了。

zịtbhạkniq'à diọq dəng lǎi

（一目𥍉仔著轉來）＝一下子就回來。

zịtbhịn 一面 名 一面。

zịtbhịn lòng xuē
（一面攏花）＝整面都是花。

接 一邊～一邊。

zịtbhịn sịu siǎh, zịtbhịn tə̀ gịu-
bīng
（一面守城，一面討救兵）
＝一邊守城，一邊討救兵。

zịtdiàm'à 一點仔
→zịtsụt'à（一屑仔）

zịtdiảpgù'à 一霎久仔 名 一下
下。

dàn zịtdiảpgù'à niǎ
（等一霎久仔耳）＝等一下下而已。

zịtdiảpgù'à diọq dəng lǎi
（一霎久仔着轉來）＝一下下就回來。
也說成zịtdiảp'à gù（一霎仔久）。
同義詞：zịt'e'à（一下仔）。

zịt'e 一下 接 一～。zịt（一）接 的
二音節語。

zịt'e xọ lẹq lẹqlǎi, daigē zàu liàu-
liàu
（一下雨落落來，大家走了了）
＝一下雨，大家都跑光光了。

助 ①做～一下、稍爲～一下。

xọ ī ị zịt'e！
（付伊爲一下）＝讓他做一下！

kuạh zịt'e（看一下）＝看一下。

②～響一下。接於狀聲詞之後，使

之名詞化。

zīng kōng zit'e

(鐘咚一下)＝鐘噹的響了一下。

zīn zit'e

(嗔一下)＝嗔地響了一下。

zi̱t'e̱'à　一下仔　名　一下子。

iàu u̱ si̱gān le, ga̱q gia̱h zit'e̱'à !

(猶有時間咧，復行一下仔)

＝還有時間，再走一下！

同義詞：zitdia̱pgù'à(一霎久仔)。

zi̱tguà　一許　名　一些。guà(許)的

二音節語。

zitguà la̱i le !

(一許來咧)＝給一點吧！

zitmà　此滿?　名　①現在。

zitmà gùi diàm？

(此滿幾點)＝現在幾點？

zitmà ki̱ !(此滿去)＝現在去！

②這回。

zitmà na̱ ki̱, dio̱q ga̱ ī gòng

ànnē !

(此滿若去，著給伊講按呼)

＝這回若去，就跟她這樣說！

zitmà dio̱q li̱ la

(此滿著你啦)＝這回該你啦。

〔zitmuà, zimmà〕

zitsi̱　此世　名　今生，這輩子。

zitsi̱ za̱, au̱si̱ siu

(此世做後世收)—俚諺

＝這輩子做，下輩子受。。

zi̱tsi̱　一時　名　一時。

zitsi̱-xōng sài zitsi̱-zu̱n

(一時風駛一時船)—俚諺

＝一時風，開一時船；臨機應變的

意思。

副　急切間。

zitsi̱ sio̱h bhe̱ cu̱tla̱i

(一時想𣍐出來)

＝一時(急切間)想不出來。

zitsi̱ ca̱ ki̱

(一時錯去)＝一時(急切間)錯了。

zi̱tsi̱'à　一時仔　名　片時、一下下。

bhe̱ zitsi̱'à-īng

(無一時仔閒)＝無片時空閒。

kua̱h zitsi̱'à

(看一時仔)＝看一下下。

zi̱tsila̱ng　一世人

→gūisila̱ng(舉世人)

zi̱tsut'à　一屑仔　名　一點點。

zitsut'à dio̱q xe̱, a̱mbhiàn xia̱q ze̱

(一屑仔著好，唔免彼多)

＝一點點就好，不用那麼多。

zia̱q zitsut'à

(食一屑仔)＝吃一點點。

同義詞：zitdiàm'à(一點仔)。

zi̱txi　鯽魚　名　鯽魚。

i̱ng zitxi dio̱ dua̱ da̱i

(用鯽魚釣大鰱)—俚諺

＝用鯽魚釣大鯛，也說成「用蝦米

釣大鯛」；以小博大之意。

亦說成zit'àxǐ(鯽仔魚)。

zīu 周 量 片。切成一片一片的西瓜或蘋果的數量詞。

sīguē sīng puạ ẓə nə̣ng bǐng, ziạq gə̣q ciạt zə̣ bẹ̇q zīu

（西瓜先破做兩旁，即復切做八周）
＝西瓜先剖成兩半，再切成八片。

zīu 守 動 ①守。

zīu gēh(守更)＝守更。

zīu kāngbǎng(守空房)＝守空閨。

②守著。

dạk rịt zīu dị cụlin

（逐日守著厝裏）＝每天守在家裏。

→sīu(守)

zīu 酒 名 酒。

līm zīu(飲酒)＝喝酒。

zị̄u 咒 名 咒。

liạm zị̄u(念咒)＝唸咒。

zị̄u 蛀 動 蟲蛀。

gə̄lě zị̄u gạq bhẹ ziạq dịt

（高麗蛀及燴食得）
＝人蔘被蟲蛀到不能吃。

zị̄u 就 動 遷就、跟隨。

zị̄u sīnsēh ə̣q

（就先生學）＝跟老師學。

giọ lǎng diọq zị̄u ī

（叫人著就伊）＝要人家遷就他。

介 ①就〜、把〜。

zị̄u ghuà ě zǐh xọ ī

（就我的錢付伊）＝把我的錢給他。

zị̄u ī ě uẹ lǎi siọh mạ zāi

（就伊的話來想也知）
＝就他的話來想也可以知道。

②自〜、從〜。表示時間的語詞，後面跟著句子。

zị̄u sẹxạn gạu dāh

（就細漢到但）＝從小到現在。

zị̄u gīn'àrit bhẹ̇q gạp ī pàih

（就今仔日覓及伊歹）
＝從今天起跟他絕交。

副 用來密接兩件事情。文言用語。

①就是。

xiā zị̄u sị(彼就是)＝那就是。

②已經。

zaxə̄ng zị̄u kị̣

（昨昏就去）＝昨天已經去了。

③一〜就〜、才〜就〜。

lì də̀ng kị̣, ī zị̄u lǎi

（你轉去，伊就來）
＝你一回去，他就來。

ziạq zịt buē, bhịn zị̄u ǎng

（食一杯，面就紅）
＝才喝一杯，臉就紅。

④若〜就〜。

bhǒ sẹrị, zị̄u e buạq də̀

（無細膩，就會跋倒）
＝若不小心，就會跌倒。

nạ kạq siọk, zị̄u gạ lì bhè

（若較俗，就給你買）
＝若較便宜，就幫你買。

→ziàq(即)

ziucam 咒讖 動 咒罵、嘮叨。

īn laube bùtsì dèq *ziucam*
(恁老父不時在咒讖)
=他父親不時地嘮叨。

ziucam ī ghǎu kāi zābhò
(咒讖伊高開查某)
=咒罵他愛玩女人。

ziuguàh 守寡 動 守寡。

ziuguàh ri zap dāng
(守寡二十多)=守寡二十年。

ziuguàh lǎng(守寡人)=寡婦。

ziukut'à 酒?窟仔 名 酒窩。

ciọ diọq ụ nẹng ě *ziukut'à*
(笑著有兩个酒窟仔)
=笑起來有兩個酒窩。

ziuzua 咒詛 動 ①發誓、對神起
誓。

gui dèq *ziuzua*
(跪在咒詛)=跪著發誓。
②詛咒。

ziuzua xọ batlǎng sì
(詛咒付別人死)一俚諺
=賭咒讓別人赴死；別人赴死，自
己一邊涼快。

ziuzui 酒醉 動 醉酒。

ziuzui kokkokdiān
(酒醉硞硞顛)=醉酒跌跌撞撞。

ziaq *ziuzui*(食酒醉)=喝醉酒。

zō 租 名 田租。

sīu zō(收租)=收田租。

zàdāngzō
(早多租)=第一期作田租。

接尾 不動產等的租金。

bǎngzō(房租)=房租。

dezō(地租)=地租。

zǔnzō(船租)=船租。

動 不動產等的租借。兩人間借貸
關係的總稱。

cụ zō lǎng
(厝租人)=房子租給人。

ga lǎng zō zit diōh ciā
(給人租一張車)=向人家租一部車。

量 石。田租的計數單位。

zit dāng sīu ghọ bàq zō
(一多收五百租)
=一季收五百石田租。

zō 組 名 組。

xūn nẹng zō(分兩組)=分兩組。

zōdiòh(組長)=組長。

zò 祖 名 ①祖先。

zẹ zò(祭祖)=祭祖。
②曾祖父，多半叫āzò(阿祖)。

zọ 助 動 幫助。文言用語。

zọ riọk(助弱)=幫助弱小。

→giu(救)

zòdong 阻擋 動 阻擋、阻止。

bhǎ lǎng gàh *zòdong*
(無人敢阻擋)=無人敢阻擋。

zòdong ạm xọ ī kị

（阻擋唔付伊去）＝阻止他去。

同義詞：zòzì（阻止）

zògok 祖國 名 祖國。

dèng ki̱ zògok

（轉去祖國）＝回祖國。

zògōng 祖公 名 zò（祖）的二音節
語。①祖先。

②曾祖父。

ga̱n li̱n zògōng-zòmà！

（姦您祖公祖媽）

＝操你祖宗、祖奶奶！最惡毒的罵
語。

zòmà 祖媽 名 曾祖母。

zòsiān 祖先 名 祖先。文言用語。

xo̱ksa̱i zàsiān

（服事祖先）＝敬拜祖先。

→zògōng（祖公）

zozan 助贊 動 幫助。zo（助）的二
音節語。

zozan zi̱hghi̱n

（助贊錢銀）＝贊助金錢。

zòzì 阻止

→zòdo̱ng（阻擋）

zōzit 組織 動 組織。

zōzit zit ě zi̱ngdòng

（組織一个政黨）＝組一個政黨。

zok 濁 形 濁、膩。裝飾或模樣不
清爽。

bēlědǔ bo̱di̱ liàu sióh zok

（玻璃櫥布置了尙濁）

＝玻璃櫥布置得太俗膩。

zok 族 名 族。

zokdiòh（族長）＝族長。

zokpò（族譜）＝族譜。

zòkguai 作怪 動 作怪、搞鬼。

li̱ gàh zòkguai xoh?!

（你敢作怪唔）＝你敢作怪?!

si̱ siàh lǎng dèq zòkguai？

（是甚人在作怪）＝是誰在搞鬼？

zòkghiat 作孽 形 惡作劇、搗蛋。

zòkghiat ghin'à

（作孽囝仔）＝愛搗蛋的小孩。

ə̱mtāng zòkghiat！

（唔通作孽）＝不要搗蛋！

同義詞：ghiatsiǎu（孽精）。

zòng 總 副 全部、都。

zòng sə̱ng（總算）＝全部算。

zòng lǎi la（總來啦）＝都來了。

zǒng 蹤? 動 慌亂奔跑。

dèq zǒng siàhmi̱？

（在蹤甚麼）＝在趕什麼？

zǒng zi̱h（蹤錢）＝到處調錢。

zong 狀 名 樣子、體統。文言用語。

zit zong nà gāhsi̱u

（一狀那監囚）＝一副囚犯的樣子。

ə̱m ziǎh zong

（唔成狀）＝不成體統。

動 編造假話。

zong zit gu̱ ue

（狀一句話）＝編一句假話。

zòngbhǝ̌ 總無 副 總不該～。表
反詰的口氣。

dioᶈ ī lǎi ziᵤ ghuà, *zòngbhǝ̌*
ghuà ki̱ ziᵤ ī？
(著伊來就我，總無我去就伊)
＝得他來就我，總不該我去就他
吧？

ta̱kcȩqlǎng *zòngbhǝ̌* ǝm bhȧt
lèso̱？
(讀册人總無唔捌禮素)
＝讀書人總不該不知禮儀吧？

zòngdioᶈ 總著 副 總得。

lì *zòngdioᶈ* ki̱ zi̱t zua̱ kua̱hma̱i
le！
(你總著去一遭看覡咧)
＝你總得去一趟看看！

zit diǎu sia̱u *zòngdioᶈ* lì cȩ
(此條賬總著你坐)
＝這筆帳總得你認。

zònggòng 總講 副 總之、總歸一
句話。

zònggòng lì ǝmdioᶈ
(總講你唔著)＝總之是你錯。

zòngsi̱ 總是 副 總是、結果。

zòngsi̱ lì ǝmdioᶈ, zia̱q ȩ xo̱ lǎng
gēgòngwȩ
(總是你唔著，即會付人加講話)
＝總是你不對，才會讓人說閒話。

zòngsi̱ ànnēsēh niǎ
(總是按哖哘耳)＝總是如此而已。

接 但是。

sūiriǎn ī u̱ se̱li̱k, *zòngsi̱* ghuà ǝm
giāh ī
(雖然伊有勢力，總是我唔驚伊)
＝雖然他有勢力，但是，我不怕他。

zǝ̄ 惜 形 氣悶。

ziaᶈ zȩ, ȩ *zǝ̄*
(食多，會惜)＝吃多了，會氣悶。

zǝ̱ 做 動 ①做、製造。

zǝ̱ sāh(做衫)＝做衣服。

②做、去。

bhio̱ dȩᶈ *zǝ̱* xi̱
(廟在做戲)＝廟庭正在演戲。

zǝ̱ sīnglì(做生理)＝做生意。

③用～做。

zit lia̱p zioᶈtǎu *zǝ̱* suāh
(此粒石頭做山)＝用這顆石頭做山。

④做(某種)行事。

zǝ̱ sēhri̱t(做生日)＝過日生。

zǝ̱ gi̱(做忌)＝做忌日。

⑤變成、成為。

bia̱n *zǝ̱* xò(變做虎)＝變成老虎。

zǝ̱ guāh(做官)＝當官。

⑥結緣。

zābhògiàh *zǝ̱* lǎng bhuȩ？
(查某子做人未)＝女兒定親了沒？

zǝ̱ ki̱ zīn xǝ̱ng
(做去真遠)＝嫁到很遠的地方。

⑦交際、做人。

īn bhò zīn ghǎu *zǝ̱*

（恁婆眞高做）＝她老婆很會做人。

bhexiàu zə（獪曉做）＝不善交際。

介 ①當做、作爲。

zə ghuà'ě xo̱ ī

（做我的付伊）＝當做我的給他。

②任性、隨你。

bhə̌ cāmsiǎng, zə ī ki̱

（無參詳做伊去）

＝沒商量，任性的走了。

lì zə lì gòng, ghuà zə ghuà tiāh

（你做你講，我做我聽）

＝你說你的，我聽我的。

〔zuē〕

zə̌ 嘈 形 吵雜、煩。文言用語。

xihkāng zə̌（耳孔嘈）＝耳裏吵雜。

zə 座 名 座、台座。

ki̱ zə（起座）＝起立。

bu̱tzə（佛座）＝佛座。

量 座、棟。巨大建物等的計數單位。

zit zə suah（··座山）＝一座山。

nə̱ng zə cṳ（兩座厝）＝兩棟房子。

zə 造 動 造、築，創造。

sise̱ zə īngxiǒng

（時勢造英雄）＝時勢造英雄。

zə zǔn（造船）＝造船。

zə táq（造塔）＝建塔。

zə 撍 動 亂塗、亂寫。

zə gáq gūi ě bhi̱n

（撍及舉个面）＝塗得一臉都是。

cincài zə zi̱t'e, dio̱q xə̀, ə̱mbhiàn dingzīn sià

（清彩撍一下，著好，唔免頂眞寫）

＝隨便寫寫就好，不用認眞寫。

zə̀'à 棗仔 名 棗子。

bhàn zə̀'à（挽棗仔）＝摘棗子。

zə̱bha̱k 做木 動 木工。

dė̱q zə̱bha̱k

（在做木）＝在做木工。

zə̱bha̱k'e（做木的）＝木匠。

〔zuē̱bha̱k〕

zə̱lǎng 做人 動 爲人、交際。

zə（做）動 ⑥的二音節語。

zə̱lǎng zīn pàih zə

（做人眞歹做）＝做人很難。

ī zə̱lǎng zīn kòngkai̱

（伊做人眞慷慨）＝他爲人很慷慨。

〔zuē̱lǎng〕

zə̄lia̱u 曹料 名 佐料。主要爲料理的調味料。

zit uàh mi̱ zə̄lia̱u cām liàu káq ziò

（此碗麵曹料參了較少）

＝這碗麵佐料加得較少。

zə̱tǒ 做土 名 泥水工。

zə̱tǒ'e（做土的）＝泥水匠。

〔zuē̱tǒ〕

zə̀xuè 做夥 動 一起、一伙。

xiáq'ě xīnglì ga̱ kə̱ng zə̀xuè！

（彼的行李給控做夥）

＝那些行李給放在一起！

kun zǝ xuè（睏做夥）＝睡在一起。

〔zuęxè〕

zǝzù 做主 動 做主。

li ga ghuà zǝ zù le！

（你給我做主咧）＝你幫我做個主！

sīntè bhę zǝ zù

（身體𣍐做主）＝身子不能做主。

〔zuęzù〕

zēng 庄 名 村、庄。

xiā u zit ě zǝng

（彼有一个庄）＝那兒有個村落。

zǝngtǎu（庄頭）＝村子入口。

zēng 粧 動 ①化粧、打扮。

zǝng gaq zīn sùi

（粧及眞美）＝打扮得很漂亮。

zǝng laibhin

（粧內面）＝粧點裏面。

②包裝。

zǝng dě（粧茶）＝包裝茶葉。

zit siōh nǝng dàh zǝng

（一箱兩打粧）＝一箱裝兩打。

zǝng 鑽 動 鑽。

īng zǝng'à zǝng kāng

（用鑽仔鑽孔）＝用鑽子鑽孔。

bǎi xo xè, bhǎ, ę xo lǎng zǝng ri-

plǎi

（排付好，無，會付人鑽入來）

＝排好，不然，會被別人鑽進來。

zǝng 唅? 動 舐。

ghin'à ghǎu zǝng

（囝仔高唅）＝小孩很會舐東西。

xǒsīn dęq zǝng

（胡蠅在唅）＝蒼蠅在舐。

zǝng 狀 名 狀、書狀。

ai siàhmì zǝng？

（愛甚麼狀）＝要什麼書狀？

gaisiauzǝng

（介紹狀）＝介紹信。

zǝng 旋 名 （頭上的）毛旋。

li ě zǝng di dǝwui？

（你的旋著何位）

＝你的毛旋在哪裏？

zǝng 饌? 動 舐。

ǝmtāng zǝng bitbhuè！

（唔通饌筆尾）＝不要舐筆尖！

zǝng'à 磚仔 名 磚頭。

pō zǝng'à（鋪磚仔）＝鋪磚頭。

zǝng'àjò（磚仔窯）＝磚窯。

zǝng'à 鑽仔 名 鑽子。

zēngsia 庄社 名 庄、村。zǝng

（庄）的二音節語。

zǝq 擲? 動 丟、擲。

sauziu ōbęq zǝq

（掃箒烏白擲）＝掃把亂丟。

zǝq le, dioq ki

（擲咧，著去）＝丟了，就走。

zǝqrit 昨日 名 前天。

lęzǝqrit（落昨日）＝大前天。

zū 珠 名 ①玉。

lǐngcu̱i u̱ zi̱t lia̱p *zū*
(龍嘴有一粒珠)＝龍嘴裏含一顆玉。
②泡疹、痘子。
cút *zū*(出珠)＝出痘子。
zi̱ng *zū*(種珠)＝種牛痘。

zū 諸 接頭 諸～。表種種、許許多
多之意。文言用語。
*zū*gūn(諸君)＝諸君。
*zū*gók(諸國)＝諸國。

zù 主 名 ①主、主人。
de̱*zù*(地主)＝地主。
lǒ kī *zù*, zia̱q bhə̌ gù
(奴欺主, 食無久)
＝奴欺主, 不得好死。
②對手。
ùn *zù*(穩主)＝確定的對手。
du̱itǎuwāngē*zù*
(對頭冤家主)＝對頭冤家。
接頭 ①主～。次序之最上位者。
*zù*gio̱q(主腳)＝主角。
*zù*zio̱ng(主將)＝主將。
②主事者。
*zù*xūnlǎng(主婚人)＝主婚人。
量 批。計數持有者或對手的單位。
xit *zù* xue̱(彼主貨)＝那批貨。
də̀zi̱t *zù*？(何一主)＝哪一批？

zù 煮 動 ①炊、煮。
zù bhə̌ si̱k(煮無熟)＝沒煮熟。
zù be̱ng(煮飯)＝煮飯。
②料理。

zù gùi'a uàh ca̱i
(煮幾若碗菜)＝煮了好幾道菜。
zù ga̱q bhə̌jǐngci̱qci̱q
(煮及無閑頤頤)
＝做料理忙得不可開交。
〔zi̱〕

zu̱ 注 動 ①注意、關注。文言用語。
zu̱ bha̱k(注目)＝注目。
②注射、打針。
zu̱ ci̱u(注手)＝注射手部。
zu̱ dio̱q ua̱qbhé̱q tia̱h si̱
(注著活覓痛死)＝打針痛死了。

zu̱ 註 動 ①做註。
zu̱ ce̱q(註冊)＝在書上加註。
②(命中)註定。
zu̱ gāiriǎn sū
(註該然輸)＝註定該輸的。
zu̱ si̱(註死)＝註定該死的。
名 註記。
bhə̌ *zu̱* ə̱m xə̀
(無註唔好)＝沒做註不好。

zu̱ 鑄 動 鑄。
zu̱ dià h(鑄鼎)＝鑄造鍋鼎。

zu̱ 自 介 從～。表時間的語詞, 後
面跟隨句子。文言用語。
zu̱ zà ghuà dio̱q zāi
(自早我著知)＝早就知道了。
zu̱ īn la̱ube̱ si̱ ga̱u kīn'àri̱t
(自恁老父死到今仔日)
＝自他爸爸過世到今天。

同義詞：zing(從)。

zu 敷? 動 墊。

zu zuà(敷紙)＝墊紙。

名 墊子。

zu zit de zu

(敷一塊敷)＝墊一塊墊子。

dězu(茶敷)＝茶墊。

zūbùn 資本 名 資本。

zūbùngā(資本家)＝資本家。

zūbhi 滋味 名 味道、風味。

bhɔ̀ zū bhɔ̀ bhi

(無滋無味)＝沒味道。

xɔ̀ zūbhi(好滋味)＝好滋味。

zubhǔn 注文 動 訂購。日語直譯。

bhɔ̀ zubhǔn, bhè bhɔ̀

(無注文，買無)

＝沒預先訂購，買不到。

zùcai 煮菜 動 煮菜、作料理。

īn bhò ghǎu zùcai

(怹婆高煮菜)＝他太太很會作菜。

ī zitmà deq zùcai

(伊此滿在煮菜)＝她現在在煮菜。

zùde 子弟 名 ①子弟。

uzihlǎng ě zùde

(有錢人的子弟)＝有錢人的子弟。

②祭典等時候陪侍的年青信眾。

zùdexi 子弟戲 名 子弟戲。

zùdiōh 主張 動 主張。

zùdiōh guǎnli

(主張權利)＝主張權利。

〔zùdiuh〕

zudongciā 自動車 名 汽車。日
語直譯。

sài zudongciā

(駛自動車)＝開汽車。

zùgo 主顧 名 主顧客。

kiam zih, zàu zùgo

(欠錢，走主顧)

＝欠錢，跑了主客一俚諺。

dua zùgo(大主顧)＝大客戶。

zūgu 書句 名 格言。

kūi cui dioq zūgu

(開嘴著書句)＝開口就是格言。

zùghi 主義 名 主義。

Sāmbhinzùghi

(三民主義)＝三民主義。

zùji 主意 動 做主。

zē ghuà bhe zùji dit

(茲我𣍐主意得)＝這個我不能做主。

ī deq zùji(伊在主意)＝他在做主。

名 意見、點子。

lì u siàhmi zùji?

(你有甚麼主意)＝你有什麼點子？

zuji 注意 動 注意、小心、留意；
注意。日語直譯。

xit ě lǎng ai zuji

(彼个人愛注意)＝要注意那個人。

ga ī zuji zit'e!

(給伊注意一下)＝幫他留意一下！

zujiu 自由 形 自由。

gādi zit ě káq *zujiu*
（家己一个較自由）
＝自己一個人比較自由。

zūjòng 滋養 名 營養。日語直譯。
u *zūjòng* ě miq
（有滋養的物）＝有營養的東西。

zùlǎng 主人 名 主人。
zùlǎng gáp lǎngkéq dėq gòng ue
（主人及人客在講話）
＝主人和客人在說話。

zuriǎn 自然 名 自然。
*zuriǎn*gai（自然界）＝自然界。
形 ①自然的、舒適的。
zit siāng ě cing liàu zīn *zuriǎn*
（此雙鞋穿了眞自然）
＝這雙鞋子穿起來很舒服。
②當然的。
zuriǎn ě dǝli
（自然的道理）＝當然的道理。
xē *zuriǎn* lo
（夫自然嘍）＝那當然囉。
副 自然地。
zuriǎn e xǝ ki
（自然會好去）＝自然會好。

zusàt 自殺 動 自殺。
ki suāhlin *zusàt*
（去山裏自殺）＝到山中自殺。

zùsę 仔細 形 仔細、詳細、小心。
zùsę kuah（仔細看）＝仔細看。
ghǔixiàm, káq *zùsę* le！

（危險，較仔細咧）
＝危險，小心點！
〔zùsuę〕

zusia 注射 動 打針。此語尙未成
爲完全的複合語。
xo sīnsēh *zusia*
（付先生注射）＝給醫生打針。
zu nǝng gī *sia*
（注兩枝射）＝打兩針。

zuzi 住址 名 住址。
zuzi in di ziā
（住址印著這）＝住址印在這兒。

zùziaq 煮食 動 煮食。
káq zà ki lǎi *zùziaq*
（較早起來煮食）＝早點起來煮食。
zùziaq'e（煮食的）＝煮食之人。

zuzip 聚集 動 聚集。zip（集）的二
音節語。
zuzip kūi xue
（聚集開會）＝聚集開會。

zuà 紙 名 紙。
ing *zuà* bāu（用紙包）＝用紙包。
bǝq *zuà*（薄紙）＝薄紙。
量diōh（張）

zuǎ 蛇 名 蛇。
zuǎ dėq sǝ̀（蛇在趖）＝蛇在爬。

zua 遭？ 量 ①區間。
xit *zua* lo xǝ̀
（彼遭路好）＝那段路好走。
②行。

gàu *zua* r̤ị(九遭字)＝九行字。
③趟。算運行的次數時用。
giǎh z̤ịt *zua*(行一遭)＝走一趟。
z̤ịt *zua* zǔn(一遭船)＝出一趟海。

zuàpuē 紙坯 名 紙板。
〔zuàpē〕

zuāh 煎 動 ①煮。
zuāh dě(煎茶)＝煮茶。
②熬。
zuāh io̤q(煎藥)＝熬藥。
zuāh bėq xūn
(煎八分)＝熬八分滿。

zua̤h 煎? 動 炸油。
zua̤h bhȧqjǐu
(煎肉油)＝炸豬油。
bhè lǎi gādi *zua̤h* kȧq sio̤k
(買來家己煎較俗)
＝買來自己炸比較便宜。

zuǎh 泉 名 泉水。
cút *zuǎh*(出泉)＝湧泉。

zua̤h 濺 動 ①噴出。
zùi dė̤q *zua̤h*(水在濺)＝水在噴。
②噴到。
zua̤h r̤io̤(濺尿)＝撒尿。
xuėq *zua̤h* dio̤q sāh
(血濺著衫)＝血噴到衣服。

zuàhjo̤h 怎樣
→ànzuàh(按怎)
〔zàihj̤iuh〕

zuại 擺 動 ①(身體)扭來扭去。

kāziȧq bě bhe dio̤q, gōbùtziōng
ịng *zuại*'e
(腳脊爬𣍐著，姑不將用擺的)
＝背癢抓不到，不得已扭著身體。
②扭到。
c̤ịu k̤ị *zuại*
(手去擺著)＝手扭到了。

zuān 專 形 純粹的。
z̤ụtbhȉ u *zuān* bhǒ？
(秫米有專無)＝糯米純嗎？
副 專。
zuān tạn nèng lo̤z̤ǐh
(專趁軟路錢)＝專門賺軟路錢。

zuàn 轉 動 轉。
zuàn gue̤k̤ị dȩc̤iubǐng
(轉過去倒手旁)＝轉過去左邊。
zuàn sīn(轉身)＝轉身。

zuàn 賺? 動 ①賺錢。
gīn'àr̤ịt *zuàn* gùij̤ǐh？
(今仔日賺幾円)＝今天賺多少？
②騙。
ghuà xo̤ lì bhe *zuàn* dit
(我付你𣍐賺得)＝你騙不了我。

zuǎn 全 副 全部、都是。
zuǎn bhǒ(全無)＝全無。
zuǎn s̤ị lǒmuǎ
(全是鱸鰻)＝都是流氓。
接頭 全～。表全部的意思。
*zuǎn*gē(全家)＝全家。
*zuǎn*sīn(全身)＝全身。

zuǎnsegai(全世界)＝全世界。

zuan 鏇 動 扭、轉。

zuan ciu(鏇手)＝扭手。

zuan sizīng(鏇時鐘)＝轉時鐘。

名 捻子。多半說成zuan'à(鏇仔)。

zuan sǐ(鏇匙)＝轉鎖。

ziu zuan(酒鏇)＝軟木瓶塞起子。

zuānbhǔn 專門 名 專門。日語直譯。

ī ě zuānbhǔn sī siàhmì?

(伊的專門是甚麼)

＝他的專長是什麼?

zuāndǒ 專途 形 專門的。

zuāndǒ dėq bhe bhì

(專途在賣米)＝專門賣米。

zuāngā 專家 名 專家。北京話直譯。

ī sī līksù ě zuāngā

(伊是歷史的專家)

＝他是歷史的專家。

zuǎnriǎn 全然 副 全然。

zuǎnriǎn ǝm zāi

(全然唔知)＝全然不知。

亦發成zěngriǎn。

zuànziaq 賺食 動 zuàn(賺)的二音節語。

①賺錢、謀生。

ginlǎi pàih zuànziaq

(近來歹賺食)＝近來錢難賺。

②騙。

lòng bhėq zuànziaq lǎng

(攏覓賺食人)＝都要騙人。

zuànziaqwàh 賺食碗 名 謀生工具。卑俗語。

bundāh sī ī ě zuànziaqwàh

(扁擔是伊的賺食碗)

＝扁擔是他的謀生工具。

zuàq 泏 動 ①左右搖動、幌動。

cu dėq zuàq

(家在泏)＝房子在幌動。

dǝq'à ǝmtāng ga ghuà zuàq!

(桌子唔通給我泏)

＝不要搖我的桌子!

②水等因幌動而濺出來。

zùi zuàq gaq gūi siguę

(水泏及舉四界)＝水濺得到處都是。

③人心動搖。

tōnggē zuàq kilǎi

(通街泏起來)＝整條都動搖起來。

zuaq 差? 動 ①差、錯。

zuaq im(差音)＝走調。

zuaq ze le(差多咧)＝差得多呢。

②筋扭到。

zuaq dioq kāgīn

(差著腳筋)＝腳筋扭到。

zuȧt 苗? 動 滿、爆。

bǔi gaq bhėq zuȧt cutlǎi

(肥及覓苗出來)＝胖到快爆了。

zuȧt 絕 動 絕。文言用語。

kui zuȧt la(氣絕啦)＝氣絕了。

zuat iǎn(絕緣)＝斷緣。

zua̱tdu̱i 絕體 形 絕對的。日語直
譯。

ghuà *zua̱tdu̱i* əm
(我絕體唔)＝我絕對不要。

zua̱tgāu 絕交 動 絕交。

ga̱p ī *zua̱tgāu*
(及伊絕交)＝和他絕交。

zuȩ 最 副 最。

zuȩ libian(最利便)＝最方便。

zuȩ 罪 名 罪。

xuan *zuȩ*(犯罪)＝犯罪。

zuȩ'o̱k(罪惡)＝罪惡。

zùi 水 名 水。

cīngki̱ *zùi*(清氣水)＝乾淨的水。

xo̱*zùi*(雨水)＝雨水。

形 ①淡。

zit zēng zi̱u u̱ ka̱q *zùi*
(此粧酒有較水)
＝這牌子的酒比較淡。

②顏色等不一樣。

sik ka̱q *zùi*
(色較水)＝顏色太淡。

zùi ǎng sik(水紅色)＝淡紅色。

量 批、回。用於計數家畜或農產
品一年中收穫的次數時。

zit *zùi* gē'à
(此水鷄仔)＝這一批鷄。

zi̱t *zùi* de̱'à
(一水苧仔)＝一季苧麻。

zu̱i 醉 動 醉。

guan xo̱ ī *zu̱i* !
(灌付伊醉)＝把他灌醉！

līm zi̱t-nəng buē dio̱q *zu̱i*
(飲一兩杯著醉)＝喝一兩杯就醉。

zǔi 刣? 動 ①慢慢割。

du̱i xit bha̱k ga̱ *zǔi* kilǎi !
(對彼目給伊刣起來)
＝把那一節割下來！

na̱ bhǒjàh, ghuà tǎuka̱k xo̱ lì *zǔi*
(若無影，我頭殼付你刣)
＝如果沒有，我的頭讓你割下來。

②勉強、硬逼。

gōngcīn giǒng ga̱ ī *zǔi* lǝqki̱
(公親強給伊刣落去)
＝硬逼他做中間人。

zǔi kua̱h e̱ ka̱q sio̱k bhe̱
(刣看會較俗獪)
＝殺(價)看看會不會便宜一點。

zùicū 水蛆 名 孑孓。

zùidǐ 水池 名 水池。dǐ(池)的二音
節語。

zùidə 水道 名 水道。日語直譯。

kān *zùidə*(牽水道)＝埋水管。

zùidə tǎu
(水道頭)＝水龍頭、水源地。

zùigōng 水缸 名 水缸。

zùighin 水銀 名 水銀。

〔sùighǔn〕

zùilě 水螺 名 汽笛。

dǎn *zùilě*(陳水螺)＝鳴汽笛。

zùilǐng 水龍 名 消防車。

xə̀gāzai, *zùilǐng* ga̱u la！

（好嘉哉，水龍到啦）

＝幸好，消防車到了！

zùitò 水土 名 水土、風土。

ziạq ə̠mdioq *zùitò*

（食唔著水土）＝水土不合。

zùizih 水晶 名 水晶。

zùizə̌ 水槽 名 水槽。

zūn 尊 動 尊敬、尊重。

zūn si̱dua̱lǎng

（尊序大人）＝尊敬長上。

zūn ī ě i̱gian

（尊伊的意見）＝尊重他的意思。

zùn 准 動 准許、許可。

zùn ī ki̱（准伊去）＝准許他去。

zùn 準 形 正確、吻合。

si̱zing ziǎh *zùn*

（時鐘成準）＝鐘很準。

ī ě ue̱ bhe̱ *zùn*

（伊的話艙準）＝他的話不準。

動 當眞、當做。

u *zùn* bhə̌（有準無）＝當眞嗎？

ànnē *zùn* xə̀ ki̱

（按咋準好去）

＝這樣，當做已經好了。

介 當、做爲、看做。

ri̱ding'e *zùn* i̱tding'e de̱q bhe̱

（二等的準一等的在賣）

＝二等貨當一等貨賣。

zùn lì'ě ga lì bhu̱tsīu

（準你的給你沒收）

＝視爲你的把你沒收起來。

zu̱n 圳 名 給水渠。

zùi ạn *zu̱n* giǎh

（水按圳行）一俚諺

＝水照著渠道流。凡事有先來後到

之意。

zu̱n 戰? 動 顫抖、震動。

guǎh gạq ghi̱ghi*zu̱n*

（寒及瘰瘰戰）＝冷到直打顫。

zu̱n kā（戰腳）＝抖腳、窮搖腳。

zǔn 存 動 ①存、剩。

u *zǔn* zih bhə̌？

（有存錢無）＝有存款嗎？

zǔn ki̱lǎi kạng

（存起來控）＝存起來放。

②盤存、對帳。

zǔn kuạh u cūn bhə̌

（存看有剩無）＝盤盤看有沒有剩。

zǔn si̱ạu（存賬）＝對帳。

zǔn 船 名 船。

ze *zǔn*（坐船）＝搭船。

gə *zǔn*'à（摳船仔）＝划船。

量 以船爲單位的貨物。

zit *zǔn* xue̱（一船貨）＝一船貨。

zu̱n 陣 量 陣、時。一回一回進行

的計數單位。

xit *zu̱n* ě xaksīng

（彼陣的學生）＝那時候的學生。

zịt *zun* xōng（一陣風）＝一陣風。

giọ gùi'ạ *zun*
（叫幾若陣）＝叫好幾次。

zun 鏇 動 轉、扭、擰。

zun bhịngī̄n（鏇面巾）＝擰毛巾。

zun cìugụt（鏇手骨）＝扭手臂。

→zuạn（鏇）

zùnbị 準備 動 準備。

zùnbị zuà gạq iǎnbit
（準備紙及鉛筆）＝準備紙和鉛筆。

zùnbị bhẹq kị
（準備覓去）＝準備要去。

同義詞：ubị（預備）。

zūngịng 尊敬 動 尊敬。

xạksī̄ng ại *zūngịng* sī̄nsēh
（學生要尊敬先生）
＝學生要尊敬老師。

zǔnni 前年 名 前年。

lẹ*zǔnni*（落前年）＝大前年。

zǔntǎuxǎng 船頭行 名 駁船公司。

zùnzàt 準節 動 節制。zàt（節）動的二音節語。

zùnzàt ịng
（準節用）＝節制著用。

zùnzə 準做 動 當做。zùn（準）的二音節語。

zē *zùnzə* suāh

（茲準做山）＝把這當做山。

介 作爲、視爲。

zùnzə ghuà əm zāi gạ ī gòng
（準做我唔知給伊講）
＝就當我不知道去告訴他。

接 就算～也。

zùnzə ghuà ụ, ghuà ạq əm xọ lì
（準做我有，我亦唔付你）
＝就算我有，我也不給你。

zùq 注？ 動 吱一聲跑出來、滲出來。

lǎng *zùq* cùtlǎi
（膿注出來）＝膿滲出來。

zùq ziàp（注汁）＝汁滲出來了。

zụtbhì 秫米 名 糯米。

ịng *zụtbhì* bạk zạng
（用秫米縛粽）＝用糯米做粽子。

方言差一覽表

　　本表含括字典本文有些語彙說明的末尾，所有以〔　　〕號標出別種發音的部分。

　　也就是在左側標示那個別種發音，右側標示它的漢字。這可以說是台北方言(音)和台南方言(音)的一種對照表吧？這樣說的原因是：現在很辛苦、勞煩地擔任我的台北方言(音)發音人的 T 氏父子的發音，有 20% 是和我的台南方言(音)相合的。但是，如果以為本表就是這兩個系統的方言(音)對照表，那是危險的。加以非僅方言差的程度而已，因同化(assimilation)的強弱，也會造成發音的不同，愈發顯示本表乃是一種權宜的東西。

　　製作本表的第一個目的是：希望提供和我的發音不同的人，可以利用本表，找到他所要找的語彙在本書的位置，比如：台北方言說「雞」為「gue」，根據本表，就可知道本書中「雞」出現在「ge」的字條裏頭。

　　台灣話確是「不漳不泉」，但也不是「不漳不泉」的廈門話。本表或許可以證明這一事實吧？

　　本表中的注記，示意如下：

　　㊌　《十五音》中記載的漳州音。(嚴密地說應為龍溪音)

　　㊐　《廈門音新字典》記載為廈門音，事實上其中混合了

許多泉州音。

㉺ 《台日大辭典》中特別記載爲泉州音。

㉺ 《台日大辭典》中記載爲同安音。

根據這些注，台灣的讀者在各自的話語中，可以計算出在這些要素中所佔的百分比吧？這是本表的第二目的(功能)。

此外，本表的其他略語示意如下：

㉺ 指在台南的發音中的「另一種發音」，主要以不同的語調分別使用。

㉺ 同化作用的強弱，在同一個發音人中，因時間的不同也會有差異。

㉺ 個人認爲是台南方言(音)獨特的發音。

又，爲免於過度煩雜，已注的單音節語如再出現於語幹的複音節語時，就予以省略，不再做注。

a̱ （亦） 又音		a̱q
a̱sài （惡使） 又音		a̱qsài
a̱si （亦是）		a̱qsi
a̱ibhue̓q （愛覓）		a̱ibheq
ànnī （按哖） 厦		ànnē 漳
ànzàih （按怎） 厦		ànzuàh 漳
a̱ubhù （後母）		a̱ubhə̀
a̱ughe̱qri̱t （後月日）		a̱ughue̱qri̱t
bài （擺）		bàih 台南
ba̱ngōxè'à （弁姑伙仔） 厦		ba̱ngōxuè'à 漳
ba̱ngsīh （放生）		ba̱ngsēh
bē （飛） 厦		buē 漳
bè （摯） 厦		buè 漳
be̱ （背） 厦		bue̱ 漳
be̱ （褙） 厦		bue̱ 漳
bě （賠） 厦		buě 漳
be̱ （佩） 厦		bue̱ 漳
be̱ （倍） 厦		bue̱ 漳
be̱ （培） 厦		bue̱ 漳
be̱ （焙） 厦		bue̱ 漳
be̱bho̱ng （培墓）		bue̱bho̱ng
be̱bhù （父母）		be̱bhə̀
bèciubhi̱n （摯手面）		buèciubhi̱n

bĕlǐngzǔn （爬龍船） 厦	bĕliŏngzǔn
bē'ō （飛烏）	buē'ō
bĕqsih （百姓）	bĕqseh
bǐbĕ （枇杷）	dǐbĕ 台南
bih （柄） 厦	beh 漳
bǐh （平） 厦	bĕh 漳
bǐh （棚） 厦	bĕh 漳
bih （病） 厦	beh 漳
bihbō （平埔）	bĕhbō
bihgiàh （病子）	behgiàh
bihjih （病院）	behjih
bīnduah （憑惰） 厦	bǔnduah 漳
bīnnǎng （檳榔） 厦	būnnǎng 漳
bǐnggè （蘋果） 厦	pŏnggè
bəqxè （薄荷） 又音	bokxè
buahcīhsik （半生熟）	buahcēhsik
buahmì （半暝）	buahmĕ
buéq （八） 厦	béq 漳
buiq （拔） 厦	bueq 漳 泉
būndīuh （分張）	būndiōh
bùnduè （本底）	bùndè
bhaxioq （鷗鴉） 厦	naixioq 泉 同
～bhai （覝） 又音	～mai

bha̍kza̍t　（墨賊）　廈	bha̍tza̍t　同化
bhè　（尾）　廈	bhuè　漳
bhě　（糜）　廈	muǎi　漳
bhe　（未）　廈	bhue　漳
bhè'à　（尾仔）	bhuè'à
bhèciu　（尾手）	bhuèciu
bhèjaq　（尾煤）	bhuèjaq
bhezing　（未曾）	bhuezing
bhezǐngbhe　（未曾未）	bhuezǐngbhue
bheq　（襪）　廈	bhueq　漳
bhincǎng　（眠床）　又音	mǎngcǎng
bhingūn　（面巾）	bhingin
bhinpě　（面皮）	bhinpuě
bhòmiq　（某麼）　又音	bhòmi
bhǎdīuhdǐ　（無張持）	bhǎdiōhdǐ
bhù　（母）　廈　又音	bhə̀　漳
bhuè　（買）　廈	bhè　漳
bhue　（繪）　廈	bhe　漳
bhue　（賣）　廈	bhe　漳
bhuedang　（繪得-通）	bhedang
bhuedit　（繪得）	bhedit
bhuedittāng　（繪得通）	bhedittāng
bhue～dit　（繪～得）	bhe～dit
bhuegidit　（繪記得）	bhegidit

bhuegiansiau （繪見笑）	bhegiansiau
bhueguedit （繪怪得）	bheguedit
bhuejingdit （繪用得）	bhejingdit
bhuekāmdit （繪堪得）	bhekāmdit
bhuesàidit （繪使得）	bhesàidit
bhuexiàudit （繪曉得）	bhexiàudit
bhueq （覓） 漳 又音	bheq 厦
bhunduě （問題）	bhundě
bhuntăng （蛔虫） 厦	bhintăng 漳
bhǔnziuh （文章）	bhǔnziōh
căsuē （柴梳）	căsē
cănjīh （田嬰） 厦	căn'ēh 漳
caisuē （茱蔬） 厦	caisē 漳
cāmsiǒng （参詳） 厦	cāmsiǎng 漳
caucīh （臭生）	caucēh
càudue （草地）	càude
càumiq'à （草蜢仔） 厦	càumeq'à 漳
cauxèdā （臭火乾）	cauxuèdā
cauxèxūn （臭火燻）	cauxuèūn
cē （吹） 厦	cuē 漳
cē （炊） 厦	cuē 漳
cě （箠） 厦	cuě 漳
ce （尋） 厦	cue 漳

ciābhù　（車母）	ciābhə̀
cīh　（生）　厦	cēh　漳
cīh　（青）　厦	cēh　漳
cīh　（星）　厦	cēh　漳
cìh　（醒）　厦	cèh　漳
cīh'àzǎng　（青仔欉）	cēh'àzǎng
cīhbo̧ngbȩɑbo̧ng　（青唪白唪）	cēhbo̧ngbȩqbo̧ng
cīhgiāh　（生驚）	cēhgiāh
cīhlìng　（生冷）	cēhlìng
cīhmǐ　（青冥）　厦	cēhmě　漳
cīhmǐghǔ　（青冥牛）	cēhměghǔ
cīh'ə̀m　（親姆）	cēh'ə̀m
cīhsō　（生疎）	cēhsō
cīhtǐ　（青苔）	cēhtǐ
cīhxuān　（生番）	cēhxuān
cīhci̧uh　（親像）	cīnci̧o̧h
cīnci̧uhlǎng　（親像人）	cīnci̧o̧hlǎng
ci̧o̧kē　（笑稽）　厦	ci̧o̧kuē　漳
ci̧o̧h　（唱）　漳	ci̧o̧　台南
cīuci̧n　（秋凊）	ciōci̧n　台南
cìugūn　（手巾）	cìugi̧n
ci̧ulīng　（樹乳）	ci̧unī
cīuh　（槍）　厦	ciōh　漳
cìuh　（搶）　厦	ciòh　漳

ci̯uh （唱） 厦	ciǫ 台南
ci̯uh （牆） 厦	ciǒh 漳
ci̯uh （颶） 厦	ciǒh 漳
ci̯uh （上） 厦	cio̯h 漳
ci̯uh （匠） 厦	cio̯h 漳
ci̯uh （汲） 厦	cio̯h 漳
ci̯uh （象） 厦	cio̯h 漳
ci̯uh （像） 厦	cio̯h 漳
cōpě （粗皮）	cōpuě
cuē （初） 厦	cē 漳
cuę （刷） 厦	cę 漳
cuę （粽） 厦	cę 漳
cuě （蟄） 厦	cě 漳
cuėq （慼） 厦	cėq 漳
cuėqku̯i （慼氣）	cėqku̯i
cu̯ibhè （嘴尾）	cu̯ibhuè
cu̯idǔnpě （嘴唇皮）	cu̯idǔnpuě
cu̯ipè （嘴 毗）	cu̯ipuè
dābō （查哺） 厦	zābō 漳
dāng'ē （苳蒿） 厦	dāng'ə̄ 漳
Dāngzu̯ėq （多節）	Dāngzėq
dȧq （嗒） 又音	dą
dau̯zi̯uh （豆醬）	dau̯zio̯h

dę （隨） 厦	duę 漳
dě'ē （茶鍋）	děwē
déq （咧） 厦	le
déqbhuéq （在覓）	déqbhéq
dianxè （電火）	dianxuè
di̍h （盯） 厦	dęh 漳
di̱h （捘） 厦	deh 漳
dǐhdę （繮隨）	dǐhduę
dim （頓） 厦	tim
dǐngbe （重倍）	dǐngbue
di̅ngxè （燈火）	di̅ngxuè
dioqgāząk （着咳嗽） 又音	dioqgāzàu
diq （值） 厦	dihq 漳
di̅uh （張） 厦	diōh 漳
di̍uh （長） 厦	diòh 漳
di̱uh （帳） 厦	dioh 漳
di̱uh （脹） 厦	dioh 漳
dǐuh （場） 厦	diǒh 漳
di̱uh （丈） 厦	dioh 漳
di̅uhdǐ （張持）	diōhdǐ
di̱uhlǎng （丈人）	diohlǎng
di̱uh'əm （丈姆）	dioh'əm
dowùn （土蚓） 厦	dogùn 台南
dùdi̱h （抵裎） 厦	dùdęh 漳

duạbhùsịgẹ （大滿四界）　　duạbhùsịguẹ

duạtǎubhù （大頭母）　　duạtǎubhə̀

duè （底）⑲　　dè ㉓

duè （貯）⑲　　dè ㉓

duě （蹄）⑲　　dè ㉓

duě （題）⑲　　dě ㉓

duẹ （地）⑲　　dẹ ㉓

duẹ （第）⑲　　dẹ ㉓

duẹbàn （地板）　　dẹbàn

duẹbọ （地步）　　dẹbọ

duěbhåk （題目）　　děbhåk

duẹdạng （地動）　　dẹdạng

duẹgī （地基）　　dẹgī

duẹgǐu （地球）　　dẹgǐu

duẹghịk （地獄）　　dẹghịk

duějǎn （題捐）　　dějǎn

duẹjịt （第一）　　dẹjịt

duẹtǎu （地頭）　　dẹtǎu

duẹziān （地氈）　　dẹziān

ē （鍋）⑲　　uē ㉓

ẹduè （下底）⑲　　ẹdè ㉓

ẹxǎi （下頦）⑲　　ẹxuǎ ㉓

gādiuh （家長）	gādiòh
gāgi （家己）　又音	gādi
gāli （加里）　又音	gālè
gạhbhù （酵母）	gạhbhè
gāizại （嘉哉）　又音	gāzại
gȧkghǔn （角銀）	gȧkghǐn
gāngciuh （工廠）	gāngciòh
gāngghue （工芸）　厦	gāngghe　漳
gǎubīh （猴拚）　厦	gǎubēh　漳
gạubhè （到尾）	gạubhuè
gè （架）　厦	guè　漳
gè （粿）　厦	guè　漳
gẹ （過）　厦	guẹ　漳
gēdǐng （家庭）	gāding
gēdiuh （家長）	gēdiòh
gẹki （過去）	guẹki
～gẹki （～過去）	～guẹki
～gẹlǎi （～過來）	～guẹlǎi
gẹrit （過日）	guẹrit
gẹsin （過身）	guẹsin
gēxè （家伙）　厦	gēxuè　漳
gèzi （果子）　厦	guèzi　漳
gi （舉）　漳	gù　厦
gi （據）　漳	gụ　厦

gi̠za̠i （據在）　　　　　　　　gu̠za̠i

gia̠q （攑）　厦　　　　　　　　ghia̠q

gia̍tbhè （結尾）　　　　　　　gia̍tbhuè

gīh （更）　厦　　　　　　　　gēh　漳

gīh （經）　厦　　　　　　　　gēh　漳

gīh （羹）　厦　　　　　　　　gēh　漳

gikxuē （菊花）　又音　　　　giŏkxuē

gīnggę （經過）　　　　　　　gīnggue̠

gīngziō （芹蕉）　厦　　　　　gīnziō　台南

gio̠zue̠ （叫做）　　　　　　　gio̠zǝ

gi̠ucě （球萋）　　　　　　　　gi̠ucuě

gīuh （薑）　厦　　　　　　　　giōh　漳

gòcē （鼓吹）　　　　　　　　gòcuē

gōni̠u （姑娘）　　　　　　　　gōniŏ

go̍kghi̠ （國語）　漳　　　　　go̍kghù　厦

go̍ngbi̠h （公平）　　　　　　gōngběh

gōngzi̠ng （公衆）　又音　　　gōngzio̠ng

gōjo̠q （膏藥）　厦漳　　　　　gōjo̠q　泉

gēngsīh （光生）　　　　　　　gēngsēh

gǝqbi̠h （閣棚）　　　　　　　gǝqběh

gǝqjīuh （復樣）　　　　　　　gǝqjo̠h

gu̠duè （舊底）　　　　　　　　gu̠dè

guǎih （昂）　厦　　　　　　　guǎn　漳

gua̠ih （縣）　厦　　　　　　　gua̠n　漳

guạihsị （慣勢） 厦		guạnsị	
guē （街） 厦		gē 漳	
guē （鷄） 厦		gē 漳	
guè （改） 厦		gè 漳	
guè （解） 厦		gè 漳	
guẹ （疥） 厦		gẹ 漳	
guě （鮭） 厦		gě 漳	
guēlọ （街路）		gēlọ	
guēnạnggē （鷄卵糕）		gēnạnggē	
guèséq （解說）		gèsuéq	
guēxīng （鷄胸）		gēxīng	
guēxǐng （鷄形）		gēxǐng	
guéq'à （鍥仔） 厦		géq'à 漳	
gùinā （幾若） 又音		gùi'ạ	
gūigù （規矩） 厦		gūigi 漳	
gūih （杆） 泉		guāih 厦	
gūih （關） 泉		guāih 厦	
gùih （桿） 泉		guàih 厦	
gǔih （昂） 泉		guǎn 漳	
gụih （縣） 泉		guạn 漳	
gùih'à （拐仔） 泉		guàih'à 厦	
gūn （巾） 厦		gīn 漳	
gūn （斤） 厦		gīn 漳	
gūn （根） 厦		gīn 漳	

gūn （筋） 厦		gīn 漳
gūn （跟） 厦		gīn 漳
gun （近） 厦		gin 漳
gūnbùn （根本）		gīnbùn
gundāu （近兜）		gindāu
gūndū （均都） 厦		gindū 漳
gūnduè （根底）		gīndè
gunsiok （均屬） 厦		gīnsiok 漳
gūnsǔi （跟隨）		gīnsǔi

gheq （月） 厦		ghueq 漳
-gheq （月） 厦		-ghueq 漳
gheqgīng （月經）		ghueqgīng
gheqlai （月內）		ghueqlai
gheqniu （月娘）		ghueqniǒ
gheqrit （月日）		ghueqrit
ghiǎ （鵝） 厦		ghǒ 漳
ghiàm （朶） 又音		ghìm
Ghogheqzueq （五月節）		Ghoghueqzeq
ghǔlīng （牛乳）		ghǔnī
ghua （哇） 又音		ua
ghua （若） 又音		rua
ghùn （阮） 又音		ghuàn
ghǔn （銀） 厦		ghǐn 漳

ghǔnde̤'à （銀袋仔）	ghǐnde̤'à
ghǔngȧk'à （銀角仔）	ghǐngȧk'à
ghǔnpiọ （銀票）	ghǐnpiọ
ghǔnxǎng （銀行）	ghǐnxang
ghǔnzùi （銀水）	ghǐnzùi
ia （亦） 又音	ạq
iasài （惡使） 又音	ạqsài
iasi （亦是） 又音	ạqsi
iānxè （煙火）	iānxuè
iàubhe̤ （猶未）	iàubhue̤
īh'à （嬰仔） 泉	ēh'à 漳 厦
ìh'à （燕仔） 又音	èh'à
ǐh'à （楹仔） 厦	ěh'à 漳
ìn （隱） 漳	ùn 厦
iōng （央） 厦	iāng 漳
iọng （用） 又音	ịng
iǒngji （容易） 又音	iǒngjih
ǐuziạqgè （油食粿）	ǐuziạqguè
ìuh （舀） 厦	iòh 漳
ǐuh （羊） 厦	iǒh 漳
ǐuh （溶） 厦	iǒh 漳
iuh （樣） 厦	ioh 漳
ǐuhcāng （洋葱）	iǒhcāng

ǐuhdǝ̆ （楊萄）　　　　iǒhdǝ̆

ǐuhxē （洋灰）　　　　iǒhxuē

kā'a̱udīh （腳後肘）Ⓣ厦　kā'a̱udēh Ⓣ漳

kāzióqduè （腳蹠底）　　kāzióqdè

kāngkȩ （工課）　　　　kāngkuȩ Ⓣ漳

kȩ （架）厦　　　　　　kuȩ Ⓣ漳

kě （痂）厦　　　　　　kuě Ⓣ漳

kèbhǐngcīh （啓明星）　kèbhǐngcēh

kēsi̱h （葵扇）厦　　　　kuēsi̱h 漳

kēxǎi （諧詼）厦　　　　kuēxǎi 漳

ki̱gè （柿粿）　　　　　ki̱guè

kiā （奇）厦 漳　　　　　kā 泉

kīh （坑）厦　　　　　　kēh 漳

kīnsiāhsuȩséq （輕聲細說）kīnsiāhsȩsuéq

kīngghǔn （輕銀）　　　kīngghǐn

kīuh （腔）厦　　　　　　kiōh 漳

ko̱ngduě （炕蹄）　　　　ko̱ngdě

kǝ̀'o̱ （可惡）漳　　　　kòh'o̱h 泉

kǝ̀'o̱h （可惡）厦　　　　kòh'o̱h 泉

～kua̱hbhai （～看覓）　～kua̱hma̱i

kua̱hzuȩ （看做）　　　　kua̱hzǝ̝

kuē （刮）厦　　　　　　kē 漳

kuē （溪）厦　　　　　　kē 漳

kuę （契） 厦	kę 漳
kuę （噛） 厦	kę 漳
kuęjȯk （契約）	kejȯk
kuėq （夾） 厦	kėq 漳
kuėq （瞎） 厦	kėq 漳
kuėq'à （医仔）	kėq'à
kuėqzuęq （夾截） 厦	kėqzęq 漳
kuihwąq （快活） 又音	kuąhwąq
kǔn （勤） 厦	kǐn 漳
kǔncąi （芹菜） 厦	kǐncąi 漳
kǔnkiąm （勤儉）	kǐnkiąm
laiduè （內底）	laidè
laubhù （老母） 又音	laubhə̀
lauxę'à （老歲仔）	lauxuę'à
li （濾） 漳	lu 厦
liāmxīuh （拈香）	liāmxiōh
liǎnngau （蓮藕） 同化	lǐngngau
līng （乳） 漳厦	nī 厦
lįng （睃） 厦	liǫng 漳
liǫng （量） 厦	liang 漳
lobhè （路尾）	lobhuè
luè （罾） 厦	lè 漳
luě （犁） 厦	lě 漳

luęq （笠）厦	lęq 漳
lunghęq （閏月）	lunghuęq
ma （罵）泉同	me 漳厦
măubịh （毛病）	măubeh
mī （搣）厦	mē 漳
mǐ （瞑）厦	mě 漳
mǐ （鋩）厦	mě 漳
mǐzióqpe （綿績被）	mǐzióqpue
mǐsi （瞑時）	měsi
miq （乜）又音	mi
mịpqę （物配）厦	mịqpue 漳
mǒ （毛）漳	mǎng 厦
mạngq （物）泉同	miq 漳厦
mạngqgiah （物件）	miqgiah
muàghęq （滿月）	màghueq 台南
mùi （每）厦	muè 漳
mǔigui （玫瑰）厦	muěgui 漳
mǔixuē （梅花）厦	muěxuē 漳
nania （耳耳）又音	niania
nị （企）厦	nę 漳
nǐ （拎）厦	ně 漳
nǐbhù （乳母）	nǐbhə̀

nǐxę	（年歲）		nǐxuę
nǐzueq	（年節）		nǐzeq
niq	（呢）	又音	le
nįq	（裡）	又音	lin
niu	（兩）	厦	niò 漳
nǐu	（娘）	厦	niǒ 漳
nǐu	（量）	厦	niǒ 漳
nǐu	（糧）	厦	niǒ 漳
niu	（量）	厦	nio 漳
niu	（讓）	厦	nio 漳
nǐu'à	（娘仔）		niǒ'à
niu'à	（量仔）		nio'à
nǐucàu	（糧草）		niǒcàu
niucìu	（讓手）		niocìu
no	（兩）	漳	nəng 厦
ngi	（硬）	厦	nge 漳
ngiǎ	（迎）	厦漳	ghiǎ 台南
ngiàuq	（檄）	又音	ghiàuq
ngǒkǐ	（蜈蜞）	又音	ghǒkǐ
nguèq	（挾）	厦	ngeq 漳
nguęq	（挾）	厦	ngęq 漳
ōcih	（烏青）		ōcēh

ōcīuh （烏鯧） 厦	ōciōh 漳
ọnglǎi （鳳梨） 又音	ǒnglǎi
ǝmnạ （唔但） 又音	ǝmniạ
pē （剽） 漳	puē 厦
pē （批） 漳	puē 厦
pē （胚） 厦	puē 漳
pè （衃） 漳	puè 厦
pẹ （桮） 厦	puẹ 漳
pẹ （配） 厦	puẹ 漳
pě （皮） 厦	puě 漳
pẹ （被） 厦	puẹ 漳
pẹ （稗） 漳	puẹ 厦
pěbāu （皮包）	puěbāu
pěcàu （皮草）	puěcàu
pēdǎng （批筒）	puēdǎn
pědẹ’à （皮袋仔）	puědẹ’à
pēlǒng （批囊）	puēlǒng
pěpě’à （皮皮仔）	puēpuě’à
pēpǐng （批評）	puēpǐng
pēsịn （批信）	puēsịn
pěsīuh （皮箱）	puěsiōh
pěwě （皮鞋）	puě’ě

pĕxi̱　（皮戲）　　　　　　　　puĕxi̱

pēza̍t　（批札）　　　　　　　puēza̍t

pe̱q　（沫）Ⓧ　　　　　　　　pue̱q　Ⓩ

pi̱si̱uh　（譬相）　　　　　　pi̱si̱oh

pīh　（偏）Ⓧ　　　　　　　　pēh　Ⓩ

pīh　（摒）Ⓧ　　　　　　　　pēh　Ⓩ

pĭh　（平）Ⓧ　　　　　　　　pĕh　Ⓩ

pĭh　（坪）Ⓧ　　　　　　　　pĕh　Ⓩ

po̱ng　（碰）又音　　　　　　po̱ng

pua̱bi̱h　（破病）　　　　　　pua̱be̱h

rĕ　（挼）Ⓧ　　　　　　　　ruĕ　Ⓩ

ri̱si̱h　（字姓）　　　　　　ri̱se̱h

ri̍p　（趌）Ⓧ　　　　　　　rio̍k　Ⓩ

riòng　（嚷）Ⓧ　　　　　　riàng　Ⓩ

Ri̱qgàumĭ　（廿九暝）　　　　Ri̱qgàumĕ

sàh　（甚）Ⓩ　　　　　　　　siàh　Ⓧ

sāhga̱n　（相姦）Ⓧ　　　　　siōga̱n　Ⓩ

sāhgīhbua̱hmĭ　（三更半暝）　sāhgēhbua̱hmĕ

sāhtăi　（相刣）Ⓧ　　　　　siōtăi　Ⓩ

sāhzīng　（相爭）Ⓧ　　　　　siozīng　Ⓩ

sāmga̱ini̱u'à　（三界娘仔）　　sāmga̱ini̱ŏ'à

sápbin　（虱箆）　同化　　　　　sátbin

sápbhù　（虱母）　同化　　　　　sátbhə̀

sápbhŭn　（雪文）　又音　　　　sátbhŭn

sauziucīh　（掃箒星）　　　　　sauziucēh

sę　（稅）　厦　　　　　　　　suę　漳

sě　（垂）　厦　　　　　　　　suě　漳

Sējǐuh　（西洋）　　　　　　　Sējŏh

séq　（說）　厦　　　　　　　　suéq　漳

séqdəsia　（說多謝）　　　　　suéqdəsia

sigę　（四界）　漳　　　　　　siguę　厦

sisuę　（序細）　　　　　　　　sisę

siaxīuh　（麝香）　　　　　　　siaxiōh

siàhxę　（甚貨）　　　　　　　siàhxuę

siàmmiq　（甚麼）　又音　　　　siàhmì

sianduaxi　（搧大耳）　　　　sianduaxih

siānsīh　（先生）　厦　　　　　sīnsēh　漳

siānsih　（先生）　厦　　　　　sīnseh　漳

siátsiuh　（設想）　　　　　　siátsioh

siausiuh　（賬想）　　　　　　siausioh

sīh　（生）　厦　　　　　　　　sēh　漳

sih　（姓）　厦　　　　　　　　sęh　漳

sīh'ē　（鍟鍋）　　　　　　　sēhwē

sihmia　（性命）　　　　　　　sęhmia

sīhrit　（生日）　　　　　　　sēhrit

sīhsǐng	（生成）	sēhsǐng
sīhwạq	（生活）	sēhwạq
sīhxun	（生分）	sēhxun
sīhzuę	（生做）	sēhzə̧
siksút	（蟋蟀）　厦	siqsút　漳
sìmmịq	（甚麼）　又音	siàhmì
sìmmịq	（甚麼）　又音	siàhmì
sìnnǐu	（新娘）	sīnniǒ
siòbhe	（小妹）　厦	siòmuai　漳
siōsǐ	（相辭）　漳	sāhsǐ　厦
siōsū	（相輸）　漳	sāhsū　厦
sitgheq	（蝕月）	sitghueq
siubhuekì	（受燴起）	siubhekì
sīuh	（尚）　厦	siōh　漳
sīuh	（箱）　厦	siōh　漳
sìuh	（賞）　厦	siòh　漳
sịuh	（相）　厦	siọh　漳
sịuh	（滀）　厦	siǒh　漳
sịuh	（想）　厦	siọh　漳
sịuhbhueq	（想覓）	siọhbheq
sịuhgịh	（想見）	siọhgịh
sīuhsǐ	（相思）	siōhsǐ
sìuhsụ	（賞賜）	siòhsụ
suáq	（煞）　又音	sua

suảqbhè （煞尾）	suảqbhuè
suē （梳） 厦	sē 漳
suē （疎） 厦	sē 漳
suè （洗） 厦	sè 漳
suę （細） 厦	sę 漳
suè'à （黍仔） 厦	sè'à 漳
suęjǐ （細姨）	sęjǐ
suèjik （洗浴）	sèjik
suèri （細膩）	sèri
suėq （塞） 厦	sėq 漳
sùiguē （水蛙） 厦	sùigē 漳
sunghęq （順月）	sunghuęq
súq （吸） 厦	sәq 漳
tanggę （通過）	tangguę
tiāudǐ （特持）	diāudǐ 厦
tiāugāng （特工）	diāugāng 厦
tih （撑） 厦	tęh 漳
tòduę （土地）	tòdę
tǒbhě （土糜）	tǒmuě
tòsiuh （土想）	tòsioh
tǒtәq （土魠） 厦	tǎtәq 漳
tuē （釤） 厦	tē 漳
tuę （替） 厦	tę 漳

tuẹwa̱h　（替換）　　　　　tẹwa̱h

uānjīuh　（鴛鴦）　厦　　　uānjōh　漳
ua̱nxu̱n　（怨恨）　厦　　　ua̱nxi̱n　漳
uē　（挨）　厦　　　　　　　ē　漳
uè　（矮）　厦　　　　　　　è　漳
uě　（鞋）　厦　　　　　　　ě　漳
ue̱　（會）　厦　　　　　　　e̱　漳
uẹ　（携）　厦　　　　　　　ẹ　台南
uěbu̱iq　（鞋拔）　　　　　ěbuẹq
uědạng　（會得–通）　　　　edạng
ue̱dit　（會得）　　　　　　e̱dit
ue̱dittāng　（會得通）　　　e̱dittāng
ue̱～dit　（會～得）　　　　e̱～dit
uẹji̱ngdit　（會用得）　　　eji̱ngdit
uějọq　（鞋藥）　　　　　　ějọq
ue̱kāmdit　（會堪得）　　　e̱kāmdit
ue̱sàidit　（會使得）　　　e̱sàidit
ue̱xiàudit　（會曉得）　　　exiàudit
uẹq　（狹）　厦　　　　　　ẹq　漳
u̱i　（畫）　厦　　　　　　　ue　漳
úiq　（挖）　厦　　　　　　uẹq　漳
ūn　（恩）　厦　　　　　　　īn　漳
ùn　（允）　漳　　　　　　　ìn　厦

ùnzùn （允准）	ìnzùn
xǎh （懸）⑱	xěh 台南
xānzǐ （番藷）⑳	xānzǔ ⑱
xa̱usi̱h （後生）	xa̱usēh
xē （灰）⑱	xuē ⑳
xè （火）⑱	xuè ⑳
xe̱ （貨）⑱	xue̱ ⑳
xe̱ （歲）⑱	xue̱ ⑳
xě （回）⑱	xuě ⑳
xèciā （火車）	xuèciā
xègi̱ （夥記）⑱	xuègi̱ ⑳
xèguē （火鷄）	xuègē
xèlǒ （火爐）	xuèlǒ
xèsiō （火燒）	xuèsiō
xèsi̱u （歲壽）	xue̱si̱u
xěsi̱uh （和尚）⑱	xuěsi̱oh ⑳
xètua̱h （火炭）	xuètua̱h
xètùi （火腿）	xuètùi
xèxū （火灰）	xuèxū
xèzǔn （火船）	xuèzǔn
xi̱ （耳）	xi̱h 台南
xi̱gāu （耳鈎）	xi̱hgāu
xi̱kāng （耳孔）	xi̱hkāng

xiáqniq　（彼裡）　又音	xiáqlin
xiọng　（餉）　厦	xiạng　漳
xīuh　（香）　厦	xiōh　漳
xiụhbǐng　（向旁）　厦	xiọhbǐng　漳
xīuh'e̲　（鄉下）　厦	xiōh'e̲　漳
xīuhgō　（香菰）	xiōhgō
xīuhlì　（鄉里）　厦	xiōhlì　漳
xīuhlǒ　（香爐）	xiōhlǒ
xōngbēsuā　（風飛砂）	xōngbuēsuā
xōngcē　（風吹）	xōngcuē
xōngxè　（風火）	xōngxuè
xóq　（吭）　又音	xọ
xəgāizại　（好嘉哉）　又音	xəgāzại
xəlǎnzi̲　（荷蘭藷）　漳	xəlǎnzǔ　厦
xə̲zuẹ　（號做）	xə̲zə
xuǎihguē'à　（橫街仔）	xuǎihgē'à
xuān'àgiūh　（番仔薑）	xuān'àgiōh
xuān'àxè　（番仔火）	xuān'àxuè
xuànci̲h　（反醒）	xuàncèh
xụi　（廢）　漳	xuẹ　厦
xúiq　（血）　厦	xuéq　漳
xụn　（恨）　厦	xi̲n　漳
xūncē　（燻吹）	xūncuē
xūncēcụi　（燻吹嘴）	xūncuēcụi

zạ （詐）

zạh 台南

zamĭ （昨暝）

zamĕ

zàihjįuh （怎樣） 厦

zuàhjọh 漳

zàihsiọng （宰相） 厦

zàihsiạng 漳

zàuguē'àsiān （走街仔先）

zàugē'àsiān

zāutȧt （蹧躂） 厦 漳

ziāutȧt 同

zì （姉） 又音

zè

zì （煮） 漳

zù 厦

zìbhe̱ （姉妹） 厦

zìmuai̱ 漳

zìxū （姉夫） 厦

zèxū 漳

ziāhghe̱q （正月）

ziāhghųeq

ziāhgheq （正月）

ziāhghueq

ziạqbàbhe̱ （食飽未）

ziạqbàbhue̱

ziạqbhųesiāu （食獪消）

ziạqbhe̱siāu

zīh （爭） 厦

zēh 漳

zìh （井） 厦

zèh 漳

zịh （諍） 厦

zẹh 漳

zīngsīh （精生）

zīngsēh

zìmmà （此滿） 又音

zìtmà

ziōng'ànnĭ （將按呢）

ziọng'ànnē

ziōng （將）

ziọng 台南

zitmuà （此滿） 又音

zìtmà

zīuh （章） 厦

ziōh 漳

zīuh （漿）⑱	ziōh ㊅
zi̯uh （醬）⑱	zi̯oh ㊅
zi̯uh （上）⑱	zi̯oh ㊅
zi̯uh （癢）⑱	zi̯oh ㊅
zi̯uhbǐng （此旁）⑱	zi̯ohbǐng ㊅
～zi̯uhki̯ （～上去）	～zi̯ohki̯
～zi̯uhlǎi （～上來）	～zi̯ohlǎi
zi̯uhzǐh （癢搐）	zi̯ohzǐh
zīuhzǔ （蟄蜍）	ziōhzǔ （台南）
zǒnggȧq （腫甲）⑱	zǐnggȧq ㊅
zǒngtǎu'à （腫頭仔）⑱	zǐngtǎu'à ㊅
zùdīuh （主張）	zùdiōh
zùsu̯e （仔細）	zùse̯
zuàpē （紙胚）	zuàpue̯
zu̯e （做）⑱	zə̯ ㊅
zu̯e （唭）⑱	ze̯ ㊅
zu̯e （多）⑱	ze̯ ㊅
zǔe̯（齊）⑱	zǎ ㊅
zu̯ebha̯k （做木）	zə̯bha̯k
zu̯elǎng （做人）	zə̯lǎng
zu̯etǒ （做土）	zə̯tǒ
zu̯ezù （做主）	zə̯zù
zu̯ėq （節）⑱	ze̯q ㊅
zùighǔn （水銀）	zùighǐn ㊅

譯後記

終於譯完王育德博士的《台灣語常用語彙》了！除了大大鬆了一口氣外，竟然沉浸在一種濃濃的幸福感中，彷彿就親炙著大師的風範和溫煦。

不錯！這明明是一本很「硬」的字典，但是，由於王博士之於台灣語的研究已經出神入化，加上他對母土的孺慕和摯愛，整本字典竟變成是對台灣的娓娓細訴，而不單單是對台灣語言的整理和解說。

所以，翻譯王博士的這本字典，其實就是一趟生動、有趣的「鄉愁之旅」，許多小時候聽過、用過的語言，就這樣被喚醒，不僅如此，由於王博士深得日本學人可就所學「深入淺出」的個中三昧，所以所舉文例十分親切，頗能深入社會底層，充分掌握庶民大眾的生活語言，如「 乍鳥面」、「黃酸囝仔」等等，我譯着譯着，忍不住就會心微笑起來了。

此外，作為一個語言學家，王博士在詞條的挑選和解說上，也不自覺地流露他在語言學方面的精湛學養，許多日常生活中的語彙，我們都一直那樣用著，絲毫不覺有何奧妙之處，可是王博士就着那些個用法，可以十分精微地一一條舉，有些詞條依詞性分點說明，竟有多至十幾點的，如「仔」、「著」、「都」……等，並不時地出諸語言學的分析，語源確切的話，還不忘標出其來源，如「日語直譯」、「北京話直譯」等，這些語言學者的

「體貼」，必然可以大大嘉惠後學，讓人仰之彌高。

　　台灣俗語說：「稻仔愈飽水，愈頓(dam)穗」（稻穗愈飽滿愈下垂），這句話最能在一位眞正「得道」的學者身上體現。台語的研究的確是從「險學」搖身變爲「顯學」了，但無可諱言的，由於許多人固執己見，或堅持門戶，「台語界」百花齊放、百鳥爭鳴，確實熱鬧非凡，然則，個中其實有太多無謂的內耗，從音標的選定、用字的主張、教學的方式、教材的編寫……任一環節，無不問題重重、爭持不下。王博士早在「險學」時代，就已經就台語的音標做了第一式、第二式的設計，但是晚年，或許有感於「台語音標」的無謂的爭持，於 1982 和 1983 年在日本出版《台灣語入門》和《台灣語初級》時，放棄自己的「王一式」、「王二式」，毅然改用「教會羅馬字」；在用字方面，對不是很確定的漢字，在本字典中都會在該字旁邊加了一個「？」的問號，對「台語界」已經用慣了的「台語特用字」，他也幾乎完全採用，絕少私人造字，這種無私、這種謙沖，使我彷彿上了一課人格陶冶的課程。

　　作家東方白先生曾在其百萬字鉅著《浪淘沙》中說，因爲種種因緣際會，他感覺他似乎是生來要寫那部小說的。我不敢說我是生來要翻譯王博士這一鉅著的，但是，對自己能獲得這一機緣，來爲我所景仰的台灣前賢的業績做這一轉換的服務，個人實在深感榮幸和感激。然則，以譯者如此淺陋的學養，來窺大師的門牆，在交稿之後，其實是十分惶恐的。譯者轉眼就是耳順之年了，照理說，台語應無理解上的問題，其實不然，在翻譯的過程中，竟有許多必須借助於王博士的日文說明，才能掌握台語的意

思，可見，即使只隔一個世代，語言已經有這麼大的邅變了，則譯者再下去的一兩個世代，語言的流失寧非可驚？從這一點來說，像王博士的這樣的著作，就更其重要、更加值得重視了。

兩種語言的不同，即使像台語和華語這麼類近，仍舊有其很難對應的地方，本書原是爲日本讀者而寫的，譯者只是把日文的部分譯爲華文，但也常常撞牆而返，許多語詞還是無法「一語中的」；參考別的著作，有的沒收該詞條，有的也只能出之以叙述、說明。譯者本於字典應該語語皆能「一語中的」，所以，有時會出以現代新語，又有時「冒險」直譯，不當之處，必然所在多有，這是譯者才疏學淺、強作解人，責任由譯者自負，無關著者本人，幸賢明責我。

本書原秉王博士在其另著《台灣語講座》中所言，放棄其所設計的王一式、王二式，將本書音標轉爲「敎會羅馬字」，後因王夫人希望呈現王博士閩音系學術研究的歷史性記錄原貌，所以重新打字，回復「王一式」音標，讀者如已習慣「敎會羅馬字」，可於凡例的排列順序的第一點「音標的順序」中得到對照，該對照表括號中的音標，前爲作者原注的「國際音標」，符號後爲譯者增註的「敎會羅馬字」。

另外有一點必須說明的是，在《台灣語常用語彙》日文原書中，王博士原來附有精心設計的「索引」，主要是以日文讀者爲訴求對象，以日文假名五十音順排序，整理出日語和台語的對應對照關係，期有「日台小辭典」或「台日小辭典」的功能。如今全書已逐譯爲華文，此「索引」部分如跟著改譯，則王博士的原意就喪失了。所以，在台灣版【王育德全集】的《台灣語常用語

彙》一書中，我們躊躇再三，最後未予收錄，期待他日日本出版
界或有機會專爲此「索引」部分出版單行本。(雖說只是「索
引」，其規模已相當於一本二百頁的專書。)就華文讀者而言，當他聽
到台語想查台語之意時，吾人認爲，本字典本身已經提供了這一
功能，至於看到漢字想查台語語音，我們打算將來出「敎會羅馬
字」版時，再做一個「漢字索引」附錄進來，如此，則又有「漢
台辭典」的功能了。

陳恆嘉謹識

Ong Iok-tek

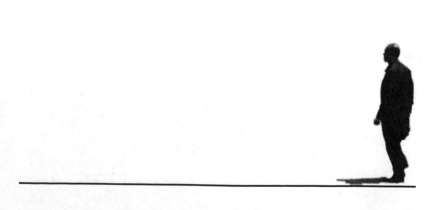

Ong Iok-tek

王育德年譜

1924年 1月	30日出生於台灣台南市本町2-65
30年 4月	台南市末廣公學校入學
34年12月	生母毛月見女史逝世
36年 4月	台南州立台南第一中學校入學
40年 4月	4年修了，台北高等學校文科甲類入學。
42年 9月	同校畢業，到東京。
43年10月	東京帝國大學文學部支那哲文學科入學
44年 5月	疏開歸台
11月	嘉義市役所庶務課勤務
45年 8月	終戰
10月	台灣省立台南第一中學(舊州立台南二中)教員。開始演劇運動。處女作「新生之朝」於延平戲院公演。
47年 1月	與林雪梅女史結婚
48年 9月	長女曙芬出生
49年 8月	經香港亡命日本
50年 4月	東京大學文學部中國文學語學科再入學
12月	妻子移住日本
53年 4月	東京大學大學院中國語學科專攻課程進學
6月	尊父王汝禎翁逝世
54年 4月	次女明理出生
55年 3月	東京大學文學修士。博士課程進學。

57年12月	『台灣語常用語彙』自費出版
58年 4月	明治大學商學部非常勤講師
60年 2月	台灣青年社創設，第一任委員長（到63年5月）。
3月	東京大學大學院博士課程修了
4月	『台灣青年』發行人（到64年4月）
67年 4月	明治大學商學部專任講師
	埼玉大學外國人講師兼任（到84年3月）
68年 4月	東京大學外國人講師兼任（前期）
69年 3月	東京大學文學博士授與
4月	昇任明治大學商學部助教授
	東京外國語大學外國人講師兼任（→）
70年 1月	台灣獨立聯盟總本部中央委員（→）
	『台灣青年』發行人（→）
71年 5月	NHK福建語廣播審查委員
73年 2月	在日台灣同鄉會副會長（到84年2月）
4月	東京教育大學外國人講師兼任（到77年3月）
74年 4月	昇任明治大學商學部教授（→）
75年 2月	「台灣人元日本兵士補償問題思考會」事務局長（→）
77年 6月	美國留學（到9月）
10月	台灣獨立聯盟日本本部資金部長（到79年12月）
79年 1月	次女明理與近藤泰兒氏結婚
10月	外孫女近藤綾出生
80年 1月	台灣獨立聯盟日本本部國際部長（→）
81年12月	外孫近藤浩人出生

82年 1月　　長女曙芬病死

　　　　　　台灣人公共事務會(FAPA)委員(→)

84年 1月　　「王育德博士還曆祝賀會」於東京國際文化會館舉行

　　 4月　　東京都立大學非常勤講師兼任(→)

85年 4月　　狹心症初發作

　　 7月　　受日本本部委員長表彰「台灣獨立聯盟功勞者」

　　 8月　　最後劇作「僑領」於世界台灣同鄉會聯合會年會上演，
　　　　　　親自監督演出事宜。

　　 9月　　八日午後七時三〇分，狹心症發作，九日午後六時四
　　　　　　二分心肌梗塞逝世。

王育德著作目録

（行末●爲〔王育德全集〕所收冊目）

黄昭堂編

1　著書

1　『台湾語常用語彙』東京・永和語学社，1957年。　　　❻

2　『台湾——苦悶するその歴史』東京・弘文堂，1964年。　❶

3　『台湾語入門』東京・風林書房，1972年。東京・日中出　❹
　版，1982年。

4　『台湾——苦悶的歴史』東京・台湾青年社，1979年。　　❶

5　『台湾海峡』東京・日中出版，1983年。　　　　　　　❷

6　『台湾語初級』東京・日中出版，1983年。　　　　　　❺

2　編集

1　『台湾人元日本兵士の訴え』補償要求訴訟資料第一集，東
　京・台湾人元日本兵士の補償問題を考える会，1978年。

2　『台湾人戦死傷，5人の証言』補償要求訴訟資料第二集，
　同上考える会，1980年。

3　『非常の判決を乗り越えて』補償請求訴訟資料第三集，同
　上考える会，1982年。

4　『補償法の早期制定を訴える』同上考える会，1982年。

5　『国会における論議』補償請求訴訟資料第四集，同上考え
　る会，1983年。

6　『控訴審における闘い』補償請求訴訟資料第五集，同上考

える会，1985年。

7 『二審判決"国は救済策を急げ"』補償請求訴訟資料速報，同上考える会，1985年。

3　共譯書

1 『現代中国文学全集』15人民文学篇，東京・河出書房，1956年。

4　學術論文

1 「台湾演劇の今昔」，『翔風』22号，1941年7月9日。

2 「台湾の家族制度」，『翔風』24号，1942年9月20日。

3 「台湾語表現形態試論」（東京大学文学部卒業論文），1952年。

4 「ラテン化新文字による台湾語初級教本草案」（東京大学文学修士論文），1954年。

5 「台湾語の研究」，『台湾民声』1号，1954年2月。　❽

6 「台湾語の声調」，『中国語学』41号，中国語学研究会，1955年8月。　❽

7 「福建語の教会ローマ字について」，『中国語学』60号，1957年3月。　❾

8 「文学革命の台湾に及ぼせる影響」，『日本中国学会報』11集，日本中国学会，1959年10月。　❷

9 「中国五大方言の分裂年代の言語年代学的試探」，『言語研究』38号，日本言語学会，1960年9月。　❾

10 「福建語放送のむずかしさ」，『中国語学』111号，1961年7月。　❾

11 「台湾語講座」，『台湾青年』1～38号連載，台湾青年社，　❸

1960年4月～1964年1月。

12 「匪寇列伝」,『台湾青年』1～4号連載, 1960年4月～11月。 ⓮

13 「拓殖列伝」,『台湾青年』5, 7～9号連載, 1960年12 ⓮
月, 61年4月, 6～8月。

14 「能吏列伝」,『台湾青年』12, 18, 20, 23号連載, 1961年 ⓮
11月, 62年5, 7, 10月。

15 "A Formosan View of the Formosan Independence
Movement," *The China Quarterly,* July-September,
1963.

16 「胡適」,『中国語と中国文化』光生館, 1965年, 所収。

17 「中国の方言」,『中国文化叢書』言語, 大修館, 1967年所 ❾
収。

18 「十五音について」,『国際東方学者会議紀要』13集, 東方 ❾
学会, 1968年。

19 「閩音系研究」(東京大学文学博士学位論文), 1969年。 ❼

20 「福建語における『著』の語法について」,『中国語学』192 ❾
号, 1969年7月。

21 「三字集講釈(上)」,『台湾』台湾独立聯盟, 1969年11月。 ❽
「三字集講釈(中・下)」,『台湾青年』115, 119号連載, 台
湾独立聯盟, 1970年6月, 10月。

22 「福建の開発と福建語の成立」,『日本中国学会報』21集, ❾
1969年12月。

23 「泉州方言の音韻体系」,『明治大学人文科学研究所紀要』 ❾
8・9合併号, 明治大学人文研究所, 1970年。

24 「客家語の言語年代学的考察」,『現代言語学』東京・三省 ❾

堂，1972年所収。

25 「中国語の『指し表わし表出する』形式」，『中国の言語と　❾
文化』，天理大学，1972年所収。

26 「福建語研修について」，『ア・ア通信』17号，1972年12　❾
月。

27 「台湾語表記上の問題点」，『台湾同郷新聞』24号，在日台　❽
湾同郷会，1973年2月1日付け。

28 「戦後台湾文学略説」，『明治大学教養論集』通巻126号，　❷
人文科学，1979年。

29 「郷土文学作家と政治」，『明治大学教養論集』通巻152号，　❷
人文科学，1982年。

30 「台湾語の記述的研究はどこまで進んだか」，『明治大学　❽
教養論集』通巻184号，人文科学，1985年。

5　事典項目執筆

1 平凡社『世界名著事典』1970年，「十韻彙編」「切韻考」な
ど，約10項目。

2 『世界なぞなぞ事典』大修館書店，1984年，「台湾」のこと
わざを執筆。

6　學會發表

1 「日本における福建語研究の現状」1955年5月，第1回国際
東方学者会議。

2 「福建語の教会ローマ字について」1956年10月25日，中国　❾
語学研究会第7回大会。

3 「文学革命の台湾に及ぼせる影響」1958年10月，日本中国　❷
学会第10回大会。

4　「福建語の語源探究」1960年6月5日，東京支那学会年次大　❾
　　会。

5　「その後の胡適」1964年8月，東京支那学会8月例会。

6　「福建語成立の背景」1966年6月5日，東京支那学会年次大　❾
　　会。

7　劇作

1　「新生之朝」，原作・演出，1945年10月25日，台湾台南
　　市・延平戯院。

2　「偸走兵」，同上。

3　「青年之路」，原作・演出，1946年10月，延平戯院。

4　「幻影」，原作・演出，1946年12月，延平戯院。

5　「郷愁」，同上。

6　「僑領」，原作・演出，1985年8月3日，日本，五殿場市・　⓫
　　東山荘講堂。

8　書評（『台灣青年』掲載，数字は號数）

1　周鯨文著，池田篤紀訳『風暴十年』1　　　　　　　　　　　⓫

2　さねとう・けいしゅう『中国人・日本留学史』2　　　　　　⓫

3　王藍『藍与黒』3　　　　　　　　　　　　　　　　　　　　⓫

4　バーバラ・ウォード著，鮎川信夫訳『世界を変える五つ　　⓫
　　の思想』5

5　呂訴上『台湾電影戯劇史』14　　　　　　　　　　　　　　⓫

6　史明『台湾人四百年史』21　　　　　　　　　　　　　　　⓫

7　尾崎秀樹『近代文学の傷痕』8　　　　　　　　　　　　　　⓫

8　黄昭堂『台湾民主国の研究』117　　　　　　　　　　　　　⓫

9　鈴木明『誰も書かなかった台湾』163　　　　　　　　　　　⓫

14 「台湾独立運動の真相」，国民政治研究会講演録，1962年 ⑫
   6月8日。

15 「日本の台湾政策に望む」，『潮』1964年新春特別号。 ⑫

16 「日本の隣国を見直そう」，『高一コース』1964年6月号。 ⑫

17 「台湾独立への胎動」，『新時代』1964年7月号 ⑫

18 「台湾の独立運動強まる」，『全東京新聞』1442号，1964年 ⑫
   2月19日。

19 「ライバルの宿命をもつ日中両国」，『評』1965年4月号。 ⑫

20 「日本・中国ライバル論」，『自由』，1965年7月号。

21 「反面教師」，『日本及日本人』1970年陽春号。

22 「ひとつの台湾」，『経済往来』1971年2月号。

23 「台湾人の見た日中問題」，『評論』1971年5月15日号。

24 座談会「ある独立運動の原点」，『東洋公論』1971年8月。

25 「台湾は愁訴する——島民の苦悩と独立運動の将来」，日 ⑫
   本政治文化研究所，政治資料，102号，1971年9月。

26 「中華民国から『台湾共和国』に」，『新勢力』1971年11月
   号。

27 「台湾人は中国人と違う——民族を分ける4世紀の歴史」，
   『台湾』台湾独立後援会，4号，1973年1月15日。

28 「台湾は台湾人のもの」，『自由』1973年2月号。 ⑫

29 「日中正常化後の在日華僑」，『電子経済』1973年3月号。

30 座談会「台湾人の独立は可能か」，『東洋公論』1973年5月
   号。

31 「台湾人元日本兵の補償問題」，『台湾同郷会新聞』1981年 ⑫
   3月1日号。

國家圖書館出版品預行編目資料

台灣語常用語彙／王育德著,陳恆嘉、黃國彥譯.
初版. 台北市：前衛, 2002〔民91〕
6882面；15×21公分.

ISBN 957 - 801 - 359 - 0(精裝)

1.台語

802.5232   91007502

台灣語常用語彙

日文原著／王育德

中文翻譯／陳恆嘉、黃國彥

責任編輯／陳衍吟・林文欽

出版者

前衛出版社

總本舖：112台北市關渡立功街79巷9號

電話：02-28978119 傳眞：02-28930462

郵撥帳號：05625551

E-mail：a4791@ms15.hinet.net

http://www.avanguard.com.tw

社　　長／林文欽

法律顧問／南國春秋法律事務所・林峰正律師

總代理

凌域國際股份有限公司

地址：北縣新莊五股工業區五權三路8號5樓

電話：02-22983838 傳眞：02-22981498

獎助出版／財團法人國家文化藝術基金會
National Culture and Arts Foundation

贊助出版／海內外【王育德全集】助印戶

出版日期／2002年7月初版第一刷
　　　　　2004年3月初版第二刷

Copyright © 2002　　Avanguard Publishing Company
Printed in Taiwan　　　　　ISBN 957-801-359-0

定價／600元